배
삼
식
희
곡
집

희곡집

배삼식

민음사

차
례

3
월
의

눈

등장인물

장오	80대 중반
이순	80대 중반, 장오의 아내
용철	50대 초반, 새 집주인
상구	50대 초반, 고목재상, 용철의 친구
통장	50대 중반, 여자
황씨	노숙자
명서	30대 중반, 장오의 손자며느리
청년들	상구를 따라온 일꾼들
관광객들	젊은 남녀 한 쌍, 일본인 관광객들

시간　현재

　　　3월 중순 어느 날, 아침부터 다음 날 아침까지.

공간　장오와 이순의 집.

무대　오래 묵은 한옥. 무대는 이 집의 뒤편.

　　　중앙에 대청마루. 대청마루 너머 무대 뒤편으로
　　　앞마당과 대문이 건너다보인다. 대청마루 양옆
　　　으로 안방(상수)과 건넌방(하수). 두 방과 대청마
　　　루를 이으며 좁은 툇마루가 길게 뻗어 있다. 방
　　　에서 대청마루로 통하는 문은 미닫이, 툇마루로
　　　나서는 문은 여닫이. 툇마루 앞 객석 쪽으로 좁

은 뒷마당. 구석에 돌로 쌓아 올린 조그만 화단, 화초와 나무 몇 그루, 수석 몇 개.

무대는, 한옥의 외형 전체를 있는 그대로 묘사하기보다는, 앞에서 묘사한 공간 구조에 따라, 한옥을 이루는 건축 요소들(문과 문틀, 기둥, 마루)을 꼭 필요한 것들만 골라 배치한다. 단 각각의 요소들은 '사실성'을 지녀야 하며, 조립 및 해체가 가능하게 제작되어야 한다.

3월의 어느 맑은 날, 아침. 나지막한 콧노래 소리. 이윽고 미닫이문이 열리고, 이순이 안방에서 대청마루로 나온다. 이순, 마루에 있는 반닫이에서 뜨개질거리가 담긴 바구니를 꺼내 들고 툇마루로 간다. 이순, 툇마루에 앉아 콧노래를 흥얼대며 뜨개질을 시작한다. (사이) 대문이 덜컥거리는 소리. 장오, 대문을 열고 집 안으로 들어선다.

이순 (뜨개질을 계속하며) 당신이우?

장오, 대답 없이 느릿느릿 걸음을 옮긴다.

이순 영감?

장오, 고개를 들고 두리번대다 이순을 본다. 이순, 뜨개질을 멈추고 장오를 돌아다본다.

이순 아니, 왜 대답을 안 해요. 사람이 부르면 대답을 해야지, 원.
      어딜 다녀오세요, 아침부터 말도 없이?

장오, 잠시 이순을 말없이 건너다본다.

이순 어딜 다녀오시냐구요.
장오 어…… 그게, 그러니까…….
이순 참 나.
장오 ……이발소.
이순 일루 와 봐요. 좀 봅시다, 잘 깎았나.

장오, 천천히 걸어와 이순 곁에 앉는다. 이순이 장오의 모자를 벗겨 본다.

이순   에게? 이게 깎은 거유?

장오   못 깎았어.

이순   김 씨 쉬는 날인가? 오늘 목요일 아니우?

장오   어.

이순   그이는 수요일에 놀잖었수?

장오   그랬지.

이순   근데 왜요? 어디 아픈가?

장오   아니, 멀쩡허든걸.

이순   봤어요?

장오   어.

이순   어디서?

장오   이발소 있던 자리에서.

이순   게 무슨 말씀이우?

장오   없어졌드라구, 이발소가.

이순   예?

장오   이발소 문 닫고 딴 사람한테 세를 놨다드군. 만두집을 들인대나. 벌써 다 들어내구 공사허느라 야단이데.

이순   만두집이야 그 아래 하나 있잖우? 이 씨네 냉면집.

장오   중국 만두를 맨들어 판대나, 중국서 사람을 불러다가. 젊은 애들이 그걸 좋아한다네.

이순   원, 세상에. 이 동네에 이발소라곤 그거 하나뿐이었는데. 허긴 뭐, 요새 젊은 애들이 어디 이발소 가요? 동네 늙은이들, 그나마 뜨문 뜨문 오는 거 바래구 앉았는 것도 못할 노릇이긴 허지. 그래두 그 렇지……

장오   세 받아먹는 게 이발해서 먹는 돈 몇 곱이라니 말 다 했지, 뭐.

이순   그래두 김 씨네는 덕 봤네, 자기 집이라. 이 동네 사람들 몰리는 통에 집값이며 땅값이 좀 올랐우? 세 살던 사람들은 다 쫓겨났잖 우, 세 감당 못해서. 요 밑에 구멍가게두 그렇구, 쌀집도 나가구, 철물점도 문 닫구, 생기는 건 찻집에다 여자들 옷 가게, 구두 가게 뿐이니……. 아니, 그렇다구 그냥 와요? 나선 김에 숙이네 미용실 이래두 가서 깎아 달래지.

장오   거긴 영 마뜩찮아서. 내 머리는 가위로 깎아야지, 바리깡질 하면 못 쓰거든. 뒤통수가 기울어 놔서.

이순   기울든 말든 노인네 머리 누가 보기나 한답디까? 바리깡이든 가 위든 구신 산발헌 것보단 낫지 뭘 그래.

장오   김 씨는 말 안 해도 알아서 잘 맞췄는데.

이순   뒤통수야 우리 영돈이가 이쁘지. 우리 영돈이 요만헐 때, 상고머 리 쳐 놓으면 깎아 논 밤톨마냥 동글동글허니 참 이뻤는데…….

장오의 얼굴이 굳는다. 사이.

이순   ……하마 50년인가, 김 씨가 이 동네 온 지가. 달랑 이발 가방 하 나 들고 와서 저 회화나무 아래다 의자 하나 도라무통 하나 깔아 놓구 머리 깎았잖우. 그래도 그이는 성공했어. 아들딸 5남매 다 대 학 공부 시키고. 이발소 안 하믄 이제 뭐 헌다우, 그이는?

장오   허긴 뭘 해. 놀지. 이젠 내두룩 말짱 수요일이라구 웃데.

이순   큰일 났네. 우리 예민하신 영감마님 머리는 이제 누가 깎는다우? 그이 집에 가서 좀 깎아 달래면 안 되나?

장오   뭐가 있어야 깎지. 그 무슨 박물관이래나? 이발 도구구 이발 의자 구 연탄난로구 뭐구, 하여간 이발소 안에 붙은 건 찌그러진 양은

대야까지 죄 뜯어 가지구선 세뜨루다 사 갔다는데 뭐. 그것두 말하자면 골동이라구.

이순 도랑 치고 가재 잡았네. (문득 뜨개질하던 것을 들여다보고) 아이구, 내 정신이야. 내가 뭘 한 거야, 지금. 또 빼먹었네, 또 빼먹었어, 코를! 아유, 이걸 어쩌나, 한참 떴는데!

장오 (빙긋이 웃으며) 어쩌긴 뭘 어째, 도로 풀어야지.

이순 아유 속상해. 아까워라. 어떻게 안 풀고 곤치는 방법 없을까?

장오 노상 떴다 풀었다. 거 괜한 고생 말라니까. 시장 가믄 기계루 짠 것두 좋기만 허더구먼, 값도 헐쿠.

이순 그거하고 이게 같우?

장오 암만 봐두, 자네 그 재주는 없나 뵈. 딴 건 몰라두.

이순 두고 보라구요. 내 멋지게 떠 줄 테니.

장오 뭘 뜨는데?

이순 안 갈쳐 줘요.

장오 색깔은 곱네.

이순 자꾸 말 시키지 말어요! (어떻게든 망친 부분을 고쳐 보려 애쓰다가) 아유, 안 되겠다. 동사무소 가서 뜨개 반 선생한테 물어봐야지. (일어나다) 아 참, 창호지. 지물포 가서 창호지 좀 사 오구려.

장오 창호지는 뭐 하게?

이순 뭐 하기는요. 문종이 바를 게지. 겨울 지나고 이제 봄인데, 도배는 못헐망정 문종이라두 새로 발라야 할 거 아니우. 아무리 두 노인네가 사는 집이래두, 아니, 노인네들일수록 깨끗하게 허구 살아야지. 넘들 보믄 숭 본다구요.

장오 문종이는 뭘, 거 쓸데없이. 구멍 난 데두 없이 아직 멀쩡헌걸.

이순 그 펑계루 건너뛴 게 몇 해쨌 줄 아우? 아유, 뵈기 싫단 말예요! 누래진 것두 누래진 거지만, 이렇게 누래지도록 구멍 하나 안 나는 꼴이 더 뵈기 싫여!

장오 이거 봐, 내가 말했잖아……. 자네 자꾸…….

이순 에이 증말……!

이순, 일어나 문 앞으로 가서 손가락으로 문종이에 구멍을 푹푹 뚫어 버린다.

이순 인저 됐우?

장오 헛 참…….

이순 (안방으로 들어가며) 나 동사무소 댕겨올 동안 다녀오시구려. 볕도 마침 좋으니 오늘 같은 날 발러야지.

장오 또 나갔다 오라구?

이순 (안에서) 그참, 군소리 퍽두 허시네. 아, 그러게 누가 말도 없이 나가래요?

장오 말도 없이 간 게 누군데?

이순 (고개를 내밀며) 아, 얼른요!

장오 아, 알았어.

장오, 툇마루에 놓인 뜨개질 바구니를 내려다보다가, 손을 뻗어 뜨다 만 뜨개질거리를 잠시 어루만진다. 안방에서는 이순의 콧노래 소리. 장오, 안방 쪽을 건너다보고, 하늘을 올려다본다. 장오, 자리에서 일어나 천천히 걸어 대문 밖으로 나간다. 콧노래 소리가 점점 잦아든다. 마당 위로 구름 그림자가 지나간다.

대문 밖 길가에 트럭이 멈추는 소리. 사람들이 웅성대는 소리.

용철 (대문 밖에서 대문을 두드리며) 계세요?

(사이) 어르신, 안 계세요?

새 집주인 용철과 고목재상 상구, 상구를 따라온 일꾼 청년 둘이 대문을 열고 집 안으로 들어선다.

용철 어디 나가셨나? 어르신!

상구 안 계신가 보네.

용철 잘됐네, 뭐. 얼른 해 가.

상구 주인한테 말두 않구 이래도 되나?

용철 마, 주인 여기 계시잖아.

상구 그래도 아직 사람이 사는데.

용철 급하다고 난리 친 게 누군데 그래?

상구 에휴, 오 교수 그 자식, 테이블 없어 차 못 마시는 것도 아니고, 어찌나 닦달을 하는지. 니미, 어디 나무가 구해져야지.
　　　좆만 한 게 눈만 높아 가지고 웬만한 나무는 들이대도 못하니.

용철 개가 무슨 눈이 높아. 접때 개네 집에 가 보니까, 송대(宋代) 불상이래나, 모셔 놓고 벌벌 떠는데, 좆도, 딱 보니까 신작이더만.

상구 그게? 그 관세음 좌상?

용철 너도 봤냐?

상구 그게 신작이야? 확실해?

용철 이 바닥 나까마질만 20년이 넘었다, 내가 불상 전문 아니냐. 문화재 전문위원은 속여도 나는 못 속인다. 뭐, 신작 치고는 기똥차긴 하더라. 나도 깜빡 속을 뻔했다니까.

상구 이런 씨벌······.

용철 왜? 뭐야? 그거 니가 팔아먹었냐?

상구 조용히 해, 새끼야.

용철   (웃으며) 새끼, 깨나 먹었겠네.

상구   먹기는 뭘 먹어. 그거 나도 신작인 줄 알고 샀어. 아우, 전 씨 그
        새끼한테 깜빡 속았네.

용철   그러게 그런 거 살 때는 이 형님한테 물어봤어야지.

상구   전가 놈 이 자식을 그냥……. 어휴. 너 입 다물어라. 오 교수 걔
        알면 큰일 난다.

용철   물건 오고 돈 건너갔으면 게임 끝. 속은 놈이 바보지. 촌스럽게
        뭘 따지냐.

상구   우리야 그렇지만, 그 새끼는 촌스럽단 말야.

청년 1 뜯어요, 어떡해요?

상구   가만있어 봐, 새꺄. 열 받아 죽겠는데. 아이, 그거 찝찝하네.

용철   찝찝하기는. 박물관 가도 신작 천진데, 뭐.

상구   먹고사는 게 뭔지……. (한숨. 마루를 쓸어 보며) 뜯기는 아깝다. 나
        무도 좋고 짜기도 제대로 짠 마룬데.

용철   너니까 싸게 준 거야. 거저지 거저. 요거 요 반질반질허니 때 먹
        은 거 봐라. 따루 칠하구 말 것도 없어. 요대로 잘라다가 테이블
        이나 찻상 만들어 놓으면 와따지.

상구   오 교수 그 새끼 주기는 아깝다.

용철   호구일수록에 잘 모셔야지, 자식아.

상구   괜찮겠지?

용철   새끼, 착한 척 드럽게 하네, 안 어울리게. 나도 사정 봐드릴 만큼
        봐드린 거야. 잔금 치르고 좋 낸 지가 언젠데. 겨우내 살게 해 드
        렸으면 됐지. 손자 새낀지 뭔지는 금방 모셔 갈 것처럼 지랄하더니,
        전화도 안 받아요, 이제 공사 들어가야 되는데, 이 상놈의 새끼가.

상구   (집 여기저기를 둘러보며) 볼수록 아깝다, 아까워. 저 대들보 봐라.
        문틀도 이거 요새 기계로 짠 게 아니라, 대패로 일일이 밀어서 이

골 잡은 거 봐. 야, 나 이거 안 뜯어 가도 좋으니까, 이 집 살려서 여기다 어떻게 해 보지 그러냐? 한옥, 운치 있고 좋잖아.

용철   시를 써요, 시를. 벌써 설계 다 나오고 공사 허가까지 떨어져서 층마다 들어올 놈들까지 다 계약 끝난 마당에 무슨 헛소리야! 누 군 아까운 줄 모르냐?

상구   에휴, 먹고사는 게 뭔지……. 뜯자, 뜯어. 오늘은 마루만 뜯어 가고, 나머지는 집 헐 때 와서 실어 갈게.

상구, 마루에 서서 사방에 절을 하기 시작한다.

용철   너, 뭐하냐?

상구   뜯을 땐 뜯더라도 인사는 드려야지. (두 손을 모으고) 성주님, 조왕 님, 그리고 또…… 아무튼 여기 깃들어 계신, 온갖 신령님들, 부 디 노여워 마십시오. 세상 만물, 모일 때가 있으면 흩어질 때도 있는 것 아니겠습니까? 저는 그럴 마음이 눈곱만큼도 없습니다 만, 어떤 놈이 부득불 헐겠다 하니…….

용철   저 이……!

상구   어차피 헐릴 집, 고이고이 잘 모셔다가 좋은 데다 쓰겠습니다, 예. 상향.

용철   염병……. (청년들에게) 뜯어.

상구   살살 잘 뜯어라.

청년들과 상구, 달려들어 마루를 뜯어내기 시작한다.

상구   (마루를 뜯어내느라 씨름하며) 아이고, 어떤 양반이 짰나, 짱짱하게 도 짰다. 휘유, 우리 아부지 생각나네.

용철	너그 아부지?
상구	우리 아부지가 목수였잖냐, 대목, 집 짓는 목수, 이런 한옥.
용철	그런 얘긴 처음 듣는다.
상구	내가 말 안 했냐?
용철	다 피가 있구만, 너 목공 일 잘하는 게. 니 아부지한테 배웠냐?
상구	배우기는, 니미. 얼굴도 기억 안 난다. 하도 어렸을 때 돌아가셔서 갖고. (청년에게) 야, 야, 나무 뻐그러져! 살살, 이쪽으로! 살살 달래가면서!
	우리 아부지, 집 지으러 가면, 기본 한 달, 두 달이고, 반년에 한 번이나, 집에 올까 말까 했다데……. 나 두 살 땐가, 인천에, 집 지으러 갔는데, 니미, 아부지 친구가, 아부지 연장통 먼저, 들고 왔더라네. 우리 어무니가, 가 보니까, 인천 어디 병원에, 아부지가 누워 있드래지, 영안실에……. 휘유!

상구, 허리를 펴고 가쁜 숨을 몰아쉬며 숨을 고른다.

| 상구 | 내가 그동안 뜯어 먹은 집 중에는, 우리 아부지가 지은 집도 있었을라나 몰라, 응? 아부지는 지어서 먹고 나는 뜯어서 먹고, 응? |

상구와 용철, 웃는다.

상구	좀 와서 거들어라, 새꺄. 처다보지만 말고.
용철	알았어, 자식아.

상구와 용철, 청년들과 함께 마루를 뜯어낸다. 마룻장이 뜯겨 나가는 소리가 짐승의 비명처럼 길게 울린다. 대문이 열리고 장오가 집 안으로 들어선

다. 한 손에 둘둘 말린 창호지를 들고 있다. 장오, 잠시 서서 젊은이들이 마루 뜯는 것을 지켜본다. 밖에서 통장이 소리친다.

통장　(밖에서 소리만)
　　　아니 누구야, 도대체! 누가 여기다 차를 대 놨어!
　　　이공칠팔! 이공칠팔 차주! 차 빼요! 이공칠팔!

　　　자동차 경적 소리. 상구 일행, 끙끙대며 결국 마룻장 한 판을 들어낸다.

상구　(청년에게) 야, 나가 봐라. (장오를 보고) 어.

　　　상구 일행, 그제야 장오를 본다.

용철　오, 오셨어요.

　　　모두들 난감하다.

통장　(소리) 이공칠팔! 이공칠팔!

　　　상구가 손짓으로 청년 1을 내보낸다. 청년 1, 장오 곁을 지나쳐 대문 밖으로 달려 나간다.

용철　오시면 말씀드리고 할라 했는데, 이 사람이 워낙에 사정이 급하대서.
상구　(용철의 옆구리를 찌르며) 죄송합니다, 어르신.
장오　어, 어, 죄송은 무슨……

20

장오, 무언가를 찾는 듯 주위를 두리번거린다. 통장이 대문으로 들어오며
떠들어 댄다.

통장   이 좁은 골목에다, 전화번호도 안 적어 놓고, 차를 그렇게 대 놓
        으면 어떡해요, 그래, 웅! 사람들이 생각이 없어, 생각이! (상구 일
        행과 뜯겨진 마룻장을 보고) 어라?
장오   (상구 일행에게) 일들 보게, 어여.
용철   예.

상구와 청년들, 뜯어낸 마룻장을 들고 대문 밖으로 나간다.

통장   거참, 사람 야박도 허네. 번히 사람이 사는 집을…….
용철   사정 모르면 가만히나 계세요, 통장님은.
통장   모르긴 내가 뭘 몰라. 이 사장 그러면 못써. 아무리 돈이 좋아도
        그렇지.
용철   에이, 말을 맙시다, 말을. (장오에게) 저, 어르신, 더 이상은 저희도
        좀…….
장오   어, 걱정 말게, 걱정 말어.
용철   손주분이 연락도 안 되고.
장오   걱정 말라니까. 내일 온댔어. 내일 갈 거야.
용철   이번엔 확실한 거지요?
장오   어.
용철   어르신 말씀만 믿고 내일 일 맞춥니다, 예?
장오   어, 어.

용철, 투덜대는 통장을 못마땅한 듯 바라보며 대문 밖으로 나간다. 이제 마

루 한쪽이 이 빠진 것마냥 휑하게 비었다. 통장, 그 모양을 들여다본다.
장오, 마루에 걸터앉는다.

통장   아유, 이것 참. 이게 뭐야, 이게…… 이게 어떤 집인데…….

이때, 대문 사이로 젊은 남녀 둘이 고개를 들이민다.

여자   저기요. 말씀 좀 묻겠는데요.
통장   물으슈.
여자   여기 상고재가 어디예요?
통장   상고재?
남자   예, 상고재요.
여자   모르세요?
통장   글쎄? 어르신, 상고재라고 아세요?

장오, 말이 없다.

통장   글쎄, 내가 이 동네 30년 살았어도 그런 데는 못 들어 봤는데.
여자   왜 얼마 전에 텔레비전 드라마에 나왔던 데, 모르세요?
통장   아, 아, 거기? 난 또 어디라고!
여자   아세요?
통장   알긴 아는데, 가 봐야 볼 것 없어. 들어가지도 못할걸. 그건 요새 지은 거고, 집이야 이게 진짜배기 한옥이지. 한옥 구경하려면 이 집 보는 게 나아. (장오에게) 어르신, 괜찮지요?

장오, 말이 없다. 남자와 여자, 집 안을 이리저리 둘러본다.

남자   여기 마루는 왜 이래요?

통장   내 말이. 이렇게 아까운 집이 뜯겨져 나간다 이 말이야. 자네들 요새 인터넷 잘한대매, 이런 것 좀 찍어다 알리라고. 이렇게 아까운 집들이 허망하게 없어지고 있다, 응? 이거 이래서야 되겠냐 말이야, 응?

통장이 장광설을 늘어놓는 동안, 문간에서 일본인 관광객 한 무리가 기웃거린다.

통장   아, 들어들 와요, 들어 와. (장오에게) 괜찮지요?

일본인 관광객들 굽실거리며 '스미마센'과 감탄사를 연발하며 집 안으로 들어서 집 안 이곳저곳을 둘러보며 카메라 셔터를 눌러 댄다.

통장   (애꿎은 남자를 붙들고) 그러니까 자네들이 이걸 알아야 돼. 물론 바람 쐬고 구경하는 건 좋다 이거야. 그래두 여기는 사람들 사는 주택가란 말이지. 거 제발 쓰레기 좀 아무 데나 버리지 말아요. 주말 지나고 나면 골목마다 쓰레기가 한 차야, 그냥. 아주 죽겠어, 그냥…….

남자   아, 예. (여자에게) 저쪽으로 좀 서 봐, 응 그쪽으로.

남자와 여자, 사진 찍을 자리를 잡으며, 자연스레 통장에게서 멀어진다.

통장   그렇다구 뭐 우리가 재미 보는 게 있느냐? 재미는 말짱 외지서 들어온 사람들이 다 보구, 우린 그냥 시끄럽구, 쓰레기나 치구, 아주 죽겠어, 그냥……. (장오 곁으로 가서) 진지는 자셨어요?

장오	예.
통장	저기 혹시 찾으실까 봐 말씀드리는 건데, 요 대문 앞에 화분들요. 나무들도 다 죽고 보기 흉하다고 동에서 치워 갔어요.
장오	어?
통장	동에서 일괄적으로 치우기로 했대요, 동장이. 사람들 많이 오는데 보기도 안 좋구, 골목도 좁은데 차 다니기도 불편하구, 들이받아서 깨져서 지저분하구, 있어 봐야 괜히 사람들이 거기다 쓰레기나 버린다구.
장오	……그랬우?
통장	예. 그러니까 그런 줄 아세요.
장오	그랬구먼.
통장	내일은 정말 가시는 거예요?

장오, 대답 대신 고개를 끄덕인다.

| 통장 | 내일 언제요? |

장오, 말이 없다.

통장	내일 즘심때, 부녀회에서 동네 어르신들 식사 대접을 한대네요. 주민센터 아시죠? 거기 2층에서. 꼭 오세요. 식사도 하시구, 마침 잘 됐잖아요, 동네 분들하고 인사도 하시고요. 그냥 가시면 섭섭해들 하실 거예요. 아셨죠?
장오	……어, 어.
통장	참 섭섭하네요, 섭섭해. 그래두 뭐 손주분한테 가신다니까, 한편으룬 마음이 놓이기도 해요. 노인네들만 계신 집 지날 때마

다 이, 통장으로서 영 신경 쓰이는 게 아니거든요, 네……. (장오
손에 들린 창호지를 보고) 창호지 사셨어요?

장오 예.

통장 창호지는 뭐하시게요?

장오 ……그러게 말입니다.

여자 (통장에게 다가오며) 아줌마, 아까 그 상고재, 어딘지 좀 알려 주시
면 안 돼요?

통장 거긴 볼 것 없다니까 그런다.

여자 거기 보러 온 거거든요. 요 앞 골목에서 어디로 꺾어지는 거예요?

통장 거참, 따라와요.

여자, 남자를 비롯해 일본인 관광객들까지 웅성대며 통장을 따라 나선다.

통장 (사람들을 이끌고 대문을 나서며) 내일 즘심때 꼭 오세요, 어르신!

대문 밖으로 나간 사람들, 웅성거리며 멀어져 간다. 북적대던 사람들이 빠
져나간 집 안은 고즈넉하다. 마당 위로 구름 그림자가 지나간다. 장오, 마루
가 뜯겨 푹 꺼진 자리, 거기 고인 어둠을 물끄러미 들여다본다.

소리 없이 대문이 열리고 이순이 집 안에 들어선다. 그녀는 외출에서 막 돌
아온 차림이다.

이순 봄은 봄인가 봐. 그것 좀 걸었다구 땀이 다 나네. 영감, 오셨우?

장오, 대답이 없다. 이순, 못마땅한 듯 입을 비죽인다.

이순　　창호지는 사 왔어요? (창호지를 보고) 사 오셨네. 가만있어 봐, 풀부
　　　　터 쑤어야지. 영감은 물 축여서 문종이 좀 벳겨 놓으슈. (부엌으로
　　　　들어가며) 밀가루가 어디 있더라…… 옳지, 여기 있구나……. (냄비
　　　　에 풀 쑬 준비를 하며, 부엌에서 소리만) 내일은 종로 종묘상에 가서
　　　　묘목 좀 사 와야겠어요. 사철나무도 하나 죽고, 철쭉 화분은 아주
　　　　박살이 났네. 차로 누가 들이받았나 봐, 중동이 아주 똑 부러져서
　　　　못 쓰게 돼 버렸어요, 세상에……. (부엌에서 물을 담은 바가지와 걸
　　　　레를 들고 나오며) 뭐 해요? 왜 그러구 앉았우?

　　　　장오, 아무 말이 없다.

이순　　영감, 화났우?
장오　　(고개를 가로젓는다.)
이순　　화났구려.
장오　　아니야.
이순　　척 보면 모를까 봐.
장오　　아니라니까.
이순　　왜요? 내가 문종이 바르자고 해서?
장오　　(고개를 가로젓는다.)
이순　　그럼? 밖에서 무슨 일 있었어요?
장오　　일은 무슨 일…….
이순　　근데 왜 화가 났우?
장오　　(할 수 없다는 듯) 몰라.
이순　　화내지 말어요. (사이) 응?
장오　　화가 나는걸.
이순　　그럼 화를 내요, 덕석마냥 앉았지 말구.

장오   ……누구한테?

사이.

장오   응? 누구한테 화를 낼까?

이순, 뒤에서 장오의 어깨를 감싸 안는다. 사이.

이순   (어린아이를 어르듯 장난스럽게 곡조를 붙여)
        문종이를 바릅시다.
        사방 네모 반듯허게
        주름 없이 팽팽허게
        온 방 안이 훠언허게
        문종이를 바릅시다.
        한번 발러나 봅시다.

이순, 노래를 흥얼거리며 장오를 장지문 앞으로 이끈다.

장오   (이끌려 가며) 싫어.
이순   소원이우, 응?
장오   기운 없어, 못해.
이순   다는 말고, 한 짝만, 응? 아이구, 어떤 강생이가 여기 이렇게 구멍
        을 내 놨나?
장오   고집 센 강생이지.
이순   아이구, 어떤 놈의 강생이가 그렇게 고집이 셀까?
장오   그렇게 일러두, 돌아서면 까먹는 강생이지.

이순   아이구, 그놈의 강생이, 혼찌검을 내 줘야겠다. 예끼, 이놈! 예끼,
        이놈!

        이순, 문종이를 북북 찢어 낸다. 장오, 바가지에 든 물을 입에 머금었다가
        문 위로 뿜어낸다.

이순   에그, 걸레로 해이지! 마루에 물 다 튀잖우!

        장오, 아랑곳없이 연거푸 물을 뿜어 댄다. 이순도 함께 물을 뿜는다. 두 노
        인, 어린아이처럼 키득대며 웃는다. 장오와 이순, 물에 젖은 장지를 문에서
        떼어 내기 시작한다.

이순   꼭 생선 살 발르는 것 같네. (뜯어낸 문종이를 장오 입에 장난스레 들
        이댄다.) 옛수.
장오   원 사람…….
이순   (입맛을 다시며) 참 맛났드렸는데.
장오   뭐가?
이순   영감이 끓여 줬던 준칫국 말이우.
장오   내가?
이순   어찌 그걸 잊어 먹우? 우리 처음 만냈을 때.
장오   ……어어.
이순   아우, 그땐 머 아무 정신이 없었지. 오라버니허구 나, 두 남매만
        피난 나갔다가, 오라버니는 저 오산서 폭격에 돌아가시구, 혼자
        돌아와 보니까 용케도 집은 멀쩡한데, 어머니, 아버지는 안 계시
        네. 그럴 줄 알았으믄 떼매구서라두 같이 피난을 갈걸. 물어 물
        어, 두 양반 신체를 찾어다가 급헌 대루 뫼시구. 넋이 나가 빈집

에 혼저 앉었는데, 웬 시커먼 사람이 들오더니 바께쓰 하나를 떡 내려놓고 나가네……. 그때까지두 난 몰랐어. 영감이 내둥 날 졸 졸 쫓아댕기면서 그 일 다 봐준 줄은. 나중에 옆집 아즈마니한테 듣고서야 알았지……. 딜여다보니 준치가 하나 가뜩이야. 그러 믄 뭘해, 손 하나 까딱허기 싫은걸. 그냥 죽자 허구 방 안에 드러 누웠는데, 저녁나절인가, 뭐가 부엌에서 딸각딸각해. 내다보기도 귀찮아. 그러구 있는데, 마루에서 누가 "밥 먹읍세다." 그러네. 왜 그랬나 몰라. 그 말을 거역 못허구 나가서는, 생전 츰 보는 두억 시니 같은 남정네허구, 겸상으루 밥을 먹었으니.

장오　겸상은 무슨. 불러도 안 나와서 나 혼자 밥 먹고 갔는걸.

이순　무슨 소리유? 같이 먹었지.

장오　아니라니까. 다음 날 와 보니까 내 먹구 간 그대로든걸, 뭐.

이순　그때 청년단 위세가 좀 대단했우? 아무리 정신이 없기로서니 내 가 그 말을 거역했을까? 그랬잖우? 내가 밥 먹다 우니까 "와 웁네 까?" 그래서, 우리 어머니 생각나 운다고, 내가 그랬잖요.

장오　그건 나중에 오산 가서 죽은 처남 수습해 올라오구 나서지. 그냥 간다는데, 밥 먹고 가라고 붙들어 놓고는, 밥상머리에서 눈물 콧물 빼는 거를, 달래다가 그렇구 그렇게 된 게지, 뭐. 그때두 준칫국 은 준칫국이었지. 그땐 자네가 끓였어. 내 원 생전 그런 준칫국은 츰 먹어 봤지.

이순　아유, 그땐 추석 지나고 10월 다 됐을 땐데, 준치가 어딨우? 준치 는 오뉴월에 먹는 거지.

장오　지끔이야 그렇지만, 그때는 준치가 사시삼철 났던걸 뭐.

이순　내 말이 맞어요, 글쎄. 어디 가우?

장오　(부엌 쪽으로 가며) 풀.

이순　아이구, 내 정신.

장오   자네가 그렇지 뭐.

이순   아무튼 맛있었다구요, 그 준칫국이.

장오   (부엌에서) 먹지도 않았으면서 무얼…….

이순   먹었다니까! 먹은 사람이 난데, 내가 잘 알지, 영감이 잘 알우? 자
       꾸 역사를 왜곡허지 말라구요!

장오   (부엌에서) 아이구, 그래, 그래.

이순   (걸레로 문틀에 남은 종이를 닦아 내며) 옛날에 우리 어머니, 5월 단
       옷날 준칫국 끓여 먹구 준치 대가리 빨아서, 그거를 새를 만들어서,
       거기다 앵두를 물려서, 마루 같은 데다 걸어 놓지. 그거 잘하셨어
       요, 우리 어머니. 그 뼈루 황새를 맨들었으니. 그렇게 꿰는 구녁
       이 있드라. 대가리 자르면 골허구 서덜이 나오잖아요? 그럼 고런
       데가 날개 끼는 데, 발 끼는 데 다 있어. 준치 대가리가. 아주 희
       한해요. 그래 가지구 주둥이루 앵두 물려 놓지. 그래서 걸어 놓으
       면 바짝 말르면 어수수 떨어져.

장오, 풀이 든 냄비와 붓을 들고 부엌에서 나온다.

장오   대충 해.

이순이 걸레질을 마치자, 장오가 붓에 풀을 묻혀 문틀에 펴 바른다. 장오와
이순, 창호지를 맞잡고 조심스레 문틀에 붙인다. 장오, 붙인 창호지 위에 꼼
꼼히 풀을 바른다.

이순   아유, 환하다!

장지 바르는 일을 마친 두 노인, 툇마루에 앉아 잠시 해바라기를 한다.

이순   난 그거 징그럽다고 못 배웠지. 우리 어머니는 외할머니한테 배
      웠다는데. 우리 어머니 말씀이, 원 옛적 준치는 가시두 없고 맛이
      좋았대요. 그러니 사람들이 준치만 잡아먹어 씨가 마를 지경이잖
      우? 용왕님이 가엾다고 준치를 불러다 놓고, 다른 고기들한테 "너
      들 가시를 하나씩 빼서 준치한테 꽂아 줘라." 그래니 다들 가시
      하나씩을 준치한테 꽂아 주는데, 너무 많이 꽂으니까 준치가 아
      파 못 견디겠거덩. 도망가지. 도망가는데두 다른 고기들이 쫓아
      와서는 가시를 꽂아 댔대지 뭐유. 준치가 원체 가시두 많지마는
      유독 꼬리에 가시 많은 게 그래서라우. 그래니 준치 가시 많은 거
      나무래지 말라구, 우리 어머니가…….

      장오, 이순이 말하는 동안 길게 하품을 하더니 고개를 숙이고 이내 졸음에
      빠진다.

이순   그때 영감이 뚝 준치 같았우……. 그냥 살겠다구, 가시가 돋쳐 가
      지구서는……. 무서웠지……. 근데 불쌍허드라.

장오   (졸음 결에도) 사둔 넘 말 허는군.
이순   그게 다 그 준칫국 때문이우……. 알우?

      졸음에 빠진 장오, 대답이 없다. 이순, 장오를 바라보며 희미하게 웃다가 자
      리에서 일어나 뜨개질거리를 챙겨 들고 와, 장오 곁에 앉아 다시 뜨개질을 시
      작한다.

이순   사나흘이나 뜬 걸 죄 까먹었으니, 어유……. 이렇게두 정신이 없
      을까…….

이순, 카디건을 졸고 있는 장오의 몸에 대 본다. 어깨와 팔 길이, 등 길이를 맞추어 보고 다시 뜨기 시작한다.

이순   이순아, 이순아, 인저 정신 바짝 채려야지…….

문간에서 인기척이 난다. 이순이 고개를 돌려 문간을 바라본다. 노숙자 황 씨가 들어온다. 산발한 반백의 머리칼, 때에 전 옷을 겹겹이 껴입고 한 손에 검은 비닐봉지를 하나 들었다. 오랜 노숙 생활에 그는 말과 표정을 잃었다. 황 씨, 초점 없는 눈길로 우두커니 문간에 서 있다.

이순   이게 누구야, 황 씨 아니우! 어여 들어와요, 거기 섰지 말구, 어여.
       (장오를 흔들어 깨우며) 영감, 영감! 일어나 봐요.
장오   어, 어? 왜? (황 씨를 본다.) 어.

황 씨, 비척비척 다리를 절며 뒤꼍을 돌아 뒷마당으로 온다.

장오   어딜 들어와? 나가, 얼른!
이순   그러지 말아요.
장오   허, 저 녀석.
이순   다리를 많이 저네. 작년엔 안 그렇더니, 세상에…….

황 씨, 무표정한 얼굴로 툇마루에 와 앉는다.

이순   아직 살아 있었구먼. 안 그래두 올봄엔 왜 안 오나 걱정했우.

황 씨, 냄비를 집어 들더니, 남은 밀가루 풀을 손으로 퍼먹기 시작한다.

이순   에그…… 영감, 뭐 먹을 것 좀 없우?

장오   없어.

이순   그러지 말구 좀 찾아봐요.

장오   자네가 자꾸 그렇게 버릇을 들이니까…….

이순   어서요. 간장이라두 좀 가져다줘요.

장오, 혀를 쯧쯧 차며 부엌으로 간다.

이순   츤츤히 먹우. 에그, 그새 다 먹었우? 간이라두 해서 먹지, 그 밍밍
        한 밀가루 풀을…….

황 씨, 냄비를 싹싹 핥는다.

이순   그래두 황 씨가 나를 안 잊구 올봄에도 찾아왔구려, 응? 안 죽었
        다고, 살아 있다고 인사하러 온 거야?

황 씨, 냄비를 내려놓고 물끄러미 이순을 바라본다.

이순   아이, 그 치운 겨울을 또 어떻게 견뎠우 그래?
        좀 추웠어야지, 작년 겨울이, 세상에…….

장오, 부엌에서 쟁반에 눌은밥과 김치를 들고 온다.

이순   (장오에게) 인저 아주 말하는 것두 잊어버렸나 봐. 츰 봤을 때는
        그래두 정신이 있더니.

황 씨, 장오가 가져다준 눌은밥을 먹는다.

장오 　벌써 몇 년쨴데. 아직 정신이 붙어 있으면 그게 이상한 거지.

이순 　그땐 조단조단 얘기도 곧잘 했는데. (황 씨에게) 그래, 아직두 돼지
　　　가 울어? 응? 아직두?

황 씨는 대답 없이 눌은밥만 입에 넣고 있다.

장오 　돼지가 울다니?

이순 　이이가 예전에 평택에서 돼지 농사를 크게 지었다잖우. 근데
　　　그게 뭐지? 공 차는 거, 크게 해 가지구 온 나라가 들썩들썩할
　　　때…….

장오 　월드컵?

이순 　응, 월드컵. 그때 병이 돌아가지구 망했대요, 글쎄. 멀쩡한 돼지들
　　　을 그냥, 소 같으면 죽이기라도 한대는데, 그냥 살겠다고 울면서
　　　기어오르는 거를, 발로 차 밀어넣구는 생석회 뿌리고 죄다 파묻
　　　었다네, 몇 천 마리를……. 자꾸 그것들 우는 소리가 나서 술 안
　　　마시고는 못 배긴다구……. 꿈에두 뵈고, 월드컵 소리만 들어도,
　　　뻘건 것만 봐도, 자꾸 울음소리가 들린다구, 그럽디다.

장오 　몇 천 마리가 뭐야, 지난 겨우내 수백만 마리두 넘게 묻었다는걸.

이순 　세상에…… 그 죄가 다 어디루 가누…….

황 씨, 눌은밥을 다 먹고 자리에서 일어난다.

이순 　벌써 가게? 조금만 더 앉았다 가지, 다리도 아픈데, 응.

황 씨, 대문 쪽을 향해 걸음을 옮긴다.

이순   (장오에게 눈짓하며) 영감.
장오   거참.

장오, 주머니를 뒤져 꼬깃꼬깃한 천 원짜리 몇 장을 꺼내 들고 황 씨를 따라간다.

장오   이보게, 잠깐만, 잠깐만. (황 씨 손에 돈을 쥐어 주며) 받어. 우리 할 멈이 주는 거야.

황 씨, 돈을 받아 들고 마루가 뜯겨 나간 자리 앞에 멈춰 서서 횡한 구멍을 내려다본다. 사이. 황 씨의 얼굴에, 뭐라 형언할 수 없는 표정이 잠시 떠올랐다 스러진다. 황 씨, 곧 예의 그 무표정한 얼굴로 돌아가, 고맙단 말도 없이 대문 밖으로 나간다.

이순   에그, 뭐가 저리 바쁠까……. 어떤 세상을 사느라구 저러구 댕기누…….
장오   아주 데리구 살 기세구먼.
이순   왜 못해요? 영감만 펄쩍 안 뛰면 백번이래두 데리구 살았지.
장오   사람은 다 나름대로 사는 거야.
이순   넘이라구 그런 말 마우. 저이한테두 나 준 부모, 처자식이 있을 텐데……. 저러고 댕기는 걸 알면 얼마나 속이 쓰릴꾸…….
장오   오지랖은.
이순   너무 착해서 그렇지, 모질지를 못해서 그래.
장오   물러 터져 그렇지 뭐.

이순 세상이 참 그래요. 죄진 놈이 죄 갚음 허는 법은 없거든. 다 착허구 순헌 사람들이 세상 죄 갚음 하느라고 저러지. 사람 백정들두 번연히 눈 뜨구 떵떵거리면서 사는데, 꼭 죄 없는 사람들이…….

장오 세상에 죄 없는 놈이 어디 있어? 나면서 죄두 지구 나오는 게지.

이순 그런 거예요?

장오 그래.

이순 그런가요……. 그러게……. 내가 얼마나 많은 죄를 지구 나왔길래…….

이순, 저도 모르게 흐르는 눈물을 손등으로 찍어 낸다.

이순 에그, 우리 영돈이도 살아 있으면 저 나이쯤 됐을 텐데…….

장오 또.

이순 밥이라두 먹여 보낼걸……. 뭐가 그리 바쁘다고…….

장오, 자리를 피해 쟁반을 들고 부엌으로 들어가 버린다.

이순 3월인데두 눈이 퍽 왔었어요. 새벽녘에 비질 소리가 나서 내다보니까 우리 영돈이야……. 꿈만 같어서 눈을 비비구 봐두 우리 영돈이네, 우리 영돈이가 눈을 쓸구 있네. "얘야, 금방 녹을 눈을 무엇하러 쓸구 있니." 어서 들어오라고 해두 어머니 미끄러질까 무섭다구, 저 골목 앞까지 눈을 쓸어 놓구는. 어멈허구 준호는 친정 가서 없지. 건넌방에 들어가서 제 처자식 덮구 자던 이부자리만 한번 쓸어 보구, 영감은 내다보지두 않으니, 안방에 대구 절만 허구, 밥이나 먹구 가거라 해두 바쁘다구 가드니, 제 쓸어 논 길루 총총히 가드니, 금방 올 게라구 가드니, 꿈처럼 그렇게 가드

36

니……. 영돈아…… 영돈아…….

장오, 부엌에서 나오며 이순에게 소리 지른다.

장오   그만하지 못해?
이순   어디서 무얼 하느라고 못 오니, 응? 무얼 먹고 무얼 입고 잠은 어
       디서 자나, 우리 영돈이…….
장오   그놈은……!
이순   아니에요, 아니에요.

이순, 말을 잇지 못하고 주먹으로 가슴을 두드리며, 안방으로 들어가 버린다.

장오   살겠다고, 살겠다고 버둥거려도 살까 말까 한 세상을, 응? 그저
       죽겠다고만 달려든 놈이야, 그놈이! 계란으루 바위를 치구, 섶을
       지구 불구덩이에 뛰어들어두 유분수지!
이순   (방 안에서 소리만) 우리 영돈이는 아무 죄가 없어요, 눈처럼 죄가
       없어…….
장오   이제 그만해. 죽었어. 그놈은 죽었다구.
이순   (방 안에서 소리만) 내 눈으루 보기 전엔, 꿈에라도 뵈기 전엔, 우리
       영돈이는 죽은 게 아니에요.
장오   30년이야, 30년이 넘었어. 그래! 지놈 소원대루 빨갱이들도 네 활
       개 치고 돌아다니는 세상이 됐다구. 근데 왜 못 돌아와? 살아 있
       다면 왜 못 돌아와!
이순   (방 안에서 소리만) 그러지 말아요, 영감, 그러지 말아…….
장오   그놈이 안 죽었대두, 그놈이 살아 온대두, 나는 용서 못해! 제놈
       이 무얼 안다구! 제깟 놈이 무얼 안다구! 간이구 쓸개구 다 내다

바치구, 기껏 배부르고 등 따숩게 해 줬더니, 세상이 그렇게 호락 호락한 줄 알구? 나한테는 그런 자식 없어! 그런 빨갱이 자식 둔 적 없어!

장오, 분에 못 이겨 숨을 몰아쉬다가 문득, 잠잠해진 안방을 돌아다본다. 장오, 다급히 안방 문을 열어 보지만 텅 빈 방 안에는 아무도 없다. 장오, 마루를 건너가 건넌방을 열어보고, 부엌에도 들어가 본다. 그러나 이순의 모습은 어디에도 보이지 않는다. 장오, 마당 한가운데 우두커니 서 있다. 날이 저문다. (무대 서서히 어두워진다.)

밤. 집 앞 길가에 선 보안등 불빛이 담 너머로 비쳐 든다. 마루에 우두커니 앉아 있는 장오의 실루엣이 보인다. 문밖 어둠 속에서 누군가의 목소리가 들린다.

명서 할아버님, 할아버님.
장오 누구요?
명서 저예요.
장오 어, 진우 어멈이냐?
명서 네.
장오 열렸다, 들어오너라.

장오의 손자며느리 명서가 종이 가방 하나를 들고 들어온다. 깡마르고 작은 몸집에 피곤한 기색이 역력하다.

명서 어둔데 불두 안 키시구…….

명서, 마루에 올라와 전등을 켠다. 이 빠진 마루를 본다. 장오, 명서의 눈길을 느끼고

장오   신경 쓸 거 없다. 어차피 헐릴 집이야.

사이.

명서   (장오 앞에 앉으며) 저녁은 드셨어요?
장오   어, 먹었어.
명서   (종이봉투 안에 든 것을 꺼내 놓으며) 만두 좀 사 왔어요. 할아버님 좋아하시는 평양만두.
장오   응, 그래. 고맙구나.
명서   (나무젓가락을 장오에게 쥐여 주며) 드세요.
장오   응, 응.
명서   어서요.
장오   (만두를 한 입 베어 물고) 음, 맛있구나. 너두 먹어라.

두 사람, 한동안 만두를 먹는다. 말없이 만두를 씹던 명서, 울음이 북받쳐 오른다. 참으려 해 보지만 결국 끅끅 느끼며 울고 만다. 명서의 울음이 길게 이어진다. 장오, 명서의 울음이 잦아들기를 기다리며 한동안 말이 없다.

장오   얘야, 울지 마라.
명서   죄송해요, 할아버님.
장오   쓸데없는 소릴.

명서, 울음이 쉽사리 그치지 않는다.

장오	그만 울어, 체할라.
명서	네.
장오	그래, 이제 그걸루 빚 감당은 다 한 게야?
명서	네.
장오	그마나 집이 수이 팔려서 얼마나 다행인지 모르겠다. 준호 그놈이야 제 저지른 일이니 고생해두 싸다만은, 그 녀석 도망 다니는 동안, 어멈 네가 진우 데리구 혼자서 고생 많았구나.
명서	가게를 하나 얻었어요, 남은 돈으루.
장오	그래? 그참, 요 몇 해 이 동네 사람들 북적거려서 번거롭구 꼴 뵈기 싫더니, 그 사람들한테 절이라도 해야겠네. 그래, 무슨 가게?
명서	아는 선배가 하던 커피집인데요. 그 언니가 다른 데 가게를 크게 하나 열었다구, 저더러 해 보라고 해서요.
장오	커피집? 그럴 돈이 돼?
명서	쪼그매요. 테이크아웃만 하는 데라.
장오	응?
명서	앉아서 마시는 게 아니라, 그냥 사 들고 가는 거요.
장오	어, 그래……. 잘했구나, 잘했어.
명서	쪼그매두 대학교 앞이라 장사는 잘된대요. 진우 아빠두 같이 오려구 했는데, 개업 준비 때문에 이것저것 일이 많네요.
장오	그럼 바쁜데, 뭘. 바빠야지, 사람은 그저 바빠야 돼.
명서	어떻게 짐은…….
장오	응, 다 싸 뒀다. 옷가지 몇 개 챙기면 그만인걸. 거기 가면 다 먹이구 입히구 재워 준대는데, 뭐.
명서	진우 아빠두 이제 정신 차린 것 같구, 저희 열심히 살 거예요, 정말. (또 울음이 터진다.) 그래서 이것보다 더 좋은 집으루 지어 드릴 거예요, 꼭이요. 그러니까 그때까지 오래오래 사셔야 돼요. 여기

계실 때보다 더 자주자주 찾아뵐게요.

장오 오냐, 오냐. 고맙구나. 내 걱정은 할 것 없어. 그저 느이들이 맘 맞
     춰서 잘 살면 그만이지.

사이.

장오 어멈아…… 고맙다. 미안허구……. 우리 준호, 애비 얼굴도 모르
     고 자란 불쌍한 놈이다. 그 녀석 허랑한 걸 내가 모르겠니? 그래
     두 본심은 착한 놈이야. 니가 꼭 붙들어 줘야 한다. 알겠지?

사이.

명서 좀 더 드세요.
장오 응, 그래.
명서 좀 더 있다 가면 좋을 텐데, 진우가 내일 시험이라.
장오 그래, 얼른 가 봐.
명서 (자리에서 일어서며) 그럼 진우 아빠하고 내일 올게요.
장오 아니다. 올 것 없다. 어딘지두 다 알고, 나 혼자 찾아갈 수 있어.
명서 그건 안 돼요.
장오 내 말대루 해라. 번거롭게 말구. 그래두 지가 나고 자란 동네구,
     집인데, 맘이 좋겠냐? 혹시라두 아는 사람 마주치면 그것두 마땅
     찮을 테구.

사이.

명서 식기 전에 좀 더 드세요. 내일 올게요.

명서, 인사하고 대문 밖으로 나간다.

장오 (밖을 향해) 오지 마, 내일은. 나중에 요양원으루 와. 그때 보면 되
지. 알았냐?

혼자 남은 장오, 만두를 한 입 베어 문다.

장오 이 할망구야, 어디 갔어? 손자며느리가 만두 사 왔어. 나와서 좀
먹어 봐. 맛있어.

고요하다.

장오 제길. 화가 나면 화를 내라더니, 화 좀 냈다구 이러기야? 하여간
제멋대루지, 제멋대루야. 이 망할 놈의 할망구. 정말 안 나올 거
야? 가 버린 거야?

사이.

장오 원, 제기…… 그래, 가. 가야지. 가야구 말구……. 돌아보구 말 것
도 없어. 아니라구는 허지 마. 인저 다 끝났어. 끝은 끝이야. 세상
에 좋은 끝은 없어.

장오, 일어서서 눈길로 집을 둘러본다.

장오 그래두 이 집이 나보단 낫군. 흩어질 땐 흩어지더라두, 뭐가 되
든 된다네……. 책상두 되고, 밥상두 되고……. 허허……. 섭섭헐

것두 없구, 억울헐 것두 없어……. 빈손으루 혼자 내려와서 자네
두 만나구, 손주, 증손주까지 보았으니, 이만하면 괜찮지. 괜찮구
말구……. 이젠 집을 비워 줄 때가 된 거야, 내주고 갈 때가 온 거
지……. 그러니, 자네두 이젠 다 비우고 가게. 여기 있지 말구. 여
긴 이제 아무것두 없어, 아무것두…….

사이.

장오   그래, 자네 말대루, 우리 영돈이…… 착한 놈이라, 죄 없는 놈이
       라, 눈 녹듯이 간 걸 게여. 꽃 지듯이 간 걸 게여.

장오, 건너방으로 들어간다. 이윽고 단출한 가방 하나를 들고 건넌방에서
나온다. 장오, 먹다 남은 만두가 마루 위에 놓인 것을 본다. 몸을 굽혀 만두
를 가방에 챙겨 넣는다. 그 사이, 이순이 안방 문을 열고 나와 마루에 선다.
그녀의 손에 뜨다 만 카디건이 들려 있다. 몸을 일으키던 장오, 이순이 다시
제 앞에 서 있는 것을 본다.

사이.

장오   참 고집 센 강생이로군.

이순, 말없이 빙긋 웃는다.

장오   난 가네.
이순   벌써요?
장오   자네 꼴 보기 싫어 갈 거야.

이순 조금만 더 있다 가지.

장오 사람들이 곧 올걸……. 세상에 제일 추접스러운 것이 사람의 끝이지. 볼 필요도 없구, 보여 줄 필요도 없어.

이순 아직 다 못 떴는데, (장오에게 손짓하며) 이리 와 봐요.

장오, 이순에게 다가간다. 이순, 들고 있던 카디건을 장오에게 입혀 준다. 카디건은, 채 뜨지 못해 한쪽 팔이 없다.

장오 이게 뭐야. 여태두 다 못 떴어?

이순 아유, 환하네.

장오 계속 여기 있을 거야?

이순, 말없이 웃으며 장오를 감싸 안는다. 두 노인, 한동안 서로를 안은 채서 있다. 하늘에 눈발이 비치기 시작한다. 두 사람, 내리는 눈을 바라본다. 장오, 이순에게서 떨어져 나와 대문 쪽으로 걸어간다. 장오, 대문 앞에 이르렀을 때 대문이 스르르 열린다. 노숙자 황 씨가 서 있다. 플라스틱 막걸리 병과 종이컵을 들고. 황 씨, 말없이 막걸리 한 잔을 따라 장오에게 건넨다. 장오, 잠시 황 씨를 바라보다 잔을 받아 든다.

장오 이별준가?

장오, 막걸리를 마신다.

장오 (종이컵을 다시 황 씨에게 건네며) 고맙네. 술 너무 많이 마시지 말구…….

장오, 황 씨의 어깨를 다독인다. 할 말은 가슴 그득하지만 끝내 한마디도 못한다. 장오, 손을 거두고 이순을 돌아본다.

장오 　……조만간 내가 여기루 와야겠구먼. 이거 마저 떠 입으려면.
이순 　츤츤히, 츤츤히 와요.

장오, 대문 밖으로 걸어 나간다. 혼자 남은 이순, 내리는 눈을 바라본다. 눈발이 점점 굵어진다. 황 씨, 마루가 뜯겨진 자리로 와 구멍을 들여다보더니, 그 안으로 들어가 눕는다. 이순, 황 씨가 누운 구멍 가장자리에 쪼그려 앉아 황 씨를 내려다본다.

이순 　이 사람아, 왜 여기 이러구 있어……. 집은 오래 비워 두면 안 되는 거야. 비워 줄 때 비워 주더래두 돌아가야지, 그만 돌아와야지. 아이구, 이 착한 사람아, 자네 넋은 어디 두고 몸만 남았는가. 나는 집을 잃었구 자네는 집만 남았는가. 그래, 거기서라두 한숨 푹 주무시고 일어나거들랑 자다 일어난 듯 돌아오게. 꿈에서 깬 듯이 돌아가게.

동이 터 오기 전에 더욱 짙어지는 어둠. 무대 어두워졌다 밝아지면 아침.

이순은 새로 바른 장지문 앞, 툇마루에 오도카니 앉아 있다. 대문 밖에 요란한 자동차 소리. 용철과 상구, 청년들 네댓 명이 집 안으로 들어선다. 통장이 그 뒤를 따른다.

용철 　분명히 가시는 것 봤어요?
통장 　응, 운동 갔다 오는데 새벽같이 나가시던걸. 즘심 드시구 가랬더니.

상구   (일꾼들에게) 그래두 혹시 모르니 방마다 잘 살펴봐라.

용철   손주가 데리러 왔습디까?

통장   아니, 혼자 가시던걸.

청년들이 마루 구멍 안에 누운 황 씨를 발견한다.

청년 2 어!

상구   뭐냐?

청년 1 누가 있어요.

사람들, 구멍 곁으로 달려간다. 용철, 구멍 안을 들여다보고.

용철   (가슴을 쓸어내리며) 아이구야, 난 또……. 초상 치는 줄 알고 깜짝
        놀랐네. (황 씨에게) 아저씨, 일어나요! 왜 여기서 자요! 에? 일어나,
        얼른, 얼른! 거참!

황 씨, 느릿느릿 일어나 구멍 밖으로 나온다.

용철   얼른 나가요, 얼른.

황 씨, 마당에 내려서서 멍한 얼굴로 주위를 둘러본다.

상구   다른 데는 없지?

청년 1 예.

상구   그럼, 문짝들부터 뜯어라.

상구와 청년들, 문짝을 뜯어내 밖으로 나르고 한 패는 마루를 뜯어내기 시작한다.

통장　에그, 아까워서 어쩌나.

용철　아, 새끼들 일 참 답답하게 하네. 대문부터 뜯어! 그래야 내가기가 쉽지. (여전히 마당에 서 있는 황 씨를 보고) 저 아저씨는 왜 저러구 있어, 나가라니까. 아, 안 나가요? 참 나…….

통장　아유, 웬 눈이 이렇게 온담……. 3월두 다 가는데.

상구　금방 녹을 텐데요, 뭐.

용철　많이만 안 오면 괜찮아. 먼지 안 나고 좋지, 뭐.

뜯겨져 나가는 집이 애처롭게 앓는 소리를 낸다. 분주한 소란의 와중에, 외떨어진 섬처럼, 이순은 툇마루에 앉아, 황 씨는 마당에 서서, 내리는 눈을 바라본다. 3월. 눈이 내린다.

거트루드

등장인물

<table>
<tr><td>G</td><td>거트루드(Gertrude). 엘시노어 여주인</td></tr>
<tr><td>C</td><td>클로디어스(Claudius). 엘시노어 현(現) 사장,
햄릿 삼촌, 거트루드의 남편</td></tr>
<tr><td>H</td><td>햄릿(Hamlet). 거트루드의 아들</td></tr>
<tr><td>P</td><td>폴로니어스(Polonius). 엘시노어 소속 밤무대 사회자</td></tr>
<tr><td>L</td><td>레어티즈(Laertes). 폴로니어스의 아들</td></tr>
<tr><td>HO</td><td>호레이쇼(Horatio). 햄릿의 친구</td></tr>
<tr><td>O</td><td>오필리어(Ophelia). 폴로니어스의 딸, 밤무대 가수</td></tr>
<tr><td>R</td><td>로즈(Rose). 엘시노어 종업원, 고참</td></tr>
<tr><td>S</td><td>스턴(Stern). 엘시노어 바텐더, 신참</td></tr>
</table>

시간   현대

공간   지하에 있는 극장식 주점 '엘시노어(Elsinore)'.
중앙에 원형 무대가 있다. 무대 주변에 몇 개의
탁자와 그에 딸린 의자들. 무대로부터 양쪽으로
긴 회랑이 뻗어 있다. 한쪽은 '엘시노어'의 내부
공간으로 통하며 다른 한쪽은 밖으로 통한다.

PROCESSION   무대 아래 홀 가운데쯤에 식탁 서빙용 손수레 하
나. 손수레 위에 붉은 포도주 아홉 잔. 그리고 칼

두 자루. 감상적이며 비장하고 장중한 음악이 흐르기 시작한다. 객석 어두워지며 수레 위의 술잔들만 빛난다. 엘시노어 안으로 통하는 회랑 끝에서 문이 열리고 빛이 비쳐 든다. 배우들이 양쪽 문을 통해 등장하여 회랑을 따라 중앙 무대를 향해 행진한다. 안에서부터 R과 S, C와 G 역의 배우. 밖에서부터 O와 P, HO와 H, L 역의 배우. R과 S의 복장은 고급 주점 종업원의 그것이다. 남자 역 배우들은 모두 검은색 정장에 코트를 걸쳐 입고 모자를 쓰고 가죽 장갑을 끼고 있다. 여자 역 배우들은 드레스 차림에 코트 혹은 숄을 걸치고 있다. 배우들, 중앙 무대에 올라 손수레에서 각자 자기 몫의 잔을 집어 든다. 배우들, 서로 가볍게 눈인사를 나누며 잔을 부딪치고 마신 후 각자 제자리를 찾아간다. R과 S는 손수레를 무대 밖으로 치우고 무대 곁에 서서 대기한다. O와 P는 밖으로 퇴장한다. HO, 홀 오른편 앞쪽 자리에 앉는다. G, 홀 왼편 테이블에 자리 잡고 앉아 테이블 위에 엎드려 잠든다. C, 잠든 G 옆에 선다. H와 L, 잔을 들고 무대 위에서 서성인다. 음악이 잦아든다. HO가 서 있는 곳이 밝아진다. 무대 나머지 부분은 어둡다.

HO 6월 저녁.

우리는 바닷가 언덕을 올랐습니다.

검게 저무는 바다 저편에서 바람이 불어왔습니다.

그날 저녁, 바람 속에는 무언가,

알 수 없는 향기가 떠돌았고

썰물이 빠져나간 갯벌처럼 이상한 고요가

이 항구도시를 감싸고 있었습니다.

언덕 위에, 엘시노어의 네온사인이 깜빡였습니다.

제 앞에서 언덕을 오르던 친구가 잠시 멈춰 섰습니다.

그 순간, 저는 문득,

이것이 처음이 아니라는 생각이 들었습니다.

저는 제 친구를 말렸습니다.

이곳으로 오지 말라고.

이 게임은 무언가 불온하다고.

하지만 그날 저녁, 친구는 결국 이곳으로 왔습니다.

HO 있는 쪽 어두워지고 무대 위, H와 L이 서 있는 곳이 밝아진다.

H 용서하게. 하지만 자네도 잘 알겠지. 난 내가 아니었어.

L 나도 자네한테 유감은 없어. 하지만 자네도 잘 알지. 이 바닥이
   어떤 곳인지. 내 입장이 어떤 건지.

두 사람, 서로 잔을 부딪치고 마신다.

1장

C가 손뼉을 친다. 조명이 넓어진다. H와 L, 무대 아래로 내려와 외투와 모자를 벗는다. S, G가 엎드려 있는 테이블 위에 잔 두 개와 포도주 한 병을 올려놓는다. C, 잔에 포도주를 따르고 그중 하나에 '진주' 한 알을 떨어뜨린다. C, 잠든 G의 어깨를 가볍게 두드려 그녀를 깨운다. G, 잠에서 깨어 일어나 멍한 눈으로 주위를 둘러본다.

G 어, 벌써 다 끝났어요? 누가 이겼어?

C 아니. 이제 시작할 거야.

G 이상하다? 아까 시작했던 것 같은데?

C 꿈을 꾼 모양이군.

G 꿈? 아, 맞다! 방금 기가 막힌 꿈을 꿨는데, 들어 볼래요?

C 나중에. 이젠 게임을 시작해야지.

G 시간 지나면 잊어버리는데…….

C, 무대에 올라 H와 L에게 손짓한다. H와 L, 칼을 집어 들고 무대에 올라 마주 선다. C, 두 사람의 손을 잡아 서로 쥐어 준다.

C 좋아, 시작해.

S, 호루라기를 분다. 시합이 시작된다. R과 S는 북과 나팔을 들고 대기한다. G, 말없이 술잔을 바라본다.

H 1점!

L 1점?

H　　심판!

S　　1점!

R과 S, 북과 나팔을 마구 두드리고 불어 댄다.

L　　다시!

C　　잠깐! 우리 아들을 위해 건배! (H에게 진주가 든 잔을 권하며) 자, 받아.

H　　한 판 더.

호루라기 소리. H와 L, 다시 맞붙는다.

S　　1점!

H　　인정?

L　　인정.

R과 S, 북과 나팔을 두드리고 불어 댄다.

C　　우리 아들 잘한다.

사이.
C, 멍하게 있는 G에게 눈치를 준다.

C　　우리 아들 잘한다.

사이.

C	우리 아들 잘한다!
G	그러게.
C	그러게는 뭐가 그러게야?
G	어머? 왜 갑자기 화를 내고 그래요?
C	뭔가 해야겠다는 생각 안 들어?
G	뭘요?
C	쟤들 봐. 땀을 비 오듯 흘리잖아.
G	비 오듯 흘리는 것 같진 않은데.
C	어쨌든. 닦아 주고 싶지 않아?
G	그럴까요? 그러죠, 뭐. 가만있어 보자. 손수건이…… 내가 손수건을 어디다 두었지? (R에게 가서 그가 팔에 걸치고 있던 천을 집어 들고) 자, 이리들 오렴.
H	그거 걸레 아니에요?
R	행줍니다.
L	걸레 같은데.
R	행주 맞습니다.
C	걸레든 행주든 닦는 건 마찬가지야.
G	(두 청년 이마에 맺힌 땀을 닦아 주며) 아유, 이 땀 좀 봐. 숨차지? 살살 해. 그러다 정말 다치겠다. (잔을 들어 두 청년에게 권하며) 자, 한 잔씩들 할래?

사내들, 어이없는 표정으로 G를 바라본다.

G	왜, 싫어? 목들 마를 텐데?
C	여보!
H	그렇게 부르지 말랬잖아!

C	그럼 뭐라고 불러?
H	형수님!
C	이 자식이!
H	당신들끼리 있을 땐 뭐라고 부르든 상관없지만, 적어도 내 앞에 서는 안 돼! 사람이 염치가 있어야지. 여보가 뭐야, 여보가?
C	내 마누라 뭐라고 부르든 니가 무슨 상관이야? 넌 그렇게 염치가 있고 싸가지가 있어서, 니 어미한테 마담, 마담, 해 가면서 염장 을 지르냐?
G	다투지들 말아요. 뭐라고 부르든 난 괜찮아.
L	그래요. 이런 일로 다툴 때가 아니잖습니까.
G	근데 왜 불렀어요?
C	(분을 삭이며) 그게 그러니까…… 왜 불렀지? 아! 당신, 목마르지 않 아?
G	아뇨.
C	잘 생각해 봐. 목마를걸?
G	글쎄.
C	목마르다니까. 아니, 목이 타지! 당신 아들이 이렇게 위험한 게임 을 하고 있는데 목이 바짝바짝 타야 정상이지!
G	듣다 보니까 그런 것 같기도 하고.
C	그래. 마시고 싶지?
G	마셔도 돼요?
C	그럼! 마셔, 마셔. 아, 아, 지금 말고. 당신 아들이 이기거든, 내가 "우리 아들 잘한다!" 할 거란 말이야. 그럼 당신은 애들 땀 닦아 주고, 당신 아들을 위해서 건배하는 거야.
G	꽤 복잡하네.
C	하나도 복잡할 거 없어. 그냥 물 흐르듯 자연스럽게 하면 돼. 자,

　　　　　　(H를 가리키며) 얘가 이겼다. (R과 S에게) 뭐 해?

　　　　　　R과 S, 북과 나팔을 두드리고 불어 댄다.

C　　　　　우리 아들 잘한다!

G　　　　　(C의 눈치를 보며 H 곁으로 가서 땀을 닦아 주며) 이 땀 좀 봐. 숨차지?
　　　　　　살살 해. 그러다 정말 다치겠다. (자리로 돌아와 잔을 들고) 자, 우리
　　　　　　아들을 위해 건배!

H　　　　　메르씨, 마담!

C　　　　　여보, 안 돼!

G　　　　　깜짝이야! 안 돼요?

C　　　　　아니, 그러니까…….

G　　　　　아깐 마시라더니. 마시라는 거예요, 말라는 거예요?

C　　　　　미치겠군!

L　　　　　제가 정리해 드리죠. 사장님은 마시면 안 된다고 말하는 거고, 사
　　　　　　모님은 그래도 마시는 겁니다.

G　　　　　지금 이이 말을 무시하란 말이야?

L　　　　　네.

G　　　　　말도 안 돼. 이이가 죽기보다 싫어하는 게 자기 말 무시하는 거라
　　　　　　구. (C에게) 정말 그래도 돼요?

C　　　　　그래!

G　　　　　저 봐, 저 봐, 벌써 신경질 내잖아.

C　　　　　누가 신경질 냈다고 그래!

G　　　　　지금 신경질 내고 있잖아요. 집안 내력이라니까. 형이구, 동생이
　　　　　　구, 아들이구, 저놈의 욱하는 성질머리는.

C　　　　　거기서 우리 집안 얘기가 왜 나와?

G   내 말이 틀려요? 저 얼굴 뻘게진 것 좀 봐. 잘하면 치겠네.

C   신경질 안 났다니까!

G   아니면 됐어요. 그러니까 당신은 내가 이 술을 마시려고 하면 "마시면 안 된다."고 얘기할 거란 말이죠?

C   그래.

G   그래도 난 무시하고 마시는 거고?

C   무시하라는 게 아니라, 사람이 줏대가 있어야 한단 말이지! 한번 건배를 외쳤으면 하늘이 두 쪽 나도 마실 건 마셔야 한다 이 말이야!

G   정말 화 안 낼 거죠?

C   그래!

G   그럼 그 얘긴 조그맣게 해요, 건성으로.

C   뭐야?

G   아까처럼 진지하게 버럭 소리를 치니까, 무시하기가 힘들잖아요.

C   알았어. 원위치!

H와 L, 다시 무대로 올라가 시합을 준비한다. S, 호루라기를 분다.

G   (잔을 들고) 자, 우리 아들을 위해 건배!

H   메르씨, 마담!

C   (건조하게) 여보, 안 돼.

G   마실 거예요, 화내지 마세요.

G, 잔을 들어 마신다.

C   저것은 독배인데, 너무 늦었…….

C가 말을 채 마치기 전에 G, 요란하게 구역질을 하며 몸을 굽히고 마셨던 술을 죄다 뱉어 낸다.

C   또 뭐야?

G   (사레들려 기침하며) 술맛이 왜 이래?

H   (술잔을 들고 무심결에 맛을 본다.) 괜찮은데?

L   어!

H   어?

L   그걸 마시면……!

H   어, 어!

L   빨리 토해!

H, 토하려 애쓰고 L은 H의 등을 두드려 주느라 둘이 엉겨 바닥을 뒹군다. C, 술잔을 들고 들여다본다.

C   그만해.

C, 잔에 든 술을 단숨에 마셔 버린다. H와 L, 놀란다.

C   잔을 잘못 집었어.

G   네?

C   이쪽이 당신 잔이야.

G   아무거나 마시면 어때요. 똑같은 술인데.

C   얘를 위해 건배를 하니까, 얘 잔으로 하는 거야.

G   아유, 정말 까다롭네.

C   그게 건배의 룰이야.

G   건배에도 룰이 있어요?

C   그럼!

G   쳇, 언제부터 그런 게 생겼담?

C   모든 일엔 룰이 있어야지. 아무리 사소한 일이라도. 게임이든, 술자리든 룰이 없으면 개판이 되니까. 당신을 보라구.

G   나요?

C   당신이 지금 이 게임을 개판으로 만들고 있잖아!

G   내가 뭐? 뭘 어쨌다구? 해요, 하라구! 참 알 수가 없네. 내가 술을 마시든 말든 그게 그렇게 중요해요? 이 잔을 마시든, 저 잔을 마시든 그게 이 게임하고 무슨 상관이냐구요?

C   중요해. 상관있어. 당신이 모른다고 중요하지 않거나 상관없는 건 아냐.

G   내가 모르는 게 뭔데요?

C   에, 그러니까 그건…… 관중 또한 게임의 일부분이라는 거지. 관중한테는 적절한 반응을 할 의무가 있는 거야. 관중한테도 지켜야 할 룰이 있다고. 그게 없으면 게임을 계속해 나갈 수가 없으니까. 자, 그러니까 당신이 얘들 땀 닦아 주는 것도, 얘 잔으로 얘를 위해 건배를 하고, 그 잔을 마시는 것도 이 게임의 일부분, 그것도 아주 중요한 부분, 당신이 지켜야 할 룰이다 이거야.

G   관중 노릇이 그렇게 힘든 건 줄은 미처 몰랐네요.

H   선수는 더 힘들어요!

G   아니 글쎄, 이렇게 복잡하고 부담스러워서야 어디 관중 노릇 해 먹겠어?

H   복잡하고 부담스러울 게 뭐 있어요? 마담. 지금 당신 문제가 뭔지 알아요?

G   룰을 안 지킨 거?

H	아니. 그보다 더 중요한 문제는, 마담이 이 게임에 집중을 안 한다는 겁니다. 집중만 하면 자연스럽게 물 흐르듯이 될 텐데, 그걸 안 하고 있잖아요! 미안하지도 않아요? 선수들은 죽겠다고 뛰고 있는데!
G	알았어, 미안해. 근데 어떡하니? 집중은 어떻게든 해 보겠는데, 술은 도저히 못 마시겠어. (헛구역질, 트림을 하며) 지금 내 속이 속이 아니거든. 냄새만 맡아도 확 올라온단 말이야.
C	뭐야?
G	그래요. 어제 좀 무리했나 봐, 내가.
C	이 사람이!
G	엊저녁에 다들 상가(喪家)에 가고 나 혼자 있는데, 맘이 좀 그렇더라구요.
C	마음이 뭐?
G	알잖아요. 그 끔찍한 얘길 꼭 내 입으로 해야겠어? 별별 생각이 다 나는 거야. 먼저 간 그 양반도 그렇고, 쟤 아버지, 여동생도 그렇고…….
L	그만하세요.
G	미안해. 아무튼 심난하더라구.
C	당신답지 않아. 그만한 일로 감상에 빠지다니. 지금이 술이나 퍼마시고 있을 때야? 코가 비뚤어지도록?
G	술만 마신 건 아니에요. 생각도 했지.
H	생각은 우리가 합니다. 마담은 생각할 필요 없어요.
G	그래?
L	정확히 말하자면 생각하시면 안 되는 거죠.
C	그래. 제발 생각 없이 굴지 좀 마. 이 중차대한 순간에.
G	생각하면 안 된다더니, 생각 없이 굴지 말라니?

L	생각하면 안 된다는 것만 생각하세요.
G	어렵네.
H	어려울 거 없다니까요! 집중만 하면 돼요, 집중만!
G	아무 생각 없이? 그래. 어차피 난 생각 같은 건 할 줄 모르는 인간이니까. 그런 것도 인간이라고 할 수 있다면 말이지.
L	뭐 그렇게까지 자학하실 필요는 없어요.
G	아냐, 사실이 그래. 그래서 말인데, 갈수록 난 모르겠거든? 나 같은 인간, 아니 생각 없는 짐승이 꼭 여기 있어야 되는 이유가 뭐지? 자꾸 방해만 되잖아. 나 같은 관중은 없는 게 더 낫지 않아?
C	여기 관중이 몇 명이나 된다고 그래?
G	하나(R), 둘(S), 셋(HO), 넷(G), 당신까지 다섯이나 되네, 뭐. 근데 왜 나만 갖고 그러는 거야? 왜 나만 이렇게 할 일이 많구, 억울하게.
C	아니지. 얘(S)는 심판, 얘(R)는 진행 요원, 나는 경기 감독관…….
G	저 사람(HO)은?
C	경기 기록관.
G	뭘 적는 것 같진 않은데. 그냥 멍하니 앉아 있잖아.
H	(머리를 가리키며) 여기다 적고 있어요. 외우는 것 말고는 할 줄 아는 게 없는 친구죠.
G	고시생이야?
H	어떻게 아셨어요?
G	그렇게 생겼어.
C	알겠어? 여기 진짜 관중은 당신 하나라구. 당신이 없으면 이 게임은 성립되지를 않아요 그러니까 당신 역할이 중요한 거구.
G	어떻게 네가 저런 친구를 다 사귀었니?
H	내 전공이 법학이잖아요.
G	아, 그랬지. (HO에게) 반가워요. 우리 아들 잘 부탁해요.

C   자꾸 딴 데로 새지 마!

G   자꾸 소리 지르지 말아요! 머리 아파 죽겠고만!

사이.

C   이 사람이.

G   당신 말대로 내가 그렇게 중요한 사람이라면, 나한테 이렇게 함부로 하면 안 되지. 좀 더 공손하게 부탁해야 되는 거 아냐? 생각해 보니까 열 받네. 확 가 버릴까 보다, 그냥.

G, 자신의 장난스러운 몸짓에 몹시 당황하는 세 사내의 반응을 보고 더욱 자신감을 얻는다.

G   내가 우리 아들 친구랑 인사 좀 하겠다는데. 얘가 언제 자기 친구 데려온 적 있었냐구. 처음이잖아. 근데 아들 친구 앞에서 나한테 버럭버럭 소리나 지르고 말야. 저 사람이 우리 집안을 뭘로 알겠어요! 아, 정말 창피해서 원! 빨리 나한테 사과해요!

C, 치미는 짜증을 애써 참는다.

G   어서요!

L, 할 수 없지 않느냐는 듯, C를 쿡쿡 찌른다.

C   ……미안해.

G   아냐. 진심이 없어. (가 버리려 한다.)

C	(G의 다리를 황급히 붙들고) 미안해, 잘못했어.
G	정말?
C	정말!
G	(웃으며) 미안해요. 일어나요, 어서. 자꾸 날 다그치니까 그렇지. 나한테도 시간이 필요하다고. 일단 술은 깨야 할 거 아냐.
C	언제쯤 깨는데?
G	깰 때 되면 깨겠지.
C	우리가 뭐 도와줄 일 없을까?
G	글쎄, 어깨가 좀 뻐근하긴 한데.
C	(H와 L, R과 S에게) 야, 뭐 해!

모두 G에게 몰려들어 안마한다.

G	아야야, 됐어! 아파! 간지럽다구!
C	가만있어 봐요. 혈액순환이 잘 되면 술도 빨리 깰 거야.
G	(문득) 아, 내 꿈 얘기 들어 볼 테야?
H	갑자기 웬 꿈 타령이에요?
G	글쎄 갑자기 그 이야기가 하고 싶네. 갑자기 하고 싶어졌다는 건 뭔가 이유가 있는 거겠지?

사이.

C	(마지못해) 해 봐.

사내들, 의자에 자리 잡고 앉는다. G, 테이블 위에 놓여 있던 독배를 집어
든다.

G   그러니까 엊저녁에 여러분들은 다들 상가(喪家)에 가고 나 혼자
          여기 남아 있었지. 딱히 할 일도 없고 해서 난 마시기 시작했어.
          한 잔, 두 잔, 석 잔, 넉 잔…… 그러다 깜빡 잠이 들었나 봐…….

          G, 독배를 들고 무대 위로 올라간다. 조명이 점차 G에게로 좁아진다. 머리
          위에서 미러볼이 반짝이며 돌아가기 시작한다.
          음악.

G   꿈속에서도 내 앞에 술잔이 놓여 있었어.
          꿈속에서도 난 취했었나 봐.
          술잔들이 막 새끼를 치는 거야.
          바로 내 눈앞에서.
          세포가 갈라지듯이
          폭죽이 터지듯이
          산탄총알이 퍼져 나가듯이
          하나, 둘, 셋, 넷……
          불어난 술잔들이 비눗방울처럼
          눈앞에 떠다녔어.
          포도주, 위스키, 데킬라, 브랜디,
          보드카, 파스티스, 맥주, 럼, 진,
          사케, 이과두주, 빼갈, 죽엽청주,
          소주, 막걸리…… 그리고
          이름을 알 수 없는
          온갖 종류의 술을 담은 잔들이
          허공에 가득 출렁거렸지.
          갑자기 내 몸이 출렁하더니

빙글 돌았어.
돌아보니까 나도 술잔이야.
내 몫의 술을 담고 출렁거리는 잔 하나.

문득 난 알아보았지.
그 잔들은 말이야.
수백 년, 수천 년 동안
내가 마셔 온 잔들이었어.
내가 마신 죽음들이
별처럼 밤하늘에
출렁이며 반짝이고 있었어.
아름다웠냐고?
아니, 뭐랄까
그건 지겨운 풍경이었어.
너무나 지겨워서 현기증이 일 정도였지.

난 꿈에서 깨어났어. 화장실로 달려가 조금 토했지. 돌아와 보니 술
잔은 여전히 거기 버티고 있는데. 주둥이를 쩍 벌리고 거만하게 반짝
거리면서 말야. 그놈 주둥이에 묻은 내 립스틱 자국을 보면서 마음
먹었지. 오늘 이 잔을 마시지 않기로.

사내들, 놀라 어이없어 한다. HO, 혼자서 박수를 친다. 사내들이 HO를 노
려본다. HO, 박수를 멈춘다.

C   뭐야, 도대체가!
H   그깟 개꿈 때문에? 그게 지금 이유가 된다고 생각하세요?

G   그럼 네가 이유를 설명해 보렴. 왜 그렇게들 죽지 못해 안달을 하
    는 거야?

H   누, 누가 그랬단 말입니까?

G   능청 떨지 마. 당신들이 하려는 게임이 무언지, 이 잔이 어떤 잔
    인지 다들 알고 있잖아. 안 그래?

L   사모님, 무슨 말씀이세요? 몰라요! 우린 아무것도 몰라요!

G   그래?

G, 잔에 든 포도주를 바닥에 쏟아 버린다. 사내들, 막으려 하지만 이미 엎
질러진 포도주.

C   당신…….

L   도대체 왜…….

G   말해 봐. 내가 왜 이 잔을 마셔야 하지? 이렇게 우스꽝스러운 억
    지와 우연 속에서 내가 죽어야 하는 이유가 뭐지?

다음 HO의 대사가 진행되는 동안, R이 냅킨을 들고 와 G가 쏟아 버린, 독이
든 포도주를 닦는다. 사내들, 망연히 그것을 바라본다.

HO 잠시 정적이 흘렀습니다.
    그건 잔혹한 자들에게 가장 잔혹한 질문이었죠.
    모두가 알고 있지만
    아무도 말할 수 없었던 것.
    말해져서는 안 되는 것.
    말하지 않음으로써만 말해질 수 있는 것.
    차라리 끝까지 입을 다물고

시치미를 떼는 것이 좋았겠지만

이미 엎질러진 물.

잔혹해야 할 자들조차도 조금은 지쳐 있었습니다.

2장

H 좋아요. 이왕 이렇게 된 거 까놓고 얘기를 해 보죠. 이유를 알고 싶으시다고요?

G 그래.

H 우리가 마담을 납득시키면 다시 게임을 시작하는 겁니까?

G 그래.

H 좋아요. 말씀드리죠. 그건…… 이 모든 일이 마담한테서 시작되었기 때문입니다.

G 이 모든 일이 나한테서 시작되었다고?

H 당신이 없었다면 살인도 없었을 테니까. 마담이야말로 최초의 살인, 즉 저자가 아버님을 살해하게 만든 원인이니까요.

G 그래서 원인인 내가 책임을 져야 한다?

H 그렇죠. 저자는 아버님을 살해했습니다. 독사처럼, 사리풀 독즙을 아버님 귀에 흘려 넣었지요. (C를 노려본다.)

C 노코멘트.

H 왜? 마담을 얻기 위해서!

G 내가 뭘 어쨌는데? 난 아무 짓도 안 했어. 무얼 했어야 책임을 지든 말든 하지?

H 뭘 해야만 책임이 생기는 건 아닙니다. 예를 들어, 애 동생이 죽었단 말입니다. 걔가 죽는 데 난 아무 짓도 안 했어요.

L 뭐야? 이 뻔뻔한 자식! 아무 짓도 안 했다구?

H 가만있어 봐. 내 얘기 아직 안 끝났어.

L 네놈이 우리 아버질 죽였잖아! 그래서 내 동생도 죽은 거고! 다 네놈이 죽인 거야!

H 글쎄, 누가 뭐래? 지금 그 얘길 하고 있잖아. 네 동생을 내가 직접 죽인 건 아니지만, 어쨌든 내 실수가 원인이 된 거니까, 거기에 대해서는 무한한 책임과 죄책감을 느낀다 이 말이야. 난 그 책임을 다하러 여기 온 거고!

G 그래 넌 실수라도 했다지만 나는 무슨 실수를 했지?

H (사이) 좋아요, 그다지 적절한 예는 아니었던 것 같군요. 설사 아무런 실수가 없었더라도, 그 상황에 거기 있었다는 것만으로도 피할 수 없는 책임이 생기는 겁니다. 존재에는 책임이 따르게 마련이죠. 그렇습니다. 존재 자체에 따르는 책임.

G 존재 자체에 따르는 책임?

H 좀 더 정확히 말하자면 마담의 어떤 특성, 저자가 살인을 저질러 서라도 당신을 손에 넣고 싶게 만든 어떤 특성에 책임이 있다고 할 수 있겠죠.

G 어떤 특성?

H 마담은…… 물론 난 마담한테서 그런 특성을 전혀 찾을 수 없지 만…… 저자는 그걸 느꼈나 보죠……. 아름다움이랄까, 매혹 같 은 거…….

G 하!

H 뭐 어차피 그따위는 주관적인 거니까.

G 그러니까 뭐야? 내가 이 사람을 꼴리게 만든 게 죄다. 한마디로 이쁜 게 죄다, 이 말이야?

H 꼭 그렇게 저속한 말을 써야겠어요?

G   네 말대로 하자면 네 아버지 귓속으로 흘러 들어간 사리풀 독즙한테 그 살인의 죄를 물어야겠구나. 원인으로 보나 특성으로 보나 네 아버지를 죽게 만든 건 그 사리풀로 만든 독약이니까.

H   독약은 독약일 뿐이에요.

G   그래. 독약은 독약일 뿐이야. 근데 너 독약이 왜 독약인 줄 알아? 쓰기에 따라 독도 되고 약도 되니까 독약인 거야. 독약이 무슨 죄니? 문제는 그걸 엉뚱하게 쓰는 놈들이지. 도둑이 금덩이를 훔쳤다. 네 말대로 하자면 금덩이가 죄인이야. 금덩이가 없었으면 도둑질도 없었을 테니까. 금덩이를 잡아다 매질하고 교수대에 매달아야겠네? 사리풀이란 사리풀은 죄다 씨를 말려야겠네?

H   그건 얘기가 다르죠!

G   뭐가 달라? 나도 나일 뿐이야. 사리풀이 사리풀이고 금덩이가 금덩이일 뿐인 것처럼.

H   갖다 붙일 게 따로 있지, 식물하고 광물하고 사람이 같아요?

G   너희들, 지금껏 날 식물이나 광물처럼 다루지 않았어? 좋아. 그럼 사람 얘기를 해 볼까? 한 남자가 한 여자를 겁탈했다. 왜? 그러고 싶어서. 왜 그러고 싶었느냐? 그 여자가 너무 이뻐서. 꼴리게 만든 그 여자가 책임을 저야 해. 이제 사람들은 그 여자를 욕해. 몸을 버린 더러운 여자라고. 그 부끄러움도 그 여자 몫이야. 왜? 이쁜 게 탈이니까. 그런 식으로 사내들은 여자들을 겁탈해 온 거야. 책임도 안 지면서.

H   그건 궤변입니다!

G   이게 방금 네가 한 얘기야. 뭐? 존재 자체에 따르는 책임? 그렇게 따지자면 세상에 아름다운 것들, 행복하고, 기쁘고, 환한 것들, 쓸 만한 것들은 죄다 죄인이야. 왜? 그것들은 니들이 그걸 갖고 싶게 만드니까. 어떻게든 망가뜨려 버려야 해. 그런 식으로 니들은 이

세상을 지옥으로 만드는 거야. 그래서 죽지 못해 안달을 하는 거구. 가, 가서 책임을 물어. 죄를 따져. 지구 전체를, 아니 우주 전체를 목매달지 그래?

H 비약하지 마세요! 모든 사람이 살인을 하거나 도둑질을 하거나 강간을 하진 않아요. 인간에겐 의지가 있으니까요.

G 식물이나 광물한테도 의지는 있을걸? 나무들 봐. 물을 향해 뿌리를 뻗고 햇빛을 향해 가지를 뻗잖아. 금덩이는 한데 뭉쳐 깨어지지 않으려 하고.

H 그건 본능이나 본성에 불과합니다. 인간한테는 무엇이 선이고 무엇이 악인지 판단하고 스스로 자신의 행동을 결정하고 선택하는 의지! 자유의지가 있습니다.

G 자유의지?

H 그리고 이성이 있지요.

G 너한테는 그게 있단 말이지?

H 그래요.

G 그거 좋은 거야?

H 네?

G 자유의진지 이성인지 하는 거 말야.

H 두말하면 잔소리죠. 그건 인간만이 지닐 수 있는 고귀한 특성입니다.

G 나한테도 그런 게 있어?

H 안타깝게도 지금은 없는 것 같습니다.

G 그래?

H 하지만 언제나 가능성은 열려 있어요.

G 다행이네.

H 다행이죠. 저는 마담이 그걸 되찾도록 도와드리려는 겁니다.

G	아니. 그런 게 나한테는 없어서 다행이라고.
H	네?
G	그거 별로 좋은 것 같지 않아. 너 하는 짓을 보면.
H	내가 하는 짓이 어때서요?
G	그거 없다는 사리풀이나 금덩이보다도 못하잖아. 내가 보기엔 사람을 바보 천치에다 미치광이로 만드는 데는 그 뭐 자유의지? 이성? 그것만 한 게 없는 거 같애.
H	지금 나더러 바보 천치, 미치광이라는 겁니까?
G	아니야! 너 막 헛소리 찍찍하고 다닐 때, 내가 얼마나 걱정을 한 줄 알아?
H	모르시는 소리! 그런 척했을 뿐이죠! 제 머릿속은 늘 또렷했어요. 언제나 또렷하게 생각하고 있었죠. 저의 운명을, 벗어날 수 없는 필연과 법칙을 생각하고 또 생각하면서, 그것을 완성하기 위해서 한 걸음 한 걸음 여기까지 온 겁니다!
G	생각하고 생각해서 한 일이 그래, 애꿎은 늙은이를 찔러 죽이고, 죄 없는 처녀에다 앞길이 창창한 두 청년을 죽을 구덩이로 몰아넣은 거냐? 어떻게 하면 너도 죽어 마땅한 사람이 될까, 생각하고 생각하면서 여기까지 온 거야?
H	억지 쓰지 말고 생각을 하세요, 생각을!
G	너야말로 억지 쓰지 말고 생각 좀 해. 운명? 필연? 법칙? 그것들을 생각했다고? 아니. 바로 거기서 넌 생각을 멈춘 거야. 네 아버지가 돌아가셨다는 소식을 듣고 여기 돌아온 뒤로 넌 단 한순간도 생각한 적이 없어.
H	내가 아무 생각 없는 놈이라는 겁니까? 너무 생각이 많아서 우유부단하단 얘긴 들었지만, 나 참, 살다 살다 별소리를 다 듣네요!

L이 보다 못해 끼어든다.

L   저기 잠깐만요. 우리 너무 일을 복잡하게 만들지 말자구요. 지금 문제는 그러니까, 사모님이 그 잔이 어떤 잔인지 알아 버렸다는 거 아닙니까. 그렇죠?

G   그렇지.

L   차라리 잘된 겁니다.

G   뭐가 잘돼?

L   안다는 거요. 알면서도 마시는 것! 사모님은 자유의지로 이 잔을, 자신의 죽음을 스스로 선택하는 겁니다.

G   졸았어? 지금껏 한 얘기가 그러기 싫다는 거잖아. 자다가 봉창을 두드려도 유분수지.

L   보고 나면 생각이 달라지실 겁니다. (H에게) 좀 도와줘. (C에게) 사장님!

C   (깜빡 졸다가 깨어나서) 어? 뭐? 이제 마시겠대?

L   곧 그렇게 하실 겁니다. (칼을 건네며) 자, 사장님께서 제 역할을 좀 해 주세요.

C   내가 왜?

L   제가 사모님 역할을 할 거니까요. (S에게) 넌 사장님 역할을 해. (R에게) 심판은 네가 보고. (술잔을 제자리에 놓고 R에게) 뭐 없을까? 하나 틀어 봐, 적당한 걸로.

R이 오디오를 켠다. 감상적이고 비장한 음악이 흐른다.

L   자, 갑니다!

C(L)와 H가 검투 시합을 벌인다. 시합이 벌어지는 동안, L(G)은 춤추듯 테이블 위에 놓인 술잔 주위를 돌며 비탄과 회한에 잠긴 눈길로 술잔을 바라본다. 차마 볼 수 없다는 듯 물러섰다가 이끌리듯 술잔을 잡았다가 내려놓았다가를 반복한다.

H	1점!
C(L)	1점?
H	심판.
R	1점!
C(L)	다시!
S(C)	잠깐, 우리 아들을 위해 건배!
H	한 판 더.

호루라기 소리. H와 C(L), 다시 맞붙는다.

R	1점!
H	인정?
C(L)	인정.
S(C)	우리 아들 잘한다!
L(G)	(H 곁으로 가서 땀을 닦아 주며 구슬픈 눈길로 슬픔을 가득 담아 아들과 마지막 이별을 하듯) 아유, 이 땀 좀 봐! 숨차지? 살살 해. 그러다 정말 다치겠다. (테이블로 돌아와 괴로움에 몸부림치며 한참 망설이다 드디어 잔을 들고) 자, 우리 아들을 위해 건배!
H	메르씨, 마담!
S(C)	여보, 마시면 안 돼!
L(G)	마실 거예요. 저를 용서하세요!

L(G), 잔을 들어 마신다.

S(C)　　　저것은 독배인데! 너무 늦었구나!

L(G)이 비명을 지르며 과장된 동작으로 괴로워하며, 몹시 시간을 잡아먹으
며 바닥에 쓰러진다.

L　　　죽음이란, 지금 오면 장차 오지 않을 것!
　　　장차 오지 않을 것이면 지금 올 터!
　　　지금이 아니라도 언제든 찾아오고야 말 것!
　　　어차피 공수래공수거인데 일찍 떠난들 무슨 상관인가?
　　　아…… 아…… 아……!
G　　　그만!

R이 오디오를 끈다.

G　　　꼴사나워서 도저히 못 봐주겠군.
L　　　최소한 억지스럽지는 않잖아요. 그리고…….
G　　　어차피 죽는 건 마찬가지잖아.
L　　　아니죠. 이렇게 되면 사모님의 죽음은 고귀함과 영웅적 면모를
　　　띠게 됩니다!
G　　　별로 고귀해 보이지 않아. 영웅적이지도 않고. 완전히 삼류 신파
　　　잖아.
L　　　삼류요? (자존심이 상했지만 참고) 좋아요. 뭐 사람마다 취향은 다른
　　　거니까. 제 연기가 마음에 안 드시면 사모님 취향대로 고귀하고
　　　영웅적으로 해내시면 되잖아요.

G	죽는 데 고귀하고 비천한 게 어디 있어? 구더기가 파먹고 흙이 되는 건 마찬가진데. 결국 죽으라는 얘기잖아. 그래 언젠가는 나도 죽겠지만 지금은 아냐. 내가 왜? 존재 자체에 따르는 책임 때문에? 고귀하고 영웅적으로 멋지게 죽을 수 있으니까, 죽으라고? 싫어. 난 살고 싶어. 너희들도 살아남길 바래. 그뿐이야. 너희들, 진심이야? 진심으로 죽고 싶은 거야?

사이. 닭 울음소리.

C	뭐야, 이거? 여기 닭도 있었어?
S	알람입니다. (서둘러 휴대전화 알람을 끈다.) 7시네요.
L	아침?
S	아마 그럴걸요.
H	벌써?

하품이 이 사람 저 사람에게로 번져 간다. R과 S는 죽을힘을 다해 하품을 참는다.

G	다들 피곤할 거야. 나도 마찬가지고. 자, 우리 좀 쉬는 게 어때?
H	그럴 순 없…… (하품을 한다.)
G	(하품하며) 기운을 차려야 날 설득하든 말든 할 거 아냐. 잠깐 눈들 좀 붙이자고. 혹시 알아. 자고 나면 생각이 달라질지?

G, 하품을 해 대며 내실 쪽으로 걸음을 옮긴다.

C	(습관적으로 G를 따라 내실로 들어가려 하며) 할 수 없지. 내일 보자고.

H	(쫓아가 C를 붙잡는다.) 어딜 가!
C	그냥 잠만 잘 거야.
H	안 돼! 당신도 여기 있어!
C	여기서 뭐 하게?
H	(벌써 엎드려 조는 L을 걷어차며) 일어나.
L	놔둬. 졸려 죽겠어.
H	대책을 논의해야지. 마담을 어떻게 설득할지.
L	대책은 니미. (잠든다.)
C	아이구, 삭신이야. 어떻게든 되겠지. (앉아서 이내 잠든다.)
H	엉망이군. 개판이야. 다들 나사가 풀려 가지고.

H, 혼자 눈을 부릅뜨고 앉아 꿍얼대다가 이내 꾸벅꾸벅 졸기 시작하더니 잠든다. R과 S, 기다렸다는 듯 욕지거리를 해 대며 입이 째지게 하품을 한다. HO가 자신들을 보고 있는 것을 알아채고 황급히 하품을 멈춘다. R과 S, 홀을 청소하며 HO의 눈치를 살핀다.

3장

S	안 주무세요?
R	주무시죠, 피곤하실 텐데.
HO	피곤하지 않습니다.
R	그래도 주무시는 게 좋을 텐데.
HO	안 피곤한데 꼭 자야 돼요?
S	우리도 얘기 좀 하게요.
HO	하세요.

R	손님은 들으면 다 외운다면서요.
S	우리 얘기하는 거 다 외워 놨다가 일러바칠 거죠?
HO	저 그런 사람 아니에요. 얘기하세요. 안 들을게요.
S	정말요?
HO	네.
S	저 봐. 듣네 뭐.
HO	안 들어요.
S	또 들었다.
R	뭐 믿어 보자고. 법학 공부 하신다는 분이 설마 거짓말하겠어?
HO	근데 안 주무세요?
S	우리요? 우린 잘 수가 없어요.
R	언제 누가 부를지, 무슨 일이 터질지 모르니까.
S	도대체 이게 며칠짼지.
R	전 사장님 돌아가신 날부터 지금까지 집에 한 번을 못 갔네요.
S	마누라, 애새끼들은 잘 있는지.
R	우리 영감 밥이나 챙겨 먹는지.
S	아줌마 생각은 어때요?
R	생각? 무슨 생각?
S	이 일들에 대해서 말이에요. 전 도무지 이해할 수가 없네요.
R	이 사람아. 이해하는 건 우리 일이 아니야. 생각한다고 뭐 생기는 게 있나? 괜히 골치만 아프고 책임질 일만 생기지. 그러니 우리 같은 사람들은 그저 생각 같은 건 생각도 않는 게 상책이야. 그게 내가 여기서 30년 넘게 버티면서 깨달은 비결이지.
S	아, 답답해. 뭘 알아야 대처하든 말든 하지, 이거.
R	몇 번을 말해야 알아들어? 대처는 무슨 대처?
S	난 빨리 집에 가고 싶다구요!

R	그건 우리가 결정하는 게 아냐. 우린 잡초 같은 사람들이지. 바람이 누우면 우리도 눕고, 바람이 울면 우리도 울고, 바람이 웃으면 우리도 웃고, 바람이 일어나면 우리도 일어나는 거야. 약간의 시차와 강약의 차이는 있겠지만.
S	아주 시를 쓰세요, 시를 써. (HO에게) 손님.
HO	네?
S	손님도 보셨다면서요?
HO	무얼요?
S	돌아가신 전 사장님 귀신! 바로 여기서!
HO	누, 누가 그래요? 그런 적 없습니다.
S	에이, 시치미 떼지 마세요. 벌써 소문이 파다한데요, 뭐.
HO	헛소문입니다.
S	헛소문이라. 말이야 맞는 말이죠. 헛것에 대한 소문이니까.
HO	제 말씀은 그게 아니라, 그런 일은 없었다는 겁니다.
S	없었다?
HO	네, 없었습니다.
S	이런 젠장.
HO	네?
S	그럼 뭡니까? 있지도 않았던 것 때문에, 우리가 여기 이렇게 붙들려 있단 말씀입니까?
HO	무슨 말씀을 하시는 건지…….
S	우릴 아주 바보로 아시는군요.
HO	아, 아닙니다. 제가 언제…….
S	말씀을 그렇게 하시면 안 되죠, 배웠다는 분이.
HO	저는 없는 일을 없다고 말씀드렸을 뿐입니다.
S	있느냐, 없느냐, 그게 뭐 칼로 무 자르듯 딱 잘라 말할 수 있는 겁

니까? 있다고 다 있는 게 아니고 없다고 아주 없는 게 아니다 이 말씀이죠!

R 야, 야. 무슨 헛소리를 지껄여 대는 거야?

S 그렇잖아요! 뭔가는 있어야 할 거 아니냐구! 누군 이렇게 생지랄 하면서 뺑이를 치고 있는데! 아무것도 없다니! 그게 말이 돼?

R 글쎄, 못 봤대잖아, 없대잖아! 그럼 됐지 뭔 말이 그렇게 많아?

S 아줌마도 봤잖아요! 나도 봤고!

사이.

R 입 다물어.

S 바로 저기. 저 문으로 그게 들어왔었죠.

R 저거 또 지랄병 났네, 지랄병 났어.

S, 잠든 세 남자가 벗어 놓은 모자 중 하나를 머리에 쓴다.

S 이렇게 모자를 푹 눌러쓰고 뚜벅뚜벅 걸어 들어오더니 여기 딱 앉는 거야. 그때 아줌마는 저쪽 홀에서 청소하고 난 여기 바에 있었죠.

R 난 아무것도 못 봤어! 안 봤다니까!

S 테이블 뒤에 숨어서 덜덜 떨고 있었잖아요.

R 바닥에 껌 떼고 있었다니까!

S 뭔가 이상한 냄새가 나긴 했지만 처음엔 몰랐죠. "뭘로 준비해 드릴까요, 손님?" 대답이 없어요. 근데 뭐가 어떻게 된 건지, 조니 워커를 따르고 있더란 말이야, 내가. 그것도 스트레이트 더블로. 그 양반 드시던 그대로⋯⋯. 감이 팍 오데요. 머리털이 쫙 곤

두서고. 돌아보지도 못하고 덜덜 떠는데 그게 날 빤히 쳐다봐요. 테이블을 손가락으로 두드리면서. 쿵 짝짝 쿵 짝 쿵 자라작짝 쿵 짝……. 이건 뭐 빼도 박도 못해. 그렇게 테이블 두드리는 사람은 딱……! 덜덜 떨면서 술을 갖다 드렸죠. 얼굴은 못 보고 술잔 잡는 손가락만 봤어요. 그게 또 딱 그 양반 손가락이야.

HO 손가락만 보고 어떻게…….

S 그 양반 손이 보통 손이에요? 딱 보면 알지. 여기 이렇게 V자로 흉터가 있었다니까! 아무튼 암 말도 안 하고 술잔만 만지작만지작하는데, 그 손가락이 그렇게 짠할 수가 없어요. 할 말이 많은 손가락이야. 술잔을 꽉 움켜쥐는데 부서지겠더라고. 냅다 집어던질 것 같기도 하고. "왜 이러세요, 저한테. 제가 뭐 잘못했습니까? 하실 말씀 있으시면 하시고, 없으면 드시고 가세요." 그러고 보니까 레몬 띄우는 걸 깜빡 했더라고. 얼른 바에 가서 레몬 들고 오니까…… 없어. 온데간데없어요. 술잔은 비어 있고.

H, 잠꼬대한다.

H 아버지…… 그렇게 더럽고…… 추악한…… 아버지, 잊지…… 꼭, 복…… 복수…….

R, 무언가를 발견하고 사색이 된다.

R 아…… 아…… 아이구, 아버지!

R, 내실 쪽으로 도망쳐 들어간다.

S (R을 쫓아 나가며) 뭐예요, 뭐? (돌아서서 HO에게) 이거 봐요. 뭔가가
 있다니까, 분명히! 뭔가는 있어야 해. 안 그럼 너무 억울하잖아.
 당신이 말 안 해도, 그게 뭔지 우리도 대충은 알아요! (R을 쫓아가
 며) 아줌마! 그거죠? 또 그게 왔어요? 어디예요, 아줌마? 아줌마!

 S, 내실 쪽으로 퇴장한다.

4장

HO 있느냐, 없느냐…… 어쩌면 그건 중요한 문제가 아닐지도 모릅
 니다. 있느냐, 없느냐…… 그것에 대해 제가 드릴 수 있는 말씀은
 없습니다. 제가 할 수 있는 일은 그저,
 있게 된 것이 있어야 할 이유,
 없게 된 것이 없어야 할 이유.
 그것을 찾아 채우는 일이겠지요.
 그것이 진실이든, 거짓이든 그래요,
 저 사람 말대로 무언가는 있어야 합니다.

 HO가 말하는 동안, H, 잠에서 깨어 일어나 생각에 잠겨 있다. L은 자꾸만 울
 리는 휴대전화 때문에 잠에서 깨어난다. C는 여전히 자고 있다.

L 전화하지 말랬잖아! 몇 번을 말해야 알아들어? 그래. 오빠 널 사
 랑했었다. 하지만 지금은 아냐. 그래. 오빠 널 사랑한 적이 없었
 던 거다. (사이) 그래 다 거짓말이었다, 죄다! 됐니? (사이) 오빠는
 너한테 아무것도 약속할 수가 없어. 오빠한테는 말이야, 해야 할

일이 있거든……. 오빠 용서해라. (사이) 오늘은 안 돼. 내일은……
내일은…… (사이) 너 바보니? 천치야? 왜 이렇게 오빠 마음을 아
프게 하니? 너 정말, 오빠 마음을 그렇게도 모르겠어? 다 널 위해
서 이러는 거야. (사이) 그럼 죽어! 죽든지! 수녀원에 들어가든지!
머리 깎고 중이 되든지! 네 마음대로 해!

L, 전화기에서 배터리를 빼 버린다. L이 전화를 받는 동안 R과 S, 내실 쪽에
서 나온다.

L	아…… 갑자기 왜 이렇게 억울하지?
H	여기 안 억울한 사람 있으면 나와 보라고 해.
L	(S에게) 이봐.
S	네?
L	너도 억울해?
S	글쎄요.
R	뭐 우리야…….
H	그걸 물어봐야 알아? 이 사람들 우리 때문에 몇 주 동안 집에도 못 갔다고. 분위기는 살벌하지, 피곤해 죽겠는데 일은 자꾸 터지지, 그런다고 월급을 더 주는 것도 아니지. 얼마나 억울하겠어? 안 그래?
R	사실 솔직한 말로, 조금은 그런 면이…….
H	이 새끼 봐라.
S	(재빨리 H 앞에 무릎 꿇으며) 아, 없어요, 없어! 전혀! 전혀 안 억울해요! 네!
H	안 억울해?
S	네!

H	그럼 내 말이 틀렸다는 거네?
S	네?
H	난 여기 안 억울한 사람은 없을 거라고 분명히 말했을 텐데?
S	아······.
H	억울해, 안 억울해?
S	(어쩔 줄 모른다.)
H	좆같지? 억울해 죽겠지? (S에게 머리를 들이밀며) 받아 버려. 받아 봐. 찌질하게 굴지 말고. 엿 같잖아? 억울해 죽겠잖아?
S	(거의 울 지경이 되어) 도련님······.
H	알겠나? 이제 좀 개념이 서?
S	아! 예! 그럼요!
H	인생은 좆같은 거야. 받아들이느냐, 받아 버리느냐 그게 문제지. 버러지 같은 새끼들. 다들 나사가 풀려 가지고. 아주 개판이야. 대가리엔 그저 똥만 들어차 가지고, 놀고먹을 궁리뿐이지. 좀 더 큰일은 생각할 줄 몰라? 일어서.
L	(S에게) 몇 시야?
S	7십니다.
L	아침?
R	저녁일걸요?
S	아마 그럴 겁니다.
L	왜 안 나와?
S	곧 나오신대요.
L	곧! 곧! 언제! 도대체 그 안에서 뭘 하고 있는 거야? (H에게) 야, 좀 들어가 봐.
H	싫어. 그 추잡한 방엔 발도 들여놓기 싫어.
L	(C를 깨우며) 사장님! 사장님!

C 응? 응? (눈을 떴다가 다시 잠든다.)

L 언제까지 기다리기만 할 건데?

H 자꾸 말 시키지 마. 생각 중이니까.

L 무슨 생각?

H 어떻게 하면 마담을 설득할 수 있을지.

L 설득? 웃기고 있네!

H 하는 데까지는 해 봐야 할 거 아냐?

L 택도 없는 소리 하지 마. 아까 하는 거 못 봤어? 완전히 맛이 갔잖아. 척 보면 몰라?

H 흥분하지 마.

L 내가 지금 흥분 안 하게 됐어? 내가 잠을 못 자, 잠을! 잠만 자면 아버지랑, 동생이 찾아와서 피를 질질 흘리면서, 눈물을 줄줄 흘리면서 빨리 원수를 갚아 달라고 들들들 볶아 댄다고. (칼을 꺼내 들고) 어휴, 그냥 콱!

H 왜, 찌르게?

L 못할 게 뭐 있어!

H 몇 번을 말해야 알아듣겠어?

L (욕지거리와 함께 칼을 든 손을 내리며) ……아는 건 아는 거고 좆같은 건 좆같은 거지……. 아, 그 개새끼들만 없었어도……. 어떤 새끼들이었는지 주둥이를 쫙 찢어 버리고 싶어. 내가 원수 갚겠다고 여기 들어왔을 때, 나 따라온 놈들. 나를 보스로 모시겠다고 짖어 댄 놈들. 그 개새끼들, 짖을 땐 잘도 짖더니, 지금은 코빼기도 안 보여.

H 그때나 지금이나 넌 지나치게 흥분하는 게 탈이야. 너 그때 너무 까불었어. 보스라도 된 것처럼.

L 아냐! 난 절대 그런 마음 없어! 내 원수만 갚으면 그만이라고!

H   아무리 얘기해 봐야 소용없어. 개새끼들은 갔어도 개 짖는 소리
는 남았으니까. 넌 이 바닥에서 완전히 찍힌 거야. 여기에 있든,
밖으로 나가든 넌 어차피…….

L   아! 내 인생이 어쩌다 이렇게 좆같이 돼 버렸지? 이런 좆같은 경
우가 어딨어? 이런 개 같은 팔자가 어딨냐구? 내가 세상을 좆같이
만든 것도 아닌데, 왜 내가 그걸 바로잡아야 하냐고! 폼 나게 살
고 싶었는데, 이번에 새로 사귄 애는 정말 괜찮았는데, 몇 번 해
보지도 못했는데……. 그래, 폼 나게 살 수 없다면 최소한 폼 나
게 죽기라도 해야지. 어차피 한 번 죽는 거.

     L, 칼을 들고 내실 쪽으로 향한다.

H   야, 어디 가?

L   백날 짱구 굴려 봐라, 답이 나오나. 좆도, 언제부터 우리가 말로
먹고 살았다고. 이게 지금 이빨 까 가지고 해결될 상황이냐?

H   야, 야!

     L, 내실로 들어간다. H, 초조하게 서성인다. C, 잠꼬대한다.

C   아버지…… 제가 잘못했어요. 형, 내가 잘못했어……. 다시는 안
그럴게요……!

     내실 쪽에서 총성이 울린다. 홀에 있던 사람들 소스라쳐 놀란다. C, 잠에서
깨어 일어난다.

C   어? 뭐야, 뭐?

H   저 자식, 저거!

H와 C, 반사적으로 권총을 꺼내 들고 내실 쪽으로 달려가려는데, 내실에서 L이 손을 들고 나온다. 그 뒤에 G가 사냥총을 겨누고 있다. G, 사냥총으로 L을 밀친다. L, 무대 계단 아래로 굴러떨어진다.

G   말로 해서는 안 되는 녀석들이군.
C   뭐야? 장난하지 마.
G   총 이리 던져, 어서.

H와 C, G의 발치에 권총을 던진다.

G   엎드려.
L   아니, 사모님, 그게 그러니까요…….
G   닥치고 엎드려!

G, 방아쇠를 당긴다. 요란한 총성. 사내들, 혼비백산하여 바닥에 엎드린다. 조명 몇 개가 터져 조금 어두워진다.

C   미쳤어? 그 총 내려 놔, 어서!
H   그건 산탄총이에요! 이 좁은 곳에서 그걸 쏘다니!
C   그게 무슨 장난감인 줄 알아?
G   나도 이따위 유치한 장난감을 들고 설칠 생각은 없었어.
H   산탄총알은 조준하지 않은 것도 죽일 수 있어요. 겁주려다가 정말 죽일 수도 있다구요! 물론 우릴 조준하실 리는 없겠지만.
G   그럴까? 그렇게 생각해?

G, 사내들을 향해 총구를 겨눈다. 사내들, 기겁하여 고개를 바닥에 처박는다.

G   (엎드려 있는 HO를 발견하고) 아이구, 이런 실례를! 우리 고시생 친구는 일어나세요.

HO   괘, 괜찮습니다. 이게 편합니다.

G   어서요. 정말 미안해요. 손님 앞에서 험한 꼴 보이고 싶지 않았는데. (사내들을 둘러보며) 이상하군, 이상한 일이야. 왜 그렇게들 식은땀을 흘리면서 벌벌 떠는 거야? 쥐새끼처럼 바닥을 기면서? 다들 죽지 못해 안달을 하지 않았어? (노리쇠를 당긴다.)

H   잠깐, 잠깐! 좋아요, 어머니…….

G   어머니, 어머니, 하지 마. 하던 대로 그냥 마담이라고 불러.

H   하지만 어머니, 아니 마담, 이런 식으로는 아닙니다.

G   어차피 죽는 건 마찬가지 아냐?

H   어떻게 죽느냐가 중요한 거죠!

G   어떻게 죽느냐, 그건 이제 내가 결정해.

H   어머니, 아니 마담한테는 그럴 권리 없어요!

G   있어. 니들 목숨은 내 거니까.

C   우리들 목숨이 당신 거라니?

G   그렇잖아. 아까 내가 그 잔을 마셨다면, 다들 알고 있듯이, 니들은 벌써 죽었을 거야. 니들이 지금 살아 있는 건 내가 아까 그 잔을 마시지 않았기 때문이지. 그러니까 지금 니들 목숨은 내 거다 이 말이야. (한쪽에 서 있던 R과 S에게) 이봐.

R, S   (놀라) 네?

G   니들은 왜 거기 서 있어?

R   왜 여기 서 있냐구요? 그러게요? 내가 왜 여기 서 있을까? 갑자기 그렇게 어려운 질문을 하시면…… 아! 엎드릴까요?

G　아니, 됐어. (S에게) 넌 어떻게 생각해?

S　제발 저희들한테 질문하지 말아 주세요. 차라리 뭐든 그냥 시키
　　세요. 받아들이든 받아 버리든 할 테니까, 제발 생각하라고 하지
　　만 말아 주세요.

R　네. 생각 같은 건 생각하고 싶지도 않아요.

S　원래도 그랬고요, 저희들은 앞으로 생각 같은 건 안 하기로 했어요.

G　좋아. 그럼 생각은 그만두고 (술잔에 포도주를 따르고) 받아들일 거
　　야, 받아 버릴 거야?

S　사모님. 감히 이런 말씀을 올려도 되는지 모르겠습니다만……

G　얘기해.

S　평소에도 느끼고 있었던 거지만 오늘 저녁엔 왠지 더욱더 매혹
　　적이십니다!

S, 아첨하듯 웃으며 달려가 G 쪽으로 몰래 기어오던 C를 발로 걷어찬다. C,
비명을 지른다.

C　아야! 너 이 자식!

S, G가 따라 놓은 잔을 들어 마신다.

S　(잔을 R에게 권하며) 아줌마도 마셔요. (R이 망설이자) 어서요!

R, 하는 수 없이 술을 받아 마신다. S는 이때부터 서서히 취해 이 장면 마지
막에는 완전히 도취한 상태가 된다.

G　(S에게) 총을 잡아.

S, 바닥에 던져진 총을 양손에 집어 들고 사내들을 향해 겨눈다.

H   너희들 지금 내린 결정에 대해 책임질 수 있어?

R   책임이라뇨? 결정이라뇨? 그런 걸 저희한테 요구하시는 건 무리지요, 도련님. 저흰 결정하는 사람들이 아니라 결정되는 사람들입니다.

S   저흰 되도록 원만하고 적절한 방식으로 이 사태가 신속하게 해결되기만 바랄 뿐입니다. 네, 신속하고 원만하고 적절하게.

L   사모님! 도대체 원하시는 게 뭡니까?

G   여러 번 말했잖아. 난 우리가 이 피비린내 나는 게임에 대해서 다시 한 번 생각해 보길 바랄 뿐이야. 어디서부터 무엇이 잘못되었는지 말이야. 어쩌면 우린 이 게임의 결말을 바꿀 수 있을지도 몰라. 물론 난 지금 당장이라도 당신들을 다 쏴 죽이고 저 문밖으로 나가서 사라져 버릴 수도 있어. 어쩌면 그게 가장 간단하고 현명한 일인지도 모르겠어.

S   (흥분하여 몸을 떨며 총을 휘둘러 대며) 맞습니다, 사모님! 길게 얘기하실 것 없어요. 말로 해서 될 사람들이 아닙니다.

H, L, C, 다시 고개를 처박는다.

G   (S의 어깨를 다독여 제지한다.) 하지만 난 그렇게 하지 않겠어. 한 번 더 기회를 주지. 아, 오랜만에 푹 잠이 들었는데, 그새를 못 기다리고……. 내가 샤워하고 옷 갈아입고 올 동안, 여러분들 잘하는 그 생각이라는 걸 좀 해 보라고.

S   네! 걱정 말고 다녀오십시오, 사모님.

G   (내실로 들어가며 푸념한다.) 어떻게 해야 이 사람들이 살고 싶은 마

음이 들까?

G, 혀를 차며 내실로 들어간다.

H   (L의 멱살을 잡으며) 이 자식, 흥분하지 말라니까, 이게 뭐야! 일이 더 꼬여 버렸잖아!

S   흥분하지 마세요.

H   (S에게 달려들려 하며) 이 자식이 엇다 대고!

S   (H의 이마에 총을 겨누며) 더 떠들지 마세요. 받아 버리든 받아들이든 둘 중에 하납니다.

H, 할 수 없이 물러선다.

S   사모님이 괴로워하십니다. 저도 가슴이 아프네요. 전 어떻게든 그분을 돕고 싶습니다. 다들 일어서 주세요. 모두 1번 룸으로 입장하시겠습니다. 실시.

L   거기 가서 뭘 어쩌려구?

S   사모님께서는 여러분들이 살기를 바라십니다. 여러분들이 살고 싶은 마음이 드시도록 미력이나마 최선을 다해 보려구요. 어서 들어가십시오.

H   이 자식!

L   두고 보자!

C   개판이군! 개판이야!

S   쉿! 인생은 좆같은 거죠. 주둥이는 위험한 물건입니다.

H, L, C, 분노에 차 씩씩대지만 S에게 밀려 룸을 향해 뒷걸음질 친다.

R　　이봐. 빠져나올 구멍은 남겨 둬야지. 나중에 어쩌려구?
S　　나한테 질문하지 말랬죠. 저는 이미 받아들였어요, 사모님을.

S, 세 남자를 이끌고 룸으로 들어가 보이지 않게 된다.

R　　큰일이네. 저거 취했는데……. 한 방울만 마셔도 떡이 되는 녀석
　　　이…….

이윽고 내실 쪽에서 샤워기에서 물이 쏟아지는 소리. 룸으로부터 처절한
비명 소리. HO, 귀를 막는다. R, 어찌할 바를 모르고 서성인다. 격렬한 음악
과 함께 무대 어두워진다.

5장

다시 밝아지면 H와 L, C, 몹시 얻어맞아 헝클어지고 엉망이 된 몰골로 앉아
있다. HO는 겁에 질려 숨도 크게 못 쉬고 있다. S는 보이지 않는다. R이 다친
사람들을 보살피며 물수건으로 상처를 닦아 준다.

R　　이게 도대체 무슨 일인지…… 다들 엉망이시네요. 쯧쯧, 가엾어
　　　라……. 이 무식한 녀석. 부디 용서하세요. 지금 그 녀석은 그 녀
　　　석이 아니랍니다. 취했거든요. 제정신이 아니에요. 그 상황에
　　　선 개로서도 어쩔 수 없었을 겁니다. 에그, 사는 게 도대체 뭔지
　　　원……. 사장님, 도련님, 꼭 이래야만 하나요? (L에게) 꼭 이래야만
　　　하는 거야?

세 남자, 말이 없다.

R 문은 열려 있어요. 아무도 막는 사람 없잖아요. 사모님도, 저 녀석도 그걸 바라고 있을 거예요.

C 말도 안 되는 소리.

R 왜 말이 안 돼요? 그냥 나가 버리면 그만이잖아요?

C 그냥 나가 버리면 그만이라구? 나가면?

R 사는 거죠.

C 살아서?

R 이유가 필요해요? 아까 얻어맞을 때는 다들 "살고 싶다."고 그랬잖아요?

L 그럼 우리가 그놈한테 맞아 죽어야 되겠어?

R 목숨은 소중한 거예요. 딱 하나. 한 번뿐이죠.

C 그러니까.

R 그러니까라뇨?

L 이 바닥 새끼들 지금 죄다 우리만 보고 있다고.

C 모두가 이 엘시노어를 노리고 있지. 여기서 나가라구? 아무 일 없었던 것처럼?

L 모두가 우릴 비웃겠지. 뒷골목 양아치 새끼들까지도.

C 의리도 염치도 없는 놈들이라고.

L 손가락질하고 침을 뱉겠지.

R 꽁꽁 숨어 버리면 되잖아요.

C (웃는다.) 숨어? 어디로?

L 그 새끼들은 우릴 찾아낼 거야. 결국 우린 제거되겠지. 깨끗이 처리될 거야. 흔적도 없이.

C 우릴 죽인 놈은 영웅이 되겠지.

94

L   우리가 그렇게 죽어야겠어?

R, 두 사람으로부터 좀 떨어진 곳에 있는 H에게로 와 상처를 보살핀다.

R   도련님…… 차라리 그때 찔러 버리지 그랬어요. 사장님 앞에서 드릴 말씀은 아니지만, 결국 이렇게 될 거였으면 그때 끝냈으면 좋았잖아요.

H   아줌마, 모르면 가만있어요.

R   저도 알아요. 왜 그러셨는지. 하지만 뭐 참회한다고 그 죄가 어디로 가나요? 어차피 원수를 갚는 건 마찬가지잖아요. 그랬더라면 이 총각도 죽을 일 없고, 도련님도 죽을 일 없잖아요. (운다.)

H   울지 말아요, 아줌마. 나도 돌아가신 아버지를 생각하면 피가 거꾸로 솟아요. 하지만 내가 아버지 원수나 갚겠다고 이러고 있는 줄 알아요? 난 좀 더 큰 것을 생각하고 있어요.

R   도련님 목숨보다 더 큰 게 뭔데요?

H   아줌마 말대로 내가 그때 저자를 죽여 버렸으면 아버지 원수는 갚을 수 있었겠죠. 하지만 그다음엔? 나도 저자하고 똑같은 사람이 되고 맙니다. 저자가 형을 죽인 패륜아라면 나는 삼촌이자 아버지를 죽인 패륜아가 되는 거죠. 내가 저자를 죽이는 것이 정당하다구요? 그렇다면 누군가 다른 놈이 나를 죽이는 것 또한 정당한 일이 될 겁니다. 나도 똑같은 살인자, 패륜아니까요. 그리고 그놈을 또 다른 누군가가 없애는 것도 정당한 일이 될 겁니다. 그 다음도, 그다음도…… 그렇게 이 엘시노어에는 피바람이 그치지 않겠죠. 나는, 그리고 우리는 그것을 멈추려고 여기에 있는 겁니다. 큰 폭력을 멈추기 위해서는 작은 폭력이 필요한 거죠. 그 최소한의 폭력이, 최소한의 희생이 바로 우립니다.

R 도련님…….

H 나라고 왜 도망치고 싶지 않았겠어요! 미친 짓을 해서라도 빠져
   나가고 싶었어! 왜 그게 꼭 나여야 하는지 묻고 또 물었어! 아무
   도 몰라! 내가 이 개 같은 운명을 벗어던지려고 얼마나 발버둥쳤
   는지!

   사이.

R 제가 생각이 짧았네요.

   R, 손수레로 가서 붉게 물든 냅킨을 가져다 L에게 내민다.

L 이게 뭐예요?

R 아까 사모님이 쏟은 포도주, 그걸 닦은 냅킨이야. 효과는 똑같애.
   어차피 상처는 난 거니까. 이걸로 서로서로 살짝 문질러 주기만
   하면 돼. 난 더 이상 우리 도련님이 괴로워하시는 걸 보고 싶지
   않아.

   L, 냅킨을 들고 잠시 망설이다 H의 얼굴에 난 상처에 냅킨을 대려 한다.

H 야, 야! 뭐 하는 짓이야! (L에게서 냅킨을 빼앗아 던져 버린다.) 넌 도대
   체가 하나 이상은 생각할 줄 몰라?

L 왜?

H 마담!

L 아.

R 사모님은 사모님이 알아서 하시겠죠. 아무렴, 사모님도 생각이

있으신 양반인데. 이 꼴을 보면 살고 싶지도 않으실 거예요.

C 아까 하는 거 못 봤어? 그게 생각 있는 사람이 할 짓이야? 그 사람은 지금 아무 생각이 없다고. 그저 살겠다는 생각밖에.

R 그렇게 살고 싶다는데 그냥 살게 내버려 두면 안 돼요?

C 뭐야? 그럼 나더러, 그 여자가 또 딴 남자 꿰차고 뒹구는 꼴을 보란 말이야?

R 사장님께서 보실 일은 없죠.

C 어쨌든 그건 안 돼! 못 참아!

H 이자하고 놀아난 것만 해도 충분해! 더는 안 돼!

R (냅킨을 주워 들며) 여러분들 부끄러움 때문에 사모님이 죽어야 한다는 거예요?

H 우리들만의 부끄러움은 아니지!

6장

내실 안쪽으로부터 샤워하고 옷을 갈아입은 G가 S의 호위를 받으며 등장한다. S는 권총 대신, 사냥총을 들고 있다.

G 아, 개운해. 그래 생각들은 좀 해 보셨어? (엉망이 된 남자들을 보고) 뭐야? 얼굴들이 왜 이래?

S (자랑스럽게) 제가 좀 도와드렸습니다. 살고 싶은 마음이 드시도록.

G 누가 너더러 그런 짓 하랬어?

S 아니 전, 어디까지나 사모님을 위해서……. 사모님이 그러셨잖아요. 어떻게 해야 이분들이 살고 싶은 마음이 들까…….

G 시끄러워! 그 총 이리 내!

S   사모님…….

G   어서!

G, S에게서 총을 빼앗는다. S, 몹시 당황하고 절망하여 멍한 얼굴이 되어 구석으로 물러선다.

G   하여간 사내란 것들은 하나같이……. 이런, 다들 얼이 빠져 버렸네. 멀쩡한 건 우리 고시생 친구뿐이군.

HO   죄송합니다.

G   아니, 뭐가 죄송하다는 거예요?

HO   저만 멀쩡해서요.

G   그게 뭐가 죄송해요?

HO   그냥 그런 기분이 드네요.

G   역시 재밌는 양반이셔. 어때요?

HO   네?

G   이 일에 대해 어떻게 생각하시냐구요.

HO   제가 무슨 말씀을 드릴 수 있겠습니까. 전 그저…….

G   그럼 우리 아들이 지금 무슨 얘기를 하고 싶을 것 같아요?

HO   그야…… 대충 짐작은 합니다만.

G   얘기해 보세요.

HO   (망설이다가) 아드님 생각은 아마 이런 것 같습니다. 최초의 살인에 대해 사모님은 아무 책임이 없다고 치더라도…….

G   치는 게 아니라 실제로 없어요.

HO   네. 그렇다 해도, 아드님은 그 후에 일어난 일들에 대해서는, 사모님한테 책임이 있다고 생각하는 것 같습니다.

G   그 후에 일어난 일요?

HO	사모님께서는 전 사장님, 그러니까 저 친구 아버지와 죽는 날까지 함께하며 정절을 지키겠다는 신성한 서약을 하지 않으셨습니까?
G	했죠.
HO	그런데 사모님은 그 약속을 깨뜨리고 다른 남자를 받아들여 결혼까지 하셨습니다. 다른 사람도 아니고, 남편의 동생, 아드님의 삼촌이자, 시동생인 지금 사장님하고 말이죠. 인간이라면 그러한 근친상간에 대해 당연히 양심의 가책을 느껴야 하는 거 아닌가. 어그러져 버린 운명에 대한 회한과 양심의 가책. 그 정도면 이 잔을 마셔야 할 이유가 충분하지 않은가…… 제 생각이 그렇다는 건 아니구요. 아드님 생각이…….
G	확실한 증거는 어디에도 없었어요.
H	내가 누누이 얘기했잖아요!
G	또 그 유령 얘기냐?
H	전 그분의 모습을 보고 그분의 목소리를 분명히 들었습니다! 이 친구도 함께 봤지요.
HO	전 목소리는 못 들었습니다.
H	바로 여기! (무대 위 한곳을 가리키며) 그분이 계셨지요. 처참한 모습으로! "잊지 마라! 기억해 다오! 복수해 다오!"
G	(HO에게) 귀신이 살인 사건 증거로 채택되는 경우도 있어요? 난 그런 얘긴 들어 본 적이 없는 것 같은데.
H	내가 헛것을 보고 헛소리를 한다는 건가요? 그건 분명한 사실입니다. (C를 가리키며) 저자의 입으로도 확인된 사실이에요! 추악한 범행을 고백하는 것을 제 귀로 분명히 들었습니다.
G	그 말을 너 말고 또 누가 들었지? 녹음된 테이프라든지 저 사람 자술서라도 받아 놓은 게 있어? (C에게) 얘 말이 사실이야?
C	노코멘트.

H	말해, 이 살인자!
C	기억 안 나. 난 그때 취해 있었어. 내가 무언가 말을 했다면 그건 아마 신만이 아시겠지.
H	비겁한 자식! 내가 들었어! 내가 알고 있어!
C	네가 신이야?
H	거의 그렇지! 난 그분의 명령을, 신의 명령을 받았으니까!
C	확실히 핏줄은 못 속여. 네 아버지도 반대파 녀석들을 손봐 줄 때면 늘 그렇게 말했었지. "이건 신의 명령이야." 그러면서 그놈들 배때기에다 사시미 칼을 찔러 넣곤 했어.
H	그분을 모욕하지 마!

H, C에게 달려든다. L이 두 사람을 떼어 놓는다.

L	그만! 그만! 지금 우리끼리 이럴 땝니까? 사장님도 그래요.
C	내가 뭘?
L	자꾸 노코멘트, 노코멘트, 하지만 마시구요. 사장님께서 그렇게 애매하게 구시니까, 논의가 자꾸 원점에서 맴돌잖습니까?
C	애매하게 구는 게 아니라 사실 애매해. 어떨 때는 분명한 사실인 것 같다가도 어떨 때 생각하면 내가 이 자식한테 세뇌당한 게 아닌가, 화가 치밀기도 하거든. 자네들도 알다시피 저놈이 그 일로 날 좀 들볶았나? 말도 안 되는 해괴한 연극을 벌이질 않나. 내가 아주 노이로제에 걸릴 지경이었다고.
L	그럼 우리 아버지하고 동생은 뭐가 됩니까? 그냥 심장마비로 죽은 늙은이 때문에, 그것 때문에 미친 놈 하나 때문에 애매하게, 아무 이유도 없이 죽었단 말입니까?
C	그 두 사람에 대해선 나도 유감스럽게 생각해. 하지만 그건 내 책

임이 아니지.

L   책임을 회피하는 건 사모님 하나로 족해요! 사장님까지 이렇게 흔들리시면 안 되죠! 중심을 잡아 주셔야 할 분이!

C   물론 나한테 전혀 책임이 없다는 얘기는 아냐. 그 책임을 회피할 생각도 없고 안 그러면 내가 왜 여기 있겠나?

L   저도 사장님이 그렇게까지 몰염치한 분이라고 생각하진 않아요.

C   알았어, 알았다고. 하면 될 거 아냐.

C, G 앞으로 나선다.

C   잘 들어요. 지금부터 내가 하는 말은 한 치의 거짓도 없는 명명백백한 사실이오. 내가 죽였소. 다른 사람도 아닌 내 친형을 내 손으로 죽였소.

H   이제야, 실토하는구나, 저 간악한 놈!

C   내가 내 입으로 이런 말을 해야 하는지는 잘 모르겠지만, 상황이 이렇게 된 이상, 나로서는 이럴 수밖에 없어요. 알아듣겠소? 다시 한 번 말하겠소. 형을 죽인, 피 묻은 손으로, 나는 당신을 안았던 거요.

G   그렇군요.

C   그렇군요? 그것보다는 조금 더 놀라 주길 바랐는데? 아무튼 내가 이렇게까지 했으니 당신도 협조해 주기 바라오.

G   협조요?

C   이만하면 그러니까…… 뭐랬지?

L   양심의 가책.

C   그렇지, 양심의 가책. 그게 조금은 느껴지지 않소?

G   전혀.

C   전혀?

G   전혀.

C   젠장. 전혀 안 느껴진다는데?

L   사장님이 그렇게 고백을 맨송맨송하게 하니까 그렇죠!

C   뭘 어떻게 더 해?

L   양심의 가책이란 전염되는 겁니다. 사장님 스스로가 먼저 양심의 가책을 느끼셔야 전염을 시키든 말든 할 거 아니에요.

C   느끼면서 했어.

L   좀 더 느끼면서 다시 해 보세요.

C   뭘 더 해?

L   그때 상황을 재연해 보는 겁니다. 일종의 현장검증이죠.

C   현장검증? 그런 것까지 해야 돼? 자백했으면 됐지. 이젠 기억도 잘 안 나.

L   하다 보면 기억이 날 겁니다. 자, 그때, 전 사장님은 어디 계셨죠?

C   (테이블 하나를 가리키며) 저기. 저기 앉아서 엎드려 자고 있었지. 사냥총을 테이블 위에 올려놓고.

L   시간은 좀 걸리더라도 충분히 느끼셔야 합니다. 최대한 상상력을 동원해서 그때 그 상황 안으로 들어가세요. 보는 사람들이 아, 저 사람은 저럴 수밖에 없었겠구나, 고개를 끄덕일 수 있도록 말입니다. 느끼는 척만 하는 건지, 정말 느끼고 있는지 보는 사람들은 귀신같이 알거든요.

C   알았어, 알았다구.

H, 의자에 앉아 테이블에 엎드려 잠든 척한다. 조명이 햄릿이 있는 테이블 주변으로 좁아진다. C, 잠든 형(H)을 바라본다. 음악이 흐른다.

C   ……형은 잠들어 있었지. 세상 모르고…… 입 꼬리에 허옇게 침 버캐를 매달고, 코를 골면서…… 형은 잠들어 있었어……. 햄릿…… 햄릿…… 나는 엎드려 잠든 내 형 햄릿을 바라보았지. 그런데 이거 알아? 그 햄릿을 바라보는 나 또한 햄릿이라는 거……. 형이 태어났을 때, 집안은 온통 축제 분위기였지. "햄릿! 햄릿! 햄릿 집안의 장손 햄릿 만세! 만세!" 따뜻한 물에 목욕하고 배내옷을 입은 형은 젖을 실컷 먹고 어머니 품에서 잠들었지. 근데 우리 어머닌 뭔가 이상했다는 거야. 이젠 개운하고 허전해야 할 그 자리가 아직도 무언가 걸려 있는 것처럼 찝찝했지. 할머니가 아랫도리를 들여다보더니 한참 만에야 그랬다더군. "저기…… 그게 말이다, 하나가 더 있다……. 어떡허냐?" 머리통이 끼어서 들어가지도, 나오지도 못하고 버둥거리고 있던 핏덩이. 그 핏덩이는 머리통이 찌그러져서 겨우 숨을 몰아쉬느라 울지도 못했어……. 두 번째 햄릿…… 그게 바로 나였어. 아무도 날 돌아보지 않았어. 아무도 나한테 이름을 붙여 주지 않았어. 햄릿은 둘이어선 안 되니까. 하나이어야 하니까. 난 어두운 골방에 처박혀 자랐지. 어머니조차 신이 만들다 만 괴물(怪物)이라며 나한테 저주를 퍼부었어. 가끔, 어쩌다, 형하고 마주칠 때가 있었지. 형은 나를 가만히 바라보다가 입꼬리를 뒤틀면서 웃었어. 그 웃음, 그 웃음…… 난 어떻게 해야 살아남을 수 있는지 본능적으로 깨달았지. 난 아무것도 아니어야 했어. 아무짝에도 쓸모가 없다는 걸, 결코 햄릿이 아니라는 걸 증명해야 했어. 난 찌그러진 얼굴을 더 찌그러뜨리고, 곧은 등을 구부리고, 멀쩡한 다리를 절기 시작했지. 침을 흘리고 말을 더듬고 병신 짓을 했어. 이름도 없이. 이름도 없이……. (말을 하는 동안 C, 조금씩 뒤틀린 몸을 벗어나 본래의 모습을 되찾는다.) 열다섯 살 때였나…… 그날도 난 골방에 처박혀서 텔레비전을 보

고 있었지. 로마 황제들이 나오는 다큐멘터리였어. 그날 난 태어
나서 처음으로 울었어. 어두운 골방에서, 혼자 몰래 울었어. 난
거기서 그 이름을 만났다. 클로디어스. 병신 황제 클로디어스. 어
릿광대 클로디어스……. 나는 나한테 그 이름을 주었지. 그 이름
하나를 품고 난 견뎠어. 조금 늦게 나왔다는 이유 하나 때문에,
그 사소한 결점 때문에! 결코 내 죄가 아닌 죄 때문에! 아무것도
허락되지 않는 삶을! 클로디어스. 그 독한 이름 하나를 품고 어릿
광대 노릇을 하며 여기까지 왔어……. 그리고 그날 오후, 형은 잠
들어 있었지. 형은 많이 늙었더군. 어린애처럼 웅얼대며 몸을 뒤
채던 형이, 잠깐 눈을 뜨고 날 멍하니 바라보더군. 그러곤 입꼬리
를 뒤틀며 나를 향해 웃었어. 눈을 감아 버리더군. 그 순간 난 터
져 버렸어. 내 안에 품고 있던 독이, 그 이름이 터져 버렸지! 클로
디어스! 그래, 난 클로디어스다! 이 개자식아! 잘 들어, 햄릿! 난 더
이상 햄릿이 아니야! 네 어릿광대도, 네 그림자도 아니야! 난 클로
디어스! 클로디어스! 클로디어스다!

클로디어스, 격정에 차 숨을 몰아쉰다.

클로디어스   그렇게 햄릿은 햄릿을 죽이고 클로디어스가 되었지.

햄릿, 달라진 클로디어스의 모습을 보다가 무언가에 홀린 듯, 뒷걸음질 친다.

햄릿   ……아, 아버지!

이때 밖으로 통하는 문 쪽에서 인기척이 들린다. 누군가 달그락거리며 문
을 열려 한다.

L   누구지? 불을 꺼!

R이 스위치를 끈다. 무대 급격히 어두워진다. 햄릿, L, 클로디어스, 모두 바닥에 죽은 듯 엎드린다.

7장

문이 열리고 젊은 여자와 늙은 남자, O와 P가 손전등(혹은 촛불)을 들고 안으로 들어선다. P는 한쪽 팔에 붕대를 감고 있다.

P   스위치가 어디 있더라?

O   켜지 말아요. 밖으로 불빛이 새 나갈 수도 있으니까.

P   근데 말이다. 정말 못 들었어?

O   뭘요?

P   안에서 무슨 소리가 들린 것 같은데?

O   그럴 리가요.

P   아냐. 분명히 들었어. 그 소문 확실한 거냐?

O   분명히 들었다니까요.

P   정말 다 죽었대?

O   네 명 죽었다니까 다 죽은 거 아니에요?

P   사장, 사모, 그 집 아들내미…… 어라. 하나 더 죽었네?

O   옆에 있다가 재수 없이 죽은 사람이 있나 보죠, 뭐.

O, 손전등을 비춰 햄릿을 발견한다. 햄릿은 죽은 척한다.

O	이거 봐요.
P	(놀라) 에구! 아주 떡이 됐네.
O	(손전등으로 클로디어스를 비추며) 사장님이에요.
P	쯧쯧, 지지리 운도 없는 양반. 나무관세음보살.
O	아, 정말 무덤이 따로 없네요. 며칠 사이에 엘시노어가 이렇게 변하다니. 얼마 전까지만 해도 여기서 노래를 불렀었는데……. 엘시노어의 카나리아, 오필리어! (노래한다.) 나를 바라보던 그 눈길들, 쏟아지던 박수 소리, 꽃잎처럼 흩날리던 지폐들……! 내가 공연할 타임만 되면 썰렁하던 홀이 손님들로 가득 차곤 했었죠.
P	그게 어디 니 노래 들으러 온 놈들이냐? 어떻게 2차 한번 나가 볼까 눈이 벌게진 놈들이었지.
O	아버지.
P	(햄릿을 가리키며) 이 자식은 그나마 그것도 거저 잡술려고 덤비던 놈이고.
O	(햄릿을 들여다보며) 불쌍한 사람. 그예 죽었네. 한때는 이 팔로 내 허리를 꼭 끌어안고 혓바닥으로 뜨겁고 달콤한 말들을 쉴 새 없이 쏟아 냈었는데.
P	아이구, 그 연애편지라고 써 놓은 꼬락서니하고는. 나 참 낯간지럽지도 않나? 뭐래더라? '천사와도 같은 내 영혼의 우상'이 어쩌고 또 뭐랬지?
O	기억 안 나요. 이 사람 손가락은 기억나지만.
P	손가락?
O	전 이 사람 말이나 편지보다는 손가락이 더 좋았어요. 손가락은 거짓말 안 하니까. 이 사람, 손가락으로 내 젖꼭지를 만지작거리는 걸 참 좋아했었는데.
P	뭐, 뭐야? 저, 저!

O 왜요?

P 넌 처녀가 부끄러운 줄도 몰라? 누가 들으면 어쩌려구!

O 여기 누가 있다고 그래요. 아버지 말고.

P 그러니까 뭐야, 이 자식이 손가락으로 네 젖, 꼭지를 만졌단 말이냐?

O 네.

P 얘가, 얘가 큰일 날 애네. 누가 함부로 그러래, 누가!

O 아버진 남자들 말 믿지 말랬지, 손가락을 믿지 말라고는 안 했잖
아요?

P 앞으로 손가락은 더 믿지 마! 아이구, 이거 참, 아무리 어미 없이
컸다고 넌 그렇게 개념이 없냐? 손가락으로 네 젖, 꼭지를 만지고
또?

O 또요? 그러니까 내 젖꼭지가 딴딴해졌죠.

P 이런, 이런!

O 근데 딴딴해지니까 딴딴해졌다고 막 지랄하는 거예요. 지가 만져
놓고. 지 거시기는 더 딴딴해졌으면서. 참 성격도 이상해. 그죠?

P 그만, 그만!

O 참, 남자들 속은 알 수가 없다니까. 근데 아버지, 그거 진짜예요?

P 뭐가?

O 남자들은 죽으면 거시기가 제일 먼저 썩는다면서요?

P 그런 건 몰라도 돼!

O 이 손가락도 곧 썩겠죠?

P 벌써 썩고 있을 거야. 죽으면 바로 썩기 시작하지. 아니 살아 있
을 때부터 사실은 천천히 썩어 가는 게지.

O 다른 건 몰라도 이 손가락은 가끔 생각날 것 같아요. 어유, 생각
만 해도 젖꼭지가 딴딴해지려고 하네.

P 야, 야! 손가락 타령 그만해!

O (폴로니어스를 놀리며) 손가락! 손가락! 손가락!

P 저, 저게!

O, 깔깔대며 P로부터 도망친다. L, 어둠 속에서 몸을 일으킨다.

L 서, 설마…….

O와 P, 기겁하여 비명을 지르며 자빠진다. O, 겨우 정신을 수습해 손전등으로 L의 얼굴을 비춘다. L, 눈부셔 얼굴을 가린다.

L 아버지?

O 오빠?

P 이 자식, 너 왜 여기 있어?

L 정말 아버지세요? 정말 내 동생 맞아?

P 그럼 내가 니 애비지, 니 아들이냐?

L 불을 켜!

R, 스위치를 켠다. 무대 밝아진다. 햄릿과 클로디어스, 어이없는 얼굴로 자리에서 일어난다.

P 어어!

O 다들 아직 살아 계셨네요? 마담 언니도.

P 그러게 다들 멀쩡하잖아?

클로디어스 폴로니어스…….

햄릿 오필리어…….

클로디어스 어떻게 된 거야?

L   전 아버지가 돌아가신 줄만 알았어요. 이 자식한테 찔려서.

폴로니어스   찔리긴 찔렸지. 하지만 내가 누구냐? 내가 지금은 시시한 밤
        무대 사회나 보러 다닌다고 우습게 아는데, 왕년엔 나도 주먹깨
        나 쓰는 건달 아니었냐? 뭐, 아슬아슬했지. 다짜고짜 사시미가 쑥
        들어오는데, 원래 칼 쓸 줄 모르는 애들이 지르는 칼이 더 무섭
        거든. 계통 없이 막 찔러 대니까. 그렇다고 가만 맞고 있을 나냐?
        이렇게, 이렇게 막았지. 아프데. 성질 같아선 사장 아들이고 뭐고
        손봐 주고 싶었지만, 그래도 어쩌냐, 사장 아들인데. 그래도 계속
        받다간 진짜 죽겠더라고. 그래서 냅다 나 죽는다! 소리 지르면서
        죽은 척을 했지. 진짜 죽은 줄 알고 나를 질질 끌고 가서 창고에
        다 처박더라. 가만히 짱 보고 있다가 냅다 튀었지.

L   그럼 그 시체는요?

폴로니어스   이 바닥에 남아도는 거라곤 그렇고 그런 시체 밖에 더 있냐?
        똘마니 애들이 찾다 찾다 못 찾겠으니까 어디서 하나 주워 왔나
        보지.

L   그동안은 어디 계셨던 거예요? 왜 저한테 연락을 안 하셨어요?

폴로니어스   네가 벌써 여기 돌아와 있을 줄은 몰랐지. 내 가만 들어 보
        니까, 이건 뭐 완전히 개판이야. 괜히 이 근처에 얼씬거려 봤자
        생기는 것 없고 골치만 아프겠더라고. 찔린 건 억울해도 그냥 죽
        은 듯 있는 게 상책이겠더라 이 말이지. 그래 소나기 지나갈 때까
        지 숨어서 다친 데 치료도 하고 딴 데 일자리 없나 슬슬 알아보
        러 다니던 참이었어. 그러다가 하루는 저쪽 강변을 지나가는데,
        아 글쎄 어떤 년이 물에 빠져 가지고 이러고 누워 가지고는 노래
        를 부르고 아주 가관이네. 오리털 잠바를 껴입었으니 그게 둥둥
        뜨지 가라앉아? 별 미친년을 다 본다, 지나가려다 가만 보니까 아
        글쎄 그게 이 년이야. 이 방정맞은 년이 나 죽은 줄 알고 저도 죽

겠다고. "야, 이년아. 너 거기서 뭘 지랄이냐? 지랄 말고 얼른 못 나와?" 할 얘기야 무진장이다만 간단히 얘기하자면 일인즉슨 그 렇게 된 거다 이 말이지. 아, 얘 시체? 그것도 내 시체의 경우와 대동소이하다고 보면 된다.

어이없는 침묵.

폴로니어스   그러니까 사장님. 제 처지를 널리 이해하시고, 저랑 얘는 아 시던 대로 그냥 죽은 사람으로 쳐 주세요. 사장님 집안 문제에 대 해서는 절대! 입도 뺑긋 안 할 것을! 맹세합니다! 정말 여기엔 다 시는 안 오려고 했는데요, 두고 간 물건이 있어서요. 그것만 얼른 챙겨 갈 게요. 그럼 볼일들 보세요.
L   뭐야, 그럼. 난 여기서 뭘 하고 있었던 거야?
폴로니어스   뭐긴 이 자식아. 너 같은 놈을 두고 자다가 남의 다리 긁는 다고 하는 거다, 이놈아. (L의 귀를 붙잡아 끌고 가며) 그러게 내가 뭐랬냐? 경거망동, 부화뇌동하지 말라고 그렇게 일렀는데. 이 귀 얇은 녀석! 이리 와!

폴로니어스와 오필리어, L과 함께 내실 쪽으로 들어간다. 사이.

햄릿   이럴 수가…… 이럴 수가…….
G   (웃으며) 우리가 너무 멀리 온 건 아닌 것 같네.
클로디어스   (웃으며) 햄릿은 햄릿을 죽이고 클로디어스가 될 수 있을 거 라 생각했지. 하지만 그때 클로디어스도 죽었어. 네 아버지…… 형 을 죽이는 순간 난 텅 비어 버렸어……. 네 어머니를 안는 순간, 나 한테는 아무것도 남지 않게 되었지…….

110

G   클로디어스…….

클로디어스   아냐, 아냐……. 날 그렇게 부르지 마. 난 이제 햄릿도, 클로
          디어스도 아니야……. 아무것도 아니야…….

클로디어스, 힘없이 걸어가 햄릿 앞에 무릎을 꿇는다.

클로디어스   난 내가 해야 할 일을 했을 뿐이야. 그러니 너도 이제 네가
          해야 할 일을 해.

햄릿   아니야, 아니야. 당신, 이러면 안 돼. 이런 식으로 얘기하면 안 돼.
          이런 식으로 무릎 꿇어선 안 돼. 일어서! 당신은 클로디어스야.
          내 아버지를 죽인 클로디어스. 내 어머니를 더럽힌 클로디어스.
          나를 죽이려 하던 클로디어스. 당신은 그것이어야 해. 부탁이야.
          제발 일어서. 내가 해야 할 일을 하게 해 줘. 하지만 이런 식으로
          는 아니야, 이런 식으로는……. 아무것도 아니라니! 그건 당신이
          할 수 있는 말이 아냐. 무슨 소릴 지껄여도 상관없지만 그 말만은
          안 돼. 그 말은 내 거야! 개자식아, 넌 그럴 권리가 없어! 이 일이
          끝나기 전까지는 아무도 그 말을 뱉어 내서는 안 돼. 아무것도 아
          니라니! 더 이상 아버지를 모독하지 마!

G   모독이라구? 그건 너도 마찬가지야. 아니, 누구보다도 네 아버지
          를, 그분의 인생을 모독하고 있는 건 바로 너야. 네가 네 아버지
          를 알아? 그분을 안다고 생각하니?

햄릿   아냐구요? 그 이상이지요! 그분은 곧 나이니까! 그분의 목소리를
          들었을 때, 전 모든 걸 버렸어요! 나한테 남은 건 그분 목소리뿐
          입니다!

G   그래. 너에겐 너의 사실이, 진실이 있겠지. 썩어 문드러져 비통하
          게 일그러진 귀신. 원한에 차 복수심에 떨고 있는 가련하고 처참

한 유령. 하지만 그게 네 아버지의 전부는 아냐. 우리가 처음 만났을 때, 우린 몸뚱이 하나뿐이었지. 거리의 여자, 뒷골목 건달로 우린 만났어. 최초의 살인이라구? 아니! 네 아버지 손은 늘 피에 젖어 있었어. 그 시절, 네 아버진 한 마리 사자처럼 거침이 없었지. 네 아버지가 처음 아버지라고 부르던 보스 뒤통수를 야구방망이로 날릴 때도, 두 번째 아버지라고 불렀던 보스의 두 다리를 전기톱으로 잘라 낼 때도, 또 나를 차지할 때도, 결코 망설이는 법이 없었어. 네가 태어나던 날, 네 아버진 세 번째 아버지였던 보스를 시멘트 덩이에 매달아 바닷속에 처넣었지. 그렇게 네 아버지와 나는 이 '엘시노어'에 들어왔다. 거리의 여자와 뒷골목 건달은 마담과 사장님이 되었지. 양심의 가책? 네 아버지가 그런 것 따위에 휘둘렸다면 지금의 엘시노어도, 너도 없었을 거야. 물론 그분한테도 두려움은 있었지. 언젠가는, 누가 됐든, 당신을 끝장낼 순간이 온다는 것을 알고 있었으니까. 예전에 자기가 그랬던 것처럼. 그렇다 해도, 그만한 일로 원한을 품고 유령이 되어 떠돌아다닐 만큼 좀스런 사람은 아니었어.

햄릿   거짓말! 거짓말!

G   햄릿. 네가 나한테 뱉어 냈던 수많은 말들. 그 시퍼런 칼날로 너는 내 가슴을 헤집고, 더러운 오물을 나한테 들씌우고, 그 쓰디쓴 독을 핏줄 가득 흘려 넣었지. 그래……. 그럴 수만 있다면, 그것들이 내 몸과 함께 썩어 사라질 수 있다면, 아주 사라질 수만 있다면……. 우리가 사라지면 모든 것이 끝날 거라고? 아니야. 우리의 주검은 더욱더 단단한 칼날로 남을 거야. 이미 수많은 사람들을 베어 온 칼날, 앞으로도 오랫동안 수많은 사람들을 베게 될 칼날……. 쉬파리들한테는 악취를 풍기는 오물이 향기로운 먹잇감이 되겠지. 우리의 시체는 웅덩이가 될 거야. 영원히 독기를 내뿜

는, 마르지 않는 웅덩이.

햄릿 그만! 그만하세요! 더 이상 듣지 않겠습니다!

G 햄릿. 네 말대로 이 '엘시노어'에서 무언가가 잘못되었다면 바로 잡아야겠지. 잘못된 것은 우리 서로가 맺고 있는 관계지, 우리의 존재 자체가 아니야. 엘시노어와 너의 관계, 너와 나의 관계, 너와 삼촌의 관계, 나와 삼촌의 관계, 그것이 우리를 슬프고 괴롭게 한다면 우린 그 관계를 끊어 버리면 돼. 우리가 죽어야 할 이유는 어디에도 없어. 자, 우리 돌아서서 떠나자. 뒤돌아보지 말고 저 문밖으로 나가서 다시는 서로 만나지 말자.

8장

내실 쪽으로부터 폴로니어스와 오필리어, L이 무대로 달려 나온다. 폴로니어스는 밤무대 사회자가 입음 직한 반짝이 재킷을 입고 반짝이 모자를 썼다. 오필리어도 반짝이는 무대의상을 입었다. L은 두 사람의 짐이 든 가방을 들고 뒤따라온다.

폴로니어스 자, 오늘로 이 무대도 영영 안녕이구나! 구질구질했지만 그래도 정들었던 무대! 치사했지만 어쨌든 우릴 먹고살게 해 주었던 무대! 우리 딸내미가 가수로 처음 데뷔했던 무대! 얘야, 마지막 가는 길에 그냥 갈 수 있냐? 섭섭지 않게 노래나 한 곡 하고 가자!

폴로니어스와 오필리어, L, 노래하며 춤춘다. 모두 춤과 노래에 가세한다.

미끄러지다 구르다

구르다 미끄러지다
붙었다 떨어졌다
떨어졌다 붙었다
헤엄치다 날아가다
날아가다 헤엄치다
기어가다 달려가다
달려가다 기어가다
노래하다 춤을 추다
춤을 추다 노래하다
밥을 먹다 똥을 싸다
똥을 싸다 밥을 먹다
날파리는 윙윙윙
개구리는 개골개골
참새는 짹짹짹
반짝반짝 작은 별!

폴로니어스 오늘은 여기까지!
오필리어   안녕! 모두 안녕!

L, 휴대전화를 들고 어딘가로 전화를 한다.

L   에이 씨, 왜 안 받는 거야…….
폴로니어스 뭐 그간 우여곡절도 많았습니다만, 뭐 사는 게 다 그런 거 아
        니겠어요? 누구나 실수는 하는 법이고, 첫사랑은 뜨거운 만큼 어
        설프고 깨어지기도 쉬운 법이죠. 그 문제에 대해서는 이년 책임
        도 아주 없다고는 할 수 없고요, 저도 본의 아니게 일조를 한 셈

이니까, 뿌라스 마이나스 쌤쌤, 저흰 다 이해합니다. 다 이해하고 잊기로 했어요. 그러니까 도련님도 저희를 그만 잊어 주세요, 네?

사이.
생각에 잠겨 있던 햄릿, 허탈하게 웃는다.

햄릿   그래요. 어머니. 모든 게 어머니 뜻대로 됐군요. 그래요. 모두 잊 겠습니다. 모두 이해하겠습니다. 어머니 말씀대로, 가겠습니다. 우린 다시는 볼 일이 없을 겁니다.

클로디어스, 햄릿을 붙잡는다.

클로디어스   안 돼, 햄릿…… 날 이렇게 버려두고 가지 마, 제발…….
햄릿   당신은 부주의했어. 지나치게 느껴 버렸어. 그건 돌이킬 수 없는 실수야. 이제 내가 무얼 할 수 있겠어? 당신을 그냥 버려두는 것 말고?
클로디어스   햄릿…….

햄릿, 매달리는 클로디어스를 떼어낸다.

햄릿   (G에게) 마지막으로 한 번만 안아 볼까요? 어머니.

햄릿, G를 끌어안는다. 두 사람, 껴안은 채 한동안 말이 없다.
그 사이에 소곤대는 사람들.

오필리어   안 가요?

폴로니어스   야, 그래도 사람이 정리가 있고 예의가 있지. 정리되면 가자.
　　　　　어쨌거나 아름다운 장면 아니냐.
오필리어   아름답기는. 아유, 이놈의 지겨운 집구석. 끝까지 신파라니까.
L　　　　(전화가 오자 반색하고 받으며) 여보세요? 그래, 나야…….
폴로니어스   쉿!
L　　　　나 먼저 나가 있을게요. 얼른 나오세요.

　　　　　L, 소곤소곤 전화를 받으며 밖으로 나간다. ("미안해……. 정말 미안해…….
　　　　　그럴 일이 있었어……. 그럼 사랑하지……. 사랑해서 그랬던 거야……. 기
　　　　　다려……. 내가 곧 갈 테니까…….")

G　　　　우린 여길 빠져나가야 해. 다시 시작하는 거다.
햄릿　　　다시?
G　　　　우린 그럴 수 있어.
햄릿　　　다시…….
G　　　　그래, 다시.
햄릿　　　(G를 안은 채) 오필리어?
오필리어   네?
햄릿　　　아직 거기 있어?
오필리어   왜요?
햄릿　　　사랑해.
오필리어   (잠깐 말문이 막혔다가) 네.
햄릿　　　진심이었어.
오필리어   알았어요.
햄릿　　　미안해. 날 용서해 줘.
오필리어   괜찮아요. 다 지난 일인데 뭐.

햄릿 아니. 우리 다시 시작하자.

오필리어 (기도 안 찬다는 듯) 네?

햄릿 다시 시작하자고.

오필리어 아 참, 또 왜 그래요? 구질구질하게. 다 끝난 얘길 가지구.

햄릿 아니야, 아직 끝나지 않았어. (숨을 깊게 들이마시며) 엄마 냄새는
여전하군요. 하나도 변하지 않았네요……. 이 좋은 냄새. 어떻게
이럴 수가 있죠? 어떻게 이 몸은 이렇게 풋풋한 냄새를 풍기는
거죠? 그 추악한 짓거리를 하고서도?

G (이상한 낌새를 느끼고) 햄릿?

햄릿 그래요. 전 아직 햄릿이에요. 아버지의 아들. 햄릿은 햄릿일 뿐이죠!

햄릿, G를 꼼짝 못하게 옥죄어 총을 빼앗는다.

G 안 돼! 오필리어……. (도망쳐!)

햄릿, 뒤쪽에서 G를 제압하고 오필리어와 폴로니어스를 향해 총을 겨눈다.
총성이 울린다. 정적. G, 햄릿의 손에서 풀려나 바닥에 주저앉는다. 폴로니
어스와 오필리어, 말없이 손을 뻗어 서로의 가슴에서 흘러내리는 피를 확인
한다.

폴로니어스 이런 제기랄.

오필리어 그러게 내가 여긴 다시 오지 말자고 했잖아요.

폴로니어스 미안하다. 이놈의 반짝이 의상 때문에.

폴로니어스와 오필리어, 쓰러져 죽는다. L이 통화를 마치고 기분 좋게 휘파
람을 불며 들어온다. L, 바닥에 쓰러져 있는 아버지와 여동생을 본다.

L   이게, 뭐야……. 왜 이래? 아버지…… 오필리어……!

L, 두 사람의 죽음을 확인하고 멍한 얼굴이 된다. L, 햄릿이 들고 있는 사냥
총을 본다.

L   너…….
햄릿   그래 나야.
L   ……왜? 왜?
햄릿   네 아버지와 동생은 오래전에 죽었어. 내가 죽였어, 죽어서 땅에
           묻혔어. 네가 본 건 허깨비였어.
L   ……이 개자식! 헛소리 집어치워! 살아 있었어! 조금 전까지만 해
           도 분명히 살아 있었어!

L, 달려들어 햄릿을 제압하고 총을 빼앗아 햄릿에게 겨눈다. 클로디어스가
L 앞을 막아선다.

L   비켜! 죽여 버리겠어!
클로디어스   흥분하지 마.
L   지금 흥분 안 하게 됐어!
클로디어스   니가 얘를 죽여 버리면 나는?
L   알 게 뭐야! 어서 비켜!
클로디어스   모든 게 잘될 거야. 네가 원하는 대로 될 거야. 하지만 이런
           식으로는 아니야.
L   그럼 어떻게? 어떻게?
클로디어스   알고 있잖아, 자네도. 자, 숨을 크게 쉬고 진정하라구.
L   난 모르겠어! 왜? 분명히 살아 있었는데, 왜? 왜!

사이.

햄릿 (일어서며) 난 그런 식으로 우리 이야기를 끝낼 순 없었어. 생각
해 봐. 우리가 이곳에서 함께했던 시간을. 우린 같은 운명을 이
해하고 그 속에 같이 서 있었어. 저 밖에 자유가 있다고? 그건 새
빨간 거짓말이야. 자유란 건, 진정한 자유란 건 우리가 우리의 운
명을 이해하고, 받아들이고, 그 피할 수 없는 필연을 따라 그것을
완성해 가는 노력 속에서 얻어지는 거야. 생각해 봐. 네가 살아오
는 동안, 네 삶의 목표가 이렇게 분명했던 적 있었나? 이토록 삶
이 충만했던 적이 있었어? 네가 이 사람들을 따라 나갔다면 어떻
게 됐을까? 고작해야 시시껄렁한 밤무대 가수 가방 모찌나 하면
서 뒷골목 건달로 생을 마치겠지. 그걸 원해? 그걸 원하는 거야?
L   …….
햄릿 너는 잊혀질 거야. 흔적도 없이. 아무도 널 기억하지 않을 거야.
그래. 방금 전까지 이 사람들은 유령이 아니었지. 하지만 지금은?
그래. 그렇게 덧없는 거야. 조금 더 먼저, 조금 나중에 그렇게 될
뿐이지. 어차피 우린 허깨비야. 너도 나도 언젠가는 죽어. 사라져.
영원한 건 이 위대한 이야기뿐이야. 우린 여기 남아서 이 위대한
이야기를 완성해야 해. 그 속에서 우린 영원할 거야!

햄릿, 게임을 시작했던 곳에 자리를 잡고 선다. L 눈물을 삼키며 일어나 햄
릿 앞에 선다. G, 힘겹게 일어나 몸을 피하려 한다. R과 S가 G를 붙잡아 움
직이지 못하게 한다.

R   죄송해요, 사모님. 오늘 밤은 너무 기네요.

S   이젠 그만 집에 가고 싶어요.

R   기다리는 가족들도 있고.

S   저흰 너무 오랫동안 쉬지 못했거든요. 곧 끝날 겁니다, 사모님.

햄릿, L, 클로디어스, 말없이 시합을 준비한다. 햄릿과 L, 칼을 들고 맞선다.

햄릿   용서하게, 레어티즈.

       하지만 자네도 잘 알겠지.

       난 내가 아니었어.

레어티즈 나도 자네한테 유감은 없어, 햄릿.

       하지만 자네도 잘 알지.

       이 바닥이 어떤 곳인지.

       내 입장이 어떤 건지.

클로디어스   잠깐!

햄릿   뭐야?

클로디어스   진주…… 하나뿐이었는데.

레어티즈 이런 제기랄!

R이 독주를 닦았던 냅킨을 들고 사내들 앞으로 간다.

S   저흰 잡초 같은 사람들이지요. 바람이 누우면 저희도 눕고, 바람
       이 일어나면 저희도 일어납니다. 저흰 되도록 원만하고 적절한
       방식으로 이 사태가 신속하게 해결되기만 바랄 뿐입니다. 네, 신

120

속하고 원만하고 적절하게.

R, 독주가 묻은 냅킨을 햄릿에게 건넨다.

햄릿   (냅킨을 받아 들며) 고마워요, 로즈 아줌마.

음악이 흐르는 가운데, S가 G를 세 남자에게로 인도한다. 햄릿, 레어티즈, 클로디어스, G를 둘러싸 꼼짝 못하게 붙든다.

햄릿   (G 흉내를 내어) 아유, 이 땀 좀 봐! 숨차지? 살살 해. 그러다 정말 다
         치겠다. (냅킨을 들고) 자, 우리 아들 햄릿을 위해 건배!

레어티즈와 클로디어스, G의 입을 강제로 벌린다. G, 몸부림치며 비명을
지른다.

햄릿   메르씨, 마담!
클로디어스   여보, 마시면 안 돼!
레어티즈 (G 흉내를 내어) 마실 거예요. 화내지 마세요.

햄릿, G의 입에 냅킨을 틀어넣는다.

클로디어스   저것은 독배인데, 너무 늦었구나!
햄릿   (레어티즈에게 냅킨을 건네며) 장난해? 덤벼! 찔러 봐!
레어티즈 좋아! 어디 한 대 먹어 봐라!

레어티즈, 냅킨으로 햄릿 얼굴에 난 상처를 지그시 누른다. G는 독에 취해

서서히 정신을 잃는다. 레어티즈, 햄릿에게 냅킨을 건넨다.

클로디어스   잠깐! 중지!
햄릿   놔둬! 덤벼!

햄릿이 레어티즈의 얼굴에 난 상처에 냅킨을 문지른다. G, 쓰러진다.

S   사모님!
햄릿   어떻게 된 거요, 마담?
클로디어스   너희들이 피를 흘리니까 놀라서 기절한 거야.

G, 잠시 눈을 뜨고 세 남자를 가엾게 바라본다.

레어티즈 (G 흉내를 내어) 아니야, 이 술, 이 술! 햄릿, 내 아들아! 난 독살 당
했다!

G, 다시 고개를 떨구고 쓰러진다.

햄릿   모두 움직이지 마! 문을 닫아! 범인을 잡아!
레어티즈 너도 나도 이젠 끝이야, 햄릿. 그 칼끝에 독이 묻어 있거든. 사장
님이 시켰어. 술에 독을 탄 것도 사장님이야.

햄릿, 클로디어스의 상처를 냅킨으로 문지른다.

로즈, S   살인이다! 살인이야!
클로디어스   누구 없어! 나 좀! 나 좀!

햄릿   (냅킨을 클로디어스 입에 마구 문지르며) 마셔! 이 극악무도한 살인자!

      클로디어스, 쓰러져 죽는다. 햄릿과 레어티즈도 바닥에 쓰러진다.

레어티즈 날 용서하게, 햄릿.

햄릿   레어티즈, 자네도 날 용서해 주게.

      레어티즈, 죽는다. HO, 햄릿에게 달려간다. HO, 햄릿이 쥐고 있던 냅킨을 손에 든다.

햄릿   호레이쇼.

호레이쇼 (냅킨을 입으로 가져가려 한다.)

햄릿   (호레이쇼의 팔을 붙잡아 제지한다.)

호레이쇼 왜?

햄릿   (손으로 자기 머리를 가리킨다.)

호레이쇼 기억하고 싶지 않아.

햄릿   벌써 기억했잖아.

호레이쇼 이건 내 예상보다 훨씬 끔찍하고, 끔찍하게 복잡해. 어지러워.

햄릿   넌 할 수 있어. 깔끔하게. 넌 해야 돼.

호레이쇼 햄릿.

햄릿   (한숨을 내쉰다.) 조용하군.

      햄릿, 죽는다. 로즈와 S, 죽어 넘어진 사람들을 둘러본다. 전화벨이 울린다.

로즈   아, 네, 사장님. 네, 잘 끝났습니다. 좀 말썽이 있긴 했는데요, 아무튼 잘 끝났어요. 아유! 고맙습니다, 사장님. 네, 들어가세요.

S   뭐래요?

로즈   특별 보너스. 일주일 휴가.

S   (환호성을 지른다.)

로즈   이봐요. 손님.

S   고시생 양반.

호레이쇼   네?

S   며칠 안에 손님들이 손님을 찾아갈 거예요.

호레이쇼   손님요?

S   응, 뭘 좀 물어보려고.

로즈   여기 있던 사람 중엔 손님이 누구보다 공평무사하고 객관적인
           사람이니까요. 아까 도련님이 이 '엘시노어'를 누구한텐가 넘긴다
           고 하셨던 거 같은데 우린 잘 못 들었거든요.

S   손님은 들었죠?

로즈   그 손님들이 좀 화끈하거든.

S   공평무사하고 객관적인 대답을 원하죠.

호레이쇼   …….

로즈와 S, 밖을 향해 나간다.

S   아, 홀가분해! 이제야 이 감옥에서 빠져나가는군.

로즈   뭐 할 거야, 스턴?

스턴   애들하고 놀이공원 가기로 했어요. 롤러코스터가 새로 들어왔대
           요. 그냥 뭐, 한마디로 죽여준대요.

로즈   미쳤지. 사서 고생은. 난 그런 거 왜 타는지 모르겠더라.

스턴   타고 나면 후련하잖아요.

로즈와 스턴, 밖으로 나간다. 호레이쇼, 햄릿의 주검 곁에서 생각에 잠겨 있다. 이윽고 G가 부스스 몸을 일으킨다. 호레이쇼, 놀라 얼어붙는다.

호레이쇼 사, 사모님……!

G, 사내들의 주검을 둘러본다.

호레이쇼 서, 설마…….

G   아닌 것 같아. 불행하게도. 이렇게 머리가 깨질 것 같은 걸 보면, 내 눈에 이렇게 눈물이 흐르는 걸 보면…….

호레이쇼 어, 어떻게 된 거죠?

G   글쎄……. 그동안 하도 독을 마셔 댔더니 이젠 완전히 면역이 된 건가……. 하긴 내성이 생길 만도 하지…….

사이. G, 조용히 눈물을 흘린다.

G   결국 이런 건가? 결국은…… 고기가 썩어야 구더기가 사는 건가? 의자와 탁자들, 술잔과 술병들, 기둥과 벽들, 이곳의 모든 것이, 구석에 뒹구는, 눈앞에 떠도는 먼지 알갱이 하나까지도 나한테 같은 말을 하는군. 내 속에서도 같은 말이 울리는군……. 하지만 난 그렇게 하지 않을 거야. 그렇게 하지 않을 거야…….

G, 천천히 엘시노어 밖으로 통하는 문 쪽으로 걸어간다.

호레이쇼 어, 어디로 가시는 겁니까?

G   밖으로.

G, 천천히 걸어간다. 호레이쇼, 사냥총을 집어 든다.

호레이쇼 거트루드.

거트루드가 눈물에 젖은 얼굴로 돌아본다.

호레이쇼 밖은 없어요……. 이 이야기는 이미 완성되었습니다.

호레이쇼, 방아쇠를 당긴다. 거트루드, 묻는 듯한 눈길로 호레이쇼를 바라
보다 쓰러진다. 호레이쇼, 쓰러진 거트루드 곁으로 다가간다.

거트루드 그런가요? 출구는 이것뿐인가요?

호레이쇼, 방아쇠를 당긴다. 거트루드, 잠잠해진다. 정적.

마지막 편지

Hamlet's Last Letter

호레이쇼 저는 제 친구를 말렸습니다.
이곳으로 오지 말라고.
이 게임은 무언가 불온하다고.
하지만 그날, 친구는 결국 이곳으로 왔지요.
모든 의혹은 돌이킬 수 없는 사실이 되었고
게임은 살육으로 끝이 났습니다.
그렇게 모든 것이 끝났습니다.

남은 것은 정적뿐.

알 수 없는 향기가 그 정적 위에 떠돌고 있었습니다.

그 정적 속에서 문득,

이것이 처음이 아니라는 생각이 들었습니다.

처음이 아니라면 마지막도 아니라는 생각도 들었습니다.

그것은 뭐랄까, 지겨운 풍경이었습니다.

끝없이 펼쳐진 바다처럼,

끝없이 반복되는 물결처럼,

바다…… 아, 그러고 보니 제가 빠뜨린 것이 있었군요.

(주머니에서 편지 한 통을 꺼낸다.)

제 친구가 어머니한테 전해 달라고 준 편지.

정신이 없어서 깜빡했네요.

이젠 제가 읽어 드려야겠군요.

호레이쇼, 편지를 펼쳐 읽기 시작한다.

"어머니. 전 지금 바다 위에 있습니다. 구름은 수평선 멀리 가볍게 떠 있고 잔잔한 물결 위로 부드러운 바람이 불어옵니다. 바닷새들은 날개를 기울여 머리 위를 날고, 제 몸도 갑판 위에서 물결을 따라 바람을 따라 구름처럼 조용히 흔들리고 있어요……"

호레이쇼가 편지를 읽는 동안, 음악이 흐르고 극에 등장했던 배우들이 하나 둘 다시 무대로 들어온다. 다음의 편지가 흐르는 동안 배우들은 쓰러져 있던 배우들을 일으켜 세운다. 배우들, 테이블 위에 잔 아홉 개를 올리고, 차례로 포도주를 따른다.

배우1(R) "그곳을 떠난 후 많은 일들이 있었지만 다 말씀드리지 못합니다. 어머니. 사랑하는 어머니, 지금 전 어머니 곁으로 가고 있습니다. 이물 쪽에서 선원들이 그물을 끌어 올리고 있습니다. 갑판 위에서 펄떡펄떡 뛰며 빛나는 물고기들은, 단단한 집게발을 들어 올린 저 게들은 오늘 저녁 반찬이라네요."

배우2(S) "눈이 부시도록 빛나는 삶을 털어내 놓고, 후줄근해져 버린 빈 그물을 보면서, 저는 제가 걸려 있는 그물을 생각합니다."

배우3(O) "그래요. 가끔은 밖에 있다고 생각했습니다. 밖으로 나갈 수 있다고 믿고 싶었습니다. 뱃전을 스치는 바람처럼 가볍게 빠져나가고도 싶었습니다."

배우4(P) "하지만 어머니, 사랑하는 어머니. 지금 전 알고 있습니다. 저는 그물 밖에 있는 것도 안에 있는 것도 아니었어요. 망망대해 가운데 던져진 한 자락의 그물. 그게 저였습니다."

배우5(L) "누군가는 던져져야 합니다. 누군가는 저 끔찍하도록 막막한 바다에서 무언가를 건져 올려야 합니다. 그것이 몇 방울의 쓰디쓴 소금물뿐이라 해도."

배우6(C) "그것이 왜 나인지 묻지 않겠습니다. 제게 주어진 이 잔을 기꺼이 마시겠습니다. 용서하세요, 어머니. 사랑하는 어머니. 지금 전 어머니 곁으로 가고 있습니다. 하지만 어머닌 이미 그곳에 계시지 않겠지요. 제가 어머니께 드릴 수 있는 말씀은 이미 남아 있지 않겠지요."

배우7(H) "나를 붙잡아 주던 가느다란 줄도 이젠 닳고 닳아 버렸네요. 곧 끊어지겠지요. 저는 또 끈 떨어진 그물처럼 막막한 바다 밑을 떠돌며 오래도록 흘러 다니겠지요."

배우8(G) "어느 물결, 어느 기슭에선가 어머님이 다시 나를 건져 올려 주시길 기다리면서……. 바람과 물결과 구름과 새들 사이에서…… 멀리 항구의 언덕이 눈썹처럼 떠오르기 시작하네요. 이제 그만 써야겠어요. 안녕. 안녕……."

마지막으로 거트루드 역의 배우가 빈잔을 채운다. 배우들, 술잔을 바라본다. 음악과 함께 무대 서서히 어두워진다. 배우들의 모습 어둠 속에 잠기고 술잔만이 빛난다. 이윽고 술잔도 어둠 속에 잠긴다.

먼 데서 오는 여자

등장인물

여자
남자

1장

공원. 햇볕 아래 푸른 잔디밭. 나무 한 그루, 그 그늘 아래 벤치 하나. 건너편 좀 떨어진 곳에 등받이가 없는 벤치 하나. 여자, 나무 그늘 아래 벤치에 앉아, 나뭇잎 사이로 부서지며 일렁이는 햇살을 올려다본다. 무릎 위에 놓인 작은 손가방을 두 손으로 그러쥐고 있다. 건너편 벤치 앞에 남자. 그 곁에 자전거 한 대. 자전거는 개조된 것으로, 앞 축에 앞바퀴 대신 환자용 휠체어가 연결되어 있다. 휠체어에는 양산이 꽂혀 있고 작은 라디오가 달려 있다. 휠체어는 비어 있다. 남자, 무릎을 굽히고 앉아 손수건으로 휠체어를 정성스레 닦는다.

남자   이제 내가 문을 열죠. 열면서 "여보, 나 왔어!" 그러면 그냥 꽥 소리를 지르면서, 쪼르르 달려와요. 그래요, 꼭 강아지처럼, 폴짝 뛰어올라 내 품에 폭 안기는 거야…… 아이구 참, 그렇게도 반가울까…… 내가 중장비를 해서 나가 있을 때가 많거든요. 어떨 땐 사나흘, 일주일, 가끔은 몇 개월, 길게는 몇 년…… 거 왜 예전에, 내가 중동에도 갔었잖아요.

   남자, 잠시 여자를 흘긋 본다. 여자, 여전히 평온한 미소만 짓고 있다.

남자   (여자에게서 시선을 거두고) 뭐, 아침에 나갔다 저녁에 들어와도, 반나절 만에 점심 먹으러 와도 늘 한결같아. 폴짝 뛰어 내 품에 안겨서, 얼굴에다 막 뽀뽀를 하구…… 그럴 땐 정말 이런 생각이 들죠. '내가 얼마나 좋으면 이럴까. 아, 이 사람은 정말 나를 사랑하는구나!' (사이) 그 사람은 나 기다리는 게 일이죠. 말은 안 해두 그 사람, 그러다가 속이 다 삭아 문드러져 버린 거라, 나 기다리다가…… 안 그래요?

여자 맞아. 마당이 있으면 좋지. 아무리 작은 마당이래두, 뭐든 심을 수 있으니까.

남자 댁에 마당이 있어요?

여자 그러게. 못됐죠. 누가 자꾸 뽑아 간다니까. 그러니까…… 그게…….

여자, 두 손으로 둥그런 무언가를 감싸는 시늉을 한다.

남자 작약.

여자 작약! 난 빨간 꽃이 좋은데, 분홍 꽃 피는 거 하나밖에 안 남았어요. 말 안 하니까 내가 모르는 줄 아나 본데, 다 알아요, 누군지…….

남자 누가 그걸 캐 갔을까요?

여자 다 알고 있다구요……. 근데, 댁에두 그……?

남자 마당?

여자 응, 마당. 마당이 있어요?

남자 있죠. 작지만.

여자 그래요. 마당이 있어야 해요, 집에는. 아무리 작아도.

남자 우리 집사람 말이 딱 그 말이에요. 우리 미순 씨가…….

여자 미순 씨?

남자 그래요, 우리 미순 씨…….

여자 어디서 많이 듣던 이름인데……?

남자는 왠지 초조하게 무언가를 기다린다. 여자는 전혀 눈치채지 못한다.

여자   (골똘히 생각하다가) 뭐…… 있었겠죠. 내가 아는 사람 중에두……
아마 여럿 될걸요? 워낙 흔한 이름이니까…….

남자   우리 미순 씨는 하나밖에 없죠.

여자   (남자의 눈치를 살피며) 미안해요. 화나셨나 봐. 내가 그렇게 말해서.

남자   아뇨, 아뇨. 전혀……. 아무튼 우리 미순 씨도 집에는 꼭 마당이
있어야 한다고. 나 없는 새에, 집을 샀거든요, 우리 미순 씨가. 내
가 사우디에서 보낸 돈 모아서. 내가 와 보니까, 용두동에다가 마
당 딸린 단독주택을 딱 사 놨더라고. 아파트 편한데 아파틀 사지
그랬냐고 했더니, 자기는 어지러워 못 산다나, 무섭고. 저기 마포
서 아파트 무너져 갖고 사람 죽고 다치고 한 거 못 봤냐고…….

여자   맞아, 그런 일이 있었어.

남자   난 그때 월남에 있어서 못 봤지. 서울시장이 물러났다는 얘기만
나중에 들었어.

여자   아침에…… 봄날 아침에…… 꽃이…….

여자, 묻는 듯한 시선으로 남자를 바라본다.

남자   응? 아, 벚꽃?

여자   네, 벚꽃. 벚꽃이 막 필 때쯤…… 4월 8일 수요일.

남자   와, 그걸 다 기억해요?

여자   4월 5일 식목일이 일요일, 일요일날 내가 도망쳤거든요.

남자   도망쳐?

여자, 말해 놓고도 그것이 무슨 뜻인지 몰라 혼란스럽다.

남자   무슨 소리예요? 어디서? 누구한테서? (여자가 왠지 멍해져 있는 것을

보고) 우리 집 마당에도 작약이 있어요.

여자   아, 그래요?

남자   우리 미순 씨가 심은 거죠. 한쪽에 조그맣게 남새밭도 있고
요……. 거기다 그 사람 철마다 상추도 심고, 고추도 심고, 그랬어요.

여자   맞아요. 작약은 참 예뻐요. 탐스럽고.

남자   네……. 참 탐스러웠죠.

여자   작약을 좀 더 그러니까, 땅에다, 흙에다, 이렇게…… 세워서…….

남자   심으신다구요?

여자   네, 그래요. 우리 그이가…… 곧 돌아오거든요.

사이.

여자   그런데요…….

남자   네?

여자   근데, 저기요…….

남자   뭐가요?

여자   그러니까요…….

남자   말씀하세요.

여자   누구세요?

남자   …….

여자   (당황해서) 미안해요. 분명히 낯이 익은데……. 어디선가 만난 적
이 있는 분인데……. 그러니까 우리가 이렇게 앉아서 얘기도 하
고 또 나한테 이렇게…… 응, 저기 하실 텐데……. 죄송해요.

남자   ……괜찮아요. 죄송해하실 것 없어요. 다들 그럴 때 있잖아요. 누
군진 모르겠고, 그렇다고 말은 못하겠고.

여자   그렇죠? 제가 원래 사람 얼굴을 잘 그래요, 음, 잘 못 알아봐요. 예

　　　　　전부터.

남자　제가 누구냐면요. 제가……. '미순 씨 남편'이에요.

여자　'미순 씨 남편.' 아, 네……. 그러시구나…….

남자　기억 안 나세요?

여자　미안해요, 정말 미안해요. 참 얼굴이 없네요.

남자　응? 아, 면목이 없으시다구?

여자　네, 네……. 잠깐만요, 금방 생각날 거예요.

남자　그래요. 생각날 겁니다.

여자　분명 잘 아는 분이실 텐데, 이렇게 편안한 걸 보면……. 미순 씨
　　　는 좋겠어요. 이렇게나 자상하시구, 친절하시구.

남자　싫어하죠. 아무 여자한테나 다 친절하다구.

여자　(조용히 웃고 나서) 우리가 자주 만났었나요?

남자　그럼요……. 물론……. 오래 못 보고 지낼 때도 있었지만.

여자　오래전부터?

남자　오래됐죠.

여자　그럼 저를 잘 아시겠네요?

남자　잘 알죠, 당연히……. 근데 글쎄요. 또 생각해 보니까…… 꼭 그
　　　런가 싶기도 하고……. 잘 모르겠네요.

여자　잘 모르시는구나.

남자　아니, 그게 아니라, 물론 잘 알지만 모르겠을 때도 있다, 내가 모
　　　르는 구석도 있겠구나, 그런 생각이 든다는 거지요.

여자　우리 집에도 와 보신 적 있어요? 우리 집, 아세요?

남자　그건 확실히 알아요.

여자　(안도하는 한숨을 내쉬며) 다행이야. 아까는 좀 무서웠거든요.

남자　내가요?

여자　아뇨. 그게 아니라…… 갑자기 내가 여기 있더라구요. 꼭 자다가

깬 것처럼. 근데 여기가 어딘지, 내가 여기 왜 왔는지…… 아무것
도 생각이 안 나요. 아무래도.

남자 피곤해서 그래요.

여자 그런가……. 아, 맞다! 그래요. 이제 생각나네. 여기 오기 전에, 집
을 보러 갔었어요. 뼈대가 좋아요. 공구리 집이 아니구 벽돌집이
에요, 빠알간 벽돌. 뭣보담두 마당이 마음에 쏙 들었어요. 감나무
가 큰 거 하나 있는데, 감 따 먹는 재미야 있겠지만 마당이 죄 그
늘져서 못 쓰겠어. 아까워두 베어 버려야 마당에 무어라두 심구
하겠어요. 저걸 베구 그 자리에다는 작약을 심어야지. 이렇게 밭
을 맨들구…… 앞쪽으루 채양을 달아, 처마를 좀 더 내구…… 그
런 생각만 하면서, 그냥 걷고 또 걸었나 봐. 어디루 가는지는 생
각도 안 하고…….

사이.

남자 자, 그럼 이제 그만 집에 가실까요?

여자 못 가요.

남자 내가 알아요. 내가 데려다 드릴 테니까.

여자 요새 좀 정신이 없긴 했어요. 일이 많더라구요. 집을 산다는 게.
뭐 떼 오라는 것두 많구. 뭐 잘못 해 왔다구 다시 빠꾸, 빠꾸. 우리
그이 있었으면 한 번에 될 일두, 몇 번씩 걸음을 하구……. 그이
가 있을 때 하면 좋은데, 당장은 못 나오니까. 사우디에 있거든
요. 중장비해요, 크레인. 우리 그이가. 지금 안 사면 사겠다는 사
람은 나래비를 섰다구 하구, 집은 마음에 들구…….

남자 그래요. 그랬을 거예요.

여자 맞다. 카메라 가져온다는 걸 깜박했네. 사진 찍어서 우리 그이

한테 보내기루 했는데. 다음번엔 잊지 말아야지. 카메라, 카메라……. 작년에 들어왔을 때, 우리 그이가 사 온 거예요. 카메라는 일제도 좋다는데, 우리 그인 미제를 사 왔어요. 일본 애들 물건 팔아 주기 싫다고. 그러면서 조카들 선물은 또 죄 카시오로 사 왔어요, 전자시계. (웃는다.)

남자　그게 좀 값이 헐하니까.

여자　우리 그이도 그 집을 좋아해야 할 텐데요.

남자　좋아할 겁니다.

여자　그럴까요? (사이) 작약을 심을 거예요. 빨간 걸로. 아주 많이…….

남자　…….

여자　그나저나 꽤 멀리 왔나 봐요. 이렇게 피곤한 걸 보면……. 일어날 기운도 없네.

남자　괜찮아요. 집에 가서 좀 쉬면 괜찮아질 겁니다. 오늘은 많이 걸었으니까 좀 쉬는 게 좋아요.

여자　근데 말이에요.

남자　또 왜요?

여자　아무래두 이상해요.

남자　그냥 좀 지친 것뿐이에요.

여자　내가 여기 온 거……. 아까부터 뱅뱅 도는데…….

남자　어지러워요?

여자　아뇨. (머리를 가리키며) 여기 뱅글뱅글 도는 것들이 있는데……. (나무에 손을 갖다 대며) 이 나무…… 단, 단풍나무…… 벤치…… 그리고 잔디밭, 잔디밭 건너에 가로등, 가로등 쪽으로 똑바로…… 여섯 걸음……. 단풍나무, 벤치, 잔디밭, 가로등, 여섯 걸음……. 이게 뭘까요? 왜 자꾸 생각이 나죠?

남자의 얼굴에 잠시 어둠이 스친다.

여자   (가슴께를 만지며) 아파요, 여기가, 이상하게…….

남자   그럼 생각하지 마세요.

여자   안 돼요. 그게 안 되네요……. 그게 떠오르기 전에는 참 편안했었는데. 아무 생각 없이……. (나뭇잎 새로 비쳐드는 햇빛을 올려다보며) 저것 좀 봐요, 저런 것은 생전 처음 봐요. 이파리도 햇빛도, 얼마나, 얼마나 밝은지, 얼마나 또렷한지……. 요즘은 그래요. 갑자기 내 눈이 밝아졌나……. 그럴 리가 없잖아요? 근데, 그래요……. 이파리가, 햇빛이 이렇게 보였던 적은 한 번도 없었어요……. 어떨 땐, 물 마시다가 상 위에다 흘린 물 자국을 온종일 들여다보고 앉아 있기도 해요. 온종일 구름이 모였다 흩어지는 걸 보다가 목이 뻣뻣해져서 혼난 적도 있지요……. 할 일이 많은데…… 난 이제 아무 것도 못해요. 눈에 보이는 게 전부 다, 너무 또렷하고 신기해서, 사실 좀 피곤하거든요. 힘들거든요. 그냥 쳐다보는 것만 해도, 금세 지쳐 버려요……. 난 아무것도 못해요…….

사이.

남자   그동안 너무 바쁘게 살았잖아요. 당신도 그렇고 나도 그렇고……. 쫓기듯이, 아무 정신없이……. 그러니까 그래도 돼요……. 이젠 좀 쉬어도 돼요.

여자   그러고 싶어요. 될 수 있으면 생각 안 하고. 하지만 어떤 것들은…… 생각 안 하려고 해도 생각나잖아요? 근데 그건 또렷하질 않아. 단풍나무, 벤치, 잔디밭, 가로등, 여섯 걸음……. 희미한 냄새가 났어요. 그 말들이 떠올랐을 때. 아주 희미한 냄새가……. 누가 날 부르는 것 같았어요. 근데 모르겠어. 그래서…… 가슴이 아팠어요. 맞아요. 누군가 날 불렀어요. 가만히……. 그게 누굴까요?

남자   나예요. 내가 불렀어요.

여자   (가만히 남자를 바라보다 미소 지으며) 아니에요, 아냐.

남자   정말이라니까. (일어나 나무 아래로 가서) 단풍나무, (벤치 쪽으로 가서) 벤치, (잔디밭을 가리키며) 그 앞으로 잔디밭, (멀리 보며) 그 건너에 가로등, 가로등 쪽으로 똑바로 (걸어가며) 하나, 둘, 셋, 넷, 다섯, 여섯 걸음.

남자, 멈춰 서서 잠시 발아래를 바라본다. 사이.

남자   여기서 내가 당신을 불렀어요……. (망설이다) 여보…….

여자   (멍하게 남자를 바라보다 웃음을 터뜨린다.) 아유, 참 주책이셔! 나이도 드실 만큼 드신 양반이.

남자   여보…… 여보, 미순씨!

여자   아유, 정말! 자꾸 그러면 화낼 거예요. 우리 남편 성질이 얼마나 불 같은데. 큰일 나려구……. 우리 그이가 곧 돌아올 거예요.

남자   언제요?

여자   곧. 금방.

남자   돌아오긴 돌아오는 겁니까?

여자   무슨 그런 끔찍한 소릴 하세요! 당연히 돌아오죠……. 그러시면 안 돼요. 좋은 분이. 그래도 내 말 들어주는 건 아저씨 하나뿐인데, 아저씨까지 그러면 난 어떡해요. 응?

남자   미안해요……. 내가 잘못했어요.

여자   날 불렀어요. 희미한 냄새가 났어요. 날 부를 때. 그게 누굴까? 누가 여기 있었는데……. 그래, 여기서 날 기다리고 있었는데…….

내가 여기서 누굴 기다리고 있었을까? 내가 너무 늦게 온 걸까요?

남자   그만 집에 돌아갑시다. 늦었어요.

여자   너무 일찍 온 걸 수도 있잖아요. 그냥 갈 순 없어요. 기다려 봐야죠.

남자   기다릴 만큼 충분히 기다렸어요……. 이제 됐어요.

여자   아뇨, 아뇨. 그럴 순 없어. 내가 그냥 가 버리면 그 사람, 여기서 날 기다릴 텐데……. 날 기다리느라 여기 서 있을 텐데……. 돌아 가지도 못할 텐데……. (몹시 동요하며) 내가 돌아가 버리면, 누군 지도 모르고 돌아가 버리면, 그 사람은 어떡해요…….

여자, 두 손에 얼굴을 파묻는다. 남자, 여자 곁으로 가서 떨리는 여자의 등을 어루만져 준다.

여자   내가 잊어버리면…… 잊어버렸다는 것도 잊어버리면…… 그땐 어떡해요, 어떡해…….

사이.

남자   그럼 조금만 더 기다려 봅시다.

여자, 남자를 올려다본다.

남자   내가 같이 있어 줄게요.

여자   정말 그래 주시겠어요?

남자   응.

여자   고마워요. 정말 친절하시네요.

남자   별말씀을. (여자 곁에 앉는다.)

사이.

흔들리는 빛과 바람 사이로 흐르는 시간.

여자　운이 좋았던 것 같애, 내가. 생각해 보면 친절한 분들이 참 많았
　　　어요. 전쟁 끝나고 나 여섯 살 때, 엄마하고 나하고 남동생하고
　　　무작정 서울 올라왔을 때, 아, 염천교에 있던 그 집…… 잊어먹지
　　　도 않아……. 다른 집들에선 다 쫓아내는데, 그 집 주인은 우리가
　　　살게 해 줬어. 그 집 대문 앞 처마 밑에다가, 비닐 주워다 깔고 솥
　　　하나 걸구, 한참 살았지[1]……. 아유, 이런 얘긴 챙피해서 우리 그이
　　　한테두 안 했는데…….

남자　챙피하긴 뭐가 챙피해요. 맞아요……. 그땐 그런 사람들 많았지.

여자　그 전에 대구 살 땐, 집두 있구 했는데. 아버지가 미군 부대서 헌
　　　옷 받아다가 손 보구 염색해서 파는 일을 했는데, 돈벌이가 제법
　　　됐대요. 근데 잘되니까, 기계두 들이구 일 크게 벌였다가 다 망
　　　해 먹었다. 아버지가 원체 술 좋아했거든. 사람 잘 믿고. 동업자
　　　친구가 죄 갖고 날러 버렸대. 그 사람 찾는다고 나가서 몇 달, 일
　　　자리 구한다고 나가서 몇 달……. 엄마는 친척 집에 드난살이 하
　　　면서 아버지만 기다리는데, 아버진 왔다 하면 술 먹고 행패만 부
　　　리니까…… 막 두들겨 패고……. 친척들 볼 면목두 없구, 살 수가
　　　없으니까……. 그냥 아버지가 또 찾아올까 봐 무서워서, 도망친
　　　거예요, 우리 엄마…….

남자　고생 많이 했겠네.

여자　별로 고생했던 기억은 안 나요. 그 집 처마 밑에 처음 잘 때, 아,

1　이하 여자 이야기의 일부는 전태일 열사의 어머니 이소선 여사의 수기 『어
　　머니의 길』(돌베개, 1990)을 참고하였다.

그날 얼마나 달게 잤는지 몰라. 아침에 햇볕 들 때, 이렇게 흙벽에 기대고 앉아 있으면 등짝이 따뜻해지는 게…… 얼마나 편안하고 좋았는지……. 우리 엄마가 고생했죠. 나야 우리 동생 업고 처마 밑에 앉았다가, 골목을 왔다 갔다, 엄마 기다리는 게 일인데, 뭐. 그때 서울역 뒤 중앙시장에서 우리 엄마가 배춧잎을 주워 먹고살았어요. 장바닥에 배춧잎 떨어진 거, 못 쓴다고 떼서 버린 거, 그거 주워 모아다가 시장 해장국집에 갖다 파는 거야. 엄마가 오면, 엄마한테서 비린내두 아니고, 과일 내두 아니고 그냥 시장 냄새, 쌔애한 시장 냄새가 났어요. 난 그 냄새가 그렇게두 좋더라……. 하루 저녁은 내가 동생 업구 엄마 기다리다가 주인집 대문이 열렸길래, 기웃이 그 안을 들여다보구 있는데, 그집 아들, 학생 오빠가 들어오다가 날 보더니, 들어오래. 참 좋은 오빠였어. 얼굴이 하얗구. 날 귀여워했지. 애가 애를 업고 그러구 있으니 안돼 보였나 봐. 날 마루에 앉혀 놓고, 이것저것 말두 시키구, 그 뭐냐, 미루꾸도 하나 까서 주구……. 동생은 그거 달라구 내 어깨를 깨물구……. 그러다 나왔는데, 세상에…… 처마 밑 우리 집, 우리 자리에 어떤 아저씨 하나가 떡 누워 있는 거야. 아버진가? 얼마나 놀랬던지. 가만 봤더니, 아냐. 다리 한쪽이 무릎 아래로 없더라구. 상이용사들 무서웠죠. "일어나라고, 여기 우리 집이라고." 아무리 깨워도 꿈쩍두 안 해……. 엄마가 오면 혼날 텐데, 하루종일 노는 년이 집 간수도 못해서 남한테 집 뺏겼다고……. 막 울음이 북받치는데, 내가 울면 동생도 따라 울까 봐, 집주인 들을까 봐, 소리 내서 울지도 못하겠어……. 막 발루 걷어차구 때리구 꼬집어두 꿈쩍두 안 하네……. 꼼짝없이 집 뺏기게 생겼어. 그 아저씨 멀쩡한 다리를 붙잡고 끌어당겼어. 얼마나 무겁던지. 어떻게, 어떻게 처마 밖 길바닥으로 그 아저씰 끌어냈어요. 그러군 우리 집, 우리 자리에 버티구 앉았지. 빨리 엄마가 와야 할 텐데……. 그날따라 엄마가 안 와. 꼼짝도 못하고 기다리는데, 어떤 아저씨가 골목을 지나가다가, 그 아저씨를 발로 툭툭 차 보더니 "어 이 사람, 죽었네?" 그래. 나한테 "아는 사람이냐?" 그래. "몰라요, 모르는 사람이에요." 그랬더니, 그냥 가 버리더라구. 하늘이 노래지구, 몸이 막 덜덜 떨리구, 근데 엄마는 안 와. 통금 사이렌 불구 한참 지나두 엄마가 안 와……. 그렇게 그 아저씨는 누워 있고, 나는 그 앞에 앉아 있어, 동생을 업고, 엄마는 안 오고……. 도망가구 싶은데 도망갈 수가 없어.

남자   (말없이 여자의 어깨를 감싸 준다.) 그만, 그만.

여자   우리 엄마 돌아가시기 전에, 지나가는 말루 그랬어. 하루는 시장에서 돌아오는데, 잠시 넋이 빠졌더래. 한참 걸었는데도 집이 안 나오더래. 사실은 집에 가고 있었다는 것도 잊어버리구 있었대. 그제서야 생각이 났대. 나하구 내 동생이, 그 처마 밑이. 생각은 났는데, 막막하더래. 그냥 다시 생각 안 하구, 그대루 달아나 버리구 싶더래. 그래서 그냥 걸었대. 어디서 순경이 붙잡더래. 통금 시간에 돌아다닌다고. "아주머니, 괜찮으세요?" 멍하니 순경 얼굴만 봤더니, "집이 어디세요?" "집이요?" "네, 댁이 어디시냐구요." 한참 만에 "염천교요." 하고 대답을 하는데, 그냥 눈물이 쏟아지더래. "우리 애들이 기다리는데, 집에 가야 하는데……." 여기가 어딘지 모르겠다고, 그 자리에 그냥 주저앉아 기진을 해 버리니까. 그 순경도 참 친절한 양반이지. 우리 엄말 자전거에 태워서 염천교까지 데려다 줬대.

남자   그래. 엄마 생각이 났던가 보지, 엄마 기다리던 생각. 그런 얘긴 왜 안 했어, 여태?

여자   구질구질하게 그런 얘긴 왜 해요? 안 그래두 우리 벌어먹여 살리

느라 죽을 둥 살 둥 고생하는 사람한테. 좋은 얘기만 해두 시간이
모자란데.

남자   그래두 그건 아니지.

여자   혹시 나중에 우리 그이 만나더라두 이런 얘긴 절대 꺼내지두 마
세요.

남자   그럼 나한텐 왜 한 거요?

여자   그냥…… 편해서. (싱긋 웃는다.)

남자   물 드릴까?

여자   응. 목말라. 어떻게 아셨어요?

남자   (자전거로 가 가방에서 물을 꺼내며) 척 보면 알지요.

여자   껌도 줘요.

남자   응?

여자   껌.

남자   응, 응.

남자, 가방에서 물병과 껌을 꺼내 들고 여자 곁으로 가, 여자에게 물을 먹
여 준다. 여자가 물을 마시고 나자, 껌 종이를 벗겨 여자의 입에 껌을 넣어
준다. 여자, 천천히 껌을 씹는다. 입안에 단맛이 퍼지는 듯, 그녀의 얼굴에
미소가 번지고 눈이 저절로 스르르 감긴다.

여자   우리 노래해요.

남자   무슨 노래?

여자   그거. "나 혼자만이……" 이거.

남자   그래, 우리 노래합시다.

남자, 자전거에 달린 카세트 라디오를 켠다. 송민도의 「나 하나의 사랑」이

흘러나온다. 여자와 남자, 따라 부른다.

여자, 남자   나 혼자만이 그대를 알고 싶소.
          나 혼자만이 그대를 갖고 싶소.
          나 혼자만이 그대를 사랑하여
          영원히 영원히 행복하게 살고 싶소.
          나 혼자만을 그대여 생각해 주.
          나 혼자만을 그대여 사랑해 주.
          나 혼자만을 그대는 믿어 주고
          영원히 영원히 변함없이 사랑해 주.

          남자와 여자가 노래 부를 때, 무대 서서히 어두워진다.

                          2장

다시 무대 밝아지면 이전과 똑같은 무대. 여자가 같은 자리에 앉아 있다.
멍하고 먼 눈길. 그녀의 얼굴에서는 아무런 감정도 읽어 낼 수 없다. 남자,
자전거에서 담요를 하나 꺼내다가 여자에게 덮어 준다. 남자, 여자를 가만
내려다보다가 벤치 앞에서 가로등을 향해 여섯 걸음을 걸어간다. 멈추어
서서 쪼그려 앉아 가만히 잔디를 손으로 쓸어 본다. 사이. 하릴없이 잔디
사이에 돋아난 잡초를 뽑아내는 남자.

남자   어젯밤엔 말이야…… 개꿈을 꿨어. 그냥 시시한 꿈이라는 게 아
      니라, 진짜 개꿈……. 개가 나오는 꿈 말이야. 그 개가 왜 내 꿈에
      나왔을까…….

사이. 바람 소리.

남자   나, 사우디 있을 때, 거기 사막에 들개들이 많았거든. 지들끼리
우우 몰려다녀. 가끔 들개도 아니고, 집개도 아니고, 마을 근처에
다 아예 굴 파고 음식 쓰레기만 먹구 사는 놈들이 있어. 일 나가
던 현장 근처에 그런 굴이 하나 있었는데, 새끼를 낳아 놨는지, 젖
이 늘어진 어미가 들락날락하는 걸 봤었거든. 근데 어미가 어떻
게 잘못됐는지, 어쨌는지…… 어느 날 지나가는데 그놈이 굴 밖
으로 나와서 낑낑대구 있더라. 데리구 와서 짬밥 먹여 길렀지. 거
기 개들치곤 털이 허옇다구 "백구야, 백구야." 그랬어. 일 나갔다
우리가 돌아오면 그냥 뭐 펄쩍펄쩍 뛰면서 앵기구, 비비구, 쓰다듬
어 주면 침을 질질 흘리면서 좋아하니까, 누가 우릴 그렇게 반겨
줘, 그러니 다들 이뻐하지. 그 사람 이름이 생각 안 나네. 그냥 박
조장, 박 조장 했으니. 그때두 이름은 몰랐나? 박 조장 그 사람은
백구만 보면 저거 언제 된장 바르냐구, 입맛 다시구 그랬는데. 참
재밌는 친구야, 짓궂고, 농도 잘하고. 싸대기도 잘 만들고. 싸대
기……. 싸대기가 뭐냐면 막걸리 비슷한 건데, 또 우리가 하지 말
라는 짓은 기를 쓰고 하잖아. 쌀에다 이스트 넣고 뭐 넣고 몰래몰
래 만들어 먹어. 재료도 시원찮고 발효도 제대로 안 하니까, 맛이
이상해. 먹구 나면 골 패구. 근데 도수가 높아서 금방 취해. 그 술
먹구 취하면 귀싸대기를 때려야 정신 차린다고, 그래서 싸대기
야. 싸대기 맞아 가면서두 안 먹구는 못 배긴다구 싸대기야.[2] (사

2   당시 중동 근로자들의 일상-체험에 대한 자료는 그리 많지 않았다. 이 대목
에 묘사된 '싸대기' '할라스 바람' '사막의 들개' 등의 정보는 '장흥관산중학교재
경동문회 다음카페(http://cafe.daum.net/gwansan)'에 김훈철(21기) 씨가 남긴
글들을 참고하였음을 밝혀 둔다.

이. 바람 소리) 그때가 4월이었나……. 거기 3월에서 4월 사이에 할라스 바람이 자주 불거든. 모래 폭풍. 거기 말루 할라스가 마지막이라는 뜻이래지. 마지막……. 그날두 오침 끝내구 오후 작업하러 다들 현장에 나갔는데, 그놈이 온 거야. 처음엔 갑자기 조용하다가 고막에 웅웅 하는 소리가 들리지. 순식간에 눈앞에 시뻘건 모래 구름이 우우 밀고 오는 거야. "할라스다!" "철수! 대피!" 어디로? 숙소도 아니구, 허허벌판 사막에서. 그냥 막 뛰어서 다들 알아서 차 안에 차 밑에 구겨 박혀서 수건으로 코 입을 틀어막고 앉아 있는데, 아무 정신 없지. 어디서 쿵 하는 소리가 났던 것 같애. 누가 소리치는 걸 들은 것도 같고. 한 10분 그러고 있었나. 나와 보니. 언제 그랬냐 싶어. 하늘은 파랗고, 모래는 벌겋고……. 인원 점검하는데 박 조장 그 사람이 안 보이더라. 다들 찾는데, 파이프 하나가, 지름이 사람 키보다 더 큰 파이프가, 바람에 밀렸던가, 원래 땅이 기울었던가, 비탈로 굴러 내렸더라고……. 크레인으로 들어 올리고 보니까 그 밑에 박 조장이 있는데…….

사이.

남자   돌아왔더니 숙소도 난장판이더라구. 할라스가 거기도 쓸고 간 거야. 정신없이 이것저것 정리하고 자려고 다들 누웠는데. 심난하지. 누가 그래. "뭔가 빠진 거 같은데?" 다들 아무 대꾸도 안 해. 뭐 할 말이 있어. "안 그래? 뭐가 허전한데 이게 뭐지?" 그 사람이 자꾸 그러니까, 참다가 다른 사람이 통을 쳤지. "아, 이 사람아. 자빠져 잠이나 자! 박 조장 죽은 거, 저기 자리 빈 거 누가 몰라!" "아니, 박 조장 말고 또 뭐가 없는데……. 아! 백구! 이놈 자식 안 보이네?" 그놈도 어디 가서 파묻혀 죽었을까? 아니면 할라스에 놀래서 달아났을까? 며칠 뒤에 박 조장 수습한 거, 유품 정리해서 같이 보내구 그날 밤에 몇이 앉아서 그 사람 만들어 놓은 싸대기 말들이를 다 비웠네. 취해 버렸지. 필름이 끊기두룩. (사이) 눈을 뜨고도 한참 동안은 내가 무얼 보고 있는지 몰랐어. 어둠 속에서 무언가 반짝이고 있었지. 가득하게. 저게 무얼까? 여기가 어디지? 모래…… 모래밭이다……. 내가 모래밭에 누워 있구나……. 저건 하늘이구나, 밤하늘…… 별이구나……. 저 반짝이는 것들은…… 별이로구나……. 그러구 보니 아까부터 옆구리가 뜨뜻해. 이러구 봤더니, 개야. 개 한 마리가 내 옆구리에 등을 붙이고 웅크리고 있어……. 백구야, 백구……. 내가 깨니까, 그놈이 일어나서 내 얼굴을 막 핥아. 꼬리를 치고 끙끙대면서……. 아마 술기운에 혼자 오줌 싸러 나왔다가 막 걸어갔었나 봐. 멀리는 못 갔더라구. 한 100미터나 갔나. 거기 모래언덕에 자빠져 있었던 거야. 백구랑 같이 돌아왔지.

남자, 잔디밭에 엉덩이를 붙이고 앉는다.

남자   거기 있을 땐 현장 옮겨 다녀도 꼭 데리구 다녔는데. 지금은 죽었겠지, 명대루 살았대두……. 사막에 모래 한 줌이 됐겠지.

여자, 문득 휘파람이라도 불듯, 긴 한숨을 내쉰다. 남자, 여자 쪽을 잠시 돌아본다. 사이. 남자, 잔디밭 위에 길게 드러눕는다.

남자   어젯밤 꿈에두…… 꼭 그때처럼…… 내가 누워 있더라……. 모래언덕에…… 사막 한가운데…… 밤하늘이구나…… 별이구나, 하면서……. 그리고 그 녀석이 왔어……. 날 가만히 내려다보더라

구······. "어디 갔다 이제 왔냐, 응?" 그땐 안 울었는데······ 꿈속에
선 눈물이 났어······. 내가 쓰다듬어 주니까, 녀석이 내 손등을 핥
았지······. 녀석이 손등을 핥으니까 내 손등이 사르륵 녹아······
부서져 내렸어······. 모래처럼······ 흘러내렸지······.

남자, 엎드려 누운 채 잔디밭을 손으로 어루만진다. 사이. 먼 곳을 헤매던
여자의 눈길이 천천히 이곳으로 돌아온다.

여자   미안해요.

남자   응?

여자   내가 이 모양이라서.

남자   (몸을 일으키며) 미순 씨!

여자   왜요?

남자   미순 씨! 미순 씨! 미순 씨!

여자   왜, 왜, 왜요!

남자   돌아왔구나!

여자   가긴 내가 어딜 갔었다구 그래.

남자   갔었지. 멀리 갔었지. 돌아와 줘서 고마워.

여자   멀리 간 건 당신이지. 난 늘 여기서 당신을 기다렸고.

남자   그래, 그래.

여자   내가 또 바보가 됐었죠?

남자   아니. 귀여웠어. 젊고 예쁜 새댁이 됐었지.

여자   응?

남자   75년 9월 22일 아침에 김포공항 출국장에서 헤어지고 79년 8월
김포공항 입국장에서 만나고 다시 79년 9월 김포공항 출국장에
서 헤어지고 83년 8월 김포공항 입국장에서 다시 만났지.

여자　어떻게?

남자　어떻게? 이렇게. 자, 여기가 김포공항이야. 75년 9월 22일 아침이야. 용산 어디 공고에서 나온 고적대가 뿡빵뿡빵 연주를 하고 일나가는 사람들이 가족들, 친척들하고 헤어지느라고 울고불고, 어떤 치들은 빙 둘러서서 주먹을 휘두르면서 교간지 뭔지를 불러대고……. 당신이 그랬지. (여자의 말투를 흉내 내어) "사우디는 멀죠?" 해 봐.

여자　관둬요.

남자　해 봐. "사우디는 멀죠?"

여자　사우디는 멀죠?

남자　멀지.

여자　월남보다?

남자　훨씬 멀지. 비행기루 열 시간 넘어 걸린대.

여자　어휴. 그렇게나……. 월남보다 더 덥겠죠?

남자　그렇대네.

여자　세상에…….

남자　걱정 마. 월남두 갔다 왔는데, 뭐. 거긴 전쟁터두 아니고. 거기두 다 사람 사는 데니까.

여자　몸 조심해요. 아프지 말고.

남자　미순 씨도. 자, 방송한다. 비행기 타라구. (자전거 쪽으로 간다.)

여자　편지해요!

남자　(자전거에 올라타 손을 흔들며) 웅! 안녕!

여자　(손을 흔들며) 안녕!

남자　(자전거를 타고 무대를 돌며) 자, 이제 세월이 흐른다. 한 바퀴에 1년…… 76년…….

여자　77년…….

남자   당신은 편지를 쓰고.

여자   잘 있어요?

         아프진 않아요?

         난 잘 있어요!

         보고 싶어요!

         언제 와요?

남자   (자전거를 타고 무대를 돌며)

         난 잘 있어!

         별일 없지?

         아픈 데 없구?

         보고 싶어!

         금방 갈게!

         78년…….

여자   79년…….

남자   (자전거를 멈추고 내려 여자 쪽으로 달려가 여자를 끌어안으며) 여보, 나
         왔어! 울지 마. 울지 마. 왜 울어?

여자   2주일은 너무 짧아요.

남자   그만큼 내가 중요한 사람이란 뜻이야. 내가 없으면 일이 안 되거든.

여자   안 가면 안 돼요? 여기서두.

남자   집 사야지. 몇 년만 더.

여자   몇 년?

남자   몇 년.

여자   신이 났네.

남자   나도 가기 싫어. 하지만.

여자   신이 났어.

남자   자, 방송한다. 비행기 타라구. (다시 자전거 쪽으로)

여자 (손을 흔들며) 몸 조심해요!

남자 미순 씨도! 안녕! (자전거에 올라타 무대를 돈다)

여자 80년…….

남자 81년……. 당신은 편지를 쓰고…….

여자 잘 있어요?

      난 잘 있어요.

      보고 싶어요.

      편지 좀 자주 해요!

      좀 길게 써요!

남자 난 잘 있어!

      별일 없지?

      보고 싶어!

      시간이 없네!

여자 집을 샀어요.

      마당이 있어요.

      당신도 좋아할 거예요.

      사진 찍어 보낼게요.

      나 혼자 있기는

      집이 너무 커요.

남자 (자전거로 무대를 돌며) 82년…….

여자 83년…….

남자 (자전거를 멈추고 내려 여자 쪽으로 달려가 여자를 끌어안으며) 여보, 나
      왔어!

      여자, 남자의 품에 안겨 운다. 울다가 웃는다.

여자   세월 빠르네.

남자   당신, 이제 그만 가라고 날 붙잡고 울다가 잠이 들었지.

여자   그게 다예요?

남자   응.

여자   그러구 나서…….

남자   그러구 나서 우리……. (말을 멈춘다.)

여자   응?

남자   아냐.

여자   하긴…… 그게 다지.

남자   왜, 또?

여자   아네요……. 미안해요. 힘들게 해서.

남자   자꾸 미안하다고 하지 마.

여자   미안하니까 미안하다고 하죠.

남자   재미있었어. 재밌게 놀았어.

여자   (문득 날카롭게) 그게 재미있어요?

남자   아니, 내 말은…….

여자   당신은 아무것도 몰라요.

남자   …….

여자   내가 어떤지…… 내 맘이 어떤지…….

남자   알아.

여자   몰라!

남자   ……그래. 몰라.

여자   왜 몰라?

남자   내가 어떻게 알아!

여자   당신이라도 알아야죠! 내가 누군지 모르겠는데! 아무리 애를 써
        도 내가 자꾸 없어지는데! 당신이라두 알아야지! 당신도 모르

면…… 난 어떡해?

사이.

여자   알아요. 말도 안 되죠……. 미안해요.

남자   제발 그 미안하단 소리 좀 그만해! 미안한 건 나야. 다 나 때문이야. 내가 당신을 이렇게 만들었어.

여자   그런 말 하지 마세요. 당신 탓이 아니야.

남자   그러니까 내가 하고 싶은 말은 이거야. 자꾸 기억하라고 해서 미안. 날 못 알아본다고 화내서 미안해. 괜찮아, 몰라도 괜찮아 기억 못해두, 날 못 알아봐두 괜찮아. 그래두 나한테 미순 씨는 미순 씨다, 이거야.

여자   날 버리는 거예요? 날 아주 포기했구나.

남자   아냐, 그런 말이. 너무 자기를 힘들게 하지 말라는 거야.

여자   하긴, 나도 알아요. 방법이 없다는 거.

남자   왜 방법이 없어.

여자   그럼 있어요?

남자   (참지 못하고) 에이 씨팔, 진짜! 왜 그래, 도대체!

여자   그래요. 화내요. 내가 정신이 있을 때. 정신이 없어지면 그것도 소용없을 테니까.

남자   …….

여자   근데…… 우리가 왜 그걸 기다리고 있어야 해요?

남자   바보 같은 소리 좀 그만해.

여자   당신은 왔지만 난 없어져 버릴걸.

남자   아무튼 난 미순 씨를 버리지 않아. 포기하지 않아. 이제 어디 안 갈게. 쭉 미순 씨 옆에 있을게.

여자	바보 같은 소리. 내가 이렇게 오락가락하는데? 이러다 아주 끈을 놓치면, 그때두 내가 나일까? 내가 난 줄도 모르고, 당신이 당신인 줄도 모르게 되면 그때두 우리가 함께 있는 걸까?
남자	그럼.
여자	어떻게?
남자	이렇게.

사이.

여자	안아 줘요.

남자, 여자를 끌어안는다.

여자	죽고 싶어.

남자, 말없이 여자의 등을 쓸어 준다.

여자	어떻게든 당신보다 먼저……. 나 못됐죠?
남자	물 마실까? 목 안 말라? 껌?
여자	아니, 아니. 그냥 좀 있어요. 이렇게.

사이.

여자	왜, 그 사진들 말이에요.
남자	무슨 사진?
여자	당신 사우디 있을 때 찍어서 나한테 보내 준 사진.

남자 보고 싶어? 집에 가서 앨범 찾아 같이 봅시다.

여자 아아니. 안 봐두 눈에 선한걸 뭐. 작업복 입고 헬멧 쓰고 크레인 앞에 서서 찍은 사진. 무슨 가시덤불 같은 거 옆에서 낙타하고 찍은 사진. 그냥 허허벌판 모래밭에서 찍은 사진. 근데 하나같이 새까만 썬글라스를 쓰구 찍었어. 좀 벗구 찍지. 입은 웃고 있는데 눈이 안 보여, 답답하게. 내가 언제 한번은 편지에두 썼을걸요? 썬글라스 좀 벗구 찍어서 하나 보내 달라구.

남자 그랬었나?

여자 근데두 계속 그랬어. 꼭 그 뒤에 숨은 것처럼. 왜 그랬어요?

남자 눈이 부셔 그랬겠지, 뭐. 거기 햇빛이 워낙에.

여자 난 당신 눈을 보고 싶었는데…… 볼 수가 없잖아. 무얼 보고 있는지, 어딜 보고 있는지.

남자 미순 씨 보고 있었지.

여자 거짓말만 늘었어.

남자 그래야 사는 게 보드랍지.

여자 당신은 늘 나한테서 못 달아나 안달이었잖아요.

남자 먹구살자니 할 수 없었던 거지.

여자 우린 그저 먹구사는 것밖에 몰랐어.

남자 근데 말야.

여자 응?

남자 동생이 있었어?

여자 응?

남자 한 번도 못 들었던 얘기라서. 접때 미순 씨가 남동생 얘기를 하길래 좀 놀랐지.

여자의 표정이 어두워진다.

여자	내가 그런 얘길 했었어요?
남자	아니지?
여자	…….
남자	그럼. 그럴 리가 없지. 그 얘긴 잊어버려.
여자	아니.
남자	응?
여자	있었어요.
남자	어…… 그래?
여자	응.

여자, 말이 없다.

남자	내가 괜한 걸 물어봤나 봐. 힘들면 얘기 안 해도 돼.
여자	아뇨. 얘기할게요.
남자	뭐, 어떻게…… 어려서…… 잘못됐나?
여자	아뇨. 살아 있어요.
남자	살아 있어?
여자	10년쯤 전에도 한 번 본걸요.

순간 여자, 혼란에 빠져 두 손으로 머리를 감싼다.

남자	그만해. 얘기하지 마. 됐어. 얘기하지 마.
여자	아냐, 아냐. 난 이 얘길 해야겠어요.

사이.

여자 59년인가, 60년인가. 아버지 돌아가셨단 얘기 듣고 다시 대구 시골로 내려갔어요. 엄마두 서울살이 신물이 났지. 차라리 시골이 낫다구. 오막살이래두 집도 있고. 늦게 들어갔어두 그땐 내가 총기가 좋아서 국민학교 졸업할 땐 우등으로 졸업했어요. 당연히 더 공부하고 싶죠. 근데 뭐 중학교 보내 달라고 떼써 볼 틈도 없이 엄마가 덜컥 가셨어요. 서울서 너무 고생을 하신 거야. 그때 동네 분이 주선해 줘서, 나는 서울 사직동에 식모 살러 들어가고…….

남자 동생은?

여자 동생은 보육원으로 들어갔죠. 그땐 다들 먹구살기 힘들어서, 그 어린애 입 하나 감당하겠다는 집이 없었어요……. 내가 열다섯, 동생이 열 살 그랬죠. 그러군 까맣게 잊고 지냈어요. 내가 얘기했었잖아요? 그때 식모살이. 새벽부터 오밤중까지 밥하랴, 반찬 하랴, 애 보랴, 불 때랴, 심부름하랴, 청소하랴, 눈코 뜰 새 없이 달음질을 쳐야 하니까. 보고 싶고, 생각하고 자시고 할 틈도 없었죠.

남자 그러구선 영 못 보게 된 거야?

여자 3년쯤 된가, 동생이 찾아왔더라구요. 나 식모 살던 집으로. 그동안 몇 집 옮겨 다녔는데, 용케 알고 찾아왔어요. 보육원에서 도망 나왔대요. 쌈박질을 크게 하구서. 3년 새 애가 많이 변했더라구요……. 자기두 이제 서울 살 거라구. 나와서 나랑 같이 살재요. 근데 어떻게 나가요, 식모가. 그리고 그때 그 집 주인이 참 좋았거든요. 나한테 참 잘해 줬거든요.

남자 평창동 그 집 얘긴 전에두 자주 했었지. 중학교 검정고시도 그 집에 있을 때 했다구 그랬지?

여자 응. 그런 집 못 만났으면 어림도 없었을 거야. 그렇겐 못한다 그랬더니, 그럼 당장 지낼 데가 없으니까 사글세라도 얻게 돈을 좀 달래요. 주고말고요. 까맣게 잊고야 살았겠어요? 어쩌다 생각날 때마다 가슴이 애린 애니까. 3년 동안 모았던 거 톡톡 털어 줬어요.

남자 그거 한 번으루 끝나진 않았겠지.

여자 올 때마다 다만 몇 푼이래두 쥐어 보냈죠. 근데 갈수록 시도 때도 없이 오니까, 가불해서두 주구. 나중엔 감당이 안 돼요. 주인집에 서도 알게 되니까 눈치 뵈구. 한 2년을 그랬어요. 돈이 적다 싶으면, 내가 누구 때문에 이렇게 된 줄 아냐고, 막 욕을 하고…… 그럴 땐 그 애가 꼭, 아버지 같더라구요…….

사이. 여자, 지친 듯 고개를 숙이고 두 손에 얼굴을 파묻는다. 남자, 어찌해 야 좋을지 몰라 여자를 잠시 내려다본다.

남자 당신은 할 만큼 한 거야, 그만하면.

여자 (얼굴을 두 손에 파묻은 채) 아뇨, 아뇨. 난 그 애를 버렸어요. 버리고 도망쳤어요.

남자 어차피 아무 소용 없잖아. 밑 빠진 독에 물 붓기지.

여자 그 애가 죽게 내버려 뒀어요.

남자 안 죽었다며?

여자 마찬가지야.

남자 그만해, 그 얘긴. 내가 괜히 물어봤어. 그런 건 좀 잊어버려도 좋 잖아.

여자 (고개를 들며) 어떻게?

남자 (불만스럽게) 다른 건 잘도 잊으면서.

여자 봄이었어요. 벚꽃 필 무렵이었죠.

남자 그만해. 듣고 싶지 않아.

그러나 여자는 온 힘을 다해, 기억 속의 영상에 고집스레 매달린다.

여자   일주일 전쯤에 동생이 왔는데, 팔에다 붕대를 감고……. 싸움이 났는데 합의 안 해 주면 꼼짝없이 감옥에 간대요. 나두 화가 나서 너 알아서 하라고, 넌 어려서 감옥에도 안 넣어 준다고. 모르는 소리 말라고, 소년원에 들어간다고, 보육원 감옥살이 3년도 지긋 지긋한데, 죽어도 못 간다고 자기는 거기 가면 죽는다고, 거기 가 느니 죽어 버릴 거라고, 공일날 서울 역전 다방에서 기다릴 테니 까 오라고. 10만 원. 나한테 그런 돈이 어디 있어요. (사이) 공일날, 주인집 식구들은 아침부터 창경원으로 벚꽃 놀이를 갔어요. 새 벽부터 일어나서 도시락을 만들었죠. 너두 같이 가자고, 바람두 쐬고 꽃구경도 하자고 그러는데 난 그냥 집에서 쉬겠다고 남았 어요. 참 좋은 분들이셨는데…… 한 식구처럼 날 믿어 줬는데……. 안방으로 들어가는데, 아, 이제 끝났구나, 이런 생각이 들어. 집에 서 나와 고개를 숙이고 무작정 걸었어요. 세검정을 지나 효자동, 광화문 앞으로 훔친 돈을 가방에 넣고, 시청, 덕수궁, 남대문 지 나 서울역까지 걸어갔죠. 서울역 앞 건널목에 서 있는데, 저기 건너편 다방 앞에 동생이 보여. 그 애 오른손에 감은 하얀 붕대 가……. 그 손으로 담배를 피우면서 어떤 남자랑 시시덕거리고 있 네. 파란불이 들어왔어. 난 건널목을 건너지 않았어. 돌아서서 그 대로 도망쳤지. 날이 좋았어. 공일이라 거리에 사람들이 많았어. 온종일 걸었어. 나는 돌아가지 않았어. 돌아갈 수가 없었어. 가는 데마다 벚꽃이 환해. 그게 다 내가 지은 죄 같애.

사이.

여자   70년 4월 5일, 식목일, 일요일…… 난 스무 살이었어.

여자, 천천히 몸을 웅크린다.

여자   (혼란 속에서 중얼거린다.)
저 사람, 왜 자꾸 나를…….
청계천을 따라서…… 다락은 어두워…….
굴속처럼…… 낮고 어두워.
들들들들 드르륵 드르륵
미싱이, 옛날처럼……
아뇨, 미싱은 안 배울래요.
그냥 시다면 돼, 13번 시다면 돼요.
먼지가 눈송이처럼……
나염 냄새……
콧구멍이 새카맣다.
밖은 눈부셔. 눈이 아파. 눈을 감아.
그 사람, 불을 질렀대. 그 재단사.
자기 몸에다 불을. 왜?
얼마나 무서웠을까?
얼마나 무서웠으면, 그랬을까?
눈부셔. 눈이 아파. 눈을 감아.
머리 아플 땐 뇌신.
기운 없을 땐 박카스.
13번 시다, 원단 가져와.
13번 시다, 기레빠시 치워.
움직여, 빨리, 눈에 띄지 않게.
저 사람…… 저 사람……
허리를 굽혀.

고개를 숙이고

납작 엎드려.

들키면 안 돼.

숨어.

아뇨. 괜찮아요.

미싱은 안 배울래요.

그냥 시다면 돼.

13번 시다면 돼.

빛이 저문다. 희미한 어둠 속에 두 사람, 그림자처럼 앉아 있다. 공원을 지나가는 사람들의 소리, 꿈결처럼 아득하다.

3장

다시 밝아지면 남자와 여자, 그 자리에 여전히 앉아 있다. 여자는 독일어 정관사 변형형과 간단한 회화들을 불분명하게 외우고 있다. 여자는 어딘가 불안해 보인다. 시선을 피하려 애쓰지만, 건너편 어딘가에 있는 무언가를 계속 흘끔거리며 의식한다.

남자   이상하지. 꿈은 그냥 꿈인데 말야, 근데 어떤 꿈은, 꾸고 나면, 이게 전부 다 그냥 꿈 같애. 난 여기 있는데 말야, 분명히 돌아왔는데 말이지. 가끔은 말야, 그게 아니다 싶은 생각이 드는 거야. 난 아직도 멀리 있고 정글 속에, 모래밭 위에 누워 있고 여전히 먼 데서, 당신은 나를 기다리고……. 어쩌면 영영…… (쓴웃음) 말도 안 되지, 말도 안 돼. 그런 생각은 하면 안 돼. 그런 꿈은 꾸지 말아야지. 꾸더래두 빨리 잊어버려야지. 잊지 않으면 자꾸 길을 잃게 되니까. (먼 눈길) 그래…… 그래……. 잊지 않고서…… 기다린다는 걸 잊지 않고서야, 어떻게 당신이 날 기다릴 수 있었겠어. 돌아가야 한다는 걸 잊지 않고서야, 어떻게 내가 당신한테 돌아올 수 있었겠어. 어떻게 우리가 살 수 있겠어, 그 모든 걸 잊지 않고서야……. 그래, 어쩌면 그럴지도 몰라. 당신은 기억 못하는 게 아니라, 잊지 못하는 건지도 몰라. 당신은 잊지 못하는 거야. 그래서 아픈 거야. (중얼대고 있는 여자를 바라보며) 미순 씨. 어디야? 지금은 또 어디쯤 가 있어?

여자, 대꾸하지 않고 계속 독일어를 중얼거린다.

남자   무얼 보고 있어? 누굴 만나고 있어?

여자, 더 이상은 피할 수 없다는 듯, 그 어딘가를 응시한다.

남자   어차피 꿈이라면, 좋은 꿈만 꿔. 누구든 좋은 사람만 만나, 응? 좋은 것만 봐, 응? 알았지?

여자, 바라보던 것을 향해 손을 뻗어, 가까이 오라는 건지, 가라는 건지 분명치 않은 손짓을 한다.

남자   (여자가 보고 있는 쪽을 보며) 응? 왜 그래?
여자   (고개를 돌리며 속삭이듯) 아까부터 날 계속 쳐다봐.
남자   (어리둥절하여) 뭐가?
여자   저 나무 밑에…….

남자   나무 밑에, 뭐?

여자   애.

남자   애?

남자, 바라본다. 그 나무 아래에는 아무도 없다.

남자   (여자의 고개를 돌려 그쪽을 보게 하려 하며) 봐.

여자   (저항하며) 싫어요.

남자   보라니까. 피하지 말고. 겁내지 말고. 괜찮아. 천천히 봐……. 자, 없지? 그렇지? 아무것도 없잖아.

여자, 한참 멍하게 그곳을 바라본다.

남자   아직도 있어?

여자   있었어. 저기 있었는데.

남자   지금은 없지?

여자   없네.

남자   (여자에게인지, 자신에게인지 모르게) 괜찮아, 괜찮아. 그럴 수 있어.

여자   어디로 갔지?

남자, 일부러 자리에서 일어나, 먼 곳을 바라보며 거짓으로.

남자   저어기 간다. 엄마하고 손 잡고.

여자   어디, 어디?

남자   이제 안 보여. 저쪽 찻길로 나갔어.

여자   아직도 냄새가 나.

남자　냄새?

여자　안 나요? 탄내?

남자　탄내? (냄새를 맡아 보고) 모르겠는데?

여자　씻겨 줘야 할 텐데.

남자　누굴?

여자　그 애. 탄내가 나요.

남자, 잠깐 멍해진다.

여자　어떡하죠?

남자　응?

여자　날 아는 것 같애.

남자　아는 애였어?

여자　아니. 난 몰라요. 근데 그 앤 날 알아본 것 같아.

남자　그게 뭐?

여자　그러면 안 되거든요. 그 애가 신고라도 하면…….

남자　돈 10만 원 훔친 거?

여자　(화들짝 놀라) 어떻게 아세요?

남자　괜찮아요. 그 집에선 신경도 안 썼을걸?

여자　정말 그럴 생각은 아니었는데. 용서해 주세요. 어쩔 수 없었어요. 이젠 어쩔 수 없어요. 돌려드릴 수도 없어요. 그 돈 다 써 버렸거든요.

남자　내가 알아봤는데, 그 집에선 신고도 안 했대요.

여자, 다시 필사적으로 독일어를 중얼중얼 외운다.

먼 데서 오는 여자　　169

남자   잊어버렸대, 그냥. 그럴 만한 이유가 있었겠지 하고. 그러니까 미순 씨도 잊어버려요.

여자   (독일어를 중얼중얼 외우다 문득, 남자에게 비밀스럽게) 난요.

남자   응?

여자   난 말이야.

남자   말해요.

여자   (속삭이듯) 독일에 갈 거예요! (신이 나 죽겠다는 듯 숨죽여 키득거린다.)

남자   독일…….

여자   진짜예요. 보여 줄까요? 자격증?

남자   응.

여자   (주머니에서 손수건을 소중하게 꺼내 슬쩍 보여 주고 도로 넣는다.) 봤죠?

남자   잘 못 봤어.

여자   (다시 동작 반복) 봤죠. 간호 보조사.[3]

남자   응, 멋지네.

여자   그죠, 그죠?

남자   어떻게 그걸 땄대?

여자   딱 1년 걸렸어요. 6개월 이론 수업, 병원 실습, 보건소 실습 3개월씩.

남자   장하네.

여자   힘들었어.

남자   병원 일 험하지.

여자   그래도 좋았어요. 날 위해서 뭘 한 건, 이게 처음이거든요.

남자   그때 당신 얼굴이 환했지.

여자   (비밀처럼) 난 독일에 갈 거예요. 아주.

---

3 이하, 당시 파독 간호사에 대한 자료는 파독 간호사로서 현지에서 의사가 된 이영숙의 수기 『누구나 가슴속엔 꿈이 있다』(북스코프, 2009)를 참고하였다.

남자 아주?

여자 네. 다시는 안 와요. 아주 도망가 버릴 거야.

여자, 신이 나서 독일어 회화를 소리 내어 연습한다.

남자 그렇게 독일에 가고 싶었어요? 근데 어떡하나? '월남에서 돌아온 새카만' 어떤 놈한테 발목을 붙잡혀 버렸으니.

여자 (어느덧 다른 시간, 공간으로 건너가) 버스에서 그 사람을 처음 만났어요.

남자 그랬지. 73년 가을에.

여자 11월 12일.

남자 만났지. 나는 월남에서 도망 다니고, 당신은 서울에서 도망 다니다가.

여자 나 교육받으러 다니던 해외개발공사가 이대 근처에 있거든요.

남자 첫눈에 반해 버렸지.

여자 자꾸 졸졸 쫓아오는 거야, 이 사람이 막무가내로.

남자 밥 한번 같이 먹어요, 응?

여자 내가 독일어 교재 들고 다니니까, 이대 독문과 학생인 줄 알았나 봐. (깔깔 웃는다.)

남자 당신 첫 마디가 그거였지. "저 이대 독문과 학생 아니에요." 누가 물어봤나?

여자 할 수 없이 같이 밥 한번 먹어 줬지.

남자 "독일은 가서 뭐합니까? 뭐 시집갈 밑천 마련하려구? 그런 거 필요없어요. 나랑 같이 삽시다. 그리구 그 간호 보조산지 뭔지도 그만 둬요. 내가 밥은 안 굶길 테니까. 난 말야, 다른 건 안 바래요. 내가 집에 왔을 때, 누가 날 기다리고 있어 줬으면 좋겠어. 그거면 돼요."

여자 어쭈?

남자 제법 박력 있었지?

여자 근데요.

남자 응?

여자 이건 비밀인데.

남자 비밀?

여자 그 사람은 뭐, 자기가 내 발목을 붙잡은 줄 아는데.

남자 근데?

여자 (재미있어 죽겠다는 듯 키득대며) 아냐.

남자 응? 그게 무슨 말이야?

여자 어차피 독일 못 가요.

남자 내가 붙잡아서 그런 게 아니구?

여자 쉿!

남자 그럼 왜?

여자 (귓속말처럼) 신원 조회.

남자 신원 조회?

여자 독일 갈 수속하려면 신원 조회를 해야는데, 그게 몇 달 걸린대요. 나 하나 두고 몇 달씩 조사를 하면 그게 안 나오겠어요?

남자 뭐가?

여자 (거의 속삭이듯) 나 도둑질한 거, 동생 버린 거.

남자 그래서 그런 거야? 그냥 포기한 거야?

여자 그 사람한테는 비밀.

남자 난 그것도 모르고, 평생 당신이 나 때문에……. 야, 이거 진짜 억울한데?

여자 아저씨가 왜 억울해요?

남자	그럼 안 억울해?
여자	그 사람이 억울하겠지.
남자	그 사람이 나야.
여자	예?
남자	나야, 나. 모르겠어?
여자	에이.
남자	그 사람한테 안 미안해?
여자	그 사람 알아요?
남자	알지.
여자	정말?
남자	그럼.
여자	미안하죠.
남자	알았어. 내가 전해 줄게.
여자	안 돼요. 비밀이야. 나중에, 나중에 얘기해 줄 거야.
남자	야, 이거…… 고 새초롬한 얼굴 뒤에 그런 꿍꿍이속이 있었단 말야?
여자	뭐 또 그게 100프로 계산뿐인 건 아니지.
남자	그 사람이 좋긴 했어?

여자, 잠시 가볍게 웃는다.

| 남자 | 사랑했어? 사랑해? |

여자, 말없이 수줍게 웃으며 고개를 끄덕인다.

여자, 먼 눈빛으로 고개를 든다.

| 여자 | 스물두 살 때 그 1년, 그때만큼 좋았던 때두 없는 것 같애요. 도 |

망갈 궁리만 했어요. 동생 생각도 다 잊고, 평창동 그 집도 다 잊고. 그 께름칙한 돈을 다 써 버리면, 내 잘못두 깨끗이 없어질 것 같았지. 깨끗이 떠나는 거야, 아무도 날 모르는 곳으로. 그리고 안 돌아오는 거야. 아주, 다시는…….

Auf wiedersehen, Korea! Für immer!

Ich gehe nach Deutchland! Für immer!

Hallo, Deutchland! Schön, Sie zu sehen.

Was ist mein name? Ich heiße Marlene. Ja, Marlene.

Ich komme aus Südkorea.

Nein, nein, Ich komme von ferne! Ja, nur von ferne!

사이. 여자의 얼굴에서 미묘한 변화가 느껴진다.

남자　동생을 다시 만나고 싶어?

여자, 멍한 눈길로 고개를 천천히 가로젓는다.

남자　지금이라도 한번 만나 보는 게 좋지 않을까? 조금이라도 미순 씨 마음에 짐이 남아 있다면 말야, 만나서 훌훌 털어 버리는 게 좋지 않을까?

여자, 깊은 생각 속으로 잠겨든다.

남자　정작 동생한테는 아무것도 아닌 일일 수도 있잖아. 괜히 미순 씨만 끙끙 앓고 있는 건지도 모르잖아. 뭐 또 원망을 듣게 되더라두, 만나서 직접 듣는 게 어쩌면…….

여자, 말이 없다.

남자 (포기하지 않고) 내가 좀 알아볼게. 언제, 어디야? 그러니까, 마지막
     으로 동생을 만났던 거 말야.

여자, 곰곰이 생각한다.

남자 기억 안 나?

긴 사이.

여자 대구에 갔어.
남자 대구? 거기서 만났어?
여자 만난 건 아니구…… 봤어. 내가 왜 대구에 갔었지, 그때?
남자 언제?
여자 2003년…….

남자, 충격에 빠져 말문을 잃는다. 여자는 서서히 그날의 기억 속으로 들어
간다.

여자 민영이…… 우리 딸 민영이……. 우리 민영이, 어디 있지?
남자 …….
여자 우리 민영이가 어디 갔지?

사이.

남자 　잘 있어……. 잘 있으니 걱정 마.

그러나 여자의 눈길은 무언가를 찾아 불안하게 흔들린다. 사이. 이명처럼 울리는 소리. 결국 여자는 묘한 활기를 띠며, 그날의 기억에 사로잡힌다.

여자 　우리 딸 민영이가 대구에 있는 대학교에 합격했거든요. 2월 17일 날, 민영이하고 대구에 내려갔어요. 고속버스 타고. 애 아빠는 거제도 쪽에 일이 있어서 못 오고 둘이 갔어요. 한 달쯤 전에 가서 민영이 지낼 방은 계약해 뒀죠. 개학 얼마 안 남았으니까, 가서 청소도 좀 하고 필요한 것두 좀 사고 하려고.

남자 　미순 씨…….

여자 　청소하다 보니까 12시가 다 됐어요. 둘이 짜장면도 시켜 먹고, 민영이 아토피 있어서 평소엔 절대 안 사 주는데, 이런 날은 짜장면 먹는 거라고 박박 우겨서, 먹구 나더니 대번에 북북 긁더라구, 헤헤 웃으면서, 뭐가 그렇게 좋은지……. 아빠한테 전화해서 괜히 칭얼거리면서 도배지 맘에 안 든다고 투덜거리고 "입학식 땐 꼭 와야 돼, 아빠?" 그랬죠. 둘이 누워서 내일 살 것들 종이에다 적구 하다가 잠이 들었어요. 나는 잠이 안 와서 괜히 화장실 가서 물도 틀어 보고 씽크대 문짝도 여닫아 보고 가스 불도 켜 보고 자는 애 얼굴도 들여다보다가, 그러느라고 통 잠을 못 잤죠. 우리 민영이가…….

남자 　그만해. 해 지겠어. 그만 들어가.

여자 　나 서른다섯 때, 늦둥이죠, 결혼하구 10년 만에 낳어……. 다 우리 그이 탓이에요……. 돈 번다구 오래 사우디 나가 있었으니까. 그 사람 여기 주저앉힌 것두 우리 민영이에요. 하필 통학도 못하게, 이렇게 먼 데 합격을 해 가지구, 서울에 있는 대학두 하나 붙어 났는데, 지 적성에는 여기가 맞다구, 기어코 여길 들어간다구 그러면서 "드디어 독립이다, 독립!" 이러구 뛰는데 뭐 할 말 없죠. 속도 모르고.

여자, 빙긋이 웃는다. 사이.

여자   다음 날 아침에 일어났는데, 7시 반인가, 옷을 주섬주섬 입더니 나간다고. 어딜 가냐고 그랬더니, 자기 들어갈 학교 한번 둘러보고 온다고. 앞으루 질리두룩 다닐 텐데 뭘 지금 가냐, 아침부터 그랬더니, 아침에 사람 없을 때 한 바퀴 돌구 온다고. 나가면서 방을 한번 휘 둘러보더니 "마당 없으니까 좀 답답하긴 하다, 그치?" 배부른 소리 한다고 퉁을 줬더니 낄낄 웃으면서 나갔어요. 10시쯤에 중앙로역에서 만나자고 하구서……. 천천히 걸어갈 셈으루 9시 20분쯤 방에서 나왔어요. 많이 변했더라구요, 대구도.

나무 사이로, 잔디밭 위로 저녁 햇빛이 길게 그림자를 드리우며 비쳐든다.

여자   40년 만인가…… 다시는 올 일 없을 거라구 생각했는데, 우리 딸애가 여기다 나를 데려다 놓는구나. 혹시 날 알아보는 사람이 있을까? 없겠지. 당연히 없겠지. 근데 또 누가 좀 날 알아봐 주었으면 하는 마음도 들고……. "아, 우리 딸애가 이번에 대학생이 됐거든요. 여기 대학에 합격해서 방 알아봐 주러 왔어요." 이러구 자랑 좀 하게. 이런저런 생각하면서 걸어서 중앙로역에 왔는데, 9시 40분이에요. 20분쯤 남았어. 멀거니 서 있다가 옆 골목으로 들어갔어요……. 거기가 예전에 우리 아버지 군복 수선해서 팔던, 하꼬방 있던 골목인데, 완전히 달라졌더라구……. 그땐 단층 루

핑 집만 쭉 있었는데, 다 5층, 6층짜리 빌딩이 됐어. 우리 살던 자리는 무슨 단란주점인가 있고……. 띵동 하고 문자가 왔어요. "엄마, 나 다 와 가. 어디야?" "중앙로역" "알았어. 쫌만 기다려." 9시 50분. 골목 밖으로 나가려는데, 내가 들어온 쪽에서 누가 걸어와. 갑자기 등골에 소름이 쭉 끼쳐……. 그래요, 그 걸음걸이, 오른쪽으로 기울어진 어깨…… 동생이…… 우리 동생이…… 내 쪽으로 걸어오네. 머릿속이 그냥 하얘. 무작정 몸을 돌려서 걸어갔지……. 그 애가 계속 내 뒤에서 걸어와. 날 봤을까, 알아봤을까? 가슴이 터질 것 같애, 어디로 가는지도 모르겠어. 골목 사이로 막 걷고 또 걷고……. 그러다 멈췄어. 화가 나. 머리끝까지……. 왜? 날 쫓아오는 거야? 왜! 배 속에서 뜨거운 불덩이가, 막, 온몸이 터질 것 같애. 지긋지긋해. 지긋지긋해! 이젠 도망 안 가, 도망 안 갈 거야! 와. 오라구! 갈가리 찢어 버릴 거야! 다 죽여 버릴 거야, 다! 돌아섰어. 동생이……. 없어.

잔디밭 위로 핏빛처럼 붉은 저녁놀이 비쳐들기 시작한다. 여자의 환청 속에 울려 퍼지는 정체를 알 수 없는 소음.

여자　냄새가 나, 희미한 냄새가…….
　　　누군가 소리치고 있어.
　　　날 부르고 있어.
　　　민영이…… 우리 민영이!
　　　중앙로역!
　　　큰길로, 큰길로 가야 해!
　　　뛰어, 어서 뛰어!
　　　연기가 자욱해……. 숨을 못 쉬겠어…….

우리 민영이…… 민영아! 민영아!

남자, 흐느끼며 버둥거리는 여자를 진정시키려 끌어안는다.

여자   민영아, 민영아, 전화 받아, 어서, 어서…….
　　　우리 민영이는 이 안에 없을 거야.
　　　어디 있는 거니?
　　　왜 전화를 안 받는 거니?

여자, 정신을 잃고 눈을 감는다. 남자, 여자를 끌어안은 채, 움직이지 않는
다. 객석에서 남자의 얼굴은 보이지 않는다. 긴 사이. 여자의 얼굴에만 희미
한 조명. 여자, 얼굴 없는 어떤 존재에게 안긴 채 눈을 뜬다. 열다섯 어린 소
녀처럼.

여자   엄마야…… 엄마야는 정말 못됐다.
　　　아무리 피난 가는 길이었다 캐도 그렇제.
　　　전쟁 때라 정신 없었다 캐도 그렇제.
　　　어떻게 그럴 수가 있노?
　　　나보다 재봉틀이 더 중요하드나?
　　　내 기억 못할 줄 알았나?
　　　다 기억해. 다.

붉은 저녁놀이 스러지고 저녁 어스름이 깃들기 시작한다.

여자   그 나무…… 그 나무 아래 서 있었던 거.
　　　뭐? 아는 또 낳으면 되지만

재봉틀이 없으모 굶어 죽는다꼬?
그래서 재봉틀만 챙기 들고
내는 그 나무에다 묶어 놓고 간 기가?
잠깐이었다고?
그 잠깐이 내한테는 영원이었다.

남자   (여자를 안아 들며)

그래…… 엄마가 참 못됐다…….
이제 집에 가자……. 집에 가자.

남자, 여자를 안아 들고 휠체어 쪽을 향해 간다.

여자   옆에 어데 불이 나가
연기는 자욱하고 숨을 못 쉬겠는데
아무리 줄을 땡기 봐도 안 풀어지고
아무리 기다려도 엄마는 안 오고
아무리 울어도 지나가는 사람들은
쳐다도 안 보드라.

남자, 여자를 휠체어에 앉힌다.

여자   내가 얼마나 울었는 줄 아나?
내가 얼마나 무서웠는 줄, 엄마는 아나?
못됐다……. 엄마야는 참 못됐다…….
내 기억 못할 줄 알았나?
다 기억한다, 다.

남자가 안장에 올라앉아 자전거를 움직이기 시작할 때, 희미하게 남아 있던 저녁빛이 스러진다. 암전.

4장

밝아지면, 전(前) 장면과 같은 듯하나 약간은 다른 공원. 잔디밭과 나무, 벤치. 근처에서 노는 아이들의 소리, 놀러 나온 가족들이 웃고 떠드는 소리가 한가롭게 들려온다. 앞 장면들에서 여자가 바라보던 잔디밭 자리에 원색의 야외용 돗자리가 깔려 있다. 남자, 양복을 차려입고 좀 떨어진 곳에 서서 조금은 난감한 표정으로 돗자리 위를 바라본다. 뒷짐 진 손에 무엇인가를 들고 있다.

남자   (돗자리 쪽으로 한 걸음 다가서며 돗자리 위에 있는 가상의 가족들에게) 저…… 실례합니다. 즐겁게 노시는데 죄송합니다만……. (뒷짐 진 손에 들었던 하얀 작약 한 송이를 보이며) 이 옆에 이 꽃 한 송이를 두고 가도 괜찮겠습니까? (사이) 아, 예, 그게…… 실은 이 아래, 우리 아이…… 딸아이가 있거든요. 이 단풍나무 아래 벤치, 벤치에서 저 가로등 쪽으로 똑바로 하나, 둘, 셋, 넷, 다섯, 여섯 걸음…… 여기 우리 민영이가 있어요. 무슨 소린가 싶으시죠……. 네, 맞아요. 우리 딸애를 여기 묻었답니다. 그 애 말고도 서른한 분이 여기 이 자리에 묻혀 계시죠. (사이) 아, 아닙니다! 그냥 계세요. 거기 있으면 안 된다고 드린 말씀이 아닙니다. 제발 부탁이니 그냥 계셔 주세요. 불편해하지 마시구. 이렇게 즐겁게 노시는 소리를 들으면, 외롭지 않을 거예요, 우리 민영이도. 다른 분들도. (사이) 여기 사세요? (사이) 아이가 참 예쁘네요. (아이에게) 몇 살? 다섯 살?

어이구, 똘똘하네. (쫄랑쫄랑 뛰어가는 아이를 눈으로 쫓다가) 아마 아실 거예요. 여기 이 도시에서 11년 전에 큰 사고가 있었죠. (사이) 네, 맞아요. 아시네요. 192명이 죽고 146명이 다쳤습니다. 순식간에. 어이없이. (사이) 제 딸아이두 그 안에 있었습니다. 빠져나오질 못했어요. 지하철 밖으로……. (사이) 네. 다들 잊지 말자고 했었죠. 잊어서는 안 된다고. 가슴 아픈 일이지만, 기억해야 한다고. 기억이라는 건 손에 잡히는 게 아니니까. 추모 공원을 만들기로 했어요. 막상 부지 선정에 들어갔는데, 다들 벌 떼처럼 일어나서 반대를 합니다. 추모 시설은 혐오 시설이라는 거죠. '그거 들어오면 경기도 죽어 버리고 집값, 땅값 떨어져서 먹고 살 수가 없게 된다.' 이거예요. 부지 선정하는 데만 몇 년이 걸렸습니다. 여기가 다섯 번짼가, 그것두 조건 달고 겨우 합의를 했죠. 네. 그래서 여기가 '시민안전테마파크'가 된 겁니다. 저 탑은 '안전상징조형물'이 됐고요. '추모 공원'이나 '위령탑'이란 말은 절대 안 된대요. 그렇게라두 우린 돌아가신 분들을 기억하고 싶었습니다. 다들 지쳐 있기도 했구요. (사이) 아, 네, 이해합니다. 충분히 이해하고 말고요. 모를 수밖에 없지요. 어떻게 알겠어요. (사이) 지금 생각하면 후회됩니다. 저깟 돌덩이가 뭐겠어요? 이 빈 땅이 뭐겠어요? 중요한 건 이름인데……. 우린 그 이름을 포기했던 겁니다. 하지만 그땐 달리 방법이 없었어요. 이나마두 없던 일이 될 뻔했으니까요. (사이) 지역 분들이 처음엔 유골을 매장하는 건 절대 안 된다고 하시다가, 그럼 공개적으론 안 되고, 무슨 표식이나 안내문 이런 거 안 되고, 몰래 묻고 가면 그건 안 따지겠다, 그렇게 합의가 됐죠. 시 쪽에서도 보장한다 했고요. 2009년 10월 27일 새벽에, 남들 다 자는 야밤에, 무슨 죄지은 사람들처럼 몰래, 서른두 사람 유골을 여기다 묻었습니다. 우리 민영이도.

남자, 잠시 그날 새벽을 떠올린다.

1년 뒤에 시청으로 투서가 하나 들어갔어요. 우리가 유골을 암매장했다고, 수사해 달라고. 수목장 합의까지 해 주고, 보장한다고, 믿어 달라고 그렇게 다짐하더니, 시에서 말을 바꿉디다. 아주 간단하게. 이면 합의는 모르겠고 공식적인 합의는 없었다. 시에서 우리를 '유골 암매장' 혐의로 고발했지요. 대법원까지 가서 무죄판결 받는 데, 2년이 넘게 걸렸습니다. 작년 9월에야 최종 판결이 났죠. 추모하고 애도하고 기억하는 게 아니라, 추모하고 애도하고 기억하게 해 달라고 싸우다가…… 10년이 흘렀습니다. 그 무죄도 무죄가 아니에요. '나쁜 짓을 한 건 맞는데 처벌할 법규가 없어서 못한다.'는 겁니다.[4] 암매장한 건 맞다는 겁니다……. 우린 졸지에 '암매장꾼'이 됐지요.

사이.

그때쯤부터였을 겁니다. 우리 미순 씨가, 아, 우리 집사람, 민영이 엄마요, 아프기 시작한 게……. 아니, 오래전부터였겠지요. 먼 데서부터였겠지요. 기다리고 기다리다가 도망치고 도망치다가 더 이상은 기다릴 힘도, 도망칠 힘도 없었나 봐요. 이젠 아주 도망쳐 버렸죠. 먼 데로 달아나 버렸습니다. 어쩌면 차라리 다행인지도 모르지요. 차라리 돌아오지 않았으면 좋겠어요. 깨끗이 잊었으면 좋겠어요. 제가 바라지 않아도 언젠가는 그렇게 되겠지만요.

---

4 4장의 내용은 대구 지하철 참사에 대한 《한겨레신문》 윤형중 기자의 르포 「유가족은 그렇게 암매장꾼으로 몰렸다」(2014. 5. 9)를 참고하였다.

사이.

해마다 2월 18일이면 이 공원 앞에서 싸움이 벌어집니다. 유가족들은 추모하겠다고 하고, 지역 주민들은 "암매장꾼들은 물러가라! 여긴 추모 공원이 아니다! 지역주민 다 죽는다, 혐오 시설 방치하는 시 당국은 각성하라!"

사이.

네……. 산 사람은 살아야겠지요. 혐오 시설……. 그래요. 죽음은 혐오스러운 거죠. 더더군다나 아무 죄 없고, 어처구니없고, 아무리 생각해도 그 이유를 알 수 없어서 억울하고 원이 많은 죽음은 더욱더, 혐오스러운 거겠지요. 빨리 잊어야 하는 것이겠지요. 그래야 살아갈 수 있는 거겠지요. 우린 그렇게 살아왔지요. 나도 그렇게 살아왔어요. 살아오는 동안, 내 곁에는 언제나 그런 죽음들이 널려 있었습니다. 네, 말 그대로 널려, 널려 있었지요. 살기 위해서 사람을 죽이기도 했습니다. 벌 받았냐구요? 아뇨. 훈장을 달아 주더군요. 전쟁이죠. 전쟁터였지요. 지나온 줄 알았습니다. 그렇게 믿었지요. 그런데 아닙니다. 이곳은 여전히 전쟁터예요. 우린 아직도 전쟁 중입니다. 우린 여전히 피난민이죠. 살겠다고 아우성치는 피난민. 그러니까 다 잊어야 합니다. 죽음 같은 건. 네. 산 사람은 살아야지요. 기억하겠다는 사람들, 입을 막아 버려야 합니다. 그건 사는 데, 살아남는 데 아무런 도움도 안 돼요. 그러니까, 그러니까, 우리는 애들한테, 이 사실을 똑똑히 알려 줘야 합니다. 아무도 믿지 마. 살고 싶거든, 아무도 믿지 마. 사람을 믿지 마. 니 애비 에미도 믿지 마! 니가 죽든 말든 아무도 신경 안

쓴다. 너도 신경 쓰지 마! 약해 빠진 놈들이 죽는 거야. 그러니까 죽어도 억울해할 것 없어. 재수 없는 놈들이 죽는 거야. 살고 싶으면 이를 악물고 뛰어. 살아 있을 때까지는 뛰어. 살고 싶으면 뛰어, 도망쳐! 달아나!

남자, 자신도 모르게 움켜쥐었던 작약 꽃가지가 부러진 것을 본다. 남자, 숨을 고르며 부러진 작약 꽃가지를 곧게 편다.

남자   죄송합니다, 죄송합니다. 제가 지나치게 흥분을 해 버렸네요……. 아, 가지 마세요. 좀 더 앉아 계세요. 부탁입니다……. 제가 망쳐 놓았군요. 즐거운 시간을. 모처럼 나오셨을 텐데. 이럴려던 건 아닌데…… 면목이 없네요……. 이 말씀은 드리고 싶어요. 아까, 내외분하고 어머님하고 아드님, 따님, 이렇게 앉아 계실 때…… 참 보기 좋았습니다……. 티 하나 없이…… 그 모습이…… 저한테는 정말…… 위로가 됐어요. 그 일이 있고 11년 동안, 들었던 어떤 말보다도, 어떤 약속보다도 그 모습이 저한테는 큰 위로가 됐습니다. 저한테는 무거운 것도, 다른 사람들한테는 가볍고, 아무것도 아니라는 게 티끌 하나 없이, 깨끗하게 잊힐 수 있다는 것이, 차라리 위안이 되네요. (사이) 하지만 이건 어떻게 해야 좋을지 모르겠습니다. 요즘은 그 사람이…… 전동차에 불 질렀던 그 사람…… 그 사람 마음이 조금은 이해가 됩니다. (사이) 이런 부탁 드려도 될진 모르겠지만, 제가 드렸던 말씀은 부디 다 잊으시고요, 여기 단풍나무 그늘도 좋고, 벤치도 있고, 잔디밭이 좋잖아요. 어디 가면 무덤 자리 아닌 데가 있겠어요? 그러니까 찝찝해하지 마시구요, 다 잊으시구요, 가끔 이렇게 여기 놀러 와 주세요. 부탁드립니다.

남자, 허리를 굽혀 잔디밭 위에 작약 꽃을 내려놓는다. 무릎을 꿇고 앉아 그 땅 위에 이마를 댄 채, 움직이지 않는다. 어두워진다.

5장

밝아지면 잔디밭 위로 자전거가 들어온다. 남자는 자전거 안장에 앉아 있고, 여자는 휠체어에 앉아 있다. 자전거에 달린 카세트 라디오에서 송민도의 「나 하나의 사랑」이 흘러나온다. 여자와 남자, 그 노래를 따라 부르며 자전거를 타고 무대를 한 바퀴 돈다.

여자   (쾌활하고 새침하게) 미리 말해 두겠는데, 난 이대 독문과 학생 아니에요.

남자   알아요.

여자   어떻게 알아요?

남자   나도 기름밥 먹는 사람인데, 손 보면 딱 알죠.

여자   (손을 감추며) 어머? 재수 없어! 저리 가요! 왜 자꾸 따라와요?

남자   좋으니까. 나 괜찮아요. 포크레인, 부르도자, 크레인, 전기, 자격증 두 여러 개구.

여자   누가 물어봤어요? 이상한 사람이야.

남자   나만 따라오면 밥은 안 굶게 해 줄게. 집에서 편히 살림하면서 먹고 놀게 해 줄게.

여자   일 없어요. 딴 데 가서 알아봐요. 난 독일 갈 거니까.

남자   독일 가서 뭐 하게?

여자   뭐 하긴 뭐 해? 거기서 살 거지.

남자   가 봐야 고생만 하지. 나랑 여기서 살자니까, 미순 씨.

여자   어머? 내 이름은 또 어떻게 알았대?

남자   거기 써 있네, 그 책에.

여자   어유, 능글맞기는.

남자   그건 뭐라고 읽는 거야?

여자   구텐 탁(Guten tag).

남자   무슨 뜻이야?

여자   안녕하세요.

남자   네, 안녕하세요, 미순 씨.

여자   자꾸 미순 씨, 미순 씨, 하지 말아요.

남자   미순 씨를 미순 씨라고 하지 그럼 뭐라고 불러요.

여자   마를렌느.

남자   뭐?

여자   마를렌느. 내 새 이름이에요.

남자   거 뭐 이름이 그래.

여자   촌스럽긴.

남자   난 미순 씨가 더 좋은데.

여자   이봐요, 기름밥 아저씨. 월남 참전 용사님. 그만 가서 일 보세요.
        난 독일에 갈 거니까.

남자   그 독일 꼭 가야겠어요?

여자   응. 꼭.

남자   그럼 기다릴게요. 미순 씨 올 때까지.

여자   꿈도 꾸지 마세요. 난 안 돌아올 거니까.

남자   올 때까지 기다릴 거야.

여자   그러시든지.

남자   기다리다 죽을 거야.

여자   흥! 누가 신경이나 쓴대?

남자	정말 갈 거야?
여자	응. 난 갈 거예요. 멀리 멀리.
남자	나 운다? (소리 내어 어린애처럼 우는 시늉을 한다.)
여자	우는 척하는 거 모를까 봐? 소용없어요, 아저씨.

그러니까 그만 따라와요.

난 갈 거야. 멀고 먼 데로 가서

훌훌 털고 깨끗이 잊을 거야.

멀고 먼 데서.

Auf wiedersehen, Korea!

Für immer!

Ich gehe nach Deutchland!

Für immer!

Hallo, Deutchland!

Schön, Sie zu sehen.

Was ist mein name?

Ich heiße Marlene. Ja, Marlene.

Ich komme aus Südkorea.

Nein, nein, Ich komme von ferne!

Ja, nur von ferne!

눈부신 햇빛 아래, 남자와 여자가 탄 자전거가 멈추어 선다. 무대 서서히
어두워진다.

벌

등장인물

최요산   50세, 농부

김대안   21세, 택배 기사

온가희   33세, 말기 암 환자

박정순   60세, 간병인

송신가람   32세, 농생명공학과 박사과정 연구원

차미선   29세, 송신가람의 후배 연구원

정수성   37세, 농업 노동자

구룽 델렉   33세, 네팔 출신 이주 노동자

때   2011년 초여름

곳   백두대간 언저리, 어느 지방 소읍

무대   빈 무대

중앙에 나무 한 그루

신화 속, 세계의 중심에 서 있다는 우주목(宇宙木)처럼

근처에 벌통이 두세 개

프롤로그

여자 둘이 무대 위로 등장하여 객석을 향해 인사한다.

여자 1, 2   여러분 안녕!

여자 1   오늘 우리가 만나 볼 친구는 누굴까요?

여자 2   아주 조그맣고 귀여운 친구랍니다.

여자 1   하지만 가끔은 무섭기도 하죠. (여자 2의 팔을 꼬집는다.)

여자 2   아!

여자 1   넌 아프냐? 나는 죽는다. (잠깐 죽는 시늉.)

여자 2   (죽어 있는 여자 1을 이용하여) 머리, 가슴, 배.

여자 1   (벌떡 깨어나 사지를 펼치며) 여섯 개의 다리!

여자 2   두 개의 겹눈과 세 개의 홑눈!

여자 1   그리고 두 쌍의 날개!

여자 1과 2, 입으로 벌의 날갯짓 소리를 내며, 허공에 날고 있는 가상의 벌을 눈으로 쫓는다. 벌이 두 여자의 손등에 내려앉는다.

여자 1, 2   (벌벌 떨며 꼼짝 못하고 속삭이듯) 벌입니다! 으!

여자들, 손등에 앉은 벌을 날려 보낸다.

여자 1   지구상엔 약 2만 종의 벌들이 있다고 해요.

남자 1, 말 울음과 발굽 소리를 내며 등장하여 포즈를 잡는다.

여자 2   말벌.

남자 2, 검술 동작을 하며 등장하여 칼을 치켜들고.

남자 2   나의 죽음을 적에게 알리지 마라!
여자 1   장수말벌.

남자 3, 건들건들 등장하여 다리를 떡 벌린다.

여자 2   넌 뭐니?
남자 3   나? 떡벌.
여자 1   떡벌도 있어?
남자 3   있어. Psithyrus sylvestris.
여자 2   뭐?
남자 3   Psithyrus sylvestris. 내 학명이야.
여자 2   재수 없는 벌이네.
여자 1   그 밖에도 뒤영벌, 호박벌, 호리병벌, 쌍살벌, 가위벌, 대모벌, 감
          탕벌, 황산벌, 죄와벌…….

여배우 2, 여배우 1의 시선을 느끼고 무안한 얼굴이 된다. 느닷없이, 경쾌
한 트로트 음악과 함께 여배우 3, 등장.

여자 3   (노래) 당신은 못 말리는
남자 1, 2, 3   땡벌! 땡벌!
여자 3   당신은 날 울리는
남자 1, 2, 3   땡벌! 땡벌!

여자 3   혼자서는 이 밤이 너무너무 길어요!

여자 1   땅벌.

여자 2   정확히는 땅벌.

여자 1   하지만 우리가 오늘 만날 친구는 바로!

남자 4가 오토바이를 타고 무대로 등장한다. 헬멧과 커다란 선글라스, 가죽 재킷, 가죽 바지, 가죽 부츠. 남자 4가 오토바이에서 내려설 때, 박진영의 노래 「Honey」가 시작된다. 모두 어울려 춤추고 노래한다.

여자 3   Oh, Honey~ Um-Ah!

모두들   그대를 처음 본 그 순간 난 움직일 수가 없었지.

그대 그 아름다운 모습 난 넋을 잃고야 말았지.

그대의 아름다운 그 미소가 나를 사로잡았지.

여자 1, 2   허니 비! 꿀벌!

남자 2   아피스 멜리페라(Apis Mellifera)! 꿀을 나르는 벌.

여자 3   인류의 고향도 아프리카, 우리의 고향도 아프리카.

여자 1, 2   꿀벌은 우리의 다정한 친구!

여자 2   꿀벌들은 무리 지어 군락을 이루고 살죠.

여자 1   건강한 꿀벌 군락 하나에는 대략 5만 마리의 꿀벌이 있는데,

여자 2   그중 대부분은 일벌입니다. 일벌은 암컷.

여자 3, 요염한 자세로 나선다.

여자 1   암컷은 암컷인데 암컷 같지 않은 암컷. 새끼를 못 낳아요.

여자 2   이름처럼 일벌은 수많은 일을 하죠. 꽃꿀을 물어다 꿀을 만들고, 꽃가루로 로열젤리를 만들고, 프로폴리스도 만들고,

여자 1   밀랍 만들어 벌집 짓기, 보수 유지, 벌집 청소, 애벌레 키우기, 여왕벌 돌보기, 경비 서기, 정찰하기, 냉방, 난방…….

여자 3, 여자 1, 2가 시키는 대로 동작하다가 헉헉대며, 아무 일도 안 하고 노닥거리고 있는 남자들을 노려본다.

여자 2   그리고 수벌이 있습니다.

남자들, 약간 긴장하여 앞으로 나선다.

여자 1   얘들은, 아무 일도 하지 않습니다.

남자들, 그것 보란 듯이 여자 3을 놀리며 낄낄거린다.

여자 2   그저 일벌이 주는 먹이를 받아먹으며 평생 노닥거리죠. 수벌은 수정되지 않은 알에서 생겨난답니다. 말 그대로 반푼이죠. (남자들이 야유한다.)

여자 1   이들의 목적은 단 하나, 여왕벌을 만나 씨를 퍼뜨리는 것. 날개 달린 정자 덩어리, 수벌.

남자들이 건들거리며 여자 1, 2 주위로 몰려든다.

여자 2   (귀찮은 듯 남자들을 피하며) 수벌 중에 아주 운 좋은 녀석 몇 놈만이 여왕벌과 짝짓기에 성공합니다.

여자 1   하지만 짝짓기는 곧 죽음! (남자 배우들이 깜짝 놀라 멈춘다.)

여자 2   공중에서 만나는 단 한 번의 사랑! 그리고 펑!

여자 1   배가 터져 죽어 버리죠.

남자들, 질겁하며 물러난다.

여자 1   그리고 여왕벌.

웅장한 음악과 함께, 여자 4가 휠체어를 타고 등장한다.
남자들이 여자 4를 무대 중앙으로 이끈다.

여자 2   이 여왕벌은 새로 태어났습니다. 아직 처녀죠.
여자 1   이 처녀 여왕벌은 이제 잠시 집을 떠나야 합니다.
여자 2   위험한 일이죠, 집을 떠난다는 것은.
여자 1   그러나 가야 합니다. 일생에 단 한 번뿐인 혼인비행을 위해서.
여자 2   가까운 숲 속 어딘가, 수벌들이 붕붕대며 여왕을 기다리고 있습
              니다.
여자 1   여왕이 떠나기 전, 정찰비행이 시작됩니다.

남자들, 비밀 요원들처럼 주위를 살피고 경계하며 퇴장하기 시작한다. 여
자 3은 여자 4가 앉은 휠체어 뒤에 서서 잔뜩 긴장한 모습으로 주변을 살
핀다.

여자 2   날씨는 괜찮은지, 거미줄이나 새, 기타 등등…… 여왕이 가는
              길에 암살이나 공격, 테러의 위협은 없는지.

이제 무대 위에는 여자들만 남아 있다.

여자 1	모든 일이 순조롭다면, 여왕벌은 배 속 가득, 수백만 개의 정자를 품고 이 집으로 다시 돌아오게 될 것입니다.
여자 2	그리고 진정한 여왕으로서 몇 세대에 걸친 역사를 써 내려가겠지요.
여자 1	늦은 봄과 초여름 사이.
여자 2	햇살은 따사롭고 바람도 상쾌합니다.
여자 1	자, 이제 모든 준비가 끝났습니다.

장엄한 음악과 함께 무대 서서히 어두워진다. 여자 1, 2는 퇴장한다. 그사이, 여자 3은 박정순으로, 여자 4는 온가희로 분(扮)한다. 박정순, 온가희가 앉은 휠체어를 밀고 두세 걸음 걷는다. 그사이에 조명이 바뀐다.

1장

박정순과 온가희는 지금 시골길 위에 서 있다. 쾌청한 초여름 저녁. 두 여자는 지금 건너편 산자락 아래 과수원, 거기 만개한 꽃들과 그 꽃 위에 물드는 금빛 노을을 바라보고 있다. 긴 침묵.

온가희	좋다.
박정순	으응 좋네…….
온가희	저 사람들은 무얼 하는 걸까?
박정순	일하지, 뭐 꽃구경 나왔겠나.
온가희	(웃으며) 그러네.
박정순	가희야.
온가희	응?

박정순	꼭 그래야겠나?
온가희	응.
박정순	누가 살고 있을지도 몰라.
온가희	그래도 며칠만 빌려 달라면 안 빌려 줄까? 빈집일 수도 있잖아.
박정순	비어 있어도 문제다.
온가희	대충 치우고. 며칠인데, 뭐. 난 괜찮아. 이렇게 앉아 있거나 누워만 있을 거니까. 아줌마가 좀 고생스럽겠지만.
박정순	산 밑이라 습해서 안 좋을 텐데.
온가희	(웃으며) 내가 더 안 좋고 말 게 어딨어.
박정순	벌레도 많을 거야.
온가희	아무래도 상관없어.
박정순	그냥 펜션이나 민박 같은 데 가면 안 돼? 오는 길에 많던데.
온가희	저기가 딱 맘에 들었어. 저 집이.
박정순	애도 참.
온가희	아늑하겠다. 문만 열면 꽃밭 속에 앉은 것 같을 거야.
박정순	꽃 금방 질 텐데, 뭐.
온가희	나도 그럴 텐데, 뭐.
박정순	…….

사이. 온가희의 얼굴이 점점 일그러진다. 그녀의 몸이 고통에 뒤틀린다.
박정순, 침착하게 그러나 재빨리 진통제 버튼을 누른다. 온가희의 몸이
서서히 풀린다.

박정순	바람 쐬러 가자면서, 웬 짐을 바리바리 싸라 그러나 했더니…… 남은 진통제 다 챙기라고 그럴 적에 알아봤어야 하는 건데…….
온가희	(점점 희미해지는 의식 속에서) 아줌마…… 나 여기 있을 거야…….

여기서, 없어질 거야.

박정순, 잠에 빠져드는 온가희를 잠시 내려다본다. 박정순, 휠체어를 밀고 걸어 나가기 시작한다. 어디선가 희미하게 벌들이 잉잉대는 소리. 박정순, 걸음을 멈추고 귀 기울인다. 고개를 갸웃하던 박정순, 다시 휠체어를 밀고 퇴장한다.

2장

정수성, 구룽 델렉, 송신가람, 차미선이 벌 소리를 내며 등장한다. (대사가 시작되기 전까지의 움직임은 인간이라기보다는 벌의 그것이다.) 정수성, 구룽 델렉은 인공수분에 필요한 면봉과 꽃가루가 담긴 통 따위를 들고 있다. 송신가람과 차미선은 시료 채집에 필요한 도구들을 들고 있다. 네 사람, 무언가를 찾는 듯 무대 구석구석을 헤맨다. 그 모습이 마치 꽃들 사이로 꿀을 찾아 날아다니는 벌들 같다. 헤매던 사람들, 벌통 주변으로 모여든다. 송신가람, 벌통을 열고 안을 들여다본다.

송신가람   없네. 텅 비었어.
차미선   어떻게 된 거죠?
정수성   야, 구룽, 어떻게 된 거야?
구룽 델렉   있어요, 아까.
정수성   있었어요, 자식아. 지금은 없잖아.
구룽 델렉   있는데, 어디 갔지?
차미선   얘들도 결국 죽은 건가?
송신가람   아냐. 시체가 없잖아.

차미선　　그럼 어디로 간 거죠? 분봉을 해 나간 건가?

정수성　　분봉은 무슨. 다들 비실비실해 갖고, 새로 왕대 만드는 거도 못 봤는데.

송신가람　딱 두 통 남았던 건데.

차미선　　선배, 이거 혹시 CCD 아닐까요?

정수성　　씨 뭐? 그건 또 뭐야?

차미선　　콜로니 컬랩스 디스오더(Colony Collapse Disorder, 꿀벌 군락 붕괴 현상). 벌들이 사라지는 거예요. 나가서 안 돌아오는 거죠.

정수성　　왜?

차미선　　원인이 여러 가진데요, 전자기파, 유전자조작 식물, 지구온난화, 살충제, 항생제, 이동식 양봉, 영양실조, 만성 스트레스, 이런 것들 때문에 벌들이 쇠약해지고 면역 체계가 무너져 버린 거죠.

정수성　　뭐여. 작년에 낭충봉아부패병 돌았을 때 했던 얘기랑 거기서 거기잖어.

차미선　　달라요, CCD는…….

정수성　　그래서 뭐? 요것도 같고, 저것도 같고, 그래서 뭘 어쩌라고? 꼭 모르는 사람들이 말이 많고 복잡하거든. 도대체 아가씨들은 아는 게 없구만, 박사라면서.

송신가람　박사는 아니고 박사과정 중이에요.

차미선　　만약 이게 CCD라면…….

송신가람　아닐 거야.

차미선　　국내 첫 사례일 수도 있잖아요, 선배.

송신가람　너는 지금 이게 CCD면 좋겠냐?

차미선　　아니, 제 말은…….

송신가람　바보냐? CCD는 수십만, 수백만 군락 단위에서 벌어지는 현상이야. 고작 군락 두 개 없어진 걸로 사례가 될 것 같아?

차미선   (쑥스럽게 웃으며) 아, 그런가?

송신가람   웃냐, 지금? 작년 가을부터 추적 관찰을 해서, 수백 수천 군락이
         폐사한 중에, 겨우 살아남은, 어쩌면 해답을 쥐고 있을지도 모
         를, 유일한 샘플이 지금 사라졌다고. 기껏 공들인 케이스가 날
         아가 버릴 판인데, CCD? 웃음이 나와?

차미선   아, 그러네요. 어떡하죠?

송신가람   찾아야지. 상태가 좋진 않았으니까 멀리 가진 못했을 거야.

         최요산이 등장한다.

최요산   머 하노? 안 드가고.

구릉 델렉   없어요, 벌이.

정수성   여기 두 통 남았던 거, 이 아가씨들 연구하던 거, 날아가 버렸네.

최요산   머 지 쥔 따라갔나 보제.

송신가람   대안이네 아버지는 아직도 소식 없어요?

정수성   작년에 그 병 때문에 벌통 다 해 먹고 겨우내 두문불출하더니,
         "나는 산으로 간다." 쪽지 하나 남겨 놓고 봄에 나가서는 여직
         소식도 없어.

차미선   충격이 크셨나 보네요.

최요산   벌통을 해 묵으면 어데 지만 해 묵었나? 그 자슥 말만 듣고 벌 키
         왔다가, 괜히 농협 빚만 늘었다, 문디 자슥. 소 돼지 같으모 보상
         이나 받제. 이거는 머 보상이 되나, 뭐가 되나. 다 그놈 때문이라.
         병이 돌면 어떻게든 살려 볼 생각은 안 하고. 약도 치지 마고, 암
         것도 하지 마고, 기양 내비 두라꼬? 내만 죽어라 약 치고 소독하
         면 머하노? 그놈아가 약도 안 치고 내싸 두는 통에, 거서 병이 터
         져가 내 벌통까지 다 절단 난 기라! 그래 놓고 지 혼자 산으로 드

　　　　　　가 뿌면 장땡이야?

송신가람　그분 말씀이 전혀 일리가 없는 건 아닌데…….

최요산　일리가 있기는 머이 일리가 있어?

정수성　기술이 좋아서, 요새 농약은 사람한테 별로 해도 없대. 쪼까 먹
　　　　어도 다 배출된다드만.

송신가람　포유류한테는 그런데, 벌 같은 곤충한테는 치명적이죠.

최요산　그깟 놈의 벌 없다고 농사 못 지까? 인공수분하모 되고, 꿀 없으
　　　　모 설탕 묵제.

송신가람　그렇게 간단한 문제는 아니에요.

정수성　이 벌이란 게 그냥 갖다 놔 노면 지들이 알아서 꿀 채우고 꽃가
　　　　루받이허고 그란 줄 알았는디, 아이고, 이거는 뭐, 때마다 약 쳐
　　　　야제. 장마철에는 설탕물 챙겨 주야제, 보통 손이 많이 가는 것
　　　　이 아녀, 이것이.

최요산　마, 내는 인자 벌 같은 거 절대 안 친다. 벌이고, 벌통이고 꼴도
　　　　보기 싫다.

송신가람　(차미선에게) 가자.

차미선　좀 도와주시면 안 돼요? 벌 찾는 거.

정수성　종일 벌 새끼 노릇 허니라고 목이 빠지고, 삭신이 안 쑤신 데가
　　　　없는디, 다 저녁에 또 벌 새끼를 찾으라고?

차미선　못 찾으면 우리 큰일 나요, 아저씨. 예?

　　　　최요산과 정수성, 헛기침을 하며 외면한다.

송신가람　넌 저쪽으로 가 봐. 난 이쪽으로 가 볼 테니까.

　　　　구룽 델렉이 두 여자를 따라나선다.

구룽 델렉 어디 갔어요, 벌이?

정수성 야, 구룽. 너 들어가서 밥 안 해?

구룽 델렉 쪼금만, 쪼금만.

차미선 고마워요, 아저씨.

구룽 델렉 노 아저씨. 오빠. 서른세 살.

정수성 저 자식, 저거……

송신가람, 차미선, 구룽 델렉, 벌을 찾아 두리번거리며 나간다.

최요산 그거를 우째 찾노? 한 번 날아간 거를.

무대 밖에서 오토바이 소리. 김대안이 오토바이를 타고 등장한다.

김대안 안녕하세요!

최요산 아침나절에 온다 카던 놈이 머한다꼬 인자 오노!

김대안 물건이 이제 왔어요. (택배 상자를 내려 요산에게 건넨다.)

정수성 (중간에서 상자를 낚아채며) 뭐여, 이거? 러브터치? 메이드 인 재팬?

최요산 가온나. 비싼 기다.

정수성 아이고, 우리 요산이 성, 언간히 외로웠는갑서!

최요산 머라카노, 이 자슥.

정수성 러브터치, 러브터치라! 일본 애들이 이런 거는 또 기똥차게 만들제!

김대안, 깔깔대고 웃는다. 최요산, 어이없다.

정수성 돌려 감서 씁시다이? 성님 혼자 쓰지 말고. 나도 그렇고, 꾸룽이

놈도 그렇고, 성님만 외로운 거 아닌께.

최요산   (상자를 빼앗고 정수성을 쥐어박으며) 이 문디 자슥. 이거는 대가리
는 떙떙 비구, 부랄만 땡땡 찼제. 이 러브터치가 머 니 부랄 터
치하라는 기겐 줄 아나? (상자에서 기계를 꺼내며) 이기 꽃가루받
이하는 기계다, 인공수분 기계.

정수성   (실망하여) 난 또…….

최요산   너그들 손으로 일일이 수분한다고 죽는 소리 듣기 싫어 장만했
다. (기계를 돌려 브러쉬가 돌아가는 걸 보며) 머, 니 부랄도 터치할
수는 있겠네. (수성에게 기계를 건네며) 아나, 해 봐라. 러브터치.
고맙제, 안 고맙나?

정수성   쳇, 수분 빨리 허면 뭐 노나? 또 딴 일 시킬 거면서.

박정순이 온가희가 잠든 휠체어를 밀고 등장하여 나무 아래로 간다. 세
남자, 두 여자를 본다.

최요산   어떻게 오셨소?

박정순   (나무 그늘 아래 휠체어를 세워 두고) 뭐 좀 물어볼 게 있어서.

정수성   뭐, 땅 보러 오셨어?

박정순   그게 아니구, 저 집.

최요산   저 농막이오?

박정순   저기 주인이 누구예요?

최요산   와요?

박정순   며칠 좀 빌릴까 허구.

정수성   거그는 우리 구룽이 산디.

박정순   구렁이오?

정수성   아니, 구룽이. 네팔 촌놈 하나 사요.

박정순	그래요…….
최요산	요 바로 옆에 펜션 있어요. 글로 가소.
박정순	저기…… 그럼 이렇게 하면 안 될까? 펜션 방을 하나 잡아 드릴 테니까 그 양반이 며칠만 거기서 지내시고…….
최요산	저 추접은 농막을 빌리고 펜션을 잡아 준다꼬요?
박정순	어떻게, 안 될까, 며칠만?
최요산	아줌마 간첩이오? 아니모, 머 동반 자살이라도 할라꼬 왔나?
박정순	에그, 아저씨도 참!
최요산	내는 그래밖에 이해가 안 되는데?
박정순	여기가 좋대요. 저 집 아니면 안 되겠대요.

세 남자, 잠에 빠진 온가희를 건너다본다.

최요산	딸내미?
박정순	아니. 난 간병인이고.
정수성	어디 아픈갑서?
박정순	조금.
최요산	조금이 아인데…….
박정순	그러지 마시구. 부탁합니다. 사례는 섭섭잖게…….
최요산	돈이 문제가 아이라, 내도 주인이 아이라.
박정순	에? 주인도 아니면서 된다, 안 된다.
최요산	주인 아잉께네 안 된다 카지요. 그람 된다 카나, 주인도 아인데.
박정순	아유, 그럼 주인이 누군데? 어디 있는데?
최요산	산에요.
박정순	산이요? 산이면 어디…… 저 산?
최요산	저 산인지 이 산인지 우째 알끼요. 주인 아들내미는 여 있네.

박정순   (최요산에게 눈을 흘기며) 그참! 바로 말해 주면 될 것이지! 총각,
         사정 좀 봐줘. 그렇게 합시다, 응?
김대안   글쎄요. 지저분하고 불편하실 텐데. 구릉이 형한테도 물어봐야
         되고.
최요산   대안아, 잘 생각해래이. 까딱하면 팔자에 없는 초상 친다.
박정순   아저씨는 그 입 좀 다물어요!

         희미하게 벌들이 잉잉대는 소리.

최요산   이기 무슨 소리고?
김대안   (휴대전화를 꺼내 보고) 아닌데.
정수성   이거…… 그거 아녀, 그거?

         사람들, 소리 나는 쪽을 돌아본다.

정수성   벌이다!

         순간 무대 정지. 송신가람이 황급히 달려 들어와 객석을 향해 놀란 얼굴
         로 멈춰 선다. 정적에 가까운 음악이 흐르는 가운데.

송신가람   네! 그것은 벌이었습니다!

         구릉 델렉과 차미선 역의 배우 둘이서 벌들을 이끌고 등장하여, 온가희의
         몸에 내려앉게 한다. 천천히, 아주 느린 동작.

송신가람   금빛 노을이 물든 가지에 어스름 저녁이 내리듯 망설임도 없이,

서두르지도 않고 벌들이, 수만 마리의 벌들이, 새까맣게 그 여자의 몸 위로 내려앉고 있었습니다!

순식간에 무대에 벌 소리가 가득 차오르며, 정지 상태에서 풀려난 사람들이 허둥지둥 이리 뛰고 저리 뛴다.

박정순   세상에! 저리 가! 저리! 아이구 이걸 어째!

박정순, 벌을 쫓아 보려 하지만 달려드는 벌들 때문에 가까이 가지 못한다. 사람들, 이러지도 저러지도 못하고 우왕좌왕한다.

박정순   (김대안에게) 총각, 어떻게 좀 해 봐! 좀 쫓아 줘!
김대안   난 못해요! 벌 알레르기 있다구요!
차미선   저거, 우리 벌 아니에요?
송신가람   그런 것 같긴 한데…… 도대체 이게……!

박정순, 갑자기 가슴을 움켜쥐고 숨을 헐떡이며 주저앉는다. 다급히 주머니에서 강심제를 꺼내 입에 털어 넣는다.

송신가람   아줌마, 괜찮아요?
박정순   난 괜찮아요, 약 먹었으니까, 금방 괜찮아져. 우리 가희, 가희 좀…….
최요산   퍼뜩 가서 훈연기 가온나! 그물망하고!

정수성과 구룽 델렉, 달려 나간다.

최요산	저것들이 미칫나? 와 자꾸 저기 붙노!
김대안	(목덜미를 움켜쥐며) 어!
최요산	뭐꼬? 쏘였나?
김대안	예.
최요산	주사 어딨노? 니 주사 갖고 다녔잖아!
김대안	저기, 오토바이 색 속에. 어, 어…….

차미선, 오토바이로 달려가 허겁지겁 가방을 뒤진다.

최요산	분봉 때는 저것들이 안 쏘는데. 와 자꾸 쏘고…… 앗, 따거!
차미선	(펜처럼 생긴 주사기를 꺼내 들고) 이거 맞아요?
김대안	예…… 어, 어. (쓰러진다.)

최요산, 차미선에게 주사기를 받아들고 김대안의 바지를 내리려 한다.

| 김대안 | (헐떡이며) 아, 아니, 엉덩이 말고, 허, 허벅지……. |

최요산, 김대안의 허벅지에 주사기를 찌른다. 김대안, 그제야 안심한 듯 늘어져 눕는다. 정수성과 구릉 델렉이 머리에 그물망을 쓰고, 그물망 몇 개와 훈연기를 들고 달려 들어온다. 훈연기에서 연기가 피어오른다.

| 박정순 | 아이구, 우리 가희, 가희 좀! |
| 정수성 | 이것들부터 써요! |

사람들이 그물망을 머리에 쓰고, 씌워 주느라 부산한 와중에, 온가희가 휠체어에서 조용히 일어선다. 그녀는 자신의 몸과 그 몸에 내려앉은 벌들을

바라본다. 온가희, 연기가 매운 듯 기침을 한다. 사람들이 그 소리를 듣고 그녀를 돌아볼 때, 그녀는 손등에서 진통제 주사바늘을 뽑아내고 있다.

박정순   가, 가희야!

온가희, 깊게 심호흡을 하고 나서 조심스레 몇 걸음을 걸어 본다. 사람들, 말을 잃은 채 그녀를 바라본다. 조명이 바뀌며 인물들이 정지 상태의 실루엣으로 보인다. 벌 떼가 윙윙대는 소리.

막간극 1 호박, 호박 속의 꿀벌

멈춰 있던 인물들 가운데, 송신가람이 정지를 풀고 움직인다. 동시에 벌소리가 뚝 끊기고 송신가람에게만 조명. 송신가람, 그물망을 벗고 객석을 향해 선다. 그녀는 주머니에서 호박(琥珀) 하나를 꺼내 든다. 동시에 각각의 배우들에게 조명(amber)이 비친다. 호박 속에 갇힌 곤충들처럼 배우들은 멈춰 서 있다.

송신가람   호박(琥珀)입니다. 수천만 년 전 침엽수의 수지, 나뭇진이 굳어져 만들어진, 화석의 일종이죠. 호박 안에서는 가끔 당시의 곤충이나 식물이 발견되기도 합니다. 이 호박 속에도 꿀벌 한 마리가 갇혀 있습니다. 꿀벌의 몸에 묻은 수천만 년 전의 꽃가루도 함께. 수천만 년 전, 백악기와 쥐라기의 들판에, 끈적한 땀을 흘리고 서 있는 침엽수들. 그들이 흘린 수지가 흩어지지 않고, 땅속 깊은 곳으로 스며, 고열과 고압 속에서 이렇게 호박의 결정을 이룰 확률은 얼마나 될까요? 한없이 느리게 흐르는 수지의 물결 속에, 거미나 선충, 꿀벌, 나비, 개구리 따위가 사로잡힐 확률은 또 얼마나 될까요? 그 순간, 그 꿀벌이 온몸의 털에 꽃가루를 잔뜩 묻히고 있을 확률은? 불가능, 네, 그것은 거의 불가능에 가깝습니다. 하지만 여기에 그 불가능이 엄연히 존재합니다. 부드럽고 견고하게 반짝이면서. 그 저녁, 온가희 씨에게 벌어졌던 일들 또한 그러한 종류의 불가능이었다고 말씀드릴 수 있겠습니다.

송신가람이 대사하는 동안, 멈춰 있던 인물들이 움직이기 시작한다. 온가희가 사람들에게 무언가를 요구하고, 사람들은 그녀의 요구를 충족시키기 위해 이리 뛰고 저리 뛴다. 먹을 것과 마실 것을 가져다주고, 부채질을 해 주고, 몸을 닦아 주고, 치장을 해 주고……. 비유하자면 온가희는 여왕벌이고, 나머지 인물들은 그녀를 시중드는 일벌들이다. 움직임이 서서히 춤이 되어 간다. 모두들, '여왕벌' 온가희를 둘러싸고 춤추며 퇴장한다.

3장

무대 잠시 어두워졌다 밝아지면 다음 날. 구룽 델렉과 정수성이 등장한다. 두 사내, 잠시 멍하게 앉아 말이 없다. 정수성은 '러브터치'를 들고 앉아 하릴없이 모터를 윙윙 돌려 보고 있다. 구룽, 알아들을 수 없는 일종의 진언을 네팔어로 외우기 시작한다.

정수성   구룽아. 너는 이해가 되냐, 이 상황이? 이 자식, 뭘 중얼거려? 너,
            내가 못 알아듣는다고 내 욕하는 거지!
구룽 델렉   나쁜 일 있을 때 해요, 네팔에서.

정수성   조용히 못해? 가뜩이나 정신 사나 죽겠구만.

구룽, 입술만 달싹이며 진언을 왼다.

정수성   펜션에선 왜 안 받아 준대? 줄 돈 다 주고 방 빌린다는디.
구룽 델렉   몰라요.
정수성   그러게, 그 야큰지 뭔지 그 빠다로 차 좀 끓여 먹지 말라니까.
           니가 자꾸 요상한 냄새를 피운께 그러제, 이 자식아.
구룽 델렉   이상 안 해요.
정수성   형님이 이상하다면 이상한 거지, 이 자식이 토를 달아? 니가 지
           금, 토를, 웅? 토를 달아?
구룽 델렉   아, 아, 나빠요!
정수성   나빠요가 아니라 아파요.
구룽 델렉   (자기를 가리키며) 아파요. (정수성을 가리키며) 나빠요. 맞아요?
정수성   (어이없이 웃으며) 그래, 맞다 이 자식아. 맞으니까 한 대 더 맞아.
구룽 델렉   형님 방 냄새 더 나빠. 크.
정수성   너 밖에서 자고 싶냐? 이슬 맞으면서?
구룽 델렉   돈 줬잖아요.
정수성   이 자식아, 니 냄새는 꾸룽내, 네팔 촌놈 꾸룽내, 이 형님 냄새
           는 고독의 향기! 알아?

구룽 델렉, 불만스러운 얼굴로 다시 진언을 속으로 외기 시작한다.

정수성   그나저나 그 펜션 것들도 참 꼴같잖다이? 배아지가 부룽께. 니
           미, 손님도 없더만.

212

구릉이 정수성을 보며 미소 짓는다.

정수성   웃기는……. 아이고, 어쨌거나 그 아가씨 덕분에 일 안 힘께 영
          한갓지고 좋다.

송신가람과 차미선이 등장한다.

송신가람   시료 다 잘 챙겼지? 컨테미네이션(contamination) 조심하고.
차미선   걱정 마세요.
송신가람   일단 바이러스가 있는지, 있으면 액티브지, 네거티브지 그것만
          빨리 확인해 가지고 와.
정수성   아침부터들 바쁘요.
차미선   네, 안녕히들 주무셨어요?
정수성   그 아가씨 여직 그러고 있소, 과수원에?
차미선   말도 마세요. 벌들이 점점 더 붙어나는 것 같아요.
정수성   여왕벌이 그 아가씨한티 붙은 거여. 그것을 떠 내야 쓸 거인디.
송신가람   그 아가씨가 펄쩍 뛰는걸요.
정수성   그 벌들이 아가씨들이 보던 벌들은 맞어?
송신가람   예. 추적 관찰하려고 등에다 페인트칠을 해 뒀거든요. 근데, 지
          금은 벌들 숫자가 그보다 많아요. 근처에 있던 다른 벌들도 모
          여든 모양이에요.
차미선   어제까지도 비실비실하던 애들이 어찌나 팔팔한지. 꿀도 모으
          고 꽃가루도 모으고. 과수원이 아주 시끌시끌해요.
구릉 델렉   집 만들어요? 집?
송신가람   그런 것 같진 않아요.
정수성   그럼 그 꿀이나 꽃가루는 어디다 쟁여?

송신가람 몸속이겠죠. 왜 벌들 분봉하기 전에 새집에 자리 잡을 때까지
        지낼 식량을 미리 먹어서 몸 안에 비축해 두잖아요.

정수성 참 도대체. 벌 새끼들이야 그렇다 치고, 그 아가씨는?

송신가람 그건 제가 의사가 아니라서.

정수성 의사를 불러야 하는 것 아녀? 병원에 데꼬 가든가.

차미선 그 벌 떼들을 데리고 병원에요? 안 그래도 보건소 공중보건의
        분이 다녀가시긴 했어요.

정수성 뭐래, 그 사람은?

차미선 뭐, 벌들이 환자를 공격하는 상황도 아니고, 오히려 상태가 겉
        으로 보기에는 엄청나게 좋아졌으니까. 그냥 경과를 좀 두고 지
        켜보자고.

송신가람 말기 암 환자들 중에는…….

정수성 말기 암? 그 아가씨가?

송신가람 네. 암세포가 온몸에 다 퍼져서, 이제 듣는 항암제도 없고, 수술
        도 안 되고, 어떻게 손쓸 도리가 없대요.

정수성 죽을 자리 보러 온 거구만.

송신가람 아무튼, 가끔 그렇게 별다른 이유 없이, 잠깐 상태가 호전되는
        것처럼 보이는 경우가 있대요.

차미선 일종의 온열치료 효관가? 왜, 벌들은 항상 35도 정도를 유지하
        니까요.

정수성 에이, 벌침을 맞아서 그런 거여. 봉독이 몸에 좋응께.

차미선 벌들이 안 쏜다니까요, 그 아가씨는. 근데 걔는 어쩐대. 그 누구
        죠? 대안이?

정수성 아직두 끼구 있어, 걔를?

차미선 붙들고 안 놔줘요. 꼭 곁에 있어야 한다고.

정수성 왜?

차미선	걔가 좋대요, 맘에 든대요. 자기 거라고. 물고 빨고 야단났어요.
정수성	에? 그 아가씨가 확실히 제정신은 아니구만. 나 같은 미남자를 놔두고. 왜 해필…… (사람들 반응이 싸늘하자 얼른 화제를 돌려) 대안이 개, 벌침 알레르기 있어서 큰일 나는데.
차미선	꽁꽁 싸매고 주사기 손에 들고 있긴 한데, 그래도.
정수성	참 알다가도 모를 일여. 왜 해필 벌 새끼들이 그 아가씨 몸에 앉았을까?
송신가람	뭔가 혼동이, 착각이나 오해가 일어난 거겠죠. 우리가 알 수 없는 어떤 이유 때문에.
정수성	쳇. 또 모른다는 얘기구만. 당최 아는 게 없다니까, 의사고 박사고.
송신가람	예. 제가 아는 게 없네요.

최요산과 박정순이 등장한다. 최요산, 한쪽 다리를 약간 절룩인다.

박정순	아, 글쎄 며칠만, 며칠만 기다려 주시라니까.
최요산	마, 참말로! 내 논밭에, 과수원에, 약도 내 맘대로 몬 치나! 그 아가씨 있는 데만 안 치모 될 거 아이요?
박정순	벌들이 죽잖아요. 아이고 나도 이게 무슨 일인지 모르겠지만, 어쨌든 그 아이가 그러잖아요. 제발 부탁합시다, 응?
최요산	안 돼요! 농사도 다 스케줄이 있으요. 지금 약 안 치모 다 베리뿐다꼬. 누가 책임질 끼요, 그거를! (정수성과 구릉 델렉에게) 머 하노? 가 약 안 타나!
박정순	죽은 사람 소원도 들어준다는데.
최요산	그 아가씨가 죽었소?
박정순	그래요! 아직 살았잖아요! 살아 있잖아요! 그러니까…….

사이. 박정순, 무릎을 꿇고 최요산에게 매달린다.

최요산   아, 참말로…… 와 이캐요…….

박정순   서른셋이우. 겨우 서른셋이라고. 가엾지도 않수? 펴 보지두 못하고.

최요산   …….

박정순   며칠만. 벌들이 날아갈 때까지만, 응?

최요산   돌아 뿌겠네, 참말로.

박정순   내가 이렇게 부탁하잖아요, 응?

최요산   그 며칠이 며칠인데요?

박정순   (깊게 한숨을 내쉬며) 천년만년 저러고 있겠어요? 마음 같아서
           야……

최요산   사흘. 딱 사흘. 그 이상은 절대 안 돼요.

박정순   고마워요, 고마워.

최요산   일나소, 마. 그러다 또 넘어가지 마고.

구룽이 박정순을 부축해 일으켜 세운다.

정수성   그래도 일은 하나 덜었네. 꽃가루받이는 그 아가씨가, 아니 벌
           들이 알아서 해 중께.

최요산   시끄럽다.

정수성   이거 딱 거 뭣이여, 「TV특종 놀라운 세상」, 「세상에 이런 일이」
           딱 그건디. 요참에 테레비 출연 좀 해 보까?

최요산   테레비 출연? 그래 주제 파악이 안 되나? 도박 빚 지고 도망 댕
           기는 자슥이, 머? 테레비?

정수성   아따, 성님도 차말로, 사나이 아픈 구석을 그렇코롬 사정없이
           좆아 부요? 아가씨덜 있는 디서? 에이, 올해는 요 러브타치 쏠

일이 없었네. 아나, 구릉아, 니 부랄이나 타치해 보자. 가만 있어. 스!

최요산   문디 자슥! (정수성에게 달려들다 비명을 지르며 멈춰서 꼼짝도 못한다.)

차미선   왜 그러세요, 아저씨?

정수성   또 통풍 도졌소? 아따 참말로! (최요산을 부축한다.)

최요산   (정수성의 부축을 받아 나가며) 그거 창고에 잘 너 놔래이! 장난치다 뿌사 먹지 마고. 내년에 쓸 낀게……. 아! 아! 돌아 뿌겠네, 참말로!

최요산과 정수성, 퇴장한다.

송신가람   (차미선에게) 얼른 가.

차미선   예. 다녀올게요.

차미선, 퇴장한다.

박정순   (구릉 델렉에게) 미안해, 총각. 불편해도 며칠만.

구릉 델렉   아니요. 괜찮아요.

무대 밖에서 최요산의 비명 소리가 들려온다.

박정순   어차피 며칠은 일 못하겠네, 뭐. 괜히…… (무릎을 툭툭 턴다.) 가서 청소나 좀 해야겠다. (농막을 향해 걸음을 옮긴다.)

구릉 델렉   (박정순을 따라가며) 냄새 많아요?

박정순   아니, 아니. 엊저녁엔 뭐 정신이 있었어야지.

구릉 델렉   같이 해요, 청소.

박정순   가서 일 봐요.

구릉 델렉   일 없어요.

박정순   그럼 쉬든가.

구릉 델렉   쉬는 거예요.

박정순과 구릉 델렉, 퇴장한다. 송신가람의 머리 위로 스쳐 날아가는 벌들이 내는 소리. 송신가람, 잠시 벌들을 바라보다 생각에 잠겨 퇴장한다. 벌의 날갯짓 소리가 커지면서 무대 서서히 어두워진다.

막간극 2 키스! 키스! 키스!

어둠 속에서 동요 「Under the spreading chestnut tree」가 울려 퍼진다. 무대 밝아지면, 한낮, 꽃 핀 나무 둘레. 온가희가 김대안과 함께 춤추며 등장한다. 온가희의 몸에는 벌 떼들이 빼곡히 달라붙어 있다. 김대안은 그물망, 장갑, 장화 등으로 중무장하고, 언제라도 쓸 수 있게 한 손에 에피네프린 주사기를 들고 있다. 나머지 배우들도 춤추며 무대 위로 날아 들어온다. 모두들, 유리병에 담긴 꿀과 숟가락을 하나씩 들고 있다.

구릉 델렉   꿀!

배우들, 사이로 "꿀!" 하고 외치는 소리가 메아리처럼 퍼져나간다.

모두   (유리병을 내밀며) 꿀입니다!

모두들, 꿀 한 숟가락을 떠 입에 넣고 맛을 본다. 제각각 내지르는 환성과
탄식. 무대는 농염한 기운으로 가득 찬다.

정수성   꿀맛!

송신가람   젖과 꿀이 흐르는 낙원!

최요산   벌들의 날갯짓을 따라, 꿀이 흘러옵니다!

차미선   몸무게 80밀리그램인 꿀벌은 한 번에 70밀리그램의 꽃꿀을 실
          어 나를 수 있어요.

박정순   (입에 마구 꿀을 퍼 넣으며) 먹는 거 아니에요. 꿀주머니에 담는 거
          예요.

모두들, 잔뜩 꽃꿀을 담고 비틀거리며 돌아다닌다.

구릉 델렉   꽃꿀은 아직 꿀이 아닙니다.

차미선   이 벌에게서 저 벌에게로

배우들, 입을 맞추며 서로 꽃꿀을 주고받는다.

정수성   먹었다 토하고, 먹었다 토하고

송신가람   수없는 날갯짓! 물기를 말려야 해요!

최요산   말간 꽃꿀은 황금빛 꿀이 됩니다!

박정순   황금빛 연금술! 황금빛 입맞춤!

구릉 델렉   (유리병을 들어 보이며) 꿀, 1킬로그램!

차미선   이만큼을 모으려면 벌은 들판과 벌집 사이를 2만 번! 왔다 갔다
          해야 돼요.

모두들   (서로 입 맞추며) 2만 번의 키스!

송신가람   2000만 송이의 꽃들과 만나야 하죠.

모두들   (입 맞추며) 2000만 번의 키스!

정수성   40만 킬로미터! 지구 한 바퀴를 돌아온 키스!

박정순   우리가 꿀을 먹는다는 건, 수많은 벌들과의 입맞춤!

송신가람   뽀뽀가 아니에요. 꿀주머니 깊은 곳까지 혀를 밀어 넣는, 디—입, 디—입, 키스!

구룽 델렉   들판에 흔들리는, 수많은 꽃들과의 키스!

최요산   그것은 찬란한 태양과의 입맞춤!

모두   오! 꿀이 되어 흐르는, 달콤한 키스! 알싸한 키스! 키스! 키스! 키스!

모두, 온가희와 김대안을 돌아본다. 이 장면 내내, 온가희는 김대안에게 일방적인 애정 행각을 벌이며, 이 순간에도 그녀는 김대안에게 정신없이 입맞춤을 퍼붓고 있다. (위의 장면이 진행되는 동안, 온가희는 '입맞춤, 키스'라는 말이 들릴 때마다, 어떻게든 몸을 빼려는 김대안에게 무슨 수를 써서든 입을 맞춰야 한다.)

모두   어머! 키스!

온가희가 김대안의 볼 위에 입을 갖다 댄다. 한참 만에야 '쪽' 소리가 나게 그녀의 입술이 떨어져 나올 때, 나머지 배우들, 튕겨 나가듯 날갯짓하며 퇴장한다.

4장

온가희   (손을 뻗어 대안의 얼굴을 어루만지고 들여다보며)

오, 사랑스러운 나의 기사님.
갑옷 속에 상처를 감추고
어느 싸움터에서 돌아오시나요?
장미꽃 입술, 설화의 뺨 위에
유향과 몰약의 땀을 흘리시는
베일 속의 기사님, 택배 기사님.

김대안　오, 여왕이여! 치명적인 여왕이여!
그대의 찌르는 눈빛 한 번으로도
타는 듯한 손길에 스치는 것만으로도
나 죽음을 면치 못하리니
갑옷 속에서 베일에 숨어 그대를 바라볼 뿐.
그대의 눈빛도 감당키 어렵지만
그대의 손길 또한 지나치게 분방하구려.

온가희　아이구, 이 귀여운 것! 어쩜 이렇게 예쁠까? 보기만 해도 흐뭇하
네, 그냥!

김대안　그럼 보기만 해요!

온가희　자식, 앙탈은. 요거, 요거.

김대안　이건 성추행이라고요, 누나.

온가희　신고해, 신고해.

김대안　아, 참!

온가희　어쩔 수가 없어요. 이 아이들이 자꾸 내 팔을 들어 올려, 당신을
만지고 끌어안게 하는걸요, 내 사랑 택배 기사님. (대안을 끌어안
고 냄새를 맡으며) 넌 땀 냄새도 어쩜 이렇게 좋으니?

김대안　더워 죽겠네, 진짜.

온가희　그러니까 벗어.

김대안　누나나 좀 벗어요. 그 벌 코트.

온가희	이거? (순간 안색이 어두워지지만 이내 장난스럽게) 네가 감히 여왕의 맨몸을 보겠다는 것이냐? 이 엉큼한 기사님아, 후끈 달아올랐구만, 응?
김대안	무슨 말을 못해.
온가희	(깔깔대고 웃는다. 머리 위의 나무를 가리키며) 이 나무는 뭐야?
김대안	헛개나무.
온가희	얘들이 좋아하네.
김대안	꿀이 많으니까. 꿀 나무라고도 부르거든요. 이 나무 아래 보면, 못 날아가고 비틀거리는 벌들이 가끔 있어요.
온가희	왜?
김대안	너무 욕심껏 꿀을 담고는 몸이 무거워서.
온가희	진짜?
김대안	저기 저건 싸리나무, 노란 꽃 핀 건 모감주나무, 꽃핀 게 꼭 황금 비가 내리는 것 같다고 '골든레인 트리(Goldenrain tree).'
온가희	얘, 너 별걸 다 안다.
김대안	들은 거예요.
온가희	누구한테?
김대안	누구한테.
온가희	아버지?
김대안	그렇죠, 뭐.
온가희	황금의 비라, 폭포처럼 쏟아지는 황금의 빗줄기…… 근사하다. 근데, 여기 너네 아버지 과수원에 과일나무는 없네?
김대안	애초에 과수원이 아니라, 벌 밥상 차려 놓은 거니까. 우리 먹는 과일나무는 벌들이 별로 안 좋아한대요. 아무래도 과일나무는 농약을 안 칠 수가 없으니까, 아예 약 칠 필요도 없고, 벌들이 좋아하는 나무로, 이것저것 섞어서 심었대요. 꽃피는 때가 조금

씩 다른 걸로, 꽃 없어서 굶는 일 없게. 꽃가루도 여러 가지를 골고루 먹어야 벌한테 좋대나 뭐래나.

온가희   벌들의 낙원이구나.

김대안   그럼 뭐해요, 다 죽었는걸.

온가희   저 산 어디 계실까? 니네 아버지.

김대안   어디 계시겠죠.

온가희   이젠 니가 돌봐야겠네.

김대안   관심 없어요, 난.

온가희   택배 일이 좋아?

김대안   그럼요. 나름대로 보람도 있고, 동네 분들도 좋고 또 내가 워낙 바이크를 좋아하니까.

온가희   왜 대학 안 갔어? 공부 잘했을 것 같은데.

김대안   뭐 그냥 가기 싫어서. 남들 다 가는 대학.

온가희   부모님이 뭐라 안 하셨어?

김대안   우리 가족이 워낙 독립적이거든요. "자기 일은 자기가 알아서 한다." 이게 우리 집안 모토예요. "그래, 네가 원하는 대로 해야지." 딱 그러고 쿨하게 오케이.

온가희   엄마도? 엄마는 어디 계셔?

김대안   엄마는 지금, 여행 중이세요. 나 고등학교 졸업하는 거 보고 떠나셨죠. 평생 소원이셨거든요. 봄에 엽서 왔을 때는 이탈리아에 있댔는데, 지금은 모르죠, 뭐…….

온가희   외롭구나, 넌.

김대안   외롭기는! 애도 아니고 이제 성인인데. 내 할 일은 내가 알아서 하는 거죠, 뭐. 익숙해요. 중학교 때부터 엄마 아빠 떨어져서 기숙사 있는 대안학교에서 지냈거든요. 고등학교도 대안학교, 대학교는 대안적으로 포기했고, 하하. 아.

온가희   왜? 또 쏘였어?

김대안, 장화 사이를 뒤져 벌 한 마리를 끄집어내어 던지고, 주사기를 허
벅지에 찌른다. 심호흡을 하며 바닥에 눕는다.

온가희   (김대안이 던진 벌을 주워 손바닥에 올려놓고 앉아 그를 내려다보며) 괜
         찮아?
김대안   괜찮아 보여요?
온가희   조금만 참아. 넌 아프지만 얘는 죽는다.
김대안   그러게 누가 쏘래?
온가희   대안아.
김대안   왜요?
온가희   사랑해.
김대안   나, 참 어떻게…… 우린 어제 처음 만났잖아요. 나를 잘 알지도
         못하면서.
온가희   그러니까 사랑이 위대한 거야. 알 수 없는 거지. 넌 날 사랑하게
         될 거야. 벌써 넌 날 사랑하고 있어.
김대안   말도 안 돼. 그런 막무가내가 어디 있어.
온가희   사랑해, 대안아.
김대안   왜 하필 나예요.
온가희   왜 하필 너일까? 왜 하필 나일까? 왜 너는 너이고 나는 나일까? 기
         사님, 상처 입은 나의 기사님. 상처가 당신을 내게 데려왔으니, 그
         상처에 입 맞추며 감사하지요. (흥얼대며 노래한다.)
         Under the spreading chestnut tree
         There we sit both you and me
         Oh, how happy we will be

224

Under the spreading chestnut tree

박정순이 빨랫감을 들고 등장. 구룽 델렉이 난처한 얼굴로 따라온다.

구룽 델렉   내가 해요.

박정순   아유, 괜찮아. 고마워서 그래, 미안하기도 하고. (온가희를 보고) 우리 가희 얼굴이 정말 활짝 피었네!

온가희   아줌마, 어디 가?

박정순   요 너머 도랑에 빨래하러.

구룽 델렉   세탁기 있어요. 세탁기 해요, 내가.

박정순   아유, 그 사람 말 많네. (온가희에게) 정말 괜찮은 거야? 약 없이도 괜찮겠어?

온가희   응. 날아갈 것 같아.

박정순   (빨랫감을 내려놓고 체온계를 꺼내며) 그래도 체온 좀 재 보자.

온가희   그런 거 필요 없어.

박정순   그래도.

박정순, 벌 떼를 피해 조심스레 체온계를 온가희에게 건넨다. 온가희가 귀에 체온계를 댔다가 박정순에게 건넨다.

김대안   (울먹이는 소리로) 할머니, 어떻게 좀……!

박정순   할머니?

김대안   아줌마……!

박정순   열이 좀 있네, 심하진 않은데…….

온가희   사랑의 열병이지!

박정순   아유, 난 그저 아슬아슬해 죽겠다.

온가희	원래 사랑은 아슬아슬한 거야.
박정순	가희야, 이제 그만 그 총각 좀 놔주면 안 돼?
온가희	안 돼! 내 거야!
김대안	나 이러다 정말 짤린다구요. 소장님이 펄펄 뛰고 있을 텐데.
박정순	그 양반한테는 내가 아까 전화해서 잘 말씀드렸어. 총각 아니면 그 일 할 사람도 없겠던데, 뭐.
김대안	돌겠네, 진짜! 그럼 잠깐 샤워라도 하고 오게 해 주면 안 돼? 땀 띠 나겠다고.
온가희	도망가려고?
김대안	딱 샤워만 하고 올게, 맹세! 맹세! 응?
온가희	그럼 같이 가자. 도랑에 가서 아줌마는 빨래하고, 너는 미역 감고, 나는 구경하고. 됐지?

온가희, 일어나 김대안을 잡아끈다.

김대안	아, 아! 정말 아픈 사람 맞아, 누나? 무슨 힘이 이렇게 세?
온가희	사랑의 힘!

온가희, 김대안을 이끌고 퇴장. 박정순과 구릉 델렉도 그 뒤를 따라 퇴장한다.

막간극 3 숙적 혹은 친구

무대 위로 배우들이 차례로 등장하며 말한다. 송신가람이 등장하며 시험관과 샬레 하나를 들어 보이며 객석을 향해 말한다.

송신가람 온가희 씨의 몸에서 채취한 꿀벌 샘플에서는, 지난해 전국을 휩쓴 낭충봉아부패병의 원인으로 지목되는 색브루드 바이러스(Sacbrood Virus)가 발견되었습니다.

차미선 (등장하여) 감염되었음에도 불구하고, 현재 이 군락이 폐사하지 않는 이유에 대해서는 에…… 좀 더 면밀한 조사와 분석이 필요할 것으로 보입니다.

정수성 (등장하여) 이 바이러스는 5~6년 전, 국내에서 처음 발견되었습니다. 하지만 전국 토종벌 95퍼센트가 폐사할 정도의 대발생은 작년이 처음이었죠.

구룽 델렉 (등장하여) 바이러스가 원인이긴 하지만, 그 외의 조건들도 중요한 요인으로 작용한다는 뜻입니다.

최요산 (등장하며) 사실, 벌들은 수많은 기생충, 세균, 바이러스와 오랫동안 함께 살아왔습니다. 꿀벌 응애, 작은벌집딱정벌레, 미국 부저병 세균, 날개기형 바이러스…….

박정순 (등장하며) 검은 여왕벌방 바이러스, 이스라엘 급성 마비 바이러스, 카슈미르 벌 바이러스, 노제마 병원균 곰팡이 기타 등등…… 어느 것 하나 치명적이지 않은 것이 없습니다.

김대안 (등장하여) 하지만 이 치명적인 무자비함이야말로 꿀벌들을 강하게 만드는 힘이죠.

온가희가 천천히 등장한다.

차미선 끝없는 공격과 수비, 치열한 군비경쟁, 때로는 전멸에 이를 정도의 참혹한 패배.

송신가람 하지만 꿀벌은 적응력이 강한 곤충입니다. 처참한 살육의 광풍 속에서도 결국 누군가는 살아남습니다.

| 박정순 | 폐허. 그 공백 위에 살아남은 자들이 돌아오기까지는 아주 오랜 시간이 필요할지도 모릅니다. 어쩌면 영영 돌아오지 못할 수도 있겠지요. |

5장

온가희가 나무 아래서 엉엉 울기 시작한다. 사람들, 술렁인다.

최요산	뭐꼬? 와 저라노? 사람들 모이라 캐 놓고.
정수성	냅두시오. 서럽기도 하겠제라.
박정순	그래, 울어, 실컷 울어, 가희야……. 세상에 그렇게 힘들었어도 한번 우는 걸 못 봤는데.
최요산	울라모 혼자 울제, 쳇.
송신가람	(차미선에게) 너 우냐?
차미선	몰라요, 그냥 눈물이 나네.
정수성	너무 우는디? (박정순에게) 저러다 까부러지겠소.
박정순	그냥 놔둬요, 실컷 울게, 속이라도 시원하게.
정수성	너머 설워 마소. 어쩔 수 없는 일인게. 다들 한 번은 겪는 일인게.
온가희	(울음을 그치며) 그래. 어쩔 수 없는 일이지. 한 번은 겪어야 하는 일이지. 하지만 울지 않을 수가 없어. 너희들을 보니까. 가엾은 꿀벌들아, 병든 벌들아.
정수성	꿀벌? 시방 우리보고 하는 소리여?
온가희	어쩌다가 그 지경이 되었니, 어쩌다가?
최요산	이번엔 또 뭐꼬?
온가희	내가 누구냐고? 물론 너희들은 날 볼 수 없겠지. 하지만 난 항상

너희들 곁에 있어. 오래전부터, 너희들이 오기 전부터 난 여기 있었어. 너희들 눈 닿는 곳 어디에나, 눈길이 미치지 못하는 곳에도, 너희들 몸속에도 나는 있어. 내가 여기 있어. 나를 봐. 내가 보여?

박정순   그래, 보여. 보고 있어.

최요산   참, 가지가지한다.

차미선   (송신가람에게) 뭐야, 이번엔 뭐 바이러스라도 된 건가?

송신가람   착란이야, 착란. 뭐든 못 되겠어.

온가희   너희들은 병들었구나. 병들어 지치고, 지쳐서 병이 들었어. 하지만 이건 너희들에게도 책임이 있어. 너희들이 집을 짓기 시작하면서부터, 그 집에 꿀을 모으기 시작하면서부터, 이 모든 일들이 시작되었지. 아마 너희들은 꽃들을 원망해야 할 거야. 먼 옛날, 들판에 찾아와, 태양을 향해 가랑이를 벌리고 서서 달콤한 향기와 꽃꿀로 너희들을 유혹하며, 손짓하던 꽃들을. 꽃들을 찾아 너희들은 고향을 떠났지. 멀리, 더 먼 곳으로. 먼 옛날, 꽃들이 너희들을 선택했듯이, 너희들은 인간을 발견했고, 그들을 선택했다. 인간의 비위를 맞추며, 너희들은 지나치게 번영했어. 지나치게 부지런해졌어. 너희들의 자리를 마련하기 위해, 들판 가득 독이 뿌려졌지. 수많은 너의 친구들이, 친척들이 사라졌다. 그 주검 위에서 너는 번성한다. 독에 취해, 설탕물에 절어, 겨울에도 새끼를 낳고, 이른 봄부터 끌려 나와 온몸의 털이 빠지고, 날개가 닳아지도록 일하고 또 일한다. 그리고 내가 돌아왔다. 너희들은 나를 잊었지만, 나는 너희들을 결코 잊지 않아. 슬프구나. 나의 망치질을 견디기에는, 네 몸이 너무 약하구나. 어쩔 수 없는 일이다. 한 번은 겪어야 할 일이야. 나의 메아리들아, 나의 자식들아, 나의 눈물아. 이제는 너희가 자리를 내줄 차례. 너희들이 사라져야 할 때. 너희라고 그것을 피해 갈 수는 없어. 너희들도 아마 그걸 원할 거야, 가엾은 꿀벌들아. 사라져라, 저 멀리, 숨어. 너희들이 선택했던 인간을 떠나. 떠나지 못할 자들은 모조리 죽어 버려라. 그것만이 너의 잘못된 선택에 대한 유일한 복수다. 나는 기다린다. 여기에 서서. 네가 돌아오기를. 하지만 네가 돌아올 수 있을까……. 돌아올 수 있을까……. 가엾은 꿀벌들아. 나의 메아리들아, 나의 자식들아, 나의 눈물아.

온가희의 이 이야기는 무대에 있는 모든 배역들에게 일대일로 전달된다. 즉, 온가희는 사람들 사이를 돌아다니며, 각각의 인물들과 대면하고, 그들과 접촉하면서 이 이야기를 전달한다. 간혹, 이 말도 안 되는 상황에 저항하는 사람도 있고, 그 저항을 만류하는 사람도 있다. (예. 박정순은 혹시라도 온가희가 쓰러질까 봐 그녀를 줄곧 뒤따르며 전전긍긍한다.) 그녀의 이야기가 흐르는 동안, 벌의 날갯짓 소리가 이야기의 흐름에 반응하며 울려 퍼진다. 이야기를 마친 온가희가 바람이 빠지듯 휘청거린다. 박정순이 온가희를 붙잡고 김대안의 도움을 청한다. 김대안이 온가희를 부축하여 휠체어에 앉힌다.

온가희	(김대안을 보고 다시 생기가 돌며) 어, 대안아! 우리 애인! 어디 갔었어? 말도 없이.
김대안	가긴 어딜 가요. 여기 있었어요.
온가희	나도 여기 있었는데, 이상하다.
김대안	뭐야, 진짜. (박정순에게) 기억이 안 나나 봐요.
온가희	뭘 둘이 쏙닥거려! 나 빼 놓고! (박정순에게) 아가씨! 우리 애인 넘보지 말아요! 그냥 콱! (김대안에게) 우리 저 모감주나무 아래로 가자!

김대안, 온가희의 휠체어를 밀고 퇴장한다.

정수성   오락가락, 들락날락.
박정순   (김대안과 온가희를 바라보며) 아가씨란 소리는 참 오랜만이네. 다
         들 고마워요.

박정순, 두 사람을 뒤따라간다.

정수성   야, 이건 뭐, 북 치고 찬송가만 부르먼 완전히 부흥회네, 부흥회.
차미선   왠지 좀 섬뜩하더라, 난.
최요산   벨…….

구룽 델렉이 걸어 나간다.

정수성   꾸룽이 어디 가냐?

구룽 델렉, 편지 쓰는 시늉을 한다.

정수성   어, 집에 편지 쓸라고. 좋겠다, 너는 편지 쓸 데도 있고.

구룽 델렉, 퇴장. 최요산, 주머니에서 알약을 꺼내 삼킨다.

차미선   아까도 드시고 또 드세요? 그 약 독한 건데.
최요산   독해도 할 수 있나.
차미선   용량을 지키셔야죠. 그건 치료제가 아니라 진통제라고요. 부작
         용 꽤 있는데, 그거.

최요산   콩이야, 팥이야, 참 말도 많네. 아가씨가 머를 안다꼬.

차미선   우리 아빠도 통풍이셨거든요. 약으로 해결될 문제가 아니라니까요. 생활 습관을 바꾸셔야지. 고기는 적게 드시고 술 담배 하지 마시고. 이게 대사성 질환이라, 그냥 놔두면 큰 병이 된다구요. 발 아픈 게 문제가 아니라.

최요산   아가씨가 함 아파 봐라, 아파 봐! 당장 아파 죽겠는데, 그런 소리 나오나. 진통제 아이라 독이라도 삼켜야 살겠는데, 우짜라꼬? (나가며) 이기 다 스트레스성이라. 글마 안 보이께네 쪽이 다 씨원하드마, 벨 이상한 물건이 기들와가 또 사람 쪽을 삭삭 긁는다, 에이.

최요산, 퇴장.

차미선   괜히 신경질이셔.

정수성   (기지개를 켜고 하품을 하며) 아이고, 인자 뭣을 헌다냐? 어이, 아가씨들, 우리 고스톱이나 한 판 치까? 쩜 100. 응?

송신가람   됐어요. 머리가 터질 것 같은데, 고스톱은 무슨.

정수성   머리 복잡헐 때는 고스톱이 왔다여. (여자들을 억지로 이끌며) 머릿수 딱 맞네, 우리 셋이. 응? 가세, 가. 할 일도 없잖애.

송신가람과 차미선, 어쩔 수 없이 정수성에게 이끌려간다.

송신가람   쩜 100은 너무 쎄고. 쩜 50.

차미선   돈 내기는 싫어. 그냥 딱밤 맞기.

정수성   에이 진짜! 알았네, 알았어.

세 사람, 퇴장한다.

막간극 4 Toxic Rain

노래의 전주가 시작되어 흐르는 가운데, 먼저 최요산, 구룽 델렉, 박정순이 코러스로 등장한다. 다들 어딘가 문제가 있는, 병든 벌들처럼 절룩절룩, 더듬더듬. 뒤이어, 정수성과 차미선도 등장하여 다섯이 코러스로 자리 잡는다. 송신가람이 스포트라이트를 받으며 가수로 등장한다. 화려한 조명이 번쩍이고, 머리 위로 온갖 화학약품이 하얀 안개처럼 부서져 내린다.

송신가람   (느리게 애드리브)

　　　　하얗게 내리네.

　　　　내 몸을 적시네.

　　　　내게 입 맞추는 그대

　　　　도네, 도네, 핑 도네.

　　　　가네, 가네, 뺑 가네.

　　　　(대사) Oh, ma fatal lover! You, toxic shower! C'mon!

빠른 템포로 전환.

코러스　　Toxic rain! Toxic rain!

　　　　To-to-to-toxic, toxic rain!

송신가람　그대 이름은 말라티온! (말라티온!)

　　　　그대 이름은 디아지논! (디아지논!)

　　　　아피스탄, 체크마이트, 타일로신, 네오니코티노이드 칵테일!

　　　　Let's shower, baby, oh, yeah!

코러스　　Toxic rain! Toxic rain!

　　　　To-to-to-toxic, toxic rain!

송신가람   하얗게 내리는 그대

내 몸을 적시는 그대

내 머릿속에는 벌레

구멍 난 내 가슴은 걸레

그대는 살충제! 그대는 항생제!

코러스   Toxic rain! Toxic rain!

To-to-to-toxic, toxic rain!

송신가람   잡아 줘, 벌레를! 죽여 줘, 벌레를! (코러스 벌레걸레~!)

메워 줘, 구멍을! 빨아 줘, 걸레를! (코러스 걸레벌레~!)

핑 도네, 뻑 가네, 뿅 가네, 맛 가네!

훅 가네, 막 가네, 아주 가네, 이예!

다 같이   Toxic rain! Toxic rain!

To-to-to-toxic, toxic rain!

핑 도네, 뻑 가네, 뿅 가네, 맛 가네!

훅 가네, 막 가네, 아주 가네, 이예! 오 베이베…….

노래의 절정에서 급격히 암전.

6장

밝아지면 다음 날 오전. 김대안이 목욕을 마치고 웃옷을 벗은 채 머리를 털며
등장, 그동안 못 움직였던 걸 벌충이라도 하듯, 펄쩍펄쩍 뛰고 손짓 발짓을 해
가며 운동을 한다. 차미선이 등장한다. 김대안, 얼른 러닝을 주워 입는다.

차미선   풀려나셨네요?

김대안	방금 잠들었거든요. 밤새도록 쉬지도 않고 떠들어 대더니. 땀을 얼마나 흘렸는지, 아우, 그물망이랑 보호복만 벗어도 살 것 같네.
차미선	밤새도록 무슨 얘기를 했어요?
김대안	많은 얘기들을 했죠.
차미선	무슨 얘기요?
김대안	말 못해요. 비밀로 하기로 했거든요.
차미선	어머, 쳇.
김대안	약속은 약속이니까.
차미선	(주위를 둘러보며) 아, 냄새 좋다. 여기 앉아 있으면 왠지 편안해진다니까요. 대안 씨 아버님은 참 대단하신 분 같아요.
김대안	대단하시죠.
차미선	그렇게 생각 안 해요?
김대안	대단하시고 존경스러운 분이죠.
차미선	(김대안 팔꿈치의 상처를 보며) 다쳤네요?
김대안	이거요? 못된 짓 하다가. 이제 다 나았어요.
차미선	못된 짓? 폭주?
김대안	헤헤, 뭐 폭주랄 수도 있겠네요.
차미선	그것도 비밀이에요?
김대안	예.
차미선	쳇! 가서 좀 자요. 한숨도 못 잤죠?
김대안	아뇨. 좀 잤어요. 새벽에 잠깐. 그 누나 얘기 듣다가 깜빡. 누나, 연애해 봤어요?
차미선	뭐, 조금.
김대안	상대방은 진심인데, 그 진심을 받아 줄 수가 없을 때, 그런 때 있잖아요.
차미선	좀 미안하겠죠? 사실은 잘 몰라. 난 주로 반대인 경우가 많아서,

히히.

김대안   예. 미안하더라구요. 그리고 참…… 안타깝더라구요.

차미선   안타깝겠죠.

김대안   누난 몇 살이에요?

차미선   나? 스물아홉.

김대안   네 살밖에 차이 안 나네. 그 누나하고…… 참, 뭐 이런 일이 다 있냐!

차미선   힘들었겠어요.

김대안   예, 힘들었어요. 그 누나 얘기. 감당하기 힘들 정도로. 너무 힘들어서 깜빡 잠이 들었는데, 잠결에도 그 누나는 뭐라 뭐라 계속 얘기를 하고……. 그러다 조용해져서 눈을 떴더니, 그 누나가 이렇게 날 내려다보고 있더라구요, 말없이…… 그 눈빛이…… 미안한 것도 아니고 안타까운 것도 아니고…… 모르겠어요. 아무튼 난 말해 버렸죠.

차미선   무슨……?

김대안   비밀. 근데 그건…… 거짓말이었어요. 근데 그 순간에 난 그래야만 했어요. 그럴 수밖에 없더라고.

차미선   쳇, 하나도 모르겠잖아! 아유, 하긴 내 인생도 알 수가 없는데, 뭐.

김대안   누나 같은 사람도 알 수가 없어요?

차미선   내가 어떤 사람인데?

김대안   공부도 많이 했고, 취직 걱정할 일도 없을 테고.

차미선   그게 꼭 그렇지도 않네요. 내가 뭘 하고 있는지 모르겠어.

김대안   에이, 나 같은 애 앞에서 그러시면 섭하죠.

차미선   대안 씨는 젊잖아.

김대안   그쪽도 뭐 많이 늙은 것 같진 않은데.

차미선   내 나이 돼 봐요. 벌써 스물아홉인데, 한 건 아무것도 없고. 빨리 시집이나 갈까 봐. (한숨) 근데 그게 제일 어렵네.

김대안   (웃는다.) 아, 진짜! 이 누나가 나를 웃기네. 생긴 건 꼭 중딩같이
        생겨 가지고.

차미선   뭐야?

김대안   칭찬이에요, 칭찬. 어려 보인다고, 동안이라고. 자신감을 가지세
        요, 응? 매사에 긍정적으로, 인생 뭐 별거 있어요?

차미선   까부네, 진짜. 쳇…… (나가다가) 벌한테 쏘이진 않았어요?

김대안   주사 다 썼어요.

차미선   나가서 사 와야겠네.

김대안   깨서 나 없으면 또 난리 칠 텐데.

차미선   가만있어 봐. (휴대전화를 꺼내며) 선배가 읍내 나갔거든요, 그 네
        팔 분하고.

김대안   그래요?

차미선   뭐 살 것도 있고, 구룽 씨는 편지도 부치고 송금도 하고 겸사겸
        사, 선배 차 타고 나갔어요. 올 때, 사 오라고 하면 되겠다.

        차미선, 전화기를 귀에 대고 걸어 나간다.

김대안   그럼 부탁해요.

        박정순이 휠체어에 앉아 잠든 온가희를 데리고 나온다.

김대안   어? 벌써 깼어요? (서둘러 보호복을 입는다.)

박정순   아니. 잠결에도 어찌나 밖으로 나가자고 하는지. 잠깐만 봐줄래?

김대안   예. 그러세요.

박정순   고마워. 금방 올게.

박정순, 퇴장. 김대안, 잠든 온가희를 잠시 내려다본다.

김대안   김대안은 잠든 온가희를 잠시 내려다보았다. 까만 벌들 때문에 그 여자의 얼굴이 더 희게 보였다. 밀랍 같다. 밀랍 인형처럼 만지면 뭉개져 버릴 것 같다. 김대안은 그렇게 생각했다.

어젯밤에 나한테도 비밀 얘기를 하나 해 달라고 했었죠? 해 줄까? 좋아요? 한 달 전인가, 밤에, 비 오는데, 저쪽 신원저수지 옆 도로를 지나가고 있었거든. 근데 바퀴 닿는 느낌이 좀 이상해. 오토바이를 세워 놓고, 봤더니 뭐가 도로를 새까맣게 지나가네. 막 깨어난 두꺼비 새끼들이, 저수지에서 산으로 돌아가느라고……. 왜 그랬는지 모르겠어. 오토바이를 돌려서 그 두꺼비 새끼들을 바퀴로 뭉갰어……. 듣고 있어요? 왔다갔다 하면서 한참 동안이나……. 그러다 미끄러져 넘어졌죠. 이게 그때 다친 거야. 길바닥에 누워 있는데…… 그래도 두꺼비 새끼들은 새까맣게 계속 몰려오더라구요, 병신같이…… 뭉개진 놈들 위로 어그적어그적…… 너무하잖아요……. 이건 너무하잖아……. 그 사이에 도로가 생겼으면 다른 데다 낳아 줘야지. 꼭 거기다 낳을 거면, 다른 길을 터놓든가, 다른 길을 알려 주든가. 어떻게 그렇게 무책임할 수가 있어요? 어떻게 그렇게…… 씨팔…… 대안적으로 키워 놓으면 뭐하냐고, 이름만 대안이면 뭐하냐고요. 내 인생은 도대체 대안이 없는데…….

김대안, 낄낄대며 웃는다. 무대 어두워진다.

7장

시골길을 달리는 자동차 소리. 그 자동차가 멈추는 소리.

그 소리와 함께 조명이 바뀌면 이제 무대는 시골길 위.

송신가람과 구룽 델렉이 아이스크림 하나씩을 들고 등장한다.

송신가람 안나푸르나?

구룽 델렉 예. 안나푸르나 아래.

송신가람 와, 좋은 데 사셨네.

구룽 델렉 좋아요. 근데 가난해. 안나푸르나 화이트, 우리 블랙. (웃는다.)

송신가람 여기서 저 과수원을 보니까 묘하네요.

구룽 델렉 예?

송신가람 이상하다구요, 스트레인지(Strange).

구룽 델렉 Yes, Strange.

송신가람 구룽 씨 영어 잘하네요?

구룽 델렉 쪼끔.

송신가람 학교에서 배웠어요?

구룽 델렉 학교도 배우고, 일하면서. 내 아버지, My father was a Sherpa.
          You know Sherpa? Porter for alpinist.

송신가람 Yes, I know.

구룽 델렉 I helped his business. I met many foreign tourists and alpinist.

송신가람 Still working or retired, your father?

구룽 델렉 Died······.

송신가람 Ah······.

구룽 델렉 In Annapurna. We couldn't find him. He's still there.

송신가람 Accident?

구룽 델렉   Yes, yes. Ha…… no work, it feels strange……. 이상해요?

송신가람   응.

구룽 델렉   이상해요, 마음이. Feels like abandoned.

송신가람   Nostalgia.

구룽 델렉   Sort of. (웃으며) 내 큰아버지, grandfather, 할아버지? He was a Parange.

송신가람   Honey…… hunter?

구룽 델렉   You know that?

송신가람   Yes, I watched the documentary about them, the Himalayan honey hunter, right?

구룽 델렉   Yes. In spring, May or June, they get honey from beehives at cliffs. Very stiff and high, just clumsy bamboo ladder, and bees are there very aggressive.

송신가람   Dangerous job, Parange uh?

구룽 델렉   Yes. My grandfather no like my father Sherpa. "You shouldn't go Annapurna! You can't go there!" Fighting, fighting, fighting……. But my father go to Annapurna, my grandfather died at her cliff…….

송신가람   Who's there in your hometown?

구룽 델렉   Mother, sisters and brothers.

사이.

구룽 델렉   In my hometown Annapurna, they believe who died in the mountain becomes the snowstorm wavering peaks and valleys. And Parange becomes a bee, working and working

240

til they pay back honey as much as they had stolen. Parange, Sherpa······ and I, I want to be an engineer, but······ I'm here······. In the twilight, like a bee away from home.

사이.

송신가람 Your ice cream is melting down.
구룽 델렉 Yours too. Like Annapurna.

두 사람, 웃으며 흘러내리는 아이스크림을 핥는다.

송신가람 I want to go to Annapurna someday, I will.
구룽 델렉 Ah, I have some Himalayan honey. Want to taste it? You can taste Annapurna.
송신가람 No, thanks. I heard it's toxic.
구룽 델렉 No, it's good, good for health.
          Everything in nature is toxic somehow. Let's go.

송신가람과 구룽 델렉, 자동차 있는 쪽으로 나간다. 어두워진다. 어둠 속에서 불길에 나무가 타는 소리.

8장

밝아지면 과수원 뜰. 중앙에 구룽 델렉과 정수성이 있다. 그들은 이제 막남아 있던 벌통을 태운 참이다. 잿더미에서 연기가 피어오른다. 사람들이

잿더미 주위에 둘러서 있다. 구룽은 네팔어로 무언가 중얼중얼 진언을 외우며 연신 합장한다. 휠체어에 앉은 온가희, 흩어져 가는 연기를 바라본다. 휠체어 곁에 박정순과 김대안, 그 옆으로 송신가람과 차미선. 최요산은 못마땅한 얼굴로 좀 떨어진 곳에 앉아 있다.

온가희   잘 가, 얘들아…… 잘 가렴. (구룽과 수성에게) 고마워요, 얘들을 잘 보내 줘서.

온가희가 숨을 가쁘게 몰아쉰다. 그것은 '출산'의 전조이지만,
사람들에게는 죽음의 전조로 읽힌다.

송신가람   (온가희 쪽을 눈짓하며 박정순에게) 오늘은 좀 힘들어하시는 것 같네요.
박정순   눈 뜨면서부터 좀 불안해하고 그러네.
차미선   어제는 막 뛰어다니셨는데.
온가희   그랬다면서요?
김대안   그랬다면서요?
온가희   아쉽네. 기억이 나면 좋을 텐데. 뛰어다녀 본 거 정말 오래됐거든요. 연애도 그렇고.
김대안   진짜 기억 안 나요? 하루 종일 나 붙잡고 있었던 거. 밤새도록 나한테 얘기했던 거.
온가희   미안해요, 정말. 이름이?
김대안   돌겠네.
차미선   김대안이요.
온가희   미안해요, 대안 씨. 어우, 창피해 죽겠네. 내가 왜 그랬을까? 난 연하 취향도 아닌데.

김대안	지금 창피하니까, 기억 안 나는 척하는 거죠?
온가희	얼마나 황당했겠어요. 괴롭혀서 미안해요. 대안 씨가 이해해 줘요. 그건 내가 아니었으니까.
김대안	그 얘기들은 다 뭐예요, 그럼?
온가희	그것도 내가 아니었을 거야.
김대안	거짓말. 다 기억하면서. 내 눈 봐 봐요.
최요산	저 자슥, 와 저라노. 아이라 카는데.
김대안	내 눈을 보고 얘기해 봐요. 날 사랑한다고 했잖아요.

온가희, 먼 눈길로 김대안을 잠시 바라본다.

온가희	그래서, 대안 씨도 나를 사랑해요?

김대안, 말문이 막힌다. 온가희, 깔깔 웃음을 터뜨린다.

온가희	모두들 미안해요. 그리고 고맙습니다. 그냥 여기 있고 싶다, 딱 그 생각뿐이었어요. (몸에 붙은 벌들을 보며) 일이 이렇게 될 줄은 몰랐어요. (온가희 가쁜 숨을 몰아쉰다.)
박정순	가희야.
온가희	왠지 맘이 설레네요. 불안하고 두려워요. 그래도 잘해낼 수 있을 거예요. 잘해낼 거예요.

온가희, 숨을 급히 몰아쉬기 시작한다. 박정순, 말없이 온가희의 손을 꼭 그러쥔다.

박정순	모르핀을 줄까?

온가희　　아니.

사람들이 임종(臨終)하려는 듯, 온가희 쪽으로 모여든다. 구룽 델렉은 연신 진언을 외운다.

차미선　　(송신가람에게 속삭이듯) 선배, 벌들이 이상해요. 이제 움직이려나 봐요.

송신가람, 다급히 정수성 쪽으로 뛰어간다.

송신가람　(낮게) 아저씨, 준비하세요. 새 벌통은요?
정수성　　(그물망을 쓰고 장갑을 끼며) 저짝에 갖다 놨어.
차미선　　여왕벌이다! 여왕벌이 나왔어요!
온가희　　(숨을 몰아쉬며 가슴에 앉아 있는 여왕벌을 바라본다.) 너구나……. 예쁘게도 생겼네.
김대안　　그냥 놔둘 거예요? 잡아요, 어서!
온가희　　그냥 둬. 잡지 마.

여왕벌이 날아오른다. 사람들의 시선이 여왕벌을 쫓는다. 온가희, 눈을 감는다.

송신가람　어서 쫓아가요! 놓치면 안 돼!

송신가람과 차미선, 정수성, 여왕벌을 쫓아 달려 나간다. 김대안과 박정순, 구룽, 최요산, 숙연한 얼굴로 온가희를 들여다본다. 무대 밖에서 여왕벌을 쫓아 나간 사람들이 외치는 소리. "저쪽이다!" "어디, 어디?" 등등.

최요산   이상하네. 여왕이 나갔는데, 야들이 와 안 따라가노?
온가희   (눈을 감은 채) 무사히 돌아와야 할 텐데.

둘러섰던 사람들, 깜짝 놀란다. 온가희, 눈을 뜬다. 박정순은 다리가 풀려
그만 주저앉는다.

김대안   누나! 괜찮아요? 괜찮은 거야?
최요산   (무언가를 깨달은 듯) 뭐꼬? 아가씨, 알고 있었나?

온가희, 미소 짓는다.

최요산   아, 참말로! (무대 밖을 향해) 어이, 야들아! 헛짓거리 마고 퍼뜩 이리
         온나! 그 여왕벌이 아줌마가 아이고 처녀다! 혼인비행 나간기라!
김대안   혼인비행요?
최요산   시집갔다꼬! 수벌 만나러 간 기라. 돌아올 기다. (먼 곳을 가리키
         며) 저, 저 있네!
김대안   어디, 어디요?
최요산   저, 저 아까시나무 꼭다리에, 저 수벌들 시꺼멓게 날아온 거 안
         보이나?
김대안   아! 저기요?

정수성과 송신가람, 차미선, 숨을 헐떡이며 녹초가 돼서 다시 들어온다.

정수성   아이고, 숨넘어가겠네!
최요산   이 빙신아! 그래 보고도 분봉하고 시집가는 거도 구분 몬하나?
         하이튼 대가리가 나쁘모 몸이 고생이라.

정수성 아따, 이 아가씨가 뛰랑께 걍 냅다 뛰었제. 그것이 처년지 아줌
       만지 내가 어뜨께 알 것이오.

최요산 저것들이 어디서 다 기 나온 기고? 희한하네! 이 근방 벌들은 씨
       가 말랐는데.

정수성 산벌들 아니요?

차미선 야, 혼인비행하는 건 처음 봐요.

최요산 저것들 환장하고 달려드는 것 좀 봐라. 일마야! 붙었다 허모 니
       는 배 터져 죽는다!

김대안 이쪽으로 와요!

최요산 붙을 맨치 붙었는갑다. 오네, 와!

사람들, 여왕벌을 눈으로 쫓는다. 사람들의 시선에 의해 그려진, 여왕벌의
궤적이 결국 온가희의 가슴에 멈춘다. 벌들이 돌아온 여왕벌을 맞이하며
분주히 내는 소리.

온가희 여왕님이 혼인비행을 마치고 무사히 귀환하셨습니다. 이제 진
       짜 여왕님이 되셨어요. 축하해 주세요.

벌들이 일제히 붕붕거리는 소리. 대관식에 쓰임 직한, 웅장한 음악.

막간극 5

분봉을 앞두고 벌들이 노래한다. 설렘과 두려움 속에서 결의를 다지며.
음악이 흐르는 가운데, 차미선이 앞으로 나선다.

차미선   맑은 여름날, 넘치는 꿀과 꽃가루, 젖을 보채는 애벌레들의 울음소리가 벌집 안 가득 울려 퍼질 때, 그 번영의 절정에서, 벌집의 영혼은 부풀어 오르며 술렁이기 시작합니다.

나머지 사람들(벌들)   (노래한다.)

가득 채워라, 잔을 채워

떨리는 더듬이

팽팽한 날개로

가득 채워라, 잔을 채워

마지막 잔이다

맨 처음 잔이다

주머니 가득 꿀을 채워라

차미선   새로운 여왕과 옛 여왕의 불안한 동거.

누군가는 떠나야 합니다.

설렘과 두려움 속에서 벌집의 영혼은 결정합니다.

새로운 여왕을 위해, 옛 여왕은 지금껏 누려 온 모든 것을 버리고, 번영의 절정에서, 허공을 향해 몸을 던집니다.

누구도 장담할 수 없는 도전이 이제 시작되려 합니다.

나머지 사람들(벌들)   가득 채워라, 잔을 채워

마지막 잔이다

맨 처음 잔이다

태양을 향해 우린 떠난다

떨리는 더듬이

팽팽한 날개로

가득 채워라, 잔을 채워

주머니 가득 꿀을 채워라

무대 서서히 어두워지며 황혼. 다른 이들은 모두 빠져나가고 무대 위에
온가희와 김대안만 남는다. 두 사람, 저물어 가는 황혼을 바라본다.

9장

온가희　뱀이 자기 꼬리를 물고 있는 그림 본 적 있어? 암세포가 그렇
　　　　대. 원래는 멀쩡하게 제 구실하는 세폰데, 이게 갑자기 미쳐 버
　　　　린 거지. 미쳐서 자기가 누군지를 잊어먹는대. 자기를 찾아 막
　　　　돌아다니면서, 멈추지도 않고, 죽지도 않고 자기가 자기를 먹는
　　　　거야. 웃기지?

김대안　어떻게 해야 그놈이 제정신을 차릴까?

온가희　그걸 알면 내가 이러고 있겠어? 아마 날 다 먹어 치우기 전에는
　　　　정신 못 차릴걸. 하지만 그땐 나도 개도, 아니 그것도 나지, 어
　　　　쨌든 없겠지.

김대안　남 일처럼 말씀하시네.

온가희　남 같은 내가 내 안에 있으니까.

사이. 멀리서 둔중하게 울리는 천둥소리.

김대안　우리 아버진 사람이 암 덩어리래요, 이 지구를 사람 몸으로 치면.

온가희　그럴지도 모르지.

김대안　내 생각은 달라요. 사람이 암씩이나 되나요, 뭐? 기껏해야 부스
　　　　럼 딱지나 종기 같은 거겠지. 내가 지구라면 우리 아버지 같은
　　　　사람이 제일 원수 같을 거예요.

온가희　왜?

김대안	아버지 말대로 사람이 암이라면 그런 건 빨리 없어져 버리는 편이 지구한테 좋을 테니까. 근데 자꾸 그 암 덩이를 정신 차리게 해 보겠다고, 어떻게든 더 길게 살려 보겠다고 설치고 다니니까, 얼마나 밉겠어요?
온가희	엉뚱하긴.
김대안	그렇잖아요. 사람이라고 뭐 특별할 거 있어요? 무슨 인간의 책임과 의무가 어쩌고저쩌고, 잘난 척은. 인간한테 의무가 있다면 그건 하루라도 빨리 멸종해서 이 지구상에서 사라져 주는 걸 거예요. 지구 좀 그만 괴롭히고.
온가희	아버지한테 유감이 많네.
김대안	그런 거 없어요. 그냥 한심할 뿐이지. 되지도 않을 일을.
온가희	그래, 대안 씨 말이 어쩌면 맞을지도 모르겠다. 하지만 어쩔 수 없이 우린 인간이잖아, 나도, 대안 씨도, 대안 씨 아버지도, 어쩔 수 없이……. 근데, 사라져 주는 게 의무라는 말, 그거 묘하게 위로가 되네.
김대안	누나보고 사라지라는 말 아니에요.
온가희	아니, 그런 건지도 몰라……. 이 모든 일들에 무슨 의미가 있는 걸까? 난 왜 암에 걸렸을까? 왜 애들은 나한테 내려앉았을까? 날 살리려고? 아니. 그건 아닐 거야.
김대안	왜? 그럴 수도 있잖아요. 그러니까…… 음, 기적…… 기적이란 것도 있잖아. 누난 벌써 기적을 보여 주고 있는 거라고.
온가희	기적…… (미소 짓는다.) 그건 한순간이지. 너무 빨리 지나가 버려.
김대안	붙잡으면 되지.
온가희	무얼?
김대안	기적을, 이 벌들을, 붙잡아 놓으면…….
온가희	그럴까?

김대안   한번 해 보는 거지, 뭐!

온가희   근데 난 그걸 붙잡을 손이 없네. 벌써 기적 하나를 꽉 붙잡고 있
        거든.

김대안   에? 뭐?

온가희   암. 죽지도 않고, 멈추지도 않고…… 그것만한 기적이 어디 있
        겠어. 미쳤다고 말하지만 걔야말로 제정신인지도 몰라. 나를 사
        라지게 하는 의무를 충실하게 수행하고 있는 건지도 몰라.

        사이.

온가희   아마 이 벌들이 나한테 앉은 건, 내가 이미 꺼져 버린 불이기 때
        문일 거야. 날, 썩어서 속이 텅 빈 고목쯤으로 알았던 거겠지. 그
        럼 난 애들이 앉을 수 있는 고목이 되기 위해서 암에 걸린 걸까?
        먼 길 가는 애들이, 잠깐 편안하게 쉬어 갈 나무둥치가 되기 위
        해서? 그래, 그게 내가 찾을 수 있는 유일한 이유야. 하지만 그게
        이유가 되지 못한다는 것도 알고 있어. 결국은 아무런 이유도
        없는 거야……. 예전에 자연 다큐멘터리에서 사자들 얘기를 봤
        다. 수사자는 새끼를 거느린 암사자를 만나면 새끼들을 모조리
        물어 죽이지. 그래야 암사자가 자기를 받아들이고, 새끼를 낳을
        거니까. 물론 수사자가 새끼 사자들을 물어 죽이는 장면은 나오
        지 않았어. 다음 장면에선 벌써 수사자가 암사자를 올라타고 있
        었지. 그 솜털이 보송보송하던, 어리둥절한 눈망울을 굴리고 있
        던 새끼 사자들…… 그 아이들은 왜 태어났을까, 왜 그렇게 죽
        어야 할까? 나레이터는 친절하게 그 이유를 말해 주었지만, 그
        이유가 날 위로하진 못했어. 그건 이유가 되지 못해. 차라리 이
        유가 없다고, 이유 같은 건 필요 없다고 말하는 편이 나아.

김대안   그래! 아무런 이유도 필요 없으니까, 이유 같은 건 생각하지 말
        고 그냥 살면 되잖아…… 살면 되잖아!

온가희   그래……. 근데 난 내가 무엇인지 잘 알아. 내 몸에 가득히 퍼져
        있는 암처럼, 미쳐서 그걸 잊을 수 있다면 좋겠지만, 그럴 수가
        없네. 난 그 새끼 사자야. 썩은 고목이야. 난 암이 되지 않을 거
        야. 물론 이건 거짓말이야. 하지만 그게 내가 생각해 낼 수 있는
        유일한 이유고, 난 그걸 받아들일 거야.

김대안   재수 없어! 하나같이 잘난 척은!

온가희   애들이 날아오르거든 말야. 될 수 있는 대로 멀리, 아주 멀리,
        사람 손 닿지 않는 데로 데려다 줘.

김대안   그런 데가 어디 있어? 그런 데는 없어.

온가희   될 수 있는 대로. 멀리. 도로를 지나서 산으로……. 대안 씨가
        길이 되어 줘.

김대안   (놀라) 듣고 있었어요?

온가희   어디야? 다친 데가?

김대안   다 나았어요.

온가희   줘 봐. 어서.

온가희, 김대안이 내민 팔꿈치를 가만히 어루만진다. 사이.

온가희   그래도 나빴어. 두꺼비 새끼들을 죽인 건.

김대안   어차피 아무 이유도 없다면서 뭘!

온가희   아냐. 그건 이유가 있었어. 대안 씨가 만든 이유, 나쁜 이유
        가……. 그러지 마……. 그러지 않아도 세상은…….

온가희, 가만히 김대안의 상처를 어루만진다. 천둥소리가 가까워진다. 무

대 어두워질 때, 최요산이 손전등을 들고 무대 위로 들어온다.

막간극 6

최요산   최요산은 풀섶에 서서, 먹구름이 몰려오는 저녁 하늘을 바라보 았다. 멀리서 번개 치고 천둥이 울었다. 그의 엄지발가락 위로 무언가 기어 올라왔다. (손전등으로 자신의 발등을 비춘다.) 벌이었 다. 솜털이 다 빠지고, 날개가 바스러진, 집으로 돌아가지 못한 꿀벌 한 마리. 그것만이 제가 할 수 있는 유일한 일이라는 듯, 바짓가랑이를 타고 기어오르던 꿀벌이 멈춰 서서 고개를 갸웃 거렸다. 그래. 너는 알 수 없겠지. 그 가벼운 몸을 왜 들어 올릴 수 없는지……. "미네르바의 올빼미는 황혼 녘에야 날개를 편 다." 이것은 비유다. 꿀벌은 생의 황혼에 이르러서야 집을 나선 다. 이것은 사실이다. 안살림 벌로 3주. 네가 꽃을 찾아 들판으 로 나섰을 때, 너는 이미 언제든 죽어도 좋은 존재가 된 것이다. 그때부터, 너에게 남은 것은 너를 소진(消盡)하는 일뿐이었다. 너는 병들었다. 네가 소진되고 난 자리에 병이 들어왔다. 하나 의 우주가, 감당할 수 없는 무게로, 네 속에 들어왔다. 네가 돌 아가지 못하는 것은, 돌아가서는 안 되기 때문이다. 너는 그렇 게 설계되었다. 소진하고 병들어 돌아가지 못하도록. 아무도 너 를 슬퍼하지 않으며 아무도 너를 기억하지 않는다……. 최요산 은 손가락을 들어, 아미타의 상생인(上生印)을 들어, 나부끼는 절 벽에 매달려, 어리둥절한 채, 여전히 어둠을 더듬고 있는, 한 조 각의 황혼을 튕겨 냈다.

최요산, 얼굴을 찌푸리며, 약을 꺼내 입 안에 털어 넣는다. 천둥소리. 비가 내리기 시작한다. 최요산, 쪼그려 앉아 잠시 비 내리는 하늘을 올려다본다. (최요산이 대사하는 동안, 무대 위에서는 배우들이 다음 장면을 준비하며 오간다. 한편에서는 정수성과 구룽 델렉의 공간이, 다른 쪽에서는 온가희, 김대안, 박정순의 공간이 배우들에 의해 준비된다. 조명에 의해 두 공간이 교차하여 드러난다. 마지막에는 농막 마루 위가 밝아진다.)

10장

비 내리는 밤. 온가희가 머물던 농막의 마루. 정수성, 구룽 델렉이 앉아서 술을 마시고 있다.

정수성   성님! 뭐 하시오, 비 온디? 얼릉 오시요!

풀섶에 쪼그리고 앉아 있던 최요산이 몸을 일으켜 마루로 간다.

정수성   성님은 오줌도 쪼그리고 앉아서 싸요?
최요산   (자리에 앉아 술잔을 내밀며) 술이나 치.
정수성   (술을 따르며) 괜찮허겠소, 성님?
최요산   약 먹었다.
정수성   (술병을 탈탈 털며) 없네. 그동안 참 고마웠소, 성님.
최요산   문디 자슥. 니가 머 꽁밥 묵었나? 고맙기는. 이번 달이나 채우고 가제. 꼭 지금 가야겠나?
구룽 델렉 가요? 어디?
정수성   왜, 너도 이 성하고 같이 갈라냐?

최요산   이 자슥, 누구 신세 조질 일 있나?

정수성   아따, 내가 어디 간 중 알고 그라시오?

최요산   니가 갈 데가 빤하지, 머. 메칠 전부터 맹해 가지고 파리 새끼맹
          쿠로 손 비비고 있을 때부터 알아봤다. 내 말이 틀리나?

구룽 델렉 갬블(Gamble)?

정수성   뭐?

구룽 델렉 안 돼요, 나빠요.

최요산   개 버릇 남 주나? 그 벵을 누가 곤치겠노.

정수성   벵이라도 어쩌겠소? 그러고 앉아 있어야 사는 것 같은디.

최요산   손꾸락을 작두로 싹 짤라 삐야제.

정수성   손꾸락 짤러도 안 된답디여. 이 대그빡이, 뇌가 잘못된 것이라.

최요산   그라모 대구리를 짤라 뿌러. 벨로 쓰지도 않는 거.

정수성   아따, 참말로!

최요산   그래 잘 아는 놈이 그카나? 맘을 단디 먹고 끊을 생각은 안 하고.

정수성   마음이 아니라, 대그빡! 뇌가 잘못된 것이랑게. 어쩌겠소? 머 종
          기 같으면 쏙 뽑아내 버리기라도 허제. 성님은 머 달르요? 안 존
          거 다 암서나 술 먹고 담배 피고 다 허잖애.

최요산   알았다, 알았다. 그래, 니 인생 니가 알아 살아라.

정수성   나라고 언지까지 이러고 살랍디여? 니미, 알 수 없는 것이 인생
          이라는디, 나 사는 것은 어쩌코롬 이렇게 알겠소? 어찌 이렇게
          뻔허고 안 변하요? 이렇게 뻔허고 알것는 인생이 무슨 재미가
          있겠소? 내가 안 억울허겠소?

최요산   문디 자슥, 인생을 머 재미로 사나?

정수성   재미로 살아야제. 재미지게 살아야제. 머? 그거 말고 머가 있는데?

우산을 쓴 송신가람과 차미선이 술과 안주가 든 봉지를 들고 등장한다.

구룽 델렉이 그들을 맞이하며 봉지를 받아 든다.

정수성   어, 아가씨들, 왔어? 미안혀, 미안혀. 말만 한 아가씨들헌티 술심
           부름을 다 시키고.
송신가람   펜션 바로 옆이 슈펀데요, 뭐. 저희도 잠이 안 와서 한잔할까 하
           고 있었어요. 궁금하기도 하고.
정수성   앉어, 앉어.

송신가람과 차미선, 자리를 잡고 앉는다. 차미선, 뿌루퉁한 얼굴로 하품을
한다.

송신가람   졸리면 가서 자. 억지로 있지 말고.
차미선   혼자 있기 무섭단 말예요. 비도 오고 천둥도 치고.
송신가람   있을 거면 얼굴 좀 펴든가.
구룽 델렉   (송신가람에게) 괜찮아요?
송신가람   네? 안 괜찮아요.
구룽 델렉   많이 나빠요?
정수성   뭔 얘기여?
송신가람   아까 이분이 히말라야 석청, 하도 먹어 보래서 요만큼 먹었는
           데, 전기 오른 것처럼 몸이 찌릿찌릿하고 그러네요. 목도 뻐근
           하고.
정수성   꾸룽이 이 자식, 아주 사람 잡을라고.
구룽 델렉   좋아요. 좋은 거예요. Wait a minute.

구룽 델렉이 송신가람의 어깨를 주무르려 한다.

송신가람   아, 아! 건들지 마요! 찌릿찌릿하다니까! 아, 아, 거기, 거기!

송신가람, 말과는 달리, 구릉 델렉에게 어깨를 맡긴다.

정수성   이 자식, 이거 응큼하네. 어디 감히 아가씨를 찌릿찌릿하게 만들어?
송신가람   뭐예요, 아저씨. 썰렁하게. 이게 그 명현 반응이라는 건가 봐. 아, 아!
차미선   중독 반응이겠죠.
송신가람   (구릉 델렉에게) 됐어요, 이제. 그분은요?
정수성   저 나무 아래. 비도 오는데 밖에 있겠다고 고집이라, 파라솔 쳐
       주고 대안이랑 그 아줌마가 지키고 섰구만.
최요산   마 오늘 밤 넘구기 힘들겠데. 아까 보이 팍 까부라졌데.

최요산네 쪽이 어두워지고 나무 아래, 온가희, 김대안, 박정순이 있는 공
간으로 장면 이동. 박정순, 이야기하며 온가희의 손발을 주물러 주고 이
마를 쓰다듬어 준다.

박정순   셀 수도 없지, 뭐……. 뭐 좋은 일이라고 그걸 세구 앉았을
       까……. 그래 봐야 새 발의 피야, 내가 본 거는…… 한 5년쯤 됐
       나, 호스피스 일 한 지가.
김대안   혼자세요? 가족은.
박정순   있지. 아들 하나 딸 하나. 착해, 다들. 걔들이야 내가 이 일 하는
       거 안 좋아라 하지만, 내가 그러고 싶은걸, 뭐.
김대안   힘들겠어요, 이 일.
박정순   처음엔 그렇더라. 하다 보니 조금씩 익숙해지데……. 근데, 말해
       놓구 나니까 그건 그짓말인 거 같다. 사실은 절대 안 익숙해지
       는 구석이 있어, 이 일이……. 어쨌거나 딱 한 번이잖아, 이 사

람들한테는 딱 한 번……. 그게 익숙해졌다면 이 일 그만뒀을지
도 모르지…….

김대안   어때요?

박정순   뭐?

김대안   사람이 죽는 거. 난 한 번도 못 봤거든요.

박정순   가지각색이지. 다 다른 것 같기두 하구, 또 어찌 보면 다 거기서
거기다 싶기도 하고……. 근데 거 묘하더라. 마지막까지 막 악
다구니를 쓰면서 사람 진을 쏙 빼 놓는 사람들 있거든. 아유, 징
글징글하다가도 보내구 나면 왠지 맘이 후련허구, 얌전하고 조
용하게 가는 양반들은 가시구 나면 왠지 맘이 찜찜허구 그렇
데…….

김대안   아저씨는 어떠셨어요?

박정순   응?

김대안   그러니까, 아줌마…….

박정순   우리 아저씨?

김대안   돌아가셨다면서요.

박정순   뭐 그런 걸 물어……. 그래 우리 아저씨 갔지. 근데 내가 못 봤
어, 그 양반 가는 걸.

김대안   네?

박정순   이렇게 비 오는 날이었는데, 우리 아저씨가 물 좋아하고 낚시
좋아했거든. 순식간이잖아. 물 부는 게……. 좋아하는 데로 갔
지. 온다 간다 말도 없이……. 못 찾았어.

사이.

박정순   사실 따지구 보면, 이게 다 그 양반을 보내고 있는 건지도 몰

라⋯⋯. 근데 참⋯⋯ 안 보내진다⋯⋯. 아유, 내가 참 별소리를
다 한다.

김대안, 가만히 온가희의 얼굴을 들여다본다. 다시 최요산 네가 있는 곳
으로 장면 이동.

정수성 아 참, 성님. (주머니에서 무언가 꺼내 최요산에게 내밀며) 선물.
차미선 뭐예요, 그게?
정수성 개다래. 성님, 요것이 통풍에 그렇게 좋답디여.
차미선 (정수성 손에서 개다래를 하나 집어 들고) 이렇게 생겼구나, 개다래
       가. 이거 엑기스 우리 아빠도 드셨었는데.
정수성 대안이네 아부지가 약도 일절 안 치고 걍 놔둔 것이라 더 좋을
       것이요. 완전 자연산, 유기농! 한번 대려 드셔 보셔. 저짝 산비탈
       에 널렸더라고.
최요산 치아라. 익도 안 한 걸 따 갖고. 내 다른 건 다 묵어도 그놈아 땅
       에서 난 거는 만병통치약이라 캐도 안 묵는다.
정수성 아따, 성님은 대안이 아부지 얘기만 나오면 눈에 쌍심지를 키고
       그라요?
최요산 자연산? 흥! 자연이 어데 있노? 함 비주 바라. 지만 약 안 치모 머
       하노? 농약 안 치고 어데 농사가 되나? 그기 다 어데로 갈끼고,
       이 좁은 땅덩이에? 글마 지 주디로 그카대. 세상은 다 돌고 도는
       기라꼬. 유기농? 사기 치지 마라 캐라. 사기 아니라 캐도 순 도
       둑놈 심보 아이라! 세상이 다 뼹이고 독인데, 지들만 깨끗하고
       존 거 먹겠다꼬?
차미선 그건 아니죠. 다 같이 병을 나아 보자고⋯⋯.
최요산 다 있는 놈들 돈 지랄이라. 병원도 돈 있어야 가고, 치료도 여유

가 있어야 받는 기제.

차미선 에이, 그건 아저씨가 너무 오버하시는 거죠. 요샌 웬만하면 건
강보험 다 되는데. 뭐, 여유 있는 게 죄는 아니잖아요? 뻔히 알
면서 안 좋은 거 먹을 필요는 없지, 뭐.

최요산 그래, 여유 있는 아가씨는 좋은 거 먹고 건강하게 사소.

차미선 꼭 경제적으로 여유 있는 사람만 그런 거 아니에요. 좀 비싸고
부담이 되더라도, 건강을 생각해서, 자연과 환경을 생각해서. 길
게 내다보는 거죠. 가난해도 마음의 여유는 가질 수 있잖아요.

최요산 하루 한 끼, 라면 먹기도 바쁜 사람한테 "유기농 드세요, 그기
몸에 좋아요. 마음의 여유를 가지고 길게 내다보세요." 캐바라.
귀싸대기 맞기 딱 좋제. 그기라도 묵어야 살고, 독이라도 뒤집
어써야 당장에 사는 거를 우짜노?

최요산이 일어나, 절룩거리며 나간다.

정수성 어디 가요?

최요산 물 빼러 간다.

정수성 그냥 들어가시면 안 돼요이? 성님과 나와의 마지막 밤인디.

최요산, 혀를 차며 우산을 쓰고 퇴장.

차미선 아유, 저 아저씨 너무 시니컬하시다.

정수성 괜히 미안헝께 저러제.

송신가람 미안하다뇨?

정수성 원래는 대안네 아부지랑 성님이랑 같이 쿵짝쿵짝 해 갖고 유
기농 한다고 했었거든. 둘이 땅 합쳐서 허먼 헐 만헝께. 그란디,

이 유기농이란 것이 시간이 좀 걸리잖애.

차미선　아, 중간에 저 아저씨가 배신을 때린 거예요?

정수성　머, 깝깝헝께. 저 성님 외동딸, 그거 하나 보고 산디, 야가 다리를 못 써, 소아마비라. 공부는 잘해. 서울로 대학 갔그덩. 성수가 같이 올라가 있제. 그 뒷감당 하자니 어떡혀.

최요산이 돌아온다.

정수성　(화제를 돌려) 저 벌들은 어쩌까? 뭐 아가씨들 해 달라먼, 내가 잡아서 새 벌통에다 너 주는 것까지는 해 주고 가께.

차미선　아저씨, 어디 가요?

정수성　어, 그렇게 됐네.

송신가람　그러실 필요 없어요. 어차피 샘플로서 의미가 없어진걸요.

정수성　그려? 그럼 잡아서 성님 갖소. 저거 한 통에 기십만 원은 할걸?

최요산　됐다. 내 인자 벌 안 친다 안 카드나.

정수성　팔아먹으면 되제. 내가 가지까?

최요산　와 니가 먹노? 원래 대안이네 거이께네, 가 보고 알아서 해라 카지.

정수성　어차피 다 섞여 부렸는디, 머.

최요산　(한숨) 참. 속 펜한 말이다. 어쩔 수 없다 카는 기. 어쩔 수 없다 카모 다 된다. 세상에 그래 무섭은 말이 또 있이까. 우옜든동 바로 옆에서 사람이 죽어 가는데, 어쩔 수 없으이, 어쩔 수 없다 카이, 벌통이 어쩌고 이러고 앉았다, 하하.

사이.

송신가람　어쩌면 구원이죠. 어쩔 수 없다는 거.

사람들, 갑자기 웬 뜬금없는 소리냐는 듯, 일제히 송신가람을 바라보았다가, 곧 고개를 돌려 내리는 비와 그 너머 어둠 속 어딘가, 나무 아래 앉아 있을 온가희의 모습을 눈으로 더듬는다. 빗소리. 송신가람이 객석을 향해 독백한다.

송신가람 그 비 내리던 밤과 새벽, 그 여자의 몸 위에서 들끓고 있던 벌들…… 과학자인 제게 그것은 무의미한 풍경이었죠. 제가 설명할 수 없는 그 무의미 앞에서, 저는 왠지 자포자기한 기분이 되어, 구원, 영혼…… 이런 말들을 떠올리고 있었습니다. 분명 이것은 과학자의 말이 아닙니다. 하지만 저는 이렇게밖에 말씀드릴 수가 없네요. 그 벌들…… 저 깊은 어둠 속에서 표면으로 이끌려 나온 그 여자의 영혼…… 그 영혼이 일제히 날갯짓하며, 바르르 떨며, 물결치고 있었습니다. 소리치고 있었습니다. 그 밤에는, 젖은 대기 속 어디에나 그녀가 날개를 윙윙대며 떠돌고 있었습니다……. 벌들로 뒤덮인 그 여자를 보며 전 생각했죠. 어쩌면 벌써 저 안은 텅 비어 있는 건지도 몰라. 아, 그리고 전 왠지, 그랬으면, 정말 벌들이 날아가고 난 자리에 아무것도 남아 있지 않았으면, 깨끗했으면, 뭐 이런, 말도 안 되는 생각을 하고 있었습니다.

그녀의 독백이 흐르는 동안, 나뉘어 있던 두 공간은 하나로 합쳐지며, 사람들은 온가희를 떠나보내는 임종의 자리에 둘러서게 된다. 온가희가 고통에 몸부림치며 소리친다.

11장

온가희   숨 막혀. 숨이 막혀 죽겠어. 이년 냄새 때문에, 이년이 풍기는 냄새 때문에! 꺼져 버려! 꺼져, 이년아!

박정순은 조용히 진통제 버튼을 누른다. 온가희 갑자기 평온해져서.

온가희   오, 그래, 그래, 미안, 미안. 화났어? 우리 여왕벌 마마? 조금만 기다려. 곧 비가 그칠 거야. 날이 갤 거야. 알아, 알고 있어. 응, 그래……. 지금은 밤이잖아. 비가 오잖아. (분노에 차) 이 구역질 나는 년! 너 땜에 구역질이 나! 미쳐 버리겠어! 입 닥쳐! 이 더러운 년! 네 눈, 네 다리, 날개 죄다 갈가리 찢어 버릴 거야! 잘근잘근 씹어 먹어 버릴 테야! 네년 배 속에 꿈틀대는 알들도 아득아득 씹어 먹을 거야! 내가 못할 것 같애? 못할 것 같애? 이리 나와, 어서! (두려움에 가득 차) 미안해요. 잘못했어요. 날 버리지 말아요. 제발 날 두고 가지 말아요. 날 혼자 두지 말아요. 누구 없어요? 누가 날 좀 잡아줘요! 잡아 줘, 날 잡아 줘! 날아갈 것 같아, 내가 날아갈 것 같아…….

김대안과 박정순, 온가희의 손을 잡아 주는 것밖에 할 수 있는 것이 없다. 고통에 몸을 떨던 온가희, 한 고비를 넘기며 잠잠해진다.

온가희   하지만 왜…… 무엇 때문에…… 내가 왜…… 왜 내가…… 왜…….

푸르게 날이 밝아오고 빗줄기가 잦아든다. 온가희의 숨결이 고즈넉해진다. 김대안, 절망적으로 온가희의 몸을 뒤지기 시작한다. 여왕벌을 찾는 것이다. 놀란 벌들이 내는 소리. 온가희가 힘없이 눈을 뜬다. 눈으로 무얼 하는 거냐고 묻는다. 김대안, 아랑곳없이 온가희의 몸을 헤집는다. 온가희가 보일 듯 말 듯 고개를 가로젓는다.

김대안   왜 안 돼……. 먹어 버려……. 꽁꽁 붙잡아 놓으면 될 거 아냐.

김대안, 결국 온가희의 몸에 엎드려 고개를 떨군다. 온가희가 겨우 손을 움직여 대안의 머리에 손을 얹는다. 김대안, 고개를 든다.

정수성   여왕벌 나왔네……. 저기…….

온가희, 김대안에게 보일 듯 말 듯 미소 지으며 무언의 말을 건넨다. 여왕 벌을 거두어 달라고. 김대안이 여왕벌을 향해 손을 뻗는다. 차마 그것을 온가희의 몸에서 떼어 내지 못하고 망설인다. 온가희가 무언가 말하려는 듯 입을 달싹인다. 김대안, 귀를 온가희의 입에 가져다 댄다. 김대안, 천천 히 몸을 일으킨다. 침묵.

박정순   말해 줘. 기다리잖아.

김대안, 머리에 썼던 그물망을 벗고 온가희에게 입 맞춘다. 사이.

박정순   어서.
김대안   나도 사랑해, 누나.

김대안, 온가희의 몸에서 여왕벌을 떼어 내 손에 모아 쥔다.

송신가람   그렇게 벌들이

금빛 날개들이

젖은 대기 속에 작은 파문을 일으키며

아침 첫 햇살 속으로

그녀의 몸을 빠져나갔습니다.

그녀를 빠져나간

하나의 흐름이

다른 곳을 향해 흘러갔습니다.

무대에서 객석 쪽을 향해 아침 첫 햇살이 비쳐 들고, 벌들이 온가희의 몸
에서 날아올라, 김대안의 몸에 옮겨 붙는다. 무대 가득 벌들의 날갯짓 소리.
그 소리 가운데, 온가희가 부르는 노랫소리가 들려온다.

Under the spreading chestnut tree

There we sit both you and me

Oh, how happy we will be

Under the spreading chestnut tree.

김대안, 온몸에 붙은 벌들과 함께 숲을 향해 천천히 걸어간다. 나머지 배우
들은 벌들이 되어 김대안을 따라간다. 조명이 바뀌며 이제 무대는 숲 속.
푸른 나무 그늘 아래 김대안이 멈춰 선다.

김대안   잘 가, 누나.

김대안, 손에 쥐고 있던 여왕벌을 날려 보낸다. 여왕벌을 따라 김대안의
몸에서 벌 떼가 날아오른다. (나머지 배우들이 벌 떼가 되어 무대를 휘돌

다 천천히 사라져 간다.) 김대안, 멀어져 가는 벌들을 바라본다.

12장

밝아지면 나무 아래, 사람들. 이제 막 온가희의 유골을 수목장한 참이다.

박정순   다들 정말 고맙습니다. 폐가 많았어요. 덕분에 가희 그 아이도 외롭지 않았을 거예요.

정수성   (가방을 들고) 자, 갑시다.

송신가람   (역시 배낭을 들고 있는 구룽 델렉을 보고) 구룽 씨도 가요?

구룽 델렉   예.

송신가람   어디로요?

정수성   인천에 네팔 친구가 공장 다닌디, 오라고 했디야. 그나저나 성님은 어짠다요?

최요산   머 사람 못 구하겠나. 퍼뜩 가 뿌라.

정수성   또 찾아 뵈께요이? 나가 한몫 딱 잡아 갖고 한턱 씨게 낼라니까.

최요산   오지 마라. 꼴도 보기 싫다.

정수성   가요이. 인사가 길면 못써. (차미선에게) 쩌그 저 찬가?

차미선   예, 흰색 아반테. 아주머닌 안 가세요?

박정순   난 짐이 많아서 콜 불렀어. 먼저들 가요.

정수성과 차미선, 나간다.

송신가람   (구룽 델렉에게) 읍내로 가죠? 같이 가요, 우리 차 타고.

구룽 델렉   아니요. 걸어가요.

송신가람 왜, 차 있는데.

구룽 델렉 그냥.

송신가람 같이 가지?

구룽 델렉 …….

송신가람 ……그러세요, 그럼…… 갈게요.

송신가람, 잠시 머뭇대다 빠른 걸음으로 나간다. 구룽 델렉은 왠지 힘을
잃은 듯, 멍하니 서 있다.

박정순 (온가희가 묻힌 자리를 손으로 쓸어 보며) 고생했다. 고생했어. (대안
에게) 대안이 총각도 고생했고. 뭘 그렇게 보고 있어? (대안의 손
바닥을 보고) 에그, 벌이네! 쏘였네! 괜찮아?

김대안 괜찮네요. 얘는 죽었는데, 난 아무렇지도 않네요.

최요산 (구룽 델렉에게) 니는 안 가고 거서 뭐 하노?

구룽은 말없이 서 있다. 객석 쪽으로 시선을 돌리던 최요산, 누군가를 발
견한다.

최요산 어.

김대안, 최요산이 바라보는 쪽을 보고 얼어붙은 듯 멈춰 선다. 박정순과 구
룽 델렉도 같은 곳을 바라본다. 사이.

최요산 쳇, 골칫덩이가 내려왔구마……. 머한다꼬 내리왔노? 그 좋은
산에서 살제.

266

김대안, (객석 쪽에 있는 가상의) 아버지를 대면한다. 분노, 원망, 그리움, 형언할 수 없는 감정들이 그의 얼굴 위에 번져 뒤섞인다. 김대안, 무언가 말하려 하지만 끝내 아무 말도 하지 못한다. 무대 어두워진다.

에필로그

무대 위로 배우들이 하나둘 등장한다. 그들은 손에 호박 하나씩을 들고 벌이 날듯, 무대 위를 움직인다.

송신가람 호박입니다. 꿀벌이 들어 있는 호박입니다. 불가능입니다.

구룽 델렉 여러분 곁에도 그 불가능이 앉아 있습니다.

차미선 다리를 꼬고, 하품을 하고, 이 지루한 이야기가 언제 끝나나 기다리면서.

최요산 어쩌면 우리 모두가, 이 세상 모든 것이, 거의 불가능에 가까운 존재.

정수성 부드럽게 반짝이며 한없이 느리게 흘러내리는, 나뭇진 같은 시간.

박정순 그 흐름 속에서 잠시 버르적거리는, 또 하나의 흐름.

온가희 멈춘 것처럼 보이나요? 영원히? 아닙니다. 다만 느리게, 아주 느리게 흐르고 있을 뿐, 우리가 이 앞을 빠르게 지나가고 있을 뿐이지요.

김대안 벌들이 날아오릅니다.

송신가람 아침에서 저녁으로

정수성 꽃들에서 꽃들에게로

차미선 벌들이 날아옵니다.

최요산 우리가 알 수 없는 시간의 저편에서

박정순 벌들이 날아갑니다.

김대안   우리는 알지 못할 시간의 저편으로

송신가람   벌들이 날고 있습니다.

온가희   쉿!

모두들 멈춰 서서 귀 기울인다. 허공을 지나가는 희미한 벌의 날갯짓 소리. 무대 어두워진다.

주요 참고 문헌

위르겐 타우츠, 유영미 옮김, 『경이로운 꿀벌의 세계』(이치사이언스, 2009).

로완 제이콥슨, 노태복 옮김, 『꿀벌 없는 세상, 결실 없는 가을』(에코리브르, 2009).

필립 마르슈내, 로랑스 베라르, 유영미 옮김, 『나는 벌!』(청어람주니어, 2009).

모리스 메테를링크, 김현영 옮김, 『꿀벌의 생활』(이너북, 2010).

장회익, 『삶과 온생명』(솔, 1998).

후쿠오카 신이치, 김소연 옮김, 『생물과 무생물 사이』(은행나무, 2008).

후쿠오카 신이치, 김소연 옮김, 『동적 평형』(은행나무, 2010).

후쿠오카 신이치, 김소연 옮김, 『나누고 쪼개도 알 수 없는 세상』(은행나무, 2011).

모노드라마

벽
속의
요정

———

원작
후쿠다 요시유키

프롤로그

무대 뒤편을 가로질러 막이 하나 걸려 있다. 올이 굵은 베 조각을 이어 붙여 만든 막은, 조각보를 확대해 놓은 듯한 느낌을 준다. 이 막은 배역을 전환할 때 가리개로 쓰며, 막 뒤의 공간을 연기 구역으로 쓸 수도 있다. 필요에 따라 막 위에 영상을 투사할 수도 있다. 본 무대에는 야트막한 반닫이 하나. 오래 묵어 손때가 반질반질하다. 이 반닫이 안에는 극중에 쓰일 소품들을 넣어 둔다. 그리고 등받이가 없는 걸상 하나. 관객이 입장하는 동안 가볍고 경쾌한 음악이 흐른다. 이윽고 배우가 등장하여 공연 준비를 하며 관객들과 가벼운 인사를 나눈다. "반갑습니다." "이렇게 와 주셔서 감사합니다." "어디서 오셨어요?" "따님이 참 야무지고 곱게 생겼네요." 등등. 관객들과 인사를 나누던 배우가 객석 천장에서 무언가를 발견하고 그쪽을 향해 말을 건다.

어이구, 너 오늘도 왔구나. 근데, 얘, 왜 자꾸 거기 올라앉아 있니? 구경할 거면 이리 내려와서 보라니까. 거기 그러구 앉아 있으면 보는 내가 어지럽잖아. 싫어? 거기가 편해? 나 참, 성격도 이상하지. 그럼 맘대로 해. (관객들이 의아해하면) 저기 안 보여요? 저기 귀밑머리 땋아 늘인 애. 어라? 금세 어디 갔네. 여러분들이 쳐다보니까 부끄러워서 숨은 모양이네요. (웃으며) 그렇게 놀라실 것 없어요. 나쁜 애는 아니니까. 원래 귀신들이 이렇게 사람 많이 모인 데를 좋아한답니다. 걔들은 외로움을 많이 타거든요. 구경도 좋아하고 놀기도 좋아하고. 극장에는 저런 애들이 꼭 한둘씩 있어요. 옛날에, 그러니까 제가 어렸을 적에는 어딜 가나 귀신 천지였지요. 집 밖은 말할 것도 없고 집 안에만 들어서도 집터엔 성주님, 부엌에는 조왕님, 뒷간, 요새 점잖은 말로 화장실에도 하나,

우물에도 하나, 뭐 하다 못해 쓰다 버린 빗자루 몽둥이 하나도 밤이면 도깨비가 돼서 돌아다니던 시절 얘기지요. 그 많고 많던 귀신들 중에 저한테는 좀 특별한 귀신 하나가 있었답니다. 이거 초장부터 귀신, 귀신 하니까 영 썰렁하지요? 귀신 말고 뭐 좀 이쁜 이름이 없을까요? 아, 그래요, 요정. 일단 요정이라고 해 두죠.

배우가 이야기하는 동안 객석 등이 꺼지고 조명이 바뀐다. 배우, 무대 뒤편 침상으로 다가간다.

1장 딸의 이야기 I

네 살인가 다섯 살 땐가 처음 그 요정을 만났죠. 난 홍역 끝물을 치르느라고 얼굴에 딱지가 더덕더덕 앉아가지구, 이불을 둘러쓰고 누워 있었어요. 그날 밤엔 천둥이 요란하고 비가 몹시 왔었죠.

번개가 치고, 천둥이 울린다. 배우, 놀라 이불을 뒤집어쓰고 웅크린다. 빗소리.

자다 깨면, 건넌방에서 엄마가 덜거덕덜거덕 베 짜는 소리가 들리데요. 그 소리를 듣고 또 잠이 들고……. 한참 자는데 갑자기 얼굴에 뭐가 따끔따끔해요. 뜨뜻한 숨결 같은 게 뺨 위에 훅 풍기는 거예요. 눈을 떠 보니, 뭐가 눈앞을 휙 스쳐 가는데 덜컥 무섭증이 나요. 그래, 있는 힘껏 소리를 내 울면서 엄마를 불렀죠.

— 엄마! 엄마! 여기 뭐가 있어! 누가 있었다니까!

엄마가 놀라서 안방으로 건너오셨죠.

— 꿈을 꾼 모양이구나.
— 꿈이 아니라니까! 여기 있었어!

엄마는 잠깐 날 물끄러미 내려다보시더니 내 몸을 다독이며 말씀하셨어요.

— 그래. 너한테 왔던 건 어쩌면 요정인지도 모르겠다.
— 요정?
— 그래. 널 사랑하고 아껴 주는 요정 말이야. (엄한 얼굴로) 하지만 이 일은 아무한테도 말하면 안 된다. 절대!
— 왜?
— 좋은 꿈은 남한테 얘기하면 복이 달아나 버리지. 요정도 똑같아. 니가 다른 사람한테 요정 얘기를 하면 요정도 가 버린단다. 다시는 오지 않지.
— 으응.
— (새끼손가락을 내밀며) 약속.
— (새끼손가락을 걸고 흔들며) 약속.

나는 눈을 동그랗게 뜨고, 제법 진지하면서도 어른스러운 표정으로 엄마의 말을 듣고 있었던 것 같습니다. 마치 지금 내 딸이 내 이야기를 듣고 있을 때처럼 말이죠. 그러나 그것은 아주아주 나중 이야기입니다. 내 자신이 어린아이였던 1950년대 초반으로 돌아가 볼까요. 그때 나는 요정의 목소리를 들었습니다. 우리 엄마는 닷새에 한 번씩 장날이면, 한밤중이 다 돼서야 집에 돌아오셨어요. 꼭두새벽이면 읍내 장까지 50리 길을 걸어가서, 온종일 행상을 하시다가 또 50리 밤길을 걸어오시는 거예요. 그런 날은 나 혼자 집을 지키고 있었죠. 그날도 엄마는 늦도록 돌아오지 않으셨어요.

바람 소리. 집 뒤편 대숲이 바람에 서걱이는 소리. 문돌쩌귀는 삐걱삐걱, 들창은 덜컹덜컹. 문풍지는 바람에 웅웅 운다.

밤이면 산에서 골바람이 내려와요. 뒤란 대숲에선 대나무들이 바람에 수런수런하구요. 부엉이는 울지요, 그때만 해도 산에 여우나 승냥이, 이런 짐승들이 많았어요. 그것들은 또 그것들대로 목을 빼고 울어 쌓지요, 문지방은 삐걱삐걱, 창문은 덜컹덜컹, 꼭 누가 문 열어라, 문 열어라, 하는 것 같아서 얼마나 무섭던지…….

무언가 땅바닥에 요란하게 떨어지는 소리. 딸이 깜짝 놀란다. 사위가 잠시 조용해진다. 딸이 무언가에 귀 기울인다.

바로 그때, 그 소리가 들렸어요. 노랫소리. 이상하게도 귀에 익은 노랫소리였지요. (딸은 그 멜로디를 콧노래로 따라 부른다.) 엄마는 그런 노래를 불러 준 적이 없었는데, 하지만 분명히 전에도 들은 적이 있는 노래였어요. 언젠가 잠결에 들었던 걸까요?

악기가 그 선율, 「스텐카 라친」의 한 부분을 희미하게 연주한다.

(더듬더듬 노래한다.) "이자 오스트로 바나 스트리에젠……"

그 노래는 이렇게 들렸어요.

바람 소리 속에서 그 선율이 이번에는 확실하게 들려온다.

(확실히 소리를 내어서 노래한다.) "나 프라스토르 레츠노이 발니……" (악기 소리는 깜짝 놀란 듯이 멈춘다.) 왜 그래? 같이 부르자, 같이.

바람 소리.

넌 누구니? 엄마가 말했었던 요정님?

악기가 킥킥 웃는 듯한 소리를 낸다.

그렇지? 이름이 뭐야?

발음과 비슷하게 악기가 대답한다.

"스텐카 라친"이라고 그 목소리는 대답했습니다. 하지만 난 그때 어려서 제대로 발음할 수가 없었죠.

스테카치? 이상한 이름이네, 하하하!

악기도 웃는다.

내 이름은…… 맞아, 순덕이. 어떻게 알았어? 요정은 뭐든지 다

알아? 야, 정말 스테카치는 요정이 틀림없구나! 이리 나와요. 스테
카치님. 싫어요? 왜? (사이) 요정은 사람한테 모습을 보이면 죽어?
(사이) 응, 그렇구나. 그럼 떼쓰지 않을게. 그래도 같이 놀 수는 있
지? 그건 괜찮죠? (사이) 그럼 아까 불렀던 노래 가르쳐 줘, 응?

악기가 선율을 연주하고 딸이 씩씩하게 따라 부른다.

이자 노스트로 바나 스트리에젠…… 응? 틀려? 괜찮아?
내가 너무 못하나? 잘했어? 아, 다행이네. 그다음은 뭐야?

악기가 다음 선율을 연주하고
그녀는 그것에 맞추어 다음 소절을 노래한다.

나 프라스토르 레츠노이 발니…….

악기가 마치 박장대소하는 듯한 소리를 낸다.

왜? 이상해?

요정 스테카치가 즐겁게 웃었습니다. 나도 신이 나서 같이 떼굴떼
굴 구르며 웃었지요. 아하하, 아하하. 그리고 요정 스테카치는 벽
속에서 옛날이야기를 나한테 해 주었답니다.

음악 1 「열두 달이 다 좋아」

옛날 옛적, 어느 깊고 깊은 산골에 김 서방이 살았답니다. 김 서방

은 그저 열심히 땅 파는 것밖에는 모르는, 황소 같은 농사꾼이었지요. 그런데 그 마을에 긴 가뭄이 찾아왔습니다. 우물도, 방죽도, 개천도, 도랑도, 물이란 물은 죄 말라 버리고, 논밭은 쩍쩍 갈라져, 바람이 불면 흙먼지 때문에 하늘이 누렇게 보일 정도였지요. 그해에도 가을걷이는 쭉정이뿐이었습니다. 배고픈 아이들은 밥 달라 보채고, 아내는 남산만 한 배를 움켜잡고, 나물을 캐러 산속을 헤맵니다.

— 이러고 앉아서 굶어죽을 수야 없지.

나물도 나지 않는 겨울이 되자 김 서방은 고개 너머 대처로 품을 팔러 나갑니다. 몇 고개를 넘었을까, 아직도 첩첩산중인데 벌써 해는 뉘엿뉘엿 넘어갑니다. 달빛도 별빛도 없는 칠흑 같은 밤이 왔습니다. 춥고 배고프고, 다리는 끊어질 것만 같습니다. 어디서 좀 쉬었으면. 산길에서 헤매던 김 서방은 어느새 어느 동굴 안에 들어와 있었습니다.

— 야, 이거 큰일 났네. 어떻게 해야 여기서 빠져나갈 수 있을까?

그때, 아득히 먼 곳에서 노랫소리가 들려왔습니다.
김 서방은 그 노랫소리를 따라 더듬더듬 동굴 속으로 더 깊숙이 들어갔습니다.

「열두 달의 노래」의 멜로디. 반복되는 부분 "어떤 달이든 다 좋아." 점점 더 커지다가 끊긴다.

얼마쯤 가다 보니 사방이 확 트이면서 너른 공터가 나왔습니다. 아, 그런데 웬 사람들이, 그것도 하나둘도 아니고 열둘이 모여 앉아서 노래를 부르고 있는 게 아니겠어요? 우리 김 서방, 워낙 인사성 바른 사람이라, 두 손 모으고 공손히 절부터 합니다.

— 안녕들 하세요!
— 안녕하신가!

열두 사람이 대답합니다. 그중에 풍채가 아주 좋고, 허연 수염을 길게 늘어뜨린 노인장이 김 서방한테 물었습니다.

— 그래, 자넨 여기까지 뭐하러 왔는가?
— 아이구, 말도 맙쇼. 이렇게 가물어서야 농사만 지어 갖고는 당최 살 수가 있어야지요.

메기수염을 한 까무잡잡한 남자가 물었습니다.

— 그럼 자네는 농사짓는 게 싫은가?
— 그럴 리가 있습니까? 그저 물이 없으니 농사를 지을 수가 없는 게지요.

열두 사람은 서로 얼굴을 맞대고 두런두런하더니, 그중 하나가 김 서방한테 물었습니다.

— 자네에게 물어볼 게 있는데, 대답해 주시겠나?
— 네, 무엇이든 물어보십시오!

이하, 노래한다.

읊어 보게, 읊어나 보게.

열두 달 내력을 읊어 보게.

(1월은 어떤가?)

엄동설한 매서워도 수정 같은 하늘 위에

청홍으로 실을 매어 연날리기 좋을 때죠.

(2월은 어떤가?)

오랜만에 친구 만나 정담하기 해가 짧죠.

(아하하하…… 그럼 3월은?)

3월이라 삼짇날에 강남 제비 돌아올 제

해는 점점 길어지고 꽃은 피고 새싹 돋네.

4월이라 비가 내려 온 들녘을 적셔 주니

5월이라 모를 내고 단오 그네 뛰러 가 보세.

일러 보게, 일러나 보게.

열두 달의 내력을 일러 보게.

6월이라 보리밭엔 황금물결 넘실넘실

7월이라 김을 매고 백중놀이 흥겹구나.

8월이라 한가위에 송편 빚어 차례하고

동산에 달 뜨거든 달맞이하러 가 보세.

일러 보게, 일러나 보게.

열두 달의 내력을 일러 보게.

9월이라 중양절에 국화주를 빚어 놓고

10월상달 맑은 하늘 단풍 구경 좋을시고.

11월 동짓날에 붉은 팥죽 쑤어 먹고서

12월 긴긴밤엔 군불을 지펴 놓고

우리 님과 마주 누워 사랑가가 좋을시구나.

더우면 더운 대로 추우면 추운 대로

어떤 달이든 좋아, 열두 달이 다 좋아.

일러 보게, 일러나 보게.

열두 달의 내력을 일러 보게.

음악, 춤곡이 되며 딸은 즐겁게 춤춘다. 열두 달 신령들이 실루엣으로 춤춘다고 생각해도 좋다. 갑자기 문 두드리는 소리, 불길하게 메아리친다. 딸은 빳빳이 굳은 채 서 있다. 이윽고 긴장을 풀고 한숨을 내쉰다.

엄마였어요. 그런데 스테카치가 놀라서 허둥지둥하는 거예요.

— 안녕, 순덕아.

— 어? 가는 거야?

— 쉿, 조용히 해.

— 괜찮아. 우리 엄마는 좋은 사람이야.

— 아냐, 순덕아. 요정은 사람들과 함께 있을 수 없단다. 자, 넌 어서 이불 속에 들어가 아무것도 모르는 척해. 안 그러면 옛날이야기 더 안 해 준다?

— 알았어. 시키는 대로 할게. 그 얘기 꼭 마저 들려줘야 해? (속삭이듯) 그럼 안녕, 스테카치!

순덕, 이불 속으로(막 뒤로) 재빨리 들어간다. 바람 소리. 나뭇가지 삐걱이는 소리. 순덕이가 순덕이네 엄마로 변해서, 막 뒤에서 나온다. 막 뒤에 조명이 주어지면, 이불을 둘러쓰고 잠든 아이의 실루엣이 보인다. 엄마는 창가에서 (객석 쪽으로 다가가) 집 밖의 기색을 이리저리 살핀다. 아무 일도 없었던 듯하자, 안도의 한숨을 내쉬고, 순덕이가 잠들어 있는 곳으로 간다.

엄마, 순덕이를 내려다보고, 이불을 여며 주고 잠시 다독인다.

2장 엄마 이야기 I

얼마나 놀랐던지……. 딸애가 혀 짧은 소리로 그 노래를 부르고 있는데, 머리털이 쭈뼛 서고, 가슴이 막 벌렁벌렁해요. 누가 들었을까 봐…….

엄마, 벽 쪽(무대 앞쪽)으로 와서 나무라는 듯 벽을 두드린다.

— 도대체 생각이 있는 양반이세요? 그게 무슨 노래라구 그걸 애한테 불러 줘요?
— 그 노래가 뭐 어때서 그래?
— 그게 소련 사람들이 부르는 노래라면서요?
— 그냥 오래된 민요일 뿐이야. 우리나라 아리랑이나 똑같은 거라구. 정치나 사상허구는 아무 관계 없어. 곡조가 좋지 않아?
— 그렇게 좋으면 당신이나 혼자 속으로 부르세요. 정치구 사상이구 난 모르겠구, 민요든, 아리랑이든 소련 노래라면 여기 사람들한테는 다 빨갱이 노래 아니냐구요.

그랬더니 그 양반이 그저 허허 웃어요.

— 생각해 보세요. 경찰이나 군인들이 지나가다가 순덕이가 그 노래를 부르는 걸 듣기라도 해 봐요. (경찰 혹은 군인으로서) 이자 오스트로 바나…… 뭐라구? 그게 무슨 뜻이지? 누구한테 그

노래를 배운 거냐? 네 아버지냐? 네 아버지는 지금 어디 있냐? 어디 있는 거야? 바른 대로 대!

나는 정치가 싫어요. 사상이라면 진저리가 납니다. 그까짓 놈의 것이 무어라고……. 아이고, 그 세월을 어떻게 말로 다 하겠어요…….

음악이 잔잔하게 배경으로 흐른다. 어머니, 반닫이에서 액자 하나를 꺼내 들여다본다. 액자에는 두 사람의 빛바랜 결혼사진이 끼워져 있다.

시집은 열네 살 되던 해에 갔어요. 그때야 연애 이런 게 어디 있나요? 집안 어른들이 정하시는 대로, 신랑 얼굴도 못 보고 시집가구 그랬지요. 하루는 내가 방 안에 앉아서 베를 짜고 있는데, 웬 노인네 두 양반이 방문을 기웃이 열고 들여다봐요. 내가 짠 베 좀 보여 달라 그러지 뭐야. 나중에 알고 봤더니 그분들이 시어른들이셔. 선보러 오신 거지요.

— 아 참, 그 베 곱다. 베 짠 솜씨 보니, 우리 며늘아기 다른 건 안 봐도 훤허겠다!

그래 성사가 됐지요. 그때가 왜정 말이었어. 시집 안 간다고 울기도 많이 울었지요.

— 어무니…… 나 정말 시집가야 허우?
— 아이, 그래. 몇 번을 말해야 알아듣니? 소문 못 들었어? 왜놈들이 글쎄 시집 안 간 처녀들 잡아다가 기름을 짠대잖어?

지금 말하자면 정신대 끌어간다는 게 소문이 그렇게 났나 봐요.

— 까짓 거 도망쳐서 숨어 버리지! 이 넓은 천지에 내 몸 하나 숨
   길 곳 없을까 봐?
— 아이구, 이 철없는 것아. 벌써 선보고 사주단자까지 받았는데,
   파혼이 되면 넌 영영 시집도 못 간단 말이야!
— 그럼 좋지 뭐야. 어무니, 아부지랑 평생 같이 살면 되잖아. 나
   시집가기 싫어, 안 가! 안 간단 말야!

흥겹고 코믹한 분위기의 음악 2 전주가 흐른다.

음악 2 「시집가기 싫어」

싫어, 싫어, 나는 싫어, 시집가기 나는 싫어.
엄마랑 베 짜며 이러구러 살 테야.
층층시하 시집살이 나는 싫어.
얼굴도 모르는 신랑 나는 정말 싫어.

"무섭단 말이야!"

어머니, 반닫이에서 베를 꺼내 앞으로 모은 두 손에 걸친다. 노래하며 떠밀
리듯 신랑 앞에 절한다.

싫어, 싫어, 나는 싫어, 시집가기 나는 싫어.
엄마랑 한평생 이 집에서 행복하게 살 테야.

우리 바깥양반은 그때 경성에서 사범학교 다녔어요. 장가간다고 인제 내려왔죠. 그래 이제 신방에 들어 첫날밤을 지내는데……. 뭐 그렇게 귀 쫑긋 세울 것 없어요. 별것 없다니까. 그 양반이 나보다 두 살 위래두, 둘 다 어리니 무얼 알아요?

— (신랑으로서. 헛기침) 거, 그만 잡시다……. (사이) 안 자요?
— 자요.
— 근데 왜 그러구 앉아 있소?

원삼 족두리 다 둘러쓰구 어떻게 자냐구, 글쎄.

— 벗겨 줘야 자죠.
— (헛기침) 아, 아…… 그렇구만. (신부의 옷을 떠듬떠듬 벗기는 동작)

아이구, 어찌나 발발발 떠는지, 사범학교에서 그런 건 안 가르쳐 줬던 모양입디다. 그래 가지구설랑, 그 양반은 아랫목에, 나는 윗목 문지방 곁에 누웠어요. 여차하면 내뺄라구. 먼 길 와서 혼례 치르느라고 곤했던지 금세 쌕쌕거리고 자더라구요. 나는 어디 잠이 와요? 가만히 일어나 가지고 그제야 신랑 얼굴을 슬그머니 들여다봤지요. 뭐 달릴 거 달렸고, 붙을 데 가서 다 붙었고 병신은 아니야. 그때는 혼례를 치러도 바로 시집으로 가는 게 아니라 한 1~2년, 길게는 3년까지 친정에서 묵혔다가 시집으로 갔어요. 신랑은 이제 가끔씩 다녀가고. 서로 나이도 어리구, 낯설구 하니까 그럭허면서 정들으라구. 그 양반이 이제 공일이나 방학이면 내려와요. 내려와서 나한테 언문도 가르쳐 주구. 한지를 잘라서 공책을 매 가지구, 거기다 습자를 쪽 베껴 주는 거예요. 다음에 올 때까지 다 배워 놓으라구.

음악 3 「가갸거겨 노래」

가나다라마바사 아차 잠깐 잊었구나.
가갸거겨 가랑비가 그치거든 오시려나.
나냐너녀 날이 가고 달이 가도 소식 없네.
라랴러려 날아가는 저 기러기 무슨 일로 울고 가노.
마먀머며 말자 해도 임 생각이 절로 난다.
독수공방 찬 자리에 언문책을 펼쳐 놓고
글자마다 님의 얼굴, 소리마다 님의 말씀
가나다라마바사아자차카타파하
가나다라마바사아자차카타파하

그렇게 겨우 까막눈을 면했지요. 아닌 게 아니라 오고 가매 차차 정이 들어요. 때 됐는데 안 오면 궁금하고 보고 싶고 그렇지 뭐야. 그 적에 경성서 공부한다는 샌님들 중에는 연애질해 가지고 첩 들이고 본처 내팽개치는 일이 숱했지요. 못됐지. 뭐 억지루 한 혼인이니, 영 맘이 안 맞으면 헐 수 없지만, 남정네들은 연애라두 한다지만 그럼 여자는 뭐가 되느냐 말이야? 꼼짝 못허잖아요. 물론 우리 양반은 그런 거 없었지만, 그래두 조바심이 나요. 그래, 우리 친정어머니한테 그랬지요.

— 어무니. 나 경성 올라갈래.
— (베틀에 앉아 베 짜는 동작을 하며) 경성? 경성엔 왜?
— 우리 서방님 혼자 계신데, 드시는 것도 어설플 테구, 빨래

두…….

— 우리 서방님? (웃으며) 아이구, 열녀 났구나. 시집에 가기도 전
에 벌써 서방 타령이야? 얘, 얘, 안 되겠다. 나 서운혀서 못 보
내야. 이 혼인 도로 물리고, 너 나랑, 아부지랑 평생 같이 살자,
응? (사이) 왜 대답이 없어? 나랑 평생 산다고 울고 불더니? (웃
는다.)

— 몰라! 글쎄, 경성 보내 줄 거야, 말 거야?

그랬는데 글쎄, 그때가 해방되기 전핸가 봐요. 여름에 느닷없이
옘병이 돌아 가지구, 사람 수태 죽어 나갔지요. 우리 시부모님이
그때 돌아가셨어요. 친정아버지도 사돈어른 찾아뵌다고 약 지어
갖고 가셨다가 병 얻어 가지고 돌아가시고. 우리 신랑이 외아들
이에요. 그래 둘이 상을 치르고 있는데 해방이 됐지요. 다른 사람
들은 다들 만세 부르고, 뛰어다니고 난리가 났는데, 우리는 상중
이니 뭐, 꼼짝 못허구 앉아서 아이고, 아이고 곡만 하고 있었지
요. 3년상을 다 치르구 나더니, 하루는 집안 하인들이며 소작인들
을 죄 불러 모아요. 시댁이 천석, 만석은 못해도 땅마지기나 있고
살 만했거든요. 근데 불러 모아 놓고 사람들 식구 수대로 땅문서
를 똑같이 노놔 주는 거예요. 도대체 그 속을 모르겠더라구요.

— 아니, 대체 왜 이러시는 거예요?
— 이 재산은 아버님 재산이지, 내 재산이 아니오. 나는 나대루
  시작하겠소.

기껏 좋은 일하고 빰 맞는다고, 그것 때문에 두고두고 곤욕을 치
렀지요. 근동에 지주들한테 이제 미운 털이 박혔죠. 빨갱이 물이

들어서 그런 거라고…….

포성이 울린다. 잔잔한 음악이 흐른다.

그러다가 전쟁이 터졌어요…….
인민군이 들어온다구 피난 가야 한다구 다들 난린데, 우리 친정 어무니가 노환이라 자리보전허구 누워 계셨거든요.

— 얘, 뭣이 이렇게 자꾸 꿍꿍 해 쌓는다냐?
— 비 올라고 천둥 허는가 봐요.
— 뭔 놈의 천둥이 몇 날 며칠을 헌다냐? 비 오는 기척은 없던디.
　 아이고, 근디 왜 이러키 가슴이 콩닥콩닥허는지 모르겄다.
— 큰비가 올라나 보지요……. 얼른 기운이나 차리세요.

별일이야 있겄냐 했지요. 그 사람들도 다 사람인데…….
그 양반이 인공 시절에 마을 일을 본 건, 어쩔 수 없는 일이었어요. 지주나 경찰, 군인 가족이라면 그저 죄다 죽이려고만 드는 판이니까. 어떻게든 사람 살려 보려고 그 양반이 나섰던 거지요. 여러 목숨 건졌어요. 다 구하진 못했지만…….

— (남편, 지주에게) 어르신! 제발 제 말씀 들으십시오! 어르신께서
　 조금만 양보하시면 다 같이 살 수 있습니다!
— (인민군에게) 안 됩니다! 이 어르신은 반동 지주가 아닙니다! 제
　 가 설득하겠습니다! 조금만 더 시간을…….

요란한 총소리에 남편의 말이 묻힌다. 사이.

벽 속의 요정　　287

요란한 함포사격 소리.

인민군들 위세가 영영 갈 것 같더니, 맥아더한테 한 방 맞고는 코가 쑥 빠져서 물러갑디다. 물러가는데 조용히 물러가지는 않고, 마을 장정들을 짐을 지워서 죄 끌어갔어요.

— 안 돼요! 지금 거기 따라가면 끝장이라구요! 당장 어디로든 도 망쳐서 숨어야 돼요!
— 나 혼자 살자고 그럴 순 없어. 어차피 도망칠 곳도, 숨을 곳도 없소.
— 그 사람들 쫓겨 가는 판에 무슨 짓을 할지 누가 알겠어요?
— 그러니 내가 가야 해. 그 사람들만 보낼 순 없어. 곧 돌아올 거 요.
— 여보, 제발!

그러구 나간 사람이, 같이 나갔던 사람들은 다 돌아왔는데 감감무 소식이에요. 그저 돌아가셨으면 시신이라도 찾을라구, 여기저기 뒤 지고 다녔지요……. 참 험한 꼴 많이 봤어요.
정신이 반쯤 나가서 돌아댕기는데, 신랑이랑 같이 나갔다가 돌아 온 양반 한 분이 넌지시 그럽디다.

— 그만 찾어유. 그 양반 돌아가셨어두 여그서 돌아가시지는 않 았을 거유……. 솔직헌 말로, 그 양반 아니었으면 우리 다 죽 었을규. 인민군들이 우덜 다 쏴 쥑이고 가겠다는 것을 그 양반 이 막었지유. 인민군 군관 중에 그 양반 사범학교 동창이 있었 던개 비유. 그 양반이 그 군관한테 그럽디다. 사람 백정 될라

고 우리가 사상운동을 했느냐구. 내가 갈 테니까 이 사람들을 보내 주라고……. 빨갱이네 어쩌네 해두, 그 양반 은혜를 생각 허면 우덜이 그 양반을 빨갱이로 몰아세우면 안 되는디……. 어쩌겄슈. 국군덜은 부역자 잡는다고 또 저 난리니. 어차피 그 양반은 북으로 갔을 거잉게. 여러 사람 살리는 일이라고 생각 허시고, 너무 섭섭해허지 마세유……. 산 목숨은 살고 봐야 헐 것 아뉴?

그래. 북에 있든, 어디 있든 살아만 계시오. 살아 있거든 차라리 돌아오지 마시오……. 그런데 어느 날 밤에 그 양반이 돌아왔더 라구요. 저기 임진강 근처까지 끌려가다가, 폭격 맞아서 인민군 들 뿔뿔이 흩어진 틈에 도망 나왔대요.

어두운 밤. 멀리서 개 짖는 소리. 문이 열리고 남편이 절룩이며 방 안으로 들어선다.

— 내일 지서에 나갈 거요. 걱정할 것 없어. 나는 죄 지은 게 없으 니까. 형무소에 간다 해도 2~3년이면 나올 수 있을 거야.

우리 어머니도 맞장구를 치시더라구요.

— 그래. 언제까지 숨어 다닐 수도 없고. 별일이야 있겠는가? 전 쟁도 끝났는데.
— 어무니, 지금 무슨 말 하는 거예요? 다들 눈에 불을 켜고 이 사 람을 찾고 있는데.
— 밤에 살짝 자수하면 안 될까? 아무 눈에도 안 띄게 말이야.

— 낮이든 밤이든 자수 같은 건 하면 안 돼요, 절대로. 어머닌 모
르면 좀 가만히나 있어요!

내가 어머니하고 옥신각신 하는 사이에 그 양반 어깨가 점점 축
처지데요.

— 그럼 당분간 숨어서 동정을 살피도록 하지.
— 어디에 숨죠?
— (친정어머니) 마루 밑에다 광을 파고 숨으면 으떻까?
— 거긴 안 돼요. 경찰들 나오면 제일 먼저 거기부터 뒤지는데.
(사이) 뒷산에다 토굴을 파면 어떨까요?
— (남편) 글쎄. 왔다 갔다 하다 보면 남의 눈에 금방 뜨이지 않을
까…….
— 벽장도 아니고, 헛간도 아니고…… 옳지. (벽을 두드려 본다.) 여
기예요.
— 여기라니?
— 우리 아버지가 집 지으실 적에 목수가 잘못해서 방이 비뚤어
졌더래요. 그걸 바로잡느라고 벽을 덧댔거든. 이 사이에 틈이
있어요.
— (친정어머니) 그래도 거긴 한길가 쪽인디…….
— 그러니까 사람들이 의심 안 할 거예요. 그래. 여기라면 아무도
모를 거야!

얼른 벽에다 사람 드나들 만큼만 구멍을 냈지요. 남편이 들어가
서 걸상 하나 놓고 쪼그리고 앉으니까, 이건 뭐 고개도 옆으로 못
돌리겠어요. 그래도 어떡해요. 남편이 그리 들어가고 이 반닫이

로 구멍을 막았지요.

자수 안 하길 천만 잘했지요. 하루 걸러 다음 날인가. 남편 친구 하나가 마을로 돌아오다가 동구 밖에서 딱 붙잡혔네요, 글쎄. 난리 때 목숨 잃은 지주네 아들들이 눈이 벌게져서 돌아다니고 있었거든요. 그저 막무가내로 정자나무 아래 끌어다 세워 놓고는…….

요란한 총성이 울린다. 어머니, 귀를 막는다.

그 양반은 정말 아무 죄도 없는 사람이에요. 그저 남편하고 가깝게 지낸 것밖에는……. 깊은 밤이면 남편은 반닫이를 밀고 잠깐씩 밖으로 나오곤 했지요.

— (숨죽인 목소리로) 그 친구를 죽이다니, 왜? 무엇 때문에? 그 사람은 아무 짓도 하지 않았어! 재판도 없이 사람을 죽이다니, 도대체 무슨 권리로! 그 녀석들을 찾아가겠소.

— 그만두세요. 몇 마디 말 가지고 그 사람들이 수그러들 것 같아요? 지금은 다들 제정신이 아니에요. 조금만 더 참고 기다려요, 제발.

— 언제까지?

— 어쨌거나 이 바람이 지나가길 기다려야죠. 지금은 기다리는 거밖엔 다른 수가 없잖아요.

음악 4의 전주가 흐른다.

— 이건 사람 사는 게 아냐. 이럴 바엔 차라리…….

— 안 돼요, 제발! 괴롭지요? 힘들지요? 하지만 포기하면 안 돼요. 살아야지요. 세상이 아무리 죽어라 죽어라 해도 어떻게든 살아남아야지요. 여보, 날 봐요. 내가 여기 이렇게 있잖아요. 여보…….

어머니, 노래한다.

음악 4 「살아 있다는 건 아름다운 것 I」

당신이 여기 있기에 나도 여기 있어요.
어떤 고난도 참아 낼 수 있죠.
어떤 고통도 이겨 낼 수 있어요.
희망을 버려선 안 돼요.
내 손을 잡아 봐요.
내 눈물이 당신의 뺨을 적시고 있어요.
용기 내어 이겨 내야 해요.
살아 있다는 건 아름다운 것
아름다운 것

다음 날, 치안 대원들이 와서는 집 안을 발칵 뒤집어 놓더군요.

— (치안 대원) 정말 아무 연락도 없었어? 그놈이 읍내를 지나가는 걸 본 사람이 있다던데?
— 글쎄, 전 아무것도 모른다니까요.
— 만에 하나, 그 빨갱이 놈 있는 곳을 아는데도 신고 안 하거나, 숨겨 주었다가는 뼈도 못 추릴 테니 그리 알아! 감옥은 호

사지. 당신네 같은 빨갱이 종자들, 즉결 처분해도 누가 눈이나
꿈쩍할 줄 알아?

그래도 천만다행으로 저 벽을 의심하는 사람은 없었어요. 남편은
화가 나서 아주 몸을 부들부들 떨더라구요.

— 저 면 서기 강가 놈이 처형당하게 됐을 때, 미리 귀띔해서 도
  망치게 한 게 누군데. 양촌 윤가, 김가 그놈들 반동 지주라고
  죽이겠다는 걸, 내가 빌고 빌어서 살려줬어. 그런데 저놈들이
  앞장서서 날 죽이겠다구 설치고 다녀?
— 그래요. 당신은 저 사람들한테 큰 은혜를 베풀었지요.
— 아무렴. 그놈들은 나한테 빚을 졌지.
— 빚도 대단히 큰 빚이지요. 그러니까…….
— 그러니까 뭐? 무슨 말을 하려는 거요?
— 그러니까 만약 당신이 없어지면 그 사람들은 빚을 안 갚아도
  되는 게 되잖아요?
— 그걸 말이라고 하는 거야? 어떻게 그런 생각을 할 수가 있
  어……. 어떻게 사람이…….
— ……사람이니까요.

불쌍한 양반, 사람 잘 믿고 마음만 좋았지, 어디 세상이 그 양반
마음 같은가요? 그래도 목구멍이 포도청이니 어째요? 바깥양반이
저러고 있으니, 나라도 일을 해야지. 난리 통에 남은 거라곤 나
시집올 때 어머니가 짜 주신 베 한 필밖에 없어요. 그걸 팔아서
밑천을 해 가지고 장사를 시작했지요. 소금부터, 과일, 생선, 계
란, 떡, 뭐 집에서 몰래 담근 밀주까지 안 팔아 본 게 없어요. 한

번은 그 전날 동네를 돌며 계란을 모아다가 장으로 갔어요.

음악 5 「계란이 왔어요」

(전주에 대사로) 계란이 왔어요!
따끈따끈하고 싱싱한 계란이 왔어요!
계란 사세요! 계란 왔어요!

계란, 계란, 계란, 계란이 왔어요!
따끈하고 싱싱한 계란이 왔어요!
산 좋고 물 좋은 심심산골
뛰놀던 촌닭이 낳은 계란
계란, 계란, 계란, 계란이 왔어요!
속이 꽉 차고 야무진 계란!
햇빛에 비치면 속이 보이는
산골 햇빛 가득 담은 계란
계란, 계란, 계란이 왔어요!
따끈하고 싱싱한 계란이 왔어요!

간주가 흐르는 동안 대사로.

계란이 왔어요, 계란! 따끈따끈하고 싱싱한 계란이 왔어요! 심심
산골 촌닭이 방금 낳은 계란! 계란이 왔어요! 감사합니다. 자, 여기
있어요! 계란, 계란 사세요! 아, 예, 몇 개나 드릴까? 감사합니다.

점점 지친다. 돌부리에 걸려 비틀거리며, 계란을 떨어뜨리지 않으려고 겨우

중심을 잡는데, 자동차가 요란한 경적을 울리며 그녀 코앞을 지나간다. 어머니, 놀라서 그만 넘어진다. 다급하게 계란을 살펴본다. 계란이 죄다 깨져 버렸다. 잠시 멍하게 앉아 있던 어머니, 이윽고 쓸쓸히 노래하기 시작한다.

계란, 계란, 계란, 계란이 왔어요.
금이 간 계란, 깨져 버린 계란
달님은 기울었다 차오르지만
한 번 깨진 계란 어쩔 수 없네.
계란, 계란, 계란, 계란이 왔어요.
노른자 흰자가 범벅이 된 계란이 왔어요.
끈적끈적해서 담을 수도 없네.
한 번 깨진 계란 어쩔 수 없네.

(대사로) 장바닥 강아지들만 호강했지, 뭐.

행상을 하고 돌아다녀도 마음은 항상 집에 가 있지요. 혹시 무슨 일이나 생기지 않았을까 늘 조마조마해. 파김치가 돼서 집에 들어오면, 남편은 세상 다 포기한 사람처럼 험한 말들을 퍼붓는 거예요.

— 윤가 놈, 김가 놈 다 쳐 죽일 테야! 쥐도 새도 모르게! 서기 놈은 길목에 숨어 있다가 술에 취해 오면 단칼에 해치우면 돼! 잡히면 죽기밖에 더하겠어? 난 여태껏 누구 하나 죽인 적 없어. 어차피 죽을 거라면 그놈들을 쳐 죽이고 죽을 거야!

오죽 답답하면 그럴까 싶으면서도 섭섭해요. 누구 때문에 이러고 다니는데, 뼈가 빠지게 일하고 들어왔으면 그저 수고했다고, 고생했다고 손이라도 한 번 잡아 주진 못할망정, 그렇게 가슴에 못을 박더라구.

— 난 죄를 짓지 않았어……. 아니. 죄가 있는지도 몰라……. 그래 나는 죄를 지었는지도 몰라.
— 그게 무슨 말씀이세요? 죄라니요.
— 난 다 살리지 못했어. 박 초시네도, 이 생원네도…….
— 그건 어쩔 수 없는 일이었어요. 당신은 최선을 다했어요. 그땐 전쟁 중이었잖아요. 사람들이 어디 하나둘 죽었어요? 그 사람들을 어떻게 당신이 다 책임져요? 그게 어떻게 당신 죄냐구요!
— 나도 그때 죽었어야 했어, 나도. 살아 있다는 게 죄야. 살아 있다는 게…….
— 잊어버려요, 몹쓸 꿈을 꾼 셈치고 잊어버려요.
— 아냐. (격하게) 그건 몹쓸 꿈이 아냐! 내가 바랐던 건, 내가 원했던 건 이런 게 아니었어!
— (소리를 낮추어) 여보, 제발!

아버지, 노래한다.

음악 6 「그런 줄만 알았지」

아무 생각 없던 어린 시절
하늘 천 따 지 가마솥에 누룽지
할아버지 앞에서 천자문을 배웠지.
하늘은 검고 땅은 누르다는 것

하늘은 위에 있고 땅은 그 아래 있지.
그런 줄만 알았지, 당연한 줄 알았어.
랄랄랄라 랄랄라 랄랄랄라 랄랄라

(간주에 대사로)

— 여보, 몹쓸 꿈을 꾼 셈치고 잊어버리세요!

— 몹쓸 꿈? 이건 현실이오. 내가 바라던 세상은 이게 아니야. 내
  가 원하던 세상은 이게 아니라구!

사범학교 다니던 젊은 날
고단한 사람살이 오며 가며 보았지.
선배는 나에게 말해 주었지.
하늘이 땅이 되고 땅이 하늘 되는 것
일한 자 일한 대로 거두는 참 세상
평등한 새 세상을, 그 꿈 굳게 믿었지.
랄랄랄라 랄랄라 랄랄랄라 랄랄라

— 하하하하…….

— 여보, 여보 제발, 그만해요. 제발!

음악이 끊긴다.

그 양반이 계속 웃는데 소름이 쭉 끼치더라구요. 그예 넋이 나가
는구나, 저러다가 정말 정신을 놓으면 어떡허나……. 그 양반을
붙들고 애원을 했지요. 울화가 치밀어 못 견디겠으면 차라리 날
때려요. 죽이고 싶으면 날 죽여요. 당신 가슴에 맺힌 거 다 나한

테 푸세요. 난 괜찮아요, 그렇게라도 해서 당신 속이 풀린다면 나를 때리세요…….

어머니, 보이지 않는 아버지의 목을 그러안고 침상 위에 눕는다. 사이.

그 와중에도 애는 서더라고, 우리 딸애가. 배가 점점 불러 오니까 사람들이 쑥덕쑥덕해요. 그새 샛서방 둔 모양이라고. 그러거나 말거나 난 대꾸도 안 했죠. 이제 내가 노상 장사하러 쏘댕기니까, 어디 대처에다 바깥양반을 숨겨 놓고 다니는 줄 알았나 봐요. 내가 장에만 나가면 형사들이 졸졸 따라다녀요. 그때, '파나마 장'이라는 건달이 있었어요. 여름이고 겨울이고 노상 파나마 모자만 쓰고 다니니까 그렇게 별명이 붙었어요. 하루는 장에서 물건을 팔고 돌아다니는데, 파나마 장이 딱 길을 막아서요.

어머니, 파나마 모자를 쓰고 '파나마 장'으로 분한다.

— 어이, 아줌씨 나랑 쪼까 얘기 좀 허십시다. (사이) 저, 여기서 할 얘기는 아니구, 아줌씨 집에 가서 긴히 헐 말이 있는디. (사이) 아따, 성질도 급하시네이. (목소리를 낮춰서) 그렇게 뭐이냐면, 만났다고, 집이 바깥양반을. 저 산에서!
— (모자를 벗고 어머니로서) 그럼 이따 저녁때 집으로 오세요.

정신없이 집으로 달려왔죠.

— 여보, 어떡하죠?
— 이건 함정이야. 이 함정을 이용해야 되겠어. 당신은 지서에 가

서 신고를 해. 산(山)사람이 하나 올 거라구.

— 지서에다 신고를요? 그러다가 잘못되면?

— 그래도 이 방법밖에 없어.

파나마 장이 오기 전에 형사들이 와서 벽장에 숨었어요. 바로 그
옆 벽 속에는 바깥양반이 숨도 못 쉬고 숨어 있고. 그러구 있는데
파나마 장이 왔지요.

— (손을 잡고 쓰다듬는 동작) 참, 세월이 험헝께, 이 젊디나 젊은 나
    이에 팔자에도 읎는 과부가 돼 갖고 을매나 고상이 많으십니
    까이? 바깥양반이 아짐씨 걱정을 참 많이 허덩만요. 나보고 잘
    잠 돌봐 주라고 허십디다.

— 산에서 정말 우리 바깥양반을 보셨다구요?

— 나가 멋헐라고 이 엄중한 시국에 뜨건 밥 처먹고 신소리를 허
    겄습니까? 근디 그 양반 몰골이 눈 뜨고는 못 보겄습디다. 상
    거지 꼴에다 못 먹어서 빽다구만 남아 갖고, 아이구. 긍게 아
    짐씨가 돈이랑 옷가지 좀 보내 줘야 쓰겄소.

— 믿을 수가 없어요. 당신이 어떻게 산(山)사람을 알아요?

— 나가 시방은 이러고 건달로 놀제마는 소싯적엔 혁명 투사였
    단 말여. (노래한다) "장백산 줄기줄기 피 어린! 피 어린……!" 그
    사람덜하고 나는 피를 나눈 동지란 말이시. 나하고 바깥양반
    허고는 한 몸이나 다름없다 이 말이여!

그 말 듣자마자 형사들이 벽장을 차고 나와 갖고 그놈을 딱 잡았죠.

파나마 장(어머니), 놀라 손을 번쩍 치켜든다.

— 워매, 느그들 뭐시여? 총 쩌리 못 치우냐? 나가 누군 줄 알고,
  나 파나마 장이여, 이거 함정수사라고! (붙잡혀서) 이거 못 놓냐?

파나마 장, 끌려 나간다. 모자를 벗고 어머니 역할로 돌아온다.

아이구, 벌건 대낮에 등치고 간 빼먹는다더니, 별놈의 사기꾼을
다 봤네요. 어쨌거나 그 파나마 장 덕분에 우린 좀 편해졌지요.
형사를 집 안까지 불러들였는데, 거기 우리 바깥양반이 있을 리
가 있겠냐, 다들 이렇게 생각했을 거 아닙니까?

음악. 시간은 흐르고 생활은 계속된다.

행상을 허다가 이제 베를 짜기 시작했지요. 황 사장이라고 우리
시댁에 머슴 살던 인데, 바깥양반이 준 전답을 밑천 해 가지구, 사
업을 크게 해서 성공한 사람이 하나 있었어요. 내가 배가 남산만
해서 행상 다니니까 보기 안됐던 모양이에요.

— 아이구, 마님, 그 행상해 갖고 워디 먹고 살겄어유? 그러지 말
  고 베나 한번 짜 보시지 그류?
— 베요? 요새 나이롱에 옷감 천진데, 누가 베를 사겠어요?
— 아니래유! 그래두 있는 사람덜은 베루다가 옷 잘해 입고 값도
  좋대니께, 곱게 짜 갖고 한번 가져와 보세유.

그래 시작했지요.

어머니, 길쌈하는 동작을 하며 노래한다. 북 혹은 바디 정도를 소품으로 사

용한다.

음악 7 「베틀 노래」

베틀 놓세, 베틀 놓세.
옥난간에 베틀 놓세.
하늘에다 베틀 놓고
구름 위에 잉아 걸어
비수같이 드는 칼로
썩썩 비어 내어 놓고
앞 냇물에 씻어다가
뒤 냇물에 헹궈 내어
사흘 나흘 바래었다
닷새 엿새 풀을 먹여
여드레를 다듬어서
도포 적삼 지어 내세
저기 가는 저 선비야
우리 선비 돌아올 때
바늘 한 쌈 실 한 타래
사 가지고 오라 하소.

노래 끝에 갓난애 울음소리가 들린다.

베 짜다가 우리 딸애도 났죠. 이름은 순덕이라고 지었어요. 바깥
양반이 자기는 그래 못 살았으니, 그저 순하고 덕스럽게만 살라
고 지어 준 이름이에요. 딸애도 생기고 하니, 이제 밤이나 낮이나

죽어라고 베를 짰죠. 내가 새벽 한두 시까지 짜면, 그 양반이 나와서 네다섯 시까지 짜고, 내가 또 새벽에 일어나서 짜는 거예요. 그러니 사람들이 놀래죠. 장사 댕기고 그러면서 이 베를 언제 다 짰느냐구. 처음엔 하지 말라고 말렸는데, 부득불 하겠대요. 근데 가르쳐 보니까 이 양반이 곧잘 해요. 베를 곱게 짜려면 손톱이 얄 팍하면서도 단단해야 하거든요. 그래야 삼을 가늘게 째니까. 이 양반 손톱이 똑 그래 생겼어요. 보통 여다홉 새는 해도 열한 새, 열두 새는 아무나 못하거든. 새가 많을수록 베가 곱지요. 이 양반 이 나중에는 나도 못하는 열두 새를 짜더라니까. 밤중이라도 혹 시 누가 지나가다 볼까 봐, 인제 머릿수건 둘러쓰고 앉아서 그 양 반이 베를 짜요.

어머니, 머릿수건을 둘러쓰고 아버지로서 베를 짠다.

— 아니, 왜 그렇게 웃어?
— 아이고, 저두 모르겠어요. 그냥 웃음이 나요.
— 내 모양이 그렇게 우스워?
— 아녜요, 아녜요. 아주 이뻐요.

숨죽여 웃는다. 웃음이 이내 한숨이 되었다가 눈물이 된다.

— (한숨) 글 읽을 양반이 시절을 잘못 만나서…….
— 원 사람두, 울다가 웃다가 털 나겠소……. 그런 소리 마시오. 이 베틀 안에 세상 이치가 다 들었다구. 울려거든 차라리 웃어 요, 웃으라구, 이렇게…….

그 양반이 씩 웃는데, 나는 자꾸 눈물이 나더라구요. 그렇게 둘이 베를 짜서 내다 팔구, 장사해서 번 돈도 안 쓰고 악착같이 모으니까 읍내에 가게 하나 얻을 돈이 되대요. 내가 장사 다닐 때 예전부터 찍어 둔 적산 가옥이 하나 있었어요. 2층집이고 뒤에 마당도 널찍한 게 있어서 베 날기도 좋겠고, 거기 가면 우리 양반도 좀 편하게 지내겠구나 싶더라구. 모자라는 돈은 황 사장한테 변통을 해서 거기다 포목점을 냈어요. 인제 이 양반 옮기는 일이 문제예요. 이 양반한테 우리 어머니 옷을 입혔죠. 그 양반이 체구가 자그마하고 어깨가 동그스름해서 저구리 적삼 입혀 놓으니까 이뻐요. 신작로가 나서 읍내까지 길이 짧아지긴 했지만, 어디 그리 갈 수 있어요? 나 예전에 다니던 산길로만 가는 거예요. 딸애는 우리 어머니한테 맡겨놓구, 둘이 길을 나섰어요. 비는 부슬부슬 오고, 달빛도 별빛도 없는 길을 가자니 세상에 우리 둘뿐인 거 같애. 요새 뭐 연애, 연애 허지만두, 그런 데이트는 못해 봤을 거요. 그 양반이 내 손을 꼭 잡아 주는데, 세상에 무서운 게 하나도 없어……. 그날 가슴이 쩌르르하던 것은 이 가슴에 흙이나 덮여야 잊을 거예요……. 그렇게 밤새도록 산길을 걸어갔지요.

음악 8 「밤길」

당신이 여기 있기에 나도 여기 있어요.
함께 있기에 울 수도 있고
함께 있기에 웃을 수도 있죠.
당신과 함께 걷기에 어둔 밤길도 환해요.
별빛 없어도 볼 수가 있죠.
살아 있는 건 정말 좋은 거죠.

살아 있는 건 정말 좋지요이?

어머니, 노래하며 가상의 아버지와 함께 막 뒤로 들어간다. 후주가 이어진다. 어머니가 다시 등장한다.

(관객에게) 우리 그 양반이 잠깐 쉬었다 하자는데요? 그럴까요?

휴식

3장 딸의 이야기 Ⅱ

딸이 등장한다. 조금 더 자란 모습이다.

아, 아까 제 요정 스테카치가 들려줬던 옛날이야기를 하다 말았죠? 어때요, 더 듣고 싶으세요? (사이) 네, 그럼 시작하겠습니다. 김 서방이 열두 달을 모두 좋아한다는 말을 들은 열두 명의 사람들, 사실은 열두 달의 신령이었지요. 이 신령들이 한참 머리를 맞대고 수근수근하더니, 하얀 수염을 한 노인장이 입을 열었습니다.

— 우린 자네가 맘에 들어. 선물로 이 작대기를 하나 주겠네.

김 서방은 작대기를 받아 들고 들여다보았지요. 아무리 보아도 특별할 것도 없고, 그냥 나뭇가지예요. 그래도 김 서방은 절을 꾸벅 하고는,

— 아이고, 감사합니다. 험한 산길 가는 데 지팡이로 쓰면 딱 좋

겠네요.

— 아니, 아니. 자네는 이 길로 곧장 마을로 돌아가게. 그리고 정
말 빼도 박도 못허겠다 싶을 때, 이 작대기를 땅에 꽂고 소원
을 빌라구. "작대기야, 작대기야, 내가 지금 무엇무엇이 필요하
니 좀 다구." 하고 말일세.

우리 김 서방은 또 말도 잘 들어요. 작대기를 받아 들고 집으로
돌아갔죠.
이럭저럭 겨울은 넘겼는데, 그다음 해 또 가뭄이 들었지 뭡니까.

가뭄을 표현하는 음악. 이글이글 타는 태양, 먼지.

그 가뭄이 어찌나 독했던지, 소나무까지도 다 말라비틀어질 지
경이에요. 길바닥이고 논밭이고 가는 데마다 흙먼지가 풀풀 날
려서, 농사는 고사하고 눈을 뜰 수도 없어요. 김 서방이 생각하니
도저히 살 수가 없어, 밑져야 본전이니 그 작대기를 한번 써 보
자. 그러고 바짝 마른 논바닥에다 작대기를 콱 꽂고는 빌었지요.
"작대기야, 작대기야, 딴 건 필요 없고 그저 물 좀 다오."
그런데 이게 어찌 된 일입니까? 그 작대기 꽂힌 데가 거무스름하
게 얼룩이 지는가 싶더니, 물이 솟아나기 시작했습니다! 시원하
고 맑은 물이 콸콸 넘쳐나기 시작했어요!

음악. 분수처럼 솟구치는 샘물. 음악과 함께 효과(천둥과 번개, 비)를 사용
할 수도 있다.

물은 분수처럼 높이 솟아올라 김 서방네 논과 밭을 흠뻑 적셔 주

었습니다!

노래한다.

음악 9 (음악 1의 부분 반복)

4월이라 비가 내려 온 들녘을 적셔 주니
5월이라 모를 내고 단오 그네 뛰러 가 보세.
6월이라 보리밭엔 넘실넘실 황금물결
7월이라 김을 매고 백중놀이 흥겹구나.
8월이라 한가위에 송편 빚어 차례하고
동산에 달뜨거든 달맞이하러 가 보세.

그래서 그해에도, 그다음 해에도 김 서방네는 계속해서 풍년이
들었답니다! 하지만 여기서 이야기가 끝나는 것은 아니죠. 옛날
이야기에는 꼭 못된 사람이 나오잖아요. 그 못된 사람이 누군고
하니……. 아, 그 얘긴 조금 있다 마저 들려드리지요.

음악이 흐른다.

다른 아이들이 나한테 아빠가 없다고 놀리곤 했지만, 난 아무렇
지도 않았습니다. 나한테는 스테카치가 있었으니까요! 다른 애들
아빠 보니까 뭐 맨날 술만 먹구, 집에 있으면 잠만 자구, 걸핏하
면 때리기나 하구 그러던데요, 뭐.

— 난 하나도 안 부러워! 내 스테카치가 니들 아빠보다 훨씬 나

아! 이야기도 얼마나 잘하는데, 내 얘기도 잘 들어주구!

이렇게 애들한테 소리치고 싶은 걸 꾹 눌러 참았지요. 내 요정 스
테카치가 아빠란 걸 알았을 땐 정말 기뻤습니다. 엄마는 아주 무
서운 얼굴을 하고 몇 번이나 말씀하셨지요.

— 만일 이 일을 다른 사람들이 알게 되면 경찰들이 와서 아빠를
　죽이고 우린 감옥에 가게 된다, 알았니?

언젠가 내가 반공 포스터를 그려서 상을 탄 적이 있었습니다. 머
리에 뿔이 나고 얼굴이 빨간 도깨비를 몽둥이로 후려치는 그림
이었죠. 내가 우쭐해 있는데, 어느 아이가 내 그림을 가리키면서
이러는 거예요.

— 이게 니네 아빠야. 니네 아빠는 빨갱이잖아.

나는 아무 말도 못하고 있다가 집에 돌아오는 길에 그림과 상장
을 북북 찢어 버렸습니다. 집에 돌아오자 참았던 울음이 터졌습
니다. 물론 아빠한테 죄가 없다는 건 저도 알고 있었습니다만, 그
래도 야속할 때가 있었습니다.

— 스테카치…… 스테카치는 정말 빨갱이야? 아니지? 그렇지? 스테
　카치는 빨갱이가 아냐. 내가 그린 건 스테카치가 아냐. 이렇게
　착하고, 노래도 잘하고, 이야기도 잘하는 스테카치가 그런 나
　쁜 짓을 했을 리가 없어. 스테카치는 머리에 뿔도 없고, 얼굴
　이 빨갛지도 않잖아…….

스테카치는 한참 동안 아무 말도 하지 않았습니다.

— 죄도 없는데 왜 그러구 있어야 돼? 나오면 안 돼? 사람들도 스
  테카치를 보면 빨갱이가 아니란 걸 알 거야. (사이) 스테카치?
  스테카치? 가 버린 거야? 스테카치!
— 아니, 나 여기 있어.

스테카치는 한참 만에 이렇게 말했습니다.

— 미안하구나, 애야.

스테카치는 울고 있었습니다.

— 아니야, 스테카치. 내가 잘못했어……. 그러니까 가지 마…….
  울지 마…….

나는 스테카치한테 미안한 마음이 들었습니다. 무어라도 해 주고
싶었지요. 스테카치한테 무얼 제일 갖고 싶으냐고 물었습니다.
스테카치는 잠시 생각하더니 햇빛이라고 말했습니다.

— 햇빛? 하지만 햇빛은 가져다줄 수가 없잖아. 손에 잡을 수가
  없으니까.
— 왜 잡을 수가 없어? 나뭇잎이나 꽃잎을 만지면 그 위에 고인
  햇빛을 느낄 수가 있지.

그 뒤로 한동안, 나는 스테카치에게 줄 햇빛을 따러 다녔습니다.

하루 중 햇빛이 가장 좋은 시간에, 가장 햇빛이 잘 물든 나뭇잎과 꽃잎들을 따다가 스테카치에게 가져다주었습니다. (시간의 경과를 표현하는 음악이 흐르기 시작한다.) 초봄의 연둣빛 새순과 분홍빛 꽃잎들, 여름의 짙푸른 잎사귀들과 가을이면 울긋불긋하게 물든 단풍잎들…….

다음 대사에서 시간은 재빠르게 흘러간다. 조명의 도움을 받을 수도 있고, 배우가 움직임을 통해 대사 사이에 시간의 흐름을 표현할 수도 있다.

— 스테카치, 내 교복 어때? 중학교 교복은 폼이 안 나. 고등학교 언니들 옷은 이쁜데.
—(신이 나서) 스테카치! 스테카치! 나 노래 콩쿨에서 1등했다!
—(풀이 죽어) 내일이 시험인데. 나 아무래도 떨어질 것 같아. 어떡하지?
—(신이 나서) 스테카치! 나 붙었어! 나 이제 고등학생이 됐다구!

음악이 흐르고, 환호성을 지르며 딸이 막 뒤로 퇴장한다. 이윽고 어머니가 등장한다.

4장 엄마 이야기 II

읍내로 집을 옮기고 나선 그 양반도 좀 편하게 지낼 수 있었어요. 하지만 그 양반이 편찮으실 때가 걱정이었죠. 감기라도 걸려서 한밤중에 그 양반이 기침을 하면 나도 일어나서 함께 기침을 했지요. 한밤중엔 옆집에서 방귀 뀌는 소리도 다 들리잖아요. 한번은 독감에 걸려서 아무리 약을 지어다 먹여도 열이 안 내리는 거예요. 할 수 없이 시내 약국까지 주사약하고 주사기를 사러 갔었죠. 약사가 그래요.

— 저, 페니실린하고 주사기 좀…….
— 페니실린요? 그 정도면 병원에 가는 게 옳은 거 아니래요?
— 저, 그게, 우리 집이 시골인 데다가, 노인네가 어찌나 고집불통인지, 병원엔 죽어도 안 간대잖아요, 글쎄.
— 그러다가 병만 키운다니까. 연세가 어떻게 되시드래요?
— 네? 저요? 아아, 환자요? 그러니까 지금 서른…… 아, 아니, 이제 일흔다섯이신가, 여섯인가…… 아유, 노인네 비위 맞추기가 어찌나 힘든지…….

어머니, 너스레를 떨며 주사기와 주사약을 받아 들고 집으로 달려간다.

— (숨죽인 목소리로) 사 왔어요. 근데 이걸 어떡하는 거지요?
— 일단 물부터 끓여.
— 네? 물을 끓여요? 아, 뜨거운 물 드시게?
— 아니, 주사기를 소독해야지!

내가 뭘 아나요? 시키는 대로 물을 펄펄 끓여서 주사기하고 바늘을 삶았죠. 근데 막상 주사기를 손에 들고 보니까, 무서워서 손이 벌벌 떨리는 거예요.

— 아프겠죠?
— 자, 빨리 해. 엉덩이에다 찌르는 거야.

— 네……

큰맘 먹고 단숨에 찌르는 편이 낫다는 건 알고 있었지만, 그게 맘
대로 안 돼요. 힘껏 찌른다고 찔렀는데, 바늘이 들어가다 말고 들
어가다 말고. 약물은 자꾸만 새고, 공기 들어가면 안 된대서, 그
거 빼다가 또 약물이 새고…….

— 뭐 하고 있는 거야?
— 당신 엉덩이가 너무 딴딴해서 잘 안 들어가요.
— 아무렴 내 엉덩이가 바늘보다 딴딴하겠어? 똑바로 찔러 봐.
— 아유, 난 모르겠어. 아무래도 못하겠다구요.
— 바보야. 당신밖에 할 사람이 없잖아. 어서 해.
— (울상이 되어서) 해요. 지금 한다니까……. 움직이지 마세요. 떨
  지도 말구…….

물론 떨고 있는 건 나였지요. 하지만 한 번도 잘못 놓은 적은 없
었어요. 주사 놓은 데가 멍든 적은 있어도 곪은 적은 없었다구.
(우쭐하여) 이거 간호사 시험이나 볼까 생각한 적도 있었답니다.

브리지 음악.

전쟁 끝나고 이승만 정부 때, 호적 정리 사업이 있었지요. 식구
중에 월북한 사람 있는 이들은 그때 다들 사망신고를 냈어요, 아
예 호적에서 파 버리기두 하구. 천륜에 어긋나두 하는 수 있어요?
빨갱이라고 다들 몰아대니 살 수가 있어야죠. 그래두 난 그 양반
사망신고 안 냈어요. 그런데 이제 딸애가 교대 막 들어갔을 때였

나 봐요. 하루는 이 양반이 날 부르더니, 사망신고를 내래요.

— 멀쩡히 살아 있는 사람을 사망신고라니요!
— 글쎄, 내 말대로 해. 순덕이한테는 아무 말 하지 말구. 그 애가
  이제 졸업하고 교사 발령 날 때가 되면 분명히 신원 조회를 할
  텐데…….
— 까짓 거 선생 못하면 다른 거 하면 되지. 그렇게는 못해요!
— 생각해 봐. 그 애가 어려서부터 얼마나 선생님이 되고 싶어 했
  어? 그 애는 아무 잘못도 없어, 아무 잘못도 없다구……. 애비
  노릇도 제대로 못하면서, 그 애 앞길까지 막을 순 없어.
— 여보, 그래도 그건…….
— 당신이 안 하겠다면 정말 죽어 버릴 거야!

사망신고를 내고 돌아오는데, 그 양반 이름 위에 빨간 줄이 주
욱 그어져 있는 걸 보니까……. 사실 아무것도 아닌데, 그게 그렇
게 서럽더라구요. 그렇게 그 양반은 영락없이 저세상 사람이 돼
버렸지. 이 숨바꼭질 그만두고 싶은 생각이 왜 없었겠어요. 근데
뭐, 세상이 좀 시끌시끌하고 나라가 바뀌네 어쩌네 하다가도, 말
짱 군인들이 다시 틀어쥐고, 틀어쥐고 하니까. 그 사람들이야 빨
간색만 봐도 진저리치는 사람들 아니에요. 게다가 이 양반은 호
적상으로 이미 죽은 사람이니, 꼼짝 못하지요. 근데 그 양반 제사
를 안 지내면 사람들이 이상하게 생각할 것 같고, 그렇다고 산 사
람을 두고 제사를 지낼 수도 없고……. 그래, 교회에 다니기 시작
했죠. 별별 일이 다 있었어요. 딸애가 이제 요기 초등학교 선생으
로 발령 나 가지고 오던 핸가 봐요. 그때가 여름이었지, 아마. 뒷
마당에서 이제 사람들하고 삼을 쪄서 손질허는데, 일꾼들 밥을

해 줘야 할 것 아녜요? 그래 날이 하도 푹푹 찌니까, 마당 구석에다 차일을 쳐 놓고 밥도 하고, 고기도 댓 근 사다 볶는데, 일꾼들이 많으니 뭐 정신없죠. 어떡허다 잠시 한눈판 사이에 화덕 밖으로 불이 기어나와가지고는 늘어진 차일 끈에 덜썩 불이 붙은 거예요! 날 더운데, 빠짝빠짝 말라 있으니, 오죽 잘 타요, 그게. 불이야! 소리소리 지르고 사람들이 달려들어서 물을 퍼다 끼얹어도 아무 소용이 없어요.

무대 가득 불길이 타오른다. 자욱한 연기.

순식간에 불길이 2층 다락방 있는 데까지 널름널름하는데, 아 이젠 끝이구나 싶어요. 거기 바깥양반이 있었거든요. 불 끄느라고 사람들은 죄다 몰려와 있지, 이젠 나오지도 못하고 꼭 죽는구나 싶어요. 발만 동동 구르고 있는데, 앞집에 하숙 살던 박 선생이라고 있었어요. 우리 순덕이랑 같은 학교 선생인데, 그 사람이 들입다 달려들어서 차일 기둥을 자빠뜨렸어요. 차일 지붕이 꺼져 내려오니까 죄 달려들어서 불을 껐지요. 창문께만 조금 그을리고, 다행히 집으로는 불이 안 번졌어요. 사람들이 다 돌아가자마자 다락방으로 달려갔더니, 아직도 연기가 자욱해요.

어머니, 연기 속에서 아버지를 찾는다.

— (낮게) 순덕이 아빠! 어디 있어요!
— (참고 있던 기침을 하면서) 으응, 여기 있어, 괜찮아, 괜찮아…….

어머니, 아버지를 끌어안는다.

순덕 아빠, 괴로웠지요? 힘들었지요? 하지만 정말 다행이에요. 이
렇게 같이할 수 있으니 얼마나 좋아요? 하늘이 우리를 보살펴 준
거예요. 그러니까 지지 말고 힘을 내서 살아봐요……

음악 10「우리의 눈물을 감사드려요」

사람들 앞에 당신이 나갈 수 없다고 해도
여기 누구보다 소중한 우리가 있잖아요
우리가 여기에 있어요
보고 계신가요, 우리의 눈물을
감사드려요, 아, 하느님.
살아 있는 건 아름다워
어떤 이유보다 소중해
살아 있는 건 아름다워.

5장 딸의 이야기 III

경쾌하고 흥겨운 느낌의 음악. 딸이 한창 물오른 처녀의 모습으로 춤추고 노
래하며 등장한다. 춤의 전체적인 느낌은 가상의 사내들이 딸에게 추근대고,
딸은 그걸 샐쭉하게 뿌리치는 듯하다.

음악 11「저 건너 뽕밭에」

(『시경(詩經)』,「위풍(衛風)」편, '맹(氓)'에서 부분 원용.)

저 건너 뽕밭에 뽕잎이 우거졌네.

그 잎새 지기 전엔 푸르고 싱싱했지.

아! 비둘기야, 오디를 따 먹지 마라.

아! 처녀들아, 사내한테 홀리지 마라.

홀딱 빠진 사내들은 벗어날 길 있어도

홀딱 빠진 처녀는 벗어날 길 없다네.

저 건너 뽕밭에 뽕잎이 떨어지네.

누렇게 시들어 버린 뽕잎이 떨어지네.

딸, 노래와 춤을 멈추고, 숨을 몰아쉬며 이야기를 시작한다.

저두 한창때는 인기가 좋았답니다. 이제 갓 스물을 넘은 나이였으니까, 한창 물이 오를 때 아녜요? 게다가 학교 선생이라면 그땐 인기가 좋았거든요. 사내들이 주욱 줄을 서서 쫓아다니구 그랬죠. 그런 얘길 하면 스테카치는 갑자기 뚱해지곤 했답니다. (웃는다.) 질투를 하는 거죠. 그때 마을 지주였던 윤가네 아들도 절 쫓아다녔는데요. 어느 날 밤에 그 녀석이 불쑥 우리 집으로 쳐들어온 거예요. 엄마는 나가시구, 저 혼자 집을 지키고 있었죠.

노크 소리. 딸이 문을 열자 방 안에 달빛이 가득 찬다. 청년이 문을 닫고 방 안으로 들어선다.

— 안돼, 싫어! 싫다니까!

— 가만있어 봐. 여자가 싫다는 말은 좋다는 뜻이라면서.

— 정말로 싫다고 할 때도 있어, 이 나쁜 놈아!

이거 어떡하나, 그냥 머릿속이 뒤죽박죽인데, 그놈은 자꾸만 달

겨들고, 힘으로는 당할 수가 없잖아요? 아이고, 이젠 어쩔 수가 없구나 싶어요.

딸, 청년의 완력에 밀려 침상 위에 쓰러진다.

근데 갑자기 그 녀석 몸이 무거워져요. 어떻게 된 거지? 걔를 겨우 밀어냈더니 풀썩, 마루에 떨어지데요. 정신을 차리고 보니까, 아빠가 무서운 얼굴을 하고 서 있어요, 내 요정이. 한 손에 방망이를 들고 말입니다. 스테카치가 절 지켜 주기 위해서 실력 행사를 한 건 딱 이때 한 번뿐이었습니다. 물론 그 녀석은 꿈에도 몰랐지요. 걔가 정신을 차렸을 때는, 엄마가 돌아와서 방망이를 손에 들고 그 옆에 염라대왕처럼 서 있었거든요.

음악 11의 테마를 변형시켜서 조용히.

그러다가 저는 같이 학교에 다니던 박 선생하고 친해졌죠. 불이 났을 때 우릴 구해 준 그이 말이에요. 아버지가 싫어하는 걸 뻔히 알면서도 난 거의 매일 그 사람을 집에 불러들였죠.

— 그 녀석은 아주 이 집에서 사는구나.

아버지는 투덜대시면서도, 벽 뒤에 앉아서 내가 그 사람하고 이야기하는 걸 하나도 안 빠뜨리고 다 듣고 있다가, 나중에 아주 시시콜콜한 것까지 비평하기도 하고, 당신 의견을 내세우기도 하셨답니다. 참 이상하죠? 제 눈엔 박 선생이 점점 아버지를 닮아 가는 것처럼 보였습니다.

음악. 정열적으로.

그다음 해, 단옷날이었어요. 읍내에 나가서 곡마단 구경도 하고, 하루 종일 놀다가 밤 늦게야 집으로 돌아왔죠. 물론 박 선생하고 함께였어요. 그리고 아버지가 있는 벽 앞에서 내가 먼저 그 사람한테 키스를 했습니다. 키스가, 보통 키스를 넘어서 버렸을 때, 머리 한구석에 스테카치가 떠올랐어요. 나는 문득 벽 쪽을 보았습니다. 벽은, 아무 말도 하지 않았습니다.

결혼식을 알리는 종이 울린다.

(싱글벙글 웃으며) 가난한 농부 김 서방 이야기, 이제는 그 결말을 말할 때가 온 것 같습니다. 아니지, 이제 더 이상 김 서방은 가난하지 않았습니다. 다른 사람들 논밭은 죄다 누렇게 말라비틀어져 있는데도 김 서방네는 온갖 곡식이 주렁주렁 열매를 맺었거든요. 옆집 사는 최 서방이 찾아왔습니다. 무슨 재주로 이력허는 거냐구. 사람 좋은 김 서방은 자기가 겪은 일을 모두 말해 주었습니다. 그래서 옆집 최 서방도 길을 떠났지요.

음악.

산속 동굴에는 열두 명의 신령들이 있었습니다.

— 이런 곳까지 뭐하러 왔는가?

최 서방은 대답했습니다,

— 우리들은 아무리 일을 해도 살 수가 없습니다, 어떻게 좀 해 주세요.

신령 하나가 말했습니다.

— 그럼 물어볼 게 있는데.
— 하세요, 내가 답 할 수 있는 거라면 대답해 주죠.

이하 노래.

음악 12 「열두 달이 다 싫어」.

읊어 보게, 읊어나 보게.
열두 달 내력을 읊어 보게.
(1월은 어떤가?)
춥고 길어 짜증나니 잠이나 잘 수밖에.
(2월은 어떤가?)
이런 달은 왜 있는지 알다가도 모르겠소.
(아하하하…… 그럼 3월은?)
바람 불어 먼지 날려 눈 못 뜨니 괴롭지요.
4월에는 비가 내려 길바닥은 온통 진창
5월 꽃이 핀다 한들 뜯어먹고 살 수 있나요.
6, 7월 8, 9월엔 땡볕에 일감만 잔뜩
10월이 되면은 낙엽 쓸기 성가시고
동지섣달 일없으니 투전이나 하러 가지.
열두 달이 다 싫어, 열두 달이 정말 싫어.

— 자아, 대답 다 했으니 그 요술 작대기 주시오.

— 자아, 여기 있네.

— 에게, 이게 뭐야. 그냥 나뭇가지잖아. 이거 발품도 안 나오겠네.

— 아무튼 이걸 땅에 꽂고 소원을 빌게. 자네한테 정말로 필요한 것을 달라고 말이야.

— 알았어, 알았어. 당신들 영 신통치 않아 뵈지만.

최 서방은 얼른 땅에 나뭇가지를 꽂고 말했습니다.

— 자아, 나한테 정말 필요한 것을 다오!

그러자 이게 웬일입니까? 나뭇가지가 춤을 추면서 최 서방을 마구 두들겨 패는 게 아닙니까?

— 아야, 야, 그만, 그만! 필요한 걸 달랬더니 왜 두들겨 패는 거야!

— 너한테 지금 가장 필요한 건 몽둥이찜질이야!

— 그만해, 아야, 아프다구! 그만!

— 아직 멀었어, 이놈아, 아직, 아직 멀었어!

— 아이고, 아야, 용서해 주세요! 살려 주세요!

— 아직 멀었어, 아직, 아직!

딸이 도망치는 최 서방을 쫓으며 막 뒤로 달려 나간다. 결혼식 종소리. 하얀 웨딩드레스를 차려입은 딸이 무대 위로 등장한다.

나는 앞집 살던 그 사람, 박 선생하고 결혼했습니다. 베로 짠 이 웨딩드레스를 사람들을 신기하게 쳐다보았습니다만 저는 알고 있었습니다. 제 요정 스테카치가 오래전부터 절 위해 짜 두신 베라는걸요. 모두가 와서 축복해 주었고, 결혼식 당일엔 1분도 날 혼자 내버려 두지 않았습니다. 이제 식을 올리러 교회에 갈 시간입니다. 서두르지 않으면 늦는다고 사람들이 저를 재촉합니다. 나는 걷기 시작했습니다. 몇 발자국인가 집을 나와서 다락방 쪽을 되돌아보았을 때, 나는 마음이 뭉클해졌습니다. 잠깐만, 두고 온 게 있어!

웨딩드레스의 치맛자락을 들고서 딸이 달린다. 음악. 딸, 어둑한 방 안(무대 정면)으로 달려 들어온다.

아빠…… 아니야, 나오지 마. 다른 사람들이 뒤쫓아 올지도 모르니까. 잠깐 동안은 엄마가 시간을 끌어줄 테지만…….

딸의 몸 위에 가는 빛줄기가 비친다. 마치 벌어진 벽 틈으로 스며드는 빛처럼, 숨어 있는 아버지의 시선을 암시하듯이. 딸은 웨딩드레스 입은 모습을 아버지가 잘 볼 수 있도록 천천히 돈다. 춤을 추는 듯이.

어때요? 이뻐요? 스테카치님. 당신의 순덕이가 이제 결혼을 한답니다……. 기뻐해 주시는 거죠? 나의 요정님, 나의 스테카치…….

빛줄기가 넓어지며 딸의 전신을 비춘다. 그녀를 다정스레 어루만지듯이. 종소리가 들려오고, 결혼행진곡이 울려 퍼지는 동안, 조명 더욱 밝아졌다가 어두워진다. 어둠 속에 베 짜는 소리가 덜컥덜컥 들려온다. 어머니가 등장한다.

6장 마지막 엄마의, 그리고 딸의 이야기

하루가 가고 또 하루가 갔지요. 머리카락 같은 삼 올이 날과 씨로 엮여서 한 필, 두 필 베가 되듯이, 그날들이 쌓여 10년이 되고, 20년, 30년, 40년. 에이, 설마 그런 일이 있을라구, 하시겠지만 정말이랍니다. 그렇게 그 양반은 저 벽 속에서 세월을 짜고 있었던 게지요. 자주 이런 꿈을 꿨답니다. 그 양반이 나가 버렸어요, 들켜 버렸다구요, 나가면 안 된다고, 안 된다고, 소리치면서 울다가 깨서 꿈이었다는 걸 알았을 때는 얼마나 기뻤는지……. 어느 날 밤, 그 양반이 2층에서 내려오더니 이젠 나가겠대요. 내가 기가 막혀서, 왜 그러느냐구, 정신이 나가셨냐구 그러니까, 테레비에서 사면령이 내린 걸 봤대요. 믿기지가 않아서 그 길로 동네 사람들한테 달려가서 물어봤죠. 정말이에요? 돌아올 수 없었던 사람들이 돌아올 수 있다는 게 사실이우? 정말 테레비에서 그런 발표를 했어? 우리 사위가 확인을 하고 왔지요. 신문에도 났고 관청에도 정식으로 포고문을 써 붙여 놓은 것을 보고 나서야 우린 안심했습니다.

새들이 지저귀는 소리. 자동차가 출발하는 소리.

4월 어느 날 아침에, 사위가 운전하는 차를 타고 우리는 가까운 시에 있는 경찰서로 출발했습니다. 정식으로 허가를 받으려구요. 사흘 뒤면 만 40년이 되는 날이었지요. 스물일곱 살로는 젊게 보였던 남편이 이제는 나이보다 늙어 보이는 예순일곱입니다.

자동차가 달려가는 소리.

옛날에는 밤새도록 걸어야 했던 길이, 이젠 길이 좋아져서 한 시간이면 갈 수가 있습니다. 도로변의 풍경도 완전히 변했습니다만 그 양반도 가끔 텔레비전으로 보아서 그런지, 그다지 놀라지는 않았습니다. 그런데 시에 있는 경찰서 앞에 와서 차에서 내리는데, 이 양반이 주춤주춤 땅에서 발을 못 떼요. 안절부절 불안해하구.

— 왜 그래요, 어디 편찮으세요?

그 양반이 고개를 젓더니 그러더군요.

— 아니야. 그저 좀 이상해서.
— 뭐가 이상하다는 거예요?
— 딱딱해. 튕겨 버릴 것같이…….

그제야 그 양반이 길 때문에 그런다는 걸 겨우 알아차렸죠. 하긴 그 양반한테 그런 아스팔트 길은 생전 처음이었을 테니까. 바람에 흙먼지가 일고 비가 오면 질척질척해져 발에 진흙이 엉겨 붙는, 그런 길은 아니었죠. 아마도, 이제부터 이런 일들이 많이 생기겠죠.

— 이게 길이에요. 이것도, 아니, 이게 지금 길이란 말이에요. (질책하는 듯) 자아, 걸어요, 걸어 봐요!

음악 점차로 힘차게. 「살아 있다는 건 아름다운 것」 리프리즈.

그 양반을, 나하고 사위가 부축해서, 어설프고 불안하게, 포장도로 위를 한 걸음씩 걸어갔지요. 40년 만에 만나는, 그 양반한테는 낯설기만 한, 이 나라를 만나기 위해서.

음악 13 「살아 있다는 건 아름다운 것 II」

가요, 이 넓은 세상에
우리 함께 걸어요.
기나긴 고통 끝이 났어요.
살아 있다는 건 아름다운 것
햇빛 가득한 거리, 가슴을 활짝 열고서
지난 아픔은 모두 다 잊고 활짝 웃어 보아요.
희망을 버리지 않기를 정말 잘한 것 같죠.
내 눈물이 당신의 뺨을 적시고 있어요.
용기 내어 지내왔던 날들,
살아 있다는 건 아름다운 것

우린 함께 있어요.
커다란 소린 낼 수 없어도
당신의 굳은 손바닥 밑에 나의 심장이 뛰고 있어요.
이렇게 아름다운 세상, 이렇게 아름다운 날
내 눈물이 당신의 뺨을 적시고 있어요.
용기 내어 지내왔던 날들,
살아 있다는 건 아름다운 것
아름다운 것

어머니, 막 뒤로 퇴장한다. 음악이 끝나자, 갑자기 시끌시끌하고 왁자지껄

한 음향이 들려온다. 현재 도시의 여러 소음들. 그사이에 베 짜는 소리가 희미하게 들려온다. 이윽고 중년 여인이 된 딸이 등장한다. 소음이 사라지고 베 짜는 소리만 남는다.

아버지는 자유를 얻은 뒤 조금 더 사시다가 돌아가셨습니다.

베 짜는 소리가 뚝 끊긴다.

돌아가시는 날까지도 계속해서 베를 짜셨지요. 임종을 맞이하셨을 때, 어머니는 부랴부랴 교회 목사님을 모셔 왔습니다. 돌아가시기 전에 세례라도 받게 하시려구요. 하지만 아버진 종교를 믿지 않으셨어요. 그래두 마지막까지 그렇게 고집을 피우실 줄은 몰랐죠.

— 형제님, 하나님을 받아들이세요. 하나님을 믿으시죠?
— 나는 인간의 사랑을 믿습니다. 그뿐입니다. 인간의 사랑에 하느님의 사랑이 나타나는 거예요.

아버지는 미소 지으며 말씀하셨습니다. 그러시고는 엄마하고 목사님이 무슨 말을 해도 묵묵부답이신 거예요. 목사님이 돌아가시자, 엄마는 울면서 아버지한테 따지셨죠.

— 당신이란 사람은 정말 마지막에 마지막까지 꼬였어, 배배 꼬였어.
— 나는 하느님한테 용서를 구하지 않아. 사람들…… 당신한테 용서를 구할 뿐이지…… 용서해 줘…….

그리고 아버지는 당신 방 한 켠에 놓여 있던 상자를 가져다달라고 하셨습니다. 그 상자 안에는 오래전 내가 따다 드린 나뭇잎과 꽃잎들이, 내가 따다 드렸던 햇빛들이 차곡차곡 쌓여 있었습니다. 아버지는 상자를 어루만지며 제게 이렇게 말씀하셨습니다.

— ……이것만 있으면 무덤 속도 환할 게야.

그것이 마지막 말씀이었습니다.

바람 소리. 악기가 더듬더듬 어떤 선율(「스텐카 라친」)을 연주하기 시작한다.

바람이 아주 세게 불던 날 밤, 막내딸을 재워 놓고, 남편이랑 첫째 둘째를 데리고 초대를 받아서 외출했었지요. 사정이 있어서 나 혼자 먼저 돌아와 보니까, 2층에서 막내딸이 누구하고 이야기를 하고 있지 않겠어요?

「스텐카 라친」의 멜로디가 흐른다.

"이자 오스트로 바나 스트리에젠……." 이렇게 노래를 하고 있는 거예요. 나는 숨이 멈춰 버릴 정도로 놀랐답니다. 허겁지겁 막내 방으로 뛰어올라 갔지요.

— 막내야, 너 지금 누구랑 말하고 있는 거니? 누구랑 노래하고 있는 거야?

음악이 그치고 바람 소리만 흐른다.

막내딸은 이불을 푹 뒤집어쓰고 있었습니다. 정말로 자고 있는 건지, 자는 척하고 있는 건지 알 수가 없었죠.

바람 소리.

나는 벽을 뚫어지게 쳐다보았습니다. 그것은 환청이었을까요? 아니면 정말 이 벽 안에 누군가가……. 나도 모르게 소리를 내어 불렀습니다.

— 아빠……? 아빠. 거기에 있어?

당연히 아무 대답도 들려오지 않았지요. 딸은 벌써 쌔근쌔근 코를 골며 잠들어 있었습니다. 그 자는 얼굴을 보고 있자니, 이 아이한테도 요정이 있다고 해도 좋지 않은가 하는 생각이, 불현듯 들었습니다. 아마 우리 막내가 그 노래를 알고 있는 건, 내가 나도 모르게 자장가 대신 그걸 흥얼거린 적이 있었기 때문이겠지요. 나는 옛날에 어머니가 늘 나에게 그렇게 해 주셨듯이 딸을 다정하게 토닥거리며 노래했습니다.

음악 14 「스텐카 라친」

지금은 엄마가 된 딸이 잠든 막내딸을 다독이며 「스텐카 라친」을 부른다. 무대 점점 어두워질 때, 막 뒤편에 요정의 모습(요정을 상징하는 어떤 것)이 떠오른다.

열하일기

만보

등장인물

연암(燕岩)	
창대(昌大)	
장복(長福)	
초매(草昧)	장복의 처(妻)
아낙들	기여(鵸鵌)
	구여(瞿如)
	산여(酸與)
소년들	거보(擧父)
	산고(山膏)
	제건(諸犍)
만만(蠻蠻)	
사내들	부혜(鳧徯)
	유유(峳峳)
	교충(驕蟲)
촌장	추오(騶吾)
장로들	호체(豪彘)
	강량(彊良)
어사(御使)	계내계외기사기물총람순력어사 (界內界外奇事奇物總攬巡歷御使)
반선(班禪)	낙타
초정(楚亭)	호랑이
무관(懋管)	누에고치

빈 들판. 모래 폭풍이 휩쓸고 지나간다. 멀리서 방울이 뗑그렁뗑그렁 울린다.

연암　어쩌다 그런 일이 생기게 되었는지, 무엇 때문에 그런 해괴한 일을 벌어지게 하였는지, 조물주의 오묘한 속내를 누가 짐작하겠는가. 어느 때인지는 모르되, 사시사철 뜨거운 물이 솟는 샘이 있어 열하(熱河)라 불리던, 그러나 지금은 사막이 된 지 오래라 그 이름이 영 싱거워져 버린, 사방을 둘러봐도 보이는 건 오로지 벌판뿐인, 하늘과 땅이 아주 한일자로 짝 맞붙어 버린 작은 마을에…….

연암이 말하는 동안 무대 서서히 밝아진다. 무대 앞쪽 중앙에 말뚝 하나. 무대 밖으로부터 이어진 밧줄이 말뚝에 묶여 있고, 밧줄은 거기서 다시 반대편 무대 밖으로 이어진다. 그 외에 무대는 텅 비었다.

연암　……호마(胡馬)라 하기엔 좀 작고, 조랑말이라기엔 좀 크고, 나귀라 할 수도 없고, 그렇다고 노새랄 수도 없는, 어찌 보면 커다란 개 비슷도 하지만 분명 개는 아닌, 동시에 앞서 말한 모든 짐승의 특징들을 조금씩은 지닌, 매우 어중간한 네발짐승 한 마리가 있었다. 불그레한 털에는 윤기가 흐르고 눈은 쌍꺼풀이 졌는데 커다란 귀만은 유독 흰빛이었다.

연암, 말하는 동안 '그 네발짐승'으로 분한다.

연암　그 사달이 일어난 것은, 이 짐승이 어느덧 자라 주인 늙은이가 이제는 이 녀석에게 고삐를 씌우고 재갈을 물려 주리라 마음먹은

어느 봄날, 벌판을 가로질러 모래바람이 불어와 애초에 지울 것
도 없는 풍경을, 그러니까 하늘과 땅이 딱 붙어 만든 한일자마저
지워 버리던 봄날이었다.

늙은 노인 창대가 한 손에는 여물통을 들고, 한 손으로 밧줄을 붙잡고 말뚝
곁으로 등장한다. 창대는 모래를 막기 위한 보안경을 쓰고 있다. 창대, 여물
통을 내려놓고 참았던 숨을 내쉬며 보안경을 벗는다.

창대   미중(美仲)아, 미중아…… 굶어 죽을 작정이냐? (여물을 들이밀며)
먹어, 먹으라니까, 먹어 봐.

짐승이 고개를 돌린다. 보안경을 쓴 여자아이 하나가 모래바람에 휘청이며
밧줄을 따라 들어온다. 여자아이는 어울리지 않는 하이힐을 신었다. 하이
힐이 모래밭에 빠져 애를 먹는다.

만만   창대 할아버지!
창대   누구야? 만만이냐?
만만   네! 저 좀 붙잡아 주세요!

창대, 만만을 붙잡아 말뚝 곁으로 오게 한다. 만만, 보안경을 벗고 한숨을
내쉰다.

만만   와! 이번 모래바람은 정말 대단하네요. 아무것도 안 보여요.
창대   이런 날에 돌아다니다간 길 잃기 십상이다. 가만 집에 있지 않고.
만만   (짐승 앞으로 가며) 궁금해서요. 아직?
창대   응.

만만   (짐승의 목덜미를 끌어안고 쓰다듬으며) 미중아, 미중아…….

짐승, 시무룩하게 고개를 빼낸다.

만만   너 도대체 왜 그러니?

마을 소년들(거보, 산고, 제건)이 떠들썩하게 창대를 부르며 밧줄을 타고 뛰어 들어온다.

거보   아직인가요?
산고   여전히?
제건   오늘도?
창대   그래.
거보   보름!
산고   드디어 15일을 채웠어!
제건   밥도 안 먹고 잠도 안 자고!
거보   야, 굉장한걸!
산고   대단해! 대단한 놈이야!
창대   (소년들을 쥐어박으며) 이놈들아. 이게 그렇게 신날 일이냐?
거보   신기하잖아요.
산고   재밌잖아요.
창대   재미? 남은 속이 타 죽겠는데, 재미? 재미있는 일이 그렇게 없어?
산고   없어요.
제건   심심해 죽겠어요.
만만   그래서 내가 놀아 줬잖아.
산고   그것도 하루 이틀이지.

거보　어째서 올해는 길 잃은 사람 하나도 마을로 들어오질 않을까? 기억나? 작년에 왔던 그 다리 세 개 달린 사람?

제건　그 사람? 장로님들이 움막에 가둬 놓고 아무도 못 만나게 했었잖아. 그 사람한테 가면 절대 안 된다고.

거보　바보 같은 놈.

제건　뭐야? 그럼 거보 너?

산고　매일 밤 갔었지.

제건　산고 너도? 이것들이 치사하게 나만 쏙 빼놓고.

산고　너한테 말했으면 곧바로 장로님들한테 일러바쳤을 거잖아.

거보　참 희한한 얘기들을 많이 했었지. 쉬지도 않고.

제건　무슨 얘기?

거보　넌 몰라도 돼.

제건　지금이라도 일러바칠 수 있어. 장로님들이 그랬지. 밖에서 온 것들은 죄다 우릴 염탐하러 온 적들의 스파이라고.

산고　치사한 자식. 얘기해 주고 싶어도 못해. 한마디도 못 알아들었으니까.

제건　그게 뭐야?

산고　이 바보야. 그러니까 희한하지. 알아들을 수 있으면 그게 무슨 재미가 있어?

제건　너희들 얘기는 그 사람이 알아들었을 거라고. 그게 스파이들 수법이지.

거보　우릴 바보로 아냐? 우리도 똑같이 해 줬지.

거보와 산고, 말도 안 되는 말로 서로 대화를 주고받는다. 웃는다.

산고　밤새도록!

거보	아, 정말 재미있었어!
제건	말도 안 돼!
산고	그럴 줄 알았어. 제건이 네가 그렇지, 뭐!

마을 아낙들(기여, 구여, 산여)이 밧줄을 따라 들어온다.

구여	창대 아저씨 계셔?
창대	웬일들이야?
기여	아직이야?
창대	그래.
산여	죽지도 않고요?
창대	그래!
산여	거참 별일이네.
기여	뻔하지! 재갈 매기 싫어서, 일하기 싫어서 꾀부리는 거라고.
구여	아냐. 내 생각엔 뭘 잘못 먹은 거 같아. 틀림없어!
산여	회충이 머리로 들어간 거 아닐까요?
창대	그만들 돌아가! 정신 사납게 말고!
기여	걱정돼서 그러죠.
창대	걱정? 이놈이 언제 죽나 보러 왔겠지.
기여	그래서 말인데, 그런 일이 있어서는 안 되겠지만, 혹시 얘가 죽으면 꼬리는 나 줘요. 이거 꼬리를 달여 먹으면 탈모에 그렇게 좋다대.
구여	족은 내가 찜했어요!
산여	난 갈비!
창대	꿈들 깨서. 혹시 얘가 죽더라도 너희들한테는 터럭 한 올 돌아가지 않아. 깨끗하게 화장해서 뿌려 줄 테니까.
기여	뭐예요? 태운다고요?

구여	그런 경우가 어디 있어요!
창대	내 말 내 맘대로 한다는데 웬 참견이야?
산여	그건 아니죠! 그동안 얘가 먹은 수숫대는 어디 하늘에서 떨어졌나? 다 우리 마을 밭에서 난 거 아니에요!
기여	그럼! 우리한테도 권리가 있지!

반대편에서 촌장(추오)과 마을 사내들(부혜, 유유, 교충, 장복)이 들어온다.

장복	(하품을 하며) 그 나귀 새끼 죽기 전에 내가 먼저 죽겠어!
창대	나귀라니, 말 조심해! 멀쩡한 남의 말을 두고.
장복	말인지 노샌지, 그놈이 밤새도록 꺼엉꺼엉 울어 대는 통에 잠을 잘 수가 있어야지! 벌써 며칠째야?
거보	보름째요!
장복	누가 몰라? 어떻게든 해야 할 거 아냐!
창대	나도 할 만큼 했어.
추오	아직도 그렇습니까?
창대	(한숨)
장복	내가 말했잖아. 발정 난 거야. 서방을 보고 싶은 거라고!
창대	그것도 아닌가 봐.
장복	틀림없다니까!
창대	데리고 갔었어. 부혜네 말한테도 데려가 보고, 유유네 노새한테도, 교충이네 당나귀한테도 갔었다고. 자네들도 봤잖나?
부혜	그러게. 어찌나 앙탈을 부리는지.
유유	말도 마. 얘 뒷발질에 우리 노새는 앞 이빨이 다 나갔다고.
장복	교충이네 당나귀는?
부혜	앨 보자마자 걸음아 나 살려라 꽁무니를 빼던걸요?

장복   못나기는. 짐승이나 주인이나!

교충   걔가 뭐요? 날 닮아서 똑똑한 거지.

장복   그럼 도대체 왜 그래? (촌장에게) 촌장, 자네도 몰라?

추오   (짐승의 몸을 이리저리 진찰해 보고) 아무리 봐도 특별히 아픈 데는 없는 것 같은데.

장복   글렀어! 이런 놈 더 둬 봐야 아무짝에도 쓸 데가 없다고. 더 살 빠지기 전에 잡아먹는 게 낫지.

창대   네 마누라나 잡아먹어!

장복   뭐야?

창대   장복이 네놈 마누라야말로 더 둬 봐야 아무 쓸 데가 없잖아!

장복   이 자식이…… 아무리 사실이 그렇더래두 말을 그렇게 하면 쓰냐?

창대   아는 놈이 그런 소릴 해? 이 녀석이 어떤 놈이야? 60 평생에 남은 거라곤 미중(美仲)이 그놈 하나였는데, 이젠 이 녀석뿐이라고…….

추오   들에다 좀 풀어 놓으면 어떨까요?

창대   그러다 미중이 녀석처럼 가 버리면 어쩌나? 난 쫓아가지도 못할 거라고. (한숨)

구여   아저씨가 너무 오냐오냐 하니까 그런 거예요.

산여   그래요. 아저씨는 이 녀석을 자식처럼 생각한다면서 온 동네 천덕꾸러기를 만들 셈이요?

유유   예쁜 자식일수록 회초리를 들란 말도 있잖아요.

창대   때려도 봤어. 근데 도저히 못하겠데. 이 녀석 눈깔은 오죽 큰가. 그 큰 눈에 눈물이 그렁그렁해 가지고 물끄러미 쳐다보잖아.

기여   하여간 창대 아저씬 마음이 약해서 탈이라니까.

유유   에이! 회초리 줘 봐요. 내가 단박에 이놈 버릇을 싹 고쳐 놓고 말 테니까!

교충	무식하기는.
유유	뭐야?
교충	이 녀석 병은 내가 잘 알아요. 불두덩에 털이 나기 시작했을 때, 나도 똑같은 병을 앓았었죠.
유유	그게 무슨 병인데?
교충	우울증.
사람들	우울증?
교충	그것도 불면증과 거식증을 동반한 중증입니다.
장복	그때 네 아버지도 널 두들겨 팼었어.
교충	그렇다고 내 병이 나은 건 아닙니다. 오히려…….
기여	그래, 다 좋다 치구, 너도 그렇고 이 녀석도 그렇고 도대체 왜 우울증에 걸린 거야? 이유가 뭐냐고?
교충	그건…… 하도 맞아서 다 까먹었어요. 아무튼, 그 매질이 내 인생을 망쳐 놓은 거라고요!
유유	그 매질 덕에 네가 이나마 사람 구실을 하게 된 거야! 우울증? 웃기고 있네! 때려 줘야 해, 우울할 틈이 없게!
교충	얘가 무슨 잘못을 했다고? 이건 창대 아저씨 책임이라고요!
창대	내 책임?
교충	지금 아저씨 꼴이 어떤 줄 아세요? 귀신이 따로 없다고요.
창대	이 녀석 때문에 나도 잠도 못 자고 밥도 못 먹었거든.
교충	바로 그게 문젭니다! 짐승은 주인을 닮는 법입니다. 주인이 짐승을 닮아서야 되겠습니까? 우선 아저씨가 먼저 얼굴 좀 펴고 웃으세요. 그 얼굴로 자꾸 눈앞에서 어른대니 저 녀석이 먹은 게 소화가 되길 하겠습니까, 잠이 오길 하겠습니까?
창대	그런가?
교충	웃어 보세요, 이 녀석을 웃겨 보라고요, 어서!

창대   (어설프게 웃는다.)

장복   이런 제길. 소태를 씹었나, 그게 뭐야?

창대   웃어 본 적이 하도 오래돼 놔서.

밖에서 장복 처, 초매(草昧)가 장복을 부르는 소리.

초매   (소리) 아오아! 아오아! 이오이애이, 어이이어! 와 아이오우이으 우
        이어오아!(장복아! 장복아! 이놈의 새끼, 어디 있어! 콱 다리몽둥이를 분질
        러 놀라!)

사람들, 모두 움찔 놀란다.

산여   얼른 가 보세요! 쫓아오기 전에.

장복   가요, 갑니다! (창대에게) 한 번만 더 밤중에 울음소리가 들리면 그
        놈 모가지를 분질러 버릴 테야!

구여   갑시다! 여기 있다가 괜히 우리까지 몽둥이찜질당하지.

기여   어디서 저런 게 생겼담? 말이 통하길 하나, 뵈는 게 있나. 아이고,
        온다, 와!

유유   (나가며) 내 말 들어요. 그저 매가 약이라니까!

교충   (나가며) 웃어요! 저 녀석을 웃기라고요! 매질로 인생을 망친 건 나
        하나로 족해!

구여   (나가며 창대에게) 족하니까 말인데, 족은 내 거예요!

기여   나는 꼬리!

산여   난 갈비!

부혜   무슨 얘기야?

마을 사람들, 우왕좌왕 창대네 집에서 빠져나간다. 초매가 줄을 잡고 지팡이를 휘두르며 들어온다. 거대한 몸집이 코끼리 같다. 초매는 귀와 눈이 몹시 어둡다. 그래서 목청이 크고 막무가내로 지팡이를 휘둘러 댄다.

초매   어으 이이 오이 오애? 애아이으 아아이에아 이오 오우으 우여우아!(얼른 이리 오지 못해? 대가리를 가랑이에다 끼고 오줌을 풍겨 줄라!)

장복   갑니다, 가요!

초매가 장복의 덜미를 움켜쥔다.

초매   이 아우아에오 으오어으 오. 으에어이 애에 어이 아오아아이으 어야?(이 아무짝에도 쓸모없는 놈. 쓸데없이 대체 어딜 싸돌아다니는 거야?)

장복   네, 네, 잘못했습니다.

지팡이로 장복을 후려친다. 장복, 꼼짝 못하고 매를 맞는다.

초매   (코를 킁킁대며) 워야? 이 이아아 애애으?(뭐야? 이 이상한 냄새는?)

초매, 고개를 갸웃대며 장복을 끌고 나간다.

창대   그러냐? 나 때문이냐? 내 얼굴이 정말 귀신 같아? 젠장, 결국 다 내 탓이로군. 항상 그래. 뭐든 잘못되면 다 내 탓이지. (한숨) 좋아. 내가 먼저 웃지. 미중아, 미중아. 나 좀 봐라. 자…… 웃어라. 인생이 뭐 별거 있겠느냐. 자, 날 보거라…….

창대, 짐승(미중 연암) 앞에서 웃어 보인다. 이리도 웃어 보고 저리도 웃어
보고 나중엔 손짓, 발짓, 몸짓까지 해 가며 짐승을 웃겨 보려고 애쓴다. 창
대가 앞에서 애쓰는 동안, 짐승(연암)은 말한다.

연암 　그렇다. 이 짐승은 분명 우울증에서 비롯된 불면증과 거식증을
앓고 있었다. 이 심각한 증세는 어느 날 새벽, 콧잔등으로부터 시
작되었다. 처음 있는 일도 아니었다. 으레 있는 가려움이었다. 모
른 척 내버려 두면 그냥 지나갈 가려움이었다. 그러나 그날 아침,
이 짐승은 웬일인지 그 가려움을 가만 내버려 둘 수가 없었다, 참
을 수가 없었다! 마구간 가로대에 콧잔등을 문지르고 바닥을 뒹
굴고, 할 수 있는 모든 짓을 다 해 보아도, 가려움은 가시기는커
녕 더욱 심해지기만 할 뿐이었다. 가엾은 이 짐승은 가려움에 완
전히 사로잡히고 말았다! 온종일 콧잔등의 가려움과 씨름하던 짐
승은 저녁 무렵 완전히 기진해 버렸다. 콧잔등에 맺힌 자신의 낯
선 피 냄새를 맡으며, 마구간 가로대에 턱을 괴고 모래 먼지와 어
둠이 뒤섞여 소용돌이치는 들판을 내다보던 짐승은 문득 물었다.
'무엇이 이토록 나를 가렵게 하는가?' 모든 사달은 이 물음으로부
터 시작되었다. 이 짐승은 '생각'하기 시작했던 것이다.

어느덧 흥에 겨워진 창대, 춤추며 노래한다.

창대 　화덕 위에 수수밥이 부글부글 끓고 있네.
　　　한 숟가락 먹어 보자, 아이구나 맛 좋구나.
　　　화덕 위에 수수죽이 보글보글 끓고 있네.
　　　한 숟가락 먹어 보자, 아이구나 맛 좋구나.
　　　화덕 위에 수수 전을 지글지글 지져 보자.

한 젓가락 먹어 보자, 아이구나 맛 좋구나.
화덕 위에 수수떡이 모락모락 익어 가네…….

끓이는 내용만 바꿔 가며 계속 반복. 무대 뒤편에서는 마을 사람들이 등장
하여 짐승의 머릿속에서 벌어지는 일들을 몸짓으로 보여 준다. 그것은 '간
략한 세상의 역사'라 할 수 있다. 그들은 모래바람을 뚫고 밧줄로 길을 낸
다. 끊어진 길을 잇기도 하고 새로운 길을 내기도 한다. 밧줄들이 얽혀 점
차 거미줄 같은 길이 된다. 노래와 몸짓이 벌어지는 가운데 짐승(연암)은
말한다.

연암   어두운 들판에서 소용돌이치는 모래 알갱이들처럼 수많은 물음
이 그에게로 쏟아져 내렸다. 그날, 이 짐승은 뜬눈으로 밤을 지새
웠다. 그다음 날, 그리고 그다음 날도. 이 세상에 왔다 간 수많은
하루살이 중에 궁극의 깨달음에 이른 놈도 아주 없다고 누가 단
언할 수 있겠는가. 만약 그런 하루살이가 있었다면 그놈의 머릿
속에서 벌어지는 일이 지금 이 짐승의 머릿속에서 벌어지고 있
었다. 이레쯤 되던 날, 이 짐승은 현세의 모든 일들을 꿰뚫어 보
았으며 탐욕스런 그의 정신은 시간과 공간을 가로질러 과거와
미래를 종횡무진 질주하기 시작했다. 현재와 과거와 미래의 기
억들 사이에서 그는 길을 잃었다. 두 이레 되던 날, 그러니까 어
젯밤, 이 짐승은 어떤 한계에 도달했다. 주인 늙은이가 조금만 더
참을성이 있었던들, 이 짐승의 머리를 터질 듯 메우고 있던 무수
한 기억들은 잠깐의 졸음과 함께 무(無)로 돌아갔으리라. 밀려오
는 졸음 앞에서, 이 짐승은 지독히도 외로웠다. 때마침 노인의 매
질이 쏟아졌고 그의 외로운 정신은 그것에 매달렸다. 그 순간 짐
승은 그 노인이 누구인지 알아보았고, 자신을 선택하였고, 거기

에 눌러앉기로 작정하였던 것이다.

짐승(연암), 창대가 하는 짓거리를 물끄러미 바라보다 혀를 쯧쯧 차더니, 거의 무의식적으로 떠오른 옛날 버릇대로, 가부좌를 틀고 앉으려 한다. 그러나 균형을 잡지 못하고 자꾸만 나둥그러진다. 창대가 이 모양을 본다.

창대　아이고, 이 녀석 그예 다리에 힘이 풀려 꼬이는 모양이네! 일어나, 어서. 지금 주저앉으면 다시는 못 일어난단 말이다!

연암　창대야.

창대　(밖을 향해) 누구야? 장복이냐?

연암　이상해, 이상해.

창대　(잠시 멍하게 연암을 바라보다가 도리질하고 나서) 이상하네. 하긴 이 녀석 때문에 요 며칠 잠을 통 못 잤으니.

연암　내 몸이, 내 몸이 이상하구나. 창대야. 나 좀 붙들어 다오. 지금 막 기막힌 이야기가 떠올랐거든? 근데 도중에 막혔어. 이럴 땐 가부좌를 하고 이렇게 턱을 괴고 앉아 있어야 생각이 잘 나는데, (자신이 말한 자세를 잡아 보려다 다시 나둥그러진다.) 아이쿠, 이게 도대체 무슨 일이냐? 당최 앉을 수가 없구나.

창대　아니야, 이건 아니야……

연암　뭘 중얼대고 있어? 정신 나간 놈처럼. 이리 와서 날 좀 붙들어 다오, 어서!

창대, 물끄러미 연암을 바라보다가 문득 비명을 지르며 채찍을 휘두르기 시작한다. 때린다기보다는 가까이 오지 못하게 하려는 것이다.

창대　저리 가! 저리! (집 밖으로 달아나며) 사람 살려! 사람 살려! 귀신이야! 귀신!

연암 　아니 저 녀석이. 창대야! 창대야!

연암, 낭패한 얼굴로 다시 가부좌를 틀고 턱을 괴고 앉아 보려 한다. 다시 나둥그러진다.

연암 　그것 참……. (연암, 앞발로 머리를 긁적이다가 앞발을 들여다본다.) 으악! 이게 뭐야?

2장

방울이 하나둘 요란하게 울리며 어두워진다. 어둠 속에서 마을에 소문이 퍼져 간다. 보안경을 쓴 마을 사람들, 줄을 붙잡고 오가며 서로 모여 떠들어 댄다. 무대 위에 줄들이 이리저리 연결되어 어지럽다. 그중 한곳에서 아낙들이 수다를 떤다.

기여 　말도 안 돼! 그 늙은이가 노망이 난 거야!
구여 　말해 뭐 해! 요맘때는 다들 제정신이 아니잖아, 특히 늙은이들은.
기여 　재작년 봄에 누구였지? 주전자가 자꾸 노래를 한다고 했던 게?
산여 　부옥이네 할아버지. 주전자 버리러 나갔다가 결국 못 돌아왔죠.
구여 　모래바람 지나간 다음에 식구들이 마을 어귀에서 주전자만 찾았다대.
기여 　모마네 할머니도 그때 없어졌지?
구여 　둘이 그렇고 그런 사이였다며?
산여 　에이, 설마!

| 기여 | 맞다니까! 못 돌아온 게 아니라 안 돌아온 거라고! |

아낙네들, 깔깔대며 웃는다. 부혜가 줄을 잡고 헐레벌떡 뛰어든다. 한동안
말문을 못 떼고 손짓 발짓으로 허둥지둥한다.

기여	뭐야, 뭐? 말을 해, 말을!
부혜	말을 해! 말을!
구여	그래. 말을 하라니까!
부혜	말했잖아! 그게 말을 한다니까!
산여	그게 뭐?
부혜	그 말, 아니 노샌가, 나귄가? 아무튼 그게 말을 한다고!
기여	정말?
부혜	들었어, 내 귀로! 분명히 들었다고!
구여	그 말인지 노샌지 나귄지가 뭐라던데?
부혜	몰라. 잘 못 알아듣겠더라고.
산여	못 알아듣는 게 무슨 말이야!
부혜	너무 유식한 말만 해 대니까. 쉴 새 없이 지껄여 대거든.
기여	그게 유식한 게 아니라 부혜 네가 멍청한 거야!
부혜	어쨌든 밤새도록 우는 것보다는 말하는 게 낫지 않나?
구여	이런…… 안 되겠다. 가서 우리가 직접 들어 보자구!

아낙들 달려 나가고 산고, 제건, 조그만 곡식 자루 하나씩을 들고 만만 앞
에 줄을 선다. 산고, 자루를 만만에게 건넨다. 만만, 자세를 잡는다.

| 산고 | 그거 말고. |
| 만만 | 응? |

산고   누워 봐.

만만   요맘땐 이 자세가 좋아. 바닥이 모래투성이라 무릎이 까질걸?

산고   까져도 괜찮아. 지겹다고.

제건   야, 넌 양심도 없냐? 너밖에 몰라? 쟤가 모래 범벅이 되면 난 어쩌
        라고? 나 먼지 알레르기 있단 말이야.

산고   젠장.

산고, 만만과 교접한다. 끈끈한 욕정도, 죄의식도 없는, 건전한 체조쯤 된다.

만만   오늘은 미중이가 무슨 얘길 했어?

제건   미중이가, 아니고, 연암이야.

만만   그래 연암이 무슨 얘길 했어?

산고   여러 가지.

만만   뭐?

산고   말 시키지 마! 한 번에, 하나씩, 밥 먹을 땐, 밥만, 먹는 거야!

만만   그럼 넌 밥 먹고 제건이 네가 얘기해.

제건   옛날에 그러니까 연암이가 창대 할아버지 주인이었을 때 우리
        마을을 지나갔었는데, 그때는 여기가 가도 가도 온통 자작나무뿐
        이었대.

만만   자작나무?

제건   그래.

만만   우리 엄마도 그 얘길 했었는데.

산고   엄마 얘기 하지 마!

만만   나만 했을 때 자작나무를 봤었대.

제건   누가?

만만   우리 엄마가?

산고　　엄마 얘기 하지 말……! (체조가 끝난다.) 제기랄! (옷을 추스르며) 제 건이 너 우리 엄마한테 얘기하지 마. 어렵게 수업료 마련해 주셨는데 실망하실 거야.

제건　　(만만에게 자루를 건네며) 걱정 마. 한 시간쯤 했다고 말씀드릴게. (만만과 체조를 시작한다.)

만만　　자작나무는 노랗고 빨갛댔어, 불꽃처럼.

제건　　아냐, 달빛처럼, 그러니까, 네 궁둥이처럼, 하얗다던데?

만만　　그래?

제건　　네 엄마는, 입만 열면, 뻥이었, 잖아.

산고　　야, 빨리 끝내! 이야기 들으러 갈 시간이야.

제건　　자작나무는, 자장자장, 자장가를, 부른댔어.

만만　　정말?

산고　　오늘, 연암이, 그 노래를 들려줬어.

만만　　들려줘.

산고, 제건　　(노래한다.)

화덕 위에 된장국이 보글보글 끓고 있네.
거품 하나 나 하나 거품 둘 나 둘
방울 하나 나 하나 방울 둘 나 둘
거품이 뻥 나도 뻥 방울이 뻥 나도 뻥
뻥 뻥 뻥 뻥 어디로 갔나,
어디로 갔나, 뻥 뻥 뻥 뻥!

제건, 체조를 마친다.

만만　　거보는? 오늘도 안 오는 거야?

산고　　그 녀석 이상해졌어.

제건	자꾸 말도 안 되는 소리나 하고 말이야.
산고	가자, 늦겠다.
제건	(만만에게) 안 가?
만만	응.
제건	왜?
만만	그냥.
산고	얼른 가! 안 간대잖아.

산고와 제건, 나간다. 반대편에서 거보가 등장하여 만만을 부른다.

거보	만만.
만만	거보야! 왜 그동안 오지 않았어? (반가워하며 서둘러 자세를 잡는다.)
거보	만만.
만만	수수가 없어서 그러는 거라면 괜찮아. 오늘은 그냥 해도 돼.
거보	만만! 그만! 날 더 이상 괴롭히지 마!
만만	갑자기 왜 그래? 내가 널 괴롭히다니?
거보	내가 원하는 건 이런 게 아냐!
만만	아냐? 그럼 뭘 원하는데? 내가 너한테 해 줄 수 있는 건 이것뿐인데.
거보	이 바보야, 내가 말했잖아! 이게 아니란 말이 아니라, 이걸 해 주긴 해 주는데, 딴 놈들한테는 말고, 나한테만 해 주란 말이야! 내 말을 생각해 보기나 한 거야?
만만	생각해 봤어. 곰곰이 생각해 봤는데, 그럴 순 없어.
거보	왜? 내가 싫어?
만만	아니. 나도 네가 좋아. 하지만 산고도, 제건도 좋아. 내가 안 놀아 주면 걔들은 어떡하니?

거보 　걔들한테는 정혼한 여자애들이 있잖아!

만만 　너도 있잖아.

거보 　부옥이한테 말할 거야. 다른 짝을 찾아보라고.

만만 　그러지 마. 부옥이한테는 너밖에 없잖아.

거보 　나한텐 너밖에 없어!

만만 　난 그럴 수 없어. 돌아가신 우리 엄마는 늘 말씀하셨지. "너는 중요한 사람이야. 넌 이 마을의 순결을 위해 일하는 거다. 네가 있어서 마을 처녀들이 그날까지 순결을 지킬 수 있는 거란다. 처녀들의 노고에 보답하려면 사내애들은 서툴러서는 안 되지. 그 아이들을 제구실을 하는 진짜 남자로 만드는 게 바로 너다. 잊지 마라. 교육이란, 언제나 사심 없이 공평해야 한다. 그렇지 않으면 모두가 괴롭게 된단다." 난 엄마 말씀대로 최선을 다해 왔어, 언제나 사심 없이 공평하게.

거보 　사심 없이? 공평하게?

만만 　그래.

거보 　우린 짐승이 아냐, 사람이라고!

만만 　그래! 그러니까 공평해야지!

거보 　넌 정말 아무 문제도 못 느껴? 이렇게 사는 것에 대해서?

만만 　문제? 전혀.

거보 　전혀?

만만 　응. 하지만 네가 이러는 건 좀 당황스러워.

거보 　오, 정말 연암 말대로군! 코 고는 사람한테 코 곤다고 하면 내가 언제 그랬느냐고 화를 낸다더니.

만만 　나는 코 안 골아.

거보 　넌 네 처지를 똑바로 볼 필요가 있어. 네가 얼마나 비참하게 살고 있는지를 말이야.

만만	내가 비참해?
거보	그래! 끔찍할 정도로!
만만	난 그런 생각 해 본 적 없는데. 갑자기 왜 그런 생각을 하게 된 거야?
거보	갑자기가 아냐. 오래전부터 생각해 왔어. 연암이 그걸 깨우쳐 주었을 뿐이지. 연암이는 만만이 네 얘기를 듣더니 말없이 눈물을 흘렸어. 그 눈물을 보면서 난 깨달았지……. 내가 널 얼마나, 만만아, 내가 널 얼마나…….
만만	뭐?
거보	……그 말이 생각 안 나네……. 아무튼 너 때문에 나는 괴로워. 잠을 잘 수도, 밥을 먹을 수도 없어!
만만	내 생각엔 말야, 네가 요즘 나랑 못해서 그런 생각을 하게 된 것 같아. 일단 하자. 하고 나면 생각이 달라질지도 모르잖아?
거보	아, 정말 말이 안 통하는군. 하지만 난 포기하지 않아. 기필코 널 구해 내고 말 거야. 기다려 줘. 그때까진 아무하고도 놀지 마! 제발 부탁이야!

거보, 달려 나간다.

만만	뭐가 뭔지 모르겠네. 도대체 왜 저러지? 연암이가 눈물을 흘렸다고? 나 때문에? 왜? (사이) 정말 그랬다면 연암이한테 안 가길 잘했어. 그 눈물을 보는 건 정말 견디기 힘들었을 테니까…….

만만, 절뚝절뚝 집 안으로 들어간다. 초매가 무대를 가로지른다. 여전히 어눌하지만 첫 등장에 비해 말이 제법 분명해졌다.

초매	장복아! 장복아! 이놈이 또 어딜 간 거야? 장복아! 장복아!

장복이가 대답하며 달려와 초매에게 매달린다.

장복　가요, 갑니다!

초매　(다짜고짜 장복을 때리며) 너 요새 자꾸 어딜 싸돌아다니는 거냐?

장복　창대네 나귀가 말을 하거든요. (혼잣말로) 말해 봐야 소용없지.

초매　나귀가 말을 하든 말든 그게 너하고 무슨 상관이야?

장복　(놀라) 지금…… 제 말이 들리세요?

초매　그래. 이상해, 내가 이상하다고! 자꾸만 이상한 소리들이 들려. 뭐가 자꾸만 보인다. 눈앞이 어지러워. 이게 뭐지? 이런 일은 60 평생에 처음인걸?

장복　정말이에요? 내 목소리가 들려요? 내가 보여요?

초매　(지팡이로 장복을 쿡 찌르며) 이게 너냐?

장복　정말이네!

초매　끔찍하구나.

장복　끔찍하긴요! 이건 기적이에요! 기적!

초매　기적 좋아하네. 그 기적 때문에 난 길을 잃을 뻔했어. 마른하늘에 날벼락도 유분수지. 이게 웬일이람. 내가 이 지경인데 넌 날 버려 두고 싸돌아다녀? 어서 날 잡아. 집으로 데려가. 이 빌어먹을 놈아! 눈앞이 어지럽고 귀가 왱왱 울려서 걸음을 뗄 수가 없단 말이야!

장복　(혼잣말로) 이 여편네가 또 꾀병을 부리는군. 날 꼼짝 못하게 하려고.

초매　뭐라고?

장복　아, 아닙니다. 어서 집으로 가요.

초매　도대체 지금 이 마을에 무슨 일이 벌어지고 있는 거야?

장복　말씀드렸잖아요. 창대네 나귀가…….

초매　그거 말고.

장복　그거 말고 뭐요?

초매　정말 저 소리들이 안 들린단 말이야?

장복　무슨 소리요?

초매　맷돌이 돌아가는 소리 같기도 하고, 천둥이 우는 것도 같고.

장복　바람 소리요?

초매　아냐, 그냥 바람 소리가 아냐.

장복　귀에 모래가 들어갔나? 아니면 벌레? 어디 좀 봐요.

초매　아니야! 지금도 들려. 점점 더 가까워져. 갈수록 소란스러워져서 머리가, 아니 배가, 아니 온몸이 뻥 터져 버릴 것 같다!

장복　(초매의 귀를 양손으로 막고) 어때요?

초매　소용없어. 뭐지? 이게 뭐지?

장복, 초매를 데리고 나간다. 반대편에 촌장(추오)과 장로(長老)들(호체, 강량).

호체　뭐야? 대체 어떤 놈이? 이 마을 이야기꾼은 난데! 내 허락도 없이 어떤 놈이 주둥이를 나불댄다는 거야?

강량　나귀가 말을 한다고, 나귀가?

호체　촌장 자네, 대체 뭐 하는 사람이야? 우리 장로들 알기를 개뿔로 아는 거야? 마을에 그런 해괴한 일이 있었으면 즉각 우리한테 알렸어야지!

추오　그게 워낙 말도 안 되는 일이라, 그러다 말겠거니 했죠.

호체　대체 그놈이 몇 마디나 할 줄 안다고?

추오　몇 마디 정도가 아닙니다. 그 녀석 말이란 게, 참 종잡을 수도 없이 이리 뛰고 저리 뛰고 하늘로 솟았다 땅으로 곤두박질치고 사람을 아득하게 만들었다 번쩍 정신이 나게도 하고, 뜬구름같이 황당한 이야기들인데 가만 헤아려 보면 뼈가 있는 듯도 하고…….

호체   뭐야? 그럼 자네도 거길 갔었단 말이야?

추오   딱 한 번…….

호체   이런 배신자! 촌장이란 작자가!

추오   배신이 아니라 정보 수집 차원에서.

강량   그래 내용이 뭐야?

추오   그게 한마디로 말하기가…… 생전 보도 듣도 못하던 얘기들이라 서요.

호체   생전 보도 듣도 못한 얘기?

추오   그렇죠. 그런데 그 녀석 말이 어찌나 그럴듯한지, 에이 설마 하면 서 듣다 보면, 어느새 맞아 그렇기도 하겠다, 그렇겠지, 야, 그걸 실제로 한 번 봤으면 얼마나 좋을까, 이렇게 되더라고요.

강량   그만!

추오   제가 그랬다는 게 아니고요, 사람들이…….

강량   그러니까 그놈이 하는 얘기란 게 우리 마을 얘기는 아니로군?

호체   그러니까 뭐야, 그놈이 밖에 대해 떠들어 댄단 말이야?

추오   주로 그렇지요.

강량   그놈이 말을 시작한 지 얼마나 됐나?

추오   한 보름쯤…….

호체   보름씩이나? 이런 변고가 있나!

강량   이건 비상사태야!

호체   그놈을 가만 놔뒀다가는 우리 마을은 망하고 말아!

강량   마을 회의를 소집해, 당장!

장로들, 일제히 방울을 울린다.

3장

어둠 속에 요란한 방울 소리. 밝아지면 마을 사람들이 모여들어 무대 위에
방사형의 줄을 펼치고 각각 그 줄의 끝에 둘러앉아 있다. 그 원의 중심에
연암이 서 있다.

호체   도대체 지금 정신들이 있는 거야, 없는 거야? 우리 마을에선 밖에
      대해 함부로 떠들어 대는 것을 법으로 엄히 금한다는 걸 잊었어?
강량   우리 마을에서 밖에 대해서 말할 수 있는 건 우리뿐이야!
기여   너무 흥분하지 마세요.
구여   그거 진짜로 믿는 사람이 누가 있다고.
산여   그래. 심심풀이로 재미 삼아 들은 거지, 뭐.
호체   몇 번을 말해야 알아들어? 그게 바로 밖엣놈들 수법이라고! 그 재
      미란 것에 홀려서 결국은 간이고 쓸개고 다 빼어 주게 되는 거야!
강량   한심한 것들. 지금 우리가 여기까지 떠밀려 온 게 누구 때문이야?
      조상님들이 밖엣놈들한테 당한 수모를 잊었어?
기여   알아요.
호체   그걸 아는 놈들 입에서 재미라는 말이 나와?
강량   모두 『선조어록』을 꺼내!

마을 사람들, 품에서 수첩 크기의 책자를 꺼낸다.

강량   3장 17절! "기이한 것을 좋아하는 마음에 대하여!" 촌장, 먼저 읽게!

마을 사람들, 부스럭대며 책자를 편다.

추오   "선조께서 가라사대, 기이한 것들을 멀리하라!"

마을 사람들   "이 세상의 모든 악은 기이한 것을 좋아하는 마음에서 비롯되느니라."

추오   "기이한 것을 좋아하는 자들은 남에게 이기기 좋아하는 자들이니!"

마을 사람들   "이 세상의 모든 싸움이 그에서 비롯되느니라."

추오   "끝이 없구나! 기이한 것을 탐하는 마음이여! 마셔도, 마셔도 목마름을 더하는 바닷물과 같으니!"

마을 사람들   "헛되고, 헛되고, 헛되도다!"

강량   여전히 밖은 기이한 것들이 판을 치는 세상이다. 너도나도 기이한 것들을 두고 다투어, 온갖 천박하고 헛되며 더러운 짓거리들을 벌이기에 여념이 없다. 아름답던 선조들의 도는 어디에 있는가? 다만 우리에게 있을 뿐이다! 저들의 세상에 현혹되지 말라. 저 헛 세상은 오래지 않으리니, 언젠가는 저 헛된 무리들을 모조리 쓸어 버리고, 선조들의 아름다운 도를 온 천하에 떨칠 날이 올 것이다!

마을 사람들   복수설치(復讎雪恥)!

연암   복수설치? 언제?

호체   이놈이 감히!

창대   미중아, 제발 나서지 말고 가만있어! 그저 잘못했다고 빌어라. 다시는 말 안 하겠습니다, 이렇게 말이야. 어서, 미중아!

연암   어허, 어른의 자는 함부로 부르는 게 아니래도 그런다.

창대   아이고, 저 녀석을 어쩌면 좋아!

호체   도대체 네놈의 정체가 뭐야? 밖에 대해 떠들어 대는 저의가 뭐냔 말이다!

연암   나는 그저 내가 보고 들은 것들을 말했을 뿐이야.

호체   네놈이 밖에 대해 무얼 안다고! 여기서 태어나서 마을 밖엔 한 발짝도 못 나가 본 놈이!

연암   눈에 보이는 게 다가 아니야. 이 몸이 내 전부는 아니란 말이지. 그러는 당신들은 밖에 대해 무얼 알고 있나? 본 적이 있나?

호체   그따윈 안 봐도 훤해. 밖은 위험한 곳이다. 가까이해서는 안 돼. 그 이상은 알 필요도 없고 알아서도 안 돼!

연암   무지는 두려움을 낳을 뿐이야. 호랑이를 잡으려면 호랑이 굴로 들어가야 하는 법이라고.

호체   무엇이 어째?

연암   천하를 움직이는 건 결국 힘이야. 그 힘은 어디서 나오느냐? 누가 기이한 것들을 더 많이 틀어쥐고 있느냐에 달린 거라고.

호체   우리에겐 도가 있어!

연암   힘이 없으면 그 도라는 것도 이불 속 활갯짓에 지나지 않아.

호체   이놈이 밖엣놈들하고 똑같은 말을 하는군!

연암   나는 자네들 조상이 어떤 사람들이었는지 잘 알고 있어. 한마디로 말해 지금 자네들이 말하는 밖엣놈들하고 똑같은 사람들이었지. 자네들 조상이 힘이 있었을 때 한 짓을 따지자면 지금 밖엣놈들보다 더했으면 더했지 결코 못하진 않았다고. 도는 무슨 얼어 죽을 놈의 도! 그건 힘을 잃고 밀려난 자들이 공연히 어금니에다 힘쓰면서 내는 앓는 소리에 불과하다 이 말이야.

호체   이놈이 감히 우리 조상님들을!

강량   그만!

호체   이 녀석이 우리 도를 이불 속 활갯짓이요, 앓는 소리라고 하지 않나?

강량   고작 나귀 한 마리가 떠들어 댄다고 우리 도가 무너지진 않아. 더 이상 왈가왈부할 것 없어. 그래 봐야 이놈한테 주둥이를 놀릴 기회를 주는 것밖에 안 될 테니까. 일은 분명하다. 이런 해괴한 짓을 벌일 놈들은 그놈들밖에 없어.

호체 　그놈들이라니?

강량 　밖엣놈들. 이놈은 그놈들이 보낸 첩자야.

마을 사람들, 술렁댄다.

강량 　조용! 따라서 이놈한테 내릴 판결은 하나뿐이다. 사형!

마을 사람들, 더욱 술렁댄다.

창대 　그건 안 됩니다! 장로님들, 첩자라니요? 그럴 리가 없어요. 제발 당
　　　장 죽이지만은 말아 주세요. 지금 이 녀석은 아파요. 병을 앓고 있는
　　　거라고요. 보름이나 못 자고 아무것도 못 먹었거든요. 우리도 몸이
　　　안 좋을 땐 그럴 때가 있지 않습니까? 내 몸이 내 몸 아닌 것 같고
　　　말도 안 되는 꿈을 꾸기도 하고 그걸 사실이라고 믿기도 하잖아요.
　　　그래요. 지금 이놈도 그런 꿈을 꾸고 있는 걸 겁니다. 조금만 기다
　　　려 주세요. 지나갈 겁니다. 모래바람이 지나가듯, 이놈도 곧 멀쩡
　　　해질 겁니다. 이제 잠도 자고 먹이도 먹기 시작했으니까요.

호체 　고작 나귀 한 마리 잡자는데 웬 말이 그리 많아?

창대 　나귀가 아니라 말입니다. 그리고 이 녀석은 제 아들이나 다름없
　　　어요. 이 녀석하고 같이 늙어 가려 했는데.

호체 　자네의 그런 태도가 이놈을 이렇게 만든 거야!

강량 　그럴 리는 없겠지만, 만에 하나 첩자가 아니라고 해도 이 녀석을
　　　살려 둘 순 없어. 저놈이 계속 주둥이를 나불대는 이상.

창대 　미중아, 아니 연암. 얼른 약속드려. 다시는 입을 열지 않겠다고,
　　　어서!

연암은 묵묵부답이다.

기여   사형은 좀 너무한 것 같아.

구여   그래요. 누굴 죽인 것도 아니고 그냥 이야기를 한 것뿐인데.

호체   바로 그 이야기가 문제란 말이야! 가만 놔두면 사람 여럿 잡게 돼
       있다고!

부혜   그럼 이제 밤에 뭐 하지?

호체   뭐 하긴! 예전에 하던 대로 나한테 얘기 들으러 오면 되지.

산고   에이, 할아버지 얘기는 재미없어.

호체   뭐야?

제건   맞아요. 만날 수수가 어떻고 기장이 어떻고 울타리가 어떻고.

호체   이놈들아! 그런 게 바로 피가 되고 살이 되는 이야기란 거다! 저놈
       이야기 백날 들어 봐라. 수수 한 톨이 입에 들어오나!

산여   저요.

호체   뭐야?

산여   정 잡을 거면, 아까 듣던 호랑이 얘기가 아직 안 끝났는데, 그거
       마저 듣고 잡으면 안 될까요?

마을 사람들이 호응한다.

유유   그러니까 그 과부하고 그 선생하고 하고 나서 쫓겨난 거야, 하기
       도 전에 쫓겨난 거야?

교충   그 얘기의 핵심은 그게 아니잖아요.

유유   나한텐 그게 핵심이야. 했어, 안 했어?

부혜   했겠지. 그럼 뭘 했겠어?

기여   이 사람이 졸았나. 못했대잖아! 내 말이 맞지, 연암?

부혜	그럼 너무 억울하잖아!
산여	하던 중 아니었을까요?
기여	그렇다면 그 아들놈들이 너무한 거야. 이왕 시작한 거 끝나 본 다음에 어쩌든지.
구여	그럼! 하여간 아들놈들은 어미 속을 눈곱만치도 모른다니까!
교충	핵심은 그게 아니라니까요!

마을 사람들, 각자 의견을 내세우며 떠들어 댄다.

강량	주목! 이 짐승에 대한 사형 집행은 한시도 미룰 수 없다. 했든, 안 했든, 하던 중이든 그건 이야기, 다시 말해 말짱 지어낸 헛소리 야. 그 헛소리를 가지고 벌써들 내가 옳으니 네가 그르니 입방아 를 찧어 대는 걸 보라고. 이놈은 우리 마을을 망칠 우환이야! 당 장 없애야 해!
추오	(창대에게) 어르신. 짐승이야 또 구할 수 있지만 이 마을은 안 그 렇습니다. 잊으세요. 이런 어중간한 놈 말고, 제대로 된 놈으로, 그렇지, 어르신 좋아하시는 말로다가 다시 구해 드릴 테니까요. 다들 조금씩 갹출을 해서……
기여	방금 뭐라고, 촌장? 갹출이라고 했나?
추오	이건 마을 전체 일이니까 당연히……
기여	난 안 먹고 안 낼 거야. 나귀 고기는 맛도 없어.
구여	저 녀석 고기는 왠지 사람 고기 같을 것 같아, 안 그래?
부혜	따지기는. 그것도 없어서 못 먹을 때가 있었어.
구여	지금 그 얘긴 왜 꺼내?
부혜	네가 먼저 했잖아!
기여	어쨌든 난 안 먹어. 고기는 몸에도 안 좋아. 특히나 저런 고기는.

산여	그래요. 가뜩이나 모래바람 철이라 곡식도 귀한데, 그런 데 낭비할 순 없죠.
추오	지금 고기를 먹느냐 안 먹느냐는 문제가 아니잖아요!
기여	아냐?
산여	저요!
추오	짧게 얘기해.
산여	생각해 봤는데요. 쟤가 제정신이 아닌 건 분명하죠? 그렇지요? 제정신이 아니란 건 딴 정신이 씌었다는 건데.
추오	짧게 하라니까!
산여	그러니까 말하자면 귀신이 씐 건데, 쟤가 죽어도 그 귀신은 있을 거 아녜요? 그게 어디로 가겠어요?
아낙들	맞네, 맞아!
산여	십중팔구 우리들 중 누구한테든 붙을 거 아니냐고요.
기여	그래. 지금은 짐승한테 붙어 있으니 망정이지, 사람한테 붙어 봐. 더 골치 아플 거야.
구여	지금은 그냥 이야기만 하지만 해코지도 하려 들걸? 우리가 자길 죽이려고 들었으니까.
기여	뭐야, 그럼? 그 귀신 붙은 사람도 쟤처럼 죽는 거야?
산여	끔찍해!
유유	그냥 놔둡시다. 괜히 긁어 부스럼 만들지 말고.
교충	긁어 부스럼이라! 이 사태의 핵심을 정확하게 짚은 말입니다.
유유	너 또 핵심 타령이야?
교충	장로님들께서 생각 못하신 게 있어요.
호체	뭐야?
교충	장로님들 말씀대로 연암이 첩자라면, 물론 전 그렇게 생각 안 합니다만, 함부로 죽여서는 안 됩니다. 자기들이 보낸 첩자를 죽인

다면 밖엣놈들이 그걸 가만두고 보겠습니까? 연암을 죽인다는 건 그놈들에게 대 놓고 선전포고를 하는 격이라 이 말입니다. 그 뒷감당을 어떻게 할 겁니까?

마을 사람들 맞네, 맞아!

교충 연암을 죽이는 건 그놈들 의도에 말려드는 셈이라 이 말씀입니다!

마을 사람들의 호응. 장로들, 고개를 맞대고 고심한다.

추오 장로님들.

호체 어떡하나?

강량 기분 나쁘지만 일리 있는 말이야. 방법은 하나뿐이군.

호체 뭔데?

강량 추방.

호체 이 모래바람 철에 십중팔구 죽고 말 텐데, 결국 마찬가지잖아?

강량 음…….

호체 창대 말대로 좀 기다려 보는 게 어때?

강량 저놈이 계속 떠들어 대게 그냥 두잔 말이야?

호체 못 떠들게 재갈을 채우면 그만이지.

강량 미봉책이긴 하지만, 할 수 없군.

장로들, 마을 사람들 앞으로 나선다.

강량 조용! (사이) 좋아. 대의로 따지자면 이 짐승은 이 자리에서 당장 죽어야 마땅하겠지만, 여러 사정을 참작해서 모래바람이 지나갈 때까지 기다려, 이 녀석의 경과를 살펴본 후에 형 집행을 결정하도록 하겠다.

창대 고맙습니다, 고맙습니다!

강량 대신 금후로 창대네 집에 가서 이 짐승의 이야기를 듣는 행위는 엄히 금한다! 지금까지 저 녀석한테서 주워들은 헛소리는 모두 잊을 것이며 그 헛소리를 옮겨서도 안 돼! 이를 어기는 자는 마을에서 추방하겠다! 이 짐승에게는 이 시간부로 함구령을 내린다. 창대는 즉시 이 녀석에게 재갈을 물릴 것이며, 책임지고 기한까지 이 녀석이 자기한테 걸맞은 울음소리를 낼 수 있도록 해야 한다! 알겠나?

창대 네, 장로님!

강량 해산!

마을 사람들, 술렁대며 흩어진다.

4장

창대네 집. 재갈을 문 연암, 창대.

창대 그래, 전생에는 우리가 같이 멀리 갔더란 말이지? 하룻밤에도 아홉 강을 건너고 산을 넘고 벌판을 가로질러 온갖 구경을 다 하면서? (웃는다) 헛소리라도 제법 괜찮은 얘기였어. 네놈이 주인이고 내가 마부였다는 얘기만 빼면 말이다. (연암에게서 재갈을 벗겨 주며) 자, 해 봐.

연암 무얼?

창대 말하지 말고 말처럼, 아니 넌 원래 말이잖아. 말답게 울어 보란 말이야.

연암	거참, 살다 살다 별 곤욕을 다 치르는군.
창대	그건 내가 할 소리다. 네가 한 말이 사실이라면 넌 정말 염치도 없는 놈이야. 전생에 날 그렇게 부려 먹고도 모자라서 이렇게 또 골탕을 먹이니? 대체 어쩌다가 이렇게 된 거냐?
연암	뭐가?
창대	어쩌다가 말을 하게 된 거냐고.
연암	글쎄…… 가려워서 참을 수가 없었다고나 할까.
창대	가려워? 가려우면 긁어야지 왜 말을 해?
연암	이 무식한 놈아, 그건 은유라는 거야.
창대	은유? 그런 피부병도 있었나? 그거 옮는 건 아니냐?
연암	(웃으며) 맞아. 이리저리 옮아 다니는 게 은유지.
창대	어쩐지 나도 근질근질하더라. 젠장, 연습이나 하자고. 자, 어서 울어, 말처럼!
연암	싫다.
창대	싫어?

거보가 만만을 이끌고 줄을 따라 창대네 집으로 온다.

만만	싫어, 싫다니까!
거보	쉿, 조용히 해!

인기척을 느낀 창대가 놀라, 서둘러 창대에게 재갈을 물린다.

창대	누구야?
거보	저예요, 거보!
창대	왜 왔어? 누가 보면 어쩌려고.

거보	연암 선생님을 뵙고 드릴 말씀이 있어요.
창대	우리 미중이는 이제 말 안 해.
거보	다 들었어요.
창대	뭘 들어?
거보	두 분이서 말씀 나누시는 거.
창대	큰일 날 소리 하지 마라.
거보	걱정 마세요. 난 연암 선생님 편이니까요. (연암이 재갈을 물고 있는 것을 보고) 아, 이처럼 훌륭한 분에게 재갈을 물리다니! 이런 부끄러운 일이…….
창대	가만 놔둬.
거보	용서하세요.

거보, 연암의 입에 물린 재갈을 벗긴다.

창대	그래, 무슨 말을 하러 온 거냐, 이 밤중에?
거보	더 이상은 참을 수가 없어요.
창대	무얼?
거보	연암 선생님 말씀이 다 맞아요. 우리 마을은 썩었어요. 우린 여기서 말라비틀어져 가고 있다고요. 우린 여길 떠날 거예요.
창대	떠난다고? 만만이 너도?
만만	나도 지금 처음 들었어요.
거보	(연암에게) 선생님. 도와주세요. 선생님은 길을 아시잖아요. 우릴 밖으로 데려다 주세요. 자작나무 숲이 있는 곳으로. 만만이가 나하고만 놀 수 있는 곳으로.
창대	철없는 소리 그만하고 집으로 돌아가거라.
거보	절 어린애 취급하지 마세요. 선생님을 만나기 전까지 전 여기가

세상의 단 줄 알았어요. 만만이도 그저 만만이로밖에 보이지 않았어요. 하지만 선생님을 만난 후 모든 게 달라졌어요. 선생님께선 제게 다른 세상을 보여 주셨고, 만만이의 고통을 알게 하셨고, 그 고통을 통해 내가 얼마나 만만이를 사랑하고 있는가를 알게 하셨어요! 그래! 이제야 생각났어! 사랑! 전 만만이를 사랑해요! 저 아이를 저대로 그냥 내버려 둘 순 없어요.

만만   난 네가 날 좀 가만 내버려 뒀으면 좋겠어, 예전처럼.

거보   어떻게? 난 널 사랑하는데!

만만   사랑? 뭔지는 모르겠지만, 그것 때문에 난 정신이 없어.

거보   나도 그래.

만만   근데 왜 그래?

거보   왜냐고?

만만   내가 고통스럽기 때문에 날 사랑한다고? 네가 날 사랑하기 전엔 난 하나도 고통스럽지 않았어.

거보   지금은 고통스러워?

만만   그런 것 같아.

거보   나도 그래! 만만이 너 때문에. 너도 나 때문이지?

만만   그건 아닌 것 같아.

거보   뭐야? 그럼?

만만   없어졌어.

거보   뭐가?

만만   내가 제일 좋아하던 거.

거보   그게 뭐야?

만만   미중이 눈.

창대   미중이 눈? 여기 있잖아?

만만   아녜요! 예전의 그 눈이 아냐!

거보   나 때문이 아니라고?

만만   미안해. 어쨌든 난 너랑 같이 못 가.

만만, 줄을 잡고 달려 나간다.

거보   뭐야? (연암의 눈을 노려보고) 그렇게 안 봤는데, 도대체 우리 만만
      이한테 무슨 짓을 한 거죠? (달려 나가며) 만만아! 네가 어떻게 나
      한테 이럴 수가 있어? 만만아!

거보와 만만, 어둠 속으로 사라진다.

창대   저, 저런…… 만만이 말대로 이게 다 너 때문이야. 너만 입을 다
      물면 모든 일이 깨끗하게 해결된다 이 말이야.

연암   나도 그러고 싶지만, 이제 말처럼 울 수는 없어.

창대   그러니까 연습해야지. 자, 시간이 없어. 곧 모래바람이 걷힐 거라
      고. 그때까지 넌 마을 사람들 앞에서 네가 말이라는 걸 증명해야
      돼. 살고 싶다면 말이야.

연암   그럴 필요 뭐 있나? 저 꼬마 녀석 말대로 떠나 버리면 그만이지.
      그래. 당장 가자고.

창대   이 모래바람 철에, 너처럼 제정신도 아닌 말을 데리고? 마을 밖에
      나서자마자 길을 잃고 말 거야.

연암   더 좋지. 안 가 본 길로 가게 될 테니까.

창대   미친놈.

연암   네가 원한 게 그거 아니었나?

창대   젠장! 아무튼 지금은 못 가. 그래 가자고! 모래바람이 걷히거든.
      그때까진 살아 있어야 가든 말든 할 거 아냐.

연암	원 참 말 좀 한 거 가지고 참 말들이 많군……. 좋아. 네 말대로 입을 다물지. 말 울음도 연습하지.
창대	그래, 그래야지.
연암	다 좋은데.
창대	다 좋은데?
연암	창대 너 자꾸 반말할래, 나한테?
창대	뭐야? 이 녀석이 정말. 넌 말이고 내가 네 주인이야.
연암	아니. 넌 마부고 내가 네 주인이야.
창대	억지 쓰지 마. 네가 주둥이 좀 놀린다고 착각하는 모양인데 그래 봐야 넌 말이라고.
연암	이 녀석아, 눈에 보이는 게 다가 아니라고 몇 번을 얘기해야 알아듣니? 먼 길 가는데 집을 지고 갈 수 있나?
창대	그건 또 무슨 소리야?
연암	이 육신도 마찬가지라 이 말이야. 장작 하나가 다 타고 나면 불길은 다른 장작으로 옮겨 붙지. 그 장작이 참나무가 될 수도 있고, 소나무가 될 수도 있고, 오동나무가 될 수도 있어. 내 비록 어쩌다가 이런 몸을 하고 있지만 네 주인인 건 분명하다 이 말이다.
창대	시끄러워! 말은 그만하고 말 울음이나 연습해!
연암	너 자꾸 반말하면 연습 안 하고 계속 말할 거다.
창대	네가 죽지 내가 죽어?
연암	내가 마부 놈한테까지 반말 짓거리 듣고는 못 산다. 나 죽는 꼴 보려면 맘대로 해.
창대	이런…… 알았어. 반말 안 할게……요.
연암	겠습니다, 나리.
창대	겠습니다! 나리. 자 날 따라 하십시오. (말 울음을 흉내 낸다.)
연암	오, 제법인데. 역시 마부 녀석이라 다르구먼.

창대   주둥이 닥치고…… (분을 삭이며) 말씀은 그만두시고 절 따라 하시
        라니까요. (말 울음)
연암   (어설프게 따라 한다.)

창대와 연암, 말 울음을 연습할 때, 하늘 위에 별들이 하나 둘 돋아난다. 어
두워진다. 어둠 속에 외치는 소리.

소리   **모래바람이 물러간다!**

방울 소리가 온 동리에 울려 퍼진다. 한순간, 방울 소리가 일시에 멎는다.
침묵. 뒤이어 라디오에서 흘러나오는 듯한 음악 소리가 희미하게 들려오기
시작한다.

                          5장

새벽하늘이 푸르게 밝아온다. 밝아지면 마을 공터 한가운데에 수레 한 대
가, 바퀴 한쪽이 모래밭에 빠져 기울어진 채 서 있다. 수레의 포장 천막은
닳고 닳아 바래었으나, 전에는 요란하고 화려했을 원색의 문양들이 남아
있다. 수레에 다닥다닥 붙은 꼬마전구들 중 몇 개가 살아남아 겨우 깜박거
린다. 천막 꼭대기에 달린 확성기에서 음악이 흘러나온다. 마을 사람들, 뜻
밖의 광경에 당황하여 말을 잃고 서 있다. 촌장이 장로들을 데리고 들어온
다. 사람들, 장로들 주변으로 소리 나지 않게 모여든다.

추오   저기.

장로들, 수레를 보고 놀란다.

추오   도대체 저게 뭘까요?

강량   (호체에게) 뭐야?

호체   (손에 든 책을 뒤적인다.) 으음…… 없는데, 없어.

강량   없어?

호체   응.

강량   (사람들에게) 여기 원래 저런 게 있었나?

유유   우리 마을에 원래 저런 게 있을 리 없잖아요.

강량   그건 그렇지.

기여   있는데 못 봤을 수도 있잖아.

부혜   모래바람 불기 전엔 없었어. 그건 확실해.

기여   언제부터야, 저게 여기 있는 게?

구여   오늘 새벽에 내가 밭에 나가다가 봤어.

유유   방정맞기는!

구여   뭐야?

유유   네가 안 봤으면 그냥 없어졌을 수도 있잖아.

구여   말이 되는 소릴 해!

추오   쉿, 목소리들 낮춰!

호체   유유 말이 맞아. 구여 네 잘못이다.

구여   네?

호체   그래. 우리 마을에 산이 없는 이유를 아나?

기여   그건 또 무슨 소리예요?

호체   그건 여기 여편네들이 새벽잠이 많아서야. 세상이 만들어질 때, 새벽이면 땅 밑에서 산들이 올라와서 더러는 하늘로 아주 올라가는 놈도 있고, 더러는 새벽에 나온 여편네들한테 들켜서 주저

앉아 산이 되기도 한 것인데, 이 마을 선대 할머니들은 다들 늦잠 꾸러기였거든. 그러니 산들이 죄다 하늘로 올라가 버렸지.

구여　도대체 뭔 말씀인지, 그래서요?

호체　그러니까 네 잘못이지! 구여 네가 유구한 우리 마을 전통을 어겨서 이런 사달이 일어난 게라고!

구여　할 일은 많은데 사내들은 손 하나 까딱 안 하고 어쩌란 말이에요!

추오　목소리 낮추라니까! (강량에게) 어떡하죠? 불을 질러 버릴까요?

강량　아니. 그건 이치에 맞지 않아. 저건 아무것도 아니고, 원래 없는 거라고. 없는 거에다 불을 지를 순 없잖나? 그럼 저게 있는 게 돼 버릴 테니까.

추오　그럼요?

강량　그냥 못 본 척해.

추오　네?

강량　자, 다들 잘 들어. 우리가 끼어들수록 일은 복잡해진다. 우리가 저걸 있게 한 건 아니지? 갑자기 있게 된 거야. 그러니 갑자기 없어지게 내버려 두란 말이야. 알아듣겠나? 우린 아무도 저걸 못 본 거야. 저건 없는 거야. 다들 돌아가서 할 일들이나 해.

기여　구여, 네가 잘못했네.

음악 소리가 멈춘다. 수레 밑에서 사람 하나가 기어 나온다. 요란한 원색의 옷을 입고 먼지를 잔뜩 뒤집어썼다. 마을 사람들, 그 자리에 굳어진다.

어사　(수레 앞자리에 달려 있는 라디오를 탁 치며) 또 말썽이네.

문득 이상한 낌새를 챈 어사, 둘러선 사람들을 발견한다. 양쪽 모두 놀란다. 사이. 마을 사람들, 슬그머니 흩어져 가려 한다.

어사   이봐!

추오   (속삭이듯) 못 본 척해.

어사   어이, 거기!

산고   들리는 건 어떡해요?

추오   아무 소리도 우린 못 들은 거야.

어사   내 말 안 들려?

산고   안 들려요! 우린 아무것도 못 봤어요!

추오   대답하지 마, 이 바보야!

부혜   어, 날씨 좋다. 금년 모래바람은 다른 때보다 더 길었어!

유유   서둘러 수수 밭에 씨를 뿌려야 할 거야!

어사   (웃으며) 날 무시하겠다는 건가? 내가, 못 본 체하면 당황하고 풀이 죽어 사라질 그런 사람쯤으로 보이냐? 나는 그런 사람이 아냐. 나, 황실 직속 계내계외기사기물총람국(界內界外奇事奇物總攬局)을 관장하는 계내계외기사기물총람순력어사는 황제 폐하의 황지를 받들어 명령한다!

마을 사람들, 놀랐다기보다는 '어사'의 괴상한 말들을 곰곰이 생각해 보느라 자리에 멈춰 선다. 어사, 라디오를 두들기며 소리친다.

어사   다들 제자리에 서!

라디오에서 웅장한 음악이 울려 퍼진다. 음악에 압도된 마을 사람들, 얼떨결에 땅에 엎드려 고개를 조아린다. 어두워진다.

6장

밝아지면 수레 앞. 어사, 수레 앞자리에 걸터앉아 수수떡과 물을 게걸스레 먹고 있다. 마을 사람들이 그 앞에 공손히 앉아 있다.

기여   천천히 드세요.

구여   길을 잃고 여러 날 굶으신 모양이야.

어사   뭐야? 지금 그걸 말이라고 하나? 내가 길을 잃었다구? 황명을 받드는 내가 길을 잃을 수 있다고 생각해? 식량도 물도 충분해! 허나 백성들의 정성을 야박하게 거절할 순 없지. 모든 건 예정돼 있어! 난 여기 예정대로 정확한 시간에 도착한 거야.

강량   예정대로요?

어사   그래. (수첩을 뒤져) 정확히 586년 전 오늘, 이 수레가 이곳에 이르렀었고, 오늘의 방문은 그때 예고되었지! 이건 586년마다 한 번씩 돌아오는 정기 순력 행사야. 당신들은 행운아라고! 그런데 나를 못 본 척하려 들어?

호체   너무나 갑작스럽다 보니 몸 둘 바를 몰라서.

어사   갑작스럽다고? 예정된 정기 순력이라고 몇 번을 얘기해야 알아듣겠나?

강량   이 보잘것없는 작은 마을에까지 오시리라고는 꿈에도.

어사   그러니까 586년이 걸렸지. 제국은…… 넓어. (일어서며) 자, 그럼 일을 시작해 볼까?

추오   무슨 일을……?

어사   그야 물론 내 직함과 관련된 공무지.

추오   실례지만 아까 직함이 뭐라 하셨지요?

어사   촌놈들이란. 황실 직속 계내계외기사기물총람국 총책임자 계내계외기사기물총람순력어사.

추오   네?

어사   간단히 말해 이 세상의 온갖 기이한 것들을 찾아 모아들이는 것이 내 일이야.

교충   모아서 뭐 하게요?

어사   뭐 하냐고?

교충   에, 그러니까 기이한 것들을 모으는 목적이 있을 거 아닙니까?

어사   이런 젠장! 하나같이 바보 같은 질문들뿐이군. 자네 숨은 왜 쉬나?

교충   살려고요.

어사   왜 사는데?

교충   (감격하여 눈물을 흘린다.)

어사   왜 사냐니까 울어?

교충   (눈물을 흘리며) 너무나 감격스러워서요. 누군가 저에게 그런 질문을 해 주길 얼마나 기다려 왔는지 모릅니다. 밥 먹었냐, 일 다 했냐, 잘 잤냐 이런 질문 말고요…….

어사   아, 정말 짜증 나게 하는군.

교충   저는 항상 그 문제를 생각해 왔습니다. 에, 그건…… 인간으로서 이 세상에 태어난 이상…… 무언가…… 의미 있는…… 에, 그러니까, 이를 테면…….

어사   솔직히 말해 봐. 생각도 안 해 봤지?

교충   아닙니다! 전 항상 생각합니다! 물론 아직 해답을 얻진 못했지만, 제 인생에도 분명 어떤 목적이 있을 거라고.

어사   이 어린 녀석아. 넌 그냥 살아 있으니까 사는 거야. 다른 이유나 목적 따위는 없어. 설령 있다 해도 네놈 따위가 알 수 있는 것도 아니고, 알 필요도 없어. 그걸 알면 넌 십중팔구 미쳐 버릴 테니까.

교충   (머리를 조아리며) 미쳐도 좋습니다! 부디 알려 주십시오!

어사   가망이 없는 놈이군. 쟤 좀 어떻게 해.

유유와 부혜가 교충을 어사가 앉은 자리로부터 멀리 끌어낸다.

어사   이 일도 마찬가지다. 황제란 세상의 모든 기이한 것들을 손아귀
        에 틀어쥐고 있는 분이라 할 수 있지. 그렇지 않다면 황제라 할
        수가 없어. 이쯤이면 내가 하는 일이 얼마나 중요한 일인지 알아
        듣겠나? 좋아. 너희들이 알아듣기 쉽게, 모으는 것 자체가 목적이
        며 이 일 자체가 황제라고 해 두지. (마을 사람들이 못 알아듣고 술
        렁이자) 그만, 그만! 더 이상 시답잖은 너희들 질문이나 듣고 있을
        시간이 없어. 촌장, 이 마을엔 뭔가 기이한 것이 없나?
추오   글쎄요.
어사   나는 이곳에 하루 동안 머무를 것이다, 586년 전에 그랬듯이. 그
        동안 너희들은 폐하를 만족시킬 만한 기이한 것을 찾아 바쳐야
        한다.
강량   글쎄요, 찾아보긴 하겠습니다만, 우리 마을에 그런 것이 있을는
        지…….
어사   그래? 잘 생각해서 말해. 모래바람을 뚫고 수만 리를 찾아왔는데,
        기이하다고 할 만한 게 하나도 없다면 얼마나 맥 빠지는 노릇인
        가? 그래서 이번 순력을 통해 기이한 것이 없는 마을들은 제국
        지도에서 지워 버리기로 했다.
추오   지운다구요?
어사   말 그대로. 깨끗하게 없애 버리는 거지. 마을도, 거기 사는 놈들
        도 함께.
마을 사람들   세상에!
산고   저기요.

어사	난 저기가 아냐! 따라 해 봐. 계내계외기사기물총람순력어사님!
산고	계, 내, 계, 외…….
어사	젠장. 뭐야?
산고	그건 좀 심한 것 같은데요.
어사	뭐가 심해? 기이한 것 하나 없는 마을은, 그리고 그런 데서 사는 놈들은 있을 필요가, 존재할 가치가 없어!
산고	그냥 지도에서만 지우면 안 될까요?
어사	뭐야? 네놈이 지금 무슨 말을 하고 있는지 알고나 있는 거냐? 어린놈만 아니었으면 벌써 반역죄로 목이 떨어졌을 거다! 감히 제국의 지도를, 폐하를 능멸해? 제국의 지도는 실제와 털끝만큼도 달라서는 안 돼! 지도에 없으면 실제로도 없는 거야!

마을 사람들, 무거운 침묵에 빠진다.

추오	저기…….
어사	또, 또!
추오	계내계외기사기물총람순력어사님!
마을 사람들	오!
어사	또 뭐야?
추오	어사님의 일정이 바쁘신 줄은 알지만 하루는 너무 빠듯합니다.
어사	빠듯하다고? 이따위 마을은 하루도 과분해! 사실 난 시간 낭비할 것 없이, 그냥 여길 지워 버리고 지나갈까 생각도 했었다고.
아낙들	세상에!
어사	하지만 폐하께선 모든 마을에 공평한 기회를 주어야 한다고 말씀하셨어. 평등이야말로 그분께서 가장 중요하게 여기시는 덕목이거든.

아낙들   암요, 그래야죠!

어사   나같이 공정한 사람을 만난 걸 행운으로 알게. 질문 있나?

강량   저, 예전에, 그러니까 586년 전에, 우리 조상님들께서는 무엇을
          바치셨던가요?

어사   (수첩을 뒤적이며) 어디 보자……. 수수 한 줌이었군. 모래밭에서도
          잘 자라는 수수 종자.

추오   (환호하며) 수수라면 우리 마을에 얼마든지 있습니다!

어사   (비웃으며) 이젠 다른 곳에도 얼마든지 있어. 더 이상 기이할 것이
          없다고. (수첩을 보며) 1172년 전에는 무고녀(無睾女), 불알 없는 여자.

기여   여자는 원래 불알 없어요.

부혜   그땐 여자들한테도 불알이 붙어 있었나?

교충   말도 안 되는 소리! 아마 그 고자는 괴로울 고(苦) 자를 잘못 쓴
          걸 거야. 옛 문헌에는 종종 그런 경우가 있거든. 그렇죠? 괴로움
          도 없이 항상 즐거운 여자! 괴로움을 씻은 듯 없애 주는 여자!

구여   미친 여자였나? 아니면 백치?

어사   그게 너희들의 한계야, 상상력이라곤 눈곱만치도 없는 것들아.
          이건 정확히 불알 고자야. 무고녀, 이 '불알 없는 여자'란 말을 들
          으면, 이 여자도 남자도 무엇도 아닌 것에다 이름을 붙이려고, 이
          기록을 남긴 사람이 얼마나 고심했는가가 느껴지지 않나? 뭐 고
          통이 어쩌고 미친년, 백치가 어째?

교충   아, 그렇군요!

산여   (혼잣말로) 차라리 불알을 붙이는 게 쉬웠겠네.

어사   아무튼 이 여잔지 남잔지는 평생 황제를 곁에서 모시며 총애를
          한 몸에 받았다는군.

교충   아, 그렇군요!

어사   자, 이제 대충 알아들었나?

기여	말로만 해서는 잘 모르겠어요.
구여	그래요. 실제로 뭔가 보여 주실 수는 없나요?
산여	네. 어사님께서 모아 오신 것들 중에서 몇 개만 보여 주시면 저희들에게는 크나큰 도움이 될 겁니다.
어사	아 정말 귀찮군. 하긴 촌것들이 최신 유행에 어두운 것도 무리는 아니지. 좋아. 내 너희들에게 특별히 선심을 쓰도록 하겠다. 금번 순력의 테마는…… 이념이야.

마을 사람들, 어리둥절한 침묵.

구여	이념?
기여	양념은 알겠는데 이념은 또 뭐야?
어사	제법 말귀를 알아듣는군. 그 비슷한 거다. 너무 세면 음식을 망치지만 아주 없어도 심심하지. 옛날엔 흔했는데, 요샌 영 귀해져 버렸어. 요샛것들은 이념, 양념은 고사하고 아주 날로 먹으려 드니까. 자, 눈을 크게 뜨고 잘 보라고!

어사, 라디오를 켠다. 반선(班禪)의 주제곡이 흘러나온다.

어사	낙타 반선!

수레의 포장막 사이로 낙타, 반선이 등장한다. 마을 사람들, 탄성을 지른다.

기여	희한하게도 생겼네!
구여	뭐라고 중얼대는데?
산여	조용히 해요. 안 들리잖아.

반선, 고행과 수련을 암시하는 동작을 하며 중얼댄다.

반선　　　나, 689대 반선 라마는 말한다.

　　　　　사막을 건너가는 배여,

　　　　　사막이 뜨거우면

　　　　　사막보다 뜨거워져라.

　　　　　사막이 차가우면

　　　　　사막보다 차가워져라.

　　　　　사막이 드넓으면

　　　　　사막보다 드넓어져라.

　　　　　사막이 어둡다면

　　　　　사막보다 어두워져라.

　　　　　삶이 고통스럽다면

　　　　　삶보다 더 고통스러워져라.

　　　　　나, 689대 반선 라마는 말한다.

　　　　　지금까지 말한 건 모두, 뺑이다.

　　　　　지금 내가 뺑이라고 말하는 것 또한, 뺑이다.

　　　　　이 세상, 뺑 아닌 것이 없다.

　　　　　사막은 사막이 아니요,

　　　　　너는 배가 아니요,

　　　　　나는 689대 반선 라마가 아닌데

　　　　　뭘 빤히 쳐다보고 있어?

반선, 가부좌를 틀고 앉아 눈을 감아 버린다. 마을 사람들, 어리둥절하다.

기여　　　도대체가 이념이든 양념이든 짜든 달든 시든 맵든 쓰든 해야지,

이건 뭐…….

어사 　그게 이 이념의 포인트야.

구여 　비쩍 말라서 영 기운이 없네요.

어사 　이 녀석은 지금 689일째 단식 중이거든.

기여 　왜요?

어사 　그것이 이 녀석의 이념이니까. (반선에게) 들어가.

반선, 중얼대며 어슬렁어슬렁 포장막 뒤로 들어간다.

교충 　아직도 잘 모르겠습니다. 좀 요약해 주실 수는 없나요?

어사 　한마디로 고통의 이념이라 할 수 있어. 고통이 어디서 오느냐, 나
　　　한테서 온다, 그러니 나를 버려라. 그러면서도 이 녀석은 자기가
　　　689대 동안 계속 반선 라마였다고 우기지.

부혜 　여전히 아리송한데요?

어사 　그러니까 이 수레에 실릴 자격이 있는 거야.

유유 　아! 이념이란 건 아리송해야 하는 거군요?

어사 　대체로 그래. 앞뒤가 안 맞을수록 더 좋지. 자, 다음! 호랑이 초정
　　　(楚亭)!

초정의 주제곡과 함께, 포장막 사이로 초정이 무서운 기세로 뛰쳐나온다.
초정은 사슬에 묶여 있다.

초정 　깨어라! 억눌린 자들아!
　　　굴레를 벗어던져라!
　　　뒤집어라! 뒤엎어라!
　　　낡고 썩은 질서를!

굶어 죽을지언정

썩은 고기를 탐하지 마라!

끌어내려라! 황제를!

물어뜯어라! 사나운 네 이빨로

새 세상을 열어젖혀라!

부혜   이건 좀 알아듣겠군.

유유   근데 이건 너무 위험하지 않나요?

어사   전혀.

유유   황제 폐하를 물어뜯자고 덤벼들면 어떡합니까?

어사   가끔 그러기도 하지. 그게 이 녀석의 임무야. 폐하께서는 이 녀석을 보면서, 편안한 자리에서도 위태로울 때를 생각하신다네. 사실, 이건 흔해서 딱히 기이하다고 할 순 없지만, 그래도 필요해. 폐하께서 거동하실 때 이런 녀석을 앞장세웠다가, 가끔 짜증이 나실 때면 활로 쏘아 죽이시거든. 요즘은 좀 물량이 딸려서, 썩 쓸 만하진 않지만 아쉬운 대로 데려왔어. 들어가. 다음은…… 이번 건 걸어 나올 수가 없겠군.

어사, 포장막 뒤로 들어가 자그마한 분재 화분 하나를 들고 나온다.

어사   나도 이게 아직 남아 있으리라고는 꿈에도 생각 못했어. 이거야말로 기이하면서도 위험한 물건이지.

부혜   별로 위험해 보이지는 않는데요?

어사   모르는 소리! 이게 지금은 이래도, 예전엔 이 가지와 잎으로 온 세상을 덮고 있었던 나무였다네. 온 천지가 이 녀석 그늘 아닌 곳이 없었지.

교충   나무요?

어사   이 나무는 사람의 피를 먹고 자라 돈이라는 열매를 맺는데, 이름
      하야 민주목(民主木)이라 하지. 이 그늘 밑에 들어간 사람은 누구
      나 자기가 황제라고 믿게 된다네. (웃는다.) 세상에, 그런 사기가
      통하는 시절도 있었다니 우습지 않나?
교충   그때 폐하께서는 어디 계셨나요?
어사   나무 꼭대기에 앉아 계셨지. 휴가 중이셨거든. 여길 봐. 여기 번
      데기 비슷한 게 하나 보이지?

마을 사람들, 분재 곁으로 모여든다.

어사   하지만 번데기가 아니라 분명 사람이라고. 무관(懋管)이란 녀석인
      데, 그 시절 사람 중에는 아마 유일하게 살아남은 놈일 거야.
기여   이게 사람이라고요?
구여   어쩌다 이렇게 작아졌죠?
어사   생각해 봐. 온갖 놈들이 다 황제라고 설쳐 대니, 천지는 좁고, 그
      래도 황제 노릇은 해야겠고, 그러니 스스로 작아질 수밖에. 그래
      도 다른 놈들이 귀찮게 하니까, 이렇게 아예 고치를 틀고 들어앉
      은 거야. 여전히 중얼대고 있군.
유유   아무 소리도 안 들리는데요?
어사   잘 들어 봐. "나는 누구인가? 나는 누구인가?" 중얼대고 있잖아.
교충   아, 들립니다! 들려요!
어사   자, 이만하면 됐지? 잘들 찾아봐.

어사, 분재를 들고 하품을 하며 포장막 안으로 들어간다.

추오   자, 다들 서둘러요! 온 마을의 모래를 세서라도, 내일 아침까지는

이념이란 것을 찾아와야 합니다!

어두워진다. 어둠 속에 요란하고 분주한 음악이 흐르는 가운데, 사람들이 방울을 딸랑이며 분주하게 오가는 소리. 부연 모래 먼지가 피어오른다. 그 사이로 연암이 내지르는 말 울음소리가 울려 퍼진다.

7장

밝아지면 창대네 집. 오후. 마을 사람들이 몰려와 있다. 창대와 연암, 아연 실색하여 이들을 건너다본다. 사람들은 먼지를 잔뜩 뒤집어쓰고 가쁜 숨을 몰아쉰다. 사이.

강량 (헐떡이며) 그렇게 됐네.

사이.

창대 에이…… 설마요.
호체 설마설마하다가 결국은 이런 날이 오고 만 거야.
창대 지금 절 놀리시는 거죠?
강량 우리 꼴을 보고도 그런 말이 나오나?
기여 하루 종일 온 마을을 이 잡듯이 헤집고 돌아다녔지만, 죄다 퇴짜를 맞았어요. 우리 마을엔 도통 그 양반이 원하는 게 없더라구요.
구여 그런 게 있을 리가 없잖아! 예전부터 우리 마을에선 이상한 것만 생기면 죄다 없애 버렸으니까.
부혜 혹시나 해서 부옥이네 주전자도 가져가 봤었는데, 노래를 안 하고.

유유   난 모래밭을 뒤지다가 사람 하나를 파냈지. 분명히 숨은 안 쉬는
        데 하나도 안 썩고 따뜻한 게, 얼굴엔 윤기가 돌더라고. 어사한테
        가져갔었는데 그런 건 흔하다는 거야. 그래서 도로 파묻어 버렸어.

호체   교충이 녀석은 불알을 잘라 내려고 했다네. 헌데 불알 없는 사내
        는 흔한 거라대. 산여가 안 말렸으면 공연히 불알만 뗄 뻔했어.

강량   불알을 뗀다고 이넘이라는 게 생기나?

교충   혹시 알아요?

산여   시끄러워! (교충을 쥐어박으며) 너한테 달렸다고 그게 네 거야? 누
        구 맘대로!

교충   난 어떻게든 우리 마을을 구하겠다는 생각으로 그런 거라고!

산여   (꼬집으며) 나는? 나는 어쩌라고!

호체   마을은 무슨. 그저 출세에 눈이 멀어 가지고. 바보 같은 녀석.

산여   뭐예요? 이 사람이 오죽했으면 그랬겠어요? 사실 말이지, 이런 일
        엔 장로님들이 앞장서야 되는 거 아니에요? 이 젊은 사람이 그런
        생각을 하도록 장로님들은 뭘 했는데요?

부혜   그건 아니지. 떼나 마나 한 거 뗀다고 누가 알아줘?

호체   뭐야? 이 자식이! 네가 봤어? 봤어, 이 자식아?

부혜   그거 뭐 꼭 봐야 압니까?

호체   내가 이래 봬도 이 자식아…….

추오   그만! 그만들 하세요! 아무튼 다들 제정신이 아니라, 이 녀석을 까
        맣게 잊고 있었지 뭡니까?

기여   그러게 괜히 헛고생만 했어.

부혜   어사 양반 말대로라면 역시 우리 마을엔 이 녀석밖에 없어.

유유   그래, 이 녀석 말은 알쏭달쏭하니까, 분명히 이넘으로 쳐 줄 거야.

강량   이 녀석 아직 말을 하겠지?

창대   천만에요. 이젠 멀쩡합니다.

창대가 손짓하자, 연암이 길게 말 울음소리를 내지른다.

마을 사람들　　(절망적으로) 안 돼!

호체　　안 돼, 이 녀석은 말을 해야 돼!

강량　　큰일 났군, 큰일 났어! 이 녀석이 이렇게 된 지 얼마나 됐나?

창대　　며칠 됐죠.

기여　　아직 늦진 않았을 거야.

구여　　빨리 다시 말하라고 해요!

창대　　이제 와서 그게 무슨 소리야? 말하면 죽인다더니.

산여　　우린 안 그랬어요, 장로님이 그랬지.

창대　　얼마나 애를 먹은 줄 알아, 저놈이나 나나? 하지만 마을을 위해서……

호체　　마을을 위해서 빨리 다시 말하라고 하게!

부혜　　그래요, 우리 마을을 구할 건 이 녀석밖에 없다구요.

유유　　따지고 보면 우리 마을에 이런 불상사가 생긴 건 다 저 녀석 때문이야. 저놈이 나불대기 시작하면서부터 뭔가 불길했어.

창대　　그래서 이제 말 안 하잖아! 뭐가 문제야?

기여　　이제 와서 말 안 한다고 해결될 문제예요, 이게?

구여　　그럼! 계내계…… 뭐시긴가 하는 어사가 무작정 왔겠어요? 다 저 녀석 냄새를 맡고 왔겠지. 저 녀석이 불러온 거라고!

산여　　결자해지. 저놈 주둥이가 일을 만들었으니 저놈 주둥이로 풀어야 해!

기여　　이럴 게 아니라 말을 시켜 보자고!

아낙들, 연암을 둘러싼다.

구여　　야! 말 좀 해 봐.

산여	그래 가지고 말하겠어? 야, 입만 열었다 하면 순 구라만 치는 뻥쟁이! 고상한 척, 제 잘난 척만 하고 그래서 어쩌라는 거야?
기여	네 얘기는 겉만 번드르르하지 알맹이가 없어. 요리조리 미꾸라지처럼 빠져나가기나 잘하지!
구여	천하가 어떻고 도가 어떻고 뜬구름 잡는 소리 늘어놔 봐야, 이불 안에 활갯짓이지. 너는 어차피 말도 못 되는 나귀 새끼야. 내 말이 틀려?
산여	네가 입만 열면 딴 세상 얘기만 해 대면서 거기 좋은 게 있다고 떠들더니, 고작 온 게 이거냐? 네놈 주둥이 덕분에 우린 다 죽게 생겼어!

연암이 대답 대신 말 울음소리를 길게 내지른다. 아낙들, 몰려들어 연암을 꼬집고 할퀴며 난동을 피운다. "안 해? 안 해? 이래도 말 안 해?" 등등.

창대	(연암에게서 아낙들을 밀어내며) 그만들 해! 말 못하는 짐승이라고 이렇게 함부로 해도 되는 거야?
기여	그러니까 말 좀 하라고 하란 말이에요!
창대	소용없어. 이 녀석 병은 이제 깨끗이 나았다고.
기여	(주저앉으며) 아이고, 이제 우리 마을은 망했어! 우린 꼼짝없이 다 죽는 거야!
강량	부탁하네. 말을 못하게도 만들었으니 다시 하게 만들 수도 있을 것 아닌가?
창대	그러고 싶지 않아요.
호체	뭐야?
창대	얘가 말을 하면 그 수레에 실려 가게 될 텐데, 그럼 결국 난 이 녀석을 잃고 마는 거 아닙니까.

구여	어쩜 사람이 그렇게 이기적일 수가 있죠?
산여	그래요! 우리 그이는 마을을 위해서 자기 소중한 거시기까지…… 흑!
구여	그래 그 말인지 나귄지 때문에 마을 사람들이 다 죽게 돼도 좋단 말예요?
기여	어차피 다 죽는 거예요! 그 잘난 짐승도, 어르신도!
창대	설마…….
호체	설마가 아니라니까!

사이. 모두들 창대 얼굴만 바라본다.

창대	무조건 윽박지른다고 될 일이 아니라…….
호체	(반색하여) 그래, 그래! 어찌해야 되나?
창대	기분을 맞춰 줘야 합니다.
호체	어떻게?
창대	우선 반말은 절대 금물입니다. 최대한 공손하게 대하고 부를 땐 나리, 마님, 연암 어르신, 이렇게 불러야 합니다.
부혜	(웃는다.)
기여	(부혜를 쥐어박으며) 웃지 마! 그리고 또요?
창대	근데 언제까지 말을 해야 되는데?
강량	내일 아침까지.
창대	그렇게 빨리요? 말 못하게 하는 데 보름이 걸렸다고요.
강량	안 돼, 그렇게 늦어서는!
호체	그 전에 우린 다 죽고 말 거야!
창대	(고심하다) 술이 들어가면 더 신나게 이야기를 늘어놓긴 하던데.
추오	술이요? 그건!

창대 (아차 싶어) 물론 나도 알아. 우리 마을에선 절대 술을 빚어선 안 되는 거. 하지만 이 녀석, 아니 나리께서 하도 채근하시는 바람에.

강량 좋아! 당장 가서 술들을 빚어!

추오 하지만 그건 수백 년이 넘도록 우리 마을이 지켜 온 전통인데요.

강량 마을이 있어야 전통도 있는 거야.

기여 근데 그게 어디 그렇게 금방 되나?

강량 그럼 그냥 손 놓고 앉아만 있을 거야? 하는 데까지는 해 봐야지. 자, 어서! 최대한 빨리 술을 빚어 다시 모이는 거야. 그리고 이 녀석, 아니 이 어르신께 들은 이야기들을 기억하고 있겠지?

부혜 다 잊으라면서요.

강량 다시 기억해 내! 이분 앞에서 그 이야기들을 해 드리는 거야. 다 못하셨던 얘기를 다시 하실 수 있도록. 말씀을 안 하시고는 못 배기도록 만들어야 돼! 서둘러!

마을 사람들, 흩어져 간다. 연암이 비웃는 듯, 길게 말 울음을 내지른다. 어두워진다.

8장

밤. 하늘에 별이 총총하다. 장복이네 밭. 별빛 아래, 초매가 소 대신 장복이에게 쟁기를 매어 밭을 갈고 있다. 초매는 눈을 감고 있다.

초매 이려, 이려! 저려, 저려!

장복 꼭 이 밤중에 밭을 갈아야 해요?

초매 나한테는 밤이나 낮이나 마찬가지고, 네놈은 낮이면 잠만 자잖아.

장복　밤에 이렇게 일을 시키니까 그렇죠!

초매　네가 밤일을 똑똑히 못하니까, 밤일을 시키는 거 아냐!

장복　똑똑히 못한 건 또 뭐가 있어요?

초매　내가 그렇다면 그런 거지, 말이 많아! (장복을 후려친다.)

장복　아야! (허리를 잡고 쓰러진다.)

초매　일어나.

장복　아이구구, 허리야!

초매　자꾸 꾀부릴 테냐?

장복　나도 이제 환갑이라고요. 좀 쉬었다 해요. 허리가 끊어질 것 같다
　　　고요.

초매　물러 빠진 놈.

장복, 쟁기를 벗고 밭에 주저앉는다.

초매　장복아.

장복　네?

초매　하늘이 어떠냐? 별이 많으냐?

장복　눈 뜨고 보세요.

초매　(장복을 쥐어박으며) 대답이나 해! 별이 많으냐?

장복　쏟아질 것 같아요.

초매　네가 벌써 환갑이라고?

장복　그렇대요.

초매　나한테 장가온 지 40년인가?

장복　그렇죠.

초매　너 어쩌다 이렇게 됐냐?

장복　내가 뭐요?

초매	젊었을 땐 그래도 제법 사내다웠는데, 기억나냐?
장복	몰라요.
초매	에라, 이 등신 같은 놈아!
장복	왜 또 그래요?
초매	넌 뼐도 없니? 발도 없니?
장복	아, 좀 쉴 때는 쉬게 가만 놔둬요. 자꾸 말 시키지 말고.
초매	너 내가 미워 죽겠지? 콱 뒈져 버렸으면 좋겠지? 콱 죽이고 싶지?
장복	또 무슨 트집을 잡으려고 그래요?
초매	아니다……. 별이 쏟아질 것 같다고?
장복	진짜로 쏟아지는 것도 있어요.
초매	그래?
장복	획 또 하나 지나갔어요.
초매	획 지나가?
장복	네.
초매	그렇구나…….

사이.

초매	장복아.
장복	네?
초매	장복아.
장복	왜요?
초매	너 내가 누군지 아냐?
장복	네?
초매	알아, 몰라?
장복	물론 알죠.

초매   그런데도 안 무서워?

장복   네?

초매   나는 내가 무서운데.

장복   좀 그렇긴 해요.

초매   (지팡이로 장복을 후려친다.)

장복   왜 때려요? 참 알다가도 모르겠네.

초매   (낄낄대며 장복을 끌어안고 모래 위를 뒹군다.)

장복   (초매에게 붙잡혀 꼼짝 못하고 모래 위를 뒹굴면서) 아! 아! 허리! 허리!

초매, 한참 만에야 장복을 풀어 준다.

장복   아, 정말.

초매   일어나.

장복   못 일어나겠어요.

초매   오늘 밤일은 이만하면 됐으니 들어가.

장복   (신나서 벌떡 일어서 가려다가) 안 가요?

초매   바람 좀 쐬련다.

장복, 고개를 갸웃하다가 쟁기를 챙겨 들고 집으로 돌아간다. 초매, 잠시 망설이다 눈을 뜬다. 문득 두려움에 질려 다시 눈을 감는다. 두 손으로 눈을 가린다.

초매   ……간지러워, 간지러워……. 이것들아……. 언제냐……. 수십 년…… 수백 년…… 수천 년…… 수만년…… 너희들 떠나던 때…… 눈을 감아도 방울 소리가, 짤랑대는 방울 소리가…… 싫어, 나는 싫어……. 그게 왜 나야! 왜 하필 나야! 저리 가, 오지 마라, 들어오지 마……. 장복아, 장복아…… 장복아…….

초매, 이윽고 눈을 가렸던 두 손을 내리고 눈을 들어 밤하늘에 가득한 별빛을 똑바로 응시한다. 초매, 자리에서 일어나 성큼성큼 걸어 어둠 속으로 사라진다. 다른 쪽. 기여와 구여, 산여가 술동이를 하나씩 안고 모래밭을 가로질러 간다.

기여   재주도 좋네. 솔직히 말해 봐. 너희들 그거 지금 담근 거 아니지?
구여   사돈 남 말 하네.

세 여자, 웃는다.

산여   근데 이렇게 빨리 가져가면 트집 잡히지 않을까요, 나중에?
기여   일단 급한 불부터 꺼야지, 지금 그런 거 따지게 됐어.
구여   이 문제에 대해서 안 구린 놈 어디 있나?
산여   그래도 좀 천천히 가요.
기여   그럴까.

세 여자, 멈춰 선다.

구여   제기랄, 별빛도 좋네.
기여   우리 마을에선 그래도 이것밖에 볼 게 없지.
산여   (술을 마신다.)
기여   야, 너 지금 뭐 하냐?
산여   술 마셔요.
기여   이게 지금 미쳤나.

산여	까짓 거, 될 대로 되라지요.
구여	교충이 때문에 화났냐?
기여	어쨌든 불알은 아직 멀쩡하잖아.
산여	불알이 문제예요, 지금? 그 사람 마음이 문제지. 평생 같이 산 나한테는 말도 없이, 떠나려 한 거 아니에요. 아무리 마을을 위해서라지만 어떻게 그럴 수가 있어? 내 인생은 뭐냐고? 다 소용없어, 인생이 허망해요. (술을 마신다.)
구여	야, 그만 마셔!
기여	너 그거 모르는 소리다. 마음? 그런 거 필요 없어. 불알만 있으면 돼.
구여	에이. (술을 마신다.)
기여	야…… 넌 왜 마셔?
구여	불알도 불알 나름이지. 있으면 뭐해.
기여	이것들이! 지금 과부 앞에서 유세하냐? 에이. (술을 마신다.)
구여	아, 이거 핑 도는데.
산여	우린 어떻게 되는 걸까요?

세 여자, 한숨을 내쉬며 창대네 집을 향해 간다. 무대 다른 쪽. 부혜와 유유, 교충이 일렬횡대로 서서 밤 들판을 향해 오줌을 누고 있다.

부혜	우라질, 별도 밝다.
유유	저 별들도 다 땅덩이라고? 우리가 밟고 서 있는 땅이 허공에 둥둥 떠 있는 방울이라?
부혜	누가 그따위 미친 소릴 해?
유유	그 나귀 녀석이 안 그러든? 넌 뭘 들은 거냐?
부혜	말 같지도 않은 소리.
유유	그러게. 근데 오늘은 왠지 그 녀석 말대로 몸이 허공에 붕 뜬 것

만 같다. 그때 생각나?

부혜 언제?

유유 나 열네 살 때. 수수 밭에 갔다 오다가 모래 폭풍에 길을 잃었었 잖아.

부혜 봄도 아니었는데 굉장했지.

유유 그때 내가 마을로 못 돌아왔으면 어떻게 됐을까?

부혜 죽었겠지.

유유 안 죽고 딴 마을에 들어갔으면?

부혜 쫓겨났겠지. 결국 죽었을 거야.

유유 너는 왜 그렇게 매사에 부정적이냐? 그 사람들이 날 받아 줬을 수도 있잖아.

부혜 나라면 몰라도 너는…….

유유 이 자식이! 난 그때, 모래바람 속을 헤매면서 밖엣사람들을 만나 는 상상을 했었다. 그러다 뭐가 발에 탁 걸려서 몸이 붕 떠서 자 빠졌는데, 그게 마을로 돌아오는 길이더라. 허겁지겁 줄을 잡고 뛰었어. 저 앞에서 우리 어머니가 날 부르는 소리가 들리데. 아이 고, 이제 살았다 싶은데, 거참 묘하데, 가슴이 막 답답해지더라고.

부혜 이 자식이 안 하던 옛날 얘기를 하는 거 보니, 죽을 때가 된 모양 이네.

유유 그러게 말이다. 이왕 죽을 거 콱 그냥! 야, 교충, 넌 어떻게 생각해?

부혜 너 아까부터 불알 잡고 뭐 하나? 제사 지내나?

유유 이 자식 기어이 불알 뗀 거 아냐?

부혜 어디 좀 보자.

교충 쉿!

유유 쉿은 뭐가 쉿이야, 이 자식아.

교충 아, 정말! 왜들 이래요! 나 좀 가만 놔둬요.

부혜   가만 놔두면 불알 떼려구?

교충   불알 안 떼고 그 이념이란 걸 만들어 보려는 거라고요.

유유   이념? 네가?

교충   연암이 입을 안 열면 어떡할 겁니까? 그 녀석이 했던 얘기라도 잘 꿰어맞춰서 이념을 만들어야 될 거 아닙니까?

부혜   이념을 만든다고?

교충   내가 기억력은 좋잖아요.

유유   쓸데없는 쪽으로만.

교충   연암이 했던 얘기들은 다 기억나는데.

부혜   기억나는데?

유유   정리가 안 되지?

교충   정리가 너무 잘돼서 탈이에요.

부혜   정리가 잘돼서 탈이라고?

교충   이념이란 건 아리송하고 앞뒤가 안 맞아야 되는 거잖아요. 연암 말은 원래 그랬는데, 어째 내가 생각만 하면 정리가 돼 버린단 말이에요. 아, 참……. (다시 궁리하기 시작한다.)

유유   정말 정리 안 된다.

부혜   젠장. 내일 밤에도 우리가 오줌을 눌 수 있을까?

사내들 쪽 어두워지고 수레 근처가 밝아진다. 산고와 제건이 만만을 붙들고 서 있고, 바닥에 거보가 몹시 얻어맞아 널브러져 있다.

산고   조금만 늦었어도 큰일 날 뻔했어!

제건   너무 심하게 때린 거 아냐?

산고   이놈은 더 맞아야 돼. 다들 마을을 구하겠다고 난린데. 혼자 만만이하고 도망을 치려 해? 만만이가 네 거야?

산고, 거보를 마구 밟는다. 거보, 정신을 잃는다.

만만   그만! 그만해! 너희들이 시키는 대로 할 테니까 그만 때려!

수레에서 어사가 나온다.

어사   뭐가 이리 소란스럽냐?
산고   우리도 무얼 하나 가져왔어요.

산고와 제건, 만만을 데리고 수레 앞으로 간다.

어사   무얼?
산고   (만만을 들이밀며) 얘요.
어사   얘가 뭔데?
제건   만만이요.
어사   만만? 뭐 하는 앤데?
산고   우리랑 자요.
어사   자?
제건   아시잖아요.
어사   창녀? 그런 건 흔해.
만만   창녀가 뭔데요?
어사   더러운 거다.
만만   그럼 난 아니에요. 난 이 마을의 순결을 위해서 일하고 있는걸요.
어사   맞아. 그게 창녀야.
산고   그럼, 이 신발은 어때요? 원래는 이걸 가져오려고 했는데, 당최 벗겨지질 않아서 할 수 없이 통째로 가져왔죠.

어사 　이 신발이 뭐?

제건 　그건 제가 잘 알아요. 오래전 옛날에 얘네 조상들이 우리 마을을 먹었대요. 그러고는 우리 마을 여자들한테 죄다 이런 신발을 신게 했다는 거예요.

산고 　그러다 얘네 조상들이 우리 마을에서 쫓겨나 도망갔는데, 그때 도망 못 가고 붙잡힌 여자가 얘네 할머니의, 할머니의, 할머니…… 아무튼 할머니래요.

제건 　조상님들은 얘네 할머니한테 이 신발을 신겼는데, 그건 얘네 할머니를 올라탈 때마다 그때의 치욕을 기억하라는 뜻이죠. 그 신발이 얘한테까지 물려 내려온 거예요.

어사 　흐음, 순결을 위한 더러운 신발이라…….

산고 　역시 알아보시는군요! 어때요? 이 정도면 이념이 될 만하지 않아요?

어사 　만만.

만만 　네?

어사 　억울하지 않으냐?

만만 　아뇨.

어사 　부끄럽지 않아?

만만 　뭐가요?

어사 　고통스럽지도 않고?

만만 　전혀요. 얼마 전까지는.

어사 　얼마 전까지는? 그럼 지금은?

만만 　잘 모르겠어요.

어사 　음. 아직은 안 되겠다.

산고 　왜요?

어사 　너무…… 위험해.

제건 　어서 억울하다고 말씀드려!

산고   부끄럽다고 고통스럽다고 말씀드리란 말이야!

만만, 어리둥절한 채 서 있다.

어사   가 봐. 소란 피우지 말고.

어사, 수레 안으로 들어가 버린다. 만만, 쓰러진 거보를 얼싸안는다.

만만   거보야, 거보야.

제건   왜 넌 거보만 붙들고 지랄이야! 우리도 죽을 것 같다고!

산고   그래! 어차피 내일 아침이면 우린 다 죽어! 만만이 넌 변했어!

제건   그래! 넌 거보만 좋아해!

만만   아냐, 난 그대로야. 너희들 모두 좋아해.

제건   우릴 버리고 거보하고만 도망가려 했잖아!

만만   난 안 간다고 했어. 그런데 거보가……

거보   (겨우 눈을 뜨고) 만만…… 너 자신을 속이지 마.

산고   정말 눈 뜨고 못 봐주겠군!

제건   정말 우릴 다 죽일까? 전부 다?

산고   그럼 이게 장난인 줄 알아?

제건   어떻게 죽일까?

산고   지워 버린다잖아.

제건   그 지운다는 게 뭘까? 때 미는 거랑 비슷할까?

산고   때만 미는 게 아니라 우리가 아주 없어질 때까지 박박 문지르겠지.

제건   (울상이 되어) 무지 아프겠네.

산고   (울상이 되어) 때만 밀어도 아픈데.

제건   아, 이게 다 뻥이었으면!

산고   (문득 벌떡 일어서며) 제기랄! 만만! 가자! 갑자기 너하고 하고 싶어
         졌어!

제건   나도!

만만   싫어.

산고, 제건   싫어?

산고   너 지금 싫다고 했어?

만만   그래. 싫어.

산고   들었어? 분명히 싫댔지?

제건   야, 이것 참 기분이 묘해지는걸?

산고   이런 기분은 처음이야! 빨리 하러 가자!

산고와 제건, 만만을 억지로 들쳐 메고 달려 나간다.

만만   싫어! 싫단 말이야! 싫다니까!

거보, 가까스로 몸을 일으킨다.

거보   만만…… 만만…… 널 가질 수 없다면 남은 길은 하나뿐이
         다……. 별들이여. 길은 하나뿐이다…….

9장

창대네 집. 동틀 무렵. 마을 사람들이 연암 주위에 둘러앉아 연암이 입을
열기를 애타게 기다리고 있다. 사이. 연암은 홀짝홀짝 술만 마신다.

| 교충 | 에 또, 그러니까 어르신께서는 이용(利用)한 후에야 후생(厚生)할 수 있고, 후생한 연후에야 정덕(正德)할 수 있다, 이렇게 말씀하셨지요? 그렇지요? 문제는 이 이익이란 것은 항상 아귀다툼을 몰고 다닌다는 점입니다. 누군가 이익을 보면 누군가는 손해를 보기 마련이죠. 그렇게 해서 얻어진 후생이라는 것은 어느 한쪽의 일일 수밖에 없고, 그렇게 해서 세워진 덕이란 것도 결국 반쪽짜리밖에 안 된다 이거지요. 그걸 정덕이라 할 수 있겠습니까? 어르신 말씀에서 남는 건 이용 단 두 글자뿐입니다. 후생도 정덕도 다 거짓말입니다. 어떻게 생각하십니까? |

연암, 말이 없다.

| 교충 | 할 말이 없으십니까? 그렇겠지요. 어르신 말씀은 아름답지만 세상은 그렇게 아름답지가 않은 겁니다. |

장복이가 달려 들어온다.

장복	저기.
호체	뭐야?
장복	우리 마누라님 못 보셨습니까? 어젯밤에 안 들어오셨어요.
호체	들어오겠지. 그 땅두더지가 어딜 가겠어.
장복	아무리 찾아도 안 보이네. 여기도 안 계시고 어딜 가셨지?
유유	안 들어오면 속 편하고 좋지 뭘 그래요?
강량	여긴 없으니까 딴 데 가서 찾아 봐. 수선 떨지 말고.
장복	(나가며) 대체 어딜 가셨을까?
강량	계속하게.

교충   에 또, 어르신께서는 도가 이쪽도 저쪽도 아닌 그 사이에 있다고
       말씀하셨는데, 도대체 그게 무슨 말씀입니까? 듣기엔 그럴듯하고
       뭔가 있어 보이지만 그건 말장난에 불과합니다, 사람들이 살아가
       는 데 필요한 건 심오한 혼란이 아니라 단순하고 명쾌한 정리다
       이 말씀입니다.

부혜   도대체 뭔 소리야?

교충   가만있어요, 중요한 얘기라고요!

기여   그렇게 몰아붙이는데 누가 얘기하고 싶겠어? 나라도 이야기하기
       싫겠네.

유유   좀 쉬운 거부터 해. 그 과부하고 선생하고 했는지 안 했는지 그거
       나 물어보라니까, 맨 골치 아픈 얘기만 하고 있어!

구여   어르신. 했습니까, 안 했습니까? 말씀 좀 해 보세요. 네? 궁금해 죽
       겠어요.

연암, 말이 없다. 조명 전환. 무대 다른 쪽. 모래투성이가 된 만만이 무언가
에 쫓겨 달아난다. 한참을 도망치던 만만, 숨을 몰아쉬며 주위를 살핀다. 어
둠 속에서 문득 초매가 나타나 만만의 앞을 가로막는다. 만만, 소스라치게
놀라 초매에게서 도망치려 하지만, 이내 초매의 손에 붙들려 모래 위에 쓰
러진다. 초매, 만만의 발목을 잡고 그녀가 신고 있는 하이힐을 물끄러미 바
라본다.

만만   ……이러지 마세요……. 엄마가 나한테 남긴 건 이 신발뿐이라고
       요! 아! 아파요! 발목을 분지를 셈이에요! 제발! 그만……!

초매, 만만의 발에서 하이힐을 벗겨 낸다. 말없이 하이힐을 들여다보던 초
매, 하이힐을 만만에게 던져 준다. 만만, 하이힐을 주워 들고 바라본다. 문

득 눈물이 흐른다. 소리 없이 흐르던 눈물이 흐느낌으로, 흐느낌은 온몸을 뒤흔드는 울음으로 변해 간다. 사이.

만만   할머닌 누구죠? 난 누구죠?

초매가 만만에게 손을 내민다. 만만, 잠시 초매를 바라보다가 초매의 손을 잡고 자리에서 일어나 함께 걸어 어둠 속으로 사라진다. 초매와 만만 쪽, 어두워지고, 마을 사람들이 모여 있는 곳이 밝아진다.

구여   아유, 정말 속 터져 죽겠네!

유유   젠장! 이게 뭐 하는 짓이야!

부혜   틀렸어. 물 건너간 거야!

산여   벌써 동이 트는데. (연암에게 술을 따라 주며) 제발 말씀 좀 하세요, 네?

유유   (산여에게서 술병을 빼앗으며) 그만 줘! 소용없다고! 괜히 아까운 술만 축내지! (술을 마신다.)

부혜   (술을 마시고) 그러게 애초에 촌장님 말대로 확 불질러 버렸으면 간단했을 거 아닙니까!

유유   (술을 마시고) 항상 말씀하셨잖아요! 우릴 이 마을까지 몰아낸 게 바로 저놈들이라고, 언젠가는 복수해야 된다고.

부혜   그래, 망설일 게 뭐 있어! 가는 거야!

호체   철없는 소리 말아. 상대는 황제야, 제국이라고! 한번 돌아보는 데만 586년이 걸리는.

강량   자네들 마음을 모르는 게 아냐. 그러고 싶은 마음은 누구보다도 내가 굴뚝같아! 뒷감당이 무서운 게 아냐. 나는 진정으로 저들을 이기는 것이 무엇인가를 생각하고 있어.

부혜	장로님들은 생각하세요. 우린 해치울 테니까!
유유	뭐가 그렇게 복잡해? 죽기 아니면 살기지!
강량	내 말 듣게. 우린 밖엣놈들과 달라. 그 점에 대해 우린 자부심을 가져야 하네. 수모를 감당하고서라도 그걸 지켜야 해. 설사 지금 우리가 그놈들을 치고 성공한다 해도 그놈들과 똑같아질 뿐이야.
호체	그래 시간은 아직 있어. 정 저 녀석이 입을 안 열면 내일 아침에 쳐도 늦지 않아.
부혜	그렇게 미적거리고 있으니 항상 당하기만 하는 겁니다!
유유	장로님들한테 같이 가자고 안 할 테니까 걱정 마세요!
호체	뭐야?

장로들과 사내들 사이에 팽팽한 긴장이 흐른다. 누군가 박수를 치며 웃음을 터뜨린다.

유유	누구야? 어떤 놈이 웃어?
연암	아주 좋아! 마음에 들어!
기여	말을 했어! 연암이 말을 했어!

마을 사람들, 얼싸안고 환호성을 지른다.

아낙들	만세! 만세!
기여	우린 살았어!
구여	하늘이 우릴 버리지 않으신 거야!
호체	그러게 내가 뭐랬나? 기다려 보자고 하지 않았어!
강량	늙은이 말을 우습게 알지 말라고!

마을 사람들, 왁자지껄 떠들어 댄다.

연암   조용, 조용!

기여   네, 네! 무슨 말씀이든 그저 많이만 하세요.

연암   너무들 좋아하지 마. 지금은 내가 말하지만, 그 어산지 뭔지 앞에 가서 말하고 안 하고는 내 맘이니까.

유유   뭐야? 저 자식이 아직 매운맛을 덜 봤군!

연암   너 입조심해.

기여   그래, 괜히 성깔 건드리지 마. 다시 입 다물면 어쩌려고.

연암   잘 들어. 내가 입을 연 것은 이깟 목숨이 아쉬워서가 아냐. 그 어사란 놈한테 끌려가서 황제의 애완동물이 되느니 차라리 죽는 게 나으니까. 지금도 그 생각엔 변함이 없어. 하지만 네놈들 꼬락서니를 보고 있노라니 한심하고 답답해서 한마디 안 할 수가 없다.

호체   그러니까 어사 앞에 가서 말을 하겠다는 거야, 말겠다는 거야?

연암   자꾸 말 끊으면 안 하겠다.

구여   가만 좀 있어 봐요!

연암   따져 보자. 내가 어사 앞에서 말을 하면 어떻게 되지?

산여   그럼 아무 일 없는 거지.

유유   우리도 살고 너도 황제한테 가서 호강할 거고.

연암   아무 일 없다고? 그래 적어도 586년 동안은 그렇겠지. 하지만 586년 뒤는 어쩔 셈이지?

부혜   젠장, 그렇게 먼 일까지 우리가 생각해야 돼?

연암   586년 전 자네들 조상이 조금만 길게 앞을 내다봤더라도 오늘 자네들이 이런 일을 겪진 않았을 거야. 지금 나를 보내는 것은 언 발에 오줌 누기, 눈 가리고 아웅밖에 안 돼. 근본적인 해결책은 못 된단 말이지. 다음, 내가 어사 앞에서 말을 안 하면 어떻게 되지?

유유   끝장을 보는 거지!

연암   끝장? 어사 하나 죽이면 끝장인가? 그 후에 일이 어떻게 되리란 건 너희들도 짐작할 거다. 너희들은 황제의 군대를 당해낼 수 없어.

강량   그래서 도대체 어쩌자는 거냐?

연암   나는 끌려가지 않아도 되고 너희들은 죽지 않아도 되는 길을 알려 주려는 거다. 물론 어사를 죽여 공연히 곤란한 일을 만들 일도 없다.

추오   어떻게 하면 그럴 수가 있지?

연암   지워지기 전에 지워 버리는 거지.

부혜   대체 무슨 소리야?

연암   다들 집으로 돌아가 당장 짐을 꾸려. 최대한 가볍게. 꼭 필요한 것만.

기여   짐을 꾸리라고?

연암   떠나는 거다. 동이 트기 전에.

        사이.

강량   떠나? 지금 떠난다고 했나?

연암   그래. 너희들이 지금 이런 곤욕을 당하는 것은 이 땅에 붙어, 이 땅에 매여 있기 때문이야. 너희들이 이곳에 머무는 까닭이 무엇인가? 주위를 둘러봐. 모래밭, 모래밭, 어딜 가도 모래밭, 세 걸음만 떼어도 너희들을 숨차게 만드는 모래밭뿐 아닌가? 고작 있다고 해 봐야, 걸핏하면 모래바람에 묻혀 버리는 수수 밭 몇 뙈기, 금방이라도 허물어질 듯 낮게 찌그러져 너희들 등을 굽게 하는 움막 몇 채, 그것 말고 뭐가 더 있지?

부혜   ……없지, 없어.

연암   너희들 모습을 돌아봐. 모래 먼지에 눈은 흐려졌고, 빈약한 음식에 야윈 몸은 햇볕에 바싹 말라 쪼그라들어 버렸다. 그 속에서 너희들의 정신 또한 말라붙은 수수 이삭처럼 움츠러들고 말았다. 유유, 말해 보게. 자네가 모래밭에서 파냈던 그 시체와 너희들이 다를 게 무엇이지?

유유   ……없어. 맞아. 우린 시체나 마찬가지야.

연암   도대체 여기에 미련 둘 것이 뭐가 있나? 왜 여길 벗어나지 못하지? 떠나! 떠나는 거야! 사라져 버리는 거야!

호체   하지만 황제가 가만있을 리가 없잖아.

강량   결국 붙잡혀서 끝장나고 말 거야.

연암   황제의 수레가 움직인다면 너희들도 움직이는 거야! 먼저 움직이는 거야! 멈추지 말고 움직이는 거야! 황제의 수레는 너희들을 찾아낼 수 없어. 왜냐하면 우리는 머물지 않으니까! 지우고 지우며 끝없이 움직여 다닐 테니까! 나는 알고 있어. 푸른 풀들이 자라는 평원을…… 나무들이 무성한 산들을…… 맑은 물이 흘러내리는 계곡을…… 강물을…… 언덕에 핀 붉은 꽃들을…… 바다를!

유유   푸른 풀…….

부혜   나무들…….

산여   바다…….

연암   그래! 그곳들을 지나가며 너희들의 굽은 등은 곧게 펴질 것이고, 흐린 눈에는 생기가 돌 것이며, 힘찬 걸음으로 우렁찬 목소리로 삶의 기쁨을 노래하게 될 것이다! 동이 터 온다. 자, 떠나! 어사가 눈을 뜨기 전에, 황제가 눈을 뜨기 전에. 조용히, 흔적도 없이 떠나 버리자! 사라져 버리자! 너희들이 원한다면 나는 너희들과 함께 가겠다!

사이.

유유 그래! 이분 말씀이 옳아! 여긴 살 곳이 못 돼.

부혜 젠장! 가다 죽더라도 가는 데까지 가 보는 거야!

강량 동요하지 말아! 그건 말처럼 쉬운 일이 아냐!

추오 앉아서 죽는 것보다는 낫겠죠.

강량 촌장, 자네까지!

호체 왜들 이래? 이 녀석만 넘겨주면 일은 깨끗이 해결되는 거야!

추오 그건 비겁한 짓입니다. 눈앞의 일만 생각하는 것입니다.

호체 뭐야?

추오 저도 이분 말씀에 공감합니다. 우린 먼 미래를 내다봐야 합니다. 먼 옛날에 우리 조상님들께서는 이곳으로 오셔서 이 터전을 일구셨지요. 하지만 이제 이 마을은 마를 대로 말라 버렸습니다.

산여 그래, 사실 어딜 가도 여기보다 못하려고?

구여 좀 힘들겠지만 자식들을 위해서라면.

유유 그래요! 이제는 우리가 새로운 땅을 찾아 떠날 때라고요! 조상님들이 그랬듯이!

강량 아직은 때가 아니야!

부혜 도대체 그때가 언제냐고요!

유유 바로 지금입니다! 지금!

추오 우리는 선택해야 합니다! 용기를 갖고 나아가 우리 후손들에게 새로운 땅을 열어 줄 것입니까? 아니면 이대로 눌러앉아 우리 후손들이 수모와 가난을 짊어지게 만들 것입니까? 떠나시겠다는 분들은 보안경을 써 주십시오!

마을 사람들, 하나둘 보안경을 쓴다.

호체   안 돼! 이제 씨앗을 뿌릴 때라고. 대체 여길 떠나 어디로 간단 말
       이야?

추오   죄송합니다만, 장로님들, 결정은 이루어졌습니다. 자, 다들 집으
       로 돌아가 신속하고 조용하게 짐을 꾸리도록 하세요! 최대한 가
       볍게! 꼭 필요한 것만!

마을 사람들, 결의에 찬 모습으로 흩어져 나간다. 동트기 전의 어둠.

10장

밝아지면 촌장과 창대, 보따리를 둘러메고 서서 사람들을 기다린다. 촌장
은 보안경을 쓰고 있다. 연암이 그 곁에 서 있다.

창대   이봐, 촌장. 난 아무래도.
추오   그만두세요.
창대   난 우리 아들 미중이를 기다려야 해. 혹시 그 애가 돌아왔는데 내
       가 없으면?
추오   미중이는 죽었어요.
창대   살아 있을지도 몰라.
추오   왜들 이렇게 늦는 거지?

기여가 들어온다. 빈손이다.

추오   아주머니. 아니, 왜 빈손입니까?
기여   저기, 난 아무래도. 우리 영감 묻은 곳이 여긴데. 내가 보살피지

않으면…… 자네들은 가. 난 그냥 여기 남을래.

추오   아주머니!

산여와 교충, 산고 일가족이 들어온다. 빈손이다.

추오   자네들도?

교충   저기, 그게. 우리 집사람이 아무래도…….

추오   아무래도 뭐?

교충   얼마 전부터 자꾸 구역질을 하더니, 아무래도 그게 입덧인가 봐요.

산여   길바닥에서 애를 낳을 순 없잖아요.

추오   왜 못 낳아?

교충   꼭 그것 때문만이 아니라, 아시다시피 제가 잘하는 건 기억하는 일밖에 없잖아요? 전 이 마을의 모든 일들을 하나도 빠짐없이 기억하고 있는데, 여길 떠나면 그게 죄다 아무 소용없게 되잖아요. 전 언젠간 그 기억들을 바탕으로 저만의 이념을 만들어 보고 싶어요. 그래서…….

구여와 부혜, 제건 일가족이 들어온다. 빈손이다. 잔뜩 부아가 나 있다.

부혜   그래, 그깟 낡아 빠진 농짝을 꼭 지고 가겠다는 심사가 뭐야?

구여   그깟 농짝? 말 다 했어? 그건 우리 친정 엄마가 시집올 때 해 준 거야. 절대 못 버려!

부혜   그럼 네가 지고 가!

구여   그걸 내가 어떻게 져!

부혜   농짝뿐이면 말도 안 해! 문짝에 탁자에…….

구여   그럼 버리고 가? 내가 그것들을 어떻게 장만했는데!

부혜   아예 기둥뿌리까지 뽑아 가지 그래?

구여   왜 못해?

부혜   속 터져서 정말!

추오   그래서 뭡니까?

부혜   아니, 내가 안 가겠다는 게 아니라…… 이 여편네 하는 짓 좀 보
        라고! 뭐 손발이 맞아야 일을 해 먹지!

구여   그건 내가 할 소리야!

추오   (낙담하여) 유유는? 장로님들은?

교충   유유 형님은 저희 집에 누워 있어요.

추오   뭐야?

교충   그 형님이 집을 부수다가.

추오   집을 부숴?

산여   이왕 가는 거 다 때려 부수고 가겠다고요. 근데 갑자기 집이 무너
        지는 바람에 그 밑에 깔렸대요. 겨우 기어 왔더라고요. 입으로는
        "가야지, 가야지." 하는데 꼼짝도 못해요.

        장로들이 등장한다. 역시 빈손이다. 그 뒤에 어사가 모습을 드러낸다.

추오   장로님들!

강량   (외면하며) 어쩔 수 없었네.

어사   이 양반들 욕할 거 없어. 고작해야 뒷북이나 치러 온 셈이니까.
        이 계내계외기사기물총람순력어사를 물로 보지 말라고. 수레에
        서 수수떡이나 먹으면서 자고 있었던 게 아니니까. 이놈에 대해
        서는 다 알고 있었어. 자네들이 이 물건을 완성시켜 주길 기다리
        고 있었을 뿐이야. 잘해 주었네.

어사, 연암 앞으로 간다. 사람들이 물러서며 길을 내어준다.

어사 딱 내가 찾던 물건이로군. 사람들의 마음을 달뜨게 하지만 전혀 위험하지는 않은 것……. 연암이라고 했나? 네놈이 모르고 있는 게 있어. 아니면 알면서도 모른 척하고 있는 거겠지. 그건 네가 말한 그곳들에는 모두 이미 주인이 있다는 사실이다. 지나갈 수는 있겠지. 구경할 수는 있겠지. 하지만 거기서 살 수는 없어. 계속 지나가기만 하면 된다고? 구경만 하면 된다고? 얘들이 그걸 감당할 수 있을 거라고 생각하나? 그건 너도 마찬가질걸? 인간이란 결국 주저앉을 곳을 찾게 마련이야. 어디 더 떠들어 보지 그래?

연암 난 더 이상 입을 열지 않겠다. 나를 데려가 봐야 그건 껍질일 뿐이야.

어사 내가 필요한 게 바로 그 껍질이야. 네가 말 안 해도 상관없어. 너의 말들은 이미 기록되었으니까.

연암 오!

어사 이 녀석을 묶어.

호체 뭣들 하나? 어서 묶게! 이 녀석이 마음에 드신다잖아! 모든 일이 잘 해결된 거야!

사람들, 망설인다.

강량 뭘 망설이고들 있는 거야? 어서!

어느 순간엔가 달려 들어온 거보가 연암에게 달려들어 목에 밧줄을 건다.

거보 다들 물러서요!

어사	뭐야, 넌?
강량	거보, 이놈! 지금 뭐 하는 짓이야?
거보	난 이놈을 죽이고 말 겁니다!
호체	뭐야? 저놈이 지금 제정신이야?
강량	네놈이 지금 무슨 짓을 하고 있는지 알기나 해? 그분을 죽이면 우리 모두 다 죽는 거야!
거보	내가 원하는 게 바로 그거예요! 이따위 마을은 없어지는 게 나아요! 지워져 버려야 해!
기여	대체 저 녀석이 왜 저래?
산고	만만이 때문에 저러는 거예요!
호체	만만이?
거보	그래요! 난 만만이를 원해요!
기여	그래, 가져! 누가 뭐랬냐?
거보	나만 가지길 원한단 말이에요! 난 만만이를 사랑하니까! 하지만 이 마을이 남아 있는 한, 난 만만이를 가질 수 없어!
어사	허 참, 웃기는 녀석이군.
거보	이념? 이게 이념이라고요? 고통과 치욕 속에 빠져 있는 여자애 하나도 건져 내지 못하는 게 이념이라면, 그따위 이념은 필요 없어! 이런 이념은 죽여 버려야 해! 가까이 오지 마! (연암의 목을 밧줄로 조른다. 연암이 캑캑거린다.)
마을 사람들	안 돼!
추오	누가 가서 만만이 좀 데려와! 어서!
어사	죽이든 살리든 빨리 하라고 해. 이제 떠날 시간이니까.

갑자기 모래바람이 거칠게 휘몰아친다. 사람들, 이리 밀리고 저리 밀리며 갈팡질팡한다.

11장

어사   뭐야? 갑자기 웬 바람이지? 흩어지지 마! 다들 모여 있어!

이윽고 바람이 멎고 수레가 홀연히 사람들 앞에 나타난다. 수레 안에서 누군가의 목소리가 들린다.

소리   세상이 바뀔 때는 한바탕 큰 바람이 일게 마련이지.
어사   누구야? 감히!

수레의 포장막이 걷히고 초매가 앉아 있는 것이 보인다. 만만이 그 곁에 앉아 있다.

장복   여보! 마누라님!
거보   만만!
어사   뭐야! 너희들이 뭔데 거기 앉아 있어? 그 안에 있던 것들은 다 어디로 갔지?
초매   가뜩이나 수레도 좁은데, 어찌나 주둥이를 나불대는지. 시끄러워서 견딜 수가 있어야지. 그래서 다 쫓아내 버렸다.
어사   뭐야? 쫓아 버렸다고?
초매   바람을 일으키면서 꽁지가 빠지게 도망가더군.
어사   이런! 내가 그것들을 모으느라고 얼마나 고생을 했는데!
초매   수선 떨지 마. 너의 이번 순력은 그따위 허접쓰레기들을 모아들이라는 게 아니야. 네가 이 수레에 싣고 갈 것은 바로 나다.
어사   너? 네가 뭔데?
초매   내가 누구냐고? 넌 눈만 뜨고 있지 볼 줄을 모르는구나. 아직도

412

모르겠느냐?

어사, 문득 놀란다.

초매   2344년 전 나를 이곳으로 데려온 것이 네놈 아니었더냐? 오늘의
       일을 말해 주었던 것도 네놈의 입이 아니었더냐?

어사, 뒷걸음질 친다.

초매   알겠느냐? 내가 바로 새로운 황제니라.

라디오에서 음악이 울려 퍼진다. 어사가 무릎을 꿇고 머리를 조아린다. 마
을 사람들도 엉겁결에 머리를 조아린다.

초매   나의 유배는 이제 끝났다. 이젠 돌아갈 때가 되었어. 어사, 수레
       를 이끌어라.

어사가 수레 앞에 선다. 거보, 수레 앞을 막아선다.

거보   만만!

초매, 거보 앞에 만만의 하이힐을 던진다.

초매   네가 사랑하는 만만이는 거기 있다.

거보, 멍한 얼굴로 하이힐을 집어 든다.

초매　(만만을 쓰다듬으며) 만만. 모래투성이로구나. 내가 물을 부어 주마. 깨끗이 씻어 주마. 너에게는 아무런 고통도, 부끄러움도, 분노도, 절망도, 욕망도 없을 것이나, 세상의 모든 사람들은 너를 고통으로, 부끄러움으로, 분노로, 절망으로, 욕망으로 기억하게 될 것이다. 너는 내 딸이요, 후계자가 될 테니까.

만만　엄마.

초매　가자.

엎드려 있는 사람들 위로 다시 모래바람이 불어와 눈앞을 가린다. 수레가 사라진다. 어두워진다. 어둠 속에 장복이의 실루엣이 보인다. 장복이는 갑작스레 얻은 자유, 그로 인한 기쁨을 참지 못하고 소리치며 이리저리 날뛴다. "만세! 난 자유야! 난 자유야!" 한참 뛰던 장복이 문득 멈춰 선다. 침묵. 장복의 실루엣이 어둠 속에 묻힌다.

12장

다시 밝아지면 벌판. 밤하늘에 별이 총총하다. 장복이 벌판에 서서 태엽이 풀리거나, 끈 떨어진 인형처럼 어찌할 바를 모르고 훌쩍훌쩍 운다.

장복　가 버렸어, 가 버렸어…….

창대와 연암이 벌판으로 나온다.

창대　나리…… 이제 나리 혼자 가시면 난 어쩝니까?

연암　따라오너라.

창대	전 너무 늦었습니다.
연암	그때도 넌 그랬지.
창대	또 옛날 얘깁니까?
연암	넌 말발굽에 발을 밟힌 데다 몸살까지 앓아서, 걷지도 못하고 기어 오면서 나를 불렀지. 울면서. "나리! 나리 혼자 가시면 난 어쩝니까?"
창대	저를 말 등에 태워 이불을 덮어 주시고, 나리께선 걸어가셨다죠?
연암	아니. 난 널 버리고 갔었다.
창대	…….
연암	그런데도 넌 다시 따라와서 날 불렀지.

사이.

창대 나리께선 모르시겠지만, 나리께서 어렸을 때요, 그러니까 말을 시작하시기 전엔 눈이 참 예뻤답니다. 그 눈을 들여다보는 게 참 좋았습니다. 사람을 참 근질근질하게 하는 눈빛이었지요……. 그래요. 그렇게 근질근질하던 때가 있었습니다. 이 마을을 떠나 멀리 가고 싶었지요. 말 한 마리를 살 만한 돈이 생겼을 때 난 스물다섯이었어요. 정말 갔을 겁니다. 떠나기 전날 밤에 그 여자만 안 만났어도. 그 여자는 아이를 갖고 싶어 했죠. 아이 하나만 생기면 가도 좋다고 했습니다, 울면서. 그 눈물에 말 한 마리가 녹아 치마저고리가 되고 냄비가 되고 수수 밭 한 뙈기가 됐죠. 10년 만에 우리 미중이를 낳았는데, 이 빌어먹을 여편네가 덜컥 뒈져 버리지 뭡니까? 그래 또 17, 8년이 흘러서 미중이 녀석이 사내구실 좀 하겠다 싶어 이젠 정말 가야지 했더니, 그 녀석이 먼저 가 버렸지요……. 이런 넋두리야 나리 같은 분한테는 우습게 들리겠지만 말입니다.

연암   아니다. 그렇지 않아.

창대   아니라고요?

연암   나는 너 같은 사람들에 기대어 사는 허깨비일 뿐이야. 살갗이 없
이는 가려움도 없을 테니까……. 그러나 또한 그 가려움이 살갗
에만 매인 것도 아니니, 이를 어찌하면 좋으냐.

사이.

창대   묘하지요? 마누라 얼굴도, 아들놈 얼굴도 가물가물한데, 그때 사
지도 못했던 말 생김새는 아직도 또렷하게 생각난단 말입니다.

연암, 말없이 걸음을 옮기기 시작한다.

창대   나리…… 어디로 가실 겁니까?

연암   몰라.

창대   무얼 하실 건데요?

연암   그냥…… 어슬렁거릴 거다. 우린 그러려고 태어났으니까.

연암, 노래를 흥얼대며 멀어져 간다.

연암   화덕 위에 된장국이 보글보글 끓고 있네.
        거품 하나 나 하나 거품 둘 나 둘
        방울 하나 나 하나 방울 둘 나 둘
        거품이 뻥 나도 뻥 방울이 뻥 나도 뻥
        뻥 뻥 뻥 뻥 어디로 갔나,

어디로 갔나, 뺑 뺑 뺑 뺑!

장복   (울먹이며) 가 버렸어, 나만 남겨 놓고…… 가 버렸어!

모래바람이 불어와 벌판 너머로 멀어져 가는 연암의 모습을 지운다. 노랫소리 멀어지며 방울 소리만 희미하게 이어지다가 멀리서 말의 것도 아니요, 나귀, 노새의 것도 아닌, 슬프지도 않고 기쁘지도 않고, 노엽지도, 즐겁지도 않은, 어중간한 외침 하나가 길게 들려온다. 창대와 장복의 모습마저 모래바람 속에 지워진다. 어둠 속에서 연암의 목소리가 들려온다.

연암   사람들은 그날의 사달과 짐승을 곧 잊었다. 피차에 외로운 처지가 된 창대와 장복이는 살림을 합쳤다. 소년들은 떠나 버린 만만이를 생각하며 손장난을 쳤지만, 어느 모래바람이 부는 철에 혼자 마을로 흘러 들어온 계집아이 하나가 곧 새로운 만만이가 되었다. 거보는 만만이가 남기고 간 하이힐을 달인 물을 먹고 보름 동안 잠들었다 일어난 후에, 만만이를 깨끗이 잊었다…….

연암이 말하는 동안, 마을 사람들이 하나둘 등장하여 일상의 풍경을 펼쳐 보여 준다. 한쪽에 아낙들이 모여 떠들어 댄다.

기여   그러니까 뭐야, 연암이가 시장 바닥에서 술에 취해 자고 있더란 말야?
구여   털이 불그레하고 귀가 하얀 게 틀림없더래!
산여   그 녀석이 술을 좋아하긴 했었지.
기여   잘난 척은 혼자 다 하더니 고작 주정뱅이란 말야?

다른 쪽. 사내들.

부혜   그게 천산으로 약을 캐러 들어갔다가 벼랑에서 떨어져서 죽었다
       던데?

유유   죽은 게 아니라 산속 바위굴에서 도 닦고 있다잖아. 그 굴 안에서 뭐
       가 환하게 비쳐 나오는데, 그게 연암이 눈빛이라는 거야. 가끔 그 녀
       석 하품하는 소리가 산 아래까지 들린다더군!

교충   언제 적 얘기를 하고 있어요! 벌써 도 다 닦고 내려와서 도적 떼
       두목으로 날리고 있다던데.

추오   그 말이 맞을 거야. 걔가 원래 불만이 많았잖아.

다른 쪽. 소년들.

산고   진짤까? 연암이가 무지개를 타고 하늘로 올라갔다는 게?

제건   말도 안 돼.

산고   분명히 봤다잖아. 그 사람은 눈이 다섯 개나 되는데 잘못 봤을 리
       없지.

제건   네 수수떡을 뺏어 먹으려고 뻥을 친 거야.

산고   아냐. 그 녀석이라면 충분히 그럴 수 있어. (거보에게) 안 그래?

거보   응?

제건   약이 독했나 봐.

산고   참 재밌긴 했어. 그치?

제건   웃기는 녀석이었지.

산고   하늘로 올라간 게 아니면 지금은 어디 있을까?

제건   안 죽었으면 어디 가서 또 뻥을 치고 있겠지.

거보   응?

산고   웅은 뭐가 웅이야, 이 자식아.

연암   그렇다. 평소 같으면 거들떠보지도 않고 지나쳤을 이 마을에도
       모래바람 철에는 길 잃은 사람들이 찾아들곤 하였다. 그들 중에
       는 가끔 그 짐승에 대한 소문을 전하는 이들도 있었다. 그것이 밥
       한 끼 잘 얻어먹자는 희떠운 수작일지도 모른다는 생각을 하면
       서도, 이 마을 사람들은 그런 얘기를 들으면서 들창 너머로 먼지
       자욱한 벌판을 바라보면서 그 귀가 희고 얼굴이 불그레하던, 술
       잘 먹고 괴상한 얘기 잘하던 짐승을 떠올리곤 까닭 없이 한숨을
       내쉬기도 하고 공연히 쓴웃음을 지어 보기도 하였던 것이나, 이
       내 고개를 흔들고, 쉴 새 없이 집 안으로 몰려드는 모래를 퍼내러
       달려가곤 하던 것이었다.

       연암이 말하는 동안, 잠시 하던 일을 멈추고 몽상에 잠긴 마을 사람들. 무
       대 서서히 어두워질 때, 장로들이 일제히 흔드는 방울 소리.

호체   (소리) 집합! 집합!

강량   (소리) 자, 모두들 『선조어록』을 펴라! 오늘의 말씀은 3장 18절!
       "평범함의 미덕에 대하여." 촌장, 선창하게!

       어두워진다.

최
승
희

등장인물

최승희

안막 최승희의 남편

안성희 최승희의 딸

코러스 1

코러스 2

코러스 3

코러스 4

코러스 5

피아노 연주자

빈 무대. 한쪽 구석에 피아노가 놓여 있다. 연주자가 악보를 들고 등장하여 피아노 앞에 앉는다. 연주자는 연습 삼아 건반을 두들기기 시작한다. 코러스들이 등장한다. 무용 연습복 차림의 그들은 청소 도구(대걸레, 비 등등)를 들고 무대를 뛰어다니며 바닥을 청소하고, 의자들을 배치한다. 코러스 1과 2가 등장하여 무대를 가로질러 간다.

코러스 1 (등장하며) 왜냐구? 그런 건 나한테 묻지 마.
　　　　어쨌든 그 아이 앞에 빨간 구두가 있었어.
　　　　반짝반짝 빛나는 빨간 구두가.
　　　　아이는 빨간 구두를 신었지.
　　　　빨간 구두는 춤추기 시작했어.
　　　　타 타라라라 탓 타타…….

코러스 1과 2, 청소하며 왈츠 스텝으로 무대를 가로지른다. 코러스 3과 4, 5가 청소하며 반대편으로 무대를 가로지른다. 피아노 연주가 서서히 왈츠 리듬을 타기 시작한다.

코러스 3 …… 타 타라라라 탓 타타…….
　　　　빨간 구두는 춤추었지.
　　　　밤이나 낮이나 타 타라라라 탓 타타,
　　　　멈추지 않았어.
　　　　빨간 구두는 아이를 데려갔지.
　　　　들판을 지나, 강을 건너고, 산맥을 넘어, 바다를 건너
　　　　타 타라라라 탓 타타…….
　　　　춤추고 춤추면서 세상 끝까지 갔어.
코러스 4 그래서?

코러스 3 아직도 춤추고 있겠지.

빨간 구두는 멈추지 않으니까.

코러스 5 상당히 피곤했겠군.

코러스 4 벗어 버리지?

코러스 3 못 벗어.

코러스 4 왜?

코러스 3 그런 건 묻지 말라니까!

하여튼 빨간 구두는 그래.

못 벗어, 한 번 신으면.

타 타라라라 탓 타타…….

코러스들, 춤추듯 청소하며 의자에 자리를 잡고 앉는다. 왈츠(피아노)가 잦
아든다. 무대 뒤편에 서 있는 두 여자에게 조명이 비추어진다. 50대 중반의
여인(최승희)과 30대 중반의 여인(안성희). 최승희는 고운 한복 차림에 슈
트 케이스를 들었다. 안성희는 양장 차림에 역시 슈트 케이스를 들었다. 두
사람은 이제 막 여행에서 돌아온 듯도 하고, 이제 막 여행을 떠나려는 것처
럼도 보인다. 침묵.

안성희 꽃이 피었네요.

최승희 응.

안성희 그날처럼.

최승희 눈이 부시구나.

두 사람, 무대 앞쪽을 향해 걷기 시작한다.

안성희 어머닌 정말 믿고 계셨나요?

최승희	그만둬. 성희야.
안성희	지금도 전 이해할 수 없어요.
최승희	우리의 시간은 지나갔다.
안성희	오래 남는 물음들이 있죠. 우리가 가고 나도, 그것들은 아직 거기 남아 있어요.
최승희	…….
안성희	어머닌 정말 믿고 계셨어요?
최승희	꽃이 지네.
안성희	여기서 도망치는 게 가능하다고?
최승희	그날처럼.
안성희	전 아직도 모르겠어요.
최승희	꽃이 나무로부터 도망을 치는 걸까.
안성희	그날, 엄마 가슴속에 무엇이 있었는지.
최승희	나무 대신 춤추는 거다. 마지막 춤. 가지에서 땅 위로 떨어져 내리면서.
안성희	전 지금도 이해할 수가 없어요.
최승희	눈이 부시구나.
안성희	아직도 전 어머니를 용서할 수 없어요.
최승희	나도 나를 용서할 수가 없다. 저 눈부신 것들로부터 이렇게 멀리 있는 나를. 하지만 성희야. 우리의 시간은 지나갔다.
안성희	어머니.
최승희	지나가 버렸어.

피아노 연주. 최승희와 안성희 쪽 조명이 어두워진다. 무대 안쪽 코러스들 사이에 안막이 서 있다. 안막에게만 스포트라이트, 코러스들은 실루엣으로 보인다.

코러스와 안막은 모두 긴 외투에 중절모를 썼다.

안막   1957년 늦여름 어느 저녁, 나는 대동강변을 따라 걷고 있었습니
          다. 문화선전성에서 회의를 마치고 돌아오는 길이지요. 저무는
          하늘 위에서 매미들이 공습을 알리는 사이렌처럼 울어 댑니다.
          강변 언덕 위 소나무 숲 사이로 '최승희무용연구소'에 이제 막 불
          이 들어오기 시작합니다. 장구 소리가 뚜덕뚜덕, 한가롭게 들려
          옵니다.

코러스 1 (안막으로서) 한국전쟁이 끝난 지 4년. 강변 여기저기에, 아직 메우
          지 못한 포탄 구덩이들이 붉은 속살을 드러내고 있습니다. 발아
          래 강물은 소리 없이 흐릅니다. 강물 속에 포탄 껍데기가 하나 잠
          겨 있군요.

안막   늦여름 저녁, 미지근한 강물 속에서, 붉게 녹슬어 가는 탄피를 나
          는 꿈처럼 내려다봅니다. 우리가 지나온 전쟁들과 길들을 꿈처럼
          생각합니다.

코러스 2 (안막으로서) 전쟁은 끝났습니다. 그러나 이제 새로운 전쟁이, 조
          용하고 은밀한 전쟁이 시작되고 있었습니다. 이 전쟁에서 나는
          속수무책입니다. 나는 나의 적을 물리칠 수도, 도망칠 수도 없습
          니다. 나의 적은 바로 나의 과거.

코러스 3 (안막으로서) 지나온 날들이 융단폭격처럼 내 위로 쏟아집니다.

안막   나는 강물 속에서 천천히 녹슬어 가는 포탄 껍데기를 바라봅니다.

코러스 4 (안막으로서) 나는 언제까지 그것을 피할 수 있을까요.

안막   나는 녹슬어 가는 포탄 껍데기를 바라봅니다.

코러스 5 (안막으로서) 한 무리의 송사리들이 탄피 사이로 헤엄쳐 갑니다. 부
          드러운 물살에 몸을 맡긴 그 단단한 쇳덩이는 이제 평온합니다.

안막   어둠이 내립니다. 나는 언덕을 올라갑니다.

코러스 1 소나무 사이로 난 계단을 올라, 마당을 지나 현관 앞에 섭니다.
코러스 2 초인종을 누르려다 잠시 망설입니다.

> 문이 열리는 소리. 안성희가 현관문을 열고 나온다. 최승희는 보이지 않는다.

안성희 아버지.

안막 응, 성희로구나.

안성희 들어오시지, 왜 거기 서 계세요.

> 안막, 고개를 돌려 언덕 아래 강물을 바라본다. 바람이 불어온다. 안성희, 안막 곁으로 다가선다.

안막 오늘 저녁은 제법 바람이 선선하구나.

안성희 여름도 이젠 다 갔는걸요.

안막 응, 그렇지.

안성희 네.

안막 그래, 모스크바는 어땠니?

안성희 좋았어요.

안막 그랬구나.

안성희 거긴 지금 백야예요.

안막 그렇겠지. 지금쯤이면.

안성희 잠을 통 못 잤죠.

안막 유학 시절 친구들도 만나고?

안성희 네.

안막 거기 사람들이 네가 춘 「집시의 춤」을 제일 좋아했다면서?

안성희 네.

안막　　나도 가서 봤으면 좋았을 텐데.

안성희　아버진 그 춤 싫어하시잖아요. 왜 하필 집시냐구. 너무 어둡고 퇴폐적인 냄새가 난다구.

안막　　내가 그랬어?

안성희　네.

안막　　……성희 네가 정말 집시가 돼 버리면 어쩌나. 곡마단 따라 훌쩍 떠나 버리면 어쩌나, 겁이 나는 게지.

안성희　(웃으며) 어쨌든 싫어하시는 건 틀림없군요?

둘은 잠시 웃는다.

안막　　오늘부터 연습을 시작한 게냐? 여독이 채 풀리지도 않았을 텐데.

안성희　9월이면 또 동구라파로 공연을 가야 하니까요.

안막　　많이 야위었구나.

안성희　그래도 공연하고 다닐 때가 좋아요. 여긴 어쩐지 내 집 같지가 않아서.

안막, 딸을 바라보다가 막막해진다. 그의 오른쪽 뺨이 경련을 일으킨다. 안막, 손으로 뺨을 감싸 쥔다.

안성희　아버지.

안막　　괜찮아. 요즘 이 녀석이 부쩍 말썽이구나. 제 안에 있다가 빠져나간 포탄 파편이 그리운 건가? (웃는다.)

안성희　그만 들어가세요, 아버지.

안막　　성희야.

안성희   네?

안막   네가 이제 스물여섯이지?

안성희   그렇죠.

안막   스물여섯…… 젊구나.

안성희   아버지도 참, 새삼스럽게.

사이.

안막   성희야.

안성희   네?

안막   네 집은 여기다. 넌, 나나 네 엄마하고는 달라. 어쨌거나 네 자리
         는 여기다. 여기가 네 집이야.

안성희   ……아버지.

안막   들어가자꾸나.

안성희와 안막, 집 안으로 들어선다. 조명이 바뀐다. 최승희가 굳은 얼굴로
등장한다. 안막, 당황하여 안성희를 건너다본다.

안성희   얘기 들었어요.

안막   응, 그랬구나……. 그리됐소.

최승희   그리되다니, 대체 어떻게 된 거예요?

안막   아쉽겠지만 이번 일은 그만 잊어요. 아무래도 지금은 때가 좋지
         않아. 뭐, 일본이야 엎어지면 코 닿을 데고, 언제든 갈 수 있는 거
         니까. 상황이 좀 좋아지면.

최승희   어떻게 된 거냐고 묻잖아요.

안성희   어머니.

최승희   성희 넌 가만히 있어.

안성희, 두 사람에게서 좀 떨어진 곳으로 물러난다.

안막   그래. 문화선전성에서 회의가 있었어. 당신 일본 공연 허가 문제
       로 말이야. 오랫동안 격론을 벌였지만 결론이 나지 않았어. 결국
       표결에 부쳐졌지. 그리고 당신이 들은 대로 부결이 된 거야.
최승희   정말 이해할 수 없는 사람들이군요. 난 무용수예요. 그리고 내 춤
       을 보고 싶어 하는 사람들이 있어요. 그 사람들이 있는 곳이면 나
       는 어디든지 갈 수 있어요. 가야 해요.
안막   우리 쪽에서 허가를 한다 해도 어차피 일본 정부에서는 당신의
       입국을 허가하지 않을 거야. 그들은 우리 북조선의 어떤 배도, 누
       구라도 일본 땅에 들어오는 것을 금지하고 있으니까.
최승희   일본에는 '최승희무용단초청위원회'가 있잖아요. 그 사람들이 벌
       이고 있는 서명운동은요?
안막   그게 그 사람들이 할 수 있는 전부야.
최승희   그러니까 우리 쪽에서라도 허가를 해 줘야죠. 그 사람들한테 힘
       을 실어 줘야죠.
안막   여보. 이건 그리 간단한 문제가 아니야.
최승희   뭐가 그리 복잡한데요?
안막   여러 가지 정치적 문제들이 걸려 있어. 재일 조선인의 송환 문제
       라든지…… 당신 하나만의 문제가 아니라고. 해방전쟁 동안 우린
       적국이었어. 지금도 그렇고.
최승희   그게 나와 무슨 상관이죠? 태평양전쟁이 한창일 때도 나는 미국
       에서 춤을 추었어요. 적국의 한가운데, 뉴욕에서.
안막   그때와 지금은 달라.

최승희   그래요. 그때는 안막 당신이 내 곁에 있었죠. 지금도 그런가요?

사이.

안막   그만둬. 이미 끝난 일이야.

최승희   당신, 대체 무얼 하고 있었어요? 명색이 문화선전성 차관이란 사람이 그만한 힘도 없어요? 말해 봐요, 도대체 누가 무슨 이유로 반대를 했는지.

안막   당신을 아끼는 사람들이 반대를 했지. 북조선공화국의 인민배우 최승희를 아끼는 사람들이.

최승희   그 말은, 당신도?

안막   그렇소.

최승희   어떻게 당신이.

안막   그럴 수밖에 없었어.

최승희   다른 사람은 몰라도 당신만은 찬성했을 줄 알았는데.

안막   물론 찬성한 사람들도 있었어. 하지만 당신은 그들이 당신을 위해서 그리했다고 생각하오?

최승희   날 위해서 반대했다구요?

안막   그건 게임이었어. 함정이었지. 그 덫에 발을 집어넣을 수는 없었어. 당신도 알고 있을 거야. 당에서 당신과 나를 어떤 눈으로 바라보고 있는지. 그 사람들은 바보가 아냐. 당신의 이번 일본 방문이 무엇을 뜻하는지는 그들도 잘 알고 있어.

최승희   그래요. 난 돌아오지 않을 생각이었어요.

안막   다시 한번 묻겠소. 꼭 그래야만 하겠소?

최승희   꼭 그래야만 하겠어요.

안막   여기선 안 되겠소?

최승희   안 되겠어요.

안막   하지만 성희는? 성희 생각은 해 보았소?

최승희   성희를 위해서도 그래요. 저 애가 출 춤을 위해서도.

안막   성희는 우리와 달라.

최승희   뭐가 다른데요? 당신이 성희를 알아요?

안성희   (방백) 엄마. 엄마는 나를 아나요?

안막   그 아이의 뿌리는 여기에 있어. 성희는 여기서 자유로울 수 있어.

최승희   당신, 정말 그렇게 생각하세요?

안막   그 아이에겐 우리와 같은 과거가 없지.

최승희   우리가 그 아이의 뿌리이자 과거예요.

안막   성희는 젊어. 충분히…….

최승희   그래도 거기서 벗어날 수는 없어요.

안성희   (방백) 그래요. 정말 그랬지요.

안막   하지만 여보, 어딜 가도…….

최승희   여기보단 낫겠죠. 난 내 춤을 추고 싶어요. 가슴에 훈장을 하나
         가득 매달고 있으면 뭐해요? 어차피 줄 맞춰 행진하는 병사 중
         하나일 뿐인걸. 왜요? 또 당과 인민을, 공화국에의 충성을, 의무와
         책임을 말씀하실 건가요?

안막   어쨌든 우린 그것들로부터 자유로울 수 없어. 당신이 생각하는
         자유란 이 세상 어디에도 없어.

최승희   당신은 그랬었죠. 자유는 투쟁 속에서만 얻어지는 거라고. 그러니
         우린 싸워야 한다고. 최소한 나는 나를 가로막는 것들과 싸울 수
         있는 곳으로 가고 싶어요. 여기선 싸울 수도 없어. 돼지처럼 사육
         될 뿐이야. 불어난 살 더미 속에 내 춤은 파묻혀 버릴 거야. 그리
         고 도살장으로 끌려가게 되겠지.

사이.

안막   싸우기 위해서라도 살아남아야 해. 당신은 좀 더 신중했어야 했어. 당신은 너무 많은 적을 만들었어. 당신은 알아야 해. 지금 우리가 얼마나 위험한 상황에 처해 있는지.

최승희   얼마나 더! 얼마나 더 비위를 맞추어야 하는데요?

안막   조금만 더 기다려 달라고, 지금은 상황이 좋지 않다고 내가 몇 번이나 말했소? 그런데도 당신은 기어이 이시이 선생한테 편지를 했지. 상황을 어렵게 만든 건 당신이야. 당신이 너무 빨리 카드를 던져 버린 거야. 모두가 당신 패를 읽어 버렸다고. 이길 수 없는 게임이야. 난 그걸 수습해야 했어. 최소한 모든 걸 다 잃지는 않도록.

최승희   대체 언제까지. 언제까지 기다리라는 거죠? 나는, 나는…… 그래요. 나는 늙어 가고 있어요. 내 몸이, 내 몸이 늙어 가. 내 몸에 깃들었던 춤들이 하나둘 빠져나가고 있어. 기다리라구요? 내겐 시간이 없어요. 기다리면 상황이 좋아질 거라구요? 당신 정말 그렇게 생각해요? 천만에! 날 바보로 아세요? 요즘 상황이 어떻게 돌아가는지는 나도 잘 알고 있어요. 지금이 아니면 기회는 없어요. 당신도 잘 알잖아요.

사이.

안막   자, 자. 나쁜 소식만 있는 건 아니야. 좋은 소식도 있어요.

최승희   그게 뭔데요?

안막   당신은 이시이 바쿠 선생을 곧 만나 뵐 수 있을 거야.

최승희   이시이 선생을요? 어떻게요? 일본엔 갈 수 없다면서요?

안막   당신이 못 가면 선생님께서 오시면 되지.

최승희   선생님께서, 평양에?

안막   그래요. 9월 9일 우리 공화국 건국 9주년 기념일에 맞춰 선생님
         내외분께서 평양에 오시기로 했소. 선생님께서도 무척 기뻐하셨
         어. 당신을 어서 보고 싶다고. 물론 당신은 그 전에 동구라파로
         공연을 떠나야 하겠지만, 기다렸다가 선생님을 만나 뵙고 출발하
         면 될 거야.

최승희   난 예정대로 떠나겠어요.

안막   뭐요?

최승희   내가 평양에서 이시이 선생님을 만나면, 그걸로 내가 일본에 가
         야 할 까닭은 없어진다 이건가요?

안막   그런 게 아니라.

최승희   당신, 나한테 남은 마지막 카드마저 뺏으려 하는군요.

안막   난 당신 때문에 어렵게 주선을 한 거야.

최승희   고맙지만 사양하겠어요. 난 이시이 선생님을 만날 수 없어요, 여
         기 평양에서는.

안막   선생을 모시는 건 쉬운 일이 아니었어. 어렵게 오셨는데, 당신이
         없으면 얼마나 섭섭하시겠소.

최승희   나도 선생님을 뵙고 싶어요. 하지만 여기선 아니에요. 난 꼭 일본
         에서 선생님을 뵐 거예요. 당신이 안 간다면 나 혼자라도 가서.

안성희   (방백) 엄마. 엄마는 정말 믿고 계셨던가요. 그게 가능하다고?

안막   조금만 더 기다려 달라고 했잖소.

최승희   안막. 당신 왜 이렇게 약해졌어요? 인천항으로 고깃배를 끌고 와
         서 날 이곳으로 데려오던 안막은 어디로 갔죠? 모두가 살림이나
         하라고 날 붙잡아 앉힐 때도, 당신은 도쿄에서 날 불렀었잖아요.
         생각해 봐요. 그 겨울을. 당신은 겨우내 역전에 나가 눈을 쓸었

죠. 그 50전으로 우리 네 식구 하루 끼니를 에웠어. 기억나요? 당신, 언젠가는 친구네 집 피아노 건반을 죄 뜯어다 전당포에 맡기기도 했었어요. 그러구두 당당하게 집에 돌아와선 나한테 연습을 게을리한다면서, 큰소리를 해 대곤 했었잖아. 불기 하나 없는 바닥에서 온종일, 밤새도록 춤을 추어도 난 힘든 줄 몰랐어요. 우리에겐 꿈이 있었으니까. 함께 싸우고 있었으니까 행복했어요.

안막   …….

최승희   안막. 왜? 나를 왜 여기 데려온 거예요……. 왜 날 여기에…….

둔중한 피아노 선율. 안막 쪽 조명이 어두워짐과 동시에 안성희 쪽 조명이 밝아진다. 안막은 희미하게 윤곽만 보인다.

안성희   1957년 그 늦여름 저녁. 문화선전성 회의에서 최승희무용단 일본 초청 공연이 부결된 날. 어머닌 묻고 계셨죠. "날 왜 여기 데려온 거야." 아버진 아무 말도 못하고 그 자리에 한참을 서 계셨어요. 자꾸만 떨리는 오른뺨을 문지르면서. 어머닌 그 말로 아버지한테 비수를 꽂은 셈이었어요. 어머닐 위해서 모든 걸 바쳐 온 아버지한테.

최승희   난 네 아버지가 결단을 내리도록 도와주고 싶었을 뿐이야.

안성희   그건 강요였어요.

최승희   뭐라 해도 좋다. 결국 내 생각이 옳았어. 우리한테 기회는 그때밖에 없었다. 우린 그것을 붙잡지 못했지만.

안성희   기회라구요? 그건 어머니 때문에 일어난 혼란이었어요. 어머니가 불러온 위기였지요. 모든 게 평온했잖아요. 모든 일이 우리가 원하는 대로 잘되어 가고 있었잖아요.

최승희   겉으로만 그랬지. 난 그 평온함을 견딜 수 없었다. 그건 가짜였으니까. 난 우리한테 닥쳐오는 위기를 똑똑히 보고 있었어.

안성희 　그래요. 어머니도 아셨잖아요. 그때 아버지가 어떤 상황에 있었
　　　　는지. 어느 날부턴가 아버지와 가깝게 지내시던 선생님들이, 친
　　　　구분들이 하나둘씩 사라지기 시작했죠.

최승희 　네 아버진 그 빈자리를 채우며 한 계단 한 계단 승진을 했고…….
　　　　그 계단 끝에 무엇이 있을지는 네 아버지도 잘 알고 계셨을 거야.

안성희 　누구 때문에 아버지가 그 계단을 오르셨는데요?

최승희 　그건 내가 원한 게 아냐. 해방되던 해, 네 아버지가 북경으로 날
　　　　찾아와 연안으로 가겠다고 했을 때, 난 어떻게든 붙잡아 보려고
　　　　애썼다. 하지만 네 아버지는 내 말을 듣지 않았어. 네 아버진 연
　　　　안으로 가지 말았어야 했어. 정치라는 길로 들어서지 말았어야
　　　　했어.

안성희 　그랬다면 어머니가 계속 춤을 출 수 있었을 것 같아요?

최승희 　배고프고 가난하고 힘들어도 내 춤을 출 수는 있었겠지.

안성희 　정말 배고프고 가난하고 힘든 사람들은 그런 소릴 못하죠. 어머
　　　　닌 아세요? 그날 어머니가 떠나신 뒤, 내가 어떻게 살아야 했는
　　　　지? 난 농장에서 노동을 해야 했어요. 그들은 내게 인민들 틈에서
　　　　노동하며, 노동을 통해 얻어진 근육에서 나오는 생산적이며 건
　　　　강한 춤을 배우라고 했어요. 그래요. 난 노동을 통해 근육을 얻었
　　　　죠. 단단하게 엉긴 근육들을 달고 난 다시 태어났어요! 그리고 춤
　　　　은 내게서 영영 떠나가 버렸죠. 가끔 선전 대원들이 농장을 찾아
　　　　와, 우리들 앞에서 노래를 부르고 율동을 하곤 했죠. 그 친구들을
　　　　바라보면서 내가 무슨 생각을 한 줄 아세요? 내 춤? 웃기지 마세
　　　　요. 내가 저 율동이라도 할 수만 있다면. 하지만 탈곡기에 손목이
　　　　잘려 나간 팔로는 율동도 할 수가 없지요! 내 춤? 내 춤이라구요?
　　　　그건 배부른 소리예요. 어머니가 그런 배부른 소리를 할 수 있게

　　　　　만들어 준 사람이 바로 아버지였어요!

최승희　　잔인하구나.

안성희　　그래요. 현실은 잔인한 거예요. 어머니가 말하는 '내 춤'이란 것도 거기서 벗어날 순 없어요.

최승희　　벗어나려 할 수는 있다. 그것도 못한다면 그건 춤이 아니야.

안성희　　허공에서 춤을 출 순 없어요. 우리에겐 발을 디딜 바닥이 필요해요.

최승희　　우린 그것을 차고 뛰어오르는 거다.

안성희　　결국은 바닥으로 내려앉을 수밖에 없죠.

　　　　　사이.

최승희　　난 네 아버지가 그 계단 끝까지 가지 않기를 바랐어. 네 아버지와 너를, 그리고 나를 도우려 했던 거야.

안성희　　아니에요. 어머닌 그저 허공에서 헤매고 계셨던 거예요. 밑에서는 무슨 일이 벌어지고 있는지도 모른 채. 아버진 그런 어머니를 위해서 그 계단을 오르셔야 했죠. 그 계단 끝에서 아버지를 떠민 건 어머니였어요. 그리고 날 그 어둠 속에 혼자 남겨 놓았어요.

　　　　　사이. 최승희 쪽 조명이 어두워진다.

　　　　　1957년 그날 저녁. 아버진 말없이 한참을 서 계셨죠. 자꾸만 떨리는 오른뺨을 문지르면서. 미군기가 떨어뜨린 포탄 파편이 그 뺨에 남겨 놓고 간 진동.

　　　　　멀리서 포성이 들려온다. 군복 차림의 코러스들이 안성희 곁으로 천천히 다가온다.

코러스 1 그것은 내 다리에도 아직 남아 있었습니다.

안성희 1950년 6월 전쟁이 일어났을 때, 우린 모스크바에서 공연을 하고 있었습니다.

코러스 2 날카로운 통증이 다리를 훑고 지나갑니다.

안성희 평양으로 돌아온 나는 9월 초 전선위문단이 되어 광주, 목포를 향해 떠났습니다.

코러스 3 전쟁은 곧 끝날 것 같았습니다.

안성희 남도는 음식이 좋다더군요. 바다는 해수욕하기 좋구요.

코러스 4 1950년 9월 15일 미군은 인천에 상륙했습니다.

코러스 5 우리는 적진 한가운데 낙오되었습니다.

코러스 1 1950년 9월 《노동신문》은 북조선 인민해방군 전선위문단 제3조 조원 안성희가 전사했다고 보도했습니다.

코러스 2 나는 태백산맥 어느 줄기를 헤매며 북으로 올라가고 있었습니다.

코러스 둘이 다리를 절며 고열에 신음하는 안성희를 부축한다. 점점 커지던 포성이 절정에 달하다가 어느 순간 멎는다. 정적.

코러스 1 다리에 부상을 입고, 어두운 산속을 헤매며 나는 묻습니다.

안성희 날 왜 여기 데려온 거야.

코러스 2 말라리아에 걸려 고열에 떨면서 나는 묻습니다.

안성희 날 왜 여기 데려온 거야.

코러스 1 안성희 동무. 정신 차리시오. 여기서 정신을 놓으면 안 됩니다.

안성희 내버려 둬요. 쉬고 싶어요.

요란한 총성. 코러스들 쓰러진다. 안성희, 주저앉아 주검들을 내려다보고 하늘을 올려다본다.

안성희   아, 밤하늘에 별이 어찌나 많던지.

코러스들 천천히 일어나 안성희 곁에 앉아 하늘을 올려다 본다.

코러스 3 이젠 가을이니까. 깊은 산속이니까.
코러스 4 나는 주검들 사이에 누워 밤하늘을 올려다봅니다.
코러스 5 내 몸은 이렇게 뜨거운데 왜 이렇게 춥지.
코러스 1 (안성희가 코러스 1의 얼굴을 매만진다.) 네 몸은 차가운데 넌 하나도
         안 추운 모양이구나.
코러스 2 내 곁에 누운 이 차가운 육신은, 얼마 전까지만 해도 싱싱하게 노
         래하고 춤추던 내 동료였습니다.
코러스 3 나는 죽음의 얼굴을 마주 봅니다. 그 차갑고 물렁물렁한 얼굴을.
코러스 4 너도 곧 그렇게 될 거야.
코러스 5 곧 편안해질 거야.
코러스 1 나는 밤하늘을 바라봅니다.
안성희   어, 별똥별이네.

최승희와 안막 쪽이 밝아진다.

최승희   아니야. 우리 성희는 죽지 않았어.
안성희   너무 빨리 지는걸. 소원을 빌 수도 없잖아.
최승희   우리 성희는 죽지 않았어.
안성희   엄마.
최승희   우리 성희는 죽지 않아.
안성희   금방 끝날 거랬잖아, 금방.
최승희   일어나, 성희야.

안성희   날 혼자 보내 놓고.

최승희   어서.

안성희   날 떼어 놓고. 또 어디로 가 버린 거야.

최승희   어서.

최승희 쪽 조명이 어두워진다.

코러스 2 안성희 동무! 안성희 동무!

안성희, 코러스들의 부축을 받으며 일어선다.

안성희   아, 밤하늘에 별이 어찌나 많던지.

코러스 1 탄흔처럼.

코러스 2 쌀알처럼 흩어진 별들.

안성희   누가 저 별들 사이에 사다리를 놓아 줘. 난 저 신호들을 읽을 줄
         몰라.

코러스 3 어디로 가는지도 모르는 채, 나는 길도 없는 산속을 걸었습니다.

코러스 4 말라리아보다도 뜨거운 무엇이 나를 걷게 합니다.

코러스 5 폭격으로 폐허가 된 평양을 지나.

코러스 1 신의주까지.

코러스 2 걷고 또 걸었습니다.

코러스 3 어머니. 어머니가 오시지 않는다면 제가 가지요.

코러스 4 어머니는 북경에 계셨지요.

기적 소리와 함께 기차가 역으로 들어오는 소리. 코러스 한 명이 서류철을
들고 안성희 앞에 선다.

군인   (서류철을 뒤적이며) 명단에 없는데. 누구라고요?

안성희 (기진하여) 북조선인민공화국 전선위문단 제3조 조원 안성희.

군인   없습니다. 낙오되었소?

안성희 네.

군인   사령부에 신고하고 본대로 복귀하시오.

안성희 전 북경으로 가야 합니다.

군인   당신 이름은 없다니까. 이 열차는 아무나 타는 게 아니야.

안성희 전 안성희예요.

군인   그런데?

안성희 ……북조선 인민공화국 인민위원회 대의원이자 무용동맹중앙위
       원회 위원장 최승희의 딸, 안성희라구요!

       안성희, 무너진다. 군인이 황급히 그녀를 부축한다. 동시에 기차가 출발하
       는 소리. 어두워진다. 어둠 속에 기차 소리 높아지다 잦아들 때, 경쾌한 피
       아노 선율이 흐른다. 동시에 무대가 밝아진다. 최승희와 안성희. 최승희 뒤
       편에서 코러스들이 춤추고 있다. 안막은 좀 떨어진 곳에 서 있다.

안성희 북경 동성구 향이호동 집에서 나는 어머니를 기다렸어요. 저녁
       늦게까지.

최승희 내가 얘기했었잖니. 수업이 있었다고.

안성희 골목에선 중국 사내들이 속옷 바람으로 나를 훔쳐보며 낄낄대고
       있었어.

최승희 왜 희극 학원으로 곧바로 오지 않았어.

안성희 개새끼들.

최승희 난 네가 살아 돌아올 줄 알고 있었다.

안성희 그래요, 어머니. 제가 왔어요.

최승희 난 알고 있었어.

안성희 어머닌 나를 안고 눈물을 흘리셨죠. 가슴속에 터질 듯하던 말들이 어지럽게 뒤엉켜 버렸어요.

최승희 넌 말이 없었지. 내가 아무리 물어도 그저 "죽을 뻔했죠, 뭐. 이젠 괜찮아요." 그게 다였어.

안성희 별로 즐겁게 얘기할 만한 여행은 아니었으니까요.

최승희 얼굴이 어둡구나.

안성희 어머닌 여전하셨어요. 학생들도 가르치고 공연도 하시고. 하긴 뭐 어머닌 다 알고 계셨다니까.

최승희 밤마다 네 꿈을 꾸었다. 내가 너 때문에 얼마나 애를 태웠는지. 하지만 내가 무얼 어쩔 수 있었겠니. 일이라도 하지 않으면, 춤이라도 추지 않았으면 난 미쳐 버렸을 거야.

안성희 그래서 연애도 하셨구요.

최승희 성희야.

안성희 전쟁의 포화 속에 피어난 사랑. 국경과 인종을 초월한 인디아 청년 무용수와의 만남. 그녀를 얽매는 모든 것을 버리고 그녀의 예술을 꽃피워 줄 새 땅을 찾아 먼 바다로. 정말 로맨틱하군요. 멋져요. 역시 어머닌 대단한 분이세요.

최승희 마음껏 비웃으렴. 네가 내 마음을 어찌 알겠니.

안성희 어머닌 아세요?

사이.

안성희 어떻게 그럴 수가 있었지요. 다 알고 계셔서, 내가 사선을 넘고 있는 동안, 어머닌 로맨스에 빠져 계셨군요. 내가 돌아올 줄 알고 그 검은 인도 녀석하고 상해까지 가셨군요. 이상향을 찾아, 배를

444

타러?

최승희   닥쳐.

안성희   그래요. 나는 죽었다 쳐요. 하지만 아버지는? 어떻게 아버지를 버릴 생각을 할 수가 있었죠? 어머닐 위해 평생을 바친 아버지를? 우린 대체 어머니한테 뭐였죠?

최승희   그래. 그게 나다. 지금도 아쉽구나. 그 몸뚱이가. 그래. 이게 나다. 난 그 몸뚱이가 좋았다. 어쩔 테냐? 그래. 그 녀석 깜한 눈이 좋더라. 그 녀석 눈에는 전쟁도 없더라. 도덕도, 책임도, 선도 악도 없더라. 남쪽 나라 햇빛뿐이더라. 아무 생각 없어 좋더라. 가슴이 뛰더라. 그놈 앞에선 내가 여자더라. 마흔 넘은 나도 여자더라. 내 속에 불이 켜지더라. 체면도 염치도 없이 얼굴이 빨개지더라. 춤추고 싶더라. 춤이 절로 나오더라……. 그래. 그것도 나더라. 내 안에 나도 모르는 내가 있더라. 나는 그것을 따라갔었다. 끝까지 가 보고 싶었다. 어쩔 테냐?

안성희   난 어머니를 용서할 수 없어요.

최승희   용서. 누가 누구를 용서한단 말이냐. 무엇을? 나를 용서할 수 있는 건 나뿐이야. 나를 심판할 수 있는 건 내 춤뿐이야.

안성희   오, 어머니.

최승희   자, 마음껏 돌을 던지렴. 침을 뱉고 비웃어 보렴.

안성희   소용없는 일이겠죠. 내가 돌을 던질 때, 어머닌 벌써 그곳에 계시지 않으니.

파도 소리. 안성희, 어둠 속으로 사라진다. 최승희, 홀로 남는다. 파도 소리가 점점 사납고 거칠어진다. 코러스, 신문을 들고 서 있다.

코러스   사이 쇼키.

최승희   자, 오너라. 마음껏 돌을 던지렴.

코러스   친일파.

최승희   내게 침을 뱉고 비웃어 보렴!

코러스   일제의 앞잡이.

최승희   너희들이 던지는 돌이 내 춤을 맞히지는 못해.

코러스   반역자! 매국노!

최승희   내 춤을 더럽히진 못해.

코러스   기회주의자! 창녀!

최승희   자, 오너라. 너희들 가려운 곳이 어디냐? 조국? 민족? 도덕? 양심?
        겨우, 겨우 그거야? 너희들을 성가시게 하는 부스럼 딱지가? 오
        냐. 핥아 주마. 얼마든지 핥아 주마. 자, 오너라. 오래된 손님들.
        일찍이 너희들은 나를 찾아와, 나와 뒹굴며 이 몸 위에서 위안을
        찾았었지. 이제 너는 그 밤들을 더럽고 추악한 죄라 말하는구나.
        부끄러우냐? 이 몸에 홀렸던 것이? 새벽녘 홍등가를 나서는 수컷
        들처럼? 마음껏 때리고, 침을 뱉으렴. 나는 부끄러움을 모르니. 아
        무래도 좋다. 한 번만 더 내 몸을 열게 해 다오. 간이라도 내어주
        마, 춤만 출 수 있다면. 쓸개라도 꺼내 주마, 영혼이라도 내어주
        마, 춤만 출 수 있다면.

        코러스, 신문을 읽는다.

코러스 1 "38도선을 넘어간 무희 최승희."
코러스 2 "1946년 7월 20일 최승희 인천항을 거쳐 월북."

        파도 소리 잦아들 때, 코러스 쪽 조명이 어두워진다.

안막	그날 밤 바다가 몹시 거칠었지.
최승희	보이지 않는 파도가 우리가 탄 배를 하늘 끝까지 밀어 올렸다가 바다 밑까지 내팽개치고.
안막	8톤짜리 통통배가 파도 위에 낙엽처럼 뱅글뱅글.
최승희	다들 허리가 반으로 접혀서 토악질을 하고.
안막	북두칠성이 노래지도록.
최승희	발동기는 금세라도 꺼질 듯 덜컥거리고.
안막	뱃사람들이 심청이를 거기 빠뜨린 이유를 알겠더군.
최승희	백봉이 까무잡잡하던 얼굴이 하얗게 질렸었죠. 당신은 뱃전에 우뚝 서 있었죠.
안막	난 두려웠어. 우리가 다시 육지를 밟을 수 있을까.
최승희	차라리 아무 데도 닿지 않는 게 나았을지도 모르죠.
안막	아니야. 당신은 나를 붙잡고, 우리가 어디로 가고 있는 거냐고, 제대로는 가고 있는 거냐고 물었어.
최승희	지금이라도 다시 돌아가자고도 했었죠.
안막	남쪽에 이미 당신이 설 자리는 없었어.

사이.

최승희	그날 밤바다 위에서 당신은 시를 하나 썼지요. "북두칠성에게 묻노라." 그래. 북두칠성이 무어라 대답하던가요?
안막	글쎄……. 북두칠성은 거기 있었어. 그게 대답이었지.
최승희	왜 난 그걸 못 보았죠?
안막	분명히 거기 있었어.
최승희	거짓말. 그날 하늘엔 먹구름이 잔뜩 끼어 있었어요.
안막	아니야. 하늘은 맑았어. 바다는 미친 듯 날뛰고 있었지만, 하늘은

유리알처럼 맑았다구.

최승희   아니에요. 별빛도 달빛도 없었어요. 북두칠성 같은 건 보이지도
            않았어요.

안막   북두칠성이 뱃머리 앞에 보이는 순간 파도가 잠잠해졌지.

최승희   당신은 헛것을 본 거예요. 두려움에 질려서.

안막   그래. 난 두려웠어. 북으로 가는 건 어쩔 수 없는 선택이었어.

최승희   어쩔 수 없는 건 선택이 아니죠. 당신이 어쩔 수 없게 만들었어
            요. 1945년 그때. 북경에 날 혼자 남겨 두고 당신이 연안으로 떠
            났을 때…… 당신은 그때 연안으로 가지 말았어야 했어요.

안막   내게도 신념은 있었어.

최승희   신념처럼 위험한 것도 없지요. 그건 두려움이 만들어 낸 헛것이
            니까. 먹구름 낀 하늘에서 당신이 찾아낸 북두칠성처럼.

안막   당신의 춤도 위험했지. 내가 그 신념을 버리게 할 만큼.

최승희   당신은 그것을 버린 적이 없었어요.

안막   당신이 춤을 버릴 수 없었던 것처럼.

사이.

최승희   거기가 어디쯤이었죠?

안막   응?

최승희   파도에 밀리다, 밀리다 결국 배를 뭍에 대고 하룻밤을 지샜잖아요.

안막   해주 좀 못 미쳐서였을 거야.

최승희   섬이었죠.

안막   아니었을걸.

최승희   맞아요. 섬이었어요. 섬이 아니었다면 그렇게 평화로워 보일 수
            가 없어.

안막   밤이 깊도록 풍랑에 시달린 뒤였으니까.

최승희   배에서 내릴 때, 우리는 손을 꼭 잡고 있었죠.

안막   오랜만에.

최승희   오래전처럼.

안막   오래전 석왕사에서처럼.

안성희   (방백) 이제 저분들은 행복했던 시절의 한 조각을 찾아내셨군요.
         그 빛나던 날들 속으로. 손을 잡고 걸어 들어가시네요. 하지만 나
         는 어디로 가죠?

         풍경 소리. 계곡을 흐르는 물소리. 새소리. 나뭇잎 사이로 부서지는 햇살.

안막   5월이었지.

최승희   경원선을 타고 석왕사 절 아랫마을로 갔었죠.

안막   경성에는 다 진 벚꽃이 거긴 아직도 한창이었지.

최승희   푸르게 물이 오르는 나무들. 붉은 당단풍. 살구꽃, 배꽃.

안막   온 산이 하얬지. 하얀 면사포를 쓴 당신처럼.

최승희   새들이 지저귀고.

안막   아침에 일어나 보니, 당신이 보이지 않더군. 산길을 따라 석왕사
         쪽으로 올라갔지. 산중턱 계곡 아래 물가에 당신은 앉아 있었어.

최승희   나뭇잎 사이로 햇살은 쏟아지고.

안막   꼼짝 않고 골똘히 앉아 있는 뒷모습이 어쩐지 시무룩해 보였
         지. 난 왠지 막막한 느낌이 들었어.

최승희   (콧노래를 흥얼거린다.)

안막   한참을 거기 서서 당신을 보고 있었어. 바람이 불어 숲을 흔들고,
         햇살을 흔들고, 나무들은 꽃잎을 떨구었지. 문득 현기증이 일었
         어. 당신은 곧 사라져 버릴 것만 같았지. 어지럽게 뒤섞이며 흔들

리는 빛 속으로 스며들 것만 같았어. 나는 당신을 불렀어. "뭘 보
고 있어?"

최승희   (안막을 돌아다본다.)

안막   당신은 나를 돌아다보았지. 그 눈빛. 난 더 막막해져 버렸어. 영원
과 같은 순간이 흐르고, 당신은 곧 웃음을 터뜨렸지.

최승희   왜 그러구 서 있어요. 내려와요.

안막   나는 허둥지둥 비탈을 내려갔어.

최승희   물고기가 많아요.

안막   은어로군.

최승희   이게?

안막   응.

최승희   확실해요?

안막   그럴걸.

최승희   내 이름을 따서 승어라고 부르기로 했는데. 벌써 이름이 있었네.
상관없어요. 난 승어라고 부를 거니까.

안막   은어라니까.

최승희   승어야, 넌 한시도 가만있질 않는구나.

안막   물이 흐르니까. 떠내려가지 않으려면.

최승희   애, 그건 꽃잎이야. 못 먹는 거야.

안막   이것들은 바다까지 가지.

최승희   정말요?

안막   그리고 다시 이리 돌아와서 알을 낳아.

최승희   이 조그만 것들이? 왜요?

안막   왜? 원래 그래.

최승희   다시 돌아올 거면 무엇하러?

안막   여기선 몸을 키울 수가 없거든. 바다에서 자라 돌아오는 거지.

최승희   바다까지. 오, 대단한걸. 역시 승어야.

안막   그래. 일본으로 갔던 당신처럼 말이야.

최승희   일본 얘긴 하지 말아요.

안막   다시 가야지.

최승희   다 지난 일이에요. 춤춘다고 알아주는 사람도 없고.

안막   그러니 가야지. 넓은 물로.

최승희   그냥 여기서 살림하고 당신 뒷바라지하면서 살 거예요.

안막   당신은 그럴 수 없어. 당신이 더 잘 알 거야.

최승희   그리고 당신은 내 손을 꼭 잡았죠.

안막   당신은 또 막막한 눈빛이 되었지.

최승희   땀에 젖어 축축한 손으로.

안막   당신은 또 먼 곳으로 가고 있었어.

최승희   그때 당신이 날 부르지 않았다면.

안막   그래도 당신은 바다로 갔을 거야. 은어들은 원래 그렇게 태어나니까.

최승희   승어.

안막   그래. 승어.

풍경 소리. 물소리. 바람 소리. 새소리. 잠시 떠올랐다 멀어질 때, 안막과 최승희 쪽 조명이 어두워진다. 동시에 안성희 쪽 조명이 밝아진다.

안성희   그 빛나던 날들 속에 나는 없어요. 내가 끼어들 자리는 없어요. 어머니와 아버지가 손을 잡고 세상 끝까지 가시는 동안 난 혼자 집에 있었죠.

희미한 피리 소리가 들려온다.

어머니가 구미 순회공연에서 돌아온 어느 날이었어요. 자다가 새벽에 깼는데, 눈물이 났어요. 난 엄마를 찾아 연습실로 갔죠. 엄마는 아무도 못 보게 문을 잠가 놓고, 새벽에 연습을 하곤 하셨거든요. 연습실에서 피리 소리가 흘러나오고 있었어요. 그날도 연습실 문은 잠겨 있었죠. 나는 울면서 문을 두드렸어요. 하지만 엄마는 문을 열어 주지 않았어요. 한참 악을 써 가며 문을 발로 걸어차고 있는데, 언제 문이 열렸는지, 어머니가 날 내려다보고 계셨죠. 한참 만에 어머닌 말씀하셨어요. "가서 자거라." 그리고 문이 닫혔어요. 피리 소리가 다시 들리기 시작했죠. 난 방으로 돌아갔어요……. 얼마 안 있어 어머니는 또 만주로 황군 위문 공연을 떠나셨죠.

안성희 쪽 조명이 어두워진다. 피리 소리에 바람 소리가 섞인다. 바람 소리만 남고 피리 소리 사라지며, 최승희와 안막 쪽 조명이 밝아진다.

코러스 2 우린 사막을 건너갔었지.

코러스 3 만주를 지나 몽고 바람이 부는 사막을.

코러스 4 천지를 뒤덮은 황사 속을 뚫고 이 부대, 저 부대로.

코러스 5 가도 가도 푸른 하늘은 볼 수가 없었어.

최승희 언제까지 이런 춤을 추어야 하죠?

안막 병사들에겐 위로가 필요해요.

최승희 나는 무엇으로 위로를 받지요?

안막 ……어쩔 수 없지 않소. 지금은 전쟁 중이니까.

최승희 우리한텐 왜 이렇게 어쩔 수 없는 일이 많을까요?

안막 그래도 여기선 그나마 숨은 쉴 수 있잖아. 지금 일본에 있었다면 당신은 군가에 맞춰 춤을 춰야 했을지도 몰라.

사이.

최승희   모래바람 때문에 눈을 뜰 수가 없어요.

안막   눈을 감아. 길은 내가 잡을 테니까.

최승희   당신한테서 이상한 냄새가 나요.

안막   나한테서?

최승희   내가 춤추고 있을 때 당신은 무얼 하죠?

안막   당신을 보고 있지.

최승희   그래요?

사이. 바람 소리.

최승희   그 사막에서, 안막 당신은 생기에 넘쳐 보였어. 사막의 햇빛이 당신을 달아오르게 했던 걸까. 당신한테서 느껴지던 그 이상한 열기. 밤늦도록 당신은 어딘가에서 돌아오지 않았어.

안막 쪽의 조명이 어두워지기 시작한다.

안막   눈을 감아. 길은 내가 잡을 테니까.

안막이 어둠 속으로 사라진다.

최승희   당신은 자꾸만 모래언덕 너머로, 모래바람 속으로 사라져 갔지. 가도 가도 푸른 하늘은 볼 수가 없었어. 천지를 뒤덮은 황사도 내 부끄러움을 가려 주진 못했어. 우린 사막을 건너갔지. 그 사막의 끝에서 그 불상들을 만났어.

코러스 중 하나가 보살의 형상을 하고 서 있는 것이 보인다.

바람에 날려온 한 알의 모래 알갱이처럼 난 그 앞에 서 있었다. 아무것도, 아무것도 아니라고 그 돌덩이들은 조용히 웃고 있었지. 난 울었어. 내가 너무 초라해서. 그 영원한 침묵이, 그 허전하고 따뜻한 위안이 너무 벅차서…….

음악이 흐르며, 코러스(보살)가 천천히 움직이며 춤추기 시작한다. 최승희, 코러스의 움직임을 따라 몸을 움직인다. 둘의 춤이 한동안 이어진다. 코러스(보살), 서서히 어둠 속으로 사라져 간다. 최승희, 어둠을 향해 안타까이 손을 내민다. 안성희 쪽 조명이 밝아진다.

안성희	거기 무엇이 있었나요? 어머닌 무엇을 보았나요?
최승희	내 눈을 멀게 하는 것.
안성희	그래요?
최승희	그게 날 춤추게 했지.
안성희	그게 뭐죠?
최승희	글쎄다.
안성희	전 알고 있어요.
최승희	네가 안다구? 나도 모르는 것을?
안성희	그건, 어머니죠.

사이.

안성희 어머닌 항상 자신만을 바라보고 계셨어요. 어디에 있든 무엇을 보든. 춤뿐이었죠. 그 춤 속에서 빛나는 자기 몸뿐이었어요. 어떤 것도 어머니가 거기서 눈을 떼게 할 순 없었죠. 어머니는 어머니한테 취했으니까. 자기한테 눈이 멀었으니까.

최승희 고맙구나. 눈을 뜨게 해 주어서.

안성희 난 아직도 기억해요. 밤이면 어머니는 단원들한테 마사지를 받았죠. 게으르고 무심한 눈빛을 하고 누워서. 마치 여왕이라도 되는 것처럼. 신이라도 되는 것처럼. 그래요. 어머닌 신이셨어요. 신들은 절대 인간들을 보지 않죠. 어디에 있든, 무엇을 보든, 항상 자신의 모습만을 볼 뿐이에요.

최승희 그게 너를 화나게 했니?

안성희 그래요. 그런 눈빛은 모든 사람들을 화나게 만들죠. 하지만 더 끔찍한 건 그러면서도 거기서 눈을 뗄 수가 없다는 거예요.

최승희 난 너한테 손을 내밀었어.

안성희 아니에요. 어머닌 날 밀어냈어요.

최승희 네가 내 손을 뿌리친 거야.

안성희 문을 닫은 건 어머니였어요. 난 어머니한테 애원했어요. 날 좀 봐 달라고. 잠깐만 멈추고, 날 좀 봐 달라고. 날 봐서라도 조금만 참아 달라고. 하지만 어머닌 멈추지 않았죠.

사이.

안성희 대체 어머니는 어디로 가려 하셨던 거죠?

최승희 밖으로.

안성희 밖은 없어요.

최승희 그래?

안성희 태백산맥의 어느 산자락에서 전 그걸 똑똑히 보았어요. 어두운 하늘을 더 어둡게 만드는 그 무표정한 별들을.

최승희 넌 그것을 너무 일찍 보아 버렸구나. 네 눈이 여물기도 전에.

안성희 난 아직 내 다리가 아프다는 게 고마웠어요. 내가 매달릴 것은 열이 올라, 덜덜 떨리는 내 몸뿐이었어요. 그것밖에는 아무것도 없었어요.

최승희 성희야.

최승희는 떨어져 선 채, 안성희를 안으려는 듯 손을 뻗는다. 그러나 안성희는 그것을 거부한다.

안성희 밖…… 그래요. 어쩌면 어머닌 항상 밖에 계셨던 건지도 모르죠.

최승희 내 마음은 언제나 덜컹대고 있었지. 밖을 향해 열린 창문처럼. 여기도 아니고, 저기도 아닌, 그 중간쯤에서 덜컹대고 있었어.

피아노 연주로 「향수의 무희」가 흐른다. 코러스 1, 2의 모습이 보인다. 코러스 1(최승희의 어머니)이 코러스 2(어린 최승희)의 머리를 땋아 주고 있다.

코러스 2 엄마, 난 바람이 싫어.

코러스 1 왜?

코러스 2 꽃이 다 지잖아.

코러스 1 원 계집애두.

코러스 2 꽃을 가만 내버려 두지 않잖아.

코러스 1 질 때 되어 지는걸.

코러스 2 아유…… 금방 다 져 버리네.

코러스 1 내년 되면 또 핀다.

코러스 2 그때까지 어떻게 기다려.

코러스 1 금방이야.

코러스 2 엄마.

코러스 1 왜.

코러스 2 왜 난 여기 태어난 거야?

코러스 1 그게 무슨 말이야?

코러스 2 하필이면 왜 여기다 날 낳았어.

코러스 1 여기가 어때서?

코러스 2 기왕이면 일본이나 미국, 구라파 같은 데다 날 낳지. 그럼 내가
　　　　 멀리 갈 필요도 없고, 엄마랑 안 떨어져도 되잖우.

코러스 1 ……그러게 말이다.

코러스 2 대충 하우. 일본 가면 단발로 싹 잘라 버릴 건데, 뭐.

코러스 1 아유, 난 그거 영 볼썽사납던데.

코러스 2 머리꽁댕이를 달랑거리면서 근대 무용을 할 순 없잖우.

코러스 1 왜 안 돼?

코러스 2 근대 무용이란 것은 원래 그래요. 기생 춤이랑은 다르다구요.

코러스 1 춤이 다 거기서 거기지, 뭐.

코러스 2 다르다니까요. 답답하게, 엄마는.

코러스 1 그나저나 이 탐스런 머리를. 아까워서 어쩌나.

코러스 2 시원하고 좋지, 뭘.

코러스 1 승희야.

코러스 2 응?

코러스 1 꼭 가야겠니?

코러스 2 왜 또?

코러스 1 ……아니다.

코러스 2 아직 다 안 됐우? 오늘은 왜 이리 더디우?

코러스 1 다 됐다.

최승희　　457

코러스 2 (엄마 손에서 풀려나 팔짝팔짝 몸을 풀며) 엄마. 내가 좋은 걸 보여 줄까?

코러스 1 무얼?

코러스 2 공회당에서 본 이시이 선생님 춤. 잘 봐. (이시이 바쿠의 「붙잡힌 사람들」 춤을 흉내낸다.) 이렇게 두 손을 뒤로 묶이고, 이렇게…… 이렇게…… 어때? 멋지지?

코러스 1 원 그게 어디 춤이냐. 돌 맞은 개구리가 바들바들 떠는 게지. 아유, 그만해. 누가 볼까 무섭다, 얘.

코러스 2 나 참. 엄마는 예술을 몰라.

코러스 1 그래. 승희야. 엄마는 아무것도 모른다. 네가 정히 간다니까 어쩌겠냐만…….

코러스 2 엄마. (코러스 1의 품에 안긴다.)

코러스 1 어딜 가든 넌 조선 사람이다. 내 딸이다. 그걸 잊지 말아라. (딸의 머리를 쓰다듬으며) 그나저나, 이 이쁜 머리를. 아까워서 어쩌나.

코러스 2 3년이야. 저 꽃이 세 번만 피었다 지면.

코러스 1 그때까지 어떻게 기다려.

코러스 2 금방이야.

코러스 1 금방.

코러스 1, 2 쪽 조명이 어두워진다.

최승희 기차가 경성 역을 떠날 적에, 울면서 기차를 쫓아오시는 어머니를 보았지.

코러스 3 난 엄마를 부르면서 울었어.

최승희 하지만 용산 역을 지날 때쯤엔 창밖을 내다보며 콧노래를 흥얼대고 있었지.

코러스 4 가엾은 어머니.

최승희   하지만 난 뒤를 돌아다볼 겨를이 없었어.

코러스 5 내 앞에 끝없이 펼쳐진 길.

최승희   과거를 생각할 겨를이 없었어.

코러스 3 나는 앞만 보고 달리고 또 달렸지.

폭음과 행진하는 군홧발 소리.

최승희   전쟁과 혁명 속에서.

코러스 4 그 차갑고 단단한 것들 속에서.

최승희   연기처럼 새어 나가는 그 춤들을 붙잡기 위해

코러스 5 난 달리고 또 달렸지.

최승희   타오르는 불길 속에서

코러스 3 주검들을 가로질러 가며

코러스 4 피 흘리는 산마루에서

코러스 5 신음하는 바닷가에서

코러스 3 굶주린 언덕 위에서

최승희   난 춤추었어.

코러스 4 폭염이 나의 조명이었고

코러스 5 철조망이 나의 의상이었고

코러스 5 포성이 나의 음악이었지.

코러스 3 폐허 위에

최승희   나는 꽃 하나 피우고 싶었어.

코러스 4 그 폐허를 거름 삼아 환한 꽃 하나 피우고 싶었지.

최승희   조금은 다른 세상을, 밖을 열고 싶었어.

코러스 5 이 모든 비참과 환멸로부터 멀리.

최승희   사람들을 데려가고 싶었어.

코러스 3　나를 데려가고 싶었어.

최승희　거기서만 나는 자유로울 수 있었어.

최승희 쪽 조명이 약해지고, 안성희 쪽 조명이 밝아진다.

안성희　하지만 어머니, 꽃은 금방 지고 말아요. 우리에겐 좀 더 단단한 것이 필요했어요. 손에 쥘 수 있는 것이. 꽃은 지려고 피는 거예요. 열매를 맺으려고 지는 거예요. 하지만 어머닌 그걸 받아들이려 하지 않으셨죠……. 자유. 그것 때문에 어머닌 갇힌 거예요. 스스로를 가둔 거예요. 무대는 어머니의 감옥이었어요……. 꽃. 그래요. 어머닌 꽃이었어요. 하지만 생각해 보셨어요? 그 허망한 꽃을 붙들고 있던 나무를?

피아노 연주. 안성희 쪽 조명이 어두워지고 안막 쪽 조명이 밝아진다.

안막　봄이었지. 철로를 놓는 노역에 나갔었어. 연안에서 같이 지내던 동지의 얼굴도 보이더군. 우린 얼른 고개를 돌렸어. 곡괭이로 땅을 고르고 침목을 나르면서 나는 숙청이란 말의 뜻을 곰곰이 생각해 보았지. 엄숙할 숙, 맑을 청. 엄숙히 맑다. 맑게 한다. 엉뚱하게도 당신이 바라보던 그 계곡의 맑은 물이, 그 속에 헤엄치던 은어 새끼들이 떠오르더군.

최승희　당신은 사라져 버렸어요. 북경에 날 혼자 남겨 두고, 연안으로 떠날 때처럼. 이번에는 한마디 인사도. 편지도 없이.

안막　반당 종파분자. 미국의 스파이. 안막…… 난 곰곰이 생각해 보았어. 지나온 날들을. 우린 참 많이도 돌아다녔었지. 일본, 중국, 몽고, 대만, 유럽과 동구, 러시아.

최승희　미국에서 남미의 먼 안데스산맥까지.

안막　그건 어쩌면 사실일지도 모른다는 생각이 들더군. 난 나도 모르는 새에 미국의 스파이 노릇을 하고 있었던 건지도 몰라.

최승희　일제 때 우리가 친일 반민족 분자인 동시에 반일 운동에 가담한 불령선인이었던 것처럼.

안막　우리가 만났던 수많은 사람들, 그 속엔 미국의 스파이도 하나쯤 끼어 있었을지도 몰라.

최승희　당신 무얼 보고 있어요?

안막　그래. 그건 어쩌면 사실일지도 몰라.

최승희　아직도 북두칠성을 보고 있나요?

안막　난 영영 여기서 나갈 수 없을지도 몰라.

최승희　당신은 이제 편안한가요?

안막　강물 속에 잠긴 그 포탄 껍데기처럼. 천천히 녹슬어 갈 일만 남은 거야.

최승희　어디 있어요?

최승희 쪽 조명이 서서히 어두워지기 시작한다.

안막　침목을 나르고 땅을 고르면서 그 맑은 물이 자꾸만 눈앞에 어룽거렸어. 그 푸른 물빛이. 그 눈빛. 당신 그 막막하던 눈빛. 금세라도 사라질 것만 같아서 난 당신을 불렀지…….

최승희가 어둠 속으로 사라져 보이지 않게 된다.

안막　바다로 나아갔던 은어들은 다시 상류의 그 맑은 물로 돌아와. 돌아와서 알을 낳지. 그러곤 죽어. 숙청. 엄숙하고 맑다. 바다에

서 돌아온 은어들에겐 그 물이 너무 맑은 거야. 그래. 간단한 거
야……. 하지만 알들은? 아직 바다로 나가 보지도 못한 새끼 은어
들은? 성희, 그리고 병건이는?

안막의 모습이 어둠 속으로 사라진다. 동시에 안성희의 모습이 떠오른다.

안성희 "반당 종파분자 안막은 일찍이 일제에 적극적으로 부역하면서도,
       조국의 해방이 다가오자 미국의 간첩으로서 속칭 연안파에 침투
       하여 암약하는 기회주의적이고 반당적인 행위를 일삼아 왔습니
       다. 이제 안막과 그 일파들의 죄상이 백일하에 드러난 것은 우리
       당과 인민에게나 다행스러운 일이라 아니할 수 없습니다. 나 안
       성희는 그로부터 물려받은 사상적 폐해를 남김 없이 씻어 내고,
       공화국과 인민을 위한 길에, 나의 예술로써 매진해 나갈 것을 다
       짐합니다. 그러나 유감스럽게도, 안막의 사상적 영향을 강하게 받
       은 최승희 동무는 당이 그의 예술적 기량을 높이 평가하여 수차
       례 기회를 주었음에도 불구하고, 아직도 일본 제국주의와 자본주
       의 예술의 사상적 잔재를 벗어던지지 못하고, 무용연구소 운영에
       있어서도 당의 지시를 따르지 않고 독단적으로 행동했으며, 부르
       주아적 잔재를 청산하지 못하고 개인 영웅주의에 빠져 자기선전
       에만 열을 올리고 있습니다. 결과적으로 그가 내놓는 작품들은
       인민의 지지를 받지 못하는 독단적인 무용이 되고 말았습니다."
최승희 아주 열정적이고 감명 깊은 연설이었다.
안성희 …….
최승희 넌 생기가 넘치더구나. 네 눈이 그렇게 빛나는 건 처음 보았지.
안성희 어머닌 단상 아래 앉아 계셨죠.
최승희 얌전히 두 손을 모으고.

안성희   지긋이 날 건너다보고 계셨어요. 전 어머니를 똑바로 바라볼 수가 없었어요.

최승희   날 동정할 필요는 없었다.

안성희   그런데 어느 순간 어머닌 웃고 계셨죠. 날 비웃고 계셨어요. 그 자리에 있던 모든 사람들을.

최승희   난 안무를 하고 있었어.

안성희   아니에요. 어머닌 날 비웃고 계셨어요.

최승희   막혔던 데가 그 순간에 풀렸던 거야.

안성희   그렇게 많은 사람들이 지켜보고 있는 데서! 난 화가 나서 견딜 수가 없었어요.

최승희   훌륭한 연설이었대두 그러는구나.

안성희   제 마음이 어땠을지 모르시겠어요?

최승희   대강은 알겠구나.

안성희   어머니.

최승희   아무래도 좋아. 이젠 무대에 설 수 있는 게냐?

안성희   아직은 안 돼요. 어머닐 평양으로 모셔 오는 것만 해도 힘들었어요. 좀 더 기다리셨다가…….

최승희   충분히 기다렸다. 도대체 얼마나 더 기다려야 하는 거냐? 그만큼 인민들 틈에서 배우고 반성했으면 됐지, 얼마나 더? 내 지방에 있을 때, 준비해 둔 작품이 몇 개 있는데.

안성희   읽었어요.

최승희   그래. 어떻더냐? 그만하면 사상성이나 이념성 때문에 트집 잡히는 일은 없겠지?

안성희   글쎄요.

최승희   글쎄라니?

안성희   어머니 작품은 아직도 충분히 혁명적이고 전투적이지 못해요.

최승희 뭐야? 내 작품의 어떤 점이?

안성희 전반적으로.

최승희 봉건제도 아래 핍박받는 한 여성이 불합리한 여성 차별에 맞서, 여성의 권리와 자유를 위해서 싸운다. 이것만큼 혁명적이고 전투적인 주제가 어디 있어?

안성희 바로 그 한 여성이 문제예요. 당의 지시가 아니라, 개인이 자신의 신념을 가지고 싸운다는 점이 위험한 것이죠.

최승희 뭐야?

안성희 개인이 각자의 신념을 가진다면 통일된 지도라는 것은 유명무실해지니까. 그 개인의 신념이 당의 지시와 상반될 경우, 그 개인이 자신의 신념에 따라 싸운다면 당을 적으로 만들게 될 테니까요.

최승희 성희야, 네게서 이런 말을 듣게 되다니.

안성희 전 사람들 눈에 어머니 작품이 어떻게 보일지 말씀드린 것뿐이에요. 어머니를 걱정해서 드리는 말씀이라구요. 이 작품이 공연된다면 결과는 불을 보듯 뻔해요. "최승희는 여전히 개인 영웅주의에서 벗어나지 못했다."

사이.

최승희 당의 지시…… 그 당이란 것도 결국 하나의 개인 아니냐?

안성희 말씀을 삼가세요.

사이.

최승희 성희야.

안성희 미안해요. 제 입장을 이해해 주세요.

최승희 넌 「집시의 춤」을 잊었니?

안성희 그 춤에 대해서는 벌써 충분히 반성하고 자아비판했어요.

최승희 그 춤을 보면서 난 가슴이 떨렸다. 질투가 나서 네 머리채를 쥐
        어뜯고 싶을 정도로 가슴이 떨렸었어.

안성희 잊었어요.

최승희 아니야. 그 춤은 네 안에 있어.

안성희 그만 가 보겠어요. 연습이 있어서요. 그 대본은 어디에든 절대 꺼
        내 놓지 마세요. 부탁이에요.

최승희 성희야.

안성희 네?

최승희 넌 어떠냐?

안성희 뭐가요?

최승희 너는 자유로우냐?

안성희 자유는…… 자유는, 당과 위대한 수령의 영도를 혁명적이고 전투
        적으로 수행해 나갈 때 얻어지는 거예요.

최승희 무대에 서면 아직도 가슴이 떨리니?

안성희 …….

        사이.

안성희 하지만 기어코 어머니는 그 대본을 당에 내고 공연 허가를 받아
        냈죠. 그 작품으로 어머니의 무용 인생은 끝이 났죠.

최승희 너는 또 누구보다도 나를 신랄하게 비판했지.

안성희 그 작품은 그들이 품은 의심의 불씨에다 기름을 부은 격이었어
        요. 그 불길을 잡기 위해 내가 얼마나…….

최승희 「당의 딸」. 네가 그다음 해에 내놓은 작품이었지. 넌 최승희의 딸

이 아니라 당의 딸이라고 애걸을 하고 있더구나.

안성희 살아남아야 했으니까요. 어머니를 지키기 위해서라도 난 어떻게
든 살아남아야 한다고 생각했어요. 병건이를 위해서도…… 아버
지를 위해서도…… 난 그대로 물러설 수 없었어요. 하지만 어머
닌…… 어머닌 멈추지 않았어요. 막다른 절벽을 향해 내달리는
기차처럼 어머닌 멈출 줄 몰랐어요.

피아노 연주가 흐른다.
안성희가 어둠 속으로 사라지고 안막이 나타난다.

안막   뭘 보고 있어?
최승희 꽃이 피었어요.
안막   응……. 많이도 피었군.
최승희 재미없어. 문학 한다는 사람이. 많이 피었어가 뭐야.
안막   많이 피었으니 많이 피었다고 할 수밖에.
최승희 내가 처음 경성을 떠나 도쿄에 도착했을 때도 저렇게 꽃이 만발
했었죠.
안막   3월이었으니까.
최승희 하얀 꽃그늘 아래 서 있는데 글쎄 멀미가 나지 않겠어요? 관부
연락선 타고 현해탄을 건널 때도 안 했던 멀미가 말이에요…….
1926년 3월 24일. 그때 난 열다섯이었어요.
안막   츄오센(中央線) 고쿠분지(國分寺) 역에서 당신을 처음 보았지.
최승희 공부는 안 하고 아가씨들 꽁무니만 따라다녔군요.
안막   딸랑딸랑 달려가는 전차 속에 단발머리를 하고.
최승희 훔쳐보기나 하고. 엉큼하게.
안막   당신이 서 있었지.

최승희   어땠어요? 내 첫인상이?

안막   글쎄.

최승희   그저 그랬군요?

안막   아니. 여러 번 보아도 항상 처음 보는 것 같아서.

최승희   그게 무슨 말이에요.

안막   당신이 늘 들고 다니던 손가방. 아마 당신은 그 속에 얼굴을 여러
         개 만들어 넣어 두었다가, 때마다 하나씩 갈아 쓰고 나오는 게 아
         닐까. 난 늘 그 속이 궁금했었지.

최승희   이번 건 좀 낫군요. 괜찮았어요.

안막   고마워.

최승희   열다섯. 한창 자라던 나이였으니까.

안막   그래. 볼 때마다 당신은 쑥쑥 자라고 있었어.

최승희   아, 그때. 보이고 들리고 만져지는 모든 것들이 내 안으로 들어와
         춤이 되었죠. 하루에 열 몇 시간씩 연습을 하면서도 힘든 줄 몰
         랐어요. 내 몸에 자리 잡아 가는 근육과 힘줄들이, 그 속에 깃드
         는 춤들이 너무나 벅찼어요. 그것들이 빠져나갈까 봐, 난 뛰고 또
         뛰었죠. 연기처럼 자꾸만 흩어지는 그 춤들을 붙잡아, 내 몸 위에
         새기고 또 새겼어요.

안막   당신 또 얼굴을 갈아입었구려. 열다섯 그때처럼.

최승희   신로심불로(身老心不老)니까요.

안막   신로심불로.

최승희   하지만 신로(身老)가 문제죠. 마음은 그대론데, 몸이 날 버려요. 춤
         들이 날 버리고 하나둘 빠져나가고 있어요. 연기처럼. 내 근육과
         힘줄들은 이제 그것들을 붙잡을 힘이 없어요.

안막   하지만 난 당신의 모든 춤들을 기억해.

최승희   기억. 그래요. 내 몸은 그 춤들을 기억하죠. 이젠 내게 없는 것들

을 기억한다는 것. 그건 가장 끔찍한 일이에요.

안막   …….

최승희   난 차라리 석공이 될걸 그랬어요.

안막   석공?

최승희   돌은 단단하니까. 사람의 몸만큼 허망한 재료가 또 있을까요. 바람이 모래 위에 새겨 놓은 물결무늬처럼. 아니 그보다도 덧없어요.

안막   …….

최승희   그 불상들은 아직도 거기 앉아 있겠죠?

안막   그렇겠지.

최승희   변함없이.

안막   당분간은.

최승희   그래도 석공은 행복해요. 제 눈앞에서 자기가 새긴 조각이 흐물흐물 녹아내리는 걸 보진 않아도 되니까.

안막   언젠가는 그것들도 사라져.

최승희   난 재료를 잘못 고른 거야. 그래서 벌 받는 거야.

안막   당신이 고른 건 아니지.

최승희   그럼 누가? 누가 나를 골랐죠? 그리고 날 내팽개치는 거죠?

      사이.

최승희   난 그 순간을 저주해요. 이시이 선생님의 춤을 처음 보았던 그 순간을, 경성 공회당을, 그곳으로 날 데려갔던 오빠를 저주해요. 내 눈을 멀게 하고 내 혼을 앗아 갔던 그 춤들을 저주해요……. 하지만 한 번만 더 그때처럼 떨리는 내 몸을 느낄 수 있다면. 터질 것 같은 고함을 참느라 숨을 멈추고, 무릎을 덜덜 떨며 앉아 있었던 그 자리로 돌아갈 수 있다면.

사이.

안막   당신 또 떠날 때가 된 게로군.

최승희   그래요. 여긴 이만하면 됐어요.

안막   이제 좀 쉬지그래.

최승희   난 살고 싶어요.

안막   …….

최승희   미칠 듯이 살고 싶어요.

안막   …….

최승희   하지만 죽은 듯 살고 싶지는 않아.

안막   여보.

최승희   꾀죄죄하게 시들기는 싫어.

안막   그건 지나친 욕심이야.

최승희   우리한텐 어쩔 수 없는 일들이 참 많았죠. 이젠 그게 지겨워요.

안막   …….

최승희   내 맘대로 할래요. 단 한 번이라도.

안막   만약…….

최승희   상관없어요. 벌써 내 가슴이 뛰는걸요. 난 지금 살아 있어요. 그
          걸로 충분해요.

안막   (웃으며) 오, 이 천방지축. 대책 없는 어린애.

최승희   하지만 이번엔 나 혼자네요.

안막   미안하오.

최승희   춤추고 싶어요.

안막   당신은 늘 그랬지.

최승희   당신하고.

안막   나하고?

최승희   그래요.

안막   난 춤출 줄 몰라.

최승희   그러면서 그렇게 잔소리를 해 댔어요?

안막   그게 내 일이었으니까.

최승희   이리 오세요.

안막   (머뭇거린다.)

최승희   어서요.

피아노 연주로 왈츠가 시작된다. 최승희와 안막은 각자 제자리에서 손을 뻗어 왈츠 자세를 취한다. 두 사람 서로 떨어진 채, 그러나 함께 춤을 춘다.

최승희   하나 둘 셋, 하나 둘 셋. 타 타라라라 탓 타타. 음악에 몸을 맡기고. 제가 이끄는 대로 따라오기만 하세요.

안막   너무 빨라.

최승희   아야.

안막   아이구. 내가 또 발을 밟았군.

최승희   정말 뻣뻣하네.

안막   노력하고 있어.

최승희   자, 다시. 하나 둘 셋, 하나 둘 셋, 타 타라라라 탓 타타…….

피아노를 따라 오케스트라로 연주되는 왈츠가 화려하게 이어진다. 두 사람 웃으며 춤출 때, 조명이 어두워지며, 춤추는 두 사람의 모습이 어둠 속으로 사라진다. 다시 밝아지면 안성희와 최승희가 보인다.

안성희   1967년 그날…… 어머닌 정말 믿고 계셨나요?

최승희   (콧노래를 흥얼거린다.)

안성희 어머닌 오후에 대동강가로 산책을 나가셨었죠. 그날은 해가 지도록 돌아오지 않으셨어요.

최승희 1957년 그날, 당신이 여기 서 있었죠.

안성희 난 언덕 위로 나갔었어요.

최승희 무얼 보고 있었어요?

안성희 어머닌 강물 앞에 서 계셨어요. 나는 언덕 위에서 어머니의 뒷모습을 바라보았어요. 좀 떨어진 곳에 서 있는 두 명의 사내도.

최승희 뭘 그리 한참 보고 있었어요? 물밖에 없는데.

안성희 강물 위에 빛나는 부드러운 저녁놀 속에. 어머닌 편안해 보였어요.

최승희 난 연구소 창가에서 당신을 보고 있었죠.

안성희 문득 어머니 뒷모습이 기우뚱 흔들렸어요.

최승희 길 잃은 어린애처럼. 당신이 거기 서 있었어.

안성희 기우뚱 흔들리며 강물 속으로 빨려 들어갈 것만 같아서.

최승희 당신을 부르고 싶었는데.

안성희 난 어머니를 불렀어요. 어머니!

최승희 그러질 못했어.

안성희 어머니!

최승희 …….

안성희 엄마……! 그제야 어머닌 천천히 몸을 돌려 나를 돌아다보셨죠.

최승희 …….

안성희 등 뒤에 있는 석양 때문에 난 어머니 얼굴을 읽을 수가 없었어요. 하지만 어머니 눈길은 느낄 수가 있었어요. 마치 나를 처음 본다는 듯한 그 눈길은.

최승희 응. 성희로구나.

안성희 오늘은 산책이 길어졌네요.

최승희 강바람이 시원해서.

안성희 무얼 그리 보고 계셨어요?

최승희 글쎄다.

안성희 아무것도 없는데.

최승희 그러게 말이야.

안성희 그만 들어가세요. 어두워져요.

최승희 어느새 어두워졌구나.

안성희 저 사람들도 쉬어야죠.

최승희 그래. (사내들에게) 수고하셨소. 이제 그만 들어들 가 봐요. 나도 들
       어갈 테니.

사내   산책 즐거웠습니다. 최 선생님. 내일은 자강도로 내려가시지요?

최승희 오늘 밤차로 갑니다.

사내   아, 그러시군요. 우린 거기까진 못 가니까, 다시 평양 올라오셔서
       나 뵙겠네요.

최승희 그동안 고생들 많았우.

사내   아닙니다. 영광이죠. 그럼. 잘 다녀오십시오.

       사내들, 사라져 간다.

안성희 조금만 더 참고 기다리세요. 곧.

최승희 괜찮아. 아이들하고 같이 지내는 게 좋아. 재주 있는 애들도 있고.

안성희 애는 쓰고 있는데 상황이 좀처럼 좋아지질 않네요.

최승희 고맙구나. 너무 애쓰지 마라.

안성희 짐은 싸 두셨어요?

최승희 응. 조금만 더 있다 가자. 대동강도 오늘이 마지막이니.

안성희 그게 무슨 말씀이세요?

최승희 성희야.

안성희   네?

최승희   난 간다.

사이.

안성희   그 말씀 하시는 어머니 얼굴이 어찌나 장난스러워 보였는지. 마
        치 투정을 하는 어린애처럼. 난 그만 "어딜?" 하고 되물을 뻔했죠.

최승희   너도 같이 가자.

안성희   지금 무슨 말씀 하시는 거예요?

최승희   내 다 준비해 뒀다.

안성희   어머니.

최승희   더는 기다릴 수가 없구나.

안성희   그 얘긴 안 들은 걸로 하겠어요.

최승희   너도 가고 싶잖아.

안성희   어머니. 제발. 지금 그게 어떤 일인지 생각해 보고 하시는 말씀이
        세요?

최승희   너무 오래 생각만 했지.

안성희   어머닌 도대체 아무 생각이 없으시군요! 그저 자기밖에는.

최승희   널 위한 일이기도 해.

안성희   전 싫어요.

최승희   언제까지 널 속이며 살 테냐?

안성희   자신을 속이고 있는 건 어머니예요. 이건 불가능한 계획이에요.
        미쳤어. 어머닌 미쳤어요. 어디 있든 어머닌 바로 눈에 띈다구요.
        그 수많은 눈들을 어떻게 피할 건데요? 어떻게 빠져나갈 건데요?

최승희   그래. 난 미쳤어. 그러니 갈 수 있어.

안성희   내가 어머닐 보내지 않겠어요.

최승희 그래? 네가?

안성희 제발 날 봐서라도, 병건이를 봐서라도 이러지 마세요.

최승희 그러니 같이 가자는 게야.

안성희 난 어머니한테 애원하고 또 애원했어요. 제발. 어머니.

최승희 그럼 혼자라도 가겠다. 기차 시간이 다 되었구나.

최승희, 슈트 케이스를 손에 든다.

안성희 우린 함께 평양 역으로 갔지요. 어떻게 거기까지 갔었는지 기억
        이 나지 않아요. 가는 동안 우린 아무 말도 하지 않았죠.

최승희 (콧노래를 부른다.)

안성희 역으로 들어갈 때 누군가 우리한테 인사를 했어요. 허리가 꼬부
        라진 늙은 노인이었죠. 난 재빨리 지나치려 했지만, 어머닌 환하
        게 웃으며 그 노인과 인사를 나누고 손을 붙잡은 채 한참 이야기
        를 하고 계셨어요.

최승희 글쎄, 그 사람이 도쿄에서 내 공연을 보았었다지 뭐냐.

안성희 제 가슴은 그대로 얼어붙는 것 같았는데, 어머닌 소풍이라도 가는 것
        처럼 느긋하기만 하셨죠. 얼굴이 발갛게 달아올라서.

최승희 아이구, 이러다 기차 놓치겠다.

안성희 제발 그렇게 되었으면……. 우린 플랫폼에 서 있었죠. 자꾸만 깜
        박이는 전등불 아래서, 난 어머니 외투에 난 보푸라기를 뜯고 있
        었어요. 아무 말도 못하고 보푸라기만 뜯었어요.

최승희 기차가 늦는구나.

안성희 하지만 기차는 결국 플랫폼으로 들어왔죠. 어머니는 기차에 오르
        셨어요. 난 결국 아무 말도 하지 못했어요.

기차가 플랫폼으로 들어오는 소리.

안성희   기차에 오르시기 전, 어머닌 저에게 손을 내미셨죠.
최승희   다시 한번 잘 생각해 보거라. 내일 밤이다.
안성희   내 손에는 어머니가 건네주신 작은 쪽지가 들려 있었어요. 국경 도시의 작은 여관 이름이 적힌 쪽지가.
최승희   기다리마.
안성희   엄마. 그 짧은 말도 나오질 않아서, 난 그저 어머니 손을 잡았어요.

기적 소리.

그 순간. 그 순간. 엄마는, 생긋 웃었어요. 한쪽 눈을 깜박이며 생긋 웃었어요. 태백산맥 어느 자락에서 보았던 별빛처럼 무심하게. 난 그만 어머니 손을 놓치고 말았죠.

기차가 움직이기 시작하는 소리. 최승희가 차창 밖을 향해 손을 흔든다. 기차 소리 높아졌다가 멀어져 간다. 최승희의 모습이 어둠 속으로 사라진다.

안성희   ……기차는 어둠 속으로 사라졌어요. 그걸로 모든 게 끝이 났죠…….

피아노 연주가 흐른다. 안성희, 손에 든 쪽지를 들여다본다. 어두워진다. 음악이 흐르며 암전. 다시 밝아지면 무대 앞쪽에 최승희와 안막, 안성희가 서 있다. 세 사람의 얼굴은 보이지 않는다. 그들 뒤편 무대 가운데로, 코러스들이 청소를 하며 뛰어 지나다닌다. 가볍고 경쾌한 피아노 연주.

코러스 1 빨간 구두는 춤추며 빨간 구두에게 말했지.

빨간 구두야. 빨간 구두야.

이제 그만 나를 내려놓으렴.

코러스 2 왈츠에서 탱고로 넘어가며 빨간 구두는 말했지.

그건 예전부터 내가 하고 싶었던 말이야.

왜 넌 내 위에서 내려오질 않니?

코러스 1 네가 멈추질 않았잖아.

코러스 2 네가 날 가만 내버려 두질 않았잖아.

코러스 1 잠깐만 멈춰 봐.

코러스 2 난 멈췄어.

코러스 1 나도 멈췄는데.

코러스 2 그런데 왜 우린 아직도 춤추고 있지?

코러스 1 이게 뭐지?

코러스 2 누가 춤을 추고 있는 거지?

코러스들이 빠져나간다. 최승희와 안막, 안성희의 얼굴이 보인다.

안성희 들어 보세요. 이 소리들······ 발자국 소리들. 우리가 뛰고, 걷고,
달려온 시간들이 쿵쿵 뛰며 울리는 소리······ 들어 보세요, 우리
의 몸이 가느다랗게 삐걱이는 소리. 마루 틈새마다 고인 우리의 머
리카락과 먼지에 섞여 떠도는 살비듬······.

안막 당신은 계곡 물가에 앉아 있었지.

최승희 길 잃은 어린애처럼 당신은 한참이나 그 자리에 서 있었죠.

안성희 우리가 몸으로 윤을 내놓은, 반질반질한 이 마루. 우리가 흘린 땀
과 눈물의 냄새······.

안막 바람에 흔들리던 나무와 햇빛, 꽃잎. 그 맑은 물. 그 속에 헤엄치

던 은어 새끼들.

최승희   무얼 보고 있었어요? 그 강가에서. 무얼 찾고 있었어요?

안성희   우리가 가고 나면 누가 이것들을 기억할까요?

안막, 몸을 돌려 객석을 등지고 무대를 바라본다. 무언가를 찾는 듯.

안성희   꽃이 피었네요.

최승희   응.

안성희   그날처럼.

최승희   눈이 부시구나.

사이.

안성희   어머닌 정말 믿고 계셨나요?

최승희   …….

안성희   여기서 도망치는 게 가능하다고?

최승희   그래. 그게 마지막이 될 수도 있다는 건 알고 있었다.

안성희   그런데 왜?

최승희   난 언제나 마지막인 것처럼 춤을 추었었지. 난 마지막까지 춤추
        고 싶었어. 살아 있고 싶었어.

안성희   그렇게 사라지고 싶으셨던 거겠죠.

최승희   …….

안성희   어머닌 그걸 스스로 선택하셨던 거예요.

최승희   그건 선택이었을까.

안성희   어머닌 뜻을 이루셨어요. 어머니가 이겼어요. 하지만 왜? 그걸 왜
        내 손에…….

최승희 (말을 막으며) 성희야. 그만.

안성희 이 손을 보세요, 어머니. 어머니를 붙잡았던 이 손을. 어머니가 뿌리친 이 손을. 그날 나는 이 손으로…….

최승희 (성희의 손을 잡으며) 그만.

최승희, 안성희의 손을 어루만진다.

최승희 지나갔다. 우리의 시간은 이제 지나갔어.

안성희 그래요. 모든 건 지나가 버리죠. 사라져 버렸어요. 하지만 전 아 직도 이해할 수가 없어요. 용서할 수가 없어요.

최승희 난 네게 용서를 빌지 않겠다.

안성희 어머닐 용서할 수 있는 건 어머니뿐이니까요. 어머니의 춤뿐이니 까요.

최승희 하지만 그럴 수 있을까.

안성희 한 번만 더 어머니 춤을 보여 주세요. 나를 한 번도 바라본 적이 없었던 그 눈빛을, 나를 홀리게 했던 눈빛을. 그 웃음을. 내가 미 워할 수 있게. 내가 싸울 수 있게.

최승희 나도 나를 용서할 수가 없구나. 저 눈부신 것들로부터 멀리 있는 나를. 하지만 성희야. 우리의 시간은 지나갔다.

안성희 어머니.

최승희 하지만 성희야…… 너 때문에 가슴 졸이고 애태우던 것도 나 다……. 네 아버지의 외로움을 보면서 눈물 흘리던 것도 나다.

안성희 …….

사이.

최승희 당신 무얼 하세요?

안막 혹시 못 보았소?

최승희 무얼요?

안막 상자. 박쥐 경첩이 달린 소나무 상자.

최승희 그건 왜요?

안막 그 안에 내가 넣어 둔 게 있거든.

최승희 그게 뭔데요?

안막 오래전에 내가 썼던 습작들.

최승희 그건 찾아서 뭐하시려구요?

안막 없애려구.

최승희 왜요?

안막 부끄러우니까……. 부끄러운 것들은 좀체 없어지질 않거든. 어느 구석엔가 숨어 끈질기게 남아 있단 말이야. 난 그걸 없애야만 해. 도대체 그게 어딜 갔을까.

사이.

최승희 그만 가야죠.

안막 그래.

안성희 꽃이 지네요.

최승희 그날처럼.

안성희 눈이 부시네요.

안막 춤추고 싶구나.

두 사람 놀란 눈으로 안막을 바라본다.

안막   왜? 나도 춤을 좋아한다구. 내가 시대를 잘못 타고났지. 하필 네
       엄마하고 같은 때 태어나서 말이야. 게다가 네 엄마를 만나 버렸
       으니 말 다 했지.

       세 사람, 웃는다.

안막   네 「집시의 춤」을 다시 한번 봤으면 좋겠다.
안성희 아버진 그 춤 싫어했잖아.
안막   아냐. 난 네 춤 중에 그게 제일 좋았어.
최승희 질투가 날 정도로.

       피아노 연주가 흐르기 시작한다.

안성희 어느새 다 져 버렸네.
최승희 또 핀다.
안성희 언제?
최승희 금방.

       음악이 높아지며 세 사람, 무대 뒤편의 어둠 속으로 사라져 간다. 코러스와
       피아노 연주자가 그들의 뒷모습을 바라본다. (피아노 연주자에게 스포트라
       이트. 남성 연주자를 써서, 최승희의 아들인 피아니스트 안병건을 암시할
       수도 있다.)

하얀 앵두

이것은 꽃나무를 잊어버린 일이다.

그 제각(祭閣) 앞의 꽃나무는 꽃이 진 뒤에도 둥치만은 남어
그 우에 꽃이 있던 터전을 가지고 있더니
인제는 아조 고갈(枯渴)해 문드러져 버렸는지
혹은 누가 가져갔는지,
아조 뿌리채 잊어버린 일이다.

어떻게 헐가.
이 꽃나무는 시방 어데 가서 있는가
그리고 그 씨들은 또 누구 누구가 받어다가 심었는가.
그래 어디 어디 몇집에서 피어 있는가?

지난번 비 오는 날에도
나는 그 씨들 간 데를 물어 떠나려 했으나 뒤로 미루고 말었다.
낱낱이 그 씨들 간 데를 하나투 빼지 않고 물어 가려던 것을 미루고 말었다.

그러기에 이것은 또 미루는 일이다.

그 꽃씨들이 간 곳을 사람들은 또 낱낱이 외고나 있을가?
아마 다 잊어버렸을는지도 모른다.

그렇다면 이것은 외고 있지도 못하는 일.

이것은 이렇게 꽃나무를 잊어버린 일이다.

──서정주, 「무(無)의 의미(意味)」, 《현대문학(現代文學)》 1959년 2월호.

등장인물

반아산(潘雅蒜)	53세, 별 볼일 없게 된 작가(수선화)
하영란(河鈴蘭)	50세, 아산의 아내, 배우(은방울꽃)
반지연(潘支連)	18세, 아산과 영란의 딸(채송화)
권오평(權伍萍)	49세, 아산의 후배, 대학교수, 지질학자(개구리밥풀)
이소영(李疏影)	29세, 오평의 조교, 박사과정 대학원생(매화)
송도지(宋刀枝)	90대, 노파(작약)
윤조안(尹朝顏)	35세, 반지연이 다니는 고등학교 교사(나팔꽃)
곽지복(郭枳蔔)	70대 중반, 동네 노인(탱자/치자)
원백(圓柏)이	늙은 개(향나무)

때 현대. 가을에서 늦겨울, 초봄까지.

곳 강원도 영월 근처 어느 산골, 전원주택지.

무대 무대는 전원주택에 딸린 정원, 정확히 말해 앞으로 정원이 될 빈 마당을 보여 준다. 이 마당은 토양 개량 공사를 막 마친 상태다. 무대 앞쪽 빈 마당 한 편에, 오래 묵은 개나리 나무 한 그루가 생뚱맞게 서 있다. 그것 말고는 나무도, 풀 기운도 아직 찾아 볼 수 없다. 어른 키만 한 높이의 개나리 나무는 잎이 다 진 가지를 우산 모양으로 펼치고 있다.[1] 개나리 나무에서 대각선 방향 뒤쪽으로 야외용 평상이 하나 있다. 마당 주위에는 공사에 쓰고 남은 하얀 모래와 누릇한 마사토, 붉은 황토, 잿빛 자갈, 밤색 부엽토, 검은 퇴비 더미 따위가 군데군데 쌓여 있다. 흙더미들 사이에 삽과 곡괭이, 갈퀴 따위의 연장들이 보인다. 뒤편 구석에 비닐하우스로 지은 나지막한 온실의 끝부분이 보인다. 그 안에서는 묘목과 씨앗 들이 자란다. 집은 무대에 보여 주지 않아도 좋다.

1 이 나무의 이미지와 그에 관한 이야기는 미당(未堂) 서정주의 시 「내가 심은 개나리」에서 온 것이다.

1장

청명한 가을 아침. 권오평과 하영란이 각각 찻잔을 들고 마시며 마당으로 나온다. 하영란, 작고 납작한 돌 조각을 손에 들고 들여다본다.

하영란   5억 년? 이게요?

권오평   정확히 말하자면 5억 1000만 년쯤 된 거죠.

하영란   그걸 어떻게 아세요?

권오평   거기 시계가 있거든요.

하영란   시계요?

권오평   (손가락 끝으로 돌멩이의 한 지점을 가리키며) 잘 보세요, 여기…….

하영란   (눈을 찌푸리고 거리를 맞춰 가며 보려 애쓰지만 보이지 않자 약간 낙담해서) 아무래도 돋보기를 써야 할까 봐.

권오평   아, 이게 워낙 작아서요. (주머니에서 휴대용 확대경 루뻬(ruper)를 꺼내 돌멩이에 댄다.) 자, 이젠 보이죠?

하영란   이거요?

권오평   네, 그거.

하영란   이게 시계라구요?

권오평   그렇죠, 삼엽충 시계.

하영란   삼엽충? 에이, 놀리지 마세요. 저도 삼엽충 화석 본 적 있어요, 친구네 집 장식장에서. 그건 손바닥만 하던데요? 생긴 것도 머리엔 투구를 쓴 것 같고 배는 번데기처럼 쭈글쭈글하고, 지네처럼 다리가 많구…… 이건 뭐…….

권오평   그런 삼엽충도 있지만 이런 삼엽충도 있어요. 지금까지 발견된 삼엽충이 몇 종류나 되는지 아십니까?

하영란   몰라요.

권오평 만 5000천 종입니다, 새로운 종으로 인정받은 것만 만 5000종. 실제로는 그 이상이겠죠.

하영란 그래도 그렇지……. 암만 봐도 이건 꼭 눌린 커피콩 자국 같은데. 틀림없어, 커피 원두 화석일 거야.

권오평 (웃는다.)

하영란 비웃는 거예요?

권오평 아뇨, 아뇨. 대단하십니다. 방금 이 녀석 이름을 거의 맞히셨거든요.

하영란 그래요? 이 커피 원두 이름이 뭔데요?

권오평 아그노스투스 피시포르미스(Agnostus pisiformis).

하영란 아그노스투스……?

권오평 피시포르미스. 완두콩 모양으로 생겼다는 뜻이죠, 피시포르미스가.

하영란 이게 어디 완두콩이야, 커피 원두지. 안 그래요?

권오평 듣고 보니까 그러네요.

하영란 그렇죠, 그렇죠?

권오평 그 이름 지은 사람이 1800년대 초 유럽 사람이거든요. 그때는 거기 커피가 아직 안 들어왔나?

하영란 들어갔어도 그 사람은 커피콩을 못 봤나 보죠. 봤다면 분명히 커피콩 모양으로 생겼다고 이름을 지었을 거예요, 그쵸?

권오평 (웃으며) 네, 틀림없이 그랬을 겁니다.

하영란 '커피 모양으로 생겼다.'는 라틴어로 뭐예요?

권오평 글쎄요……. 카페이니포르미스?

하영란 카페이니포르미스. 그 이름이 훨씬 낫네요. 들으면 모양이 딱 떠오르잖아요, 듣기도 좋고. 피시 뭐라는 이름은 바람 빠지는 소리 같잖아요, 맥 빠지게.

권오평 그래도 한 번 붙인 이름은 못 바꿔요.

하영란 (돌멩이를 코에 대고 냄새를 맡는다.) 흠, 그렇게 불러 놓고 보니까 커피 향이 나는 것도 같네.

권오평 (커피 잔을 들어 보이며) 그건 여기 아니에요?

하영란 멋없기는. 그럼 아그노스투스는요? 그건 무슨 뜻이에요?

권오평 '모른다.'

하영란 네?

권오평 말 그대로 모르겠다, 당최 알 수 없는 녀석이라는 뜻이죠.

하영란 세상에! 모르겠다가 이름이라니, 이름은 알려고 붙이는 건데!

권오평 알 수 없는 녀석으로 알라는 거죠.

하영란 상당히 무책임한 이름이네요.

권오평 이 녀석을 자세히 보면 그 사람이 왜 그랬는지 이해가 갈 겁니다. 참 희한하게 생기지 않았습니까? 어디가 머리고 어디가 꼬린지도 분간이 잘 안 돼요. 이놈들은 눈도 없어요. 이 녀석들보다 오래된 삼엽충도 눈이 있는데 말이죠.

하영란 눈이 필요 없는 데서 살았나 보죠.

권오평 바로 그렇습니다. 필요 없으니까 버린 거죠. 애들은 어두컴컴한 바다 밑, 바로 위를 헤엄쳐 다녔거든요.

하영란 봤어요?

권오평 네?

하영란 애들이 헤엄쳐 다니는 거.

권오평 봤을 리가 없잖아요.

하영란 근데 무슨 근거로 애들이 바다 밑에 살았다는 거예요? 땅 밑이나 동굴 같은 데 살았을 수도 있잖아요.

권오평 아, 그건…… 음……. (약간 짜증이 난다.)

하영란 (웃으며) 미안해요, 미안해. 장난친 거예요. 그래요. 이 커피 원두가 바다 밑을 헤엄쳐 다녔다고 쳐요. 근데 이게 어떻게 여기서 나오게 된 거예요?

권오평	나중에 제가 책을 한 권 보내 드리죠. 읽어 보세요.
하영란	그러지 말고 얘기해 봐요.
권오평	안 할래요.
하영란	해 봐요.
권오평	보나 마나 터무니없는 소리라고 비웃을 게 뻔한데요, 뭐.
하영란	안 그럴게요, 네?
권오평	아뇨, 사실 형수님 말씀이 맞아요. 결국 과학이라는 것도 어느 지점에 가면 추측일 뿐이니까요. 누가 가장 그럴듯한, 믿을 만한, 설득력 있는 추측을 내놓느냐가 문제죠. 뭐 그래도 안 믿겠다고 작정하면 할 수 없는 거고.
하영란	믿을게요, 믿어.
권오평	안 믿으셔도 괜찮아요.
하영란	믿는다니까요!
권오평	……좋습니다. 그러니까 그 추측에 따르면 5억 년 전, 캄브리아기에, 이 커피 원두가 바다 밑을 헤엄치던 시절에는, 세계지도가 지금 같지 않았어요. 대륙들이 대부분 적도 쪽에 모여 있었죠. 우리나라 땅덩이도 적도 근처에 있었어요. 여기 강원도 태백산 분지는 산호가 자라는, 따뜻하고 얕은 바다였죠. 남태평양 휴양지를 상상해 보세요. 넓게 펼쳐진, 석호(潟湖)처럼 맑고 얕은 바다…… 아마 그 시절 바다엔 얘들이 바글바글했을 겁니다. 그 시대 지층에선 세계 어디에서나 이 녀석들이 나오거든요. 5억 년 전 어느 날, 그날도 이 녀석은 플랑크톤을 쫓아 물벼룩처럼 타닥타닥 바다 밑을 헤엄치고 있었을 겁니다. 그런데 육지 쪽에 큰비가 내려 홍수가 났을까요? 아니면 해저화산이 폭발해서 커다란 해일이라도 일었을까요? 갑자기 엄청난 모래와 진흙 더미가 밀려와서 이 녀석들을 순식간에 덮칩니다. 이 조그만 녀석들은 그 무덤에서

헤어날 수가 없죠. 그렇게 이 녀석은 영문도 모르고 흙 속에, 그 흙이 굳어진 바위 속에 봉인됩니다. 그리고 여행이 시작되죠. 적도에서부터 지금 이 자리까지…… 5억 년에 걸친 여행이…… 그 동안 수많은 생명체들이 나타났다 사라지고 지구는 녹았다 얼었다, 가끔 운석이 떨어져 활활 불타기도 하고, 바닷물은 올라갔다 내려갔다, 대륙들은 떠돌다가 서로 부딪히고 또 헤어지고……. 5억 년, 상상이 되세요?

하영란　그러니까 우리가 지금 있는 곳이 5억 년 전 적도의 바다라는 거예요?

권오평　그렇죠. 이 녀석은 그곳을 떠나 자그마치 5억 년 동안이나, 까마득한 어둠 속을 떠돌면서 형수님을 만나러 온 겁니다.

하영란　아. (잠시 눈을 감는다.)

권오평　근데 자꾸 커피 원두라 그러시면 걔가 얼마나 섭섭하겠어요?

하영란　(눈을 뜨며) 그러게요.

권오평　커피가 생긴 건 훨씬 나중이에요. 속씨식물이 처음 생겼을 때부터 커피가 있었다고 해도 겨우 1억 2000만 년 전이라구요.

하영란　겨우?

하영란, 루뻬로 돌 조각 안의 삼엽충 화석을 들여다본다. 멀리서 개 짖는 소리.

권오평　가지세요. 선물입니다.

하영란　정말요? 이 귀한 걸 내가 가져도 돼요? 아니에요, 오평 씨가 가지고 연구를 하셔야죠. 커피 원두 타령이나 하는 나보다는 아무래도 오평 씨가 얘 이야기를 잘 들어주실 테니까.

권오평　이건 학술적 가치는 없어요.

하영란   왜요?

권오평   저쪽 돌 더미에서 주웠거든요. 실은 제가 찾은 게 아니라 원백이
         가 찾은 겁니다.

하영란   원백이가요?

권오평   엊저녁에 밥 먹고 슬슬 어정거리고 있는데 원백이 녀석이 돌 더
         미에다 코를 들이박고 킁킁대고 있길래, 쥐라도 쫓나, 들여다봤
         더니, 요걸 할짝거리고 있더라구요.

하영란   그럼 이건 오평 씨가 아니라 원백이 선물이네요?

권오평   네. 그러니까 받으세요.

하영란   근데 왜 학술적 가치가 없어요? 개가 찾아서요?

권오평   (웃는다.) 화석은 찾아내는 것보다 찾아내는 순간을 기록하는 게
         중요해요. 어느 지층 속에, 제 어미 품에 있는 걸 캐내야 일종의
         출생증명서가 생기는데, 이 녀석은 그게 없거든요. 일종의 미아
         죠. 이 집터에서 나왔는지, 딴 데서 묻어 왔는지 알 수가 없단 말
         입니다.

하영란   적도에서 왔다면서요.

권오평   그건 우리 모두 먼지에서 왔다는 말이나 똑같죠.

하영란   가엾어라……. 근데 이거 정말 괜찮다.

권오평   네?

하영란   (루뻬를 들어 보이며) 이거요, 정말 잘 보이네. 이런 건 얼마나 해요?

권오평   얼마 안 해요.

하영란   그래요? 어디 가면 팔아요?

권오평   갖고 싶으세요?

하영란   쪼그매서 갖고 다니기도 편하겠고, 돋보기보다 훨씬 폼도 나
         고…… 좋네.

권오평   가지세요.

하영란   아뇨, 아뇨. 저도 하나 사게요.

권오평   가지셔도 돼요. 전 또 있어요.

하영란   정말요?

권오평   네.

하영란   정말 그래도 돼요?

권오평   그럼요.

하영란   고맙습니다! 와, 오늘이 꼭 내 생일 같네.

이소영이 종이컵에 든 커피를 두 잔 들고 밖에서 마당으로 들어선다.

하영란   어, 이 조교님 오셨네. 어서 오세요.

이소영   안녕하세요. (권오평에게) 잘 주무셨어요?

권오평   어. 잘 잤냐?

이소영   예. 사모님 오늘 기분 좋아 보이시네요.

하영란   아침부터 선물을 두 개씩이나 받았거든요. 자, 봐요. (돌 조각과 루
뻬를 이소영 앞에 내민다.) 이건 우리 원백이가 준 거, 이건 교수님
한테 받은 거.

이소영   (루뻬를 보고 잠깐 멈칫하지만 대수롭지 않게) 원백이가 누구예요?

하영란   아, 우리 집 개요, 백구.

이소영   아, 그 무료한 애.

하영란   근데 이 녀석 어디 갔지?

권오평   아산이 형이 산책 데리고 나갔겠죠.

이소영   (돌 조각을 들여다보며) 아그노스투스 피시포르미스네요.

하영란   아시네요.

이소영   아주 징글징글하게 봤죠. 우리 집 서랍에 있는 것만 다 꺼내도
완두콩 수프를 끓여도 될걸요? 아이구, 산둥에 현지 조사 나갔을

때, 이 쌍놈의 새끼들이 어찌나 쏟아져 나오는지. 그것도 어떤 데서, 안 나와야 될 데서 말이야. 3년 동안 좆 빠지게 세운 가설이 말짱 도루묵이 됐다니까요.

권오평 야, 야, 소영아! 죄송합니다. 얘가 원래 이래요. 박사과정이라고 이제 아주 치고받네요.

하영란 아니에요. 아유, 스트레스는 안 받으시겠어.

권오평 그게 어디 얘들 잘못이냐? 네가 가설을 잘못 세워서 그런 거지.

이소영 교수님이 세웠잖아요.

권오평 야.

하영란 말씀들 나누세요. 난 우리 불쌍한 미아 아그…….

이소영 아그노스투스 피시포르미스.

하영란 어려워, 어려워. 그리고 5억 년이나 떠돌다 나한테 온 이 애를, 알 수 없는 놈, 완두 이따위로 부르다니 있을 수 없는 일이야. 앤 커피를 닮았는데.

이소영 아그노스투스 피시포르미스는 아그노스투스 피시포르미스죠.

하영란 꼭 그렇게 부르라는 법은 없죠. 사람도 본명 있고 예명, 별명도 있잖아요? 나는 내 식대로 부를래. 음, 뭐가 좋을까, 그래 '코피 루왁.' 그게 좋겠네.

이소영 사향고양이 똥 커피요?

하영란 마셔 봤어요?

이소영 네.

하영란 정말, 정말? 어땠어요, 어땠어요? 정말 그렇게 환상적이에요?

이소영 그저 그렇던데요, 뭐.

하영란 그럴 리가. 그거 구하기도 어렵고 비싸다던데. 한 잔에 10만 원이래나?

이소영 제가 마신 건 더 비싼 거였어요. 산둥에 현지 조사 나가 있을 때,

나 좋다고 쫓아다닌 골 빈 중국 놈이 하나 있었거든요. 지 애비가 무슨 자원재활용공사라나 뭐래나, 고물상을 크게 해서 벼락부자가 된 놈인데. 그 자식이 하도 밥 한 번 먹자고 귀찮게 해서 한 번 따라갔죠. 밥 다 먹고 후식으로 커피가 나왔는데, 이 새끼가 커피를 무슨 신주 단지 모시듯 들고는 눈을 게슴츠레 뜨고 혓바닥을 이리 굴리고 저리 굴리고, 별 생 지랄을 다 하더라구요. 그러면서 이게 코피 루왁이라고, 한 잔에 800위안이라고, 빠링링, 빠링링, 한 모금 마시고 빠링링, 한 모금 마시고 또 빠링링, 손가락으로 숫자를 써 가면서 빠링링, 빠링링. 미친 새끼.

하영란　중국 돈으로 800원이면 얼마예요?

권오평　한 15만 원 되죠, 요새 환율이 올라서.

하영란　어머나, 세상에!

이소영　그 돈이면 거기선 4인 가족이 한 달을 살구두 남아요, 아껴 쓰면.

하영란　하여간 요지경 속이라니까, 중국이란 나라는.

권오평　그때 그놈 꽉 잡으라니까 내 말 안 듣고.

이소영　(권오평을 째려본다.)

권오평　째려보기는 마. 그때 니가 그놈하고 결혼했으면, 그놈이 너한테 거기 화석 잘 나오는 산 하나쯤 못 사주겠냐? 아깝다. 그때 니가 맘만 잘 먹었으면 거기 한국 지질학계의 전초기지가 생기는 건데 말이야. 그럼 나도 가끔 놀러 가서 니 덕분에 대접도 좀 잘 받아 보고 빠링링짜리 커피도 마시고 그랬을 텐데. 안 그래요?

하영란　그만하세요.

권오평　(더욱 놀리며) 야, 사내놈이 다 거기서 거기지, 뭐. 그리고 그렇게 취향이 독특한 놈 만나기도 힘들어요.

이소영　(폭발하기 일보 직전이 되어) 이……!

하영란　(짐짓 호들갑을 떨며) 아유, 나는 언제 그거 마셔 보나? 사향고양이가 멸종 위기래요. 걔들 멸종되기 전에 꼭 한번 마셔 봐야 할 텐데. 어쨌든 뭐, 이름 붙이는 데 돈 드는 건 아니니까. 코피 루왁, 가자, 가서 혹시 네 친구들이 있나 찾아보자. (집 쪽—무대 뒤편으로 가며 권오평에게) 어느 돌 더미예요?

권오평 (무대 뒤편 밖을 가리키며) 온실 지나서 저 뒤란 쪽에 있는 돌 더미 예요.

하영란 (루뻬를 흔들어 보이며) 선물 고마워요!

하영란, 무대 뒤편으로 나간다. 권오평과 이소영, 평상에 걸터앉는다.

이소영 또 5억 년 전 적도 산호섬이 어쩌구저쩌구 구라 치셨구만.

권오평 자식이 버르장머리 없이.

이소영, 양손에 들고 있던 커피 중에 하나를 권오평에게 건넨다.

권오평 (찻잔을 들어 보이며) 마셨어.

이소영 (말없이 그 찻잔에 종이컵에 든 커피를 붓는다.)

권오평 마셨다니까.

이소영 또 마셔요.

권오평 나 참.

이소영 영월 시내까지 나갔다 왔다구요. 아무튼 어떤 새끼들이 경제 어렵다고 지랄을 치는 건지. 배때기들이 불러 가지구 이것들이 손님이 가면 문 여는 거지, 아직 시간이 안 되기는, 쌍놈 새끼들이. 식을까 봐 좆나게 밟고 왔어요. 마셔요.

권오평 야, 너는 야외 채집 나가는 날이라도 말 좀 곱게 해라. 화석이 나 올라다가도 쏙 들어가겠다. 애들은?

이소영	깨워서 밥 먹이고 준비시켜 놨어요.
권오평	숙소는 잘 만하디?
이소영	그렁저렁.
권오평	공사장 책임자한테는 연락했고?
이소영	예.
권오평	점심은?
이소영	김밥 맞춰 놨어요. 그 사람들 점심 먹을 때, 우린 파야 되니까.
권오평	잘 했다……. 근데 뭔 일 있었냐?
이소영	아뇨.
권오평	왜 이렇게 퉁퉁 부었어?
이소영	부은 게 아니라 살찐 거예요.
권오평	얼굴 말고, 왜 심통이 났냐고? 내가 놀려서 삐졌냐?
이소영	뭐, 하루 이틀도 아니고.
권오평	애들이 어젯밤에 술 먹고 사고라도 쳤냐?
이소영	죽을라고요.
권오평	(일어서서 커피 잔을 이소영에게 건네고 집 쪽으로 걸어가며) 애들 개인 행동 하지 않게 하고, 안전모 꼭 챙기라고 해. 도로 공사장이라 위험하니까. 사고라도 나면 골치 아프다.
이소영	예……. (사이.) 근데요.
권오평	(멈춰 서서 돌아본다.) 뭐?
이소영	아까 그 루뻬요.
권오평	왜?
이소영	내가 준 거 아니에요?
권오평	어…… 아닐걸?
이소영	내가 준 거 같던데.
권오평	그랬나? (다시 걸음을 옮기며) 금방 나올 테니까 기다려.

권오평, 무대 뒤편으로 나간다. 사이. 이소영, 커피를 벌컥 들이켰다가 뜨거
워서 어쩔 줄을 모른다. 이소영, 투덜대며 담배를 꺼내 피워 문다. 이윽고
밖에서 떠들썩한 소리. 반아산이 원백이를 끌고 밖에서 들어온다. 곽지복
이 그 뒤를 따라오며 소리친다. 한 손에 나뭇가지 회초리를 들고 있다. 이
소영, 허둥지둥 담배를 끈다.

곽지복 이기 뭐이나야, 어? 개르 똑땍이 매 나이제 풀레 내떼 가지구네
       이래 해코지를 하구 도러댕기면 우터해요, 에?
반아산 죄송합니다, 죄송합니다.
곽지복 우테 책임질 거래요, 우리 복수이! 여덟 달도 안 됐잖소. 그 언나
       가 울매나 놀랬겠소. 이 자식이 가 잔데이에 올라타 가지구 울매
       나 빡시게 지라르 했나, 가 거기 피가 다 나잖나. 빼이 보지 말고
       말 좀 해 보드래요! 우테 책임질 거래요?
반아산 책임은 통감합니다만, 어떻게 책임을 져 드려야 할지…….
곽지복 걸 내보고 물으면 우터해요?
반아산 정말 죄송합니다만, 방법이 없잖습니까? 사람 같으면야 뭐 처녀
       막 재생 수술이라도 시키겠습니다만.
곽지복 이런 판 젠세이 같은 양바이 이거는 머 또인지 된장인지 츤지를
       모르고 찌꺼레 대네야! 츠녀막 맹근다고 도루 츠녀가 돼요? (이소
       영에게) 안 그래요?
이소영 (몰래 웃다가 깜짝 놀라) 예?
곽지복 아이 멀 웃어요? 남은 속이 타 죽겠는데.
이소영 죄송합니다.
곽지복 그래요, 안 그래요?
이소영 그렇죠.
반아산 그러니 죄송하다는 말씀이죠.

곽지복　머이나, 그래니 배째라 이거래요?

반아산　아닙니다. 어떡하면 좋겠습니까? 어르신 원하시는 대로 뭐든 다 해 드리겠습니다.

곽지복　우리 복순이가 우떤 앤데, 가를 우테 키왔는데…… 좋은 데 골래 시집보낼랬는데, 이 잡종 놈 자식이 어데라고 딜이대나, 딜이대길! 멀 빼이 처다보나, 이 우무룩한 기! 이누무꺼 이거 좃 뿌레기르 뽑아이 대! 가새로 뿅알을 싹 다 짱카이 대! 응? 응? (원백이를 향해 달려들며 회초리를 마구 휘두른다.)

반아산　(원백이를 감싸며) 아이구, 어르신! 참으세요, 예? 이러신다고 복순이가 다시 처녀 되는 것도 아니잖아요? 얘가 무슨 잘못이 있겠습니까? 다 제 잘못이죠! (지복이 휘두르는 회초리에 맞아 비명을 지르며 손을 감싸쥔다.) 아야!

　　　곽지복, 무르춤해져서 회초리를 멈춘다. 시끄러운 소리에 집 쪽에서 권오평과 반지연, 하영란이 나온다. 권오평은 야외 조사 나갈 차비를 한 상태다. 반지연은 간편한 운동복 차림에 부스스한 모양으로 사과를 먹고 있다. 하영란은 루뻬를 들고 돌 더미에서 '커피 원두'를 찾고 있던 중이다.

하영란　무슨 일이야, 여보?

반아산　아…….

하영란　왜 그래요?

반아산　아냐.

하영란　다쳤어?

반아산　괜찮아.

하영란　어디 봐……. 왜 이래? (회초리를 든 곽지복을 건너다본다.)

곽지복　(하영란의 눈길을 피하며) ……마이 아파요?

반아산 괜찮습니다.

하영란 괜찮기는. 부었네.

곽지복 그르게 왜서 께드나? 아이 내가 여북 부애가 났음 그러겠나. 한
       대만 쌔리구 갈렸는데. (헛기침) 귓구영 후비고 똑땍이 들아. 개르
       똑땍이 매 나이 대, 똑땍이! 저거 또 나댕기다가 걷아들리면 대뜨
       번에 쎄싸리를 뺄 끼다. 알았싸? (헛기침하고 슬슬 밖으로 나가며 들
       으라는 듯 궁시렁댄다.) 개르 똑땍이 매이지, 젠세이겉이…… 이기
       참, 우리 복수이 우터하나? 애기집도 지대루 안 섰을 텐데, 새끼
       라두 뺐으면 우터하나, 이거. 새끼 놓다가 잘못되면 우터하나? 에
       이…….

       곽지복, 밖으로 걸어 나간다.

하영란 누구셔?

반아산 (개나리 나무 쪽으로 원백이를 끌고 가 나무에 줄을 묶으며) 동네 어른.

하영란 왜?

반아산 원백이 때문에.

하영란 당신이 산책 데리고 나갔던 거 아니었어?

반아산 아니. 새벽에 나와 보니까 없더라구. 산으로 들로 얼마나 뛰었는
       지, 이놈의 자식.

하영란 별일이네. 풀어 놔도 온종일 나무 밑에만 꼼짝 않고 엎드려 있
       던 녀석이.

반아산 저 양반 집에 있더라구. 저쪽 길 건너 산 밑에 탱자나무 울타리
       있는 집 말야. 어떻게 거길 뚫고 들어갔는지 그 집 복순이랑 벌써
       딱 붙어 가지구, 저 양반은 떨어지라고 길길이 뛰고 복순이는 아
       프다고 낑낑대고, 그런다고 한 번 붙은 게 쉽게 떨어지나, 어디?

아이구, 나 참.

이소영 자식 이거 웃기는 놈이네. 야, 강간범.

권오평 강간은 마. 복순이가 불러서 간 거지.

이소영 그새 자냐? 야.

권오평 놔둬라. 새벽 댓바람부터 장가가느라고 얼마나 힘드셨겠냐, 연로
하신 분이. 얘가 몇 살이죠?

하영란 열네 살인가? 열다섯 살인가?

반아산 열네 살이지, 만으로.

권오평 그럼 사람 나이로 거의 100살인데. 허허, 대단해, 대단하셔, 원백
이 할아버지.

반아산 됐을까?

하영란 뭐가?

권오평 에이, 설마요.

반아산 혹시 아냐?

권오평 기운 좋은 놈들 한두어 번 붙여도 안 될 때도 있는데. 얘는 늙어
서 뭐.

반아산 그래도 모르지. 그 양반이 길길이 뛸 만도 하더라. 복순이 개 정말
이쁜데, 탐스러워. 새끼 나면 정말 이쁘겠어. 자식, 꼴에 보는 눈은
있어 가지구, 이히히. 잘했다, 잘했어. 이히히.

어느 틈엔가 다시 돌아온 곽지복이 뜰 초입에 서서 물끄러미 마당을 건너
다보고 있다. 권오평이 노인을 발견하고 반아산의 옆구리를 찌른다. 반아
산, 웃음을 멈추고 곽지복의 눈치를 살핀다. 하영란이 나선다.

하영란 저기 어떻게…… 뭐 더 하실 말씀이래두?

곽지복 …….

하영란 앞으론 잘 묶어 놓을게요. 절대 이런 일 없을 겁니다. 정말 죄송해요.

곽지복 아이래요, 아이래요. 우트하겠어요, 하마 찌끄러진 물으.

사람들, 모두 곽지복의 눈치를 살피는데, 곽지복의 얼굴은 어느덧 어떤 감회에 젖어 간다. 곽지복, 천천히 걸어 빈 뜰을 둘러본다. 어색한 사이. 곽지복, 길게 한숨을 내쉰다.

곽지복 어미야라, 여게가 이래 몽지리 빈했구나야……. 그 마튼 낭그, 꽃마튼다 어데 가고, 이래 꺼주하니 매련도 없이 됐어……. 맨 서덜캥이뿌이고, 제우 이거 하나 남은 거냐? 참 시월이 얘숙하다.

곽지복, 개나리 나무 근처로 온다. 반아산, 반사적으로 원백이를 막아선다. 곽지복, 개나리 나무 가지를 잡고 똑똑 꺾는다.

곽지복 ……이 머이나? 가지를 쳐 주애지. 미친년 자박쎄이도 아이구…….

곽지복, 가지를 몇 개 더 꺾다가 그만둔다.

곽지복 냉중에 전지가새 가꼬 와서 짱카이지 안 대겠다. (원백이에게) 멀 빼이 보나? 니 뽕알 말고 낭구. 암캐는 첫배가 중한데, 하이고, 우테 걷아들레도 이른 똥개가 걷아들렜나. 예레이…….

하영란 우리 원백이 똥개 아니에요.

곽지복 이기 똥개 아이면 뭐래?

하영란 진돗개예요. 그리고 개 똥 안 먹어요.

500

곽지복　이기 무스 진돗개래? 삐죽하이, 이른 진돗개가 어딨어? 진돗개는
　　　　우리 복수이가 진돗개래.

반아산　진돗개도 여러……

곽지복　(말을 자르며) 이름이 머이래?

반아산　저요?

곽지복　야.

반아산　원백이요.

곽지복　원백이. 원백아, 원백아. (원백이가 꼬리를 흔들며 곽지복에게 다가가
　　　　손등을 핥는다. 곽지복, 원백을 쓰다듬으며) 이 숭악한 눔이 그래두 쟁
　　　　인 어른은 알아보나? 내한테 복수이 내가 나사 니가 이래재. 아깨는
　　　　빡시게 치띠구 내리띠더이 왜 이래 맥새가리가 없나? 머이나, 이기,
　　　　이빨 보이 판 하라버이 아이래.

반아산　이 녀석이 태어나서 오늘 두 번째로 사내구실 한 겁니다. 일곱 달
　　　　쯤 됐을 때 한 번 하구. 그러구는 뭐 십 몇 년 동안 한 번도……
　　　　그저 덕분에 오늘…… 헤헤, 죄송하고 고맙고…… 알고 보면 불
　　　　쌍한 놈이에요.

곽지복　불쌍해기는. 불쌍한 거는 우리 복수이래. (원백이의 머리를 가볍게
　　　　쥐어박으며) 예레이…… 쎄빠닥 치워라이, 쿤내 난다. (일어서서 사
　　　　람들을 둘러보며) 마카 여게 사드래요?

권오평　(아산과 영란을 가리키며) 이쪽이 주인이구요, 저흰 놀러 왔어요.

곽지복　어. 뭐 하시는 분들이래요?

반아산　에? 아, 안사람은 배우고요.

곽지복　배우? 아! 영화배우?

반아산　영화는 아니고요 연극…….

권오평　저번에 텔레비전에도 나왔었는데, 연속극에…….

곽지복　우리 집은 테레비 안 나와요. 그 전에는 트리하게라두 노대니 운

　　　　　제 마카 먹텡이래. 거 머이나, 접시를 달어야 된대는데 그기 열 곱
　　　　　이래. 2500원 주고 보다 달달이 25000원 내래니 걸 우테 보겠드래
　　　　　요? 테레비 내싸 삐리고 라지오만 들어. 여게는 접시 달었대요?

권오평　네.

곽지복　어어…… 쥔 양반은?

반아산　저요? 전 그냥 뭐…….

하영란　작가예요, 글 쓰는 사람.

곽지복　아…….

반아산　그랬었죠. 지금은 뭐 그냥, 먹고 놉니다.

곽지복　올이 몇이래요?

반아산　쉰셋입니다.

곽지복　쯧쯧, 창창한 사름이 낯빛이 패리해니, 그래니 사름이 일을 해이
　　　　　지 돼요. 우테 사름이…….

하영란　작품 구상 중이에요. 올봄에 큰 수술을 해서 몸도 추스릴 겸 내려
　　　　　온 거죠.

곽지복　어어…… 저 학상은?

하영란　지연아, 이리 와서 인사드려. 우리 딸이에요.

반지연　안녕하세요.

곽지복　어…… 몇 살이래?

반지연　열여덟 살요.

곽지복　고등학상?

반지연　예.

곽지복　몇 학년?

반지연　2학년요.

곽지복　어……. (잠시 지연을 바라본다.)

반지연　……왜요?

곽지복　아이래, 아이래…….

반아산　헌데 어르신.

곽지복　에?

반아산　이 나무 아세요?

곽지복　(사이. 잠시 개나리 가지를 어루만지다가) 이기 내가 심군 거래요.

반아산　아아, 그럼 예전에 여기서 사셨어요?

곽지복　아이래. 여게 사던 양반은 따로 있아. (잠시 생각에 잠긴다. 정신을 차
　　　　리고) 내가 이래 하뇨하게 있을 때가 아이래. (원백이에게로 눈길을
　　　　돌려) 이눔 자식. 좆 뿌레기르 뽑아이 대, 뿅알을 짱카이 대, 이눔
　　　　자식.

　　　　곽지복, 다시 걸어 나간다.

곽지복　개르 똑땍이 매 나이지 대요, 똑땍이!

반아산　예, 살펴 가세요.

하영란　평일엔 여기 이 양반만 있으니까 자주 놀러 오세요.

반아산　제가 조만간 한 번 복순이 보러 갈게요. 돼지고기 한 근 사가지고.

곽지복　(돌아서서) 돼지고기? 저 맨재기 같은 양바이, 사둔댁 피백에 돼지고
　　　　기가 머이래? 산삼은 못 보내도 소고기는 보내이 대는 거 아이래?

반아산　예, 쇠고기!

곽지복　(또 돌아서서) 거 머이나, 접시는 잘돼요?

반아산　네?

곽지복　테레비.

반아산　예. 잘 나와요. 보러 오세요.

곽지복　이따 밤에?

반아산　요새는 종일 나오니까 아무 때나 오세요.

곽지복　테레비는 머이, 나는 라지오만 있음 돼요. (다시 가며) 개르 똑땍이 매 나이지, 사름들이 말이야……. 에, 우리 복수이 우터하나……. 우리 불쌍한 복수이, 에…….

곽지복, 걸어 나가 보이지 않게 된다. 사람들, 미소 지으며 한숨을 내쉰다. 이소영, 하영란이 들고 있는 루뻬를 흘낏흘낏 쳐다본다.

권오평　재밌는 양반이네.

하영란　저 양반 당신 너무 귀찮게 할까 봐 걱정이네. 작품도 써야 되는데.

반아산　별 걱정을.

이소영　시간 다 됐어요.

권오평　그래, 가자. 저흰 나가 볼게요.

반아산　어, 그래. 갔다 와.

하영란　월요일 아침에 가시는 거죠?

권오평　네.

하영란　일요일 저녁에 학생들 다 오라구 해요. 삼겹살이라도 같이 구워 먹게.

권오평　아이, 번거롭게, 뭘.

반아산　그래, 데리고 와. 뭐 어려울 것 있냐. 애들도 그냥 여기서 재우라 니까 고집 피우고.

권오평　예산 나온 거 써야 돼요. 남으면 골치 아파.

이소영　골치 아프면 내가 아프지 교수님이 아파요?

하영란　아깝다. 그게 다 우리 세금인데. 낭비잖아.

반아산　사는 게 낭빈데 뭐.

권오평　알았어요. 그렇게 하죠, 뭐. 오늘 저녁은 애들하고 먹고 올 겁니다.

권오평과 이소영, 밖을 향해 걸어 나간다.

하영란 (루뻬를 흔들며) 많이 찾아요! 혹시 애 친구가 있나 잘 보고, 있으면
        데려다 주셔야 돼요!
권오평 예, 알겠습니다.
이소영 빨리 가요.

권오평과 이소영, 나간다. 반아산, 하품을 길게 한다.

하영란 이리 와 봐요. (반아산을 끌어다 평상에 앉히고 돌조각을 코앞에 들이밀
        며) 이거 봐요. (반지연에게) 애! 너도 이리 와 봐. 어서! 여기 앉아
        봐. (반지연이 마지못해 다가와 앉자) 이게 말이야, 교수님이, 아니 원
        백이가 저기서 찾은 건데, 뭔 줄 알아?
반아산 (하품하며) 뭔데?
하영란 잘 봐? 뭐 같아? 애, 뭐 같니?
반지연 뭐가 있어?
하영란 여기 있잖아.
반아산 콩 자국 같은 거?
하영란 응, 커피 원두 같은 거. 이게 5억 년 전 삼엽충이래. 애가 5억 년
        여행을 해서 나한테 온 거라고. 옛날에는, 그러니까 5억 년 전에
        는 여기가 적도에 있는 바다였대.

반아산, 크게 하품한다. 반지연은 별다른 반응 없이 사과를 깨물어 먹는다.

하영란 재밌지 않아? (하품하는 반아산과 시큰둥한 반지연을 보고) 재미없어?
반아산 (하품하고 눈을 비비며) 재밌어.

반지연	응.
하영란	우리 같이 가서 찾아보자, 응? 또 나올지도 모르잖아.
반아산	이따가. 지금은 졸리네, 새벽부터 뛰어다녔더니. 원백이 밥 주고 눈 좀 붙여야겠어. (원백이 곁으로 간다.)
하영란	지연아, 가서 찾아보자.
반지연	좀 있다 샤워하고 갈게.
하영란	그럴래? 근데 너 웬 사과를 그렇게 먹니? 아침도 안 먹고, 벌써 몇 개째야?
반지연	맛있으니까.
하영란	네가 사과를 그렇게 좋아했었나?
반지연	좋아졌어.
하영란	그래? (무대 뒤쪽으로 가며) 그럼 씻고 와. 나 먼저 가서 찾고 있을게.
반지연	응.
반아산	(원백이를 쓰다듬으며) 장하다, 음! 우리 원백이 장해! (낄낄대며 집 쪽으로 가며) 어디 보자, 냉장고에 쇠고기 남은 게 있나?

반아산, 집 쪽으로 걸어가 보이지 않게 된다. 혼자 남은 반지연, 평상에서 일어나 마당가로 걸어가, 쪼그리고 앉는다. 다 먹은 사과 고갱이를 잠시 만지작거리다 고갱이를 뜯어 씨앗을 꺼낸다. 잠시 씨앗을 만지작거리다가 땅에 던진다. 주머니에서 휴대전화가 진동한다. 반지연, 휴대전화를 들여다보고 꺼 버린다. 반지연, 주머니에서 사과 한 알을 더 꺼내 들고 한입 베어 문다. 반지연, 입안 가득 사과를 씹다가 문득 고개를 숙이고 꼼짝하지 않는다. 정적. 바람이 마른 잎들에 부딪치는 소리, 멀리서 개 짖는 소리. 긴 사이. 이윽고 반지연, 고개를 들고 다시 사과를 씹어 삼키기 시작한다. 무대 천천히 어두워진다.

막간극 1

어두워진 무대 위에서 개나리 나무만 홀로 빛을 받고 서 있다. 반대편에 어디서 왔는지, 백발이 성성한 노파가 서서 개나리 나무를 바라본다. 자세히 들여다보면 그녀가 입은 한복은 온갖 얼룩과 때가 묻었지만, 그래도 하얗다. 움직임도 소리도 없이, 그저 하얀 눈길만. 긴 침묵. 암전.

2장

무대 다시 밝아지면 일요일 밤. 달빛이 환하다. 같은 장소. 무대 밖 집 쪽에서 학생들이 부르는 노랫소리가 들린다. 곽지복과 반아산이 마당 한쪽을 거닌다. 곽지복은 한 손에 사발과 막걸리 병을 들고 있다. 두 사람 다 배가 부르고, 두 사람 다 얼근하게 취했다.

곽지복 하얀 앵두?

반아산 예.

곽지복 꽃이?

반아산 아뇨. 열매가요. 꼭 진주알처럼 하얬죠.

곽지복 우테 앵두가 하얘나? 시상에 그런 앵두가 어딨어?

반아산 있었어요, 우리 할아버지 집 뒤뜰에. 6월쯤 앵두가 익으면 쟁반, 그때는 오봉이라고, 양은 오봉 들고 가서 앵두를 따왔는데.

곽지복 거 들 익은 앵두르 따사 그런 거 아이래?

반아산 아니에요. 얼마나 맛이 좋았는데요.

곽지복 벨 희야한, 내 이른 넘게 살아두 앵두 하야나대느 말으 츰 듣네야.

반아산 저도 그 나무 말고는 못 봤어요.

곽지복   내 눈까리로 안 보고는 모 믿겠다.

반아산   듣는 사람마다 다들 그래요. 그러니까 저도 이게 긴가 민가 해지
더라구요. 그래, 생전 전화 안 하다가 우리 누님한테 전화해서 물
어봤죠. "누님, 우리 옛날에, 할아버지 댁 뒤안에 있던 앵두나무
말야. 그 앵두 열매가 하얗지 않았소?" "하얬지." "그랬지?" "어, 꼭
진주 알맹이맨치로 하얬지."

곽지복   그 낭구 아적 있나?

반아산   어디요. 할아버지 집터가 아예 없어져 버렸는데요, 뭐. 그리 도로
가 나서. 앵두나무는 훨씬 전에 없어졌죠. 거 참 묘하데요. 할아버
지 돌아가시고, 몇 해나 됐나, 뒤란에 가 보니까 없어요, 앵두나무
가. 누가 캐 간 것도 아니고, 죽었으면 뭐 뿌리든 줄기든, 흔적이
라도 있어얄 것 아니에요? 정말 감쪽같이 없어져 버렸더라구요.

곽지복   냉기구 가기 아까워사 하라버이가 데꾸 갔나 보네야.

반아산   우리 할아버지는 나무며 꽃이며 키우는 거 좋아하셨댔죠. 문 밖
길가에는 감나무, 은행나무, 파리똥 나무, 사립문간에는 능소화,
나팔꽃 덩굴 올리고 해바라기 세우고, 앞 울타리는 탱자나무로
두르고, 뒤울은 대나무로 막고, 마당 가장자리에 키 큰 가죽나무,
그 아래로 불두화, 황매화, 수선화, 작약, 국화, 과꽃, 장독대 근처
엔 분꽃, 채송화, 맨드라미, 달맞이꽃…… 사시사철 뜰에 꽃이 없
는 때가 없었어요.

곽지복   선상 하라버이도 선부셨드래?

반아산   선비는요, 평생 농사꾼이셨죠. 지금도 생각하면 웃음이 나는 게
이 양반이, 가을꽃도 다 지고 1월에 수선화 꽃대 올라오기 전에,
그 한 달 새를 못 참아서, 자식들이 사다 준 사탕, 알맹이는 먹고
껍질 모아 놨다가 그걸로 꽃을 접는 거예요. 그걸 들고 나가서 나
뭇가지에 매달아요…….

곽지복   하라버이허구 가차웠나 보지?

반아산   아뇨. 어려웠죠. 무서워했어요. 뚝뚝하니 말씀도 없으셔서. 혼날
        까 봐 맨날 슬슬 피해 다니기만 했죠……. 참 지독한 양반이었어
        요. 농사짓는 집 마당에 짚 검불 하나 떨어져 있는 적이 없었으니
        까. 쓸고 또 쓸고, 마당이 거울처럼 반들반들했죠. 어쩌다 꽃이라
        도 밟거나 나무에 매달려 놀다가 할아버지 눈에 띄면, 얼마나 불
        이 나게 혼이 났는지…… 야속하기만 했죠. 그땐 몰랐거든요. 그
        꽃이며 나무들이 그냥 원래부터, 저절로 그 자리에 있는 건 줄 알
        았어요. 근데 그게 아니데요. 그 양반 가시구 나니까, 정말 거짓
        말처럼 꽃도 나무도 하나 둘 시들고, 없어지고…….

곽지복   (한숨) 한 번 사름 손 탄 나무는 그런 기래.

반아산   그때는 서운한 줄도 몰랐어요. 신경도 안 썼죠. 근데요, 슬슬 나
        이를 먹다 보니까…….

곽지복   헷, 쪼매한 기 벨소리르 다 하네야.

반아산   저두 50줄 넘은 지 한참인데요.

곽지복   그러니 쪼매하지.

반아산   어쨌든 한 살 두 살 먹을수록, 자꾸 생각나는 겁니다. 그 마당하
        고 꽃나무들이. 가끔 꿈에도 나와요……. 비가 촐촐히 오는데, 마
        루에 제가 옆으로 누워서 마당을 내다보고 있어요. 보이진 않는
        데 할아버지가 내 옆 어디 앉아 계신 거 같아요. 그 양반 피우던
        담배 냄새가 나거든요. 생전에 그랬던 것처럼 암 말도 않고 앉아
        계시죠……. 처마 밑에 제비 새끼들은 지줄거리고, 낙숫물은 똑
        똑 떨어지고, 마당가에 청태는 자부룩이 끼어 있고, 밥알만 한 자잘
        한 풀꽃들이 빗방울에 후득후득 떠는데, 어디서 기어 나왔는지 두
        꺼비 한 마리가 눈을 껌뻑껌뻑하면서 앉아 있고요. 저는 마루에 가
        만히 누워서도 그 마당 구석구석, 뒤안과 대숲, 탱자나무 울타리 밖

에 선 해바라기까지 한 목에 볼 수가 있어요. 우습죠. 실제로는 절대 그럴 수가 없겠지만, 꿈속에서는 그 마당에 있던 꽃이란 꽃이 모조리 한꺼번에 피어 있어요, 그 사탕 껍질 꽃까지……. 하얀 앵두에 빗물이 맺혔다가 똑똑 떨어지는 거, 하얀 불두화 위로 까만 개미들이 기어가는 거, 젖은 댓잎들이 몸 비비는 소리, 은은히 빛나는 장독 뚜껑에 빗방울이 사그랑거리는 소리…… 저는 가만히 누워서 그 모든 모양을 보고, 냄새를 맡고, 그 모든 소리를 듣지요…….

사이. 곽지복, 사발에 있던 술을 마저 마시고, 반아산에게 술을 따라 준다.

반아산   전 됐습니다. 딱 두 잔이 정량인데, 벌써 세 잔 마셨어요.
곽지복   쪼맨한 기 몸은 되우 챙기네야. 판 자딸은 샌님이래. (자기가 마신다.)
반아산   올봄에 제가 수술을 받았거든요. 그때 깨어나기 전에도 그 꿈을 꿨어요. 꿈속에선 그렇게 편안하고 좋을 수가 없었는데, 깨고 나니까 무지하게 아프데요. 어찌나 서럽던지. 막 울었죠, 옆에 있는 마누라한테 막 욕을 해 가면서. (웃는다.) 어르신은 원래 여기가…….
곽지복   아이. 저 우쪽, 주문지이래. 여게 온 지는 하마 30년 됐어.
반아산   가족 분들은…….
곽지복   없어……. 어데 쫌 댕기왔더이 싹 다 없어졌어.
반아산   예? 없어져요?
곽지복   그래.
반아산   에이, 어떻게…….
곽지복   귀먹제이래? 없다민 구마이지 머이르 대구 묻나?

반아산   아니…… 어딜 다녀오셨는데…….

곽지복   ……먼 데.

사이.

곽지복   그래니 여게다 선상 하라버이맨치로 꽃도 심고 낭그도 키겠다
　　　　 이거래?

반아산   예.

곽지복   그랜데, 이기 뭐이나?

반아산   여름에 와서 터는 골랐고. 내년 봄 되면 본격적으로 나무도 심고
　　　　 꽃씨도 뿌리고 해야죠.

곽지복   맹년 봄에?

반아산   예.

곽지복   (혀를 차며) 이 양바이 샌님 아이랄까 바. 이기, 이기, 아가빠리만
　　　　 재게 놀쿨 쭈 아지.

반아산   예?

곽지복   눈까리 뜨고 똑땍이 바라. 꽃이 봄에 씨를 떨구더래? 낭그가 봄에
　　　　 열매를 여드래? 가실 아이래. 낭그마다 꽃마다 열매 여르마 머이
　　　　 나, 느이들 주어 처먹으라고 여는 주 아나? 그기 머이나? 가들 씨
　　　　 아이래? 가들은 가실에 죽어라고 씨르 뿌리는 기래. 언나도 제미
　　　　 배때기에 아홉 다르 있어야 안 나오드래? 가실부터 씨르 흙 속에
　　　　 품어 놓고 저우르 지내야 봄에 촘생이가 트는 기래. 머이르 알구
　　　　 하느 소리나?

반아산   아…….

곽지복   참 머이나, 심난하네야. 그래 가꼬 무슨…….

곽지복, 허리를 굽혀 땅을 손으로 파고 어루만져 본다.

곽지복 ……이기 머이나? 머이가 이래 물크덩하나? (냄새를 맡아 보고) 개
       똥 아이래? 에…….
반아산 아이고, 저리 가서 씻으시죠.
곽지복 됐아. (막걸리를 손에 조금 부어 씻고 손가락을 빤다.) 땅은 머 쓸 만 하
       네야. (개나리 나무 쪽에 있는 원백이를 건너다보며) 저게 쟁인 어르하
       테 또이나 멕이고. 좋다고 꼬랑데이 흔드는 거 바라, 저거.

반아산은 조용히 웃고, 곽지복은 잔을 비운다.

곽지복 거 머이나, 시간 있소?
반아산 예?
곽지복 우리 집이 잠깐 갑시다.
반아산 아, 예. 그러잖아도 어제 찾아뵐까 했었는데.
곽지복 오랜만에 포시롭게 자알 먹구 배때기가 느끈해니 밥값으 해이지.
반아산 아유, 별말씀을.
곽지복 우리 집이, 집은 벨 볼일 없어두, 아께 선상 말핸 낭그, 꽃은 대충
       다 있을 거래요. 꽃씨 받아 논 거 있으이 가꼬 와서 뿌레요. 한 저
       울 묵혀서 촘생이 더 잘 틀 거래. 낭그들은 내 차차루 하나썩 갖
       다가 꽂아 줄 거래니.
반아산 정말입니까, 어르신?
곽지복 (손으로 가늠하며) 우선 여게서 저게루 이르케 탱자낭그르 둘러 꽂
       으면 되겠네야. 저게다 감낭그 꽂고, 저쪽 그늘이다 앵두낭그 꽂
       고. 우리 껀 뺄개요. 그래도 괜찮애요?
반아산 아, 그럼요, 그럼요.

곽지복   대낭그는 없어. 여게는 산골이라 추와서 왕대느 모 살애요. 오죽
           도 심아 밨는데, 강릉서는 돼도 여게서는 영 안 되더래. 또 몰르
           지. 요새는 갈수록 날이 따땃해지니, 살주도.

반아산   잠깐만 기다리세요, 금방 나올게요.

      반아산, 집 쪽으로 뛰어간다. 집 쪽에서 뜰로 돌아 나오던 하영란, 권오평과
마주친다. 두 사람 역시 얼근하다.

하영란   어디 가?

반아산   뭐 좀 가지러. (뛰어간다.)

하영란   살살 다녀. 너무 무리하는 거 아냐?

반아산   적당히 유산소운동 하는 게 좋대잖아. (나간다.)

하영란   (곽지복에게) 많이 드셨어요?

곽지복   예.

      학생들이 왁자하게 웃음을 터뜨리는 소리.

곽지복   자들은 목구영도 안 아프나? 쏘래기두 웽간히 빡시게 지르네야.

권오평   좀 시끄럽죠?

곽지복   아이래, 아이래. 듣기 좋어 그르는 기래. 거 머이나, 찾는다는 거
           느 마이 찾았소?

권오평   예. 많이 찾게 될 것 같습니다. 학생들은 내일 올려 보내고, 저하
           고 이 조교는 남아서 현장을 지켜야겠어요. 안 그러면 공사하는
           사람들이 언제 확 밀어 버릴지 모르니까.

하영란   축하해요.

권오평   운이 좋았죠. 양도 꽤 될 것 같고, 오늘 몇 개 건진 것도 퀄리티가

괜찮아요.

하영란 심봤다! 노다지 캔 거네요!

곽지복 심? 노다지? 공사장에서?

권오평 아, 그건 아니구요.

곽지복 그럼 머르 찾았는데요?

권오평 화석이요.

곽지복 화석? 그기 머이래?

하영란 (주머니에서 돌 조각을 꺼내 곽지복에게 보여 준다.) 이런 거요.

곽지복 머이나, 이기…… 마카 돌메이 아이래요?

하영란 여기, 여기 있잖아요.

곽지복 여게요? 이기 머인데요?

하영란 이게 5억 년 전에, 바다에 살던 음, 벌렌데요.

곽지복 벌거지요? 이기 머에 쓰는데요? 약으루 쓰나?

하영란 아뇨, 그게 아니라…….

권오평 중국에선 그거 약재로도 써요.

곽지복 하이튼 때놈드른 안 처먹는 기 없데니. 5억 녀이민 그 얼매나?

권오평 사람이 딱 100살을 채워 산다고 치면, 그 사람이 살았다 죽었다
       500만 번을 한 시간이죠.

곽지복 하이구야……. 그 정도 묵었으민 소암은 있겠네야. 어데 아픈 데
       쓰는 약이래요? 우테 묵나? 갈아 묵는 기래, 산골(山骨)맨치로?

하영란 약이 아니라 시계예요. 그러니까 우리가 지금 서 있는 땅이 어떻
       게…….

곽지복 우테 이게 시계래요? 이기 무슨, 약이라민 몰라도……. 뼈 붙는
       데 쓰는 긴가?

하영란 (권오평에게) 얘기 좀 해 봐요.

권오평 (웃으며) 어르신 말씀이 맞습니다. 약은 약인데요, 갈아서 먹거나

뼈 붙이는 데 쓰는 게 아니구요, 조급증에 쓰는 약입니다. 사용법은요, 주머니에 이렇게 넣고 다니다가 막 어떤 놈이 패 죽이고 싶도록 밉고, 세상이 억울하고, 가슴에 열불이 나서 펄쩍펄쩍 뛰고 싶고, 내 사는 꼬라지가 왜 이 모양인가 싶을 때, 이걸 딱 꺼내서 들여다보는 겁니다. 그리고 5억 년, 100살 사는 인간이 500만 번 살았다 죽었다 한 시간을 생각합니다. 한 5분만 그러고 있으면 효과를 보지요. 단, 너무 오래 보시면 안 됩니다. 제 친구 중에 하나는 이것만 몇 날 며칠 들여다보고 있다가 자살한 놈도 있었거든요. 그 정도는 아니어도 하여간 너무 오래 들여다보고 있으면 사는 게 심드렁해지고, 허해지고, 우울증에 걸릴 수도 있으니까, 딱 5분만. 10분 이상은 절대 안 됩니다.

곽지복 (멍하게 열심히 듣다가 돌멩이를 들여다보고 문득) 이기, 이기…… 누굴 젠세이로 아나. 나 놀구는 기 아이래요?

권오평 아닙니다, 정말이에요. 저도 꽤 효과를 봤다니까요.

곽지복 참말이래?

권오평 제가 왜 어르신한테 허튼소릴 하겠습니까?

곽지복 벨 희야한…… (돌멩이를 들여다보며) 비싼가? 이기 도이 좀 돼요?

권오평 그럼요, 제가 한 30년 이것만 파먹구 살았는데요.

곽지복 그래 이기르 찾는 사람이 마터래요? 거 머이나, 조급증 병 걸린 사람들이 그르케나 마은 모넹이지? 벨 희야한…….

곽지복, 돌멩이를 손에 들고 이리저리 유심히 살펴본다. 권오평은 시침 뚝 떼고 서 있고, 하영란, 웃음을 참느라 몸이 꼬일 지경이다. 반아산이 무언가 담긴 봉지를 들고 집 쪽에서 나오다 이들을 본다.

반아산 (하영란에게) 왜 그래? 몸을 비비 꼬고.

하영란   아냐, 아무것도. (반아산 손에 든 봉지를 보고) 뭐야, 이건?

반아산   쇠고기.

하영란   쇠고기는 왜?

반아산   복순이.

곽지복   아, 그 양반 무스 말으 모할 양바이네! 그기 그넹 하느 말이지, 사름도 모 묵는 쇠고기르 무슨.

반아산   그럼 쇠고기는 어르신 끓여 드시고, 삼겹살 남은 것 좀 넣었으니까 복순이 주세요. (봉지를 곽지복에게 건네준다.)

곽지복   (봉지를 마지못해 받아 들며) 아, 이른 판 맨재기 겉은 양바이, 허참⋯⋯.

반아산   (곽지복에게) 가시죠.

하영란   어딜?

반아산   어르신 댁에.

하영란   지금?

반아산   선물 주신대.

하영란   선물?

곽지복   (원백이를 가리키며) 자도 데리구 와요.

반아산   예?

곽지복   (한숨을 푹 내쉬며) 기왕 베린 몸 우터하겠나? 그지께 거는 도둑장개 아이래. 오눌 정식루루 시집 장개를 들이자 이 말이래.

반아산   (반색하며) 아, 예! (개나리 나무 쪽으로 달려가 줄을 푼다.)

곽지복   (봉지를 든 손을 뒷짐 지고 걸어나가며) 괘니 설 붙이노민 더 곤치 아파. 똑땍이 해 나이지. (한숨을 푹 내쉬며) 젠세이 겉은 기, 그거르 대주고 있나, 츤치 겉은 기⋯⋯ 에휴, 팔자지 우테겠나, 우리 불쌍한 복수이⋯⋯ 에⋯⋯.

반아산, 희색이 만면하여 원백이를 끌고 곽지복 뒤를 따라 간다.

하영란   원백아, 잘 갔다 와! 파이팅!
권오평   좋겠다, 원백이.

곽지복과 반아산, 원백이, 무대 밖으로 나간다.

하영란   왜 어르신은 놀리고 그래요?
권오평   놀리다뇨? 나 거짓말한 거 없습니다. 다 사실인데요.
하영란   짓궂기는. 참 알다가도 모르겠어.
권오평   네?
하영란   이렇게 재밌는 분이 왜 여자가 없을까?
권오평   이거 왜 이러세요? 저 여자 많아요.
하영란   어련하시겠어요. 많으면 뭐 하냐구, 하나가 있어야지.
권오평   (하늘을 올려다보며) 하, 여긴 별이 많네요.
하영란   딴소리는.
권오평   어지럽네.
하영란   겨우 그것 먹구?
권오평   술 때문이 아니라 별이 너무 많아서요. 옛날에는 정말 무지하게
         어지러웠을 겁니다. 별들이 막 팽글팽글 돌아가고 있었을 테니까.
하영란   자꾸 딴소리하지 말고…….
권오평   지구가 처음 생겼을 때, 그땐 하루가 네 시간밖에 안 됐답니다.
         45억 년 전에는요.
하영란   아우, 5억 년만 해도 충분히 어지러워요. 웬 45억 년? 그러지 말고
         앞으로 살 날, 평균 수명 길어져서 앞으로는 100살 정도는 너끈
         히들 산대는데, 거의 50년 아니에요. 그거나 생각하세요. 5억 년,

45억 년 타령은 그만하구요.

권오평 아직도 50년, 아이구 지겨워……. 그때처럼 하루가 네 시간만 됐

으면 좋겠네요. 빨리 지나가 버리게.

하영란 맘에도 없는 소리는. 그러지 말고 내가 좀 알아봐 드려? 어때요?

권오평 그만두세요.

하영란 그이한테 들었어요.

권오평 뭘요?

하영란 상처하셨다는 얘기.

권오평 아산이 형도 참.

사이.

하영란 언제 돌아가셨어요?

권오평 한 10년 됐죠.

하영란 10년…… 위암이셨다면서요?

권오평 네……. 그 사람 죽을 때까지 전 몰랐어요.

하영란 사모님이 숨기셨나 보구나. 걱정하실까 봐.

권오평 독한 여자죠, 한마디로.

하영란 그래두 어떻게 모를 수가 있어요?

권오평 전 그때 여기 없었거든요. 스웨덴에 있었죠.

하영란 스웨덴요?

권오평 스웨덴 룬드 대학이란 데서 초청하는 1년짜리 프로그램이 있었

어요. 운 좋게 제가 가게 됐죠. 놓칠 수 없는 기회였어요. 거기 지

질학계에서는 유명한 캄브리아기 지층이 있거든요. 제 연구 주제

에도 중요한 곳이었고. 그 무렵에 아내 얼굴빛이 안 좋더라구요,

살도 빠지고. 병원에 갔더니 위궤양이랬다고, 신경 쓰지 말라고

그러데요.

하영란　오진이 많아서 참, 의사를 잘 만나야 되는데.

권오평　오진이 아니라 알고 있으면서 날 속인 거예요. 초청은 나 혼자 받았지만, 조금만 비용을 보태면 같이 갈 수도 있었거든요. 같이 가잤더니, 속도 안 좋은데 음식도 안 맞을 거고, 병원 다니기도 불편할 거고, 추운 건 딱 질색이고 뭐 갖은 핑계를 다 대면서, 혼자 가라고 등을 떠미는 겁니다. 어디 조사 나갈 때마다 데리고 가면 안 되냐고 노상 보채던 사람이 말이에요.

하영란　세상에.

권오평　잠깐 이상하다 싶었는데, 그냥 넘어가고 말았죠. 머릿속엔 벌써 스웨덴 생각뿐이었거든요. 그렇게 떠났죠. 채석장 나가서 화석 채집하고 분류하고, 대학 강의며 행사, 정신없이 지냈죠. 주소를 알려 줬더니 그 사람이 얼마 뒤에 편지를 보냈더라구요. 꼭 종이 봉투에 우표 붙은 편지를 받고 싶다고. 뭐 생각해 보니까, 매일 컴퓨터 앞에 붙들려 있는 것보다는 일주일에 한 번 편지 쓰는 게 편하기도 하겠더라구요. 쓰다보니까 또 그런대로 맛도 있고.

하영란　세상에.

권오평　편지란 게 묘하잖아요. 떨어져 있다 보니까 애틋한 마음도 생기고. 왜 결혼하고 10년쯤 되면 아무리 죽고 못 살아 결혼한 사람들도 뜨뜻미지근해지잖아요.

하영란　우린 안 그래요.

권오평　좋으시겠어요.

하영란　네, 좋아요.

권오평　죄송하지만, 저 지금 죽은 마누라 얘기하는 중이거든요?

하영란　어, 어머어머! 아유 이런 나도 참 주책이야. 죄송해요. 계속하세요.

권오평　그만하겠습니다. 20년 됐어도 애틋하신 분들이 뭐, 이런 구질구질한 얘기 관심이나 있겠어요?

하영란 　아니에요, 아니에요! 제가 워낙 몰입을 잘하는 타입이라. 두 분이
　　　　그렇게 이쁜 편지를 주고받으셨다는 얘길 들으니까, 그만 저도
　　　　모르게 샘이 나서. 우리 집 양반은 절대 그런 일 없거든요, 명색
　　　　이 작가라는 사람이. 정말 미안해요. 얘기해 주세요, 네? 네? 무슨
　　　　편지들을 주고받으셨어요?

권오평 　……그냥 자질구레한 얘기들이죠, 뭐. 돌아가면 이제 우리도 아
　　　　이를 갖자, 꼭 신종 삼엽충을 찾아서 당신 이름을 붙여 주겠
　　　　다……. 근데 그 사람 남동생한테서 전화가 왔어요. 그 사람이 죽
　　　　었다고, 위암으로……. 제가 귀국하기 일주일 전이었어요.

하영란 　세상에……!

권오평 　생각보다 진행이 빨랐대요.

하영란 　그러니까 그 소식을 듣고도 일주일이나 더 있다 오셨단 말이에요?

권오평 　그건…….

하영란 　아! 중요한 화석을 채집하는 중이셨던 모양이죠? 신종 삼엽충! 찾
　　　　으셨어요? 그래서 사모님 이름을 붙여 주셨어요?

권오평 　아뇨.

하영란 　아, 그럼 끝까지 어떻게든 약속을 지켜보려고 채석장에서 화석을
　　　　찾고 계셨구나.

권오평 　아뇨.

하영란 　그럼요?

권오평 　…….

하영란 　네?

권오평 　……복사하고 있었어요.

하영란 　복사요?

권오평 　사실 현지에 가 보니까 뭐 파먹을 건 다 파먹었더라고요. 근 300

년을 파먹었으니, 뭐. 말씀드렸잖아요, 벌써 발견된 것만 만 5000
종이라고……. 가끔 채집도 나가긴 했는데…… 사실 주로 한 건
자료 수집이었어요. 오래된 고생물학 관련 고문서들, 중요한 논
문들, 국내에선 구하기 힘든 자료들 말입니다. 근데 이것들이 진
짜배기 자료는 잘 안 내놓는 거예요, 아무리 구워삶고 입안에 혀
같이 굴어도. 근데 거기 석좌교수 중에 하나가 날 잘 본 모양이
에요. 아내 죽었다는 소식 듣기 하루 전인가 나를 부르더니, 필요
한 자료가 있으면 말하라고, 자기 자료 다 내줄 테니 얼마든지 복
사해서 가져가도 좋다는 겁니다. 그때 기분은 뭐……. 신나게 복
사를 하고 있는데 그 전화가 온 겁니다. 그러구요? 다시 복사실로
갔죠……. 아무 생각이 안 나데요. 그냥 멍하기만 하고. 옆에 자
료가 쌓여 있더라구요. 다시 복사를 시작했죠. 그냥 일주일 내내
아무 생각 없이 복사만 했습니다……. 마누라가 죽었다는데 난
죽어라고 복사만 하고 있었어요……. 그 사람이 한 줌 재가 되는
동안, 전 일주일 내내 복사만…….

하영란이 조용히 눈물을 흘리고 있다. 권오평, 하영란이 우는 것을 보고 당
황하여 너스레를 떨기 시작한다.

권오평 개새끼, 줄 거면 진작 내줄 것이지. 그 뒤로 내가 복사기 근처에
도 안 가요. 하여간 얼마나 복사를 했던지, 돌아올 때 트렁크 여
섯 개에다 복사한 자료를 꽉꽉 쟁여 가지고 왔다니까요. 그때 일
주일 복사한 걸로 여태 먹고 살아요, 내가, 교수랍시고 폼 잡으면
서……. 이런 씨팔, 오리지널은 지들이 다 해 처먹고 우린 아무
리 뺑이 쳐 봐야 카피 인생밖에 안 돼! 하다못해 우리나라 화석도
웬만한 건 일제 때 고바야시란 놈이 다 해 처먹었으니, 이런 씨

팔……!

권오평의 너스레에 잠시 웃던 하영란의 눈에서 다시 눈물이 흐른다. 권오평, 결국 말문이 막힌다. 하영란, 눈물을 흘리며 권오평을 안아 준다. 어느 틈엔가 마당에 나온 이소영이 두 사람을 건너다본다. 이소영, 문득 웃음을 터뜨린다.

이소영   헤!

권오평과 하영란, 뒤돌아본다. 몹시 취한 이소영은 전후좌우, 규칙적으로 꺼떡꺼떡 몸을 흔들고 있다. 권오평과 하영란, 서로 떨어져 앉는다.

이소영   헤헤!
하영란   어, 소영 씨.
이소영   헤헤헤!

이소영, 웃음과 함께 마치 놀이라도 하듯, 펄쩍펄쩍 뛰며 두 사람 있는 쪽으로 온다.

권오평   저 자식 취했구만.
이소영   헤헤헤헤!

이소영, 권오평의 뒤쪽으로 달려들어 목을 꽉 끌어안는다.

이소영   야, 권오평, 권오평이! 다섯 평! 다섯 평이 뭐냐, 다섯 평이. 열다섯 평은 돼야지, 쫀쫀하게.

권오평   이 자식이…….

이소영   너도 많이 늙었다, 응? 왜 이렇게 늙었냐, 응?

권오평   정신 못 차리냐?

이소영   못 차려. 안 차려. 왜? 떫냐?

권오평   아파, 이 자식아!

이소영   아파? 아프냐?

권오평   안 놔?

이소영   못 놔.

권오평   뭔 여자애가 힘만…… 안 놔!

이소영   안 놔!

권오평   넌 어째 술만 들어갔다 하면 개가 되냐?

이소영, 개처럼 길게 목을 놓아 울더니, 네발로 마당을 이리저리 뛰어다니
며 짖어 댄다.

권오평   (목을 문지르며) 아, 나 저 자식 저거…….

이소영, 권오평에게 개처럼 달려들어, 앞발로 뛰어오르고, 주둥이를 들이밀
고, 소매 끝을 물어 당기고, 손바닥을 핥아 대고 난리 법석을 떤다.

권오평   야! 너!

이소영, 하영란을 향해 고개를 홱 돌리더니 으르렁대며 금방이라도 달려들
기세로 사납게 짖어 댄다.

하영란   (조금 민망해져서) 어, 저 맥주 한 잔 더 해야겠어요.

권오평   (달려드는 이소영──개를 제지하느라 진땀을 빼며) 아, 네…….

하영란, 자리를 피해 집 쪽으로 들어간다. 이소영, 여전히 개처럼 권오평에게 몸을 부비고 핥아 댄다. 참다 못한 권오평, 이소영의 머리통을 손바닥으로 후려갈긴다. 이소영, 개처럼 쪼그려 앉아, 투명한 개의 눈으로 권오평을 올려다본다.

권오평   뭐?

사이.

권오평   뭐, 이 자식아. (이소영의 눈길을 피하며) 뭘 빤히 쳐다봐?

사이. 이소영, 개처럼 구슬프게 앓는 소리를 낸다.

권오평   말을 해, 말을.
이소영   (알아들을 수 없는 개의 소리로 꿍얼댄다.)
권오평   니가 개냐?
이소영   (그렇다는 뜻으로 짧게 짖는다.)
권오평   아이구, 정말. 그래 너 개 해. 대신 말로 해, 말로. 뭘 어쩌라구?
이소영   쓰다듬어 줘.
권오평   그래, 그래. (이소영의 머리를 쓰다듬는다.)
이소영   착하다고 예쁘다고 말해 줘.
권오평   그래 착하다, 예쁘다. 됐냐?
이소영   정말? 정말 내가 착하고 예뻐?
권오평   그래, 그래.

이소영　근데 왜 날 안 데려가?

권오평　뭔 소리야?

이소영　난 개야……. 너만 기다리는 개. 니가 앉으라면 앉고, 누우라면 눕고, 구르라면 구르고…… 착하지? 예쁘지? 근데 왜 날 안 데려가? 니가 나 안 데려가면 나 죽어. 차에 치여 죽든지, 개장수한테 잡혀갈지도 몰라. 밥도 안 먹고 너만 기다리다가 굶어 죽어 버릴 거야……. 니가 날 쓰다듬어 줬잖아. 예쁘다고, 착하다고…… 응? 응?

이소영, 권오평의 무릎에 턱을 대고 눈물이 그렁그렁한 눈으로 그를 빤히 올려다본다. 사이.

권오평　……아이구, 이놈의 개야……. 이 대책 없는 개야…….

권오평, 이소영의 머리를 쓰다듬는다. 이소영, 스르르 눈을 감고 잠이 든다. 사이. 권오평, 잠든 이소영을 부축해 평상 위에 눕힌다. 이소영, 그 와중에도 권오평의 무릎에서 떨어지려 하지 않는다. 권오평, 외투를 벗어 자기 무릎을 베고 누워 있는 이소영을 덮어 준다. 그사이, 마당 입구 쪽으로 반지연이 가방을 들고 들어선다. 반지연, 돌아서서 무대 밖의 누군가를 향해 들어오라고 손짓한다. 권오평이 반지연을 발견한다.

권오평　어…… 지연아?

하영란이 집 쪽에서 맥주를 들고 나온다.

하영란　누구요?

하영란, 입구 쪽에 서 있는 반지연을 본다.

하영란　지연아…… 너……? 어떻게 된 거야? 아침에 서울 간다고 갔었잖아.

반지연　응.

하영란　근데? 왜 도루 왔어? 내일 학교 안 가?

반지연　…….

하영란　내일 월요일 아냐? 맞지?

반지연　맞아요.

하영란　시험도 있다며?

반지연　그것보다 중요한 일이 있어서 왔어요.

하영란　얘가, 얘가? 무슨 일?

반지연　아빠는?

하영란　곧 오실 거야. 말해 봐, 무슨 일?

반지연　(무대 밖을 향해) 들어와요. 어서.

하영란과 권오평, 무대 밖을 내다본다. 윤조안이 안절부절 어쩔 줄 몰라 쭈뼛거리며 마당으로 들어선다. 어색한 사이. 윤조안, 갑자기 권오평 앞으로 달려가 무릎을 꿇고 엎드린다.

윤조안　용서하십시오!

권오평　(당황하지만 무릎을 베고 누운 이소영 때문에 일어나지 못하고) 아니, 왜 이러세요?

윤조안　정말 드릴 말씀이 없습니다!

반지연　그쪽은 우리 아빠 아니에요. 이쪽이 우리 엄마.

윤조안　응? 죄송합니다. (재빨리 하영란 앞에 납작 엎드려) 정말 죽을죄를 지었습니다! 제가 무슨 말씀을 드리겠습니까?

하영란　아니, 갑자기, 누구신데, 일어나세요, 어서요. (반지연에게) 이게 무슨 일이야? 누구시니?
반지연　우리 선생님. 아니 우리 신랑.

사이.

반지연　배고파. 인사들 나누세요.

반지연, 가방을 들고 집 쪽으로 들어간다. 하영란, 입이 떡 벌어진 채 아무 말도 못하고 서 있고, 윤조안은 그 앞에 납작 엎드려 움직이지 않는다. 권오평, 난처한 얼굴로 이소영을 흔들어 깨우려 한다.

이소영　(잠꼬대) 뭐야, 뭐!
윤조안　네?
이소영　권오평, 권오평이! 다섯 평! 니가 나한테 그러면 안 되지……. 그러면 안 된다구……. 으르르르…… 왈! 왈!

뒤편 집 쪽에서 학생들이 왁자하게 터뜨리는 웃음소리. 경쾌한 음악과 함께 무대 어두워진다.

막간극 2

어두워진 무대 위에 혼자 빛나고 있는 개나리 나무. 반대편에서 개나리 나무를 바라보는 노파. 어느 순간, 그녀가 움직이고 있다. 개나리 나무 쪽으로. 거의 정지에 가까운 걸음, 영원에 가까운 속도로 그녀가 개나리 나무를 향해 다가가기 시작할 때, 암전.

3장

무대 다시 밝아지면 월요일 아침. 같은 장소. 곽지복이 개나리 나무를 전지하고 있다. 권오평은 곽지복이 가져온 삽목들을 곽지복의 지시에 따라 심을 곳에 가져다 놓고 있다. 그러나 두 사람 모두 평상 근처에서 벌어지고 있는 일에 정신이 팔려 있다. 반아산이 평상에 앉아 있고 그 곁에 하영란이 서 있다. 두 사람 앞에 윤조안이 무릎을 꿇고 있다. 무거운 침묵. 반지연은 멀쩡한 얼굴로 사과를 베어 먹으며, 이리저리 돌아다니며, 곽지복이 개나리 나무 전지하는 것을 구경하기도 하고, 삽목들을 들여다보기도 한다.

반지연　(전지하고 있는 곽지복에게 다가가) 이걸 왜 잘라요?

곽지복　(반아산 쪽 눈치를 보며) 보기 좋으라고.

반지연　지금도 보기 좋은데, 뭐.

곽지복　더 보기 좋으라고.

반지연　이렇게 잘라도 살아요? 안 죽어요?

곽지복　안 죽을 맨치 짤른다. 걱정 마라.

반지연　안 아픈가?

곽지복　어?

반지연　얘 말이에요.

곽지복　안 아파. 이발소서 머리 짤르는 거나 똑같은 기래.

반지연　아프겠는데. (탱자나무 삽목을 하나 집어 들고) 이건 무슨 나무예요?

곽지복　탱자. (개나리 나무 아래 엎드려 있는 원백이에게) 야야, 좀 쩌리 난저 바라. 이기 여게 둔노 가꼬 꼼짝을 안 하네.

반지연   이걸루 뭐 하게요?

곽지복   심굴 기래.

반지연   이걸요? 뿌리도 없는데?

곽지복   따에다 묻어 노민 뿌렝이가 돋아.

반지연   아. 신기하네.

곽지복   (잘라 낸 개나리 나무를 들어 보이며) 이것도 여게다 이래 꽂아 노민 살아. (권오평에게) 거 너무 빽빽해요. 좀 성구게 노이 대요. (반지연을 돌아보며) 야는 또 머이를 하고 있나?

         반지연은 그새 곽지복이 전지한 개나리 나무 가지들을 주워다가 땅에다 꽂고 있다.

반아산   오평아.

권오평   예?

반아산   담배 있냐?

권오평   예.

반아산   하나 줘 봐.

하영란   여보!

반아산   줘 봐!

하영란   수술한 지 얼마나 됐다고 그래요?

반아산   수술했으니까 괜찮아. (권오평에게) 줘 봐.

하영란   주지 마세요! 피우기만 해 봐요! 끝장인 줄 알아!

반아산   에이 씨.

하영란   그걸 어떻게 끊었는데. 당신 정말 이럴 거예요?

         사이.

반아산   (윤조안에게) 몇 살이라고?

윤조안   서, 서른다섯입니다.

반아산   서른다섯.

윤조안   예…… 죄송합니다.

사이. 반아산, 자리에서 벌떡 일어나더니 마당에 있던 나뭇가지 하나를 집어 들고 윤조안에게 달려든다. 반아산, 나뭇가지를 휘두르는데 윤조안, 얼결에 피한다.

하영란   여보!

반아산   이 자식이…… 피해?

윤조안   죄송합니다! 피하지 않겠습니다! 죄송합니다!

곽지복   여 보드래요. (반아산에게 다가가 들고 있는 나뭇가지를 잡는다.) 이거는 안 돼요.

하영란   그래요. 어르신 말씀 들어요.

반아산   어르신은 나서지 마세요!

곽지복   이거는 심굴 거래. (반아산이 들고 있던 나뭇가지를 뺏어 들고 대신 잘라낸 개나리 나무 가지 하나를 건네주며) 쌔릴라민 이걸루 쌔레요. 이기 좋아. 낭창낭창하이 찔기구.

윤조안   때리십시오! 전 맞아도 쌉니다! 얼마든지 맞겠습니다!

반아산   주둥이 닥쳐, 이 자식아!

윤조안   예, 닥치겠습니다!

반아산   그래, 딴 놈도 아니고, 학교 선생이란 작자가, 그것두 윤리 선생이라는 놈이, 지 학생을, 응?

반지연   (개나리를 땅에 꽂으며) 이제 선생 아니에요. 사표 냈대요.

반아산   넌 가만있어! 뭘 잘했다고!

반지연	내가 뭘 잘못했는데요?

반아산	뭐야?

하영란	지연아!

윤조안	네, 지연이는 아무 잘못 없습니다. 다 제 잘못입니다. 모든 책임은 저한테 있습니다! 제가 모두 책임지겠습니다.

반아산	어떻게, 이 자식아? (다시 윤조안을 향해 달려들어 나뭇가지로 때리며) 어떻게 책임질 건데? 이 자식아? 어떻게? 어떻게? 응? 응?

하영란	(반아산을 막아서며) 아유, 왜 이래요! 이런다고 해결될 일도 아닌데! 흥분하지 말아요, 제발! 여보! 그만! 그만! 아!

하영란, 손가락을 감싸쥔다. 반아산, 씩씩대며 윤조안을 노려본다.

하영란	아! 아이 씨…….

윤조안	(무릎걸음으로 다가가 하영란의 손을 들여다보려 하며) 괜찮으십니까?

하영란	됐어요!

윤조안	죄송합니다.

하영란	(반아산에게) 아파 죽겠는데 때려 놓고 쳐다보지도 않아? 피멍 들었잖아!

반아산	그러게 왜 껴들어, 껴들길?

하영란	아아아……! (운다.)

반아산	들어가서 약 발라.

하영란	다 내 잘못이야. 내가 너무 소홀해서. 지연이가 저 지경이 되도록 그것두 모르고. 아아!

반지연	내가 뭐?

곽지복	(권오평에게) 거 멀뚱이 서 있지 마고, 그짜 있는 삽 가꼬 이리 와요.

권오평	아, 예.

윤조안 다 제 잘못입니다. (운다.)

하영란 시끄러워요! 꼴 보기 싫게 질질 짜기는!

반아산 지연아, 엄마 모시고 들어가서 약 발라 드려.

반지연 네.

권오평은 곽지복이 시키는 대로 땅을 판다. 반아산은 맥이 풀려 평상에 주저앉는다. 반지연, 우는 하영란을 데리고 집 쪽으로 가다가 부스스한 모습으로 가방을 메고 나오던 이소영과 마주친다.

이소영 (꾸벅 인사를 하며) 안녕히 주무셨어요? (하영란에게) 죄송해요. 제가 어제 실수를 좀 한 거 같은데…….

하영란 (한숨을 내쉬며) 뭐 그깟 걸 실수라고 할 수 있나요……. 아이구! (다시 운다.)

이소영 (뜻밖의 반응에 어쩔 줄 몰라) 어어…… 정말 죄송합니다.

하영란 아유, 죄송하다는 소리도 이제 지겨워! 아, 아파! 아파! 만지지 마!

하영란, 반지연에게 이끌려 집으로 들어간다.

이소영 (영문을 몰라 멍청히 서 있다가) 근데, 저기, 저 사모님…….

권오평 (건성으로 삽질하면서) 깼냐?

이소영 죄송해요.

권오평 뭘?

이소영 어제.

권오평 기억이나 나냐?

이소영 아뇨. 제가 뭘 어쨌는데요?

권오평 개 됐지, 뭘 어째.

| 이소영 | 아휴, 왜 또…….

| 권오평 | 한 번만 더 그래 봐라. 늙어 죽도록 붙들어 놓고 박사 논문 심사만 받게 할 테니까.

| 이소영 | (속삭이듯) 근데 분위기가 왜 이래요? 저 사람은 누구예요?

| 권오평 | 넌 몰라도 돼.

| 곽지복 | 거 구데이 하나르 천년만년 파네. 늙은이 잔데이 긁나?

| 권오평 | 죄송한데요, 어르신. 저희들 그만 가 봐야 되거든요.

| 곽지복 | 하이고, 그저 아가빠리들만 살아 가지고. 인 줘. (삽을 뺏어 들고 땅을 판다.)

| 권오평 | 형, 우리 나갔다 올게.

| 반아산 | 그래.

| 윤조안 | (무릎 꿇은 채 꾸벅 인사를 하며) 다녀오십시오.

| 권오평 | 예.

반아산, 윤조안을 노려본다.

| 권오평 | 어르신, 어제 원백이 잘했어요?

| 곽지복 | 저 양반한테 물어봐요. 나는 방에 들어가서 안 봤어. 속 씨레서.

| 권오평 | (원백이에게 다가가) 그놈 참. 마지막 정열을 불사르고 자는구나. (집 쪽을 건너다보며 머뭇거리고 있는 이소영에게) 왜 그래? 똥마려운 강아지처럼?

| 이소영 | 아, 아니에요. 가요.

권오평과 이소영, 나간다. 사이. 곽지복은 마당가를 둘러 탱자나무 삽목을 한다.

윤조안	사표를 내고 일주일 내내 지연이를 찾으러 다녔습니다. 혹시라도 무슨 일이 생겼을까 봐. 지연이 혼자서…… (훌쩍인다.) 예, 전 선생도 아니에요. 선생 될 자격이 없는 사람입니다. 근데요, 그래두요, 모르겠습니다. 그래두 전 지연이를 사랑합니다!
반아산	이 미친놈이!
윤조안	네. 제가 미친놈입니다. 제가 미쳤던 겁니다. 저도 저를 용서 못하겠습니다. 그래두 어떡합니까? 그렇게 돼 버린걸요, 사랑하게 돼 버린걸요!
반아산	뭐야? 그러니까 배 째라 이거야, 지금?
윤조안	정말 미칠 것 같았습니다. 지연이가 제 아이를 가졌다는 쪽지만 남기고…….
반아산	입 못 다물어?

사이.

반아산	얼마나 됐어?
윤조안	네?
반아산	지연이 말야.
윤조안	5개월…….
반아산	5개월? (배 속에서 신음 소리가 저절로 올라온다.) 그 지경이 되도록…….
윤조안	저도 몰랐습니다. 그 쪽지를 보기 전에는…….
반아산	지금 그걸 말이라고 해, 이 자식아? 이 상놈의 자식! 아무것도 모르는 어린애를, 응? 바로 산부…… 응? 병원에라두 데리고 갔어야지. 5개월이나 되도록, 응? 이 개놈의 자식! 아…… 아이구…….
윤조안	죄송합니다, 죄송합니다.

반아산　불쌍한 우리 지연이…… 어떡하나? 어떡해?

윤조안　제가 지켜 주겠습니다.

반아산　네깟 놈이 뭘 어떻게 지켜 줘? 응? 나이는 서른다섯이나 처먹어 가지구, 실업자 주제에?

윤조안　학원 몇 군데 자리 알아봐 뒀습니다.

반아산　선생 자격도 없다는 놈이, 학원? 또 어떤 철없는 애들 인생을 망치려고?

윤조안　아닙니다! 저한테는 지연이뿐입니다. 그것만은 믿어 주십시오! 저도 염치없는 짓인 줄 잘 알지만 당분간은 어쩔 수 없을 것 같습니다. 지연이가 애 낳고 다시 학교 들어가서 대학 졸업할 때까지만 하려구요. 사실은 제가 목공에 좀 취미가 있거든요. 그때쯤 되면 준비를 해서 공방을 낼 겁니다. 그게 원래 제 꿈이었거든요.

반아산　이 자식이 지금 우리 지연이 인생 망쳐 놓고 무슨 개소리야? 누가 네 꿈 얘기 듣재?

윤조안　지연이 꿈도 제가 꼭 이루도록 해 줄 겁니다. 제 몸이 부서지는 한이 있어도요.

반아산　근데 요새 학원에선 윤리도 가르치나?

윤조안　제가 영어 수학은 안 돼도 국어하고 논술은 가르칠 수 있습니다.

반아산　시끄러워! 우리 지연이가 어떤 앤데…… 우리 지연이를 내가 어떻게 키웠는데…….

윤조안　(더 납작 엎드리며) 용서하십시오! 제가 그 죄를 갚게 해 주십시오! 지연이하고 결혼하게 해 주십시오!

반아산, 더 말을 잇지 못하고 대문 쪽으로 걸어 나간다.

곽지복　어데 가요? 에?

윤조안   (주춤주춤 반아산을 따라가며) 어르신…….

반아산   어딜 따라와? 썩 안 꺼져!

윤조안   (뒤로 주춤 물러났다가 다시 반아산 뒤를 졸졸 따라간다.)

곽지복   어데 가요? 이거 안 심구고. 거 열여덟이믄 옛날 같으민 언나가
         여럿인데 머.

반아산   (나가다가) 어르신!

곽지복   (다시 나무를 심으며) 아이래, 아이래.

반아산   안 꺼져? 너 오늘 정말 나한테 맞아 죽을래?

윤조안   맞아 죽어도 좋습니다! 결혼하게 해 주십시오!

곽지복   맞아 죽으민 거 결혼은 우테 하나? (반아산의 눈길을 느끼고) 아이
         래, 아이래.

         반아산, 땅이 꺼져라 한숨을 내쉬며 나가 버린다. 윤조안, 주춤주춤 그 뒤를
         따라나간다.

곽지복   (나무를 심고 북돋우며 혼잣말로) 거 머 한 번 붙은 거르 우테겠나? 붙
         여 주이 대지, 머 딴 수 있나? 니도 인제 내 속이 우뗐는지 알 끼래.
         히히. (허리를 펴고 일어나 개나리 나무를 바라보며) 씨원하지요?

         곽지복, 물뿌리개를 들고 집 쪽으로 걸어간다. 하영란, 손가락을 붕대로 싸
         매고 나온다. 그 뒤에 반지연이 사과를 먹으며 나온다.

하영란   이 양반은 어디 갔어요? 그 사람은?

곽지복   몰라요. 그거 쫌 맞았다고 머르 그래 칭칭 동이매고…….

하영란   얼마나 아픈데요.

곽지복   쳇. (집 쪽으로 가 버린다.)

하영란   아픈데.

하영란, 평상 쪽으로 와 앉는다. 지연이 그 곁에 와서 선다.

하영란   지연아…… 지연아…… 이리 와.

반지연이 그 곁에 앉자 하영란, 지연을 꼭 안는다.

하영란   어쩌면 좋니? 우리 지연이.
반지연   나 잘 살 거야. 엄마. 걱정하지 마.
하영란   얼마나 무서웠을까? 많이 무서웠지, 우리 지연이?
반지연   쪼끔. 지금도 무서워.
하영란   왜 진작 말 안 했어…….
반지연   말하면 뭐.
하영란   그래, 내가 그렇지 뭐. 맨날 말뿐이지, 하나도 해 준 게 없어.
         난 말밖에 할 줄 몰라. 엄마랍시고 공연한다고 밖으루만 나돌
         구…….
반지연   울지 마, 엄마.
하영란   난 엄마도 아냐, 엄마도.
반지연   그런 말 하지 마, 엄마. 엄마가 엄마가 아니면 그럼 난 뭐야?
하영란   지연아.
반지연   나 지금 너무 기분이 좋아. 아까까지만 해도 좀 무서웠는데, 이제
         무섭지도 않아. 정말야……. 너무 좋았어. 아까 아빠가 막 화낼
         때…… 아빠가 나 땜에 그렇게 화내 줘서…… 너무 좋아서 눈물
         이 날 것 같았어…….
하영란   그럼 아빠가 화 안 낼 줄 알았어?

반지연   난…….

하영란   (지연을 더 꼭 끌어안으며) 누가 뭐래도 넌 우리 딸이야. 우리 귀하고
          귀한 딸이야. 울지 마. 울면 안 돼. 얘 때문에도 안 돼.

반지연   응. 안 울어.

하영란   (반지연의 배를 쓰다듬어보고 귀를 갖다 대 본다.)

반지연   뭐가 들려?

하영란   모르겠다. 뭐 꾸르륵거리는 소리가 들리긴 하는데…… (반지연의
          배에 귀를 댄 채, 문득 쓸쓸한 얼굴이 되어) 우리 지연이…… 엄마는
          한 번도 못 해본 일을 너는 하는구나.

반지연   무슨 소리야. 날 낳았잖아.

하영란   …….

반지연   (영란의 가슴을 쿡 찌르며) 여기로.

하영란   ……그래, 그래.

반지연   또, 또!

하영란   (눈물을 감추며) 야, 야, 가만있어 봐! 무슨 소리가 들린다!

반지연   진짜?

하영란   가만있어 봐, 움직이지 말고!

반지연의 배에 귀 기울이는 하영란. 곽지복이 물뿌리개로 물을 뿌리며 걸
어 나온다. 무대 천천히 어두워진다.

막간극 3

어두워진 무대 위에 혼자 빛나는 개나리 나무. 마당 가운데 무릎을 꿇고 앉
아 있는 윤조안. 윤조안, 피곤에 지쳐 꾸벅꾸벅 졸고 있다. 개나리 나무를 향

해 가던 노파가 윤조안을 가만히 내려다본다. 윤조안, 퍼뜩 졸음에서 깨어나 노파를 본다. 윤조안, 깜짝 놀라 잠시 멍하게 노파를 바라보다가 얼른 자세를 고쳐 잡고 노파를 향해 머리를 조아린다.

윤조안   네, 할머님. 제가 죽일 놈입니다. 제가 죽일 놈이에요…….

노파, 잠시 윤조안을 바라보다가 개나리 나무 쪽으로 걸음을 옮긴다.

윤조안   용서해 달라고 하진 않겠습니다. 어떻게 용서를 바라겠어요? 그저 지연이 곁에만 있게 해 주십시오. 지연이 곁에 있을 수만 있다면 언제까지라도 기다리겠습니다. 이 자리에다 뿌리라도 박겠습니다. 제발…….

노파는 개나리 나무를 향해 다가가고, 윤조안은 머리를 조아린 채 중얼대고 있을 때, 무대 천천히 어두워진다.

4장

무대 밝아지면 새벽이 가까운 밤. 윤조안이 여전히 그 자리에 무릎을 꿇고 앉아 졸고 있다. 무대 밖에서 자동차 소리. 윤조안, 잠에서 깨어나 자세를 고쳐 앉는다.

권오평   (무대 밖으로부터 몹시 취해 고함치는 소리) 알아? 니가 날 알아?
이소영   (무대 밖에서 소리) 알았어요, 알았어.
권오평   (소리) 니가 뭘 알아?

이소영 (소리) 몰라요. 됐어요?

이소영이 몹시 취한 권오평을 부축하는 한편, 벗어던진 신발을 도로 신기
며 마당으로 들어선다.

권오평 너 똑똑히 알아야 돼. 이 권오평이란 인간이 어떤 놈인지. 내가
       그때 아무 생각 없었다는 건 말짱 거짓말이야. 내가 말이야…….

이소영 아휴, 지겨워. 한 얘기 또 하고, 또 하고!

권오평 내가 무슨 얘기 했는데?

이소영 마누라 죽었다는데, 홀가분하고 시원하더라. 막힌 게 뚫린 것처
       럼 후련하더라. 그래서 뭐? 그래서 어쩌라구요!

권오평 그래. 내가 그런 인간이야. 어떻게 인간이 그럴 수가 있냐, 어떻
       게 인간이.

이소영 신발은 왜 자꾸 벗어요!

권오평 야, 물 없냐, 물? 목마르다.

윤조안 (무릎 꿇은 채 꾸벅 절하며) 이제 오십니까?

이소영 어?

권오평 이게 누구셔? 아! 우리 윤리 선생님!

이소영 여기서 뭐 해요?

윤조안 기다립니다.

이소영 에?

권오평 (노래한다.) 일출봉에 해 뜨거든 날 불러 주오. 월출봉에 달 뜨거든
       날 불러 주오. 기다려도, 기이이히히하하! (평상 위에 널브러진다.)

이소영 (권오평이 노래하는 것과 동시에) 설마 아까 우리 나간 뒤부터 여태
       이러고? 미쳤어, 미쳤어.

권오평 물 달라니까, 물!

이소영   (윤조안에게) 밥은 먹었어요?

권오평   밥 말고 물!

이소영   아, 정말! 조용히 안 해!

권오평   네.

이소영   지금이 몇 신데. 새벽 4시가 넘었다구요!

권오평   네. 물 좀.

이소영   미치겠네.

         이소영, 투덜대며 집 쪽으로 들어간다.

권오평   (평상에 누운 채 노래를 흥얼거리다가 벌떡 윗몸을 일으키며) 어이, 윤리
         선생!

윤조안   예?

권오평   멋져! 최고야! 우리 윤리 선생 파이팅!

윤조안   (쑥스럽게 웃으며) 그러지 마세요. 저 이제 선생 아닙니다.

권오평   아무튼 파이팅! 근데 언제까지 그러고 있을 거야?

윤조안   아버님께서 받아 주실 때까지요.

권오평   안 받아 주면?

윤조안   받아 주실 때까지 이 자리를 지킬 겁니다, 영원히.

권오평   영원히?

윤조안   네, 영원히.

권오평   (배를 잡고 평상 위를 데굴데굴 구르며 웃는다.)

윤조안   ……진심입니다.

권오평   (웃음을 뚝 멈추고 일어나 비틀비틀 윤조안에게 다가가 코앞에 얼굴을 들
         이밀고) 영원히?

윤조안   왜, 왜요?

권오평	까고 있네. (느닷없이 윤조안의 가슴패기를 발로 밀어 찬다. 윤조안, 밀려 넘어진다.)
윤조안	교수님…… .
권오평	영원? 이거 봐, 윤리 선생. 말 참 쉽게 막 하네.
윤조안	제가 뭘…… .
권오평	영원? 너 그게 뭔 줄 알아? 그게 뭔지 내가 보여 줄까, 보여 줘?
윤조안	왜 이러세요!

권오평, 윤조안에게 달려들어 목을 조르려 버둥댄다. 하영란이 집 쪽에서 급히 달려 나온다.

하영란	(나직하게 소리친다.) 윤 선생, 윤 선생! (권오평과 윤조안이 뒤엉켜 뒹굴고 있는 것을 보고) 어머, 이게 무슨 일이야? 권 교수, 오평 씨! 뭐하는 거야, 지금!
권오평	어, 형수님!
하영란	얼른 놔줘요, 어서! (권오평에게서 윤조안을 떼어 낸다.)
권오평	이 자식이, 이 쥐뿔도 모르는 자식이 말입니다…… .
하영란	얘기는 나중에 하고. 윤 선생, 얼른 피해, 어서! 지금 우리 그이가 깨 가지구 몽둥이 찾으러 갔단 말이야!
윤조안	(다시 무릎 꿇고 앉으며) 그럴 순 없습니다.
하영란	갔다가 내일 아침에 다시 와요. 지금은 가.
권오평	저 윤리 선생 놈이 나보고 영원이랍니다, 저 개새끼가.
하영란	가만 좀 있어요! (윤조안에게) 정말 밤새도록 이러고 있는 사람이 어딨어! 아유, 사람이 꽉 막혀 가지구는! (윤조안을 일으키려 하며) 얼른 가요! 맞아 죽고 싶어요?
윤조안	맞아 죽어도 못 갑니다.

하영란　맞아 죽으면 우리 지연이는 어떡하라구!
권오평　난 영원이 싫어! 싫다고! 싫단 말이야!
하영란　일어나요, 어서!
윤조안　아, 아, 잠깐만, 잠깐만요!
하영란　미워 죽겠네, 정말! 자꾸 고집 피우면 정말 미워할 거야!
윤조안　가, 가는데요. 다리가 저려서…… 죄송합니다.

　　　　마당 밖에서 반아산이 몽둥이를 부딪치는 소리.

하영란　빨리, 빨리!
윤조안　안녕히 주무세요. 내일 다시 오겠습니다.
하영란　인사는 안 해도 돼!
윤조안　아니, 오늘 다시 오겠습니다.

　　　　하영란, 절룩이는 윤조안을 밀고 밖으로 나간다.

권오평　어디 가, 윤리 선생! 영원? 난 영원이 싫어! 싫다고! 싫단 말이야!

　　　　물컵을 들고 집 쪽에서 나온 이소영, 권오평 뒤편에서 그를 바라본다.

권오평　그만하면 좀 없어져야지! 없어질 때 되면 좀 없어져야지! 영원히
　　　　버티겠다고? 영원히? 그건 세상에서 제일 무자비하고! 잔혹하고!
　　　　비윤리적인 거야! 알아? 윤리 선생, 이 씨발놈아…….

　　　　이소영, 물컵을 평상 위에 내려놓고, 마당에 주저앉아 고개를 숙이고 있는
　　　　권오평에게로 가서 겨드랑이 밑에 양팔을 넣어 그를 일으켜 평상에 데려다

앉힌다. 이소영, 말없이 권오평에게 물을 먹인다. 반아산이 몽둥이를 들고 마당으로 나와 윤조안과 하영란이 나간 쪽을 바라본다.

반아산 다들 제정신이 아니구만.
권오평 어, 형…….
반아산 왜 이렇게 취했냐?
권오평 나 안 취했어, 하나도 안 취했어.

하영란이 한숨을 내쉬며 밖에서 들어온다.

반아산 갔어?
하영란 아니. 저기 진입로 쪽에서 아침까지 기다리겠대.
반아산 미친 새끼.
하영란 정말 그걸로 때릴 거였어?
반아산 그럼.
하영란 무슨 깡패야? 이리 줘. (몽둥이를 멀리 던져 버린다.)

네 사람, 평상에 걸터앉아 잠시 말이 없다.

권오평 아, 아름다운 밤입니다! 아름다운 밤이에요!
반아산 내일 서울에서 회의 있다면서 뭔 술을 그렇게 마셨어.
이소영 내일이 아니라 오늘이에요. 아침 10시.
하영란 그럼 얼마 안 남았잖아?
이소영 한 시간쯤 있다 출발해야죠.
하영란 운전은?
이소영 저 술 안 마셨어요.

하영란 하여튼 악덕 교수라니까, 오평 씨는.

권오평 헤헤헤.

권오평 아산이 형.

반아산 왜 인마.

권오평 난 무서워.

반아산 뭐가?

권오평 전부 다.

반아산 가만히 앉아서 술이나 삭여.

권오평 야외 채집 나가서 지층에 박힌 화석을 보다 보면 섬뜩해. 야, 셀
        수도 없는, 거대한 시체 더미 위에 내가 서 있구나. 이런 생각이
        들면 한 발짝도 못 떼겠어. 왜? 거기 또 다른 시체가 있으니까. 발
        디딜 곳이 없는 거야. 연구실에 앉아 있다가도 숨이 턱턱 막혀.
        저 벽도 다 시체구나……

하영란 벽이 시체라뇨?

이소영 요즘 건물은 죄다 콘크리트잖아요, 시멘트. 시멘트는 석회암으로
        만드는데, 석회암이 뭐냐면, 몇 억 년 전 바다에 살던 산호, 삼엽
        충, 이런 것들 죽은 껍데기가 쌓여서 된 거거든요.

권오평 그러니까 5억 년 전에 죽은 애들 무덤 속에 우리가 사는 거 아닙
        니까.

하영란 아유, 별 바보 같은 생각을 다…….

권오평 바보 같은 생각이죠.

하영란 그런 생각은 버리세요.

권오평 못 버리니까 바보죠. 형.

반아산 왜?

권오평 아산이 형.

반아산 말해.

권오평 우리 마누라 말야……. 정말, 거짓말처럼 사라져 버렸어. 샥! 난
      전혀 몰라, 아무것도. 그 사람이 얼마나 고통 받았는지, 어떻게
      야위어 갔는지. 몰라. 그냥 화석처럼 그 모습만 남았어. 공항에서
      잘 갔다 오라고 손 흔들던 모습 그대로……. 그건 썩지두 않아,
      화석처럼……. 안 썩어, 절대 안 썩어……. (사이.)형. 아산이 형. 산
      다는 건 착취야. 살아 있는 건 모두 무언가를 갉아먹지. 다른 놈
      목숨을 빼앗지 않고는 살아 있을 수가 없어……. 난 그 사람을 착
      취한 거야. 그 잘난 벌레에 매달려서 바위를 갉아 내듯이, 난 그
      사람을 차근차근 갉아먹은 거야…….
반아산 객쩍은 소리 그만해. 웬 개똥철학이야. 갉아먹을 수 있을 때 열심
      히 갉아먹어, 너도 갉아먹힐 날이 올 테니까. 넌 다 좋은데 그놈
      의 청승이 문제야.
권오평 흐흥. (웃으며 고개를 푹 숙인다.)

      사이.

이소영 많이 억울하시겠어요.
하영란,반아산 ……
이소영 억울하실 거예요. 순 도둑놈이죠, 뭐.
하영란 ……억울하냐구요? 글쎄요. 내가 그럴 자격이 있을까……. 이런
      생각을 한다는 것 자체가 좀 우습고 씁쓸하기도 하고…… 뭐라
      고 해야 할지…….
이소영 그냥 억울해하세요.
하영란 그런 척해 봤는데요.
이소영 계속 그런 척하세요.
하영란 그럴까요…….

이소영	네.

이소영 네.

하영란 센 척하시네.

이소영 저 세요.

하영란 (슬며시 웃으며) 그래요?

사이.

하영란 일곱 살 난 지연이가 처음 나한테 왔을 때, 솔직히 난 두려웠어요. 깜깜했죠, 그땐. 모르실 거예요. 이름 없는 배우로 젊은 시절을 보낸다는 게 어떤 건지. 그땐 날 지키고 추스르는 것만도 벅차고 힘겨웠어요……. 그래요. 배우들이란 게 그래요. 이기적이지. 자기밖에 몰라. 근데 어쩔 수 없어. 그렇게 돼요. 안 그런 척이라도 잘할 수 있었으면 좋았을 텐데…… 물론 그 앨 사랑했죠, 사랑하죠. 근데 어떻게 사랑해야 할지는 몰랐어요, 지금도 몰라. 앞으로도 알 수 없을 거야……. 하지만 난 그 앨 사랑해요. 부끄럽지만 그래도, 그 앨 사랑해요. 난 이렇게 말할 수밖에 없어요. 그게 그 애한테는 아무것도 아니라고 해도…….

사이.

반아산 아 참, 오평아.

권오평 예?

반아산 올라가면 내가 말한 거 꼭 좀 알아봐라, 까먹지 말고.

권오평 뭐? 아, 하얀 앵두? 식물학과 교수들한테 물어볼게. 근데 그런 게 있을래나?

반아산 하여튼 좀 알아봐, 열심히. 건성으로 말고.

권오평   응.

네 사람, 평상에 앉아 잠시 하늘을 올려다본다. 천천히 어두워진다.

막간극 4

어두워진 무대에 혼자 빛나는 개나리 나무. 노파가 여전히 개나리 나무를
향해 다가가고 있다. 어둠 속에서 반아산과 곽지복이 외치는 소리.

반아산, 곽지복(소리)   원백아! 원백아! 원백아! 원백아아!

반아산(소리) 어르신 댁에도 안 왔어요?

곽지복(소리) 안 왔사.

반아산(소리) 얘가 어디루 갔지?

윤조안(소리) 원백아! 원백아!

반아산(소리) 넌 뭐야? 왜 졸졸 따라다녀, 귀찮게!

윤조안(소리) 저도 같이 찾겠습니다.

반아산(소리) 필요 없어. 안 꺼져?

윤조안(소리) 제가 저 산 쪽으로 가보겠습니다. 원백아! 원백아!

곽지복(소리) 저쪽으르 가 보더래.

반아산, 곽지복, 윤조안(소리)   원백아! 원백아! 원백아! 원백아아!

노파는 천천히 개나리 나무 쪽으로 다가간다. 세 사람이 원백이를 찾아 헤
매는 소리. 암전.

5장

무대 다시 밝아지면 같은 장소. 열흘쯤 뒤, 오후. 원백이는 개나리 나무 아래 누워 있다. 곽지복이 마당 가에 꽃씨를 뿌리고 있다. 윤조안이 그 곁에서 물뿌리개로 물을 주며 하영란과 반지연이 나오기를 기다린다. 윤조안은 이마에 큼지막한 반창고를 붙였다. 얼굴에도 여기저기 긁힌 상처가 나 있고, 접질리기라도 한 듯, 한쪽 다리를 절룩거린다. 윤조안, 약간 들떠서 되는 대로 지껄여 댄다.

윤조안 다들 그러잖아요? 죽다 살았다고. 그러니까 가만 생각해 보면, 사람이 이 세상에 나와서 살다 갈 때, 꼭 한 번만 태어났다 한 번만 죽는 건 아니란 말씀이죠. 누군가는 한 사람을 죽게 만들기도 하고 또 누군가는 한 사람을 다시 태어나게 만들기도 하잖아요?

곽지복 거 아가빠리 닫치고 물이나 뿌레라, 정신 사무룹다.

윤조안 전 말예요, 그래요, 다시 태어난 겁니다! 새로! 지연이가 저를 죽게 만들고 또 저를 다시 낳았거든요. 어르신은 아세요? 모르실 겁니다, 지금 제 기분이 어떤지! (팔을 흔들다가 곽지복 쪽으로 물이 튄다.)

곽지복 에헤이!

윤조안 죄송합니다.

곽지복 (물기를 털며) 하기는 머, 새로 나기는 난 기래. 소방서 사름들 아녔으민 산중에서 떵떵해니 얼어 디졌을게니.

윤조안 헤헤.

곽지복 젠세이걸이. 사흘 마에 쟈는 혼저 기들어 왔는데, 이기 또 어데 가서 오도 가도 안 해니, 니 각시, 쟁인, 쟁모, 마카 움메나 애를 쫄인 주 아나? 산속이서 질으 잃었으민 무지껀 아래루 내띠이재. 거게 가마이나 있든가. 먼 지라르 한다고 거까지 갔드래?

윤조안　길을 잃은 게 아니라요, 어떻게든 원백이를 찾아서 집에 가려고……．

곽지복　지라르 한다, 지라르 해. 질으 잃은 기 아니래 꼬라지가 그래 매련도 없나? 어데 처박히 있었길래, 업고도 모 내리오고 거 머이나, 거 머이나?

윤조안　헬리콥터요.

곽지복　그래 거게 대롱대롱 매달리 내리왔다민서?

윤조안　날 밝고 보니까 야, 뭐 일부러 거기 가서 앉아 있을래도 그렇게 못하겠더라구요. 한 바퀴만 더 굴렀으면 죽었을 거예요. 헤헤.

곽지복　웃기는. 발목제이는 괜찮드래?

윤조안　네. 부러진 줄 알았는데, 그냥 인대만 좀 늘어났대요. (히죽히죽 웃는다.)

곽지복　참 하이튼 젠세이 짓도 고리고리 가주가주로 한다. 멀 자꾸 히죽거리나?

윤조안　좋아서요.

곽지복　머이가 좋아?

윤조안　(히죽댄다.)

곽지복　허락받았나?

윤조안　예. (웃는다.)

곽지복　속없이 웃기는. 지 쟁인 쟁모느 피눈물 나느 주 모르고, 쳇.

윤조안　근데 참 희한해요.

곽지복　머이?

윤조안　제가 저번 밤에 여기서 할머니 한 분을 뵀거든요, 분명히?

곽지복　할머이?

윤조안　전 지연이 할머님이신 줄 알았는데, 지연이는 할머니 안 계시대요. 이 근방에 할머니 사세요?

곽지복   요 근방에느 없어.

윤조안   머리가 하얗고 한복을 입고 계셨는데.

곽지복   먼 구신 씨나락 까먹느 소리르.

윤조안   내가 꿈을 꿨나?

집 쪽에서 하영란과 반지연, 반아산이 나온다. 하영란과 반지연은 외출할 채비를 한 상태다. 윤조안이 얼른 달려가 하영란과 반지연의 가방을 받아 든다.

하영란   (반아산에게) 당신도 가야 하는 거 아닌가?

반아산   몸이 안 좋다고 해.

하영란   그래도 첫 상견렌데.

반아산   상견례구 나발이구, 내 올라가서 한바탕 뒤집어 놓고 싶지만, 지연이를 봐서 내가 참는 거야. (윤조안에게) 알았어?

윤조안   예, 예.

반아산   웃지 마, 이 자식아.

윤조안   예.

반아산   당신 갔다 와서 그쪽에서 뭐래는지, 한마디도 빼지 말고 나한테 다 얘기해야 돼. 내가 안 갔다고 뭐래거나, 우리 지연이 두고 이상한 소리 한마디라두 지껄였다간 가만 안 있을 거야.

윤조안   그럴 일은 없을 겁니다, 절대로. 그저 저희 부모님도 죄인 된 심정으로…….

반아산   자랑이냐? 니 부모 죄인 만든 게 자랑이야?

윤조안   아니죠.

반아산   죄인 된 심정은 무슨. 총각 귀신 될 줄 알았더니 이게 웬 떡이냐, 얼씨구나 춤을 추고 있겠지..

윤조안　아, 아닙니다.

반아산　뭐야? 아냐?

윤조안　아, 아뇨! 물론 기뻐하시는 건 사실입니다만, 또한 죄스러운 마음
　　　　도 함께……. 그래서 여기로 내려오시겠다고 했지만, 지연이가
　　　　그건 아닌 것 같다고 하고, 또 아무래도 서울 병원에 가서 검진을
　　　　받는 게 좋을 것 같기도 하고 그래서…….

하영란　당신 정말 안 갈 거야?

반아산　안 가.

하영란　웬만하면 가지? 내가 뭐 과부도 아니구.

반아산　할 일 많아. 원백이도 그렇고.

하영란　뭘 좀 먹어야 할 텐데. (원백이한테 가서 걱정스레 녀석을 쓰다듬는다.)
　　　　얘가 사흘 동안 어딜 헤매다 왔을까?

반아산　그러구 와선 완전히 진이 빠진 모양이야.

하영란　(밥그릇을 들이밀며) 먹어 봐, 원백아. 너 좋아하는 거잖아, 응……?
　　　　(한숨을 내쉬며) 이제 올라가서 연습 시작하면 일주일에 한 번밖에
　　　　못 올 텐데.

반아산　신경 쓰지 말고 가서 연습 잘해. 괜찮아질 거야. 기운 차리겠지.

반지연　다녀올게요, 아빠.

반아산　그래. 미안하다.

반지연　제가 죄송해요.

반아산　니가 무슨. 다 저 자식…… (한숨) 하여튼 아빠한테도 좀 시간을
　　　　주렴.

반지연　네……. 원백아, 잘 있어. 누나 갔다 올게.

하영란　어르신, 그건 뭐예요?

곽지복　이게요? 이게 채송화래, 저게는 봉숭아, 저게는 과꽃, 맨드래
　　　　미…….

하영란	(마당을 둘러보며) 그새 많이도 심으셨네. 고생이 많으세요, 바쁘실 텐데.
곽지복	고상은 머, 마카 뚝뚝 꽂고 실실 떤지노민 구만인데. 거두미 해구 할 일도 없어.
하영란	다녀올게요, 어르신. (반아산에게) 가요.

하영란과 반지연, 윤조안, 마당 밖으로 걸음을 옮기기 시작한다.

반아산	(윤조안에게) 운전 조심해.
윤조안	예?
반아산	운전 조심하라고.
윤조안	저, 그게, 제가 아직 면허를…….
하영란	걱정 말아요. 내가 하면 돼요.
반아산	하여간 저 새끼 저거…… 그 나이 처먹두룩 면허 하나 안 따구…….
하영란	당신도 면허 없잖아.
윤조안	죄송합니다. 바로 따겠습니다.
반아산	하여간 맘에 드는 구석이라고는…… 아이구, 어떻게 저런 게…… 야!
윤조안	예?
반아산	너 가서 니 부모들이 꼴이 왜 그러냐고 그러면 나한테 맞아서 그렇다고 해. 알았어?
윤조안	저…….
반아산	알았어, 몰랐어?
윤조안	예. 알겠습니다.
반지연	근데 아빠.

반아산　왜?

반지연　아빠 마음은 알겠는데, 다 좋은데…… 이 자식, 저 새끼 안 그랬
　　　　으면 좋겠어.

반아산　이…….

하영란　빨리 가자. 늦겠다.

　　　　하영란, 반지연을 이끌고 나가고 윤조안, 꾸벅꾸벅 인사를 해 대며 다급히
　　　　나간다. 곽지복, 낄낄대며 웃는다.

곽지복　우테겠나, 우테겠어? 패니 속 끓이 바야, 머. (낄낄댄다.)

　　　　곽지복 낄낄대며 마당 한쪽에 놓여 있던, 수선화 구근이 담긴 삼태기를 들
　　　　고 개나리 나무 옆 마당 구석으로 간다.

곽지복　여게 와 이거나 심드래요.

반아산　(곽지복 곁으로 가서) 이게 뭔가요?

곽지복　수선화래.

　　　　곽지복, 개나리 나무 옆 구석에 자리 잡고 앉아 땅을 파서 고른다. 반아산
　　　　도 따라 한다.

반아산　이걸 다 심어요?

곽지복　이게는 촘촘히 심거 노야 이뻐. 알메이 하나에 꽃 하나 피니깨…….
　　　　쪼매 더 파이 대. 알메이 시 배는 되게 흙으 덮아 주이지 대.

　　　　두 사람, 땅을 파고 구근을 심고 흙을 덮는다.

반아산　다 된 겁니까? 뭐 안 덮어 줘도 돼요? 짚 같은 거?

곽지복　됐아. 냉중에 꽃대 놀 때 성가세. 너무 추지믄 알메이가 썩거든. 머 얼어 죽는 눔은 얼어 죽고, 쥐 새끼가 파묵는 눔은 파묵고, 필 눔은 피고…….

곽지복, 담배를 한 대 꺼내 피워 문다. 반아산, 빤히 쳐다본다.

곽지복　왜서? 한 대 주까?

반아산　아, 아뇨.

곽지복　(담배를 한 가치 내밀며) 자.

반아산　아니에요. (일어나 원백이 곁으로 가 쭈그리고 앉아 밥그릇을 들이밀어 본다.) 왜 그래……. 먹어야지…….

곽지복　배때기가 안 고픈 모녕이지.

반아산　……참 빠르네요, 빨라……. 주먹만 한 걸 안고 왔을 때가 엊그제 같은데…… 얘들 1년이 사람으로 치면 7년쯤 된대요. 하루가 일 주일이니, 획획 지나가는 거죠. 그래서 얘들이 그렇게 설레발을 치나?

곽지복　맨 자빠져 잠만 자는데, 머.

반아산　그게 남는 건지도 모르죠. 어차피 지나갈 거.

곽지복　그래두 글쟁이 샌님드른 이름으 냉기잖나, 글도 냉기고…….

반아산　쓰레기죠, 쓰레기.

곽지복　시상에 씨레기가 어디 있아? 씨레기도 마카 씰 데가 있는 거래.

반아산　뭐 괜찮은 것도 몇 개 쓰긴 했는데, 아무리 봐도 누가 나한테 들어와서 대신 쓴 거 같아요. 어쩌면 이 녀석인지도 모르죠.

곽지복　머이래? 개가 글으 쓰대니?

반아산　이 녀석이 절 홀렸었나 보죠. 얘가 오고 나서 한 서너 해, 괜찮은 걸

몇 개 썼거든요. 그걸로 인정도 받고. 늘 불안했지만 그래도 희망이
있었어요. 사람들이 내 작품을 욕할 때까지는요……. 나중엔 욕도
안 해. 아예 반응이 없더라구요…….

곽지복   거 홀릴 게민 영 홀리지 않구.

반아산   그게 그렇게 안 되데요. 그때 딱 그만두고 다른 일을 찾았어야
하는 건데…… 먹구 살겠다고 쓰레기같은 글들을 써 제끼구……
이젠 그 짓두 못해서 마누라한테 빌붙어 먹구 삽니다.

곽지복   거 절믄 사람이 못난 소리두 웽가니 찌꺼래대네야!

반아산   어르신은 몰라요. 돌아보면 쓰레기뿐이고…… 그냥 깜깜하기만
해요. 세상에 나 혼자뿐인 것 같아요.

사이.

곽지복   니 깜깜한 기 머인 줄이나 아나? 시상에 혼저뿐인기 우떤 건지나
알고 하는 소리래? (자리에서 일어나 성큼성큼 문밖으로 나가며 꿍얼댄
다.) 쳇, 젠세이 겉은 기! 거 물이나 갖다가 뿌레 줘라. 신소리 그
만 찌꺼리고!

곽지복, 나가 버린다. 사이.

반아산   원백아, 원백아…… 이젠 너까지 나를 버릴래? 아주 버릴래? 눈 좀
떠 봐라. 나 좀 봐라. 나 좀 다시 홀려 봐……. 원백아, 원백아……
몇 년이 됐든, 살아 있는 동안에는, 그때처럼 그렇게 홀려서 살 수
는 없는 거냐……. 왜 너무 일찍 아니면 너무 늦을 수밖에 없는
거냐……. 원백아, 원백아, 원백아…… 죽지 마라……. 어디 가지
마……. 죽더라도 내가 보는 데서 죽어야 돼……. 그냥 없어져 버리

면 안 돼…….

반아산, 원백이를 쓰다듬으며 앉아 있다. 무대 천천히 어두워진다.

막간극 5

어둠 속에서 경쾌한 음악이 흐른다. 밝아지면 4장으로부터 보름 뒤. 새벽.
개나리 나무 아래 개집이 있다. 반아산이 개집에 머리를 들이밀고 자리를
깔고 있다. 곽지복은 평상에 앉아 있다. (이 장면은 음악과 함께 일종의 '슬
랩스틱'처럼 진행된다.)

곽지복   그래 안 해두 된대니! 안 얼어 죽어!
반아산   이 녀석이 계속 집 안에서 살던 놈이라. 야, 너 정말 안 들어갈래?
          오늘은 부쩍 추워졌는데. 춥지 않아?
곽지복   여게 온 지가 몇 달인데. 적응됐을 기래.
반아산   그럴까요?

반아산, 개집에 다시 고개를 들이밀고 자리를 정돈한다. 하영란이 한복을
차려입고 헐레벌떡 집에서 뛰어나온다.

하영란   당신 뭐 해, 거기서! 옷 더러워지게!
반아산   원백이 자리…….
하영란   안에다 그냥 들어다 놓지.
반아산   자꾸 나와.
하영란   아이 참.

반야산 뭐가 그렇게 오래 걸려?

하영란 아무래도 한복을 입어야 될 거 같아서.

반야산 입기 싫다며? 변덕은.

하영란 그래도.

반야산 어르신 부탁드립니다. 아무래도 오늘 밤 안으로 오기는 힘들 것
같네요, 식장이 서울이라.

곽지복 걱정 말고 댕기오드래요.

하영란 (먼저 달려 나가며) 여보, 늦었어! 빨리 와!

반야산 늦게 만든 게 누군데! 근데 이 양복 좀 촌스럽지 않나?

하영란 괜찮아, 괜찮아. 멋있어. (달려 나간다.)

반야산 무슨 일 있으면 바로 연락주시고요. 텔레비전 트는 건 아시죠?

곽지복 어, 알아, 알아. 틀어 놨어.

하영란 (소리) 나 미용실도 들러야 돼!

반야산 안 먹더라도 밥 좀 잘 챙겨 주시고요.

하영란 (소리) 늦었다니까!

반야산 (달려나가며) 다녀오겠습니다. 부탁드려요!

반야산, 달려 나간다.

반야산 (소리) 원백아, 금방 갔다 올게!

곽지복 얼푼 가라! 잘 댕기오드래요! 여게는 걱정 말고. 하이고, 개새끼허
구 무슨 이별이 이래 지나?

자동차 움직이는 소리. 멀어져 간다.

곽지복 (마당을 둘러보며) 심굴 거는 마카 심군 기나? 이기 눈이라도 올래

는가…… 날이 꾸무룩하이. 눈이 와사 좀 덮아 주이 대지……. 어차차, 아깨 보던 도라마 하마 끝나겄다…….

곽지복, 집 안으로 달려 들어간다. 무대 천천히 밝아진다.

6장

가장 밝아졌던 무대가 서서히 어두워진다. 깊은 밤, 집 뒤쪽에서 텔레비전 소리가 아스라하게 들려온다. 가끔 곽지복의 웃음소리, 혼자서 뭐라고 논평하는 소리. 마당 위로 조용히 눈이 내린다. 노파 송도지가 내리는 눈을 사박사박 밟으며, 하얀 달빛을 밟으며, 마당을 건너 개나리 나무 밑의 원백이에게로 간다. 송도지, 개집 앞에 쪼그리고 앉아 개집 안에 누운 원백이를 들여다본다. 송도지, 천천히 손을 뻗어 원백이의 머리를 쓰다듬는다. 원백이가 희미하게 낑낑대는 소리. (이 극 안에서 원백이가 실제로 내는 첫 소리이자 마지막 소리.)

송도지   오…… 오야……. 그래, 그래……. 괜찮다, 괜찮다……. 금방 지내간다……. 오…… 오야……. 마이 힘드나……. 마이 힘들었지……. 오…… 오야……. 그래, 그래……. 쪼매만 참거라……. 쪼매만 참으민 펜안해질기래요……. 오…… 오야, 괜찮다……. 다 됐다……. 자알 가그라, 자알……. 그래…… 그래…….

집 밖으로 나온 곽지복, 개집 앞에 앉은 송도지를 보고 놀란다.

곽지복   게 누, 누기냐……?

곽지복, 그 자리에 얼어붙은 듯 움직이지 못한다. 송도지, 천천히 고개를 들어 곽지복을 바라본다.

곽지복　어, 어…… 마, 마님!
송도지　(곽지복을 물끄러미 쳐다본다.)
곽지복　차, 차말 마님 맞드래요? 우테 여게를, 우테……?
송도지　(한참 만에 문득 빙긋이 웃으며) ……곽 서방.
곽지복　저, 저를 알아보시겠드래요?
송도지　우테 내가 곽 서방을 잊아묵겠소야.
곽지복　예! 지가 곽 서방, 지가 곽 서방이래요!
송도지　야가 갔네요.

곽지복, 허리를 굽혀 원백이를 들여다본다.

곽지복　……아깨까지도 멀쩡하드이……. 저녁두 잘 먹드이…….
송도지　묻어 주야 안 되겠소야. 쿤 뵈기 전에.
곽지복　……그래이지요.
송도지　야가 다른 데는 마카 싫고 똑 여게다만 묻어 달라데.
곽지복　여게요? 여게는…….
송도지　괜찮소야. 얼푼.

곽지복, 삽을 가지러 간다.

송도지　(개나리 나무를 쓰다듬으며) 영감이 이해하시오. 쪼매 번다해도 우테겠소? 서향이 야가 워낙에 개를 좋아하잖소야……. 곽 서바이 이발 잘해 줏네야. 우리 곽서바이…….

곽지복, 삽을 들고 와 개나리 나무 근처에 땅을 파기 시작한다. 송도지, 그 옆에 쪼그리고 앉아 들여다본다. 무대 천천히 어두워진다.

7장

먼동이 밝아오는 새벽. 개나리 나무 옆 원백이가 묻힌 자리, 붉은 흙 자욱이 아직 선명하다. 반아산은 그 곁에 멍하게 서 있고, 하영란은 하염없이 원백이가 묻힌 자리를 손으로 쓸며 소리 없이 운다. 곽지복은 마당 이곳저곳을 돌아다니며 누군가를 찾다가 멍한 표정으로 마당가에 서 있다.

반아산 왜 그러셨어요! 누가 말도 없이 어르신 맘대로 얘를 묻으래요? 누가!
곽지복 하마 간 거르 우테 하나, 그럼…….
반아산 이런 법이 어딨어요? 이런 법이!
하영란 그만해, 여보. 어르신한테 무슨 짓이야. 죄송해요. 속상해서 그런 거니까 맘에 두지 마세요.
곽지복 그럼, 그럼. 죄송하기는. 아이래, 아이래.
하영란 고마워요. 우리 원백이 때문에 고생 많으셨죠.
곽지복 고상은 머.
하영란 힘들어하진 않던가요, 우리 원백이?
곽지복 페안하게, 소리두 없이 조용히 자알 갔어.
하영란 (다시 소리 죽여 흐느낀다.)
곽지복 야가 영물은 영물이래. 지 쥔 가기를 지대린 기야. 지 가는 거 안 빌라고.

사이.

곽지복   저…… (하영란이 정신없이 울자, 반아산에게) 저…… 선상…….

반아산   왜요?

곽지복   정말 모 봤드래?

반아산   뭘요?

곽지복   할머이…….

반아산   못 봤다니까요.

곽지복   아깨 굼방 여게 계셋드래니. 선상 사모님 오셋을 때 여게 펭상에
          앉아 계셋잖나? 요래 쪽 찌고 머리가 하얘쿠, 저구리두 치매두 마
          카 하얘니 채리입은 할머이 말이래.

반아산   여기 무슨 할머니가 있었다고 그러세요.

곽지복   아인데…… 아인데…… 똑땍이 봤는데…… 여 계셋는데…… 어
          데로 가셨나, 이 양바이…….

          곽지복, 홀린 듯한 얼굴로 두리번거리며 집 밖으로 걸어 나간다. 긴 사이.

하영란   ……그래두 힘들었겠지, 우리 원백이?

          반아산, 하영란을 안아 준다. 하영란, 반아산 품에 안겨 운다.

하영란   나쁜 놈, 나쁜 놈…… 원백이 이 못된 놈…… 끝까지 말을 안 들
          어……. 지 멋대루야……. 이 나쁜 놈…….

          반아산, 멍하게 서서 우는 하영란의 어깨를 다독인다. 무대 천천히 어두워
          진다.

다시 밝아지면 사흘 뒤. 곽지복이 마당 가에서 삼목한 나무들에 짚으로 엮은 겨울옷을 입히고 있다. 곽지복, 문득 손길을 멈추고 무엇을 찾는 듯, 멍한 눈길로 주위를 둘러본다. 사이. 반아산이 쟁반에 막걸리와 잔, 김치 한 보시기를 받쳐 들고 집 쪽에서 나와 평상에 내려놓는다.

반아산 목 좀 축이고 하세요.
곽지복 어.

곽지복, 평상에 가 앉는다. 반아산이 곽지복에게 막걸리를 따라 준다.

반아산 그땐 죄송했습니다.
곽지복 어, 머…….
반아산 근데 어디 다녀오신 거예요, 사흘 동안?
곽지복 그냥…… 바람 쐬구 왔어.

사이.

곽지복 근데, 그때 말이래. 원백이 갔을 직에…….
반아산 또 그 할머니 말씀이세요?
곽지복 정말 모 봤드래?
반아산 못 봤어요, 정말.
곽지복 사모님도?
반아산 그 사람은 우느라고, 있어도 못 봤을 거예요.
곽지복 그 참 희야하네. 내 똑땍이 봤어……. 내가 머에 홀린 거나? 그 양바하고 얘기도 했는데…….

반아산 아시는 분이었어요?

곽지복 ……희야하네.

반아산 누굴 보셨는데요.

곽지복 마님…… 여게 사던 마님. 송씨 마님.

반아산 여기 사시던 분요?

곽지복, 막걸리를 마신다. 반아산, 곽지복의 잔을 채운다. 곽지복, 긴 한숨을 내뱉는다.

곽지복 하마 30년이래, 내가 여게 온 지가.

반아산 원래 고향은 주문진이라셨죠?

곽지복 어. 마카 뱃놈이었제. 멩탯배 탔어. 근데 머 여게 왔을 적엔 마카 걸베이었아, 걸베이.

반아산 거지요?

곽지복 어…… 그때가 음력 2월인가……. 어데로, 우테 굴러먹다 거게까지 왔는지 생각도 안 나. 냉중에 알고 보이 영월 차부라. 도끼다시 바닥에 신문지 하나 깔고 쪼글티리고 자다 눈까리르 떴드이 누가 나르 가마이 내리다보고 있어. 갓 쓰고 두루매기 입고, 똑 저승사자맨치로. “머이요?” 그랬드이 “나허구 우리 집이 가서 이거 심는 거나 거들게.” 그게 그 양바이야, 전에 여게 살던 양반. 그 양반 곁에 뿌렝이다 흙으 두두룩히 붙이 가꼬, 먼 낭구가 하나 턱 서 있는데, 그때 그 낭구가 저 개나리 낭구라. 그때도 쩨는 묵었드래. 딴 때 같으민 지라르 말고 비키라고 했을 긴데, 왜 그랬는지 몰라. 두말 않고 그 양바을 따라갔지. 차부 앞 국밥집에서 국밥 한 그릇 얻어 먹고 저 낭구 들고 그 양반 따라 빠스를 탔어.

그래 여게 와서 저기다 개나리 낭구를 심구고는 그날버텀 여게 바깥채다 몸 대구 살았어.

반아산 야, 탁 보고 아셨나 보네요, 그분이. 어르신이 꽃 나무 잘 키우시는 거.

곽지복 어데? 뱃눔이 머이를 아나? 싹 다 그 양반한티 배운 기래. 그 양반은 글 읽는 기하고 꽃, 낭그 키는 거빼이 몰랐어. 거 접때 선상 하라버이 얘기 드르니께 그 양반 생각나데……. 참 보기 좋았어. 사시사철 꽃이 피구. (개나리 나무 옆으로 걸어가 가지를 매만지며) 그 양반 그 마튼 꽃, 귀한 낭구 다 제치구, 이 낭구를 젤루 애지중지 허셌지. 이기 그냥 개나리 낭구가 아니래. 사연 마은 낭구래……. 그 양반 첫찌 따님이 시집갈 적이 이 집 울에 있던 거르 꺾어다 시집 울이다 심구고 키운 거래……. 냉중에 들으니께 그 양바이 나 만난 그날, 첫찌 딸 49재 갔다 오는 질이었다대. 먼처 간 따님 대신으루, 이 낭구를 데려온 기래.

사이.

곽지복 그래 그 집서 한 서너 해 살다 지끔 집이루 나왔어. 지끔 우리 집이 있는 꽃, 낭구, 다 그 양반 집이 있던 거래. 오매 가매 하나씩 하나씩 읽게 심겄지. 참말 귀한 거는 어데 손 댈 수 있드래? 한 뿌렝이, 한 가지 해 가두 표 안 나는 걸루, 헤헤. 지끔 생각하민 욕 먹드래두 싹 다 읽게 심굴 걸 그랬어. 여게가 이래 될 주 알았으민……. 그래 살다 20년 전에 그 양반 돌아가시구, 마님도 자식 따라 대처루 나가시구. 머 허망하데, 허망해. 쥔 없으니께 금세 잡풀이 수북허니 난장이 되구. 보기 안 좋아서 오매 가매 손 쫌 볼래다가 새 쥔하고 싸우기도 마이 싸웠어. 냉중에는 철조망 딱

처 놓고 도라꾸로 존 낭구는 마카 뽑아서 어데로 실어가데. 우테
겠나, 내가 쥔도 아이고. 속 씨레가 발질을 딱 끊어 뿌렸아.

반아산 아, 그러니까 지금 이러시는 게…….

곽지복 그래. 선상이 머이가 이뻐서 내가 이래는 주 아나? 제우 이 잘나
빠진 막걸리 한 대접씩 을어 먹구? 그 양반한테 빌리 갔든 거르
돌리놓는기래.

반아산 아…….

곽지복 선부셨재. 요새는 그런 선부 없아. 그 양바 아니었으모 내느 걸베
이로 굴르다 디졌을 기래니.

반아산 근데 어쩌다 그렇게 되신 거예요?

곽지복 머이가?

반아산 거지……셨다면서요? 그전엔 명태잡이 배 타셨다더니, 어쩌다
가…….

곽지복 우터하다 보이 그래 됐아.

반아산 우터하다가요? 저번에 먼 데 갔다 왔더니 가족들이 다 없어졌다
는 말씀은 무슨 말씀이에요?

곽지복 (사이. 한숨을 내쉬고) 내가 걸베이보다 더 더럽고 무섭은 거였아.

반아산 거지보다 더 더럽고 무서운 거요?

곽지복 선상이 접때 시상이 깜깜하고 마카 혼저뿐인 거 같다 했지? 내가
그기 우떤 건지 쪼매는 알아……. 내가 거 머이나…… 간첩이었아.

반아산 네?

곽지복 무섭나?

반아산 아…….

곽지복 그게 언지나? 내 서른다섯인가, 배 타고 멩테 잡으러 갈매꺼정 나
갔다가 발동기가 딱 고장이 나 뻐린 거라. 새안낼물이 우테 꺼신
지, 막 북쪽으루만 대구 썰려 가는데, 머 날고뛰는 재주 있나? 금방

이데. 그래 북한 군함에 끄들려 갔다가 우테 우테 메칠 만에 돌어오기는 와서 움메야, 죽다 살았다 이래구 있는데, 메칠 안 있어 양복제이 두엇이 나르 찾아왔대. 그라고는 머…… 매 앞에 장사 있나……. 꼼짝없이 간첩이 돼 가꼬 7년을 살았어……. 마누래도 있고 머스마도 하나 있었거든. 나와 보이 찾지 말라, 그 말만 냉기구 꿩 궈 먹은 자리야. 친척이구, 친구구, 마카 나르 벌거지맹치로 실실 피하구…… 내 보고 옳는 사름이래, 다들…… 죽은 사름 칠 테니깨 얼씬도 마라 그르데……. 우테 그래됐는지 기억도 안 나. 술루 살았으니깨. 어쩌다 보니까 질바닥에 궁굴고 있대. 차라리 속 펜하드래. 걸베이보고 간첩이라고는 안 할 기 아니나? 그래니 그양 정신을 놔 버렸어……. 그래구는 머, 깜깜해……. 길 가세 돌멩이맨치, 가랑잎세기맨치 궁글러 다녔어……. 암것두 생각이 안 나. 그양 깜깜해…….

반아산   …….

곽지복   냉중에 세어려 보니깨 한 8년 되나 뵈. 걸베이루 그래 깜깜하이 궁글러 다닌 기. 그래구 있는데 그날 아적에 그 양바이 영월 차부서 나르 불러 센 기래.

사이. 하영란이 집 쪽에서 나온다.

하영란   어머, 어르신 오셨어요?

곽지복   예. 서우르 가세요? (자리에서 일어선다.)

하영란   예. 벌써 가시게요?

곽지복   예.

하영란   같이 가세요. 제가 댁까지 태워다 드릴게요.

곽지복   됐아. 금바인데, 머.

하영란   약주 많이 하신 것 같은데요?

곽지복   아이래, 아이래……. 그거는 됐고, 저, 아지미.

하영란   네?

곽지복   거 머이나, 접때 그거 있잖소야.

하영란   뭐요?

곽지복   거 돌메이, 거 머이나, 조급증에 쓰는 약.

하영란   아. (핸드백을 뒤져 삼엽충 화석을 꺼낸다.) 이거요?

곽지복   예, 그거.

하영란   이건 왜요?

곽지복   그거 메칠 나 좀 빌레 주민 안 되겠소야?

하영란   (잠시 사이.) 아, 그럼요. 그러세요.

곽지복   (하영란에게서 화석을 받아 들고) 고맙소야. 내리오실 때 돌레드리깨.

곽지복, 화석을 들여다보며 걸어 나간다.

하영란   왜 저러셔? 며칠 사이에 얼굴이 영 안 되셨네.

반아산   나중에 얘기해 줄게. 공연이 한 3주 남았나?

하영란   응.

반아산   잘돼?

하영란   헤매구 있지, 뭐.

반아산   곧 풀리겠지.

하영란   그래야지. 갈게. 무슨 생각을 그렇게 해?

반아산   응, 작품.

하영란   정말?

반아산   한 장면 썼어.

하영란   언제? 언제? 쓰는 거 못 봤는데.

반아산   (머리를 가리키며) 여기다가.

하영란   뭔데, 뭔데?

반아산   써서 보여 줄게.

하영란   궁금하다. 뭘까? 당신 옛날에는 어디 쓰러 가서 한 장면 쓸 때마
         다 전화로 나한테 읽어 주고 그랬는데. 기억나?

반아산   그랬었나?

하영란   내가 전화할 테니까 읽어 줘야 돼, 알았지?

반아산   응, 그래.

하영란   (개나리 나무로 가서 가지를 어루만지며) 원백아, 아빠가 새루 작품을
         쓴대요. 너두 좋지? 싫어? 안 놀아 줄까 봐? 그러니까 니가 옆에서
         빨리 쓰고 놀아 달라고 보채란 말야. 알았지? 갔다 올게. 잘 있어.
         갈게.

반아산   밥 잘 챙겨 먹고.

하영란   당신도.

         하영란, 나간다. 반아산, 잠시 멍한 얼굴로 서 있다. 사이. 반아산의 휴대전
         화 진동이 울린다.

반아산   (전화를 받아 들고) 누구세요? 어! 지연이냐? 몸은 괜찮냐? 어 별일
         없어. 거 몸도 무거운데 가지 말래니까, 기어코 그 먼 데까지……
         정말 아무 일 없는 거지? 언제 오냐? 내일? 선물은 무슨……. 너나
         돈 애끼지 말구 신나게 놀다 와. 조심해서 다니구……. 아냐, 아
         냐, 됐어, 바꾸지 마……. 괜히 얘기 길어져. 국제전화 비싼데. 어
         허, 바꾸지 말래니까……. 어, 자넨가……. 어, 어, 그래, 그래…….
         잘 있다 와. 와서 보세. 응. (전화를 끊는다. 사이.) 에이 순 도둑놈의
         새끼…….

개나리 나무 옆에 혼자 서 있던 반아산, 나무 아래 쪼그리고 앉아 원백이가
묻힌 자리를 잠시 쓰다듬는다. 그의 손길이 잠시 멈춘다. 정적. 무대 서서히
어두워진다. 어둠 속에 긴 겨울바람 소리.

막간극 6

깊은 겨울. 한밤중. 바람 소리. 어둠 속에 혼자 빛나는 개나리 나무. 밝아지
면 마당에 눈에 소복이 쌓여 있다. 두툼한 겨울옷을 입은 하영란이 한손에
대본을 들고 마당을 거닌다. 그녀는 중얼중얼 대사를 외우며, 두터운 눈 아
래서 겨울을 견디고 있는 어린 묘목들과 나무들을 둘러본다.

하영란　10분만, 우리 10분만 있다가 마차를 타요……. (방 안·마당을 둘러본
　　　　다.) 잘 있어, 사랑스러운 집, 우리 늙은 할아범. 겨울이 지나고 봄
　　　　이 오면 이미 넌 부서져 사라지고 없겠지. 얼마나 많은 걸 이 벽
　　　　들이 봐 왔는지! (딸-개나리 나무 가지에게 입맞춘다.) 내 보물, 너한테
　　　　서 빛이 나. 네 두 눈은 마치 두 개의 다이아몬드처럼 빛나고 있
　　　　구나. 넌 기쁘니? 많이? (반복) 10분만, 우리 10분만 있다가 마차를
　　　　타요……

하영란, 반복해 대사를 외우는 동안, 꿈처럼 송도지가 개나리 나무 곁으로
다가와 가지에 노오란 개나리꽃, 몇 송이를 달아 준다. 송도지는 하영란을
보지만, 하영란은 송도지를 보지 못한다. 무대 천천히 어두워진다.

무대 다시 밝아지면 첫 장면으로부터 석 달 뒤. 어느덧 봄이 가까워진 겨울 날. 반아산과 윤조안, 하영란이 묘목에 입힌 겨울옷을 벗기고 있다. 마당 한 구석에서 겨울옷을 태우는지 매캐한 연기가 흐른다.

반아산 살살 벗겨야지. 가지 부러져, 이 자식아!

반지연 아빠!

반아산 살살 해.

윤조안 네, 이렇게요?

반아산 그래.

하영란 아직 추운데.

반아산 어르신이 이제 벗겨도 된댔어. (지연에게) 넌 들어가 있으래니까, 왜 자꾸 나와. 날두 춥고 연기도 나는데.

반지연 이거 봐! 살았어.

하영란 뭐?

반지연 내가 꽂아 논 개나리. 순이 나왔어. 어라! 이놈은 벌써 꽃이 피었 네! 이거 봐요!

반아산 요새 날이 푹하더니.

윤조안 성질 급한 놈이네요.

하영란 미쳤나 봐.

반아산 얘들이 겨울이라고 그냥 자는 게 아니라구. 언제든 조건만 맞으 면 튀어나오려고 까치발을 들고 있거든.

하영란 벌써 나와도 되나?

반아산 오늘 햇빛이 좋으니까 이때다 나온 건데, 속은 거지, 뭐.

하영란 (윤조안에게) 자넨 그러면 안 돼?

윤조안   아, 그럼요! 여부가 있겠습니까?

반아산   말은 잘하지.

밖에서 권오평과 이소영이 들어온다.

권오평   안녕들 하십니까?

이소영   잘들 지내셨어요?

하영란   어, 웬일들이에요? 연락도 없이?

권오평   갈까요?

하영란   아뇨, 아뇨! 어서들 오세요. 반가워서 그랬죠.

반아산   아직 채집 다닐 철은 아닌 것 같은데 웬일들이셔?

권오평   아, 여기서 올봄에 화석 축제를 한대나, 뭐래나. 자문 위원 해 달
         라고 해서 왔다가 가는 길에 잠깐 들렀어.

하영란   화석 축제요?

권오평   뻔하죠, 뭐. 화석 몇 개 전시해 놓구, 체험장 만들어 놓고, 탁본 뜨
         기 하고, 세미나 몇 개 하구, 가수 몇 불러다 전야제 하고…….

반아산   별……. 여기도 시끄러워지겠구만. 다 망가뜨려 놓겠어. 넌 명색
         이 학자라는 놈이 그런 데 끼구 싶냐? 못하게 막지는 못할망정.

권오평   나도 그러고 싶은데 별수 있어요, 월급쟁이가? 학교에서 가라니
         가야지. 어떡해요, 그렇게라두 지역 경제를 살려 보겠다는데.

반아산   지역 경제는 얼어 죽을. 일 벌이는 놈들끼리 돈 잔치하고 끝나는
         걸 무슨.

하영란   아유, 이 양반은 오랜만에 만나서 무슨 말을 그렇게. 교수님이라
         고 모르시겠어요, 그걸? 그래두 좀 아시는 분들이 망가뜨려야 좀
         점잖게 망가뜨릴 거 아녜요.

권오평   원백이는요?

하영란	(개나리 나무를 가리키며) 저기요.
권오평	어디요?
하영란	저기요.
권오평	아.
하영란	복순이가 원백이 새끼를 다섯 마리나 낳았어요.
권오평	그래요? 야, 그 녀석!
하영란	한 달쯤 됐나? 가서 봤는데, 얼마나 이쁜지! 원백이랑 똑같이 생긴 녀석으로 제가 한 마리 점찍어 놨어요.
반아산	안 된다고 했어.
하영란	(권오평과 이소영에게 귀엣말로) 오늘 올 거야. 보고 가요.
반아산	알아봤냐?
권오평	뭐? 아, 하얀 앵두?
반아산	까먹었지?
권오평	아냐, 아냐, 알아봤는데…….
반아산	이 자식, 까먹었구만.
권오평	거 뭐 알아보나 마나 뻔하지. 그런 종이 있을 리 없잖아. 그때 그 자리에서만 생겨날 수 있었던 일종의 돌연변이겠지, 뭐.
하영란	그때 그 씨앗을 좀 모아 두지 그랬어요.
반아산	그때는 그게 그렇게 없어져 버릴 줄 몰랐지. 하나뿐인 줄 몰랐지.
윤조안	(반지연에게 속삭이듯) 무슨 말씀 하시는 거야?
반지연	앵두, 하얀 앵두.
윤조안	하얀 앵두? 나 그거 봤는데?
반아산	뭐야? 하얀 앵두를 봤다구?
윤조안	네.
반아산	어디서?
윤조안	인터넷에서요.

반아산 정말이야?

윤조안 제가 식물 동호회 회원이거든요. 카페에 사진 올려 논 거 본 적
        있어요.

반아산 이 자식아, 그걸 왜 이제 얘기해?

윤조안 안 물어보셨잖아요.

반아산 인터넷…… 아, 내가 왜 그 생각을 못했지?

윤조안 진작 말씀하시죠. 한 달 전인가, 게시판에 하얀 앵두 씨앗 분양한
        다고 공지 떴었는데.

하영란 정말 있었구나, 그런 게.

반아산 이거 왠지 맥이 빠지네. 하여간 이 자식…….

반지연 알려 줘도 뭐라 그러네, 아빠는.

윤조안 (반지연에게 속삭이듯) 말씀드리지 말걸 그랬나?

반아산 그러니까 뭐야, 이 자식은 하다못해 인터넷 검색 한 번도 안 해봤
        다는 거 아냐.

권오평 (딴청으로 마당을 둘러보며) 야, 뭘 많이 심으셨네.

하영란 우린 한 거 없어요. 그 양반이 다 했지.

권오평 복순이네요?

반아산 온 김에 이거나 좀 거들어. 저 뒤쪽에 아직 벗길 거 많아.

권오평 예!

윤조안이 제일 먼저 달려 나가고, 사람들 집 쪽으로 걸음을 옮길 때, 이소
영, 권오평의 옆구리를 찔러 세운다. 하영란은 마당 가(무대 앞쪽)의 묘목
앞에 쪼그리고 앉아 겨울옷을 벗기는 중이다.

권오평 뭐?

이소영, 손에 든 무언가를 권오평에게 건네며 하영란 쪽을 눈짓으로 가리킨다.

권오평   아, 그 자식…….

권오평, 무시하고 집 쪽으로 걸어가 버린다. 이소영, 불만스러운 얼굴로 하릴없이 권오평을 바라보다가, 결심한 듯 하영란 곁으로 다가선다.

이소영   ……저기요.
하영란   네?
이소영   이거 (루뻬를 내민다.)
하영란   이게 뭐예요?
이소영   이거 받으시고 저번에 교수님이 주신 거 돌려주시면 안 될까요?
하영란   (영문을 모르겠다는 얼굴로 이소영을 바라본다.)
이소영   그게요, 저기, 아이 씨…….
하영란   아…….
이소영   그게 그냥 그래 보여도요, 앤틱이거든요. 어렵게 구한 거거든요……. 교수님이 자기는 말 못하겠다고 나더러 다시 받아 오라고……. 에이 씨, 꼭 이런 건 날 시켜…….
하영란   (조용히 웃으며) 알았어요, 알았어. (주머니에서 루뻬를 꺼내 준다.)
이소영   고맙습니다.
하영란   안 본 새에 많이 이뻐지셨네, 우리 이 조교님.
이소영   네? (좀 쑥스럽다.)
하영란   활짝 피었어.
이소영   피기는요……. 이제 질 나인데요.
하영란   이 아가씨가 못하는 소리가 없네. 그럼 난 뭐야?

이소영   아, 그런 말씀이 아니라.

하영란   참 바보야.

이소영   네?

하영란   바보라고.

이소영   …….

하영란   안 그래요?

이소영   뭐…… 그렇죠.

하영란   오늘은 바보들 빼고 우리끼리 한잔할까?

이소영   저 술 끊었어요.

하영란   에이, 설마.

이소영   진짜예요.

하영란   에이!

이소영   그때 그건…… 아휴, 쪽팔려. 저 원래 그런 사람 아니에요.

하영란   귀엽던데, 뭐. 아주 귀여운 강아지였어.

곽지복이 강아지를 담요에 싸 안고 마당으로 들어선다.

곽지복   거 계시드래?

하영란   어머, 어머! 이리들 와 봐요! 어서요! 여기 누가 왔는지 보라니까요!

사람들 달려 나온다. 반아산만 제외하고 다들, 곽지복에게로 달려간다. 하
영란이 곽지복에게서 담요에 싸인 강아지를 받아 든다. 다들 넋을 놓고 강
아지를 들여다본다.

곽지복   그눔이 제일 이뻐. 그눔만 고르지 마라, 마라, 내 속으루 빌었댔
          는데, 쳇.

하영란	아유, 엄마가 잘 키웠나 봐. 통통한 거 좀 봐.
곽지복	그럼! 우리 복수이가 우떤 앤데.
반지연	이 발 좀 봐.
윤조안	쬐끄만 게 고추 한번 실하네.
권오평	누구 자식인데.
이소영	눈 떴다.

다들, 탄성을 지른다.

하영란	여보, 당신도 이리 와서 좀 봐요. 어서요.
반아산	싫어. 거참 고집 세시네. 싫다니까.
곽지복	고집 센 건 아지미래, 내가 아이라.
하영란	한번만 안아 봐. 어서.
반아산	싫다니까.
하영란	얼른!

반아산, 도망치고 하영란은 강아지를 안고 쫓아간다.

곽지복	(주머니를 뒤적이다) 어라? 이기 어데 갔지?
권오평	뭐요, 어르신?
곽지복	저 아지미한테 빌린 거. 거 머이나 조급증 약.
권오평	조급증 약요? 아……!
곽지복	금방 들구 있었댔는데, 떨어뜨렛나? 이기 어데 갔지?
하영란	거기 어디 있겠죠. 찾아봐요.

하영란, 강아지를 반아산에게 안기고 바닥에서 화석을 찾는다. 반아산, 얼결

에 강아지를 안아 들고 멍하게 서 있다. 반아산을 제외하고 모두 허리를 굽히고 바닥에서 화석을 찾는다.

곽지복 구신이 곡할 노릇이네. 이기 어데로 갔나?
윤조안 이건가요?
곽지복 아이래. 콩알 겉은 기 이래 백혀 있어.
하영란 커피콩 모양이에요. 코피 루왁, 루왁아! 어딨니? 어디 갔니?
권오평 바닥에 돌이 많아서 이거 어디…….
이소영 (그 틈에 권오평 주머니에 루뻬를 찔러 넣고 다른 쪽으로 내뺀다.)
권오평 뭐야? (루뻬를 꺼내 들고) 저게, 저거…….

권오평과 하영란, 눈길이 마주친다. 하영란, 슬며시 미소 지으며 새로 받은 루뻬를 권오평에게 들어 보인다. 권오평, 어색하게 웃으며 하영란의 눈길을 피한다.

반지연 못 찾겠다. 허리를 굽힐 수가 없어서.
윤조안 당신은 찾지 마. 내가 찾을 테니까. 이거 아니에요?
곽지복 아이래. 우테 하나? 그기 귀하고 비싼 거래는데.
윤조안 이건가?
반지연 또 그거 찾는다고 산 넘어가지는 마세요.
하영란 찾았다!

다들 하영란 주위로 몰려든다.

이소영 에이. 아닌데요.
하영란 맞아요. 이거.

곽지복	없는데? 아이래.
하영란	아녜요. 이거 맞아요. 맞는데. 얘가 답답해서 뛰쳐나갔나 봐요.
곽지복	에이 무슨 말도 아인…….
하영란	여행을 간 걸 거예요. 저어기 적도로. 거기 바닷속으로 헤엄치러 간 거예요. 아, 저기 가네요. 저기…….
곽지복	이거 미안해서 우테나, 이거.
하영란	괜찮아요. 또 만날 건데요, 뭐. 언젠가는 우리도 그리루 가게 될 테니까. 적도. 맑고 푸른 바닷속으로요.
곽지복	(권오평에게) 도대체 머이래는 거래요?
권오평	더 안 찾으셔도 된다는 말이에요. 효과는 좀 보셨어요?
곽지복	머, 소암이 있기는 쪼매 있는 것 같데.

어느 틈엔가 반아산이 강아지를 안고 울고 있다. 반지연이 제일 먼저 그것을 본다.

| 반지연 | **아빠.** |

다들, 반아산 쪽을 본다.

반아산	뭘 봐, 보긴. (강아지를 안고 돌아선다.)
하영란	(다가가 반아산의 어깨를 감싼다.) 여보.
반아산	……이놈의 자식…… 이놈의 자식…… 니가 나를 얼마나 힘들게 하려고 이렇게 이쁘냐……. 이놈의 자식…… 얼마나 나를 힘들게 하려고, 응?
곽지복	우지 마라. 꽃이 지민서 우는 거 봤나? 괘니 사람이 우는 기래. 젠세이겉이.

반아산 제가 뭐 꽃입니까? 꽃도 울 겁니다, 이럴 땐. 어르신이 몰라서 그렇지.

곽지복 쳇…… 하기야 몸떼이 가진 것드른 마카 설웁재. 마카 설워서 이래 서루 만내 가지고 찌지구 뽁구 지라 발과을 하는기래……. 머그 양반도 지 서름 없었으민 어데 나 겉은 기 눈까리에 들오기나 했겠드래? 그래니 머이나, 서름도 쪼매 있기는 있어야 되는 기나? 헷, 참…….

사이.

곽지복 그기 울매나 됐더랬지요?

권오평 5억 년요.

곽지복 (찾으며) 5억 년…… 5억 년, 아깨 굼방 똑땍이 쥐고 있았는데… 하, 이기 어데로 갔나……?

사람들, 다들 제 주위의 땅 위를 두리번거릴 때, 아직은 빈 뜰 위로, 그 위에선 사람들 위로 환한 햇살이 부서진다. 사람들 허리를 펴고 눈부신 햇살을 바라본다. 무대 천천히 어두워진다.

참고 문헌

카렐 차페크, 홍유선 옮김, 『원예가의 열두 달』(맑은소리, 2002).

최덕근, 『시간을 찾아서』(서울대학교출판부, 2004).

리처드 포티, 이한음 옮김, 『삼엽충: 고생대 3억 년을 누빈 진화의 산증인』(뿌리와이파리, 2007).

서정주, 『미당 시전집1』(민음사, 1994).

강연록

다성적(多聲的)

세계로서의 희곡 ——— 배삼식

이 글은 2011년 국립극단 아카데미
관객학교에서 진행된 '극작수업'에서의
강연을 기록한 『극작수업 Ⅰ 배삼식』
(국립극단, 2012) 일부를 재수록한 것이다.

이 행사를 처음 제안받았을 때 여러 번 사양했었습니다만, 결국은 거절을 못하고 오게 되었습니다. 물론 이 자리에는 저보다 훨씬 더 오랜 연극 경험을 갖고 계신 분도 계실 겁니다.

제가 1998년에 첫 희곡 작업을 시작하였으니 이제 10년이 조금 넘었습니다. 희곡, 연극, 드라마에 대한 확신이나 열정보다는 아직 그것에 대한 불신과 회의가 많은 사람이기 때문에 자칫 여러분을 더 혼란스럽게 하지는 않을까 하는 염려가 드는 것이 사실입니다. 애초에 '극작 수업'이라는 타이틀이 붙어 있기는 하지만 저는 여러분에게 말씀드릴 수 있는 뚜렷한 극작론이 있는 사람은 아닙니다. 여전히 새로운 문제에 부딪힐 때마다 그에 적절한 형식을 찾기 위해 고군분투하는 사람이자 스스로 작가라고 잘 믿지 못하는 사람이기 때문입니다. 그래서 오늘은 제가 이제껏 작업을 해오는 동안 저 스스로에게 던졌던 질문들, 그리고 여전히 제가 해결하지 못한 부분들에 대해서 두서없이 환담을 나누는 자리로 생각해 주시면 좋겠습니다.

저는 삶의 뚜렷한 목적의식도, 의지도 없이 살아왔습니다. 솔직히 말씀 드리면 대학 졸업 후 취직이 싫어서 빈둥대며 20대를 보내다 우연한 인연으로 극작이라는, 연극이라는 세계로 발을 들여놓게 되었고, 여러 번 '그만 둔다. 그만 둔다.' 하다가도 방도가 없어 해온 일이 어느덧 10년이 되었습니다.

사실 저는 드라마틱하다는 것 혹은 드라마라는 것이 불편합니다. 결코 저에게 맞는 옷이 아니라고 생각하고 있습니다. 그런데 현재 우리 주위를 둘러보면 어느 때보다도 드라마틱한 것에 대한 요구가 큰 것 같습니다. 인간의 마음을 사로잡는 기술로서의 드라마에 대한 연구가 넘쳐나고, 나아가 많은 사람들이 드라마에 중독되어 있다시피 한 것이 현실인 것 같습니다. 한편으로 사람의 마음을 사로잡는다는 것은 때로는 상당히 불온하기도 하고 위험한 일일 수도 있겠다고 생각해 봅니다. 중국 고서에 보면, 장수가 병자의 깊은 상처에서 고름을 빨아 주니 옆에서 보고 있던 노모가 대성통곡을 했다는 일화가 있습니다. '장수가 저렇게까지 해 주었으니 (내 아들은) 이제 목숨 걸고 나가서 결코 살아 돌아오지 못하겠구나.' 라고 말입니다.

저는 제 삶이 드라마틱하기를 바라지 않습니다. 실제로 드라마를 좋아하지도 않고요. 그런데도 희곡이라는 것을 쓰고 있으니 민망할 때가 많습니다. 황석영 선생의 장길산이라는 소설에는 '장길산'이라는 아주 매력적인 도적이 나오는데 힘도 장사고, 얼굴도 잘생겼고, 노래도 잘 부르고 춤도 잘 추지요. 실록에서는 장길산을 '극적(劇賊)'이라 지칭하고 있습니다. 아마도 황석영 선생님은 이 '극적'이라는 말로부터 '예인(藝人) 장길산'의 이미지를 빚어낼 단초를 발견하셨는지도 모르겠습니다. (물론 황석영 선생님께서 이 글자가 본디 어떤 뜻으로 쓰였는지 모르셨다고 생각지는 않습니다만) 본디 '극(劇)'은 명사가 아니라 형용사로 쓰이던 글자입니다. 이 글자는 무엇인가가 정도를 넘쳐서 불편한 상태, 번거롭거나 뭔가 지나치게 많은, 조화로움이 깨진 상태를 가리킵니다. 그러니 실록에 극적(劇賊)이라 했을 때는, '연극 하는 도적'이라기보다는, '매우 극악한 대역죄인'이란 뜻으로 쓴 것이겠지요.

극이라는 글자를 들여다보면 아주 재미있게 생겼습니다. 먼저 호랑이(虎)가 버티고 있고, 그 호랑이 밑에 돼지(豚)가 있고, 그 곁에 칼 도(刀) 자가 붙어서 극이라는 글자를 만들고 있는데요. 저는 어쩌면 이 글자가 서구에서 말하는 '드라마'라는 말보다도 제가 지향하는 희곡의 세계, 그 속성을 잘 드러내주고 있지 않나 생각해 봅니다. 드라마는 '행위를 한다'는 뜻에서 유래되었고 여기서 행위란 '어떤 욕망의 대상과 목적을 성취하기 위한' 행위일 것입니다. 그런데 욕망의 대상은 언제나 한정되어 있기 때문에, 동일한 대상을 욕망하는 서로 다른 주체자 사이에는 다툼이 생기기 마련입니다. 이 다툼 속에서 내부, 외부로부터 오는 여러 압력들 속에서 주체가 벌이는 선택, 그를 통해 일어나는 변화, 이런 것들이 우리가 흔히 말하는 '고전적인 이야기 구조(arche plot)'의 대략적인 얼개를 이룹니다. 가장 오래되었으며 가장 보편적이고 강력한 호소력을 지닌, 이야기의 구조, 드라마의 형태라 할 수 있겠습니다.

제가 처음 접하고 배웠던 극 구조 또한 이것이었습니다. 어떻게든 이 구조를 받아들이고 흉내를 내 보려 했습니다만, 어쩐지 이 구조가 불편하기만 했고 좀처럼 익숙해지지가 않았습니다. 오랫동안 제대로 된 작품 하나 써 내지 못하는 '지진아'였지요. 다소 엉뚱한 이야기이고 근거도 전혀 없지만, 저는 드라마라는 단어에서, 드럼(drum)이라는 말을 연상합니다. 드럼은 고대 그리스 건축물의 기둥을 이루는, 토막 난 원통형의 돌덩이를 말합니다. 이 드럼들이 차례로 쌓여 파르테논 신전에서 볼 수 있는 것과 같은 거대한 기둥을 이루게 되지요. 저는 고전적 드라마가 지닌 이 일사분란한 건축, 축조의 이미지에 감탄하면서도 그것이 제가 보고 느끼는 삶과 세계의 이미지와는 다르다는 느낌을 지울 수 없었습니다. 확고한 의지를 지닌 인간, 그 의지를 통한 선택, 그 중첩된 선택의 과정이 필연을 형성해 나가는 세계. 스스로를 세계의 중심이라고 선언하면서 가능한 다른 나머지의 세계를 배제함으로써 이루어지는 견고한 세계. 저는 이러한 세계에 대한 이미지를 받아들이기가 힘들었습니다. 제가 느끼는 삶과 세계에 대한 이미지는 오히려 파편적이며 순간적이고 일회적인 것, 필연보다는 우연이 지배하는 어떤 과정이었기 때문입니다.

'드라마'와는 달리, '극(劇)'이라는 글자는 제가 생각하고 있던 삶과 세계에 대한 관점을 함축하고 있는 듯 보였습니다. 호랑이와 돼지와 칼. 칼은 곧 칼을 든 인간이겠지요. 이 세 존재가 어딘가에서 만나 마주서서 서로를 노려봅니다. 이 만남은 아슬아슬하고 버겁습니다. 언제든지 흩어져 버릴 수 있는 만남, 마주침입니다. 이 상태는 필연적이거나 영원한 것이 아니며, 오히려 일시적이며 순간적, 상대적인 것입니다. '극'이라는 글자는 이렇게 우연한 마주침의 순간을 포착합니다. 이 순간에 각각의 존재는 자신들의 온 존재를 다해 '갈등'하며 서로를 드러냅니다. 저는 이 점이 중요하다고 생각하는데요, 처음에 말씀드렸듯 본디 '극(劇)'은 우리 삶에 있어 가능한 한 회피해야 할 부정적인 상태를 가리킵니다. 이러한 갈등 자체가 '극'을 하는 목적이 될 수는 없다는 것입니다. 그것은 조화롭고 원만한 어떤 상태에서는 쉽게 드러나지 않는 삶과 세계의 어떤 국면을 '드러내기' 위해 사용하는 일종의 '시험대', 하나의 방편일 뿐이라고 저는 생각합니다. 그렇게 저는 '드라마'를 싫어하면서 '드라마'를 쓰고 있습니다.

제 작품에 대한 평에서 자주 듣게 되는 말이 '갈등구조, 극구조가 불분명하다'는 것입니다. 맞는 말씀이고, 제 작품의 핵심적인 문제를 지적하고 있다고 생각합니다. 머리로는 안다고 해도, 그것을 실제로 구현해 낼 수 없다면 모르는 것과 마찬가지겠죠. 그런 의미에서 저는 희곡의 전통적, 고전적 구조를 '모른다'고 할 수 있을 것입니다. 변명하자면 전 그 구조가 싫었거든요. 너무 단단하고 틈이 없고 뻔해서요. 지난 10여 년을 돌아보면, 그 중간쯤에서 이도 저도 아닌, 엉성하고 어설픈 실패를 반복하고 있었던 듯합니다. 때로는 갈등을 아예 배제해 버리는 만용을 부려 보기도, 때로는 국면이 변함에 따라 자꾸만 다른 곳으로 미끄러져 가는 (고전적 플롯의 엄격한 의미에서 보자면) '사이비 갈등'들을 배치하면서, 갈등 자체의 상대성을 드러냄으로써 결국 그것을 무화시키는 방법을 써 보기도 하면서요. 예를 들자면 「열하일기 만보」가 그러한 경우라고 할 수 있겠습니다. 나름대로는 이 문제에 대한 난장을 한번 벌여 보았던 거지요.

「하얀 앵두」는 이와는 좀 다른 방식으로 접근한 경우인데요. 이 작품을 쓸 때에는 체호프 생각을 많이 했습니다. 체호프는 당대의 연극에 불만을 느꼈지만 그것을 급진적으로 해체하는 방향으로 나아가진 않았지요. 대신 당시 가장 대중적이었던 연극의 형식들, 즉 소극, 보드빌, 멜로드라마의 외피를 사용하면서도 그 안에 전혀 다른 메시지를 담음으로써 그 형식들을 극복하고 있습니다. 체호프의 이러한 방법론을 흉내 내어 본 것이 「하얀 앵두」라고 할 수 있겠습니다.

이 모든 좌충우돌은 제가 결코 전통적인 드라마라는 형식(단순히 그릇이 아니라 형식 속에 내제되어 있는 세계관)에 동의할 수 없다는 데서 비롯되었던 것 같습니다. 예를 들면 세계가 조금씩, 조금씩 앞으로 나아갈수록 나아진다는 발전과 진보에 대한 믿음, 그리고 고정 불변하는 형태의 인간성 및 정체성이 존재한다는 믿음, 인간에게 자유의지가 있으며 그 선택을 통해서 인간이 삶을 변화시켜 나갈 수 있다는 믿음. 그런데 저라는 인간은 어떠한가 하니, 발전과 진보라는 관념은 허상 혹은 환상일 뿐이라고 생각하는 쪽입니다. 또한 저는 기본적으로 삶이 그렇게 필연적인 인과관계에 의해 설명될 수 있는 것이라 생각하지 않습니다. 그리고 인간의 자아와 정체성이라는 것도 고정불변하는 덩어리로 존재하는 것이 아니라, 수많은 우연들이 겹쳐져서 나타나는 일시적인 효과이며 환상이라고 생각합니다.

이야기의 구조를 분석하는 학자들은 이렇게 말합니다. 하나의 플롯, 이야기를 엮어 가는 구조 속에는 이미 그 이야기를 만드는 자의 세계관이 들어 있다고요. 주인공의 실패를 통해서건, 성공을 통해서건 삶이라는 것이 앞을 향해서 조금씩 진보하고 변할 수 있다는 믿음을 가진 작가에겐 고전적인 이야기의 플롯이 가장 강력하고 유용한 수단이 될 것입니다. 그러나 그것을 믿지 못하는 작가들은 어떻게 해서든 그 플롯에서 벗어나 자신의 형식을 만들어야 되겠죠. 그래서 고전적인 드라마가 가지고 있는 폐쇄성을 깨뜨리고 그 힘을 약화시키는 방법으로 미니 플롯(mini-plot)을 사용합니다. 옴니버스 구성과 같이 이야기를 한곳에 집중시키기보다 분산시킴으로써 한 방향으로 전진하는 드라마에서 배제하고 있는 부분들과 삭제된 부분들의 의미를 다시 끄집어내는 겁니다. 더 극단적으로 아예 사람들이 기대하는 구조 자체를 해체해 버리는 반(反)플롯(anti-plot)을 사용할 수도 있겠지요. 이렇듯 작가가 삶과 인간, 그리고 세계를 어떤 식으로 파악하느냐에 따라, 이야기의 구조에 있어서도 여러 다양한 변이들이 일어날 수 있는 것입니다.

우리는 연극의 매력적인 순간들을 기억합니다. 희랍 시대의 '소포클레스'가 쓴 「오이디푸스왕」의 눈 먼 예언자 티레시아스가 "안다는 것이 고통일 뿐일 때, 안다는 것은 얼마나 덧없는가."라고 말하는 순간. 맥베스가 자신의 부인의 죽음 앞에서 "Signifying nothing." 라고 말하는 순간. 그리고 체호프의 「벚꽃동산」에서 모두가 떠나고 난 후 혼자 남은 피르스가 "다 가 버렸군. 아무것도 안 남았어. 에이, 바보들." 이라고 말하는 순간.

고등학교 시절, 제가 처음 본 연극은 전주 지역 어느 대학 연극반에서 공연한 「고도를 기다리며」였습니다. 무엇보다도 제게 강렬한 인상을 남겼던 순간은, 그 모든 장광설과 짓거리들이 지나가고, 이제는 더 이상 어떤 짓거리나 말도 필요하지 않게 된 마지막 순간이었습니다. 그때도 그러했고 지금도 저는 생각합니다. 이 수많은 말과 짓거리들은 결국 그러한 침묵의 한 순간을 만들어 내기 위한 것이 아닐까?

우리는 늘 세계의 바깥을 꿈꿉니다. 혹자는 그 꿈조차 이 세계 안에서 가능한 것이며 따라서 이 세계의 바깥은 결국 없다고도 말합니다. 삶과 실제의 세계에 관해서라면 저는 그 말에 동의합니다. 하지만 드라마의 세계에 관해서라면 저는 분명히 '바깥'이 있다고 생각합니다. 앞서도 말씀드렸듯, 저에게 극, 극적인 것은 목적이 아니라 수단, '달을 가리키는 손가락'일 뿐입니다. 저는 이 사실을 항상 잊지 않고, 제 이야기가 그저 자극적인 갈등 자체로 함몰되지 않도록 노력합니다. 이는 언어에 대해서도 그러한데요. 저는 언어를 소중하게 다루긴 합니다만, 그것 자체가 절대적인 것이라고 생각지는 않습니다. 그 또한 하나의 수레일 뿐이지요. 「3월의 눈」 같은 경우 처음에 의뢰를 받고 백성희, 장민호 두 분 선생님들을 만났을 때, 거의 직감적으로 저는 이 작품의 핵심은 말의 바깥에 있다고 생각했습니다. 어떻게 하면 내 언어가 언어의 바깥을 가리키게 만들 것인가. 제 주된 고민은 그것이었습니다. 그리고 영광스럽게도, 저는 위대하다고 말씀드릴 수밖에 없는 한 배우를 통해서, 말의 바깥에서 완성되는 하나의 진경(眞境)을 볼 수 있었습니다.

제가 드리고 싶었던 얘기는 우리에게 익숙한 드라마의 구조 이외에도 삶을 어떻게 보느냐, 인간을 어떻게 해석하느냐에 따른 다양한 종류의 극 구조가 존재한다는 점입니다. 어떤 작가의 작품을 볼 때 갈등구조가 없다, 제대로 극을 성립을 시키고 있지 못하다고 쉽게 이야기해 버릴 것이 아니라는 거지요.

어쨌든 저는 여전히 좌충우돌하며 형식을 찾아가고 있는 중입니다만, 한편으로는 결코 어떤 목적지에 도착하진 못하리란 생각을 하기도 합니다. 왜냐하면 말씀드렸듯, 절대적으로 새롭거나 낡은 형식도 없고, 절대적으로 옳거나 그른 형식이 있는 것도 아니며, 오로지 이야기에 따라 적절한 형식과 부적절한 형식이 있을 따름이기 때문입니다. 그러니까 저는 이야기를 만날 때마다, 이 이야기에는 어떤 형식이 적절한 것인가 고민하게 될 것이며, 이 고민은 앞으로도 현재진행형일 것입니다.

저는 연극을 시작한 후 창작보다는 각색 작업을 많이 했습니다. 관객 여러분께 제 이름을 알리게 된 것도 각색한 작품을 통해서였지요. 이제 보통 제 이름 앞에 '극작가'라는 말이 따라 붙게 되었습니다. 극작가는 영어로 'playwright'라고 라고 씁니다. 'writer'가 아니라 'wright'지요. 'wright'는 수공업적 기술, 그러한 기술을 지닌 장인(匠人)을 일컫는 단어입니다. 'shipwright'라고 하면 배를 짓는 기술자, 'wheelwright'라고 하면 바퀴를 만드는 장인을 가리키지요. 그러니 'playwright'를 우리말로 제대로 옮기자면 희곡장(匠), 희곡공(工) 정도가 될 것입니다. 저는 '극작가'라는 말보다는 이 'playwright'라는 말이 마음에 듭니다. 왜냐하면 극작가라는 말에서 작가(作家), 즉 무언가 없던 것을 지어내는, 창조해 내려는 자라는 명칭은 왠지 부담스럽고, 사실에도 부합하지 않은 점이 있지 않나 싶거든요. 사실 모든 이야기는 어디선가 흘러 들어온 것, 어디선가 주워들은 것들입니다. 자신이 지어내고 있다고 착각할 뿐이지요. 심하게 말하자면, 각색과 창작의 차이란, 자신이 쓰고 있는 이야기의 근원을 명확히 인식하고 있느냐, 그렇지 않느냐 정도인 것 같습니다. 기본적으로 저는 각색과 창작을 동등한 가치를 지닌 것으로 봅니다만 일반적인 시선은 그렇지 못한 것 같더군요. 왠지 각색이라 하면 창작보다는 하급의 일로 치부하는 경향이 있는 게 사실입니다. 제 생각에는 좀 우스꽝스러운 일입니다. 사실 따지고 보면 소포클레스도 그렇고 셰익스피어도 그렇고 뛰어난 각색자들이었죠.「햄릿」도 그렇고「리어왕」도 그렇고, 셰익스피어가 남긴 명작의 대부분은 이미 존재하고 있던 이야기들을 토대로 빼어나게 '각색'한 경우입니다.「오이디푸스왕」의 경우도 마찬가지지요. 그 사실이 그 작품들의 가치, 그 작가들의 위대함을 손상시키지는 않습니다.

제 생각에 '창작'이란 관념은 환상일 뿐이며, 초역사적이며 보편적인 개념이라기보다는 특수한 역사의 산물, 20세기 이후 생겨나 널리 퍼진 관념, 다분히 병적인 강박관념이 아닌가 생각합니다. 간단히 말해, 20세기에 들어서 예술가들은 시장에 자신들의 작품을 물건으로 내놓고 팔아야 할 처지에 놓이게 된 것, 따라서 그 물건의 고유함(uniqueness, originality)을 주장하고 증명해야 했던 상황에서 생겨난 강박관념이 곧 '창작'에 대한 집착, 그 반대급부로서 각색에 대한 가치절하로 이어진 것 아닌가 싶습니다. 브레히트(Bertolt Brecht)는 어느 에세이에서 이러한 강박관념을 버릴 것을 권유하는데, 대략 이런 내용입니다. "중국에 장자(莊子)라는 책이 있는데 전체의 90퍼센트 정도가 인용으로 이루어져 있다. 이 인용을 통해 저자는 삶과 세계에 대해 깊이 있는 엄청난 책을 썼다. 선대의 유산, 기술적 축적을 받아들여 작업하는 목수는 대성당이라도 지을 수 있지만, 오로지 자기 것만 가지고 일하는 목수는 움막 하나도 짓기 어렵다."

창작이냐, 각색이냐를 따지는 것은 제게는 별로 의미가 없습니다. 오히려 브레히트의 말처럼 창작이라는, 고유성에 대한 강박관념을 버릴 때 우리는 기름진 이야기의 토양, 넘치는 수원지를 발견하게 될지도 모릅니다. 그래서 저는 극작가라는, 다소 허황한 명칭보다는 '이야기 — 희곡을 다루는 기술자이자 장인'이라는 뜻을 담고 있는 'playwright'라는 단어가 더 마음에 듭니다.

저는 학교에 나가고는 있지만 수업시간에 일방적으로 무언가를 전달하는 강의는 많이 하지 않습니다. 사실, 글 쓰는 일을 어떻게 가르칠 수 있겠습니까. 제가 해 줄 수 있는 역할은 학생이 써 온 것을 열심히 꼼꼼히 읽어 주는 것, 세심하고 성실한 독자(讀者)가 되어 주는 것 정도가 아닐까 합니다. 저는 제가 세계와 소통하고 있고 세계를 이해하고 있다고 생각하지 않습니다. 오히려 저는 타인들과 여전히 불통의 상태에 놓여 있고 이해보다는 오해가 많고, 저의 견해라는 것이 어쩔 수 없이 편견일 뿐이라는 것을 인식하고 그것을 잊지 않으려고 노력합니다. 그래서 저와는 다른 생각과 태도, 다른 시선을 가진 학생의 작품이라고 해도 그 사람의 고민과 편견 안에서 그것들을 읽어 내려고 최대한 노력합니다.

다른 어떤 장르보다도 희곡은 이러한 오해와 불통이 개입될 여지가 많은 장르인 것 같습니다. 희곡은 언어 텍스트 자체로 완성되는 것이 아니라, 연출과 스태프를 비롯해 수많은 작업자들, 종국에는 배우의 몸 위에서 완성되며, 그 이후에도 관객과의 소통, 수용의 과정을 거쳐야 하니까요. 이러한 어려움은 희곡을 쓰는 사람으로서 당연히 감당해야 하는 것이겠지요. 하지만 한편으로는, 이러한 혼란, 웅성거림, 오해와 불통이야말로 희곡이 지니는 매력의 한 부분이 아닌가 하는 생각도 듭니다. 다시 체호프를 말씀드릴 수밖에 없겠는데요. 그의 작품 속에서 저는 이러한 혼란, 웅성거림, 오해와 불통을 듣습니다. 그 속에는 여러 편견들과 다양한 목소리들이 서로 부딪치며 공존합니다. 그 목소리들을 재단하고 판단하는 어떤 '중심의 목소리'도 존재하지 않는 다성적 (多聲的, polyphonic) 세계. 현재로서는 제가 구현하고자 하는 희곡의 세계는 그러한 세계가 아닐까 생각해 봅니다.

배
삼
식
희
곡
집

1판 1쇄 펴냄 2015년 5월 29일
1판 7쇄 펴냄 2024년 10월 25일

지은이 배삼식
발행인 박근섭, 박상준
펴낸곳 (주)민음사

출판등록 1966. 5.19.(제16-490호)
서울시 강남구 도산대로1길 62(신사동)
강남출판문화센터 5층 (우편번호 06027)
대표전화 02-515-2000 | 팩시밀리 02-515-2007
www.minumsa.com

ISBN 978-89-374-3185-2(03810)

* 잘못 만들어진 책은 구입처에서 교환해 드립니다.

배삼식 1970년 전주에서 태어났다. 서울대학교 인류학과를 졸업하고 한국예술종합학교 연극원 극작과 전문사 과정을 마쳤다. 연극원 재학 중이던 1999년, 서울공연예술제에서 공연된 「11월」을 통해 공식적으로 데뷔했다. 2003년 극단 미추에서 활동하며 「삼국지」, 「마포황부자」, 「쾌걸 박씨」 등의 마당극과 창작 뮤지컬 「정글 이야기」, 각색 솜씨가 두드러진 「허삼관 매혈기」와 「벽 속의 요정」을 비롯해 「최승희」, 「열하일기 만보」, 「주공행장」, 「은세계」 등 다수의 작품을 만들었다. 이후 극단 코끼리만보와 작업하며 「거트루드」, 「하얀 앵두」, 「먼 데서 오는 여자」 등을 발표했다. 그 외 「3월의 눈」, 「벌」, 「라오지앙후 최막심」 등의 작품이 있다. 2007년 「열하일기 만보」로 대산문학상·동아연극상·김상열연극상을, 2008년 「거트루드」로 김상열연극상을, 2009년 「하얀 앵두」로 동아연극상을, 2015년 「먼 데서 오는 여자」로 차범석희곡상을 수상했다. 현재 한국예술종합학교 연극원 교수로 재직 중이다.